KB162366

ADONIS

아도니스

ADONIS vol.10
아도니스

초판 1쇄 인쇄일 | 2019년 05월 15일
초판 1쇄 발행일 | 2019년 05월 30일

지은이 | 남혜인
펴낸이 | 박성면
펴낸곳 | (주)동아

출판등록 | 제406-2007-000071호

주소 | 경기도 파주시 문발로 115, 세종출판벤처타운 201-A호
전화 | (031)8071-5201
팩스 | (031)8071-5204
E-mail | bear6370@hanmail.net
홈페이지 | http://blog.naver.com/lion6370

정가 | 11,800원

ISBN 979-11-6302-196-4(04810)
ISBN 979-11-5511-397-4(SET)

ETERNAL BLISS
ADONIS
아도니스

Part 02 - II
vol. 10
남혜인 장편소설

동아

31. 이그나이츠 편 _ 009
32. 탐색전 편   _ 401

2-Ⅱ부
아도니스 Eternal Bliss
: 영원한 행복

31. 이그나이츠 편

31. 이그나이츠 편

올해 겨울은 유독 춥고 어수선했다.

흰 눈이 대지를 덮고 얼음 바람이 춤을 추면 짐승들은 보금자리에 웅크리고 세상은 적막해지기 마련이었다. 그러나 북방의 검은 뱀이 독니를 드러내며 세상을 어지럽히니 짐승들은 겨울이고 뭐고 부산스럽게 살길을 모색할 수밖에 없었다.

구심점이 되어 세력을 모으거나, 강한 우두머리를 찾아 섬기거나, 괴물의 시선이 닿지 않을 만큼 구석진 곳으로 도망치거나. 검은 뱀의 호적수라 기대받는 은빛 독수리가 날개를 펼치는 것을 필두로 짐승들은 거대한 역사의 흐름 위에 저마다의 배를 띄웠다. 자칫하면 흔적조차 남기지 못하고 침몰할지도 모르는 위험한 시대가 해일처럼 밀려들고 있었다.

긴장감으로 얼어붙은, 혼란으로 소란스러운 겨울.

두 거대 세력의 틈바구니에서 난립하는 각양각색의 깃발들.

그리고 수많은 깃발들 사이에서 세차게 나부끼기 시작한 심상찮은 깃발 하나.

그 깃발은 동부 대륙의 심장에 꽂혀 있었다.

세마스티어.

지극히 평범한 변방 영지에 불과했으나 몇 년 전부터 조금씩 성장하는가 싶더니 반년 전부터는 주변의 마을들을 집어삼키는 것도 모자라 나라까지 잡아먹은 거대도시였다.

몇 년 전, 세마스티어령이 소속된 우드럽 왕국이 바하무트 제국과의 전쟁과 왕족들 간의 내전으로 혼란스럽던 시기, 귀족 작위는 돈으로 사고 팔렸다. 당시 세마스티어령은 누구도 신경 쓰지 않았던 보잘것없는 땅으로, 이 땅을 소유했던 왕족은 정체불명의 사내에게 거금을 받고 자작 작위와 함께 이 땅을 팔았다.

사내는 얼굴을 숨기는 화려한 가면을, 그 가면조차 가리는 챙이 큰 모자를, 몸의 선을 감추는 망토를 착장한 상태였으나 땅을 판 왕족은 그 사내가 어떤 이인지 관심 가지지 않았다. 돈이 급했으므로 돈만 많이 받으면 그만이었다.

그렇게 쉽게 팔아넘긴 세마스티어에 엄청난 양의 마석이 잠들어 있을 줄 누가 알았겠나. 그리고 그 땅을 사들인 남자가 전 세계의 정계를 입맛대로 주무르는 중인, 기막힐 정도로 젊은 청년인 줄은 또 누가 알았겠나.

세마스티어 자작이 된 남자는 영지의 덩치를 빠르게 불리고 바하무트와의 분쟁에 참전해 적잖은 공을 세웠다. 보이지 않는 손으로 내란을 조종하며 끝내 한 왕자를 왕위에 올리고 백작으로 승작했다.

겨우 몇 년 만에 세마스티어는 우드럽 왕국의 핵심지가, 세마스티어의 영주는 함부로 할 수 없는 거물이 되어 버렸다.

그런데도 누구도, 심지어는 우드럽 왕국의 왕조차 그 남자의 얼굴과 나이를 알지 못했다. 그는 항상 용모를 감추고 다녔고 외부활동도 거의 하지 않았다. 이제 와서 파헤쳐 보기엔 너무 위험했기에 동부의 세력가들은 공식 석상에 잘 나서지 않는 그를 경계할 뿐 굳이 뒤를 캐려 하지 않았다.

세력가들이 그의 정체가 궁금해 미칠 지경이 된 건, 지금으로부터 일 년 전부터였다.

작년 초부터, 시국을 읽을 줄 아는 진짜배기 세력들은 동대륙에서 심상찮은 변화의 조짐을 감지했다. 그 조짐이 정확히 뭐다, 라고 단언하긴 어려우나 굳이 표현하자면 '태동'에 가까웠다. 동대륙이라는 태반 위에서 정체불명의 거대한 괴물이 자라나고 있었고, 그것이 곧 태어나리라는 생소한 예감에 세력가들은 무척 예민해진 채 괴물의 심장을 찾으려 두리번거렸다.

그리고 그해 봄에 몬스터 게이트 사건이 터졌다.

대륙은 뒤집혔고, 우드럽 왕국은 국가를 존속하지 못할 만큼 심각한 타격을 입었다. 심약한 왕은 국가를 포기했고 대귀족들은 독립을 선언했다. 세마스티어의 영주도 그중 한 명이었다.

백작이라는 작위를 버리고 그저 한 도시의 주인이 된 그는, 마침내 세마스티어를 심장으로 삼아 그가 숨기고 있던 소유물들을 모으기 시작했다.

그가 음지에서 심복들을 통해 관리했던 동대륙의 수많은 알짜배기 도시들이 세마스티어에 공식적으로 하나둘 충성을 맹세해 왔다. 그가 대주주로 있는 동부의 상단들이 미리 형성해 놓은 촘촘한 유통로들은 도시들을 끈끈하게 이었다. 미지의 땅 샤우부 대삼림에서 비밀리에 훈련받고 있던 그의 강력한 군대가 귀환하여 도시들을 지키기 시작했다.

그것은 마치 거인을 창조하는 과정 같았다.

단단한 뼈대를 구축하고, 탄탄한 근육을 붙이고, 굵은 신경과 핏줄을 잇고, 질긴 피부로 덮는 과정이 너무나 신속하게 진행된 탓에 그 흐름에서 배제된 동대륙의 세력가들은 적대감을 느낄 새도 없었다. 그저 어안이 벙벙했다.

괴물의 정체는 세마스티어였다.

세마스티어의 영주는 대체 누구인가?

어떤 사람이기에 이 모든 것을 계획했단 말인가?

이런 상황에서도 공식 석상에 모습을 드러내지 않고 측근들만 부리는 이유는 또 뭐란 말인가?

몬스터들이 날뛰어 댔던 어두운 봄, 수많은 세력이 망하고 등장했다. 세마스티어의 주인이 국가 선포를 하지 않았기에 임시로 세마스티어 연합이라 불리는 그의 단체는 패망한 세력권을 삼키며 점점 더 커져만 갔다.

게이트 사태에서 살아남은 세력가들이 거대해진 세마스티어 연합에 경계심을 가지고, 바하무트가 전쟁을 선포한 그해 여름, 신비로운 세마스티어의 주인은 언제 숨어 있었냐는 듯 맹활약을 벌이기 시작했다. 가을 내내 눈부신 무력으로 강력한 몬스터들을 몰아내고 제 땅을 빠르게 정상화하는 그의 활약이 동대륙 주민들의 심장에 어떤 선망을 심었을지는, 말하지 않아도 뻔했다.

동대륙 위에 잠들어 있는 이름 없는 거인.

동대륙 주민들은 그 거인이 깨어나기만을 고대했다.

캉…….. 캉…….

거인의 심장, 세마스티어는 낮밤 가리지 않는 개발의 열기로 후끈 달아올라 있었다. 겨울의 추위가 무색할 만큼 활력이 넘치는 도시는 무한한 성장력을 지닌 구근과도 같았다.

구근의 핵심에 위치한 성은 마침내 성장의 심지에 불길을 당길 이를 맞이했다.

밤하늘을 형태로 빚어낸 듯한 군주는 불꽃을 닮은 기사의 손을 잡고 내성의 심부 중에서도 심부에 위치한 방의 문 앞에 서 있었다.

"여기가 네 방이다."

군주가 손수 열어 준 문 안으로, 기사는 타박타박 걸어 들어갔다.

"어서 와. 이아나."

이아나는 메고 온 가방을 탁상에 내려놓으며 방의 전경을 눈에 담았다. 더할 나위 없이 깔끔하나 초라하지는 않은, 고급스러운 인테리어로 꾸며져 있었다.

'여기가 내 방.'

민들레 홀씨처럼 부유할 뿐 어딘가에 뿌리내리지 못한 채 살아왔다. 로베르슈타인 영지의 뒷산은 쉼터였을 뿐 집이 되어 주지 못했고 학술원의 기숙사는 임시로 머물렀던 거처였을 뿐이다.

하지만 이곳은 앞으로 이아나가 영원히 살아갈 나라의, 집의, 방이었다. 이곳이 바로 이아나의 새로운 시작점이었다. 소유욕이 아른거리는 눈동자 위로 불티 같은 속눈썹이 깜빡거렸다.

"내가 알아서 꾸며 놓긴 했는데 괜찮아?"

"아주 마음에 들어요."

보자마자 마음에 쏙 들었다. 아르하드는 이아나의 취향을 너무나 잘 알고 있었다. 뒤에서 입가를 움찔거리던 아르하드가 초승달처럼 미소 지었다. 그는 천천히 방을 구경하는 이아나를 감격스러운 기분으로 훔쳐보았다.

이아나는 다시 방을 나와 아르하드의 손을 잡고 복도를 거닐었다. 내부 보수를 마친 성의 인테리어는 주인의 취향대로 군더더기 없이 깔끔했다.

"마음에 안 드는 부분이 있으면 거리낌 없이 말해 줘. 네가 원하는 대로 뜯어 고칠게."

아늑한 느낌의 복도에서 속삭여지는 목소리는 욕조의 따뜻한 물처럼 감겨들었다. 아르하드가 성의 주인이라는 이유 하나만으로도, 이아나는 이 성이 벌써부터 제 집처럼 느껴졌다.

'여기가 내 성.'

한 걸음 한 걸음 내디디며 성과 함께 호흡하는 사이, 성의 소규모 홀에 도착했다.

그곳에서 기다리고 있던 이들은 오랜 시간 아르하드를 추종한 세마스티어령의 주요 인사들로 앞으로 이아나가 죽을 때까지 부대끼며 살아야 할 사람들이었다.

'내 사람들.'

가신들은 길게 깔린 레드카펫 양옆에 서서 이아나와 아르하드를 향해 고개 숙였다. 한 명 한 명 눈에 담던 이아나는 단상에 선 아르하드가 뒤돌아서자 그 앞에 한쪽 무릎을 꿇으며 앉았다.

"검사 이아나."

아르하드가 나지막하게 이름을 부른다. 이아나가 고개를 들어 빛을 머금은 금안을 바라보았다.

아르하드는 실력을 감춘 학술원의 학생도, 가면을 쓴 암흑조직의 보스도, 세력을 숨긴 신비한 영주도 아닌 온전한 아르하드로서 이아나의 앞에 서 있었다. 모든 허물을 탈피한 그는 낯설면서도 무척이나 매혹적으로 느껴졌다.

이아나만 그리 느끼는 것이 아니었다. 잘게 떨리는 가신들의 눈동자가 아르하드를 슬그머니 훑었다. 수년간 모셔 왔음에도 훤히 드러난 주인의 외양은 최근에서야 가끔 볼 수 있었다.

상상 이상으로 지극히 젊고 아름다운 군주였다. 그 안에 강력한 힘이 도사리고 있음을 알고 있으며, 군주가 그 기세를 감추지 않으니 그와 함께할 미래가 기대되어 가슴 깊숙한 곳에서 설렘이 북받쳐 올랐다.

어느새 허리춤에서 뽑혀 나온 군주의 검이 이아나의 어깨 위를 겨누었다.

"이아나. 그대를 나, 아르하드의 기사로 봉한다."

아르하드는 자질구레한 격식과 말을 생략하고 제 이름만을 댔다. 마치 이아나를 제 옆에 구속하려는 듯이. 그리고 이아나는 그런 그의 검이 되어 줄 준비가 되어 있었다.

"받듭니다."

아르하드는 용암처럼 주르륵 흘러내리는 붉은 머리칼에 시선을 두었다가, 다시 고개를 든 이아나의 눈을 직시했다. 군주의 검이 그녀의 어깨 위를 겨누었다.

"이 순간부터 그대는 내 사람이며, 내 땅의 주민이다. 그대에게 성, 라이즈를 내린다."

"저, 기사 이아나 라이즈는 그대의 충직한 검으로서 생의 불꽃이 다할 때까지 그대의 적을 베고, 그대의 것을 지킬 것입니다."

흥분 없는 침착한 맹세에서는 단단한 진심이 묻어났다. 화염의 마음에서 튀어 오른 열기가 검신을 타고 호수에 반사된 양 일렁이는 금빛 보름달에 닿았다.

'나의 왕.'

이아나가 내밀어진 손을 잡고 엷은 손등에 제 모든 마음을 담아 키스했다.

아르하드는 턱 끝까지 치미는 정신적 포만감에 아무도 모르게 혀를 질끈 깨물었다. 그가 떨리는 손으로 이아나를 일으켜 세워주며 그의 가신들에게 고했다.

"예고했듯, 오늘은 약식이고 건국식 때 정식으로 이아나 라이즈 경의 기사 서임식을 치른다."

국가 이념상, 새로운 나라에서 '기사'라는 단어는 기존 뜻보다 좀 더 추상적인 의미로 사용될 예정이며 '서임식' 또한 문화적으로 중요한 의식이 될 것이다.

오늘의 서임식은 아르하드가 이아나를 가신들에게 소개하고 권한을 부여하기 위해 임시로 만든 자리고, 정식 서임식은 건국식에 거행할 예정이었다.

나라의 지도자들이 최초로 정식 서임식을 치른다면 뜻깊으리라는 것이 표면적인 이유였다. 서임식 과정을 대중 앞에 낱낱이 공개함으로써 이아나를 제 기사로 완전히 못 박고 싶다는 것이 아르하드의 심리적인 이유고 말이다.

"이아나 라이즈 경은 내 직속기사로서 내 명령만을 받으며, 내 모든 것을 공유하는 공동 소유인으로서 나와 동등한 권한을 갖는다. 또한 특수임무를 수행하며 나를 보조할 것이다."

"받듭니다."

세마스티어의 가신들이 일제히 허리를 숙였다. 흘끔거리는 시선에는 긍정적인 호기심들이 담겨 있었다. 이아나의 명성은 세마스티어까지 닿아 있었다. 공포의 대마법사 위프헤이머를 제거한 위대한 업적은 두말할 것도 없다. 이 뛰어난 기사가 이곳에서 그들과 함께 어떤 전설을 쌓아 나갈지 기대가 되었다.

서임식이 끝난 후 이아나와 아르하드는 성 뒤쪽의 울창한 숲과 이어지는 작은 산에 올랐다. 중턱에 이르렀을 때, 이아나는 눈을 크게 뜨며 앞으로 성큼성큼 걸어갔다.

"여기가 네 수련장이다."

산 중턱쯤에 흙을 깎아 만든 넓은 공터는 이아나의 수련장이었다. 주변의 푸른 나무숲 밖에서 청량한 바람이 불어오고, 근방에 깨끗하고 시원한 시냇물까지 흐르는 환상의 입지였다.

"이 산 전체가 네 거야."

아르하드는 이아나가 수련에 집중할 수 있도록 산 하나를 통째로 내주었다. 산 곳곳에는 이아나가 마음껏 훈련할 수 있도록 온갖 수련 기기가 설치되어 있었다. 이아나는 한 바퀴 둘러보곤 설레어서 달아오른 얼굴로 돌아와 아르하드의 손을 붙잡았다.

"정말 마음에 듭니다."

"이 순간만을 위해 열심히 준비했지. 이쪽으로 와 봐."

수련장을 벗어나 조금 걷자 세마스티어의 전경이 시원하게 펼쳐지는 절벽에 도달했다. 겨울 하늘은 시린 회색이었고 차가운 흰 눈이 소리 없이 내리고 있었지만, 군데군데서 피어오른 연기와 뚱땅거리는 망치 소리 탓에 풍경은 따뜻하고 동적이었다.

"열심히 일했는데도 아직 많이 부족해."

아르하드의 말대로 세마스티어는 완성되지 않은 도시였다. 로안느의 수도 테오도르에 비하면 투박하고 거칠기만 했다.

하지만 이아나는 이 허술한 풍경이 지독하게 사랑스러웠다. 화려한 테오도르보다 훨씬 마음에 들었다. 앞으로 이곳에서 보는 이 도시의 모든 풍경이 오늘처럼 좋을 것이다.

"너도 왔으니 앞으론 더 열심히 해야지. 잠 잘 시간도 아껴서 일할 거다."

"저도 최선을 다하겠습니다."

"그러니까 할 말이 있어."

아르하드가 제 품에 손을 넣었다. 바스락거리는 소리와 함께 익숙한 종이가 튀어나왔다. 이아나의 청혼 아닌 청혼이 적힌 인생 계획서였다. 새삼스레 낯 뜨거움을 느낀 이아나가 빼앗으려 들었지만 아르하드가 손을 위로 팍 들었다.

"무슨 짓이야? 내 건데 왜 빼앗으려 해."

"당신이야말로 무슨 소립니까. 제 계획서잖아요. 주세요."

"한번 줬으면 끝이지. 이젠 내 보물3호다."

"보물3호? 1호와 2호도 있습니까?"

"1호는 네가 준 목걸이. 2호는 너랑 나눠 낀 반지. 나중에 국보로 지정할 거다."

참나. 이아나가 헛웃음을 지으며 손을 내리자 아르하드가 빼앗길세라 품에 넣었다.

"내가 하고 싶은 말은, 그러니까 결혼식 말인데."

이아나가 아르하드를 쳐다봤다. 이아나가 폭탄 터뜨리듯 청혼하고, 아르하드가 고개를 빠르게 끄덕이며 좋아 죽은 이후 관련된 대화는 나누지 않은 상태였다.

"마음 같아선 지금 당장 결혼식을 올리고 너와 공식적으로…… 부부가 되고 싶어."

부부, 라고 한 번 더 읊조리는 아르하드의 뺨이 붉었다. 그렇구나. 결혼하고 나면 부부가 되는구나. 저와 평생 인연이 없으리라 여겼던 그 단어가 조금 낯설었던 이아나가 눈을 내리뜨는데, 아르하드가 머뭇거리며 말했다.

"하지만 결혼식은 서임식과 같이 건국식에 할까 해. 괜찮아?"

"왜요?"

"네게 줄 예물이 완성되지 않아서."

"예물? 반지요?"

"반지는 있잖아."

이아나와 아르하드의 왼손 약지에 자리 잡은 반지들은 개선을 거듭해서 천금을 주고도 살 수 없을 특별한 장신구가 되어 있었다. 심미적으로도, 기능적으로도, 의미상으로도, 그 어떤 반지도 지금의 반지보다 더한 가치를 가지긴 어려웠다.

그럼 뭐? 이아나가 가만히 쳐다보자 아르하드가 이아나의 딱딱한 손을 단단하게 붙잡아 왔다.

"이아나 라이즈."

떨리는 목소리가 이아나의 새로운 이름을 불렀다.

목소리는 청량한 바람과 함께 이아나에게 닿았다. 아르하드를 올려다본 이아나의 심장이 검에 찔린 것처럼 퍼뜩 뛰었다.

오는 길에 몇 번이나 봤는데도 익숙해지지 않는 낯선 그가 바람을 등지고 서 있었다. 널 좋아해서 어쩔 줄을 모르겠다는 달아오른 얼굴. 감추는 게 없는 날 것의 아르하드였다.

이상한 일이었다. 그가 이름을 불러 준 것만으로 세상이 반짝거리는 빛으로 환해졌다.

"나는 내 모든 것을 네게 주고 싶어. 그러니까……."

내 삶의 모든 것을 모아서 완성한, 내 나라.

로이긴도, 바하무트도, 칼리스토도, 세마스티어도 아닌, 진짜 성.

"그 이름을 네 이름 뒤에 붙여 줄 수 있을 때 나랑 결혼해."

손이 아프도록 쥐여 떨림이 그대로 전해졌다.

이아나는 아르하드를 가만히 올려다보다가 그에게 성큼 다가가 어깨에 뺨을 대었다.

"좋아요."

대답과 동시에 뜨거운 숨결이 목덜미에 내려앉았다. 이아나는 제 몸을 거칠게 당겨 안는 굵은 팔을 느끼며 어깨 너머의 풍경을 바라보았다.

이 순간을 죽을 때까지 잊지 못할 것 같았다. 이 순간의 모든 것이 애정이라는 이름으로 영혼에 똬리를 틀었다.

이곳이.

이아나의 눈빛이 이지러졌다.

나의 나라.

이아나는 아르하드의 가슴에 손을 짚고 품에서 천천히 벗어났다. 깊은 애정으로 넘실거리는 눈동자는 이아나의 얼굴에서 떨어질 줄 몰랐다.

이아나가 손을 들어 아르하드의 뺨을 감쌌다. 눈을 닮은 창백한 흰 피부는 온기가 닿는 순간 주르륵 녹아내리며 온순한 빛을 머금었다. 이아나는 그 변화가 무척 아름답다고 문득 생각했다.

서늘한 입술이 손바닥으로 파고들었다. 사랑으로 빈틈없이 꽉 찬 시선은 피할 수 없는 높은 파도와 같았다. 손이 당겨짐과 동시에 이아나의 입술이 거칠게 집어삼켜졌다.

……내 사랑.

이아나는 그의 호흡을 깊이 들이마셨다.

나의 모든 것…….

다음 날.

멍! 멍! 멍!

이아나는 반지에 맞춰 놓은 알람을 듣고 부스스 깨어났다.

"……."

평소였다면 눈을 반짝 뜨고 벌떡 일어났을 이아나는 푹신한 침구에 푹 감싸인 채 미적거렸다.

어제 하루는 정말 눈을 떴을 때부터 새 침대에 누워 잠들 때까지 현실이라는 걸 알고 있는데도 꿈같고 내내 둥둥 떠다니는 기분이었다.

어제 누웠던 새 침대에서 깬 걸 보니 지금도 꿈속은 아닌 모양인데 여전히 몽롱하다. 하지만 현실이니까 일과를 시작해야지.

여전히 꿈에 취해 있는 듯 멍한 눈을 깜빡이다 새 침대에서 스르륵 일어나 개인 욕실에서 씻고 옷을 갈아입었다. 문을 열고 나오자 바로 아르하드의 방문이 보였다.

이아나가 문을 똑똑 두들겼다.

문이 곧장 벌컥 열린다.

아르하드다. 창문을 통해 들어온 빛이 그의 등까지 닿아 얼굴에 음영을 만들어 내고 있었다. 외출 준비를 마친 상태인데도 그의 얼굴은 그림자 때문인지 조금 거칠해 보였다.

"잘 잤어요?"

"……응. 넌?"

"푹 잤습니다. 침구가 정말 좋던데요."

"마음에 든다니 다행이네. 최고급으로 주문제작한 거야."

"어쩐지. 평생 덮어도 좋을 것 같습니다."

이아나가 그리 말하며 아르하드의 손목을 덥석 쥐었다. 아르하드의 시선이 추락하듯 손목으로 떨어졌지만 이미 돌아선 이아나는 보지 못했다.

"이제 가요. 오늘 할 일이 많잖아요?"

아르하드는 평소처럼 부지런히 움직이는 이아나에게 끌려가며 잠시간 조금 헷갈리는 듯, 어딘가 불만스러운 듯, 무척 고민스러운 듯 복잡한 표정을 지었다. 결국 결론을 내리지 못한 그는 감정을 감추고 이아나처럼 평소대로 발을 움직였다.

이아나 라이즈.

이아나의 새로운 이름이었다.

아르하드가 그녀의 검에 붙여 준 이름은 이아나의 새로운 성이 되었으며, 새로운 가문이 되었다.

작위는 따로 없었다.

아르하드가 통치하는 거대한 땅 내에서는 영주 아래 모두가 동등한 생물이었다. 귀족이었든 평민이었든, 엘프든 드워프든 수인이든, 무슨 일을 하든 '아르하드의 영토' 내에서 살아갈 '아르하드의 사람'이라는 점에서 다 똑같았다.

이를 바탕으로, 새로운 국가에서는 혈연에 좌지우지되는 '작위' 체제 대신 개인의 능력을 중시하는 '직위' 체제가 도입될 예정이었다. 고하는 오로지 직위에 따른 위계질서뿐이었다. 이 질서는 원하고, 노력하고, 재능이 있다면 얼마든지 위로 오를 수 있는 먹이 사슬로서 몹시 유연한 형태로 유지될 것이다.

아르하드는 국가를 세우기로 마음먹었을 때부터 이런 체제를 소속 마을들에 조금씩 적용하고 있었다.

반발은 없었느냐?

없었다. 있어도 반발할 수 없었다.

아르하드는 세력권 내에 있는 모든 것의 통치권을 제 손에 꽉 거머쥐고 있었다. 각 마을의 통치자들도 허울만 귀족일 뿐 모두 아르하드의 명령을 받는 관리자들이었다.

처음부터 아르하드의 부하였던 충성스러운 자, 회유당해 넘어 간 선량한 자, 지원받아 그 자리에 오른 능력 있는 자, 모두가 아르하드에게 충성했다. 그들이 정해진 지침에 따라 마을을 관리하니 각 마을들은 탈 없이 잘 운영되었고 주민들의 지지는 관리자를, 결국에는 그 정점에 군림하는 아르하드를 향했다.

게다가 무력, 재력, 권력 모든 것을 갖춘 세마스티어의 영주 아르하드는 난세의 폭풍우를 가르며 등장한 거인으로서 소속 주민들이 경외심을 품고 충성하는 대상이었다.

한마디로 아르하드의 세력은 아르하드가 가주로서 절대적인 권력을 행사하는 거대한 가문이라고 할 수 있겠다. 즉, 아르하드가 정하면 그것이 바로 법이었으므로 작위를 없앤다고 하면 없애는 것이었다.

그러나 절대 권력을 지녔다고 해서 몸이 하나인 가주가 모든 일을 할 수는 없었다. 설령 할 수 있더라도 가주에게 무슨 문제라도 생기면 가문이 엉망이 될 테니 그리해서는 안 되었다.

가주의 통치권은 크게 행정부, 입법부, 사법부에 고르게 위임될 것이다. 서로를 견제하는 이 세 개의 부가 대부분의 업무를 처리하며 거대한 가문을 운영할 것이다.

가주가 할 일은, 가문의 대표로서 큰 그림을 그리되 그의 사람들이 작은 그림들을 그려 나가는 걸 지켜보는 것이다. 그러다 큰일이 발생하면 다시 모든 권한을 틀어쥐고 선두에서 모두를 이끄는 것이다.

이것이 새로운 국가의 통치체제다.

이처럼 아르하드는 큰 틀과 방향을 모두 정해 놓은 상태였다. 하지만 아직도 세부적으로 정비해야 할 사항들이 많았고 병력 증진도 동시에 진행해야 했다. 바하무트라는 최대의 적을 무찔러야만 미래가 있을 테니까.

"여기가 제1훈련장이다."

다음 날, 아르하드는 이아나를 세마스티어 곳곳에 위치한 훈련장 중 가장 상급인 곳으로 데려갔다. 군에서도 핵심 인물들이 주기적으로 모여 훈련하는 훈련장이었다.

이아나는 아르하드를 뒤따르며 요새 형태의 훈련장을 구경했다. 사람들이 요새 안팎에서 차가운 공기와 눈바람도 아랑곳 않고 뜨거운 콧김을 뿜어내며 훈련하고 있었다. 펑펑 쏟아지는 눈조차 신발들이 빚어내는 마찰열을 식히지는 못했다.

이아나는 특이점을 발견했다.

"여자도 적지 않네요."

"강해지고 싶다는 갈망 앞에서 생물학적 성은 방해물이 되지 못하지. 가로막는 건 편견뿐이다."

아르하드의 세력권에서는 오래전부터 모두가 성별에 구애받지 않고 하고 싶은 것을 했다. 기본적인 전쟁 훈련도 남녀 모두가 의무적으로 받았고, 군대에도 성별 제한 없이 자원할 수 있었다.

"옳은 말씀입니다."

이아나가 그의 노력에 좋은 점수를 주는 눈치이자 아르하드는 보람을 느끼며 즐거워했다.

발걸음이 멈춘 곳은 훈련장의 중앙 공터였다. 공터에서는 기세가 남다른 중년 남성을 필두로 서른 명의 사람들이 각을 맞춰 도열한 채 이아나와 아르하드를 기다리고 있었다.

"여기는 현재 군의 총사령관, 카일 녹턴 경이다."

"카일 녹턴입니다. 위명이 자자한 라이즈 경과 함께하게 되어 영광입니다."

카일이 왼쪽 가슴에 주먹을 올리며 인사했다. 근육으로 빡빡하게 짜 올려진 거대한 덩치에 수많은 흉터가 아로새겨져 있었다.

카일 녹턴……

이아나는 이 남자를 알고 있었다. 회귀 전 아르하드가 이끌던 바하무트군의 무시무시한 선봉장으로, 이아나와 슈나이더가 없는 로안느 군을 쑥대밭으로 만들던 대륙 십강 중 한 명이었다.

'처음부터 아르하드의 편이었구나.'

이아나는 내색하지 않으며 손을 왼쪽 가슴에 댄 채 인사했다.

"이아나 라이즈입니다. 앞으로 잘 부탁드리겠습니다."

카일과 인사한 다음엔 도열한 사람들을 쳐다보았다. 호기심과 호승심으로 들끓는 눈동자들이 열렬한 시선으로 이아나를 푹푹 찔렀다.

"오랜 시간 사대 오지를 순회하며 최상급 몬스터들과 동고동락한 기사들로, 앞으로 각 부대에서 최전선에서 전장의 흐름을 이끌 선봉장들이다. 이미 바하무트전에서 활약한 전적도 있고."

부하들을 짧게 소개한 아르하드가 이번에는 그들에게 이아나를 이곳으로 데려온 이유를 설명했다.

"오늘부터 내 직속 기사 이아나 라이즈 경이 제1훈련장에 상주하며 훈련한다. 라이즈 경의 훈련은 지독한 강행군인 데다 수준도 높으니 시간이 날 때마다 와서 같은 스케줄로 훈련한다면 많은 도움이 될 것이다."

이아나가 오늘부터 집중적으로 해야 할 일은 딱 두 가지였다.

하나는 바로 병력 증진이다. 이아나는 전쟁이 끝날 때까지 개인의 힘은 물론이요 다른 이들의 힘까지 끌어올려야 했다.

개인수련장은 혼자만의 시간이 필요할 때만 사용하고 보통은 1훈련장에서 공개적으로 훈련할 것이다. 이아나의 고강도 훈련은 주변의 다른 상급 기사들에게 좋은 영향을 줄 터였다.

"또한 라이즈 경이 정기적으로 제군의 검술을 봐줄 것이다."

전쟁은 기본적으로 숫자 싸움이고, 여기에 지형, 전략, 무기, 특별한 개인의 힘 등 여러 가지 요인이 승패를 가른다. 앞의 셋은 평생 그쪽만 연구한 전문가들이 이미 효과적인 방식으로 군대를 훈련하고 있어 손댈 구석이 없었다. 하지만 특별한 개인의 힘은 증진시키려 할 경우 개인의 피나는 노력 혹은 더 높은 경지의 실력자의 도움이 필요해 훈련이 까다로웠다.

소홀히 할 수도 없는 게, 특별한 말벌들은 개미들 사이에서 전장의 흐름을 주도한다. 이들은 암묵적으로 적군의 실력자와 일대일로 싸우는 고급인력이라, 적군보다 수가 모자라거나 패배하는 일이 생긴다면 아군이 막대한 피해를 입으므로 꾸준히 숫자도 늘리고 질도 높여야 했다.

따라서 이아나 아르하드가 조언자로서 최고의 적임자인데, 아르하드는 바빠서 몸이 열 개라도 모자랄 지경이므로 앞으로 훈련에 모든 시간을 쏟아부어야 하는 이아나가 그 역할을 겸하기로 했다.

처음이라 최상위 기사들 중에서도 검사 서른 명만 선발했지만 조금씩 수를 늘릴 것이고, 다른 무기를 쓰는 기사들도 부를 예정이다. 이아나는 어떤 무기를 쓰는 무인이든 몇 번 보다 보면 필히 개선해야 할 단점을 집어내는 조예가 있었다.

이렇게 훈련받은 고위기사들은 돌아가서 또다시 휘하 기사들을 가르칠 테니 효과가 곱절이었다.

"한 단계 올라설 수 있는 귀중한 기회를 놓치지 말도록."

"예!"

이미 하달받은 사항이었기에 기사들은 별다른 불만이 없었다. 소문만 무성한 어린 기사가 얼마나 강하고, 어떤 방식으로 본인들의 실력을 끌어올릴 생각인 건지 궁금할 뿐이었다.

카일이 박수를 쳐서 주의를 끌었다.

"지금 바로 라이즈 경의 신고식 겸 훈련을 시작한다."

몸을 곧게 편 이아나가 기사들을 지나쳐 공터의 중앙으로 들어가자 기사들이 대열을 흐트러트리며 시선으로 그 뒤를 쫓았다. 이아나가 제 주변에 작은 원을 지익 그렸다.

"저를 여기서 한 발자국이라도 움직이게 하는 분께는 백 골드의 포상이 있습니다. 상처를 내면 만 골드, 제 손에서 검을 떨어뜨리면 백만 골드입니다."

"오……."

누군가 나지막하게 감탄함과 동시에 공기가 혹 무거워졌다.

조용히 움직이기 시작한 발들은 먹잇감을 포착한 맹수의 것과 같았다. 바닥을 지익 긁는 작은 마찰음들이 모여 긴장감을 자아냈다.

모두가 군침을 삼켰다. 파격적인 포상에 구미가 당겨서가 아니었다. 저 오만한 문장의 바탕에 확고한 자신감이 존재함을 깨달았기 때문이다.

무술에 삶을 바친 사람들은 조금씩 미쳐 있다. 오로지 위, 위, 위. 나보다 강한 상대를 꺾고 말겠다는 호승심! 여기 모인 사람들은 특히 특출하게 미쳐 있었다. 정상이라면 수많은 경쟁자들을 제치고 이곳에 불려오지도 못했을 것이다. 그들은 천문학적인 돈을 자신감의 대가로 제시하는 강자를 앞두고 기분 좋은 흥분감에 고양되었다.

기사들은 이아나를 해부하듯 고요히 관찰했다. 어떤 부위를 쳐야 잘 잘릴지 견적을 내는 도축업자들처럼.

"최선의 공격을 보고 싶습니다. 오십시오."

"비켜!"

이아나가 말을 마치자마자 뒤쪽에서 누가 고함을 질렀다.

"비켜, 비켜, 다 비켜!"

이아나를 조심스레 살피던 기사들을 누군가 퍽퍽 밀치며 번개처럼 달려 나오더니 매처럼 날았다.

여성은 금발의 포니테일을 휘날리며 이아나를 향해 막무가내로 검을 내리쬈었다. 여성의 얼굴을 확인한 이아나가, 첫 공격은 받을 생각으로 검을 가로로 눕혀 막았다. 충돌과 동시에 눈앞이 하얘질 정도로 샛노란 고압 전류가 폭발했다.

파지지지직!

일반인이 맞았으면 즉시 감전사했을 포악한 전류였다. 강기로 방어벽을 둘렀는데도 손, 어깨, 팔과 다리, 머리카락 끝까지 저릿저릿해졌다. 전류가 물 밖에 나온 물고기처럼 튀어 오르는 탓에 가까워진 두 얼굴이 눈 한 번 깜빡하는 사이에도 수십 번 검게 물들고 희게 질렸다.

검기와 마법을 융합한 마검기. 어지간한 집중력으로는 감히 시도조차 할 수 없는 기술이었다.

이아나는 검기를 가시나무처럼 뾰족뾰족하게 만들어 휘둘렀다. 마검기를 구축하는 마나 배열이 찢어발겨지자 잘게 쪼개진 전류가 수백 마리의 지렁이처럼 꿈틀거리며 사방으로 비산했다.

함부로 터뜨리면 광범위 공격이 되는 괜찮은 성질도 있었다.

"베니타 팔콘, 거북이들 덕분에 라이즈 경의 첫 방어, 제가 잘 받아 갑니다!"

그녀는 호쾌하게 외치며 쿠당탕 나가떨어졌다.

전기가 다 걷히기도 전에 다른 기사들이 군화로 파직거리는 전기를 짓밟으며 접근하는 게 보였다. 그들은 사냥감을 정한 야밤의 호랑이들처럼 눈에서 섬뜩한 빛을 뿜어내고 있었다.

뒤쪽에서 전류를 헤치며 돌진한 거대한 덩치가 이아나의 옆구리로 도끼질하듯 커다란 클레이모어를 휘둘렀다. 이아나는 제 검의 손잡이와 검신의 끝을 잡고 궤적을 향해 내밀었다.

쿠아아아앙!

충돌한 점에서 태산을 무너뜨릴 법한 힘이 전해져 왔다. 투박한 검기는 지극히 단단하고 순수했다. 흘끗 보니 검을 휘두른 팔이 제 허리만큼 두꺼웠다.

'마나로 신체를 극한까지 강화했어. 아니, 신력까지 썼나.'

이아나의 밀도 높은 검기가 움푹 팰 정도로 강한 힘이었다.

그러나 그저 단단한 바위는 탄력적인 그물로 튕겨 내면 그만 이었다. 패었던 검기가 원위치로 튕기듯 되돌아가며 거구를 두 배의 힘으로 날려 보냈다.

큰 공격들 이후로 검 수십 자루가 갖가지 각도로 꺾이며 날아 들었다. 궤적들은 자기들끼리 일절 겹치지 않고 오로지 이아나 만을 노렸다.

채채채채챙!

이아나는 완벽한 완급 조절과 눈에 뵈지도 않는 속도로 공격 들을 쳐냈다. 밖에서 보기엔 검들이 죄다 희끄무레한 막에 튕겨 나가는 모양새였다.

이아나는 내심 놀랐다. 이런 실력자들이 오지에 숨어 있었다. 이들이 회귀 전 뒤를 지켰으니 아르하드가 대륙을 정복할 수 있 었던 거겠지.

'이 사람들, 협공에 익숙해.'

처음엔 단독 공격을 하는가 싶었다. 그런데 숨통을 조이듯 공 간을 좁혀 오더니 이젠 팔 수십 개가 달린 괴물 한 마리를 상대 하는 듯한 기분이 들게 했다. 오랜 시간 오지에서 최상급 몬스 터들과 싸워 온 데다 정기적으로 연합 훈련까지 한다더니 현재 는 다 다른 부대에 속해 있음에도 협공이 수준급이었다.

굶주린 투견들처럼 광적인 호승심을 질질 흘리는 것도, 신고 식에 불과한데 진심으로 죽이려 드는 것도 마음에 들었다.

이아나가 발목을 흘끔 보았다. 아까부터 낫들이 춤을 추는 듯 한 호선의 검기들이 쉴 새 없이 발목을 노리며 날아오고 있었 다. 놀랍게도 모두 신력으로 만들어진 검기였으며 정령의 힘이 느껴졌다. 강기를 두른 발로 모두 걸어차 내고 있었지만 어느새 두 발이 묶였다.

절묘한 타이밍에 손가락이나 팔이 저릿해지기도 했다. 베니타 팔콘이 날리는 전류 검기에는 쳐내는 순간 전류가 전이되는 성질까지 있었다.

발을 묶고 마비시킨다.

그다음은?

이아나가 아주 순간적으로 손을 덜컥 멈추자, 시야가 물에 잠긴 것처럼 퍼레졌다. 군청색의 짙푸른 검기가 거센 해류처럼 밀어닥쳐 이아나의 검과 꽝! 하고 충돌했다.

충돌은 한 번으로 그치지 않았다. 꽝, 꽝, 꽝, 이아나의 검이 부르르 떨릴 정도로 거력의 검기가 날아와 충돌했다. 충돌만으로 끝나는 것도 아니었다. 충돌하자마자 검기는 폭탄처럼 펑펑 터져 대며 수천 개의 검기 방울로 변했고 이는 시야를 흐리며 집중력을 무너트렸다.

사령관 카일 녹턴 경의 검기 폭탄이었다.

하지만 이것들은 눈속임일 뿐 진짜는 따로 있었다.

물결을 가르고 거대 상어 한 마리가 부지불식간에 쇄도했다. 군청색의 신력 검기로 감싸인 롱소드가 맹렬한 기세로 이아나의 배를 찔러 왔다.

'녹턴 경, 회귀 전에도 신력 검기를 쓸 수 있었던 건가.'

그럼에도 자신의 마나 검기를 이기지 못했었다.

찰나의 순간, 스쳐 지나가는 과거에 눈동자가 흐려졌다.

마나의 사랑.

회귀 전 아르하드가 품었던 애정은 너무나 견고했었다.

그리고, 그리고…….

지금의 아르하드는 그것을 잊었을 뿐이다.

급박한 전투 중에, 불현듯이 그 사실을 되새기는 순간 속에서 확 끓어오른 지독한 애정에 이아나가 이를 악물었다,

새삼스럽게도 이아나는 사랑하는 아르하드를 더욱 사랑하게 되었다. 현재의 삶이 더욱 소중해졌다. 현재에만 완전히 집중할 수 있게 되었다.

아…….

깨달음과 성장은 예고 없이 동시에 찾아왔다.

동공 깊은 곳에서 불꽃이 번쩍였다.

언제 흐려졌냐는 듯 선명해진 눈동자는 특별한 세계를 마주하고 있었다. 감각이 극한으로 예민해진 세계에서, 불붙은 눈동자는 수없이 많은 선과 점을 보았다. 이 세상 모든 것은 아주 작은 미립자들이 모여 구성되었으며 어떤 것에든 결과 핵이 존재했다.

이아나는 짙푸른 검기와 그 매개체인 검을 파괴할 수 있는 선과 그 정점을 어렵지 않게 포착했다.

다가왔다면 부서질 각오는 했겠지.

이아나가 검을 마주 찔렀다.

"……!"

날붙이의 첨단들이 정확하게 충돌하는 순간, 카일의 검기가 비명을 지르며 찢어지고 그 매개체인 검은 붉은 신력에 관통당해 끝에서부터 쩌적쩌적 부서지기 시작했다.

파챵!

유리처럼 수백 개로 깨진 검의 파편이 사방으로 튀었다. 붉은 신력에 물든 파편들은 아름다운 루비들 같았으나 사실상 한 조각 한 조각이 죽음의 비도였다.

게다가 이아나의 검은 카일의 검을 부수면서도 속력이 줄지 않았다. 파편마다 죽음을 코앞에 둔 카일의 얼굴이 담겼다.

검은 거짓말처럼 카일의 코끝에서 멈춰 섰다. 하지만 한 번의 찌르기가 몰고 왔던 돌풍은 검이 멈추고도 돌진하여 카일을 후려쳐 날려 버렸다.

"우와앗!"

카일의 한 방을 위해 물러섰던 기사들은, 몸을 추스르기도 전에 붉은 기운에 휩싸인 파편 수백 개가 가공할 만한 속도로 날아오는 것을 보고 큰 부상을 직감했다.

"……."

"……."

하지만 파편들은 그들에게 닿지 않았다. 마차가 급히 멈춰 서듯 정지하더니 귀신의 불꽃처럼 허공에 둥둥 떠 있을 뿐이었다.

투두두둑.

"우와아아아."

기사들이 우수수 쏟아지는 파편의 폭우를 맞으며 바닥에 벌러덩 누웠다. 온몸이 땀으로 흠뻑 젖은 채 헐떡였다.

"그렇게 열심히 훈련했는데 어떻게 상처 하나 못 내지? 회의감 든다……."

"주군께서 총애하는 이유가 있었습니다. 주군과 싸우는 느낌이었어요. 역시 세상은 넓고 괴물도 여러 마리네요."

"위프헤이머 그 새끼, 악명에 비해 너무 쉽게 죽어서 사실 겉만 번드르르했지 허접 아니었나 의심했는데 뒤질 만했네."

긴장감이 끊어진 기사들이 처음의 위엄은 어디 내다 버렸는지 거칠게 조잘댔다. 호흡이 돌아온 그들이 몸을 일으켜 상상 이상의 실력을 보여 준 이아나를 훔쳐보려는데, 이게 웬걸, 증발한 듯 원 안에 없었다.

찾아보니, 언제 갔는지 이아나는 의자에 얌전히 앉아 있던 아르하드의 멱살을 붙잡아 올려 그의 입술을 강도질하고 있었다.

난데없이 날아온 이아나에게 거칠게 입 맞춰지는 아르하드는 얼떨떨했다. 색스러운 키스는 아니었지만 어마어마한 힘으로 짓눌러 오는 입술에서 폭발하는 감정이 느껴져 정신이 없었다.

이아나가 입술을 떼어놓자 아르하드가 멍청한 얼굴로 물었다.

"갑자기, 왜……."

이아나가 이글거리는 눈으로 아르하드를 내려다보았다.

당신은 모르지?

당신이 나를 얼마나 원했고, 또 증오했는지.

'다행이야.'

회귀 전의 그 시간이 아예 없어진 게 아니라서.

이아나는 그 사실이 너무 좋았다.

이아나를 제외하고 누구도 기억하지 못하는 회귀 전의 삶은 사실상 이아나의 망상이라 해도 지나치지 않았다. 하지만 남들은 무슨 농담을 하냐며 헛된 꿈 취급할 그 이야기가 이아나에게만은 진짜 과거였다.

이아나는 이따금씩 회귀 전의 아르하드를 떠올리곤 했다.

이아나가 아무리 아르하드를 사랑해도 회귀 전의 아르하드는 불행한 채로 영원히 지워졌으리라는 껄끄러움……. 아닌 척했지만, 뇌리를 파고든 그에 대한 기억은 영원히 해갈되지 못할 자괴감으로 남아 현재에 온전히 집중하지 못하게 만들었다.

그런데 그 아르하드가 이 아르하드라니?

지금 멱살이 붙잡힌 채로도 행복해하는 아르하드의 과거가, 기억하지 못할 뿐 사실은 이아나와 같은 회귀 전의 삶이었다. 서로를 원망했던 과거가 지워지지 않고 그의 영혼에 남아 있을지도 모른다는 사실에 희열마저 느껴졌다.

내가 멍청했어.

분리할 필요도 없이 당신은 유일했어.

현재의 당신이 행복해한다면 회귀 전이고 뭐고 그냥 당신은 행복한 거야. 내가 그렇듯이 말이야.

물론, 초라했던 회귀 전의 저를 기억해 낸 아르하드가 혹시라도 지금의 저를 증오할지도 모른다는 가능성은, 실체가 없을지라도 여전히 두려웠다.

하지만 설령 증오한다 해도 당신은 날 너무 사랑하니까 어쩔 수 없을 거야. 증오마저도 사랑으로 승화시킬 만큼 당신은 날 사랑하겠지.

그 지독한 사랑을 확신하는 순간 아르하드에게 회귀 전, 아니 그가 잊어 먹은 과거의 이야기를 해 주리라.

"이, 읍."

아르하드가 무슨 말을 하기도 전에 이아나가 다시 키스했다.

입술에 진하게 닿는 이 부드러운 감촉은 아르하드와 공유하는 '현재'였다. 이아나는 이 현재가 지독하게 사랑스러웠다.

사랑해, 사랑해, 사랑해요.

나의 왕. 내 모든 것.

나의 연인.

환상처럼 붕 떠 있던 회귀 전의 삶이 현재와 이어지고, 현재가 그 과거를 완벽하게 끌어안는다. 그리고 이아나는 마침내 현재에 완벽하게 정착하는 느낌을 받았다.

그것은 쾌감으로 돌변해 이아나의 견고한 이성을 무너뜨렸다.

"……."

하지만 짐승처럼 아르하드의 입술을 양껏 집어삼켰더니 차츰차츰 이성이 돌아왔다.

내가 미쳤나.

생각이라는 걸 할 만큼 정신을 챙긴 이아나가 조용히 입술을 떨어뜨렸다.

"……죄송합니다."

"……."

이아나가 당황해서 어쩔 줄 모르겠다는 듯 확 달아올라 새빨간 얼굴로 중얼거렸다. 무심할 정도로 평소와 같았던 아침의 모습과는 완전히 딴판이었다. 영혼을 송두리째 빼앗긴 사람처럼 멍한 아르하드는 그 생소한 얼굴을 코가 맞닿을 만큼 가까운 거리에서 그대로 보고 있었다.

이아나가 입술을 깨물며 뒤돌아섰다. 기사들이 제각기 다른 방향을 바라보며 딴청을 피우고 있었다.

'내가 왜 그랬을까.'

하지만 도저히 참을 수 없었다.

이아나가 돌아왔어도 기사들은 무슨 말을 해야 할지 모르겠다는 듯 침묵했다.

이미 저질러 버린 것 어쩔 수 없다. 이아나는 민망함을 숨기고 무슨 일이 있었냐는 듯이 뻔뻔하게 굴기로 했다.

"오늘은 여러분의 실력을 대략적으로 파악할 생각으로 단체전을 벌였지만 다음부터는 개인전도 차례대로 할 겁니다. 일단 먼저, 베니타 팔콘 경."

"예? 예!"

이아나에게 가장 먼저 덤볐다가 세차게 나가떨어진 후, 시시때때로 전류 검기를 쑤셔 넣어 틈을 만들었던 베니타가 난데없이 이름을 불리자 눈을 동그랗게 뜨며 몸을 일으켰다.

"가장 먼저 나서는 용기, 타이밍 좋게 틈을 만드는 센스가 좋았습니다. 검기의 특성도 좋았지만 강도가 조금 약한 듯합니다. 특성의 최대 강도를 높이는 쪽으로 훈련합니다. 그리고 바칼 휴버스 경."

"예!"

"경은 한 방 한 방 큰 공격을 선호하는 것으로 보이고 적성에도 맞아 보이지만 틈이 많이 보였습니다. 방어법을 익힘과 동시에 근본적인 허점을 줄이는 쪽으로 훈련합니다. 제가 봐드리겠습니다."

베니타의 전류 검기를 뚫고 이아나의 옆구리를 자르려 했던 바칼이 곰처럼 투박한 몸을 움찔거렸다.

"다음은……."

이아나의 비상한 기억력은 기사들의 공격을 모두 기억했고, 그에 맞춘 훈련 방향을 차례대로 좔좔 읊었다. 이아나의 말이 길어지면 길어질수록 기사들의 얼굴이 서서히 굳어 갔다.

"이슐리엔스 경."

설마 다 기억하나? 라는 의심은 마지막 서른 번째의 이름에 도달했을 때 완전히 증발해 있었다.

특이하게도 이슐리엔스는 귀가 뾰족한 엘프 여성이었다.

"발목으로 특이하게 휘는 검기를 계속 날리시던데 엘프식 검술입니까?"

"예. 갈대춤이라고 불리는 원거리 공격기입니다. 불어오는 바람에 이리저리 춤을 추는 갈대처럼 물결치는 것 같은 모습에서 따온 이름이죠."

"그 말대로 검기들이 같은 것 하나 없이 들쭉날쭉하더군요."

"형태나 힘이 정해져 있지 않거든요. 변칙적인 게 특징이라 막기 까다로운 기술인데, 정말 대단하십니다."

"검기에서 정령의 힘도 느껴졌습니다."

이슐리엔스가 과연 들은 대로라고 생각하며 어깨를 들썩였다.

"맞습니다. 검술과 정령술의 결합기입니다. 검술과 검기가 메인이고, 조그마한 바람의 정령이 보완하죠."

"좋은 기술입니다. 다만 '신력'을 과량 소모하는 것이 마음에 걸리더군요. 제가 엘프 검술은 처음이다 보니 모르는 부분이 많아 섣불리 훈련 방향을 잡을 수 없었습니다. 앞으로 함께 연구해 보시죠."

"네! 잘 부탁드립니다!"

이슐리엔스가 쾌활하게 대답하며 웃었다. 엘프가 인간과 섞여 있는 게 당연하다는 듯 대수롭지 않게 여기는 이아나의 태도가 유쾌했다.

서른 명 모두에게 훈련 방향을 전달한 이아나가 마지막으로 카일을 보았다. 카일은 오른팔을 부여잡은 채 꼿꼿이 서 있었다.

"괜찮으십니까?"

"팔이 뼈째로 부서지는 줄 알았습니다만 다행히 근육만 좀 다친 것 같습니다. 그런데 마지막에…… 뭐였습니까?"

"검기의 결을 베고 검의 핵심을 찔렀습니다."

일반인은 알아듣지 못할 말을 카일은 정확히 알아들었다. 선불리 말을 잇지 못하고 한참을 입술을 달싹거리던 카일이 조심스럽게 물었다.

"그것을 선명하게 보실 수 있는 겁니까?"

"어느 정도는요."

힘이 쭉 빠진 카일이 결국 주저앉았다.

"정말 대단하시군요."

이아나는 카일의 검을 부수던 순간을 되새겼다.

과거라는 족쇄를 벗는 순간 이아나는 한 단계 성장했다. 현재에 온전히 집중할 수 있게 됨으로써, 현재에서도 찰나의 순간에만 포착할 수 있는 선의 '결'과 점의 '핵'이 더욱 선명하고 뚜렷해진 것이다.

칼을 휘두르는 건 누구나 할 수 있다.

그 칼로 무언가를 자르는 건 순간의 집중과 각오를 통해서,

정확한 부위를 끊어 놓는 건 피나는 노력을 통해서, 적을 가르는 건 무수한 실전 경험을 통해서.

물질의 본질을 파악하고 결과 핵을 보는 것은 초월적인 감각을 통해서, 그것에 검을 가져다 대는 것은 극한 이상으로 단련된 육체를 통해야 가능했다.

이아나는 현재 이 경지에 이르러 있었고, 더 높은 경지에 오르기 위해 제 모든 삶을 바치며 노력하고 있었다. 그럼에도 상승은 지지부진했는데 오늘은 본인이 느끼기에도 대폭 성장했다.

'녹턴 경의 신력 검기를 그냥 검만으로도 벨 수 있었을 거야.'

쉽게 말해 나뭇가지로 검을 부러뜨리는 경지였다. 예전에 사자족의 코니아와 수인들을 상대로 그렇게 싸웠을 때는 조금 힘에 부쳤는데 이젠 별로 어렵지 않을 것 같았다.

'결과 핵을 내가 원하는 곳으로 유도할 수도 있었을 것 같아.'

이는 상대의 약점을 그저 찌르는 것이 아니라, 약점을 원하는 곳으로 강제로 유도하는 상급의 경지였다.

궁극에 이르면 공간을 초월해서, 원하는 대로 결과 핵을 만들어 내 상식적으로 벨 수 없는 것까지도 벨 수 있지 않을까. 이아나는 제가 도달해야 할 곳이 어디인지, 오늘 비로소 추상적으로나마 느꼈다.

"경의 검도 놀라웠습니다. 이번 공방을 통해 저도 좋은 깨달음을 얻었습니다. 감사합니다."

"제가 도움이 된 겁니까? 영광입니다."

이러니저러니 해도 이아나는 카일 녹턴을 매우 높게 평가하고 있었다. 이 세상에서 그의 적수는 사실상 찾아보기 힘들 것이다.

"녹턴 경은, 바쁘시겠지만 저와 매일 개인 대련을 하며 강적과의 일대일 전투에 익숙해지십시오. 저와 주군이 자리를 비웠을 때 어지간한 기사들은 손도 못 댈 정도로 강한 적이 쳐들어온다면, 경이 시간을 벌어야 합니다."

"그냥 강적이 아니라 바하무트 황족 같은 초절정 강적이겠지요?"

"그렇습니다."

카일이 미소 짓자 이아나가 고개를 끄덕이며 말을 이었다.

"또, 검기의 유동성 강화법을 따로 훈련하시는 걸 추천합니다. 단단한 검기도 좋지만 그저 단단하기만 하면 큰 공격을 받았을 때 버티지 못하고 깨지는 법입니다."

"제가 요즘 개선하려 애쓰고 있는 부분을 바로 집어내십니다. 안 그래도 바칼 휴버스 경의 공격을 튕겨 내실 때와 제 검을 부수실 때 절실히 느꼈습니다. 그리하겠습니다."

카일이 몸을 펴며 거수경례를 올렸다.

"그런데 어떻게 기사들의 이름을 다 알고 계십니까?"

"미리 자료를 받아 외우고 왔습니다."

오늘 싸운 기사들 반은 회귀 전에 바하무트의 기사로서 이름을 날렸던 이들이었다. 하지만 반은 처음 보았는데 회귀 전엔 일찌감치 죽은 거라고 생각하면 입맛이 썼다.

"여러분은 앞으로 저와 생사를 함께할 동료들입니다."

죽지 않는 이상 평생을 부딪치며 살아갈 사람들이기도 했다.

이아나는 그들을 지켜야 했다.

"저는 여러분을 지키고 싶습니다. 강해지도록 돕는 것은 지키는 방법 중 하나라고 생각하고요."

이름을 모두 외워 온 것은 그 첫걸음이었다.

"그러니 저와 함께 열심히 훈련해서 죽지 않고 모든 전쟁에서 승리합시다. 바하무트 황족은 저와 주군이 처리할 테니 뒤를 잘 받쳐 주십시오."

"와아!"

"멋진 자신감!"

이름을 한 명 한 명 불러 줄 때부터 이아나의 진심에 감화되어 진지해졌던 기사들이 와르르 웃었다.

성미가 급한 베니타가 손을 높게 들었다.

"좋습니다. 바하무트 그 빌어 처먹을 새끼들을 쳐죽이고 우리 주군께서 최강이 되실 때까지 으쌰으쌰합니다! 제창, 으쌰으쌰!"

"으……."

들뜬 기사들이 평소처럼 죽음의 무게를 덜고자 가볍게 외치려다 이아나의 눈치를 보았다. 아무리 그래도 좀 무례한 거 아닐까. 가만히 바라보던 이아나가 손을 쓱 들며 건조하게 으쌰으쌰, 라고 말했다. 기사들이 눈을 동그랗게 뜨더니 킬킬댔다.

"무서울 줄 알았는데 실은 재밌는 분이셨지 말입니다."

"화끈하시기도 하고요?"

"잘 부탁드립니다!"

한바탕 싸운 후 농담까지 곁들였더니 처음의 어색함은 사라지고 없었다. 여기저기서 재밌었다며 킬킬댔다. 아르하드라는 괴물에게 이미 자주 짓밟혔던 만큼 고위 기사들은 호승심을 불태울지언정 열패감을 느끼지 않았다.

"……."

구깃해진 멱살을 펴지도 못하고 이아나가 제 부하들과 섞여 애기를 나누는 걸 물끄러미 보고 있던 아르하드가 비로소 미소 지었다. 서늘한 눈매마저 늘어뜨린 채 한없이 풀린 얼굴로 웃는 그는 영락없이 사랑에 빠진 청년이었다.

"……!"

기사들은 주군의 미소를 우연히 발견하고 치솟는 경악을 겨우 감추었다. 그의 맨얼굴을 본 지는 얼마 되지 않았다. 하지만 가면 너머로 유일하게 볼 수 있었던 입술은 비웃을 때가 아니면 호선을 그린 적이 없었다.

그러니 가면을 벗더라도 지독히 냉정하고 감정이 없는 군주가 진심으로 웃는 일은 없을 거라고 장담했으나…… 저렇게 완전히 무장해제한 표정으로도 웃는구나. 기사들은 그 미소가 매우 신기했고, 또 잘생긴 그와 무척 잘 어울린다고 생각했다.

이아나도 마침 그런 그를 발견하고 눈에 보일 정도로 흠칫했다. 이아나가 삐걱이는 걸음걸이로 다가가 자리에서 일어날 생각이 없어 보이는 그에게 손을 내밀었다.

"왜, 그렇게 웃고 계시지요?"

"너는 아까 왜 나한테 키스했지?"

"……하고 싶어서요. 참을 수 없었습니다."

"나도 웃고 싶어서 웃었어."

너무 좋다. 네가 여기 있다는 게.

내게 키스하고 싶어 이성을 잃었다는 게.

네가 내 연인이라는 사실이.

아르하드는 정말 좋아 죽겠다는 듯, 다정하다 못해 첫사랑의 열병을 앓는 소년의 얼굴을 하고 있었다.

'귀여워······.'

무심결에 그리 생각한 이아나가 또 입 맞출 뻔했다가 아르하드 한정으로 너무 무절제해진 제 정신세계를 깨닫고 헛기침했다.

그때, 아르하드가 이아나가 내민 손을 강하게 붙잡으며 손바닥을 끌어당겼다. 그러더니 손바닥에 입술을 누르며 이아나를 축축한 눈길로 올려다본다.

순간 심장이 쿵 하고 바닥으로 떨어졌다.

이아나는 순간적으로 손을 빼고 달아나고 싶은 기분을 느꼈지만 그럴 수 없었다. 무너지려는 표정을 겨우 다잡은 이아나가 아무렇지 않은 척하며 아르하드의 뺨을 꼬집었다.

"오늘 할, 일이 많잖아요. 이제 가요."

"그래. 다음 장소로 가자."

아르하드가 이아나의 손에 깍지를 끼며 자리에서 일어났다.

"와아."

누군가 탄식했다.

"라이즈 경! 우리 무섭고 딱딱한 주군께도 부디 많은 지도 편달 부탁드립니다!"

아르하드는 감정이 잘려 나간 듯 지극히 냉정한 상관이었지만, 종종 오늘 죽을 사람처럼 괜히 더 까불대는 이들이 있었다. 아르하드가 머리를 얻어맞은 것처럼 돌변해 실실거리는 걸 목격했으니 그 정도는 더 심해졌다.

아르하드는 일절 반응하지 않고 훈련장 바깥으로 향했다.

"……."

손을 잡은 채 아르하드를 따라가던 이아나는 목덜미가 뜨끈해져 오는 걸 느꼈다. 아르하드에게 고백을 한 이틀 전부터 방금 전까지, 이아나는 멀쩡해 보였지만 사실은 현실감각 없이 꿈을 꾸듯 멍한 기분으로 일정들을 소화했었다.

청혼하고, 로안느를 떠나고, 새로운 땅으로 와서 새로운 사람들을 만나고, 기사 맹세를 하고, 다시 청혼받고.

그 큰일들을 기분 좋게 설레되 담백한 태도로 잘 마무리 지었다고 생각했지만 실은 현실 감각이 없었던 거였다. 오늘 현재에 완전히 정착하는 느낌을 받고서야 새삼 현실감이 몰려들었다.

아르하드와 맞잡은 손에 힘이 꾸욱 들어갔다.

꿈에 취해 있다가 벗어났더니 모든 것이 낯설고 부끄러워졌다. 환경의 낯섦은 시간이 해결해 줄 문제였지만, 봄바람 같은 부끄러움은 난생처음이라 어찌해야 할지 몰랐다.

아르하드와…… 연인이 되었다.

아무것도 몰라서 연인은 대체 뭘 해야 하는 거냐고 물었을 때 아르하드는 이때까지와 다를 바 없다고 말했었다.

하지만 아르하드는 틀렸다.

'다른 것 같아.'

마음부터가 달랐다.

날것의 진심을 말로 표현하기 전까지 아르하드를 좋아하는 마음은 불안정하고 어두웠다. 어딘가 심하게 비틀린 나머지, 파괴적인 욕정과 집착으로 화하기까지 했다.

그런데 솔직하게 고백하여 통로가 뻥 뚫린 것처럼 마음이 통하자, 그 무서운 사랑은 생소할 정도로 달콤하고 순진해질 수도 있었다.

손을 맞잡은 게 한두 번이 아닌데도 처음 손을 잡아 보는 것처럼 쑥스러워 심장이 간질거렸다. 아, 아닌가. 이렇게 당연하다는 듯이 자연스럽게 손을 잡고 길을 가는 건 처음이 맞잖아.

낯설어서 손을 빼고 싶으면서도 좋아서 손을 꼭 잡고 싶은 이 모순적인 기분은 뭐란 말인가. 한겨울인데도 따뜻한 봄 같다는 느낌은 또 무슨 논리를 통해 발생한단 말인가.

누가 봤다면 이때까지가 비정상이었고 지금이 정상이라고 소리칠 생각을 하며, 이아나가 아르하드의 뒷모습을 힐끔 보았다.

'당신은 아무렇지도 않은 건가……'

의문은 아르하드의 귓불이 달구어진 듯 빨개진 걸 발견하자마자 곧장 사그라졌다. 좀 더 부끄러워진 이아나는 처음 검을 잡아 본 초짜처럼 막막했다.

이아나는 괜히 이것저것 물으며 제 마음을 감추려 애썼고, 아르하드도 성실하게 대답하며 괜히 어른스럽고 능숙한 척했다.

갓 연인이 된 두 남녀는 겉으로는 영양가 있는 대화를 나누었으나 속으로는 감정에 허우적거리며 시간 가는 줄도 모르고 그저 걸었다. 그랬더니 어느새 훈련장의 출입구에 도착해 있었다.

"여긴 모의전장이다."

요새화된 훈련장 옆의 땅은 큰 싸움이 있었던 것처럼 정돈되지 않은 상태로 방치되어 있었다.

"이 주에 한 번 모의전이 열리는데 전 병종이 모이니까 시간이 나면 참가해 봐."

그들이 다음으로 향한 곳은 시내 쪽이었다. 오늘은 이아나가 로안느에서 고군분투하는 동안 그가 세마스티어에서 준비해 온 것들을 자랑하는 날이었다.

사방이 뚝딱거리며 돌과 판자를 두드리는 소리들로 소란스러운 와중에 중독성 있는 노래가 섞여 울렸다.

아직 다 지어지지 않은 건물로 자재를 바삐 옮기는 인부들, 쌓아올리기만 한 건물의 휑한 벽 위로 아름다운 그림을 그리고 조각을 새겨 넣는 예술가들, 커다란 삽으로 땅을 푹푹 파고 나무와 꽃을 심는 정원사들.

"식사하세요!"

사람들, 사람들, 또 사람들.

전 세계가 바하무트 때문에 절망하고 있는데 이곳만큼은 희망으로 눈부셨다.

동부도 몬스터 게이트 때문에 많은 피해를 입었긴 마찬가지였다. 아르하드가 자리 잡고 난 뒤 몬스터는 싹 다 도망가 버렸지만, 이미 많은 시설들이 파괴된 후였다.

하지만 아르하드는 이것이 위기이자 기회, 탄탄한 기반을 다질 절호의 시기라 여겼다.

국가가 아르하드와 이아나의 절대적인 무력에 기댈 수 있는 기간은 짧다. 그들도 인간인 이상, 언젠가는 죽는 법이었다.

아르하드는 이왕 시작한 것, 그들이 있어야만 유지되는 번지르르한 국가가 아닌, 그들이 없어도 역사에 길이 남을 튼튼한 국가를 세우고 싶었다.

그러려면 첫 단추부터 제대로 끼워야 했다. 기반부터 제대로 다져야 하는 것이다. 그리고 기초를 제대로 마련할 수 있는 시기는 처음뿐이다. 그 처음이 바로 지금이었다.

원래라면 수많은 반대에 부딪쳐 가며 부실한 헌것을 고쳐 써야 했겠지만, 바하무트가 공포를 조장하며 몽땅 때려 부순 탓에 새것을 순조롭고 튼튼하게 지어 올릴 수 있었다. 그것이 법이든, 건물이든, 뭐든.

"여기 못 좀 더 가져다줘!"

"좀 더 힘줘서 망치질하자고."

새로운 국가의 국민이 될 사람들도 처음부터 제대로 해서 더 나은 미래를 누리기 위해 으샤으샤 힘냈다.

사람들은 몬스터 웨이브 때문에 도시가 파괴당하고 바하무트가 전 세계를 상대로 전쟁을 선포했을 때의 좌절을 기억했다. 하지만 그들의 대영주가 단숨에 몬스터를 몰아내고 동부 영지통합과 신 국가 건국 계획을 발표했을 때의 희망도 기억했다.

희망은 충실한 지시 수행과 부지런한 노력의 형태로 나타났다. 영주의 뜻대로 도시 전체에 건설의 바람이 불고 있었다.

"엘프들이 꽤 보이네요."

특이한 점은 거기에 귀가 뾰족한 엘프들도 있다는 것이다.

건국을 결심한 후, 아르하드는 엘프족의 지도자 뤼미에르를 비롯한 엘프 장로들과 많은 협의를 거쳤다. 엘프들은 다가오는 대전쟁에서 살아남기 위해서는 아르하드를 도와야 하며, 변화의 흐름에 도태되지 않기 위해서는 숲을 나와야 한다는 사안에 만장일치로 동의했다.

그리하여 숲 밖을 나가면 안 된다는 엘프의 금기가 깨졌다.

반년 전부터 호기심 많은 엘프들이 인간의 마을을 기웃거리기 시작했고, 지금은 그 수가 무척 많이 늘어났다.

신기한 점은 반년밖에 안 지났는데도 인간들이 엘프에 익숙해 보인다는 점이다. 가끔 흘끔거리긴 해도 무례하게 빤히 쳐다보는 시선은 없다시피 했다. 심지어는 함께 일하며 떠들고 있는 모습도 적잖게 보였다.

"종차별이 나쁘다는 교육을 일주일에 한 번씩 의무적으로 받게 하거든. 역할극과 대리체험 등 방식은 다양하지만 다 같은 내용이야. 그렇게 정기적으로 장기간 교육받으면 보통은 세뇌당한 것처럼 나쁘다고 생각해. 지겨워서라도 나쁘다고 여기지."

그 밖에도, 경고, 제재, 처벌, 추방, 사형까지. 아르하드는 여러 종족의 화합을 위해 여러 수단을 마련해 놓은 상태였다. 강력한 영주의 철두철미한 법적 제재는 사람들이 함부로 경솔한 행동을 하지 못하게 만들었다.

어찌 됐든 멋진 광경이다.

"살면서 이런 광경을 보는 날이 올 줄이야."

이아나가 감탄을 숨기지 못하자 아르하드가 미소 지었다.

"여기에 수인들까지 이주하면 더 볼만해지겠지."

"전무후무한 멋진 광경들을 볼 수 있을 것 같아 기대됩니다."

"사고가 많이 터져서 수습하느라 머리도 아플 거고."

엘프들은 기본적으로 조용하고 다정한 성품이었고 인간들은 신비로운 그들을 어려워했기에 아직까진 큰 말썽은 없었다. 하지만 연합부족인 각양각색의 수인들이 섞여 들면 필시 법을 어기고 소란을 일으키는 이들이 생겨날 것이다.

"다종족 국가는 사상 최초니 당연히 문제가 많겠죠. 하지만 문제들을 해결하는 과정에서 발전하는 법이니 감수해야 하지 않겠습니까."

"맞아. 장기적으로 봐야지."

모든 종족이 인간과 동등한 위치에서 화합할 수 있는 국가를 세우는 것이 그들의 목표였다. 그러기 위해서는 초기에 각 종족이 자리를 잡고 새로운 환경에 잘 적응하는 것이 중요했다.

튼튼한 기반.

다종족 통합.

건국을 결심한 순간, 아르하드는 이 골치 아픈 두 문제를 해결하기 위해 도시 계획의 전문가들을 포섭했다.

이아나와 아르하드는 한참을 걸어 세마스티어에서도 동부 외곽에 위치한 커다란 건물에 도착했다. '타릴 카트너 연구소'라고 적힌 간판이 건물의 입구에 붙어 있었다.

"마스터, 오셨습니까! 소장님을 모셔오겠습니다!"

로비에서 상주하는 직원이 벌떡 일어나 인사하더니 급히 안쪽으로 들어갔다.

"마스터!"

얼마 지나지 않아 안쪽에서 한 중년 여성이 사람들을 우르르 이끌고 다급히 걸어 나왔다.

이아나는 선두의 여성에게서 잉크 냄새와 기름 냄새를 동시에 맡았다. 기름때가 덕지덕지 묻은 검은 앞치마와 두건을 두른 그녀는 체구가 작고 말랐다. 하지만 팔뚝까지 걷어붙인 마른 팔에는 옹골진 근육이 속까지 꽉 들어차 다부지다는 느낌을 받았다.

앞에 멈춰 서서 손수건으로 손에 묻은 기름을 쓱 닦은 그녀가 아르하드에게 짧게 인사하곤, 반들거리는 안경 너머로 이아나를 빨아들일 듯이 바라보았다.

"어제 서임식에서 잠깐 뵀었지요."

이아나가 고개를 끄덕였다.

"정식으로 인사드리겠습니다. 타릴 카트너입니다."

여자, 타릴이 손을 내밀었다. 대장장이의 것처럼 굳은살과 흉터가 빼곡한 손이었다.

"마도공학만 죽어라 파고 있는 마법사죠."

마도의 타릴 카트너.

이아나가 마주하는 아홉 번째 대마법사였다.

마도공학은 마나를 이용하는 아티팩트가 주된 연구 분야지만, 마나와 관계없는 자연과학기술들도 연구하는 광범위한 학문이다.

타릴은 마법 실력은 그리 뛰어나지 않았으나 마도공학에 있어서는 타의 추종을 불허하는 독특한 마법사였다. 카트너 가문은 대대로 고급 아티팩트를 개발해 온 가문이었는데, 축적된 기술은 희대의 천재 타릴 카트너의 세대에서 꽃을 피웠다. 현 세대에서 최상급 아티팩트 대부분이 타릴과 제자들의 손에서 탄생했으니 말 다 했다.

대륙에서 손꼽히는 장인이자, 마도공학의 최고 권위자.

아르하드가 신 국가를 세우기로 마음먹자마자 포섭한 인재 중에서도 핵심인재였다.

"반갑습니다. 이아나 라이즈입니다."

이아나가 타릴의 손을 잡으며 똑바로 쳐다보았다.

"카트너 씨의 명성은 익히 들었습니다. 이렇게 뵙게 되어 영광입니다."

"저야말로 영광입니다. 이아나 라이즈 경. 앞으로 한두 번 볼 사이 아니니 그냥 타릴이라고 불러 주세요."

아르하드의 능력이 새삼 대단하다. 타릴 카트너는 매우 까다롭기로 유명했다. 억만금을 주며 주문해도 죄다 거절하고 제 맘에 드는 극소수의 아티팩트만 제작한다는 콧대 높은 마법사를 어떻게 꼬드긴 걸까. 어떤 엄청난 대가를 제시했기에 타릴이 세마스티어에 이주하기까지 한 걸까?

작년에, 아르하드가 타릴을 영입했다고 언급했지만 로안느의 일만으로도 너무 바빴던 이아나는 자세한 내용을 묻지 못했다. 아르하드가 세마스티어에서 정확히 무슨 일들을 했는지는 앞으로 차차 알아 갈 예정이었다.

"타릴, 라이즈 경에게 '계획도'를 보여 줘."

"준비해 됐습니다."

이아나와 아르하드는 타릴의 안내를 받아 건물 지하의 최하층으로 갔다. 그 층의 하나뿐인 방은 온갖 아티팩트로 무장되어 보안이 철통같았다. 타릴이 손을 빠르게 움직이며 마나로 복잡하게 조작하자 쇠가 갈리는 소리가 나며 문이 열렸다.

쿠르릉.

이아나는 어마어마한 마나의 흐름에 선뜻 들어서지 못하고 그저 문 안을 들여다보았다.

"여긴 뭐죠?"

문 너머로 끝이 보이지 않는 넓은 공간이 펼쳐졌다. 복잡하게 빙글빙글 얽힌 길과 뒤죽박죽 섞인 계단들이 미로를 형성하고 있었고 곳곳에 문의 형태를 한 게이트들이 있었다.

"나와 타릴이 연구해서 만든 영구적 마도 공간, '게이트로드'다. 내 영토에서 중요한 곳들이 게이트로 연결되어 있어. 내 허가를 받아야만 여기를 이용할 수 있다."

"게이트를 통하지 않으면 절대 오갈 수 없는 비밀공간들도 있죠. 지금 가려는 곳도 그런 곳입니다."

타릴이 성큼성큼 안으로 들어갔다.

미로 같은 복잡한 길을 걸은 지 얼마 되지 않아 회색의 철문 앞에 도착했다.

덜컹!

타릴이 거침없이 열어젖힌 문 안에서 수십 명의 인기척이 느껴졌다. 방 구석구석에서 저마다 작업하고 있던 사람들이 그들을 향해 꾸벅 인사하곤 다시 제 일에 열중했다.

한 무리의 사람들은 책상 앞에 바짝 당겨 앉은 채 각기 맡은 큼지막한 설계도 위로 복잡한 그림과 수식들을 빼곡하게 써 내려가고 있었다. 다른 무리의 사람들은 어디에 쓰는지도 알 수 없는 특이한 형태의 아티팩트들을 손수 제작하고 있었다.

한쪽 벽 전체에는 한 지역을 하늘에서 내려다본 듯한 거대한 평면도가 그려져 있었다. 사람들은 그 앞에서도 심각한 표정으로 토론했다.

어둑한 방 자체가 거대한 아티팩트였다. 범인은 감히 이해할 수도 없는 초고난이도의 마법진과 수식들이 지도를 중심으로 빼곡하게 새겨져 있었고, 그것들의 중심에는 작은 보석이 하나씩

박혀 있었다. 그 수가 자그마치 수십 개였는데 살펴보니 아직 보석이 들어갈 만한 빈 공간들이 다수 있었다.

그리고 방의 중앙 기둥에는 주먹만 한 수정구가 놓여 있었다.

이 방의 핵이 바로 저 수정구였다.

"여긴 국가 계획의 방이다. 도시 건설과 관련된 모든 설계를 여기서 해. 여기 있는 사람들은 모두 대륙에서 손꼽히는 전문가 들이고."

덧붙여진 설명에 의하면 도시 환경 계획, 중요한 공공건물 건축, 도로 정비 등이 이 은밀한 지하 건물 안에서 이뤄졌다.

"타릴은 도시 환경 계획의 총책임자다. 여러 전문가들의 자문을 받아 수도가 될 세마스티어의 재정비 계획을 세웠지."

"지금 세마스티어는 계획대로 변화하고 있죠. 지금은 추가로 보완할 점을 찾는 단계랍니다."

타릴이 눈을 반짝 빛내며 이아나를 수정구 앞으로 안내했다.

"완성된 국가의 모습을 볼 수 있는 '계획도'입니다."

"수정구 위에 손을 얹어 봐."

시키는 대로 수정구에 손을 대자 마법이 침투하는 느낌이 들더니 시야가 점점 하얗게 물들었다. 그리고 눈앞의 세계가 점점 푸르러져 하늘이 되었다.

[아래를 봐.]

웅 하고 울리는 목소리가 지시하자 이아나는 무심코 아래를 내려다보았다. 절로 감탄이 나오는 광경이 시야에 들어왔다. 완성되어 번듯한 도시는 목 뒤가 쭈뼛 설 정도로 아름다웠다.

[자세히 보고 싶은 곳이 있으면 거기에 집중해.]

이아나는 먼저, 중앙 성을 가까이서 보고 싶다고 생각했다.

그러자 즉시 시야가 변했다. 현실에서는 외부 수리 중인 중앙 성이 완성된 모습으로 이아나를 반겼다.

세마스티어의 중앙지역에 우뚝 솟은 성은 하늘의 햇빛을 머금으며 오묘한 빛깔로 제 모습을 뽐냈다.

마치 하늘을 형태로 빚어낸 것 같다.

건축가들이 엄청나게 공들인 티가 나는 성은 문외한이 봐도 그저 아름다웠다. 이아나는 성을 홀린 듯이 바라보았다.

[지금 뭘 보고 있어?]

"……중앙성이요."

[마음에 들어?]

"네. 정말 멋집니다."

[네 집이야.]

이아나조차 설레게 하는 말이었다.

이아나는 도시 곳곳을 자유롭게 누볐다. 자연과 건물이 조화롭게 어우러진 세마스티어는 세계 어느 도시에서도 볼 수 없었던 특별한 모습을 하고 있었다. 효율적으로 구획하여 정돈된 느낌이 있으면서도 자연 환경을 풍부하게 조성하여 자연스러운 느낌을 살렸다.

도서관, 시계탑, 마탑, 연구소, 공원 등등. 건물이나 시설은 이아나가 왕성에서 받은 이미지와 비슷한 느낌을 풍기면서도 저마다의 특색이 있었다.

[공공시설은 건축가들을 아낌없이 지원해서 얻어낸 결과물이야. 대부분의 건축물에 마도공학 기술을 접목했고.]

ADONIS
아도니스

건물 하나하나가 아티팩트인 세마스티어는 하나의 초대형 아티팩트였다.

이아나는 세마스티어의 외곽으로 향했다. 석재와 식물로만 구성된 동부 구역, 서부대륙의 특성이 슬쩍슬쩍 보이는 서부 구역, 롯소 산맥에서 뻗어 나온 광산과 대장간이 즐비한 남부 구역 등, 유독 이색적인 구역들이 보였다.

[각 종족의 의견을 적극 반영해서 구획한 구역이다. 종족 관계없이 섞여 살 중앙거주지 외에, 각 종족의 힘이 되어 줄 주요 거주지도 있어야 하니까.]

"남부의 대장간 거리는 드워프들을 위한 겁니까?"

[맞아.]

"드워프족은 이주 의사를 밝히지 않았습니다만."

[모르는 일이지. 엘프와 수인이 대륙으로 진출하는데 드워프가 가만있을까? 게다가 드워프 역사상 최고의 작품이 여기 있는데.]

아르하드가 의미심장하게 속삭였다.

[오후에 첸델프와 연락할 때 한번 넌지시 물어봐. 뭐, 그들이 이주하지 않는다고 해도 무구 제작 전문 거리로 만들면 돼.]

외곽까지 구경한 다음엔 세마스티어의 외부로 나갔다.

[높은 곳에서 내려다보고 싶다고 생각해 봐.]

이아나가 그리 생각하자 시야가 단숨에 높아졌다. 처음에 보았던 세마스티어의 도시 풍경이 다시 펼쳐졌다.

[더 높게.]

높이, 더 높은 곳으로.

세마스티어의 모습이 점점 작아졌다.

그러자 세마스티어에서 뻗어 나가는 크고 작은 도로들과 그 끝에 위치한 가지각색의 도시들이 보였다.

[다른 도시들도 동시 개발 중이지만, 시대가 시대인지라 일단 주요 도시들 위주로 재정비 중입니다. 그 다음에 중소 규모 도시들의 발전에 집중할 거예요.]

아르하드와 타릴이 천천히 구경하고 있으라는 말을 끝으로 자리를 비웠다. 이아나는 이곳저곳으로 시야를 옮겨 다니며 시간 가는 줄 모르고 구경했다.

그러면서 점점 계획도의 가장자리로 향했다.

변방으로 갈수록 번화가는 뜸해지고 자연이 선물한 천혜의 요새들과 험준한 성들이 눈에 띄었다. 적의 침공을 방어할 성벽들이 양파껍질처럼 연속해서 놓여 있었다.

마침내 이아나는 계획도의 서쪽 끝에 도달했다.

아르하드의 영토가 끝나는 곳, 국경이었다.

국경을 둘러싼 거대한 성벽 바깥은 안개로 뒤덮여 있었다.

국경 너머는 바하무트다.

이아나는 뿌연 안개를 물끄러미 응시하다가 다시 높은 하늘로 시각을 옮겼다.

동대륙 전체를 잡아먹은 아르하드의 영토는 계획의 방 벽에서 얼핏 보았던 평면도와 완벽하게 일치했다. 광활하고 아름다운 땅이 이아나의 눈동자에 아로새겨졌다.

'지킬 거야.'

죽는 그 순간까지, 이 땅의 모든 것을.

이아나가 마나의 흐름을 끊으며 눈을 감았다가 천천히 다시 뜨자 세상은 원래대로 돌아와 있었다.

자석의 한 극이 다른 극에 이끌리듯, 한 남자의 모습이 곧장 이아나의 시선을 잡아당겼다. 아르하드는 그를 둘러싼 사람들과 진지하게 업무적인 대화를 나누고 있었다.

이아나는 다가가지 않고 가만히 그를 바라보았다.

귀여울 땐 언제고 지금은 또 멋있다.

무심결에 그런 생각에 몰두해 버렸다. 아르하드가 이아나를 발견했을 때, 그녀의 눈동자는 애정으로 가득했고, 얼굴은 봄볕의 햇살처럼 따스했으며, 입가는 둥근 호선을 그리고 있었다.

'이런.'

아르하드는 심장이 멎는 듯한 기분을 느끼며 순간적으로 눈을 감았다. 아침에는 어젯밤 잠을 설치게 만든 고민이 무색할 정도로 무심해서 서운하게 만들더니 이젠 지나치다.

오늘 대체 몇 번이나 심장이 터져 나가는지, 이러다 정말 죽을 것 같았다. 이아나는 애정이 가득 실린 미소만 지었을 뿐인데도 너무 행복해서 숨이 안 쉬어지고 몸이 굳을 지경이었다.

"어떠셨습니까?"

아르하드는 타릴이 이아나에게 말을 걸고 나서야 정신을 차릴 수 있었다.

"최고였습니다."

"제가 최고 책임자랍니다."

이아나의 극찬을 받은 타릴이 위풍당당하게 어깨를 폈다.

"계획도대로 완성될 나라를 생각하니 마음이 들뜨네요. 타릴 씨가 여기로 와 주어서 다행입니다. 감사합니다."

"저야말로 불러 주셔서 감사하죠."

타릴이 코끝을 찡그리며 웃었다.

"궁극의 마도 도시를 건설하는 건 제 평생의 꿈이었습니다."

아티팩트 설계는 도시 계획과도 상통하는 부분이 있었다. 마도 도시 건설은 초거대 아티팩트를 제작하는 것과 같았다.

어릴 적부터 그 꿈을 가졌던 타릴은 도시 전문가를 직접 찾아가 지식을 배웠고. 밤이면 밤마다 도시 계획도를 그려 보곤 했다. 다른 분야에서 활약하는 지인들에게 제가 그린 계획도를 보여 주며 진지하게 평가받기도 했다.

하지만 나이가 들수록 도시 건설에는 상상 이상으로 많은 것들이 필요하다는 걸 깨달아 갔다.

많은 돈, 넓은 땅, 통치할 법, 살아갈 주민 등등. 아티팩트만 잘 설계한다고 해서 되는 일이 아니었다.

거기에 바하무트가 난동까지 부리니 꿈이 한없이 요원해지던 찰나 아르하드가 궁극의 게이트로드 설계도로 한 방, 신국가 건설 제안으로 두 방, 엄청난 세력 과시로 세 방을 먹였다. 타릴은 단 세 방으로 정신이 혼미해져 아르하드의 수하가 되었다.

도시 건설도 감지덕지인데 국가 건설이라니!

조국에 소속감이 딱히 없었던 타릴은 그로부터 얼마 지나지 않아 카트너 가문을 통째로 세마스티어로 옮겨 왔다. 그녀의 제자들도 몽땅 따라온 것은 덤이었다.

"마스터 덕분에 그 꿈을 이룰 수 있었죠."

타릴이 어느새 옆으로 다가온 아르하드에게 공을 돌렸다.

아르하드는 타릴에게 모든 것을 지원해 주었다.

놀라운 지식, 막대한 금전, 함께 고민할 두뇌들까지. 타릴은 아르하드의 지원에 보답하고자 피 터지도록 노력했고 결국 마도 공학에 이종족의 특수신술까지 이용한 국가 계획도를 완성했다.

"모두가 노력한 덕분이지."

공을 넘겨받은 아르하드가 모두에게 공을 퍼뜨렸다.

"그렇지요. 모두에게 감사합니다. 라이즈 경에게도 감사해요."

이아나에게도 공이 돌아왔다. 한 것이 없었던 이아나가 의아 해하자 타릴이 미소 지었다.

"마스터의 설계도와 국가 건설 제안은 구미가 당겼지만 그뿐 이었다면 세마스티어에 정착하지는 않았을 겁니다. 아무리 좋은 도시를 지어 올리더라도 지키지 못해 파괴당한다면 건설하지 않 은 것이나 다름없으니까요."

반들거리는 눈동자가 이아나를 머금었다.

"제게 새로운 꿈이 생겼습니다. 그건 세계 최고의 나라를 세 우는 데 이바지하는 거예요."

타릴이 이아나를 향해 손을 내밀었다.

"저는 이곳에서 제 꿈을 이루고 싶습니다. 그러기 위해 제 남 은 삶을 모두 바칠 겁니다. 라이즈 경은요?"

"지킬 겁니다."

이아나는 단숨에 그 손을 단단히 마주 잡아 왔다.

"이 땅 위의 모든 것을 지킬 거예요."

"아주 든든하네요."

다른 종류의 굳은살들이 맞닿았다.

타릴과 헤어진 이아나와 아르하드는 게이트로드로 들어갔다.

"길을 잃기 쉽겠습니다."

게이트로드는 매우 복잡한 미로였다. 아르하드가 저를 제외한 누구도 마나를 사용할 수 없게 해 놓은 데다 교란 마법까지 걸어 놨기 때문에 함부로 들어왔다간 꼼짝없이 갇힐 터였다.

"그래서 게이트로드 이용자들은 원하는 문으로 인도하는 아티팩트를 써야 해. 하지만 넌 나와 함께 이 게이트로드의 주인으로 인식되어 있으니까 그럴 필요 없어. 네가 어떤 문으로 가고 싶다는 생각만 하면 알아서 길이 만들어질 거야."

아르하드가 이아나의 왼손 약지를 만지작거렸다.

"이 반지가 그 증표고."

하여간 괴물반지였다.

게이트로드를 통해서 세마스티어의 외곽으로 간 이아나와 아르하드는 중앙성으로 돌아오는 루트로 도시를 천천히 구경했다.

"저 거대한 건물은 국립 중앙 도서관이 될 거야. 시아이외가 책임지고 책을 채워 넣고 도서관장에 어울리는 인재를 데려오겠다고 하더군."

이아나는 이제 시아이외가 문화계의 큰손 '반 프리더스'라는 사실을 알고 있었다. 시아이외라면 그 분야의 최고 전문가. 완성될 도서관이 무척 기대되었다.

"여긴 패션과 관련된 상점들이 들어설 거리다. 네 룸메이트였던 프리실라도 학술원에서 친하게 지냈던 사람들을 불러 가게를 열 거 라더군. 시아이외와 함께 저렴하고 질 좋은 기성복 공동사업도 구상 중이라고 해."

"두 사람도 결혼하겠죠?"

프리실라와 시아이외는 아직 로안느에 있었다. 시아이외의 사업 문제로 정리할 게 다수 남아 있었기 때문이다.

"결혼식이야 시기를 봐서 하겠지. 그런데 식만 안 올렸을 뿐 혼인 신고는 했으니 결혼한 거나 마찬가지 아닌가."

"네? 언제요?"

"몰랐어? 작년에 프리실라가 페르난도를 피해 세마스티어에 왔을 때 했어. 도착하자마자 시아이외가 그녀와 손잡고 내 집무실에 오더니 혼인 신고서를 내밀더군."

놀랍다. 빨라도 너무 빠르지 않은가. 프리실라야 뭐든 거침없다지만 시아이외가 그럴 줄은 몰랐다. 사랑의 힘은 대단했다.

"혹시 내가 너무 섣불리 말한 건가?"

아르하드로선 이아나에게 비밀을 만들고 싶지 않아서 이미 아는 사실을 말한 것이지만, 말하고 나니 이아나의 친구 관계에 함부로 간섭한 꼴이 되지 않았나 싶었다.

"당신이 제게 거짓말하거나 숨기는 게 더 싫으니 괜찮아요. 제가 나중에 사과하고 따로 물어보겠습니다."

"……."

분명 좋아해야 할 말 아닌가? 이아나는 아르하드의 기분이 눅눅하게 가라앉았다는 걸 눈치챘다.

"제가 사과한다는 게 신경 쓰이시는 건가요? 괜찮다니까요."

"그래. 이제 다른 곳으로 가자."

표정을 정돈하고 원래대로 돌아온 아르하드가 이아나의 손을 잡고 다음 거리로 향했다.

"여기는 제2 업무지구다. 내가 지분을 많이 가지고 있는 상단들 외에도, 세마스티어에 자리 잡고 싶어 하는 상단들 중 괜찮은 곳들을 선별해, 막대한 투자금을 뜯어낸 다음 조성했지."

한 지역의 최고가 되는 건 무척 어려운 일이다. 기존 세력이 자리 잡은 곳에 새로 진입하려면 텃세까지 감당해야 하므로 더 어렵다. 한 국가의 최고는 더더욱 어렵다.

하지만 새로운 나라라면 어떨까?

바하무트, 로안느와 어깨를 나란히 할 초대형 국가 건국에 손을 얹고 싶어 안달이 난 상단은 부지기수였다. 거기서도 선택받은 상단들은 아르하드의 호감을 사고자 엄청난 액수의 돈을 기부금이라는 명목으로 바치고 업무지구에 부지를 받아 냈다.

덕분에 업무지구에는 번쩍번쩍한 건물들이 벌써부터 들어서 있었다. 그중에는 나일 사벨릭스의 서클시타 상단도 있었고, 남부에서 만났던 자카드 자벨론의 자벨론 상단도 있었다.

무르시의 파엘라 상단도 있었다.

"파엘라 상단이 제일 커질 것 같습니다."

서클시타 상단은 군수 물자 전문인 데다 상단주인 나일은 대표 자리를 부하에게 위임하고 국가직을 역임할 예정이었다. 자벨론 상단은 조국에 얽매여 본부를 옮기지 못하는 상태였고.

그런데 무르시는 제 터전을 세마스티어로 아예 옮기기로 했다. 수인과 엘프의 신임을 한 몸에 받고 있기도 했다. 이그나이츠 최고의 장인이 될 첸델프의 신뢰까지 얻어 낸 상태였다.

"파엘라 상단이 잘됐으면 좋겠어? 내가 밀어 줄까?"

"무르시 씨가 알아서 잘할 겁니다. 하지만 소소한 부분들은 도와주면 좋겠죠."

신국가의 수장들과도 친분이 있으니 말 다 했다.

"여긴 중앙공원이다. 공기정화력이 뛰어난 나무들을 많이 심어서 산책하기 좋아."

"대극장이야. 첫 공연을 함께 보러 가자."

느긋하게 거닐면서 꼼꼼한 설명을 들었다. 계획도를 봤을 때는 멋지다고 생각만 할 뿐 무슨 용도인지는 몰랐던 건물들을 아르하드의 목소리를 통해 알아 가니 참 좋았다.

이아나는 아르하드의 얼굴을 흘끔거렸다. 아르하드도 계속 미소를 짓고 있는 것으로 보아 매우 즐거운 눈치였다.

이아나는 덩달아서 기분이 더욱 좋아졌다. 마주 잡은 손도 오늘 하루 계속 붙잡았더니 조금은 익숙해져, 어색함보다는 설렘이 더 컸다. 아르하드도 그럴까?

해가 뉘엿뉘엿 저물어 약속 시간이 다 되어 가자, 그들은 여전히 들뜬 기분으로 성으로 돌아왔다.

"아직 못 본 곳이 많은데, 다른 곳은 오늘처럼 한꺼번에 보지 말고 시간 날 때마다 함께 구경하자."

"좋아요."

앞으로 계속 함께할 테니 시간은 많았다.

마지막 일정을 위해 곧장 회의실로 향했다. 회의실 중앙에는 높이가 낮은 육각기둥 모양의 최신식 통신기가 놓여 있었다.

이아나는 아르하드가 빼 준 의자에 앉은 채 그가 통신기에 마나를 불어넣는 모습을 지켜보았다. 마나를 주입받은 아티팩트의 중앙 수정구에서 올라온 빛이 누군가의 상반신을 만들어 냈다.

전에 봤던 것보다 수염이 더욱 풍성해진 드워프, 쳉델프였다.

[이아나! 오랜만이다.]

"쳉델프, 그동안 잘 지내셨습니까?"

[이사 준비를 하느라 시간 가는 줄 모를 정도로 바빴다.]

"저는 어제 동부로 왔는데 할 일이 너무 많습니다. 유능한 쳉델프가 어서 와서 저를 도와주시면 좋겠군요."

쳉델프가 흥분해서 고개를 크게 끄덕였다.

[준비는 끝냈고, 네가 불러 주기만을 기다리고 있었다. 아, 그런데.]

쳉델프가 주춤하자 이아나가 눈썹을 쓱 올렸다.

"무슨 문제라도 있습니까?"

[음, 그게.]

쳉델프의 뒤편에서 다른 드워프들이 얼굴을 쓱 내밀었다.

[나와 같이 이주하고 싶다는 녀석들이 있어. 괜……찮을까?]

옆에 있던 아르하드가 그것 보라며 어깨를 으쓱인다.

"몇 명이나요?"

[우리 마을은 통째로 가고 싶어 하고, 다른 마을에서도 소문을 듣고 이주 의사를 밝힌 녀석들이 있다.]

쳉델프 마을의 드워프 수만 해도 수백은 되는 것으로 알고 있는데 다른 마을 드워프들까지?

[다들 네 나라에 도움이 되면 도움이 됐지 폐를 끼치진 않을 거야! 제발 거절하지 말아 줘.]

이아나가 뭐라 대답하기도 전에 쳉델프가 다급하게 말했다.

[우리도 쳉델프처럼 멋진 무구를 만들고 싶습니다!]

[카란켈은 광물이 풍부하지만 세상 경험은 쌓을 수 없죠.]

[쓰이지 않는 무기는 쇳덩어리일 뿐입니다.]

[우리는 우리의 무구가 가치를 찾기를 바랍니다.]

[우리를 받아 주세요! 거절하지 말아 주세요!]

뒤에서 울상이 된 목소리들이 애걸했다.

거절? 무슨 소리. 드워프는 정말 뛰어난 대장장이에 예술가였다. 그들이 와 준다면 이아나야 대환영이었다.

"당연히 오셔도 됩니다. 모두 오라고 하십시오."

된대! 기자! 아티팩트 너머가 왁자지껄해졌다.

[휴우. 다행이다. 그런데 수가 너무 많지 않나? 우리가 함께 살 만한 땅이 있을까?]

"만약을 대비해 드워프들의 거주 부지를 따로 마련해 놨고, 그 외에도 비어 있는 땅은 많으니 드워프족 전체가 이주해도 상관없다."

이 질문에는 아르하드가 대신 대답했다.

[나머지 마을 놈들도 거주지를 옮기지 않더라도 지속적으로 교류하고 싶어 해. 가능할까?]

"봄에 카란켈과 연결되는 게이트를 만들 테니 얼마든지. 이주를 원하는 드워프들에게도 그 게이트를 쓰라고 전해라."

아르하드의 계획 중에는 세마스티어와 대륙 주요 지역들을 잇는 초장거리 게이트 시설을 만드는 것도 포함되어 있었다. 아직 안정화와 보안 작업이 필요했지만 게이트로드를 만드는 데 성공했으니 초장거리 게이트 시설도 금방 구축할 수 있으리라.

"참 유용할 것 같습니다."

게이트 시설은 부서지지 않는 이상 항시 유지된다. 초기에 이종족이 세마스티어로 이주할 때는 무상으로 지원하지만 추후 안정되면 요금을 받을 예정이라 국가 살림에 도움도 될 것이다. 사람들은 시간을 아껴서 좋고. 이아나가 흡족한 표정을 짓자 아르하드도 덩달아 미소 지었다.

"네가 편할 것 같다고 해서 꼭 구축하려 했어."

"제가요? 언제요?"

"전에, 우리 둘이서 카란켈 바위산맥으로 갈 때 텔레포트를 아티팩트로 만들어 놓고 싶다고 했었잖아."

그런 얘기를 했었나?

"게이트는 소수의 인원이 차례대로 들어가야 하지만 한번 만들어 놓으면 별다른 마나 주입 없이 지속적으로 사용할 수 있고, 텔레포트는 다수의 인원이 한꺼번에 이동하기 좋지만 쓸 때마다 다량의 마나를 주입해야 해서 시설 유지에 돈이 많이 들어가. 일반인들이 일상용으로 쓰기엔 텔레포트보단 게이트 마법이 더 실용적이야. 하지만 나중에 네가 말한 단체 이동용 텔레포트 시설도 만들 테니 기대해."

대체 언제 얘기했지? 기억도 안 난다. 스쳐 지나가듯 말했던 걸 아르하드가 마음에 담아 두고 있었던 모양이다.

'설마 내가 했던 말을 다 기억하고 있는 건 아니겠지.'

설마가 아니라 진짜 그럴 것 같다. ……사랑스럽기도 하지.

[고맙다!]

아르하드의 군더더기 없는 대답에 모든 고민거리를 해결한 첸델프가 수염이 입을 가리지 못할 정도로 활짝 웃었다.

[그럼 다른 녀석들에게 마을을 정리해서 봄에 이주하라고 전하겠다. 나

는 소식만 전하고 먼저 세마스티어로 가고.]

"그러세요."

이아나는 첸델프의 들뜬 목소리를 들으며 현 상황을 정리해 보았다. 수인족은 마을을 정리 중이고 드워프족도 오늘부터 이주 준비를 시작할 것이다. 엘프족은 이주 의사를 밝힌 소수의 엘프들만 숲 밖으로 나온 상태였지만 다른 종족들이 자리 잡기 시작하면 좀 더 많은 엘프가 이주해 올 것으로 예상된다.

이주 시기는 날이 풀리는 봄이었다.

'북적북적해지겠구나.'

드워프, 엘프, 수인까지 합세하면 국가 건설은 순풍을 탄 거대 범선과 같이 빠르게 진행될 것이다. 그들의 독특한 특성들은 건설에도 많은 도움이 되니 말이다.

오늘 일정이 모두 끝났다.

일과를 끝내고, 이아나와 아르하드는 전용 식당으로 갔다.

아담하지만 소박하지 않은 멋진 인테리어의 식당은 두 사람만 있어도 횡하지 않도록 각종 소품들과 식물들로 꾸며져 있었다.

사각 테이블은 두 사람이 호화롭게 차려 먹으면 꽉 찰 만큼 적당히 큼직했다. 아르하드가 이아나와 둘이서 식사하기 위해 가져다 놓은 테이블이었다.

이아나와 아르하드가 마주 보고 앉자 고용인들이 저녁식사를 내오기 시작했다.

따뜻하게 데운 곡물 빵, 종류별로 마련된 잼들과 흰 버터, 먹기 좋게 썬 야채 위에 드레싱을 살짝 끼얹은 샐러드와 여러 가지 과일들을 다듬어 모아 놓은 쟁반, 닭고기를 재료로 하여 부위별로 적절하게 삶고 굽고 볶은 주요리들.

두 사람 다 몸이 중요한 무인들답게 식사는 영양가 높은 식단으로 구성해서 거르지 않는 편이었다. 오늘은 밖에서 중간중간 간식을 사 먹어서 가볍게 먹는 편이었다.

"오늘 하루 돌아본 소감이 어때?"

"너무 멋져서 하루 종일 심장이 뛰었습니다."

이아나는 조금 들뜬 기색으로 오늘 보았던 것들에 대한 감상을 아낌없이 들려주었다. 청자가 매우 흐뭇해하며 고개를 끄덕거려 주니 더욱 열성적이고 자세하게, 숨김없이 말하게 되었다.

"엘프들의 마을은 마치 숲 한가운데에 있는 것 같았습니다. 나무의 손상을 최소한으로 해서 집을 짓다니 특이해요."

"중앙 시계탑은 아주 커다랗고 높이가 높아서 세마스티어 어디서나 시간을 쉽게 확인할 수 있겠죠. 다른 마을에도 하나씩 세워 전국의 시간을 통일한다고 하니, 시계탑의 시간을 잘 관리하는 게 중요하겠습니다."

아르하드는 이아나의 말을 들으며 처음엔 그저 흐뭇해하기만 하더니 나중에는 시시각각 표정을 바꾸었다.

진지한 얼굴, 행복한 얼굴, 초조한 얼굴, 몽롱한 얼굴, 충동적인 얼굴, 괴로운 얼굴, 단호한 얼굴, 갈등하는 얼굴, 그런 다양한 얼굴들.

감상을 들으며 건국 계획을 재정비해 보고 있는 걸까? 이아나는 아르하드를 위해 더욱 열심히 말했다.

이야기는 식사를 다 마치고도 끝나지 않아 방으로 돌아갈 때까지 이어지다 방문 앞에 도착하고 나서야 겨우 끝을 맺었다.

"제가 평생 살아갈 나라가 세워지는 데 힘을 보탤 수 있다는 사실이 좋아요."

헤어질 때가 되어, 이아나는 미소를 입가에 매단 채 오늘 내내 하고 싶었던 말을 꺼냈다.

"그 모습을 당신이랑 함께 지켜볼 수 있으니 더 좋습니다. 아마도 매일매일이 즐겁겠죠."

진심이었다. 혼자서 구경했다면 신기해하면서도 그러려니 넘기 금방 잊었을 광경들이 집에 돌아온 지금까지도 선연했다. 맞잡은 손을 의식할 때마다 팔이 떨리고, 그와 연인이라는 사실을 되새길 때마다 심장이 떨렸지만, 그 떨림마저 좋았다고 하면 이상한 걸까.

"고집 부리지 말 걸 그랬습니다."

살면서 한 번도 해 본 적 없는 솔직한 사랑이 지나칠 정도로 좋아서 이아나는 조금 아쉬울 지경이었다.

"당신을 사랑한다는 걸 조금 더 일찍 인정할 걸 그랬어요. 너무 좋아."

이아나가 절제하지 못하고 제 속내를 그대로 드러내다가 흠칫했다. 아르하드가 다급한 손길로 그녀의 얼굴을 감싸고 이마에 덥석 입을 맞췄기 때문이다.

"아."

기습처럼 찾아온 키스는 이아나가 눈을 깜빡이기도 전에 입술로도 이어졌다. 이아나의 입술을 거칠게 빨아들이고 깨무는 입술은 노련하지 않고 그저 미숙했다. 마치 처음 키스를 하는 것처럼 순진한 설렘이 전해졌다.

지분거리던 입술이 아주 좁은 틈을 두고 떨어졌다. 이아나의 붉은 눈동자에 들뜸이 역력한 불그스름한 얼굴이 선명하게 맺혔다. 알 듯 말 듯 한 무거운 어둠이 그의 금안에 어른거리고 있었다. 이아나의 심장이 쿵쾅대며 뛰었다.

"내, 일부터는 다시 일상으로 돌아가겠네요."

이아나가 더듬거리며 말했다.

평소에는 키스하고 난 다음 어떻게 헤어졌더라. 오늘 낮부터 이아나는 스스로가 멍청이가 된 기분이었다.

"……."

"이제 각자 방, 으로 돌아갈까요?"

그러자 아르하드가 눈을 감는다.

"그래. 난 지금도 너무 좋아서 정신없으니까 괜찮아. 얼마나 갈지는 모르겠지만."

뭔지는 몰라도 결론을 내린 표정이다.

평소라면 팽팽 회전하며 답을 찾아냈을 머리가 지금은 굳은 것처럼 돌아가지 않았다. 이아나가 바보처럼 물었다.

"뭐가…… 괜찮다는 거죠?"

"모르면 됐어. 차라리 계속 그렇게 모른 채로 있어. 내일 보자."

아르하드가 이아나를 한번 안아 주곤 등을 돌렸다. 이아나는 자기도 모르게 아르하드의 손을 붙잡았다.

"진지한 문제인가요? 제가 몰라도 되는 겁니까?"

"진지하다면 진지한 문제고, 진지하지 않다면 진지하지 않은 문제지. 알아줬으면 싶기도 하고, 몰랐으면 싶기도 하고."

이아나의 뺨에 아르하드가 사랑을 담아 키스했다.

"잘 자."

아르하드가 작별 인사를 남기곤 먼저 제 방으로 쏙 들어갔다.

"……."

이아나는 한동안 방문을 쳐다보다가 제 방으로 돌아왔다. 몸을 씻은 다음엔 침대에 냉큼 누웠다.

오늘, 너무 즐거웠다.

내일도 즐겁겠지.

하지만 마지막 아르하드의 태도와 제 불편한 감정이 조금 마음에 걸렸다.

'왜 난 아쉬움을 느끼는 거지.'

혼자 있으니 점차 이성이 돌아왔다.

'거기서 뭘 더 했어야 했는데?'

이아나는 바보같이 굴었지만 바보가 아니었다. 아무것도 모르는 천치도 아니었으므로 정답을 빠르게 찾았다.

"네게 욕망을 느꼈다면 나를 경멸할 건가?"

"키스를 할수록, 더한 것을 원하게 되는 내가 이상한 건가?"

"손 안 댔어. 내가 너를 미친 듯이 사랑한다지만 술 취해 쓰러져 있는 너한테 손대고 싶진 않거든. 제정신이었다면 가만두지 않았을 텐데."

호흡이 가빠지고 얼굴이 달아올랐다.

'어떻게 잊고 있었지.'

그 후로 너무 큰일들이 숨 가쁘게 몰아쳐서 그 말들은 기억 저편으로 가 있었다. 이아나가 얼굴을 이불에 푹 파묻었다.

'아르하드가 원한다면……'

민망하지만 받아 줄 수 있을 것 같다. 아니, 받아 줄 거다. 처음이라 막막하기만 하지만.

'그런데 왜 모른 채로 있으라는 거지.'

아르하드의 반응은 알쏭달쏭했다. 이제 와서 물어보기도 뭣했다. 손잡는 것도 부끄럽고 키스하는 것도 떨리는데 왜 참느냐고 어떻게 물어본단 말인가?

아르하드가 알아서 어떻게든 했으면 좋겠는데.

하지만 참는 이유가 있지 않을까?

언제까지 몰라야 하는 거지?

이아나는 뒤척거리며 고민을 이어 갔다.

쉽게 잠들 수 없을 것 같은 밤이었다.

대지를 꽁꽁 얼렸던 겨울이 떠나고 따스한 봄이 찾아왔다.

죽음의 흉흉한 냄새가 밴 땅에도 꽃들은 피어났고 온화한 미풍은 피로해진 몸과 마음을 어루만졌다.

새로운 보금자리인 동부에 정착한 지 삼 개월이 지난 시점. 이아나는 전용 훈련장에 서 있었다.

"후우……"

이아나는 심호흡을 하며 검을 위에서 아래로 천천히 그었다.

서걱.

속도감이 없는 느릿한 베기였다. 바람 한 점 불지 않았다. 그럼에도 단 한 번의 베기는 공간을 뛰어넘기라도 한 듯 수십 걸음 앞에 떨어져 있던 나뭇잎 한 장을 정확하게 반으로 갈랐다. 물리적으로 불가능한 현상이었다.

이아나는 나뭇잎이 떨어진 곳으로 가 상태를 확인했다.

고도의 집중력은 육체를 궁극으로 이끌었고, 그녀의 검술은 이제 기적에 가까워지고 있었다. 만물이, 심지어는 자연의 법칙조차 궁극에 이르려는 그녀에게 고개를 숙였다. 지금의 이아나라면 아주 가는 거미줄 위에 설 수도 있을 것이다.

삐삑.

반지가 반짝거리며 빛나자 시계를 확인했다.

이아나가 심호흡하며 자리에 주저앉았다.

"……."

초조한 마음으로 반지를 쳐다보고 있을 때, 반지가 연결을 요청하는 빛을 은은하게 뿜어냈다. 이아나는 곧장 연결했다.

[이아나 아가씨.]

카니츠였다.

그동안 한 달에 한 번꼴로 연락해서 이번이 겨우 세 번째 연락이었다. 미리 약속한 날짜와 시간에 카니츠가 먼저 연락을 해 오는데, 이아나는 그 시기가 다가오면 괜히 마음이 불안해지곤 했다. 카니츠가 연락하지 않으면 어쩌나 싶어서.

"카니츠, 몸 상태는?"

[이제 가뿐합니다.]

이아나의 공격으로 큰 부상을 입은 이후 병원에 앓아누웠던 카니츠는 그동안 치료하고, 재활하고, 보고하고, 면담하고, 복귀하고, 훈련하느라 눈코 뜰 새 없이 바빴다.

성의 방어가 뚫렸다는 이유로 황궁의 전 기사단이 귀가도 금지당하고 훈련소에서 징벌에 가까운 고강도의 훈련을 받았기에 혼자 있을 틈도 거의 없었다. 그동안 카니츠는 항상 긴장한 상태였고 연락을 하더라도 안부만 짧게 주고받는 게 전부였다.

그런데 오늘은 목소리가 어느 정도 편안하게 들렸다.

[훈련도 며칠 전 끝났습니다. 지금은 혼자서 제도 밖의 바위산에 올랐습니다. 오늘은 편히 대화를 나눌 수 있을 듯합니다.]

그동안 묻고 싶은 게 산더미 같았다.

대체 어떻게 바하무트에 간 건지, 어떻게 황궁 기사가 된 건지, 어쩌다가 이스피와 결혼해서 아이까지 낳은 건지, 아이는 괜찮은 건지, 언제쯤 바하무트에서 빠져나올 수 있는지.

아니, 그 전에.

"아이가 괜찮아지면 이쪽으로 올 거지?"

바하무트에서 나올 생각은 있는 건지.

"저는 여기에 남아 아가씨의 정보통 노릇을 하겠습니다."

바하무트 황성에서 조우했을 때 카니츠가 했던 말이 두고두고 마음에 걸렸다.

[대답 드리기 전에 아가씨가 어떻게 지내셨는지, 지금은 어떤 상황에 계신지, 향후 계획이 어찌 되는지 여쭈어도 되겠습니까? 계속 로안느에

계실 생각이신지요?]

카니츠가 로안느 애길 꺼내는 걸 보니 그동안 정말 제대로 된 애기를 나누지 못했다 싶었다.

이아나는 천천히 이야기를 해 주었다. 카니츠와 헤어진 이후 열심히 학술원을 다녔고, 바하무트에서 만날 거라고 생각했던 그 남자를 학술원에서 만났고, 학술원을 졸업하고 그를 따라 동부로 왔다고. 동부에서 새로운 나라를 세울 거라고.

바하무트에 가지 않을 거라고.

이아나는 그 말을 하면서 과거의 제 입에 주먹을 날리고 싶은 생소한 충동을 느꼈다.

[일이 그렇게 된 거였군요.]

"그래. 그러니까 너도 아이가 괜찮아지면 이스피를 데리고 이쪽으로 와. 도움이 필요하다면 내가 직접 돕겠다."

[아가씨.]

부르는 목소리가 심상찮다.

[아가씨는 바하무트 제국과 싸울 생각이신 거지요?]

"맞아. 싸워서 제국을 없애는 게 목표야."

누가 들었다면 미쳤냐는 소리가 나올 만큼 대담한 발언이었다. 하지만 카니츠는 의심하지 않았다.

[예전에 아가씨가 말씀하신 피로 질척거리는 길이, 아가씨의 주인을 따르며 바하무트를 멸망으로 이끄는 길이었습니까?]

"아니. 그때는 바하무트 제국의 앞잡이가 되는 게 목표였다."

카니츠가 괜히 제가 잘못 이해한 거라고 제 탓을 할까 봐 이아나가 얼른 덧붙였다.

"내가 따르려던 사람이 바하무트 황족의 사생아였거든. 나는 바하무트 황제가 될 그를 받들고 싶었다."

이아나는 솔직하게 말했다. 그것이 저 때문에 바하무트로 간 카니츠에 대한 예의였다.

"하지만 바하무트를 버리고 동부에 새 나라를 세우는 거로 계획이 바뀌었어. 건국 후에는 바하무트 황족과 한쪽이 죽을 때까지 싸울 예정이고."

[이해했습니다.]

카니츠가 담담하게 말을 이었다.

[결정했습니다. 전 그 싸움이 끝날 때까지 바하무트에서 아가씨의 첩자가 되겠습니다.]

정말로 이해한 게 맞을까?

"절대 안 돼!"

[제 의지입니다. 저는 아가씨를 돕고 싶습니다.]

"도우려거든 여기 와서 도와."

이아나가 부글거리는 속을 꾹 눌러 참고 짓씹듯 내뱉자 카니츠가 낮게 웃는다.

[이쪽에 있는 편이 아가씨께 더 도움이 될 것 같습니다. 황궁은 매우 폐쇄적인 만큼 내부 정보가 유출되기 어려우니까요.]

사실이었다. 에이지가 고군분투하고 있지만 황궁의 정보를 얻기란 불가능에 가까웠다. 하지만 이아나는 싫었다.

"이스피의 의견까지 물어보고 말해."

[사실 아가씨를 만난 이후 이스피와 함께 많은 고민을 했습니다. 아가씨와 바하무트가 적대관계인 것 같은데 어쩌면 좋겠느냐고요. 그랬더니 이

스피가 먼저 바하무트에 남자더군요. 저와 이스피가 아가씨께 도움이 될 거라면서요.]

이스피가 먼저? 그 겁 많은 유모가?

"……너희 얘기를 해 봐. 그곳에서 어떻게 지냈고, 어떤 위치에 있기에 나를 도울 수 있다는 건지."

[음, 자세한 얘기는 나중에 만나서 말씀드리고, 지금은 간략하게만 말씀드리겠습니다.]

카니츠가 나지막하게 이야기를 시작했다.

카니츠는 오랜 지인의 도움을 받아 바하무트에 정착했다. 바하무트의 드넓은 영토에는 수많은 민족들이 뿔뿔이 흩어져 살아가고 있어서 카니츠가 외지인의 느낌을 물씬 풍겨도 그의 존재가 이상하진 않았다.

카니츠는 정착한 후부터 정말 우직하게 일했다. 이아나에게 일대일로 가르침을 받았던 카니츠의 실력은 눈부셨고. 실력 지상주의인 바하무트에서는 강함 자체가 호감의 대상이었다.

카니츠는 어렵지 않게 바하무트에 적응했고 결국 황궁 제3 기사단의 일원이 될 수 있었다. 누군가를 시기질투하지 않고 묵묵히 제 할 일만 열심히 하니 사람들과의 관계도 나쁘지 않았다.

몇 년간 그렇게 살다 보니 활용할 수 있는 인맥도 넘쳐났다. 아내인 이스피도 마찬가지였다.

[바하무트 내에 쓸 만한 인맥이 많으니 필요하다면 말씀해 주십시오.]

카니츠의 이야기가 끝났지만 이아나는 침묵했다. 그들이 겪었을 고난과 역행들이 죄다 생략된, 정말 간략한 내용이었다. 하지만 카니츠가 지금은 말하고 싶지 않아하는 눈치라 이아나는 꼬치꼬치 캐묻고 싶은 심정을 꿀꺽 삼켰다.

"그래서, 정말로 남겠다고?"

[예.]

카니츠의 단호한 대답에 이아나가 이마를 짚었다.

"쉽게 결정할 문제는 아니구나."

[아가씨, 전 남고 싶습니다.]

강하게 의사를 표현했음에도 이아나가 그러라는 답을 주지 않자, 카니츠가 머뭇거리더니 이내 결심한 듯 말을 이었다.

[황궁 기사는 재기 불능이 되지 않는 한 일반적인 방법으로는 퇴직이 불가합니다. 바하무트는 연좌제를 적용하기 때문에 저희가 갑자기 행방을 감추면 여기서 친해진 사람들이 모두 고문당할 겁니다. 저는 그것을 바라지 않습니다.]

"……."

[그리고, 저는 남을 수밖에 없습니다.]

어조가 심히 이상했다.

"무슨 말인지 설명해."

[현재 라이프라는 약을 정기적으로 복용 중입니다.]

이아나가 헛숨을 들이켰다.

[혹시 신력이라는 힘을 알고 계십니까?]

"……알아."

[역시 아시는군요. 이 약을 마시면 신력의 양이 대폭 늘어납니다. 다만 주기적으로 마시지 않으면 엄청난 갈증과 고통에 시달리게 되고 심하면 죽음에 이른다고 합니다. 그래서 휴직을 잠깐 하더라도 반드시 복직해야 합니다.]

원래는 최상위 기사단 파칼라투아만 라이프를 복용했지만 어느 순간부터 상위 다섯 기사단까지 그 기준이 내려왔다고 했다. 우직하고 충실한 카니츠에게도 그 약이 돌아왔다.

"라이프……."

이아나가 이를 악물었다.

중독 증세나 망가진 육체는 치료해 줄 수 있다. 에이지도 정령의 힘으로 주기적으로 치료받고 있었고, 현재는 많이 호전된 상태였다. 사키가 치료약도 개발하고 있으니 얼마든지 치료해 줄 수 있었다. 문제는.

"카니츠, 라이프를 복용하면서 네 마음에 뭔가 변화가 생기지 않았나?"

[이 약에 대해 아십니까?]

"알아. 남부에서 공장을 폭파하고 라이프를 빼돌린 적 있거든. 라이프의 치료약은 지인이 연구 중이고 그 치료약 말고도 널 치료할 특수한 방법이 있어."

[바하무트를 떠나기 전에 라이프를 최대한 챙겨 두려고 했는데 정말 다행입니다.]

웃음기 담긴 담담한 목소리. 이 상황에 웃긴 뭘 웃어. 이아나가 울컥 화를 내려다가 참았다.

"문제는 네 성격의 변화야."

[문제없습니다. 라이프의 악의 정도는 가뿐히 이겨 냈습니다. 다음에 직접 뵈면 자세히 설명해 드리겠습니다.]

이겨 냈다니 다행이다. 우직한 카니츠가 그렇다면 그런 것이다. 그래도 상태를 직접 한번 보고 싶었다.

"다음에 언제?"

[휴직계를 낼 생각입니다. 물론 전시라 휴직을 자주 신청할 수는 없어서 딱 한 번 장기 휴직으로 신청할 예정인데, 혹시 건국이 언제쯤인지 알 수 있겠습니까?]

일정상으로는 4월 초, 일 년 뒤였다.

[그럼 그때 뵙겠습니다. 그 전까지는 이렇게 아티팩트를 통해 자주 연락드리고요.]

"알겠다. 그리고."

이아나는 결심했다.

"정말 위험해지기 전까진 네가 원하는 대로 해. 네 말대로 나를 도와."

카니츠는 아주 유능한 사람이다. 회귀 전에도 끝의 끝까지 죽지 않고 저를 보필했던 질긴 녀석이다. 냉정하게 내쳤음에도 제 곁에 있고 싶다는 이유로 바하무트까지 가서 고위 기사가 된 우직하고 고집스러운 놈이다.

이런 부하를 믿지 못한다면 누구를 믿을까?

'그 집착 심한 아르하드도 나를 믿고 위험한 임무들을 맡겨 여기저기 보내는데.'

이아나는 아르하드를 떠올리며 마음을 굳혔다.

이아나와 카니츠의 관계는 아르하드와 이아나의 관계와 같은 주종관계였다. 이아나는 카니츠의 상황에 저를 이입해 보았다. 만약 완수할 능력과 자신이 있는데도 위험하다는 이유로 임무를 주지 않으면 정말 싫을 것이다.

'카니츠를 믿자.'

카니츠라면 잘해 낼 수 있을 거다.

그래, 결정했으면 시원하게 가자.

"알아서 잘 처신할 거라 믿겠다. 정말 도움이 많이 될 거야."

[열심히 하겠습니다.]

이아나의 허락이 깔끔하게 떨어지자 카니츠가 한층 가벼워진 목소리로 수그렸다.

'맞아. 이런 녀석이었지.'

마음에서 걱정을 한 꺼풀 벗겨 냈더니 회귀 선이 새록새록 떠올랐다.

카니츠는 본인의 능력을 아주 잘 파악하고 있어서 섣불리 만용을 부리지 않는 객관적인 사람이었다. 임무를 하달했을 때, 정말 절대 불가하다 싶으면 딱 잘라 거부하는 강단도 있었다.

하지만 가능하다 판단 내린 임무는 열심히 하겠다며 받아들이고, 무슨 수를 써서라도 반드시 완수해 내던 희한한 녀석이었다. 이아나는 카니츠의 업무 능력을 믿고 온갖 위험한 임무들을 맡겼었던 기억이 났다.

이 기억을 떠올리니 걱정이 아예 소멸하는 듯하여 웃음이 나왔다. 카니츠는 정말로 할 만하다고 생각해서 임무를 맡겨 달라고 하는 것이다. 그 무서운 바하무트를 상대로 말이다.

[조만간 이스피와도 연결시켜 드리겠습니다.]

카니츠와의 연결이 끊어졌다.

결정하고 나니 마음이 한결 가뿐했다. 가뿐해진 마음속에서는 싸움을 빨리 끝내고 카니츠와 이스피를 데려와야겠다는 투지가 들끓었다.

삐. 삐.

자극받은 이아나가 수련에 박차를 가하고 있을 때 반지에서 작은 알림음이 들려왔다.

새벽에 나왔는데 벌써 대낮이다. 시간 가는 줄 모르고 수련하다 보면 식사 때를 건너뛰기 일쑤였다. 식사는 꼭 같이 하자던 아르하드를 위해 지금 내려가야 했다.

게이트로드를 통해 바로 성으로 갈 수도 있었지만, 오늘은 느긋하게 산책하고 싶은 기분이어서 이아나는 느릿하게 산을 걸어 내려갔다.

성벽에 도착하자, 성문을 지키고 있던 기사들이 바짝 긴장한 채 경례했다. 그들에게 마주 인사하며 거대한 문 안으로 들어서자 왁자지껄한 도시가 눈앞에 펼쳐졌다.

'좋네.'

아직은 낯선 풍경이 시야에 들어왔다. 도시의 소리를 만들어 내는 세마스티어의 주민은 인간과 엘프만이 아니었다. 수인도, 드워프도 있었다.

수인과 드워프가 마침내 이주를 시작했다.

며칠 전, 아르하드는 예고했던 대로 각 종족이 거주할 지역과 오지를 잇는 반영구 거대 게이트를 형성하는 데 성공했고, 이종족들은 대륙을 직접 횡단하지 않고도 편하게 동부와 자신의 고향을 오갈 수 있게 되었다.

이로써 세마스티어는 사상 최초의 다종족 국가의 수도로서 첫발을 내디뎠다.

'아직은 어수선하군.'

수인은 수인끼리, 드워프는 드워프끼리, 대부분이 자기들끼리 몰려다녔다.

이 부조화를 해결하기 위해 아르하드의 정책은 정기적인 축제, 동호회 지원, 일손 모집 등등 자연스럽게 화합을 유도하는 방향으로 진행되고 있었다.

그럼에도 앞으로 문제가 많이 발생하겠지만, 열심히 해결하며 살아가다 보면 엘프가 현재 인간과 무리 없이 섞여 지내고 있듯 결국 다들 화합하리라. 지금도 용기 내어 서로에게 말을 거는 이들이 중간중간 보이는 걸 보면 조짐이 좋았다.

잠시 멈춰 서서 풍경을 구경하던 이아나가 완공되어 하늘 높이 우뚝 솟은 시계탑의 시계를 보고 다시 발을 재게 놀렸다.

"라이즈 경!"

중앙성의 성문을 통과하자마자, 누가 이아나를 불렀다.

"안녕하세요!"

이아나가 훈련시켜 주고 있는 기사단의 기사였다. 이아나는 존경심이 꽉꽉 눌러 담긴 인사를 받아 준 후 다시 길을 떠났다. 이아나는 성에 도착할 때까지 많은 기사들과 병사들을 만났다.

"안녕하십니까!"

"라이즈 경, 라이즈 경!"

사람들은 이아나에게 각 잡힌 자세로 빠릿빠릿하게 인사했다.

이아나의 등을 뒤따르는 흠모의 시선은 이아나가 주인이 끔찍하게 사랑하는 여자이기 때문이 아니었다. 무서운 대마법사 위프헤이머 포테스타스를 격살한 검사. 호승심에 덤벼드는 성내 실력자들을 흠씬 두들겨 패고 단숨에 서열을 정리한 최강자. 어느 무인이 선망하지 않으랴?

이아나는 식사 전 씻기 위해서 방으로 향했다. 하지만 문을 열고 들어가려던 순간 뒤에서 익숙한 인기척이 덮쳐들었다.

끌어안기며 방으로 떠밀리고, 문이 닫혔다.

벽에 등이 닿고, 삼켜졌다.

"아."

따스한 봄이었다.

아니, '뜨거운'인가?

"으……."

이아나는 잡아먹을 듯 키스하는 아르하드의 옷깃을 꽉 붙잡았다. 주름 없이 빳빳했던 셔츠가 이아나의 손아귀 안에서 구겨졌다. 깎아 낸 듯 오뚝하게 뻗은 코가 습한 숨결과 함께 스쳤다. 미끄럽게 문질러지는 입술은 금세 뜨거워졌다.

목덜미를 받쳐 잡은 손 때문에 목이 뒤로 꺾이고 벌어진 틈으로 왈칵 파고드는 혀 때문에 입술은 더 크게 벌려졌다. 뭐라 말할 수도 없게 꽉 밀착한 입술 틈에서 이아나는 영혼이 쏙 빠져나갈 정도로 헤집어졌다.

"훗."

이아나는 헐떡거리며 눈을 살짝 떴다가 다시 질끈 감고 말았다. 어두운 열망으로 축축하게 젖은 눈동자와 딱 마주치자마자 제 온몸이 흠뻑 젖어 드는 듯한 착각이 들었다.

이아나는 도망치지 않았다. 그럴 생각도 전혀 없었다. 그저 뱃속에서 불씨가 크기를 키워 갈 뿐이었다. 옷깃을 붙잡았던 손을 펼쳐 그의 등을 천천히 쓸어내렸다. 손끝에서 단단하게 맥동하는 근육의 결이 느껴졌다.

딱딱하게 쪼개진 등 근육 사이로 잘록하게 파인 부분을 매만지고 있자면 오싹해지는 힘과 입술을 삼키는 힘이 더욱 짙어졌다. 더욱 가깝게, 가깝게. 거리는 하나도 느껴지지 않을 정도로.

그리고 언제나처럼, 이아나가 열기에 메말라 가며 뭔가를 갈구하기 시작할 때, 모순적이게도 아르하드는 멀어진다.

허리를 붙잡은 손에 우악스레 힘이 들어가는가 싶더니 들러붙어 있던 입술이 떨어졌다. 기친 호흡이 섞여 든 공간에서 탁한 목소리가 영 엉뚱한 소리를 한다.

"수련은, 잘 했어?"

"……."

이아나가 노려보자 아르하드가 시선을 피한다.

참을 수 없다는 듯 집요하게 매달려 놓고, 끝에는 엉뚱한 소리를 하는 게 3개월. 그렇다. 아르하드가 모른 채로 있으라고 했던 날로부터 무려 3개월이다.

3개월은 생각보다 긴 시간이었다. 손잡는 것도 어색하고 부끄러워서 몸을 꼬았던 초짜는 이젠 없다는 소리다. 게다가 손을 잡는 것도, 껴안는 것도, 농밀한 키스도, 이미 경험해 본 애정행각들이 아닌가? 예전보다 훨씬 설레고 좋은 것과는 별개로 능숙해진 지 오래였다.

그런데 착각일까?

이렇게 한번 붙었다 하면 못 참겠다는 듯 잡아먹을 듯이 키스하는 주제에, 그가 먼저 키스하는 횟수가 줄어든 것 같은 건?

이아나는 아르하드의 어깨에 뺨을 기댔다.

당신도 날 바라잖아. 그런데 왜 그러는 거지?

'무슨 생각을 하는 거야?'

당신은 그때 왜 모른 채로 있으라고 했지? 그냥 물어볼까?

민망해서 어떻게 물어보냐는 부끄러움은 소리 없이 몰아닥치는 열망의 파도에 깎이고 깎였다. 속에서 점점 커져 가는 의문에 가루가 되어 부서져 내려갔다.

저질러 버리고픈 마음이 불쑥불쑥 들었다. 이 남자와 사랑하기 전까지만 해도 일절 관심을 두지 않았던 밀접한 행위에 호기심은 점점 증폭되고 있었다.

"……."

이아나는 빠져나가려는 아르하드를 더욱 힘주어 껴안고 물끄러미 쳐다보았다. 팔 안의 커다란 몸이 바짝 굳는다. 후회하는 듯, 도망치고 싶어 하는 얼굴이다.

'이유가 있겠지. 조금만 더 지켜볼까.'

이아나는 결국 아르하드를 놔주었다. 숨을 참고 있던 아르하드가 뒤로 물러나자 속에서 뭔가 비틀리는 기분을 느꼈지만 눌러 참고 아르하드가 원하는 대로 화제를 돌렸다.

"오늘 카니츠와 연락했습니다."

카니츠와 주고받은 이야기를 중요한 부분만 빼고 아르하드에게 들려주었다. 이에 아르하드는 감탄하기도 하고 의문을 가지기도 했다. 의문을 모른 척한 이아나는 카니츠의 이야기를 들으며 결정 내렸던 다음 일정을 고지했다.

"우리, 샤우부 대삼림으로 가요."

"주인님."

사흘 뒤, 훈련을 끝낸 이아나가 방에서 간단히 씻고 식당으로 가려던 차에, 자질구레한 일들을 대신 처리해 주는 이아나의 보좌관이 고개를 숙이며 말을 걸어왔다.

"영주님께서 제2 식당으로 모시라 하셨습니다."

이아나는 알았다고 답한 후 방향을 틀었다. 제2 식당은 손님이 왔을 때 함께 식사하는 곳이었다.

'도착했구나.'

오늘의 손님은 예상 가는 바가 있었다. 며칠 전에 직접 초청했고, 즉시 수락의 의사를 밝힌 그 손님이겠지. 식당 문을 열고 들어간 이아나가 상석에 앉아 있는 아르하드를 먼저 보고, 그 옆에 앉아 있는 반가운 얼굴을 발견했다.

"이아나 님!"

"사키. 오랜만입니다."

이아나와 사키가 손을 마주 잡았다.

"드디어……."

"네. 샤우부 대삼림으로 갑시다."

오래전의 약속을 지킬 때가 왔다.

"아아! 기다렸습니다. 이런 날이 오긴 하는군요."

"일단 다들 앉지."

아르하드가 손짓하자 이아나가 사키와 그 옆의 처음 보는 중년 여인을 바라보며 착석하고 사키도 들썩이며 자리에 앉았다.

"옆에 계신 분은 누구십니까?"

"아, 혹시 이 친구도 샤우부 대삼림에 함께 갈 수 있을까요? 저와 비타의 오랜 친구입니다."

평범한 갈색 머리카락과 갈색 눈을 가진 부드러운 인상의 여인이 허리를 숙여 인사했다.

"안녕하세요, 이아나 님. 린제이라고 합니다."

"아……."

이아나는 그 이름을 이미 알고 있었다. 흔한 이름이었지만, 사키의 친구라고 하니 누군지 짐작할 수 있었다. 게다가 그녀는 타릴의 친구이자, 국가 계획도에 많은 조언을 해 준 사람이었다.

"대지의 대마법사님이시군요."

린제이.

열 명의 대마법사들 중 식물이 뿌리를 내리는 대지 관련 마법에 조예가 깊어 대지의 대마법사라 불리는 사람이었다.

린제이는 식물을 주로 연구하며, 살기 좋은 땅을 만드는 광범위한 자연계 마법에 주력했다. 특히 식물에 관한 지식은 그녀를 따라갈 자가 없다고 했다.

린제이의 손길이 닿으면 죽은 땅도 되살아나 푸름으로 뒤덮인다 했다. 생물들이 살기 좋은 건강한 땅이 되는 것이다. 식물의 상성을 꿰고 환경에 맞게 식물을 심은 다음, 마법뿐만 아니라 온갖 방법으로 가꾸니 대지는 멋진 땅이 될 수밖에 없다.

너무 야생적이지도 않고 너무 인위적이지도 않은, 인간이 살기 좋은 땅. 그래서 망가진 영지를 재건하기 위해 린제이를 찾는 귀족들이 세상에 많다고 들었다. 아르하드가 국가 계획도 구상에 린제이를 끌어들인 것도 이 때문이었다.

"처음 뵙겠습니다. 린제이 님. 샤우부 대삼림에는 어쩐 일로 가십니까? 사키와 같은 목적이신가요?"

"네. 염치없지만 부탁드릴 수 있을까요?"

샤우부 대삼림은 초목의 기원지. 인간이 섣불리 들어가기 어려운 엘프의 영역이었다. 린제이가 관심을 가질 만했다. 사키와 비타의 친구라고 하니 어려운 부탁은 아니었다.

"가능합니다. 대삼림에 다녀오신 후에도 세마스티어에서 편히 머물다 가십시오."

"감사합니다."

린제이가 부드럽게 웃었다.

그 후로 화기애애한 식사가 이어졌다.

"이아나 님을 알게 된 후부터 놀라운 일들을 정말 많이 겪습니다. 소식으로 들었음에도 세마스티어에 도착하자마자 너무 놀랐습니다. 인간, 엘프, 드워프, 수인이 한데 섞인 나라라니."

"정말 놀랍지. 전무후무한 나라가 될 거야."

사키와 린제이는 세마스티어의 칭찬을 줄기차게 늘어놓았다. 선량한 사람들에게 좋은 인상을 받으니 좋았다. 소개도, 안부 주고받기도 끝났으니 이제 중요한 이야기를 할 차례였다.

"사키, 라이프 치료제 연구는 어떻게 되어 가고 있습니까?"

"괜찮은 성과를 보이고 있습니다. 조만간 시제품을 만들어 임상실험을 시작할 생각이에요."

"다행이군요."

이아나는 고개를 끄덕였다.

"제 소중한 부하가 바하무트에 있는데, 라이프에 중독된 상태입니다. 그는 제가 정령으로 치료해 주면 되지만, 만약 그의 친우들 중에도 라이프 중독인 사람이 있다면 치료해 주고 싶습니다. 그래서 사키의 치료제 연구를 대폭 지원하고자 합니다. 필요한 것이 있다면 얼마든지 말씀해 주세요."

카니즈의 이야기를 들으면서 했던 생각이었고 아르하드에게 허락을 받은 바였다. 처음에 시디얀에서 사키를 도울 때만 해도 이렇게 깊게 연관될 줄 몰랐는데 사람 일은 정말 모르는 일이다. 이아나는 이제 사키의 연구가 절실했다.

"아, 안 그래도 분위기를 봐서 말씀드리고 싶은 게 있었는데."

사키와 린제이가 서로 눈을 한번 맞추곤 고개를 끄덕였다.

"영주님. 샬리노의 본부를 세마스티어로 옮겨도 되겠습니까?"

이아나가 눈을 동그랗게 떴다.

"어째서?"

"최초의 다종족 국가인 이곳에서 많은 것을 연구할 수 있다고 판단했기 때문입니다. 샬리노는 이곳에 정착하여 연구소를 세우고 의학 기술의 발전에 이바지하고 싶습니다."

당연히 대환영이다. 의사 조직 샬리노는 평상시 세상을 방랑하며 환자를 치료하지만, 세상을 위협하는 특정 질병을 발견했을 때는 본부의 연구 시설에서 밤을 지새우며 치료제를 연구한다. 그런 조직이 세마스티어에 있어 준다면 든든할 것이다.

"당연히 가능하다. 지원을 아끼지 않지."

"감사합니다!"

사키가 미소 지으며 린제이의 어깨에 손을 얹었다.

"여기 린제이도 샬리노 소속입니다. 당장의 상처를 치료하는 마법사가 저라면, 환자가 살아갈 장기간의 환경을 손보는 마법사가 여기 린제이지요. 그녀도 라이프 치료제 개발의 주요 연구자입니다. 옮긴 본부에서, 저와 린제이가 주축으로 라이프 연구를 끝마치려 합니다. 그리고 린제이는⋯⋯. 네가 말해."

"그래."

린제이는 공손한 태도로 두 손을 모았다.

"이아나 님."

이번에는 아르하드가 아닌 이아나를 불렀다.

"저는 사키의 인도로 완전한 무법 지대가 된 시디얀에 다녀왔습니다. 이아나 님이 기적을 베푸셨던 '그곳'에도 다녀왔지요. 아주 깊은 감명을 받았습니다."

그녀는 이아나에게 따뜻한 시선을 보냈다.

"저는 제 능력을 꽃피울 나라를 찾고 있었습니다. 그러던 중에 다종족이 화합하며 살아갈 국가의 계획도의 제작을 도왔고, 사키에게 이아나 님께서 그 나라의 주인이 될 예정이라는 이야기를 들었습니다. 저는 현재 소속 국가가 없는 방랑자. 이제 이아나 님의 국가에 정착하고자 합니다."

이아나가 눈을 크게 떴다.

"이 나라에서 살게 해 주시겠습니까? 현 시대에 제 지식은 많은 도움이 될 거예요."

거부할 이유가 없다. 인간과 자연의 공생을 꾀하는 린제이라면 모두가 공생할 수 있는 멋진 환경을 조성할 수 있을 것이다.

"오히려 제가 부탁드리고 싶군요. 환영합니다."

"감사합니다!"

린제이는 크게 기뻐했다.

이아나는 린제이와 사키를 바라보며 생각했다.

'이로써 모든 대마법사를 만나는군.'

파괴의 위프헤이머 포테스타스, 정신의 하인리히, 번개의 도르시아니 데마리포사, 인형의 케이거스 드미트리, 화염의 마이마예 레비아제, 창공의 엔슈이라, 방어의 신가드라 솔사비어, 치유의 사키 셀츠스 시젠모어, 마도의 타릴 카트너, 대지의 린제이.

이미 죽은 두 사람과 로안느 소속인 신가드라를 제외하고는 모두 이아나에게 우호적이었으며, 그녀의 국가에 많은 도움을 줄 예정이었다.

불의 마탑을 떠나 아르하드와 이아나를 쫄래쫄래 따라오더니 아예 정착해 버린 마이마예 레비아제, 방랑자였으나 눌러앉은 엔슈이라, 바하무트를 배반하고 이쪽에 완전히 붙은 도르시아니.

여기에 곧 하인리히도 올 테고 린제이도 정착할 것이다. 아직 이름조차 없는 국가임에도, 마법 분야에서는 이미 최강이었다.

"이틀 뒤에 출발할 예정입니다. 그때까지 푹 쉬세요."

이틀 뒤.

마침내 이아나는 말로만 듣던 샤우부 대삼림에 들어섰다.

샤우부 대삼림은 비옥한 대지에 깨끗한 바람이 휘몰아치는 동부 오지로, 모든 지배자가 개발을 꿈꾸는 풍요로운 땅이다.

샤우부에는 희한하게도 온갖 기후가 공존했다. 일정 거리를 걷고 나면 기온이 떨어지거나 건조해지는 등 환경이 변칙적으로 변화했는데, 덕분에 이곳에서는 세상의 모든 식물들이 자라났다. 왕은 물론이요, 식물학자들에게도 꿈의 땅이었다.

키 큰 나무들로 우거진 숲이 이아나를 반겼다. 이아나는 하늘마저 가릴 정도로 가지를 드리우는 나무들을 둘러보았다.

샤우부 대삼림은 처음으로 와 본다.

회귀 전 남서부 대륙의 연합군과 북동부 대륙의 바하무트의 전쟁은 이아나가 죽을 때까지 끝나지 않았다. 이아나는 바하무트의 지배하에 있었던 북동부에 발을 디딜 수 없었다.

"누나, 저기 봐."

핀이 엘리의 손을 붙잡아 당기며 어딘가를 가리켰다. 서부나 중부에서는 볼 수 없었던 특이한 꽃들이 만개해 있었다.

"와. 예쁘다. 우리 식물도감으로 진짜 열심히 공부했는데도 처음 보는 식물들이 엄청 많다. 그치?"

"응. 신기해."

핀은 긴장했던 것도 잊고 엘리와 함께 조잘조잘 떠들었다.

"냐앙."

닛시는 아이들의 곁에서 기분 좋게 햇살을 만끽했다.

핀, 엘리, 닛시는 며칠 전 수인과 함께 세마스티어에 도착했다. 내년 봄, 하인리히와 함께 올 예정이었으나 아르하드의 영토가 불붙은 것처럼 빠르게 발전하자, 아이들이 그 과정을 지켜보면 좋을 것 같아 일찍 데려왔다. 핀을 샤우부 대삼림에 데려가기도 해야 했고.

"내가 샤우부에 다 들어와 보네."

"앞으로 계속 들어올 수 있을 테니 천천히 둘러보자."

사키와 린제이가 이아나를 뒤따르며 주변을 둘러보았다.

린제이가 식물의 생태에 깊은 관심을 가지는 동안, 사키는 이 따금씩 엘리와 닛시를 흘끔거렸다. 사키는 예전에 로안느에서 그들을 처음 봤을 때부터 관심이 많았다.

이아나는 사키에게 저 애들에게서 뭔가가 느껴지냐고 물었다. 사키는 잘 모르겠지만 그저 익숙하고 좋은 기분이 든다며 고개를 갸웃거릴 뿐이었다.

"신기하네."

"어떻게 몬스터가 이렇게 없지?"

샤우부 대삼림이 개발되지 못한 이유는 당연히 위험했기 때문이다. 몬스터들에게도 살기 좋은 땅인 샤우부에는 강한 몬스터도 무척 많았다. 그런데 게이트를 통해 몬스터가 대륙으로 빠져나간 것을 감안하더라도 걷는 내내 코빼기도 보이지 않았다.

당연히 아르하드의 기운을 느낀 몬스터들이 도망간 덕분이었다. 이를 모르는 사키와 린제이는 신기하다며 호들갑을 떨었다.

"이아나, 이쯤에서 어때."

아르하드가 제안하자 이아나가 고개를 끄덕이며 품을 뒤졌다.

손에 예전에 비타가 주었던 호루라기가 걸려 나왔다. 이아나는 호루라기를 입에 물고 불었다.

휘이이이이…….

청량한 소리가 숲 너머로 쏘아졌다. 호루라기 소리가 바람처럼 날아간 지 얼마 지나지 않아 이쪽으로 맞바람이 불어왔다.

눈을 깜빡였더니 익숙한 엘프가 그들의 앞에 서 있었다.

"어서 오세요! 여왕님이 오늘 오실 거라고 해서 목을 빼고 기다리고 있었습니다."

하이 엘프, 비스토만다는 환하게 웃었다.

"사키! 린제이까지. 이게 얼마 만이야."

"다행히 죽기 전에 만났네요."

비타가 사키, 린제이와 반갑게 이야기를 나누고 있을 때, 핀은 비타를 멍하니 올려다보았다. 핀은 엄마, 파엘라 외의 엘프를 처음으로 보았다. 파엘라와 비슷한 분위기를 풍기는 비타에게서 시선을 떼어 내지 못했다. 시선을 느낀 비타가 핀을 보았다.

"안녕. 꼬마."

비타는 핀의 작은 머리 위에 거리낌 없이 손을 얹었다.

"네가 파엘라와 무르시의 아들, 핀이구나."

"엄마랑 아빠를 아세요?"

"응. 유명했지. 무르시는 우리와 거래하는 유일한 인간 상인이었고, 파엘라는 인간을 따라서 숲을 나간 유일한 엘프였으니."

"유일한 엘프요?"

"인간과 어울리는 엘프가 없긴 않지만 숲을 아예 나가 버린 엘프는 파엘라가 유일했단다. 다른 마을의 엘프지만 알고 있어."

"아……."

핀이 울먹거리자 비타가 핀의 머리를 토닥거렸다.

"너는 서부와 중부 대륙에 있었지? 그럼 다른 엘프들이나 하프들을 못 만나 봤겠구나. 외롭고 힘들었겠어. 여기서는 네 정체를 마음껏 드러내도 되고, 정령 친구들을 불러도 된단다."

"흐엉······."

상냥한 말에 핀이 울기 시작하자 엘리가 핀의 손을 잡아 주었다. 핀은 엘리의 손을 꼭 붙잡은 채 코를 훌쩍이며 비타의 아름다운 외양을 흘끔거렸다.

"형은 엄마랑 조금 다르게 생겼는데 똑같은 느낌이 나요."

"당연하지. 종족은 다르지만 같은 엘프니까."

"엘프에도 종족이 있어요?"

비타가 고개를 끄덕였다.

"물론이야. 호인족, 묘인족, 흑호족 등등의 여러 종족이 수인족으로 묶이듯 엘프도 마찬가지란다. 우리는 마을로 구분해."

나무를 닮은 엘프, 태양을 닮은 엘프, 바람을 닮은 엘프, 샘물을 닮은 엘프, 땅을 닮은 엘프 등등······. 금발의 비타는 태양 마을의, 핀의 모친인 파엘라는 나무 마을의 엘프라고 했다.

"대부분이 나무 엘프야. 그래서 인간 세계에서는 엘프가 녹색이나 갈색의 외양을 가졌다고 알려져 있다더구나. 아, 이럴 때가 아니지. 어서 이쪽으로."

비타의 뒤를 따른 지 얼마 되지 않아 특별한 나무들이 즐비한 공간에 도착했다.

중앙에는 하늘에 닿을 만큼 거대한 나무 한 그루가 서 있었고, 주변에는 그보다는 작은 나무들이 둘러싸고 있었다. 겉으로 드러난 나무의 뿌리들은 폭우가 내리고 지진이 나도 이 땅을 튼튼하게 지지할 수 있을 만큼 거대하고 촘촘했다.

거대한 나무로 향하는 아름다운 흙길을 걸으며 주변을 보니 각 나무들의 커다란 나뭇가지 위에는 주거 목적으로 보이는 집들이 얹어져 있었고 몸통에는 은은한 빛깔을 뿜는 조명이 대롱대롱 달려 있었다.

엘프의 마을이었다.

"어서 오세요!"

엘프 여왕 뤼미에르가 일행을 맞이했다. 사키와 린제이는 뤼미에르의 아름다움에 한순간 넋을 놓았고, 핀과 엘리는 설렘을 듬뿍 담아 그녀를 바라보았다.

"인간이다."

"우리 마을에 인간이 들어왔어."

아직 인간들을 접해 본 적 없는 엘프들이 이아나 일행을 구경 나왔다가 뤼미에르의 뒤에서 쑥덕거렸다.

"깨끗하고 선량한 느낌이야."

"저 까만 남자 말고는 좋은 느낌이네."

아니나 다를까. 엘프는 아르하드를 두려워했다. 드워프처럼 그의 속을 들여다보고 무서워한다기보다는, 이렇게 자유롭게 돌아다니면 안 될 존재를 맞닥뜨린 것처럼 경계했다.

이아나는 아르하드의 손을 꼭 쥐었다. 예전부터 이종족들이 아르하드가 아무것도 하지 않았는데도 꺼리는 게 싫었다. 이종족은 아직도 아르하드를 보면 흠칫했다.

"괜찮아. 당연한 거니까. 난 너만 날 사랑해 주면 돼."

아르하드가 기분 좋게 속삭였다.

"뭐가 당연합니까?"

이아나가 노려보자 아르하드는 기분이 더 좋아졌다.

"이건 내가 감당해야 하는 거다."

웃기지 마, 당신이 뭘 감당해.

이아나가 아르하드의 팔에 손을 얹고 어깨에 뺨을 기댔다.

"곧, 모두가 악마가 아닌 당신, 아르하드라는 사람의 진가를 알아볼 거예요. 당신은 세상에서 제일 멋진 사람이니까."

아르하드의 얼굴에 이아나를 사랑스럽게 여기는 마음이 빼듯하게 차올랐다. 도저히 숨길 수 있는 감정이 아니었다.

그는 그녀를 당장에라도 꽉 끌어안고 키스하고 싶은 눈치였다. 하지만 사람이 많았기에 머리를 기울여 붉은 머리카락에 뺨을 비빌 뿐이었다.

"저 하프 아이가 파엘라의 아이야."

그때, 나이가 꽤 들어 보이는 엘프 둘과 젊은 엘프 몇이 그 사이를 비집고 나왔다. 그들은 이아나와 아르하드가 아니라 핀의 앞에 우뚝 멈춰 섰다.

"······?"

왜 그러는지 몰라 겁먹은 핀이 달달 떠는데 고목을 닮은 엘프 한 쌍이 입을 열었다.

"파엘라를 쏙 빼닮았구나."

핀이 눈을 크게 떴다.

"우리는 네 엄마, 파엘라의 부모란다. 너에게는 외조부와 외조모가 되겠구나. 옆의 아이들은 파엘라의 형제란다. 네게는 외숙부와 이모들이야."

"아······."

외조모 엘프가 당황해서 어찌할 바를 몰라 하는 핀의 머리에 손을 얹었다.

"우리를 어려워하지 말거라. 우리는 네 가족이란다."

"파엘라의 정령들의 느낌이 강하게 나는 걸 보니, 파엘라의 사랑을 많이 받고 자란 모양이야."

이아나가 우왕좌왕하는 핀의 등을 앞으로 살짝 밀었다.

"누, 누나, 앗."

핀의 외조모는 당황해서 어찌할 바를 모르는 외손자를 따뜻하게 안아 주었다. 어색해하는 것도 잠시, 핀은 익숙한 향기에 눈물을 글썽거리며 그들의 품에 인겨 들었다.

역시 잘 데려왔다 싶었다.

"갈까요?"

핀, 엘리, 닛시는 파엘라의 가족들에게, 사키와 린제이는 비타에게 맡겨 둔 후 뤼미에르가 이아나와 아르하드를 어딘가로 데려가기 시작했다.

"악마의 파편이 있는 곳과 페임드라가 있는 곳, 두 군데를 들러야 합니다. 순서는 두 분께 맡기겠습니다. 자세한 얘기는 가면서 해 드리겠어요."

"네가 먼저 가 보고 싶은 곳으로 가자."

이아나는 이미 정했다.

"악마의 파편이 있는 곳으로 갑시다."

아르하드의 일이 우선이다. 그리고 페임드라와는 할 얘기가 많았다. 파편 회수라는 어려운 일부터 끝내고 마음 편하게 만나는 것이 좋을 듯했다.

페임드라에게 갈 때는 엘리와 닛시도 데려갈 생각이다. 페임드라라면 그 둘의 정체를 알고 있지 않을까?

뤼미에르는 악마의 파편이 봉인된 곳으로 향하며 진지한 이야기를 꺼냈다.

"예전에 말씀드렸지요? 이곳에 봉인된 파편은 매개체 없이 물질계에 실체화할 정도로 강하고 거대하며, 부정적인 기운을 아주 많이 가지고 있습니다. 엄청난 양의 생명을 주변에서 빨아들이고 사방을 악으로 물들이죠."

누군가가 이 거대한 파편을 가지게 된다면, 그는 마도시대에서 절대자로 군림하되 악의 파도에 휩쓸려 최악의 악인이 될 것입니다. 그는 세상을 파괴한 후 자멸할 것이고, 파편은 또다시 방랑하며 다른 희생자를 찾을 것입니다.

"이런 불상사를 막기 위해서, 라오스께서는 강대한 검은 사도에게 그 파편을 보관하라 이르셨습니다. 그리고 검은 사도와 함께 종적을 감추기 직전, 페임드라의 말라비틀어진 가지에 파편을 봉인하고 밀라니코네 님과 엘프에게 봉인을 지킬 것을 명하셨습니다. 그러나 이십여 년 전 봉인이 갑자기 풀려 버렸죠."

앞쪽에 특이한 벽이 보이기 시작했다.

"저희는 어찌할 바를 몰랐습니다. 라오스 신을 애타게 찾았지만 신은 아무 답도 내려 주지 않으셨죠. 어쩔 수 없이 저희들의 힘만으로 간신히 그것을 봉인했지만 완전하지 못했지요. 테일런 헬칸 바하무트의 침공 이후에는 아주 불안정해졌고요."

촘촘하게 서로를 얽맨 가시덩굴로 이루어진 높은 벽이었다. 덩굴 때문에 안쪽이 전혀 보이지 않았다. 이쪽과 저쪽은 완전히 격리되어 있었다.

"저 덩굴은 악한 기운을 막는 배리어입니다."

덩굴 앞에는 강해 보이는 엘프 스무 명이 서 있었다. 긴장한 그들이 이쪽을 향해 꾸벅 인사해 온다.

"파편의 봉인과 배리어 유지를 위해서는 수십 명의 하이 엘프가 계속 근처에 있어야 해요. 평범한 엘프들도 봉인에 힘을 보태기 위해 숲에서 크게 벗어날 수 없습니다. 파편은 우리 엘프들의 삶을 제약하고 있는 겁니다."

엘프들은 뤼미에르 뒤의 이아나와 아르하드를 미묘한 눈빛으로 바라보며 중얼거렸다.

"우리는 해방될 수 있는 건가?"

"이제 어떻게 되려는지."

"여왕님을 믿자."

뤼미에르가 가시덩굴에 손을 뻗었다.

쿠르르르륵.

그녀의 손이 닿은 곳을 중심으로 덩굴들이 살아 있는 것처럼 꿈틀거리더니 사방으로 움직였다.

길이 열렸다.

뤼미에르가 갈라진 목소리로 말했다.

"이 안쪽부터 파편의 영향권입니다."

그녀가 덩굴 위에 손을 얹으며 뒤돌아보았다.

"저는 악한 기운이 유출되는 걸 막기 위해 여기서 배리어 유지에 집중해야 합니다. 이아나 님은 어쩌시겠습니까?"

"아르하드와 같이 갑니다."

뤼미에르가 그럴 줄 알았다는 듯 살짝 웃고는 동시에 거꾸로 뒤집은 모래시계 두 개를 아르하드와 나눠 가졌다.

"모래가 모두 내려갔을 때 봉인을 해제하겠습니다."

아르하드가 먼저 안쪽으로 성큼 들어가고 이아나도 망설임 없이 뒤를 따랐다. 들어서자마자 숨이 턱 막힌다. 안과 바깥의 느낌이 확연히 달랐다.

"흡수 후 갈무리하고 나와 주십시오. 그때까지는 배리어를 해제하지 않겠습니다."

뤼미에르가 그들에게 고개를 숙였다.

"잘 부탁드립니다."

꽈드드드드득.

고개 숙인 뤼미에르의 앞으로 덩굴들이 줄기줄기 뻗어졌다. 두꺼운 덩굴들은 서로를 세게 얽으며 입구를 틀어막았다.

사르르륵.

위에서 천천히 흘러내리는 모래를 보며 시간을 가늠한 아르하드가 다른 손을 이아나에게 내밀었다.

"가자."

이아나는 그 손을 기꺼이 맞잡았다.

심부로 향하면 향할수록 주변의 숲이 빛을 잃어 갔다. 싱그러운 잎은 시들어서 거무죽죽해졌다. 어느 순간부터는 시든 잎사귀조차 보이지 않았다. 앙상한 가지들이 하늘에 거미줄을 치는가 싶더니 그도 잠시 썩은 나무들만 즐비해졌다.

마침내 나무는커녕 잡초 하나 보이지 않게 되고 벌거숭이 땅이 드러났다. 가뭄이 든 것처럼 갈라진 잿빛 땅은 재처럼 사박사박한 가루로 부스스 변하고 있었다.

하늘은 구름 한 점 없었으나 어두웠다. 물기 하나 없이 건조

해 숨이 턱턱 막혔다. 모든 생명이 빨아 먹히면 이러할까? 테라
노우딘의 등을 타고 결계 너머로 갔을 때의 하늘이 떠오른다.
무너지고 있던 세계의, 아무것도 없는 하늘이.

그리고 기분이 왔다 갔다 했다. 판데모니엄에 있는 악마의 심
장 근처에 갔을 때처럼.

"이곳의 악마의 파편에는 아주 부정적인 것들만 모여 있어."

아르하드가 두리번거리는 이아나에게 말을 걸었다. 이아나가
고개를 돌려 응시하자 아르하드가 말을 조금 디 이었다.

"더 정확하게 말하자면, 로베르슈타인과 싸웠던 기억들과 그때
느꼈던 감정 대부분이 이 파편에 담겨 있어."

그는 조금 긴장한 것처럼 보였다.

"그걸 회수하면 내가 이상해질지도 몰라."

회귀 전에 그랬었다. 이아나와 싸우던 시절, 사랑하지만 조금
은 밉던 그런 나날들을 보내던 중 아르하드는 샤우부 대삼림에
서 그 파편을 되찾았었다. 그리고 그는 악마의 감정에 휘둘려
이아나를 향한 증오를 키우기 시작했다.

"그게 싫어서 최대한 늦게 회수하고 싶었어."

아르하드가 이아나와 맞잡은 손에 힘을 꽉 주었다.

"걱정 마. 금방 멀쩡해질 테니까. 한순간이야."

그때와 지금은 다르다. 폭우처럼 쏟아지는 감정에 갈피를 잡
지 못하고 헤매었던 그때와는 달리 그 감정들을 완전히 제압할
자신이 있었다. 사랑하는 이아나가 옆에 있었다.

"걱정하지 않아요. 그리고 혹시라도 당신이 미쳐 버리면 제가
정신 차리게 해 드리겠습니다."

"어떻게?"

"어떻게든요. 키스해 줄까요?"

아르하드가 설핏 웃었다.

"그래. 잘 부탁해."

"맡겨 두세요. 그나저나."

이아나는 얘기하던 도중 의문을 느꼈다.

"기억은 파편을 회수하고 나서야 얻을 수 있잖습니까?"

"그렇지."

"저는 바하무트 황족과 당신이 파편을 거의 다 회수했기 때문에 신성시대의 기억을 대부분 갖고 있는 거라고 생각했었습니다. 그런데 로베르슈타인과 로이긴이 싸우는 대부분의 기억들이 여기, 아직 회수되지 않은 파편에 담겨 있다면, 당신은 어떻게 그 기억들을 알고 있는 거죠? 이 파편에 그 기억들이 있다는 건 또 어떻게 알고요?"

아르하드는 뜨끔했지만 동요를 숨기며 대답했다.

"내 본체가 악마니까 파편을 회수하지 않더라도 그런 기억이 띄엄띄엄 떠올라."

"그렇군요."

영혼에 대해서 모르는 게 많았기에, 이아나는 깊게 생각하지 않고 그런가 보다 하며 넘어갔다. 그가 그렇다고 하니 믿을 수밖에 없었다.

"……."

아르하드는 순진한 신뢰를 아낌없이 보내는 이아나를 보며 강한 자괴감을 느꼈다. 진실은 회귀 전에 모든 기억을 얻었기 때문인데 얼버무려 버렸다.

'이대로는 안 돼. 이아나에게 더는 거짓말을 하기 싫어.'

아르하드는 손으로 눈두덩을 감쌌다가 오싹한 기운을 느끼고 앞을 보았다.

"다 왔어."

이아나도 앞을 똑바로 보았다.

발을 내디딜 때마다 땅이 푹푹 패었다. 이제는 회색 재 같은 흙조차 신발 밑창이 닿을 때마다 연기로 화해 소멸하고 있었나.

시선의 끝에는 땅에 꽂혀 있는 거대한 나뭇가지가 있었다. 여기저기 썩어 빠진 가지에서는 보기만 해도 기분이 저조해지는 기운이 아지랑이처럼 피어오르고 있었다.

아르하드는 모래가 거의 다 내려온 모래시계를 살피고 땅에 내려 두었다.

"곧이다."

그가 이아나의 손을 천천히 놓았다.

이아나는 심호흡하는 아르하드를 지켜보았다.

아르하드가 중얼거렸다.

"지금."

콰아아아아아!

나무에서 검은 화염이 하늘로 솟구쳤다. 해방된 파편은 꾹꾹 눌러놓았던 악을 모조리 방출하며 거세게 불타올랐다. 인간이었다면 광소를 터뜨리는 모습이었을 것이다.

콰르르릉…….

검게 물든 영혼은 주변의 땅을 급속도로 무너뜨렸다.

강제로 만들어진 마나의 기류가 머리카락을 흐트러뜨리며 눈앞을 어지럽혔다. 이아나는 무너지는 땅 위에서도 균형을 잡으며 아르하드에게서 눈을 떼지 않았다.

눈앞에서 영혼의 힘이 고도로 발휘되는 순간 이아나의 세계와 영계가 뒤섞였다. 물질계와 영계가 겹쳐진 것이다.

악마의 파편은 물질적 시야로만 봤던 것보다 더욱 검었다. 너무 까매서 새카맣게 불타오르는 불꽃 같았다. 닿기만 해도 미쳐 버릴 것 같았다.

아르하드는 그곳으로 다가가고 있었다. 그보다 더 새까만 용의 모습으로.

콰아아아아!

파편은 주인을 반기며 더욱 거세게 날뛰었다.

어서 날 데려가라고 소리 지르는 것 같았다.

아르하드가 파편 앞에 멈춰 섰다.

"암흑 속에 갇혀 살던 작은 도마뱀의 영혼은 본디 검었지."

파편에 손을 대기 전, 아르하드가 나지막하게 말했다.

"어둠 속, 달을 밝히는 햇빛을 사랑해서 금빛이기도 했어."

아르하드의 시선이 이아나를 향했다. 드래곤과 인간의 모습이 동시에 이아나를 돌아보았다.

"어떤 방향으로도 성장할 수 있었던 순수를 검은 악마로 만든 건 신들이었다. 돌아갈 수 없는 황금빛에 집착하는 그를, 그들은 황금의 악마라고 부르며 경멸했지. 로베르슈타인은 그런 악마를 완전히 어둠의 진탕에 박아 넣었고, 어둠은 결국 신성시대를 종말로 이끌었지."

아르하드가 묵묵히 말을 이었다.

"그때, 악마는 죽었어야 해. 그가 흡수했던 신성시대의 모든 어둠이 그와 함께 소멸했어야 해. 하지만 죽지 않음으로써 내 영혼에는 신성시대의 모든 업보가 계승되었어."

아르하드가 그녀를 빤히 쳐다보았다.

"이 어둠이 내 것이 아니라며 그저 억누를 수도 있어. 하지만 난 이 모든 어둠을 받아들여 내 힘으로 만들 거다."

이아나는 빤히 쳐다보는 시선을 피하지 않았다.

"난 내 모든 힘으로 널 위한 세상을 만들 거야. 네가 있는 세상을 지킬 거야."

아르하드가 웃었다.

"이아나, 넌…… 날 인도하는 빛이다."

다시 고개를 돌린 아르하드가 앞을 똑바로 보았다.

"한때 이 업보를 증오했던 적도 있었지. 하지만 이젠 아니야. 이 업보 또한 너와 함께하는 현재를 떠받치는 과거니까. 앞으로는 너를 지킬 힘이 되어 줄 테니까."

아르하드가 검은 파편을 향해 손을 천천히 뻗었다.

"이 업보로 수없이 많은 세월을 고통받았고, 앞으로도 고통받을지도 모르지만 그게 빛을 얻기 위해 내가 치러야 할 대가라면 죽을 때까지 확실하게 짊어질 생각이다."

닿았다.

키이이이잉!

하늘을 찢어발길 듯 날카로운 소음이 터졌다.

콰아아아아아아!

뿌득, 뿌득.

아르하드의 육신에 핏줄이 수없이 불거졌다. 그의 거대한 영
혼이 검은 불꽃을 그대로 집어삼키기 시작했다.

콰아아아…….

끝났다.

영혼을 흡수하는 과정은 짧지만 강렬했다.

"후우우우……."

아르하드가 주저앉은 채 심호흡했다.

이아나는 그를 조용히 지켜보았다.

그녀의 눈에 비친 그의 영혼은 매우 새까맸다. 새까맣고 새까
매서 검은 늪을 보는 것 같았다.

하지만 이아나는 그 안에서 작지만 은은한 금빛을 보았다.

이아나가 성큼성큼 다가갔다. 아르하드가 흠칫하며 물러났다.

마주친 아르하드의 눈에서는 온갖 감정이 휘몰아치고 있었다.
이아나는 그 감정들이 어째 낯익었다.

회귀 전에 이미 본 듯한……. 지금의 그가 회귀 전의 그와 겹
쳐지는 듯한 이상한 기분이 들었다.

"잠깐. 가까이 오지 마. 지금…… 좀 위험해."

아르하드가 제지했지만 이아나는 허리를 숙여 새까만 그를 끌
어안았다.

"위험하지 않습니다. 당신은 제게 위험했던 적이 없었어요."

"……."

"제게 빛이라고 했던가요?"

"……그래."

아르하드가 거칠게 호흡하며 이아나를 마주 안았다. 이아나는 아르하드보다 더 세게 새까만 그를 끌어안았다. 너무나 사랑스럽고 소중한 것을 감싸 안은 이아나가 그의 검은 폭풍 속의 작은 빛을 응시했다.

위협적인 바람 앞에 위태롭게 흔들리지만 결코 꺼지지 않는 강한 빛.

……사랑이었다.

이아나는 그녀를 사랑하는 아르하드의 곁에 있으면 어떤 위협 속에서도 안전할 수 있었다. 지금도 그랬다.

"제게는 당신이 빛이에요."

그는 유일한 휴식처. 평온한 밤. 그녀를 감싸는 달빛이었다.

"세상에서 가장 소중한 빛입니다."

그 말에 답이라도 하듯, 어둠 속 불씨가 커졌다.

콰아아아아…….

파편이 빨아들이던 자연의 신력은 그 주인이 된 아르하드에게로 흘렀다. 마나도 주인의 귀환을 환영하는 양 빠르게 몰아닥쳤다. 신력과 마나가 뒤섞인 바람은 이 주변을 잠식한 악한 기운들을 모조리 몰고 왔다. 아르하드는 온갖 감정들이 다 섞여 종래에는 까매지고 만 그 기운들을 모조리 흡수했다.

'어떻게.'

현재 영계에 속해 있기에, 이아나는 아르하드의 영혼에 맞닿아 있으면서 그의 감정들을 일부 공유할 수 있었다.

'이런 감정들 속에서도 이성을 유지할 수 있었지?'

이아나는 감정의 짙은 농도에 아찔해졌다. 이아나도 폭발적인 감정에 사로잡혀 이성을 잃은 경험이 적잖게 있었지만 그때의 감정은 지금과 비교도 되지 않는다.

미칠 것 같았다. 온통 부정적인 것뿐이었다. 이아나는 거기에 자신인지, 로베르슈타인인지는 알 수 없으나 본인을 향하는 증오도 있음을 깨달았다. 목적지를 찾은 증오가 직접 다가와 바늘처럼 찔러 대고 있었다.

'나를 향한 것일 수도 있어.'

안젤리나처럼 회귀 전의 기억이나 감정이 사라지지 않았다면……. 시간이 되감기면서, 회귀 전에 완성되었을 아르하드의 영혼이 다시 갈가리 찢어진 거라면…… 이 파편에 모질었던 그녀에게 가졌던 원망이 있을 수도 있었다.

하지만 이아나는 흔들리지 않고 그를 끌어안은 팔에 힘을 더 주었다. 증오보다 더 눈부신 사랑이 그의 심장 깊숙한 곳에 존재함을 알기 때문이다.

이아나의 긴 머리카락이 거센 바람에 이리저리 너울졌다. 두 사람의 몸을 휘감기도 하고 깃발처럼 펄럭거리기도 했다. 하지만 이아나는 눈앞을 어지럽히는 머리카락을 정리하지 못했다.

이아나를 끌어안은 아르하드의 힘이 너무나 셌다. 그녀가 보통 사람이었다면 몸이 으스러졌을 것이다.

아르하드의 팔에서 벗어날 수 없는 것과는 별개로, 이아나 역시 놓을 생각이 전혀 없었다.

이아나는 아르하드를 부둥켜안은 채 감정의 바다 속에서 허우적거리는 그를 바위처럼 지탱했다. 그가 혼자서 고통스러워하고, 모든 것을 책임지는 것을 바라지 않았다. 수천 년간 홀로 감정에 매몰되어 온 그를 방치하고 싶지 않았다. 이제는 뭐든 함께 하고 싶었다.

아르하드의 모든 것을 받아들일 것이다.

그를 사랑하기 때문이다.

이아나의 마음은 아르하드에게도 전해졌다.

얼마나 그러고 있었을까.

신기하게도 심장을 아리게 하던 짙은 증오심이 서서히 옅어지기 시작했다. 동시에 그가 품은 빛이 밝아지고 있었다.

흑색이기도 하고 황금색이기도 한 이중적인 영혼이 점점 변해 갔다. 빛과 어둠이 합쳐졌다. 빛은 어둠을 제가 더욱 빛날 수 있는 배경으로 만들었고 어둠은 이를 받아들였다.

변화한 아르하드의 영혼은 마치 밤하늘 같았다. 어두운 하늘 꼭대기에서 은은한 금빛 보름달이 반짝반짝 빛나는 별의 베일을 두른 양 신비로운 느낌을 풍겼다. 아르하드의 새로운 빛깔은 너무나 아름다운 색이었다.

이아나는 그 아름다운 변화를 지켜보다 술렁이는 마음을 이기지 못하고 눈을 감았다.

그러고도 꽤 오랜 시간이 지났다.

흐렸던 하늘이 아주 맑아졌다.

태양의 빛이 지상에 닿기 시작하고, 하얀 구름이 저 멀리서 둥둥 떠내려 왔다. 깨끗한 바람이 불어와 말라비틀어진 페임드라의 가지를 휘감았다.

'끝난 건가.'

이아나가 눈을 천천히 깜빡였다.

영혼의 영향력이 줄어들자 영계가 강제로 닫혔다. 이아나는 더 이상 영계에 자유롭게 드나들 수 없었다.

"……."

이아나는 제 품에 얌전히 안겨 있는 그를 곁눈질했다. 먹처럼 새까만 모습은 사라지고 없었다. 평범한 인간의 모습을 한 아르하드가 품에 있었다.

'조금 달라졌나?'

착각인지는 몰라도 아르하드의 존재감이 강해진 것 같았다.

"끝났어요?"

이아나가 말을 붙이자마자 그의 팔에서 힘이 풀렸다. 이아나는 몸을 조금 떨어뜨려서 그를 내려다보았다가 흠칫했다.

영혼의 파편을 찾아서 충만해졌기 때문일까? 그는 참기 어렵다는 듯, 벅차다 못해 욱하는 심정을 내비치고 있었다. 이아나가 조금 어색해져서 엉망이 된 머리를 빗어 정리하고 있는데, 아르하드가 조용히 말을 걸었다.

"아까 했던 말, 진짜지."

"제가 진심이 아닌 말을 뱉은 적이 있었습니까?"

"없어."

"그런데 왜 자꾸 제 말을 의심해요."

"네 말을 의심하는 게 아니라 나를 의심하는 거야. 내가 제대로 들은 건지, 꿈꾸고 있는 게 아닌지 확인하고 싶어서."

구제 불능이다.

그런데 이 남자가 귀여워 보이는 자신도 구제 불능이다. 구제 불능인 두 사람이니 이렇게 어울릴 수 있는 게 아니겠는가?

"진짜라는 거지?"

아르하드가 불시에 이아나의 입술을 훔쳤다. 이아나가 머리를 정리하던 손을 멈추었다.

"왜 이렇게 사랑스러워?"

아르하드는 요새 이아나가 사랑스러워서 어쩔 줄 몰랐고, 그런 자신의 감정을 감추지 않고 표현했다. 그래서 이아나는 아르하드에게서 색다른 면들을 많이 발견하는 중이었다.

차분한 다정함과 불안한 집착 뒤로 이렇게 팔불출인 면도 있었다. 그가 항상 꾹 눌러 참아 온 것은 이런 모습들이었을까. 마음껏 사랑하고 싶은데 그럴 수 없어서 손을 뻗었다가도 내렸던 걸까.

귀엽다. 귀엽다는 말이 이 커다랗고 소름 끼치게 잘생긴 남자에게 어울리진 않았지만, 이아나는 그가 너무 귀여웠다.

연인이 길거리에서 애정 표현을 하는 걸 보면 밖에서 왜 저러나 싶었는데, 요새는 너무 좋으면 그럴 수도 있겠구나 싶다.

물론 이아나는 절대 그러지 않을 것이다. 이런 아르하드를 다른 사람에게 보여 주고 싶지 않았다. 독점하고 싶었다.

이아나가 말없이 아르하드의 머리카락을 쓰다듬는데, 아르하드가 이아나의 목덜미에 얼굴을 묻었다. 민감한 살결에 닿는 축축하고 말랑한 감촉과 달뜬 호흡 때문에 이아나는 괜히 예민해졌다. 하지도 않을 거면서 왜 이런 식으로 사람을 괴롭힐까.

"이아나."

이아나가 엉뚱한 생각을 하고 있을 때, 아르하드가 목덜미에서 입술을 떼며 중얼거렸다.

"홀로 버티게 두지 않고 함께해 줘서 기뻤어."

아르하드는 방금 전의 감정을 되새기며 벅차올랐다. 그녀의 마음이 너무나 사랑스러웠다. 이아나 때문에, 강제로 짓누르려 했던 증오마저 미친 사랑으로 변해 버렸다. 그것을 생생하게 느꼈다.

아르하드에게 있어 변화는 전율 그 자체였다.

"그래서 더 사랑하게 됐어."

눈이 마주쳤다. 이아나는 속으로 침음했다.

짙어진 두 눈이 어쩐지 문란하면서도 자극적이었다. 어쩔 수 없이, 몸이 멋대로 뜨거워졌다.

이렇게 열렬하게 구는 주제에 안으려 하진 않겠지.

혹시 나를 괴롭힐 의도인 걸까?

덩굴벽으로 돌아왔다. 아르하드가 덩굴을 톡톡 치자, 거대한 덩굴들이 경련하더니 한 번에 무너져 내렸다. 시간을 역행하듯 자라났던 땅 밑으로 스르륵 사라지는 광경은 가히 장관이었다.

뤼미에르는 지친 표정이었다.

"수고하셨습니다. 정말 어마어마하더군요. 막느라 힘들었어요."

긴장한 엘프들이 주춤거리며 무기에 손을 올렸고, 뤼미에르가 조심스레 아르하드를 살폈다,

"괜찮으신가요?"

"당연히 괜찮아."

이번엔 이아나를 보았다. 이아나가 옆에서 고개를 끄덕이자 뤼미에르의 표정이 환해졌다.

"이렇게 저희 엘프의 천명 하나를 끝내는군요. 부디 이것이 라오스 님의 뜻이었으면 좋겠습니다."

엘프들의 표정도 덩달아 밝아졌다. 파편 수호는 엘프 종족이 탄생한 순간부터 맡은 의무였다. 그 의무가 자신의 대에서 끝났다고 생각하니 허전하기도 하고 신이 부여한 의무를 멋대로 끝내 버린 게 두렵기도 했다. 하지만 그보다는 개운함이 더 컸다.

뤼미에르도 마찬가지인 듯 웃으며 말했다.

"아르하드 님께서 악마의 힘에 휘둘리지 않고 세상에 이로운 일을 많이 해 주길 바라요."

이아나는 옆에서 생각했다.

뤼미에르, 이 남자가 악마의 본체입니다. 이젠 악마가 아니라 아르하드니까 악마의 힘도 아르하드의 힘이에요. 휘둘릴 리가 없지요.

그때, 아르하드가 툭 말했다.

"이아나가 원한다면 그럴 거다. 이아나한테 부탁해."

"세상에."

뤼미에르는 이아나가 아르하드의 목줄을 제대로 쥐었음을 느꼈다. 이건 뭐 주인에게 꼬리 흔드는 강아지 수준이 아니다. 강대한 힘을 가진 아르하드가 어디로 튈지 모르는 무서운 용이라면 이아나는 그에게 목줄을 채우고, 그를 유일하게 통제할 수 있는 용기사였다.

아르하드를 처음 만났을 때만 해도 이렇게 될 줄 몰랐다. 그는 아주 삭막하고 냉정한 사람이었으므로.

사랑은 정말 대단했다.

"이아나 님, 부디 잘 부탁드립니다."

뤼미에르가 두 사람을 따뜻하게 바라보았다. 흐뭇한 신뢰가 가득 담긴 그녀의 시선에 이아나는 낯이 뜨거워졌다. 그래서 말을 돌렸다.

"제게 또 부탁하셨던 게 숲의 복구였지요. 그럼 악마의 파편이 있었던 이곳도?"

"그렇습니다. 하지만 전부 다 부탁드리는 건 아닙니다."

뤼미에르가 가느다란 손을 들었다. 바람이 그녀의 손을 한차례 감았다가 죽어 버린 땅으로 흘러들어 갔다.

"바람이 저곳으로 불고 있습니다. 시간이 걸리더라도 이곳은 언젠가는 자연의 섭리에 의해 회복되겠지요."

뤼미에르의 말대로였다. 생명을 게걸스럽게 먹어 치우고 있던 것이 사라졌다. 자연은 균형을 맞추기 위해 순수한 생명을 담은 바람을 저곳으로 보냈다. 강제로 생명을 빨아먹을 때 생성되던 부자연스러운 흐름과는 달랐다.

이아나는 문득 궁금해졌다. 여태 한 번도 가져 보지 못했던 의문이었다.

자연을 유지하는 신력은 어디서 오는 걸까?

라오스?

"식물을 심고 가꾸는 건 저희가 하겠습니다. 이아나 님은 회복의 토대를 마련하는 일만 비밀리에 도와주셨으면 좋겠습니다."

그렇게 하면 정말 오래 걸릴 텐데. 몰래는 또 왜?

이아나의 의문을 짐작한 뤼미에르가 담담하게 말했다.

"한 사람의 희생으로 기적을 남발하는 것은 세상에 이롭지 않습니다. 어려운 일이 있을 때마다 그에게 기대게 될 테니까요. 그러니 보는 눈이 있는 곳에서는 되도록이면 정령왕을 부르시지 않는 걸 권합니다."

사키가 말했을 때도 수긍했었지만, 백번 맞는 말이다.

기적이 인위적으로 발생할 수 있음을 사람들이 알게 되면, 비가 내리지 않으면 비를 내려 주기를, 땅이 가물면 비옥한 땅으로 바꿔 주길 바랄 것이다.

추운 겨울에는 불을 피워 공기를 데워 주기를, 공기가 오염되면 깨끗한 바람을 불러 오길 바랄 것이다.

그것은 신이지 인간이 아니었다.

"숲의 회복을 막는 테일런 헬칸 바하무트의 저주도 남아 있는데, 그건 나중에 아르하드 님이 해제해 주시기로 했습니다. 그후 그 지역을 복구하는 것도 부디 도와주셨으면 합니다."

뤼미에르가 왜인지 울적하게 눈썹을 늘어뜨린다. 이아나는 "그러겠습니다."라고 강하게 답하며 우울한 먹구름을 몰아냈다.

이아나 일행은 마을로 돌아왔다.

"엘리, 닛시."

이아나가 부르자, 한 소녀와 한 동물이 돌아보았다. 엘리는 핀과 함께 식물에 물을 주고 있었고, 닛시는 풀을 뜯고 있었다.

"냐!"

닛시가 냉큼 달려왔다. 곁에 있는 아르하드가 무서운지 그를 피해 이아나의 바깥쪽 다리에 머리를 비볐다.

"나랑 같이 어디 좀 가자."

"어디 가시려고요?"

"신목. 너희가 라오스 신과 관련이 있는지를 물어보려고."

이아나는 솔직하게 대답하며 엘리의 표정을 살폈다. 엘리는 담담했다.

"알겠어요. 가요."

놀라지 않는다. 아직 어려서 이게 얼마나 대단한 일인지 실감하지 못하는 걸까?

"냐아."

닛시가 조심스럽게 울었다.

이아나는 아르하드, 뤼미에르, 엘리, 닛시와 함께 페임드라가 있는 곳으로 향했다.

"라오스 님께서는 동부에 페임드라의 씨앗을 심으셨고, 엘프는 수천 년간 정성스레 키웠습니다. 그리고 제 시대에서 페임드라가 깨어났답니다."

커다란 나무들을 지나서, 드디어 도달했다. 엘프 마을의 중앙 나무보다 배는 커다란 나무가 그곳에 있었다.

쏴아아아아…….

살랑살랑 부는 바람에 가지들과 나뭇잎들이 흔들렸다. 알록달록 영롱한 빛깔의 잎사귀들은 세상에서 가장 아름다운 샹들리에처럼 춤을 추었다. 바람이 스쳐 지나간 나뭇가지에는 이 세상의 것이 아닌 듯한 몽환적인 음이 남았다. 수백, 수천 개의 음들은 하나로 어우러져 신비한 노래를 자아냈다.

제각기 다른 자연의 힘을 담은 잎사귀들이 무수히 매달린 가지는 두꺼웠고, 가지들이 뻗어 나온 몸통은 단단했다.

'익숙해.'

이아나는 묘한 감상에 사로잡혔다.

"가까이 가 보시겠어요?"

이아나는 주춤주춤 다가가 페임드라의 나무줄기에 손을 가져다 대었다.

왜일까.

나무가 온통 흔들리는 것 같다. 어서 오라고 환영하는 듯했다.

그때, 또다시 영계가 열렸다.

페임드라의 영혼은 녹음과 대지의 색이 뒤섞인 거대한 무언가였다. 불어오는 바람처럼 시원하면서 청량하고, 포슬포슬한 흙처럼 부드러우면서 단단한. 흐르는 물처럼 깨끗하면서 개운하고, 내려앉은 햇살처럼 따뜻하면서 포근한.

이아나가 입을 열었다. 뜻은 언어로 뱉어지지 않고 접촉한 면을 통해 의지로써 전달되었다.

[페임드라.]

영계에서만 가능한 일이었다.

[……영계를 볼 줄 알아?]

영혼을 통해 뜻이 전해져 왔다.

[어서 와. 내 친구, 이아나.]

페임드라가 부른 이름은 로베르슈타인이 아니었다.

[처음으로 인사하네.]

[어째서 이아나야?]

이아나가 질문하자, 페임드라의 가지들이 이아나를 감쌌다.

[넌 다른 누구도 아닌 이아나니까.]

명료한 대답은 당연하듯 튀어나왔다.

[나는 내 그루터기를 통해서 언제나 너를 지켜보고 있었어. 네가 슬퍼할 때도, 기뻐할 때도, 언제나, 언제나…….]

그랬구나.

회귀 전에도 회귀 후에도, 그녀의 친구이자 쉼터였던 페임드라는 언제나 묵묵히 그녀를 지켜보고 있었다. 이아나는 어쩐지 눈물이 날 것 같았다.

[영계를 볼 수 있는 존재는 거의 없는데 대단해. 로도 보지 못했었는데.]

[로베르슈타인도 보지 못했다고?]

그러고 보니 로베르슈타인의 기억 속에 영계를 보는 장면은 없었던 것 같다.

[응. 너는 로베르슈타인을 어떤 면에서는 뛰어넘었구나.]

[나는 어떻게 영계를 보고 있는 거지?]

[영적인 힘이 물질적 힘을 넘어설 때, 영적인 힘을 직접 운용할 때, 혹은 눈앞의 영적 현상에 초월적으로 집중할 때 아주 낮은 확률로 영계를 볼 수 있다고 해.]

이아나는 처음으로 영계에 접했을 때를 떠올렸다. 진자이 대신관의 지팡이, 즉 로베르슈타인의 심장에 접촉하여 로베르슈타인의 자아와 싸웠을 때였다.

다음에 열렸을 때는 위프헤이머가 가지고 있던 악마의 파편이 움직였을 때, 그 다음은 아르하드가 파편을 회수했을 때였다.

페임드라가 말하는 영적인 힘과 현상이 뭔지 알 것 같았다.

[음, 지금은…… 이아나, 예전에 영계를 몇 번 본 적 있지?]

[응, 세 번 정도.]

[한번 열린 영계의 문은 또다시 열리기 쉽지. 지금 네가 나와 이렇게 대화를 나눌 수 있는 건 문이 약해진 상태에서 강력한 영적 존재인 나와 접했기 때문이야.]

[영적 존재가 뭐지?]

[물질적 신체가 없어도 이성을 유지하는, 완전히 영계에 속한 존재. 내가 물질적인 몸을 빌려 할 수 있는 일은 한정되어 있어. 그리고 내 말은 직접적으로 물질계에 닿지 않아.]

[정령들은 말 잘하던데.]

[정령들은 완전한 영적 존재가 아니야. 영계와 물질계의 틈에서 징검다리 역할을 하는, '정령계'의 존재들이지.]

[그럼 너 말고도 영적 존재들이 있어?]

[예전에 로베르슈타인에게 해 줬던 이야기인데. 그녀의 지식이 완전하지는 않은 모양이구나? 있어. 내 아이들.]

페임드라가 그리 말하자마자 주변에서 페임드라와 비슷한 빛깔을 한 것들이 몸을 떨어 댔다.

[물질계에서 말을 못 할 뿐, 식물들 하나하나에 영혼이 깃들어 있어. 전부 내 아이들이야. 우리는 물질계의 밑바닥에서 식물을 키워 내며 균형을 유지한단다.]

[그럼 식물이 죽으면, 너희도 죽는 거야?]

[음. 경우에 따라서? 우리는 지쳐서 영혼을 유지할 의지를 잃어야 죽어. 신체가 완전히 소멸되면 정신에도 타격을 입고 죽을 수도 있지만 보통은 정신력 회복을 위해 잠들어. 그 후에 깨어나면 새로 태어나는 식물에 깃들어서 그걸 가꾸지. 정원사 비슷한 거라고 보면 돼.]

다행이었다.

[이제는 내 존재를 이해했어? 학구파구나.]

페임드라의 웃음소리가 바람에 흔들리는 나뭇잎 소리처럼 전해져 왔다.

[이 상태에서는 너와 나만 소통할 수 있는데, 괜찮은 거야?]

괜찮다마다. 다 함께 있을 때는 물을 수 없는 것, 그러니까 나중에 혼자 와서 살짝 묻고 싶은 것도 있었기 때문이다.

[난 네게 묻고 싶은 게 많아.]

[그럴 거야.]

가장 먼저…….

[난 시간을 회귀했어. 같은 시간을 두 번 살고 있는 중이야.]

이아나는 페임드라에게 회귀를 고백했다.

페임드라에게라면 그래도 될 것 같았다.

[알고 있어. 나도 회귀 전의 기억이 있으니까.]

예상치 못한 대답에 이아나가 눈을 크게 떴다. 그저, 이 회귀가 어떻게 발생했는지 알고 있나 싶어서 물어본 건데 뜻밖의 수확이었다.

[어떻게 알고 있어?]

[나는 시간 삭제에 영향을 받지 않았거든.]

시간 삭제. 묘한 느낌의 단어였다.

[시간 삭제가 뭔데? 어떻게 일어나는 건데?]

[세상에는 '아카식 레코드'라는 곳이 있어. 이 세상 모든 존재의 시간이 기록되는 곳이야.]

이아나는 예전에 바하무트 황성으로 가기 직전 보았던 신비한 세계를 떠올렸다. 모든 시간이 뒤섞여 있던 혼란스러운 세상. 페임드라가 말하는 아카식 레코드가 그곳임을 직감했다.

[거기서 한 구간에 있는 시간의 기록들이 통째로 삭제됐어.]

[어떻게?]

[그건 몰라. 난 회귀 전에 저기 있는 아르하드에게 통째로 불살라졌었어. 그때 큰 타격을 입어서 죽었던 건지 잠들었던 건지는 모르겠는데 그때부터의 기억이 없어.]

아르하드가 그런 만행을 저지르다니. 나중에 모든 것이 밝혀지면 페임드라에게 사과시켜야겠다고 생각했다.

[난 이십여 년 전에 찾아온 라오스에게 시간이 삭제되었다는 얘기만 들었어. 아카식 레코드에 대한 이야기도 그때 간략하게만 들어서 어떤 곳인지는 모른단다.]

[그럼 너와 내가 시간 삭제에 영향을 받지 않은 이유는 알아?]

정령들조차 회귀 전을 기억하지 못했다. 그런데 저와 페임드라가 기억할 수 있는 이유는 무얼까?

[라오스에게 물어봤는데, 내 옛날 몸이 봉인하고 있는 로베르슈타인의 심장과 관련 있다고 하더라. 자세한 건 이야기해 주지 않아서 모르겠어. 나중에 라오스를 만나면 그 애에게 물어보는 게 좋을 거야.]

이아나의 심장이 뛰었다. 그녀가 조급하게 물었다.

[넌 라오스가 어디에 있는 줄 알아?]

[음…… . 말해 줄 수 없어.]

페임드라도 드래곤들과 똑같은 대답을 했다. 이아나의 몸에서 힘이 쭉 빠지려는데, 페임드라가 문득 말을 덧붙였다.

[내가 그 질문에 답하지 못하는 건 그 애의 부탁 때문이야. 그 애가 누구에게도 말하지 말아 달라고 했거든.]

[그럼 라오스와 내가 어떤 관계인지는?]

[말해 줄 수 없어. 그것도 부탁했거든.]

이쯤 되어, 이아나는 라오스의 뜻을 짐작할 수 있었다.

[라오스는 내가 그를 찾기를 바라지 않는 걸까.]

[맞아. 그 애는 네가 자기를 찾지 않기를 바라. 너와 그 애가 어떤 관계인지 아는 것도 바라지 않아.]

[왜?]

[그건 너와 그 애가 직접 풀어야 할 문제야. 하지만, 난 언젠가는 그 애가 직접 너를 찾아갈 거라고 생각해. 기다려 줄 수 있니?]

[당연히.]

라오스가 소통을 거부하고 있다면 혼자서 뭘 어찌하겠는가? 기다릴 수밖에 없다.

[그럼 내 뒤에 있는 여자애와 고양이가 라오스와 무슨 관련이 있는지는 말해 줄 수 있어?]

[응? 하하.]

페임드라가 재밌는 걸 봤다는 듯 웃었다. 이아나는 페임드라가 왜 그런 반응을 하는지 몰라서 뒤를 돌아보았다.

그곳에는 아르하드와 뤼미에르, 그리고 엘리와 닛시가 물질계의 형태대로 있었다. 아르하드의 영혼은 금빛이 도는 어둠, 뤼미에르의 영혼은 태양의 빛을 받은 나뭇잎 같은 색이었다.

엘리는 평범한 황톳빛의 영혼이었다. 하지만 닛시는…… 예상과는 달리 백색이 아니었다. 뜬금없지만 예쁜 분홍색이었다.

[저 둘은 라오스와 아주 깊이 관련되어 있어.]

페임드라가 나지막하게 말했다.

[하지만 어떻게 관련되어 있는지는 말해 줄 수 없어.]

그럴 줄 알았다. 이아나는 체념했다.

[다만 이건 말해 둘게. 저 둘은 너, '이아나'와도 많은 인연이 있단다.]

'무슨 인연인지는 말해 줄 수 없는 거고?'

이아나는 페임드라의 대답을 듣지 않아도 알 것 같았다.

[응.]

확인 사살 당하자 차라리 마음이 편했다. 이아나는 라오스를 찾는 걸 깨끗하게 포기하고 라오스가 찾아올 때까지 할 일이나 해야겠다고 마음먹었다.

[으음. 조금 나른하네.]

페임드라가 하품했다.

[미안해. 내 몸이 아직 제대로 회복이 안 되어서.]

[회복이 안 되었다는 건…….]

[신성시대 종말쯤, 나는 죽기 직전까지 갔어. 나는 삶의 의지를 잃었고 내 영혼은 가사 상태와 죽음을 오갔지. 종말 직전에는 죽음의 잠에 빠져들었어.]

이아나는 검은 신도의 일기를 떠올렸다. 검은 신도의 일기에서 딱히 얻을 부분은 없었다.

대부분이 성서에 있던 내용이었던 데다가, 알아볼 수 없게 검게 지워진 부분도 많았다. 대신관 센티르가 콕 집어 주었던 부분만 생각해 봄 직했다.

페임드라는 여전히 가사 상태에 빠져 있었고, 죽어 가는 신체는 봉인을 유지하기 어려운 상태였다.

이대로 뒀다가는 봉인이 흔들려서 풀려 버릴지도 몰랐다.

…….

태우고 나니 페임드라의 영혼이 담긴 씨앗이 나왔다. 그것은 가장 깨끗한 바람이 부는 곳으로 보냈다.

[나는 정말 죽고 싶었지만 내 몸 어딘가에 존재하는 따뜻한 신력과 엘프들의 정성 어린 보살핌에 그럴 수 없었어. 결국 아직 내게 할 일이 남아 있나 보다 해서 살아가고자 하는 의지를 다졌고 뒤늦게 깨어났어. 그래도 몸이 좀 약하네.]

[……계속 살아갈 거지?]

[응?]

[할 일이 없어도, 죽지 않을 거지?]

페임드라에게 전해져 오는 생각이 없었다. 그 간극에 이아나의 신경이 곤두서려는 순간 페임드라가 느릿하게 말했다.

[응. 그러려고.]

[회복은 왜 그렇게 느려?]

[신력이 모자라서 그래. 내가 처음 이 세상에 내 영혼에 맞는 몸으로 자라났을 때는 신력이 아주 많았어. 그래서 완벽한 몸을 갖는 게 가능했던 거지만 지금은 불가능하겠지. 내 신체를 완전히 회복하려면 아주 오랜 시간이 걸릴 거야.]

[내가 시간 날 때마다 찾아와서 도와줄게.]

[괜찮아. 찾아와 주면 나야 기쁘지만 너는 바쁘잖아. 난 죽지만 않으면 돼. 그보다, 로베르슈타인의 심장의 봉인을 풀 거지?]

이아나가 천천히 고개를 끄덕였다.

[그럼 내 가지, 덩굴, 꽃, 나뭇잎을 가지고 로베르슈타인 영지의 뿌리로

갈 때 나에게 알려 줘. 봉인을 풀 때는 내 영혼도 거기에 있어야 해.]

페임드라는 지금 자신의 몸은 두 개라고 말했다. 지금의 몸과 로베르슈타인의 영지에 뿌리를 둔 몸.

영지에 있는 건 영혼 없이 껍질만 남은 육체라고 했다. 이아나가 로베르슈타인 영지에 있을 때는 함께 그곳에 있다가, 그녀가 떠났을 때 이곳으로 영혼을 다시 옮겨 왔다고 말했다.

[그럼, 꼭 해야 할 이야기는 대충 마무리된 걸까? 내가 지금 너무 졸려서 긴 이야기는 하지 못할 것 같아.]

[그래.]

답을 얻지는 못했지만 단서들과 결론은 얻었다. 이아나는 그것으로도 충분했다.

이아나가 강하게 말했다.

[난 네가 살아 있어 줘서 기뻐.]

[나도 기뻐. 네가 살아가고 있고, 내가 살아 있어서. 혹시 라오스 성서의 1장 1절을 알고 있어?]

[알고 있어.]

이아나가 대답하자 페임드라가 아주 먼 옛날을 더듬는 듯 멍하니 의지를 전해 왔다.

[라오스가 말하길, 그건 로베르슈타인의 유언이랬어. 로는 로이긴을 끝까지 지켜 주겠다는 약속을 어겼고, 슬퍼하고 미안해하고 자책했다고 했어. 친구이자 약속의 증표인 나까지 말라 비틀어져 가사 상태에 빠져들었으니 로는 절망했을 거야. 그녀가 느꼈던 감정들을 생각하면 나는 가끔 내가 했던 일들에 의구심을 느껴. 그러지 말아야 했던 걸까……? 하고. 하지만 이젠 그러지 않을래. 그렇게 함으로써 네가 태어났으니까.]

페임드라는 꿈에 취한 듯 나른하게 중얼거렸다.

[이아나. 나는 네가 로와 같은 감정을 느끼지 않았으면 좋겠어. 네가 아르하드와 함께 행복해졌으면 해. 나는 여기서 언제나 너의 행복을 기원할 거야.]

페임드라의 의식이 서서히 옅어지는 듯했다.

그 영향 때문인지, 이아나는 영계에서 벗어났다.

세상이 원래대로 돌아왔다.

이아나는 눈을 깜빡이다가 뒤를 돌아보았다. 모두가 그녀를 빤히 쳐다보고 있었다.

"죄송합니다. 기다리셨죠."

아르하드가 물었다.

"이아나. 영계에 있었지?"

"네. 페임드라와 무슨 대화를 했는지는 나중에 말씀드릴게요."

괜히 아르하드를 소외시킨 것 같아서 미안했다. 하지만 그건 나중에 이야기하기로 하고, 이아나는 엘리와 닛시의 앞에 한쪽 무릎을 꿇고 앉았다.

"엘리, 닛시. 나는 라오스와 만나고 싶어. 하지만 라오스는 나와 만나고 싶지 않대."

"……."

"나는 라오스를 기다릴 거야. 직접 찾아와 줄 때까지. 계속."

엘리와 닛시가 라오스와 무슨 관계인지는 몰라도 이 말이 라오스에게 전해질 것임을 이아나는 의심치 않았다.

"너희도 신목에 가까이 가 봐."

이아나가 엘리와 닛시를 페임드라 쪽으로 보냈다.

닛시가 냐, 하고 울며 페임드라에게 가서 앞발로 줄기를 긁어 댔다. 페임드라가 닛시에게 인사하듯 반갑게 가지를 흔들었다.

엘리도 페임드라에게 조용히 다가가서 줄기에 손을 얹었다.

페임드라는 엘리에게도 나뭇가지를 흔들어 주었다.

쏴아아아악.

엘리의 머리카락 위에 나뭇잎들이 우수수 쏟아졌다. 심술궂은 태도였다. 엘리는 머리 위에 소복하게 쌓인 나뭇잎들을 털어 내고 입안에 들어간 나뭇잎을 후, 뱉어 냈다.

이아나 일행은 마을로 돌아왔다.

엘프들은 숲의 긍정적인 변화를 실감하며 잔뜩 들떠 있었다. 하지만 들뜸과 별개로 침묵을 유지하며 한쪽에 모여 있었다.

"무슨 일이지?"

뤼미에르가 눈을 가늘게 뜨고 엘프들이 모여 있는 곳의 중앙을 보았다가 깜짝 놀라 빠르게 걸어갔다.

"어찌 이곳까지 오셨습니까?"

이아나는 뤼미에르가 공손하게 말을 거는 대상을 보았다.

녹색과 갈색이 어우러진 머리칼을 허리까지 늘어뜨린 여자였다. 그녀는 온화한 외모였지만 감정이 결여된 듯 무표정했다.

여인이 앉아 있던 바위에서 느릿하게 일어났다. 주변에서 깨끗한 바람이 일렁거렸다.

엘프를 닮은 그녀는 숲의 일부처럼 보였다. 부드럽지만 주변을 압도하는 분위기와 파충류처럼 가늘게 찢어진 동공이 그녀가 누구인지 짐작하게 했다.

"귀한 손님들이 왔으니 직접 찾아와야지."

세로로 좁아진 동공이 이아나를 향하고, 아르하드를 짚었다가 엘리와 닛시에게 머물렀다. 뤼미에르가 그녀를 소개했다.

"숲의 드래곤, 밀라니코네 님이세요."

세 번째 오지 드래곤과의 조우였다.

"파편 회수를 무사히 끝낸 모양이군."

밀라니코네가 엘리를 물끄러미 쳐다보던 눈을 떼고 아르하드를 똑바로 보았다.

"악에 물들지는 않았나."

"나쁜 상태는 아니다."

아르하드를 꿰뚫듯 바라보던 밀라니코네가 천천히 고개를 끄덕였다.

"그런가. 싸우지 않아도 돼서 다행이군. 그럼 지금 바로 바하무트의 저주를 해제했으면 하는데, 가능한가?"

원래 계획은 뤼미에르가 밀라니코네의 레어에 찾아가 소식을 전한 후, 따로 약속을 잡아서 테일런의 저주를 없애는 것이었는데 밀라니코네가 직접 찾아와 요청한 덕분에 오늘 바로 해결하게 생겼다.

엘리와 닛시는 핀과 엘프에게 돌아가고, 이아나와 아르하드는 뤼미에르와 밀라니코네를 따라나섰다. 그 뒤를 몇몇 하이 엘프들이 따랐다.

"테일런 헬칸 바하무트가 군대를 이끌고 침공했을 때, 샤우부 대삼림의 오분의 일 정도가 망가졌습니다. 밀라니코네 님이 아니었다면 모든 숲이 불타 버렸겠지요."

오지 하나는 중앙 대륙만큼 크다. 샤우부 대삼림이 얼마나 넓은지를 고려하면 가공할 만한 파괴였다.

"그 젊은 인간은 이미 십여 년 전에 나보다 조금 못한 수준이었다. 양패구상에 이르기 전에 놈이 먼저 물러난 것뿐이다."

밀라니코네의 말을 듣고 있던 이아나는 긴장했다. 십여 년 전에 드래곤을 위협할 정도의 실력이었다면, 지금은 얼마나 강하다는 걸까?

"다 왔습니다. 주변을 한번 둘러봐 주시겠어요?"

이아나는 뤼미에르의 말에 따라 숲을 찬찬히 살피다가 기분이 저조해졌다.

숲에는 기분 나쁜 마법의 기운이 강하게 흐르고 있었다. 하늘은 먼지가 낀 것처럼 뿌옇고 식물들은 말라 죽어 가고 있었으며, 악의 향기를 맡은 몬스터들이 잔뜩 어슬렁거리고 있었다.

악마의 파편이 영향을 미쳤던 곳과 비슷한 모습으로 숲이 죽어 가고 있는 걸 보면 그에 준하는 저주 마법일 것이다. 아니, 파편보다 더 악랄한 것 같기도 했다. 무의식 상태였던 파편은 존재를 유지하기 위해 생명을 빨아들이고 무분별하게 악한 기운을 뿜어냈을 뿐이지만 테일런의 마법은 시전자의 뜻을 받들어 숲을 파괴하고 생명을 저주하는 역할에 지독할 정도로 충실했다.

"저희는 이 악랄한 마법들을 파훼할 수 없었습니다. 밀라니코네 님의 힘을 빌려 배리어를 쳤지만 완벽하지는 않았어요. 겨우 십여 년에 불과한 그의 저주에, 엘프들이 수천 년간 키워 온 숲이 실시간으로 죽어 가고 있죠."

걸으면 걸을수록 기분이 더더욱 나빠진다. 마법의 중심으로 다가가고 있다는 뜻이었다.

마침내 도달한 곳은 새까맣게 죽어 버린 넓은 들판이었다. 하늘은 어두컴컴해서 햇빛을 모조리 차단하고 있었다. 분명 낮인데도 밤보다 어두웠다.

뤼미에르는 치가 떨린다는 듯 주먹을 움켜쥐었다.

"테일런 헬칸 바하무트는 어두운 밤, 부지불식간에 침공해 왔습니다. 그날은 엘프 대화합의 날이었고, 모임의 장소인 이 들판에서는 저와 제 가족들, 그리고 다른 마을의 엘프 장로들이 모여 하늘을 수놓은 아름다운 별들을 바라보고 있었지요. 그런데 들판이 갑자기 검게 불타올랐습니다. 뭔가를 하기도 전에 악랄한 마법들이 산더미처럼 쏟아졌지요."

뤼미에르가 창백한 얼굴로 이마를 짚었다.

"사랑하는 가족도, 소중한 친구도, 아끼는 수하도 여기서 모두 불타 죽었습니다. 아직도 잊을 수 없군요. 여기서 저만 살아남았던 그때를."

뤼미에르의 눈에 작은 눈물방울이 맺혔다.

"그의 마법은 하늘을 가려, 우주의 빛이 지상에 닿지 않게 하였습니다. 땅에 차가운 그림자를 드리워 만물을 시들게 하고, 질병의 저주로 생명을 몰아냈으며, 지독한 악의로 몬스터들을 더욱 흉포하게 만들었습니다."

뤼미에르가 팔을 뻗어 하늘을 가리켰다.

"저는 이곳을 원래의 들판으로 되돌리고 싶습니다. 그날 밤처럼 별빛이 다시 이 대지에 닿기를 간절히 원합니다. 이곳에서 죽어 간 이들이 평온을 되찾기를 바랍니다. 제발 도와주십시오."

뤼미에르, 지젤의 가면에 그려진 별은 그러한 기원을 담은 것이었나 보다.

이아나가 밀라니코네를 슬쩍 보았다.

"드래곤도 이 마법을 해제하지 못하나요?"

"바하무트 황족은 악마의 완성에 근접했다. 우리는 마법의 창시자인 악마를 못 당하니 마법 해제는 어려워."

"아르하드. 가능하겠습니까?"

"해 봐야 알아."

아르하드가 앞으로 손을 뻗었다.

마나가 그의 팔을 중심으로 휘감겼다. 테일런의 마법과 아르하드의 마나 장악력이 맞부딪쳤다. 마법의 배열을 훑으며 그 흐름을 따라가던 아르하드가 미간을 좁혔다.

'테일런이 내 회귀 전 기억들을 더듬어 파편들을 많이 회수했군. 내 파편과의 동조화도 심각한 수준으로 진행된 모양이고. 내가 이곳의 거대 파편을 회수하지 않았다면 마법 파훼가 불가능했을지도.'

아르하드의 팔뚝에 혈관이 투둑투둑 돋았다. 놈도 자신이 제 마법을 파훼하려는 것을 느끼고 이곳에 지배력을 행사하고 있었다. 마법의 배열이 점점 더 단단해진다는 것이 그 증거였다.

테일런과의 마나 지배력 싸움이 매우 팽팽해서 이대로라면 장기전이 될 듯했다. 아르하드는 이아나의 도움을 받아 놈에게 한 방 먹이기로 했다.

"이아나. 날 도와줘."

"어떻게요?"

"내 팔에 손을 얹고, 내게 네 신력을 나눠 줘."

이아나는 그의 말대로 했다. 강력한 신력이 넘실거리며 아르하드에게 쏟아져 들어갔다. 그는 붉은 신력을 모조리 손끝으로 보내다가, 과포화 상태에 이르렀을 때 주먹을 꽉 쥐었다.

퍼어엉!

붉은 신력이 황금빛 마나와 뒤섞여 세차게 퍼져 나갔다. 빛의 폭발이었다.

"아!"

단단하고 진득한 마법의 배열들이 폭발에 휩쓸려 강제로 부서져 나갔다. 뤼미에르가 그것을 느끼고 탄성을 내뱉었다.

하늘에서 어둠이 걷혀 나가고, 햇살이 땅을 뒤덮었다.

"후."

아르하드가 기분 좋게 호흡을 뱉으며 제 팔을 붙잡고 있는 이아나를 당겨 안았다.

이아나와 함께한다면 뭐든 이길 수 있을 것이다.

"마법을 파훼했으니 테일런이 찾아올까요?"

"자존심은 좀 상하겠지만 안 올 거야. 놈이 지금 쳐들어와 봤자 얻는 게 없거든. 오더라도 너와 함께라면 얼마든지 상대할 수 있을 거야."

이아나가 걱정하자 그녀를 다독여 준 아르하드가 속삭였다.

"이제 네 차례야."

이아나가 고개를 끄덕였다.

그녀는 네 정령들을 한꺼번에 불러냈다.

[으아아. 여기 뭐야. 돌아가고 싶어.]

[악마! 악마냐!]

[괴로워! 싸움이다!]

정령들은 불려 오자마자 기겁하며 몸을 뒤틀었다. 이아나가 엄청난 양의 신력을 공급하고 있었기에 역소환되지는 않았지만 고통스러운 기색이었다. 잔뜩 흥분한 그들에 동화된 자연 전체가 들썩거렸다. 이아나가 정령들을 겨우 진정시켰지만 그들은 여전히 괴로워했다.

[마나의 밀도가 너무 강해…….]

[숨 막혀.]

아르하드가 손을 휘휘 저었다. 마나가 주변으로 밀려 나가고 그의 지배력도 옅어졌다. 정령들은 그제야 살겠다는 듯 한숨을 내쉬고 주변을 돌아볼 여유가 생겼다.

[아, 여기는 샤우부 대삼림이구나.]

[바하무트 일족에게 망가진 숲이야. 어떻게 할 수가 없어서 방치해 둘 수밖에 없었지.]

시웨아가 불쾌하다는 듯 날개를 파닥거리자 이아나가 날개를 슥슥 쓰다듬어 주었다.

"나는 여기를 복구하고 싶어. 할 수 있겠어?"

[도와주게?!]

정령들이 매우 반가운 소리라면서 이아나에게 엉겨 붙었다.

[토대는 네 신력을 이용해서 우리 힘만으로 복구할 수 있어. 하지만 식물들까지 키우려면 시간도, 신력도 정말 많이 소모될 거야. 일단 면적이 너무 넓고, 여기에 심을 씨앗과 묘목도 선별해서 구해 와야 하니까.]

"식물을 심고 키우는 것은 저희 엘프가 하겠습니다."

뤼미에르가 간절함이 담긴 목소리로 말했다.

"이곳이, 식물이 자라날 수 있는 땅이 되기만 한다면……."

[아, 여기 엘프의 땅이었지! 맞아, 식물을 키우는 건 우리와 엘프가 힘을 합치면 빠른 시일 내에 할 수 있을 거야. 그럼 이아나, 망가진 땅만 수복할까?]

이아나가 정령들의 등을 밀었다.

"어서 해 줘."

[알았어!]

정령들은 신이 나서 자연 속으로 녹아들었다.

그 후에 일어난 일들은 천지개벽이라 일컬어도 모자라지 않았다. 검게 죽은 땅은 영양분을 가득 머금은 비옥한 땅으로 변해 갔고, 매캐한 공기는 깨끗하고 따뜻한 봄바람이 되었다. 하늘에서는 하얀 구름들이 몽글몽글 맺히더니 지상에 비를 내렸다. 남아 있던 사악한 마법의 찌꺼기는 정화의 불에 불타서 사라졌다.

지젤은 그 변화를 하나도 놓치지 않고 지켜보았다.

'오늘은 이곳에서 별을 볼 수 있겠구나.'

지젤의 눈에서 눈물이 글썽였다.

이왕 시작한 김에, 이아나는 이곳저곳 돌아다니며 망가진 땅을 열심히 수복했다. 한 구역이 아니라 지역을 되살리는 거라, 아무리 이아나라도 힘들고 시간이 오래 걸렸다.

샤우부 대삼림에는 곳곳에 엘프들의 마을이 있었다. 이아나가 돌아다니는 범위가 넓어질수록 구경 나오는 엘프들도 많아졌다.

엘프들은 자연에 녹아들어 자연을 회복시키는 존재들이 정령 왕이라는 것은 알지 못했지만, 아주 높은 상급 정령임은 알았다. 이아나는 아르하드, 뤼미에르, 밀라니코네와 함께 다니고 있었기에 엘프들은 위대한 정령들의 힘이 누구에게서 비롯되었는지 특정하지 못했다. 그저 감사할 뿐이었다.

그렇게 꼬박 한나절을 보냈다.

어느새 밤이 찾아와서 달과 별이 지상에 빛을 드리웠다.

지친 게 한눈에 보이는데도 계속 움직여 일하려는 이아나를 뤼미에르가 막아섰다.

"이 정도면 충분해요."

"하지만 아직 다 수복하지 못했는데요."

"나머지는 저희 엘프가 해결할 수 있는 수준이에요."

"엘프들만의 힘으로는 아주 오래 걸린다는 것 압니다. 어차피 며칠 머무를 생각이었으니까 그동안은 계속 수복을 돕겠습니다. 오늘은 이쯤 하고 내일 이른 아침부터 다시 시작하겠습니다."

이아나가 정령들을 돌려보내며 말했다.

"그래 주신다면, 정말 감사할 따름입니다."

뤼미에르는 그들을 데리고 마을로 돌아왔다. 그들을 맞이하는 엘프들의 눈빛이 몹시 따뜻했다.

뤼미에르는 그들을 숙소로 안내했다. 그녀가 문 앞에서 고개를 숙이며 인사했다.

"이아나 님, 아르하드 님. 정말, 너무나 감사합니다. 앞으로 저 뤼미에르는 당신들에게 절대적으로 협력할 것을 약속합니다. 무슨 일이 있더라도 당신들과 함께하겠어요."

오늘 하루 종일 그들을 따라다니며 숲의 복구를 지켜본 밀라 니코네도 작별을 고했다.

"내일 봐."

숙소의 방은 나뉘어 있었다.

헤어져서 잠들기 전에, 이아나와 아르하드는 거실의 탁자에서 마주 보고 앉아 따뜻한 차를 마셨다. 아르하드는 이아나를 물끄러미 바라보고 있다가 말했다.

"아무리 생각해도 네가 왕을 해야 할 것 같은데. 지금이라도 그렇게 추진할까?"

"갑자기 무슨 엉뚱한 소리세요."

"나는 다른 존재들에게 마음을 줄 수 없어. 그들도 그런 내게 마음을 주기 어려울 거다. 나는 나라를 세우더라도, 철저하게 법에 의거해서 이성적으로만 다스릴 거야. 그런 사람이 다스리는 나라를 좋은 나라라고 할 수 있을까? 차라리 네가 왕인 게 낫지 않을까?"

아르하드가 손을 뻗어 말이 없는 이아나의 뺨을 만지작거리며 장난스럽게 말했다.

"그럼 너랑 내 관계가 역전되겠군. 내가 널 주군으로 모시게 될 테니까 말이야."

그건 좀 솔깃했지만 이아나는 고개를 저었다.

"당신이 왕이에요."

아르하드는 누구보다 왕에 어울리는 사람이다.

누군가의 마음을 얻는 것과, 타인을 다스리는 것은 별개의 일이었다. 이아나는 아르하드만큼 국가를 잘 운영할 자신이 없었다. 그리고 아르하드의 일을 도우면서 느꼈다. 이건 자신의 일이 아니었다.

그녀는 왕인 그의 옆에서, 그가 할 수 없는 일을 하며 보필할 것이다. 그것으로 족했다.

"당신이 저의 왕입니다."

무엇보다 이아나는 왕이 아닌 아르하드를 상상할 수 없었다. 그는 무조건 왕이다. 그녀의 왕이었다.

다음 날도, 또 다음 날도 이아나는 열심히 복구를 도왔다. 이아나가 분발한 덕분에 숲은 나날이 파릇파릇해지고 있었다. 엘프들은 안 그래도 이상하게 호감이 가던 이아나가 더 좋아졌다.

"대단한 인간이네."

"처음 볼 때부터 마음에 들었어."

숲의 복구가 어느 정도 진행되자, 엘프들에게 지시할 게 많아진 뤼미에르는 이아나를 더 이상 따라다니지 않았다.

"이제 회수할 악마의 파편이 얼마나 남았을까요? 테일런이 지금까지와는 다른 움직임을 보이지는 않을지……."

"그건 직접 알아봐야 할 것 같아."

아르하드는 이아나와 떨어지기 싫어하면서도 어쩔 수 없이 짧게 입맞추곤 먼저 숲을 떠났다. 여유를 부릴 때가 아니었다.

"……."

숲의 드래곤 밀라니코네만이 조용히 이아나의 뒤를 따라다니며 복구 과정을 구경했다. 이아나는 시종일관 무표정한 밀라니코네를 뒤돌아보곤 입을 열었다.

"궁금한 게 있습니다."

"뭔데?"

"드래곤들은 감정을 느끼지 못하나요?"

드래곤들은 하나같이 감정이 결여된 것처럼 무표정했다. 성격은 조금씩 다른 듯했지만, 이때까지 감정을 드러내는 것을 거의 보지 못했다. 테라노우딘이 시끄럽다며 압실롯을 걷어찼을 때가 특이하게 느껴질 정도였다.

밀라니코네가 고개를 저었다.

"아예 감정을 느끼지 못하는 건 아니다. 누군가에게 옅은 친밀감을 느끼기도 하지. 하지만 격렬한 감정은 느끼지 못한다. 엘프라는 종족이 페임드라의 묘목을 키우기 위해 탄생했듯, 우리는 세계의 붕괴를 막기 위해 탄생했기 때문이다."

밀라니코네가 온화한 손길로 어느새 멈춰 선 이아나의 흐트러진 머리를 정리해 주었다.

"우리가 너희처럼 감정적인 생물이라면 사명을 지키지 못했겠지. 영생에 가까운 구속의 삶에 미쳐서 일찌감치 죽었을 테니."

이아나는 밀라니코네의 무미건조한 눈동자를 들여다보았다. 그건 조금 슬픈 것 같았다. 이아나의 생각을 짐작한 듯, 밀라니코네가 나뭇잎이 스쳐 가는 것처럼 손가락을 내렸다.

"가엾게 여길 필요 없다. 우리에게 있어 사명이란 숨 쉬듯 당연한 것이며, 감정적이지 않은 것 또한 당연해서 아무렇지도 않으니."

"테라노우딘 님은 악마의 심장을 없애면 붕괴가 끝난다고 말씀하셨습니다. 그 후 세계가 정상적으로 돌아가기 시작하면, 당신들은 어떻게 되는 겁니까?"

"자유를 찾겠지. 오지에서도 벗어날 수 있을 거고, 다른 종들이 그러하듯 번식을 꿈꿀 수도 있을 거다. 자유롭게 하늘을 날아다닐 수도 있겠군."

이아나는 드래곤들이 활개 치는 하늘을 상상해 보았다. 두려우면서도 멋진 풍경이었다.

"한동안 시끄럽겠군요. 당신들은 전설적인 존재니까요. 저번에도 드래곤이 나타났다는 소문이 돌자 멸망의 징조가 아니냐며 두려워하는 이들이 아주 많았습니다."

"멸망이라니 우스운 소리군. 우리는 자유를 찾더라도 중립을 지킨다. 그것이 우리의 사명이기 때문이다."

밀라니코네와의 대화는 재밌었다. 아르하드나 뤼미에르가 있을 때는 하지 못하는 이야기도 나눌 수 있었다.

이아나가 슬쩍 물었다.

"라오스 신에 대한 건 밀라니코네 님도 말씀해 주실 수 없는 겁니까?"

"그래."

"그럼 다른 드래곤들에 대한 이야기는요?"

밀라니코네는 잠깐 고심하는가 싶더니 고개를 끄덕였다.

"언급 불가인 정보가 아니라면 말 못 해 줄 것도 없지. 궁금한 것이 있나?”

“드래곤은 어떻게 탄생한 거죠? 라오스 신이 창조한 건가요?”

“창조가 아니다. 우리 드래곤은 라오스의 일부. 그의 영혼에서 떨어져 나와 탄생했다.”

라오스가 드래곤이라는 가설이 더욱 확실해지는 순간이다.

“라오스는 드래곤이죠?”

“말할 수 없지만, 추측은 자유다.”

밀라니코네는 이아나의 질문을 대수롭지 않게 넘겼다.

“혼돈의 칸데메이온은 가장 먼저 탄생한 드래곤이다. 하지만 우리 오지 드래곤들과는 격이 달라. 우리에게 있어 칸데메이온은 라오스와 동급이다.”

밀라니코네가 잔잔한 목소리로 말을 이어 갔다.

“우리 오지 드래곤들은 서로 소통하고 지내지만, 칸데메이온은 라오스가 모습을 감춘 이후부터는 우리와 일절 대화를 나누지 않기 때문에 그에 대해서 잘 몰라. 다만 아주 무서운 드래곤이라는 것만큼은 말해 두지.”

밀라니코네는 숲의 향기를 들이켰다.

“그에게서는 생명이 아닌 죽음의 향기가 나거든.”

이아나는 밀라니코네의 말을 바로 이해할 수 있었다.

전에 라오스 대신전에서 칸데메이온의 검은 비늘을 접했을 때 느꼈던 불쾌한 감각을 되새겼다. 그것은 모든 질서를 붕괴시키고 무로 되돌리는……. 죽음으로 인도하는 듯한 거부감이었다.

칸데메이온은 어떤 드래곤일까. 검은 눈과 검은 비늘이라고 했으니 바하무트 황족과 비슷한 느낌일까?

"……."

밀라니코네는 칸데메이온을 상상하고 있는 이아나를 물끄러미 바라보았다.

페임드라의 예언이 끝났다.

그리하여 약속된 대변혁의 시대가 다가오고 있다.

미래는 그 시대를 살아가는 자들에게 달려 있다.

밀라니코네가 조용히 입술을 떼었다.

"머지않은 날에 세계가 뒤집힐 거다."

이아나의 시선이 밀라니코네에게 쏠렸다.

"너희가 아는 세상이 뒤흔들리고 모든 법칙이 뒤바뀌는 시대가 온다."

무슨 뜻일까? 몬스터웨이브처럼 대륙의 질서를 어지럽히는 현상이 또 발생한다는 걸까?

"그때를 대비해 확실하게 어떤 길을 걸을지 정해 두는 게 좋을 거야. 그러지 않으면 혼란 속에서 길을 잃게 될 테니."

드래곤의 경고였다.

무려 드래곤이 언급하는 시대의 변화. 이아나는 그것이 인위적 현상인 몬스터웨이브와는 차원이 다른 변화임을 직감했다.

이아나는 긴장해서 되물었다.

"무슨 뜻인지 여쭤봐도 될까요?"

밀라니코네가 옅게 웃었다.

"말해 줄 수 없다."

이아나는 한숨을 삼켰다.

숲에서 해야 할 일이 끝났다.

이아나는 샤우부 대삼림을 떠나기 전에 페임드라를 찾아갔다. 페임드라는 졸고 있을 때가 많아서 대화를 나눌 기회가 거의 없었다. 페임드라와 만날 때마다 영계가 열리는 것도 아니었다.

[왔구나!]

하지만 오늘은 페임드라가 깨어 있었고, 영계도 열렸다. 이아나는 정령들을 불러냈다.

[페임드라!]

[너무 오랜만이야. 이 잠꾸러기 나무야.]

정령들은 재잘대며 페임드라와 대화를 나누었다.

[너희들이 숲을 복구해 줘서 내 회복 속도도 빨라졌어. 잠자는 시간도 점점 줄어들 거야. 이아나, 올 때마다 잠들어 있어서 미안해.]

페임드라가 미안해하는 게 느껴졌다. 이아나는 고개를 저었다.

"미안해할 거 없어. 앞으로도 종종 찾아올게."

이아나가 페임드라의 몸에 손을 얹은 후, 심장에 휘몰아치는 거대한 신력의 바다에서 신력을 퍼 올려 전달했다. 이아나는 어느새 로베르슈타인의 세 번째 심장이 생성하는 신력의 양에 익숙해져 있었다.

이아나의 신력 덕분에 파릇파릇해진 페임드라가 나뭇가지를 마구 흔들었다.

[고마워. 다음에 오면 더 많은 이야기를 하자!]

"감사합니다!"

"또 들러 주세요!"

이아나는 엘프들의 환송을 받으며 아이들을 데리고 숲을 떠났다. 사키와 린제이는 비타와 함께 숲에 조금 더 머무르며 약초 연구를 하기로 했다.

핀이 훌쩍거렸다.

"데려와 주셔서 고마워요. 저, 이렇게 하프 엘프인 걸 신경 쓰지 않고 마음 편하게 지냈던 건 정말 처음이에요."

"핀."

이아나는 눈물을 글썽이는 핀의 앞에 앉았다.

"나는 네가 여기서 그랬던 것처럼, 하프 엘프인 걸 마음껏 드러내고 다녀도 되는 나라를 세우고 싶단다. 거기서는 너와 같은 아이들도 많이 태어나게 될 거야."

머나먼 조상 중에 엘프가 있어 엘프의 피가 조금 섞인 이들은 꽤 있었으나, 인간과 엘프의 생활 환경이 분리된 현 시대에서 하프 엘프는 극히 드물었다. 하지만 여러 종족이 섞여 살다 보면 하프 엘프는 물론이요 타종족의 하프들도 점점 늘어날 것이다.

"처음에는 모두 어색해서 힘든 시간을 보내겠지만 언젠가는 익숙해지겠지. 핀, 나는 네가 그 시간을 이겨 내면서 모두가 적응할 수 있도록 도와줬으면 좋겠구나."

"제가 도울 수 있나요? 어떻게요?"

"네가 하프라는 걸 숨기지 마. 사람들이 너의 존재를 당연하게 여기도록 당당하게 너를 소개하고 행동해. 정령을 부르고 싶으면 불러. 두려워하지 마. 나와 국가가 너를 지켜 줄 테니까."

핀의 눈에서 눈물이 구슬처럼 떨어졌다.

"그건 그냥 저한테 좋은 일이잖아요."

핀이 이아나에게 와락 안겨 들었다.

"누나가 지켜 주지 않아도 아무도 저를 함부로 대하지 못할 만큼, 저도 강해지고 싶어요. 저도 막, 검 잘 쓰고 싶어요."

"호신술은 권장하지만, 두려움 때문에 억지로 무력을 키우려고 하지는 마. 너는 그냥 하고 싶은 일을 하면 돼."

이아나는 핀의 등을 토닥여 주었다.

"……."

엘리는 닛시를 품에 끌어안은 채 조금 멀찍이 서서, 흐뭇한 표정으로 두 사람을 바라보았다.

여름이 되었다.

봄에 무럭무럭 자란 연둣빛 새 잎사귀들이 짙은 녹색으로 물드는 계절. 아르하드는 봄의 끝 무렵부터 초여름이 될 때까지 이아나에게 일을 몽땅 맡겨 두고 자리를 비웠다. 세상에 흩어져 있는 악마의 파편을 회수하기 위해서였다.

"오래 걸리지 않을 거야."

아르하드는 걱정하는 이아나에게 정리된 자료 한 부를 보여 주었다. 현재 파편 소유자에 관한 정보. 아르하드가 소유자의 이름, 외양 등 핵심적인 단서를 제공하고 에이지가 정보를 수집해서 정리한 자료는 상당히 구체적이었다.

이아나는 순간적으로 이질적인 의혹을 느꼈다.

아르하드는 어떻게 이런 단서들을 얻었을까? 악마의 파편은 가까이 접근해야만 그 존재를 느낄 수 있다고 했는데. 그래서 바하무트도 파편을 찾느라 수백 년이 넘는 세월을 허비했는데.

의혹은 금방 사라졌다. 아르하드는 악마 그 자체이니 쉽게 알아낼 방도가 있었을 수도 있고, 혹은 오래전부터 추적해서 얻어낸 귀한 단서일 수도 있겠지.

여름의 더위가 본격적으로 몰려들기 시작할 무렵, 아르하드가 돌아왔다.

"테일런이 반 이상은 이미 회수해 갔더군."

이아나를 마주한 아르하드의 표정은 진지했다.

"몇 년 전부터 영혼의 파편이 빠르게 합쳐지는 느낌은 받았는데 이 정도일 줄은."

이아나가 바짝 긴장했다.

"위험한 거 아닙니까?"

"괜찮아. 현재 내가 보유한 파편과 바하무트의 것을 비교했을 때 크기는 내가 훨씬 우세해. 남아 있는 파편들까지 모두 회수하면 그 격차는 더 커지겠지."

"그럼 어서 회수해야죠. 빨리 가지러 가요."

"하인리히와 도르시아니가 가진 파편을 제외하고, 세상에 흩어져 있던 파편들은 하나만 남겨 두고 이번에 모두 회수했어."

"하나요? 어디에 있습니까?"

"남부 카란켈 바위 산맥에 있어. 같이 가자, 이아나."

이아나가 의아함을 느꼈다.

"카란켈 바위 산맥? 그럼 저번에 갔을 때 회수해 오시지."

"가장 마지막에 가져오고 싶은 파편이어서."

"카란켈의 어디에 있는데요?"

"너도 알걸. 악마의 심장을 찔렀던 로베르슈타인의 검. 그 주변에 마지막 파편이 머무르고 있어. 찔리는 순간의 선명한 기억과 슬펐던 감정을 머금은 채로."

"아……."

이아나는 처음으로 로베르슈타인의 기억을 봤던 남부 상행을 떠올렸다. 아르하드가 몬스터의 심장을 터뜨렸을 때, 이아나는 로베르슈타인이 로이긴에게 격렬하게 분노하는 기억을 보았다.

그때 아르하드는 진실을 캐묻는 이아나를 두려워했었다. 아르하드가 왜 그렇게 무서워했는지를 이제는 다 이해할 수 있었다.

이아나는 드워프 공동묘지 중심에 박힌 검 조각을 봤을 때의 기억도 떠올렸다. 로베르슈타인이 악마의 심장을 찌르며 미안하다고 하던 기억이었다. 그곳에 똑같은 기억을 보유한 악마의 파편도 머무르고 있는 모양이었다.

"궁금한 게 있습니다."

이아나는 봄부터 계속된 의문을 조심스레 꺼내 놓았다.

"테일런은 왜 동부와 남부의 파편을 내버려 뒀던 걸까요?"

이상했다. 다른 파편들은 다 회수했으면서 동부의 거대한 파편과 남부의 파편은 남겨 놓은 것이 수상쩍었다.

"가지러 가기 힘들었거나, 다른 꿍꿍이가 있거나."

십여 년 전 드래곤에 조금 못 미쳤던 테일런이 전자의 이유 때문에 파편 회수를 포기했을 것 같지는 않았다.

"테일런의 성격을 고려했을 때, 당신을 자신과 동등한 수준까지 만들어 놓고 무너뜨리려는 걸까요?"

"그럴 가능성이 크지."

테일런은 예전부터 아르하드의 존재를 알았을 텐데도 아무런 조치도 취하지 않았다. 이아나가 바하무트 황성에 침입해서 탈출할 때 아르하드와 게이트를 사이에 두고 맞닥뜨렸는데도 추적하지 않았다.

아르하드가 겨울부터 조금씩 제 존재를 드러내며 빈틈을 일부러 보여도 반응하지 않았다. 심지어 샤우부의 저주를 통해 싸움을 걸다 못해 파편을 가져갔는데도 묵묵부답이었다.

아르하드는 놈이 '더 큰 것'을 기다리고 있음을 어렵지 않게 눈치챘다.

'그건 아마도 나에 대한 최상의 보복이겠지. 놈은 내가 모든 것을 가진 상태에서 가장 비참한 방식으로 죽이려 들 거야.'

회귀 전에 아르하드가 테일런에게 그랬듯이 말이다.

'그렇다면 지금은 우리를 탐색하면서 함정을 까는 단계고.'

회귀 전 테일런을 죽이려고 놈의 모든 것을 연구했었기에 대강의 생각을 읽는 건 어렵지 않았다. 테일런은 굴욕적인 패배를 승리로 덮기 위해 몹시 신중해져 있을 것이다. 가벼운 충돌을 거듭하며 이쪽의 상황을 가늠하고 덫을 설치하겠지.

'보복의 시점은 내가 건국했을 때, 또는 악마의 심장에 도달했을 때인가.'

시점을 알면 반은 해결된 것이다. 놈의 기습을 대비해서 철저한 방어 수단과 치명적인 역공을 최선을 다해 준비하면 되니까.

문제는 이 시대의 '변수'였다.

놈에겐 아르하드가 절대 알 수 없는 음습한 비밀이 있었다. 언제 회귀 전의 기억을 얻었느냐, 어떤 기억들을 알고 있느냐, 그 기억들을 통해 어떤 이점을 얻었고 회귀 전에 비해 얼마나 강해졌느냐.

그리고 '바하무트'의 진짜 정체가 무엇이냐.

놈들은 인간과 똑같은 체계를 갖추었지만 평범한 인간과는 근본부터가 다른 생명체다. 아르하드는 바하무트의 피를 반절이나 이어받았기에 이 점을 인지할 수 있었지만, 바하무트와 대척점에 있었던 탓에 그들의 탄생의 비밀을 이어받지 못했다. 회귀 전에는 급습당한 테일런이 이 부분을 써먹지 못했지만 이번에는 다를 수도 있었다.

이 변수들 때문에 테일런의 실력을 정확하게 파악할 수 없었다. 대강 비등한 것 같다는 느낌을 받긴 했지만 놈이 숨겼을 수도 있었다. 섣불리 전면전을 벌일 수 없었다.

'하지만 변수는 이쪽에도 있지.'

일단 아르하드부터가 모든 기억을 가지고 있고, 무엇보다 '이아나'라는 변수가 있었다. 아르하드는 회귀 전 이아나에 대한 기억을 모조리 독점했고, 회귀 전과는 달리 엄청나게 성장한 이아나를 곁에 두었다. 혼란스러운 건 테일런도 마찬가지일 것이다.

'변수가 전쟁의 승부수다.'

아르하드는 생각에서 벗어나 이아나를 바라보았다. 이아나의 눈은 지극히 단단한 신뢰로 빛나고 있었다. 아르하드는 상황의 심각함을 밀어 두고 미소 짓고 말았다.

"확실한 건, 놈이 우리가 건국할 때까진 뭘 하든 얌전히 있을 거란 거야. 그때까지 우리 일에 집중하면 돼."

"그렇군요."

이아나가 수긍했다. 아르하드가 그렇다면 그런 것이다. 하지만 최선을 다해야지. 이아나는 결심하자마자 바로 행동으로 옮기기로 했다.

"지금 당장 카란켈의 파편을 회수하러 가요."

이아나가 팔을 잡아끌자 아르하드는 기꺼이 그녀를 따랐다.

남부의 파편은 동부의 파편보다 더욱 회수를 꺼렸던 것이다.

하지만 이제 용기가 생겼다.

카란켈 바위 산맥으로 가는 방법은 아주 간편했다. 아르하드가 완성한 초장거리 게이트만 건너면 바로 카란켈이었다.

이아나와 아르하드는 게이트를 넘어 카란켈에 도착했다.

"엇! 이아나 님이다!"

"안녕하신가!"

교류의 중심인 게이트 주변은 몹시 북적거렸다. 그들을 발견한 드워프들이 반갑게 인사했다.

공동묘지까지의 안내자는 이번에도 첸델프였다.

"가자!"

첸델프는 아르하드를 여전히 무서워했지만, 예전처럼 끔찍해하지는 않았다. 그 이유에는 아르하드가 드워프들을 거둘 국가의 왕이라는 점과 이아나가 곁에 있어 얌전하다는 점이 한몫했지만 무엇보다……

'뭔가 달라졌어.'

첸델프가 아르하드를 흘끗 돌아보았다.

왜일까? 이제는 그 속에 내재된 어둠이 끔찍하지만은 않았다.

전에 지나갔던 길을 똑같이 걸어서 공동묘지에 도달했다. 첸델프는 공동묘지의 통로 쪽에서 기다리기로 했다.

묘지는 시간이 흐르지 않은 것처럼 수년 전과 똑같은 모습으로 그들을 반겼다.

두근두근······.

이아나의 심장이 크레이터처럼 움푹 파인 곳에 우뚝 박힌 검 조각과 공명하듯 뛰었다. 이아나는 멀거니 검 조각을 보고 있는 아르하드의 손을 잡고 그곳으로 향했다.

검 조각에 아주 가까이 가자 영계가 열려 물질계 위에 겹쳐졌다. 이아나는 영계와 물질계의 경계선 위에 서 있었다.

예전에는 보지 못했던 것이 보였다. 새까만 영혼의 파편이 검 조각의 주변을 맴돌고 있었다. 악마는 로베르슈타인에게 심장을 찔린 후에도 그녀를 벗어나지 못했다.

"로베르슈타인은 로이긴에게 미안해했어요."

"알아."

"그 순간에도 그를 사랑하고 있었고요."

이아나의 말에 아르하드의 시선이 그녀를 향했다.

"아직 로베르슈타인의 기억이 완전하지 않아서 그녀가 무슨 생각으로 로이긴을 죽였는지는 알지 못합니다. 하지만 죽이는 그 순간까지 로이긴을 사랑하고 있었다는 건 확실해요."

"······."

아르하드가 손을 뻗어서 귀신의 불꽃 같은 그것을 톡 건드렸다. 그러자 파편은 경련하더니 아르하드의 손안으로 빨려 들어갔다. 흡수는 매우 간단했다.

아르하드는 심호흡을 하며 밀려들어 오는 감정과 기억을 어렵지 않게 갈무리했다.

"로이긴은 로베르슈타인을 원망했어."

"압니다."

"하지만 그녀가 눈물을 흘리는 걸 보고서는 슬픔을 느꼈지."

"어째서……."

로이긴이 마지막으로 한 말이었다.

네가 울어.

로이긴이 내뱉지 못한 마지막 말이었다.

내가 잘못했어. 울지 마.

그 생각이, 제정신일 때 마지막으로 한 생각이었다.

"악마는 체념하고, 후회하고, 죽음을 받아들였어. 그때 그는 죽었어야 해. 하지만 결국에는 죽지 못하고 수없이 오랜 세월 동안 지하에 갇혀 있어야 했지. 차라리 죽고 싶을 만큼 기나긴 시간에 매장당한 채, 악마는 짧았던 체념을 잊고 엄청난 양의 증오와 애정을 끊임없이 곱씹었지. 그러다가 내가 태어났어."

아르하드의 이야기를 듣고 있던 이아나의 심장이 술렁거렸다. 어쩐지 눈물이 날 것 같았다.

"로이긴은 로베르슈타인에게 애증을 품었지만 지금의 나는 그녀에게 그저 감사해. 그 여자가 로이긴을 죽였기 때문에, 내가 너를 만날 수 있었던 거니까."

아르하드가 이아나를 세상에서 가장 귀한 것을 품듯 조심스레 끌어안았다.

"난 너와의 미래를 지키기 위해 계속 노력할 거다. 신성시대 때처럼 되지 않을 거야. 내 욕망이고 고집이고 죄다 죽이고 너한테 맞출 거야."

아르하드는 이미 이아나에게 맞춰 줄 만큼 맞춰 주고 있었다.

"아니에요. 저는 당신이 좀 더 인간다워지고, 욕심을 드러냈으면 좋겠습니다."

"이미 그러고 있는데?"

"당신의 삶도 살았으면 좋겠다는 소리예요."

"네가 내 삶이야."

무슨 말을 해도 비슷한 답이 돌아올 듯해서, 이아나는 그저 아르하드를 끌어안았다.

"그런데 그 이유 하나 때문에 너한테 맞춰 주는 건 아니야."

이아나가 얌전히 안겨 들자 아르하드가 농담처럼 말했다.

"넌 나보다 많이 어리니까."

나이 차를 실감하지 못했지만 그는 이아나보다 다섯 살이나 많았다. 도둑놈이라는 소리를 들어도 할 말이 없는 처지였다.

이아나가 과거를 돌이켜보며 움찔했다. 이아나가 어떤 고집을 부려도 아르하드는 세상 다 산 노인네처럼 결국 져 주곤 했다.

'설마 나와 밤을 보내지 않는 것도 이 이유 때문에?'

순간적으로 발끈한 이아나가 당신보다 내가 더 나이가 많을 텐데 뭘 맞춰 주느냐고 쏘아붙이려다가 제 이성이 이상한 방향으로 끊어졌음을 깨닫고 입을 확 다물었다.

한동안 씨근덕거렸더니 이성이 제자리로 돌아왔고, 사적 감정을 강제로 밀어냈더니 일적인 의문이 떠올랐다.

"악마의 심장 말인데요."

"응."

"바하무트 황족의 목표는 악마의 완성이 아니었던가요? 그들도 악마의 심장을 노리고 있겠죠?"

"그래."

"바하무트 황족은 악마의 심장을 어떻게 획득하려는 건가요? 이미 영혼과 심장의 주인인 당신이 있는데."

"공유, 또는 소유."

원래 두 심장을 공유하려면 그 심장들이 한 영혼에 속해 있어야 한다. 아르하드는 악마의 심장이 제 영혼에 속해 있었기에 별다른 마법 없이 자연스럽게 자신의 심장과 이을 수 있었다.

하지만 마법은 불가능을 가능으로 바꾼다. 심장 공유 마법을 쓰면 각기 다른 영혼에 속한 심장들이라도 강제로 공유될 수 있었다. 위프헤이머는 자신의 역작인 심장 공유 마법을 바하무트 황실에게 넘겼을 테고 테일런은 악마의 심장을 직접 대면한다면 마법을 걸어서 자신의 심장과 공유할 수도 있을 것이다.

"심장을 소유할 수도 있을 거다. 형태가 고정된 인간의 심장과는 달리 신성시대 때의 심장은 변형이 가능하니까. 자기 몸 안에 이식할 수도 있겠지."

"그렇군요. 그럼 테일런이 악마의 심장을 공유하거나 소유하면 어찌 되는 겁니까?"

"악마가 반으로 쪼개져서 나와 그놈으로 나뉜 꼴이 되겠지."

어쩐지 섬뜩하게 들리는 말이다.

"지금 나와 분리되어 있는 영혼의 파편들은 내 소유긴 하지만 나와 별개야. 예로 들자면 내가 악마일 적에 길바닥에 흘린, 암호가 걸려 있는 물건인 거지. 심장은 암호고."

만약 테일런이 심장을 가진다면 암호를 알게 되는 것이니 그 영혼에 담긴 기억과 감정을 제 것처럼 사용할 수 있게 된다.

"문제는 악마의 기억과 감정이 아냐. 심장을 공유하거나 소유한다면 테일런이 소유한 악마의 파편이 자아를 자각한다. 테일런의 몸 안에서 악마의 영혼과 테일런의 영혼, 두 개의 자아가 충돌하게 된다는 소리야."

너무나 다른 자아를 가진 두 영혼이 한 육체에 존재한다면 주도권을 쥐기 위해 끊임없이 싸울 것이다. 결국에는 한쪽이 완전히 짓눌릴 테고.

하지만 만약 성질도 비슷하고, 힘도 동등하다면?

"사키 셀츠스를 봐. 신앙심이 지나친 나머지 라오스를 따라 자신의 영혼과 신력을 백색으로 물들였지. 사키가 만약 라오스의 영혼과 심장을 획득한다면 처음엔 이질감을 느끼더라도 순조롭게 평형 상태를 유지하며 그의 힘을 쓸 수 있을 거다."

테일런도 악마와 거의 동화된 상태다. 악마의 파편이 자아를 자각하면 처음에는 이질감이 느껴질 수 있다. 그러나 기억과 감정을 공유하면서, 두 영혼은 점점 분리하기 어려울 정도로 긴밀하게 연결되어 갈 것이다. 테일런이 악마가 되는 것이나 마찬가지였다.

따라서 악마는 아르하드와 테일런, 둘로 나뉘게 되는 것이다.

"말은 그렇게 했지만 내 추측이다. 세상의 모든 진리를 깨우치지 못했으니 틀릴 수도 있어."

아르하드의 설명을 들으면서 불안해진 이아나가 물었다.

"혹시 테일런이 이미 악마의 심장을 공유한 건 아닌가요?"

"그건 아니야. 공유한다면 그 느낌이 내게 전해져야 하는데 그렇지 않아. 무엇보다 로베르슈타인의 검이 행사하는 공간장악력과 판데모니엄의 마나 제어 차단 성질 때문에 심장이 로베르슈타인의 검에 관통당한 채로 판데모니엄에 있는 한 '마법'으로는 공유가 불가능해. 그 전에 드래곤들이 판데모니엄에 들어가지도 못하게 했을 거고."

"테일런이 심장을 획득하기 전에 악마의 심장을 파괴하면 테일런은 어떻게 되나요?"

아르하드가 자신의 왼쪽 가슴을 짚었다.

"내 심장과 공유하지 않는 한, 완전한 악마화는 영원히 불가능하겠지."

이아나는 조금 다급해졌다.

"혹시 파편을 다 모으기 전에 심장을 파괴해도 괜찮습니까?"

"안…… 될 것까진 없겠군."

안 되다고 말하려던 아르하드가 머릿속을 빠르게 스쳐 지나간 생각에 말을 돌렸다.

'회귀 전이라면 안 되지만, 지금은 상관없겠어.'

악마의 지식을 얻기 전에 악마의 심장을 없애 버린다면, 악마였을 적의 지식을 얻을 방법이 사라진다. 하지만 지금의 아르하드는 모든 지식을 복제하여 가지고 있었다.

'안'과 '될' 사이의 틈이 길었지만 어쨌든 된다는 소리에 이아나의 얼굴이 밝아졌다.

"그럼 그렇게 하죠. 최대한 빨리 악마의 심장을 파괴합시다."

그런 이아나에게 아르하드는 현실을 지적했다.

"그러려면 네가 로베르슈타인의 검을 뽑아야 해."

"제가 빨리 강해지도록 하겠습니다."

이아나는 서부로 가서 페임드라의 잎, 티타누스를 바로 가져오지는 못하더라도 만지기는 해야겠다고 생각했다. 세 번째 심장이 생성하는 신력에 익숙해졌으니 이제 네 번째 심장에 접할 차례였다.

"노력해 줘."

아르하드가 생각하기에도 이아나가 말한 방법이 최선이었다.

"그리고 이아나."

아르하드가 단단한 목소리로 말했다.

"나는 강해질 거다."

"당연한 소리를 하시는군요."

"그러기 위해서, 샤우부 대삼림에서 말했듯 악마의 힘을 억누르는 게 아니라 악마의 모든 것을 수용하려고 해."

"이때까지는 그럼……?"

"악마의 기억과 감정이 나를 집어삼킬까 두려워서 대부분은 짓누르고 있었어."

이아나는 로베르슈타인의 지식과 솜씨를 이어받으면서 그녀의 기억을 받아들이되, 과거로 흘려보냈다. 그런 일이 있었지, 라는 식으로 말이다. 아르하드도 이제는 그리해야 했다.

샤우부 대삼림과 카란켈 바위 산맥에서 파편을 회수하면서 그는 확신했다. 이아나가 그를 사랑해 주는 한, 그는 악마에게 절대 잡아먹히지 않는다. 이아나의 사랑 덕분에 그는 무저갱이 아닌 밤하늘이 될 수 있었다.

"지금부터는 악마의 힘을 적극적으로 활용할 거야."

이아나는 위기감을 느꼈다. 그녀는 이미 로베르슈타인의 지식에서 장점만을 골라 쏙쏙 받아들이고 있던 중이었다. 그런데 아르하드는 그러고 있지 않았다니 충격이다. 생각해 보면 아르하드는 대련할 때 마나를 특별히 이용하지도 않았다.

이아나는 주먹을 꾹 쥐고 더 힘내야겠다고 다짐했다. 그러다가 다른 생각이 떠올라 조심스럽게 물었다.

"하인리히 님과 도르시아니가 가진 파편은 어찌하실 겁니까?"

"파편을 회수하는 방법은 상대를 죽이는 것뿐이지. 하지만 이제 다른 방법이 하나 생겼어. 나는 마음에 안 들지만."

이아나는 바로 짐작했다.

"제 권능이군요."

"그래. 상대가 '죽어야 하는' 순리를 거스르는 일이기 때문에 막대한 신력이 소모될 거야. 하지만 네가 그들이 살기를 원한다면 권능을 써야 해."

"그럴게요."

처음엔 도르시아니가 싫었다. 그렇지만 지금 건국에 열심히 힘을 보태는 그녀를 보고 있으면 영 밉지만은 않았다. 하인리히는 말할 것도 없다. 헤레이스까지 엮여 있지 않은가.

"그러려면 네가 권능에 익숙해져야겠지. 권능은 작은 것부터 시작해서 천천히 연습해 보자고. 단, 권능 연습은 내가 옆에 있을 때만 하도록 해. 제발 부탁이야."

무려 제발, 이라는 말이 붙었다. 이아나는 괜히 찔려서 땅을 발로 툭툭 찼다.

"알겠습니다. 약속할게요."

"네 권능은 테일런이 상상하지도 못할 회심의 무기니까 열심히 하자."

아르하드가 그렇게 말해 주니 의욕이 더 샘솟는다.

"그런데……."

이아나는 새삼 의문이 생겼다.

"악마에게는 권능이 없는 거죠?"

로베르슈타인의 기억 속에서 악마에게는 권능이 없었다. 하지만 그게 흠은 아니었다. 마법은 권능만큼 위대한 능력이었다.

"없었지. 왜?"

"예전에 제가 처음으로 권능과 맞닥뜨렸을 때, 그러니까 당신이 제 팔을 복구시켰을 때 썼던 기술은 뭡니까?"

아르하드가 멈칫했다.

"정령의 힘은 아니었는데. 신체를 회복시키는 신술이었나요?"

아르하드는 기억을 더듬으며 이것저것 생각해 보는 이아나를 알 수 없는 감정이 일렁이는 눈빛으로 바라보았다. 감정은 마침내 바람이 불지 않는 호수의 표면처럼 가라앉았다.

"맞혀 봐."

아르하드가 언뜻 웃었다.

"숙제야."

이아나는 고개를 갸웃했다.

"왜 굳이 숙제죠? 그냥 가르쳐 주세요."

"이건 네가 직접 답을 찾아 줬으면 해. 왜. 맞힐 자신 없어?"

이아나의 안에서 오기가 살짝 치솟았다.

"너무 막연하지 않습니까?"

"막연하지만 실마리가 없는 건 아니야. 물론 너무 못 맞히면, 네가 하는 걸 봐서 가르쳐 줄게."

이아나가 여전히 마뜩잖아하자 아르하드가 이번엔 승부욕에 불씨를 놓았다.

"그럼 승부할까?"

"무슨 승부요?"

"네가 답을 얻을 수 있을지 없을지. 대가는 이긴 사람이 진 사람의 소원을 하나 들어주는 거로 하자."

어째서 이긴 사람이? 어차피 서로 원하는 건 다 해 주는 사이니 대가도 영양가 없다. 하지만 초점은 승부에 맞춰졌다.

이아나가 활활 타올랐다.

"반드시 맞히겠습니다."

여름의 중반.

"오랜만에 뵙습니다."

마침내 리키젠이 로안느에서의 생활을 정리하고 세마스티어에 이주했다.

"몰라보겠는데."

반년 만에 본 리키젠은 많이 성장해 있었다. 이아나는 동갑인 리키젠과 열여섯 살 때부터 삼 년간 성장기를 함께했다. 하지만 이아나는 성장이 더뎌 별로 변하지 않은 반면에, 리키젠은 쑥쑥 자라더니 보지 못했던 반년간, 누가 머리를 위로 잡아당긴 것처럼 늘어나 있었다.

오웬 가문을 무너뜨린 후 신경질적이고 예민한 분위기는 많이 약해졌으나, 함부로 대할 수 없는 어려운 느낌이 나는 건 여전했다. 성숙함이 묻어나는 지적인 외모와 풍부한 지식으로 무장한 리키젠은 사무적인 표정과 발성에 더욱 능숙해졌다.

"공부는 많이 했어?"

"그럼요. 뇌에 불이 붙는 줄 알았습니다."

아르하드나 이아나와 있을 때는 그런 면이 덜했지만 말이다.

"바로 일하고 싶습니다."

"안 쉬고?"

"일할 게 기대돼서 달려온 건데 쉴 이유가 없죠."

할 일이 산더미처럼 쌓여 있었으니 아주 반가운 말이었다.

리키젠은 아르하드의 명령으로 하루만 쉰 후, 일주일간 동부를 순회했다. 이미 동부의 모든 정보를 숙지하고 왔지만 눈으로 직접 보는 것과는 다르다는 이유에서였다.

"너무 심하게 바뀌어서 놀랐습니다. 보길 잘했어요."

리키젠은 깜짝 놀랐다. 옛날에 아르하드를 따라 동부에 몇 번 와 본 적 있으나 그때와 지금은 차원이 달랐다.

리키젠은 돌아오자마자 업무에 투입되었다. 아르하드의 뒷배로 즉시 상위 업무부터 시작할 수 있었지만, 리키젠은 밑바닥부터 시작하길 원했다. 아래쪽부터 일을 배워 나가야 훗날 고위직이 되더라도 조직을 잘 이끌어 갈 수 있다고 주장했다.

리키젠은 처음에 짧은 적응 기간을 가진 후, 아주 많은 업무를 제가 먼저 나서서 도맡았다. 학술원에서 도서관에만 박혀 살았던 공붓벌레답게 엄청난 집중력으로 일을 해치웠다.

정책 연구, 법률 제정, 각지에서 날아온 예산 분배 요청 승인 등등 리키젠은 분야를 가리지 않고 일했다. 뇌를 혹사시켜야 하는 골치 아픈 일들이 많았지만 머리가 워낙 비상한 데다 아르하드가 어렸을 때부터 철저하게 교육시키고 실무까지 맡긴 덕에 리키젠은 어렵지 않게 척척 해냈다. 가히 '일당백'이었다.

함께 일하는 사람들은 갑자기 나타난 리키젠에게 텃세를 부릴 만한데도 그러지 않았다. 이아나와 아르하드의 친인인 데다, 일도 너무 잘해서 흠잡을 곳이 딱히 없었다. 그저 뭐 저런 놈이 다 있냐며 혀를 내두를 뿐이었다.

"재밌습니다."

힘들지 않으냐는 이아나의 질문에 리키젠은 이렇게 답했다.

"제가 공부해 온 것이 쓸모 있다는 것을 증명할 수 있으니까요. 그리고 저와 상관이 없는 무의미한 일이 아니라, 제가 살 나라의 기반을 다지는 일이지 않습니까? 이 일들이 저는 정말 좋습니다. 보람을 느껴요."

원한을 내려놓은 리키젠은 미래만을 보았다. 젊고 유능한 엘리트는 자신이 평생 살아갈 나라가 세상에서 가장 우수하길 원했다. 모두에게 평등하게 적용될 강력한 법을 원했고, 약자에게는 온기를 베풀 수 있는 사회를 원했다.

이아나와 아르하드는 그에게 원하는 대로 세상을 바꿀 수 있는 힘을 주기로 약속했다.

"안주하지 않고 더 나은 미래를 위해 열심히 일하겠습니다."

의욕이 넘치는 리키젠에게서 일 중독자의 미래가 보였다.

아르하드가 모은 인재 집단의 핵심 인물인 리키젠이 오고, 여러 종족에서 우수한 인재들이 모여 머리를 맞대자 국가의 윤곽이 본격적으로 드러나기 시작했다.

그리고 이종족들이 모두 가세한 한여름.

망가진 도시들이 새롭게 태어나고 발전하는 속도가 눈부시게 빨라졌다. 숲에서 나온 엘프들은 린제이와 의논하며 적소에 좋은 식물들을 심었고, 건축자들과 수인들은 새 길을 닦거나 새 건물과 성을 쌓아 올리는 데 힘을 썼으며 드워프들과 솜씨 좋은 장인들은 화려한 기술로 도시를 꾸미거나 방어 시스템 구축에 힘을 보탰다.

"말 다 했냐!"

"넌, 뭐가 잘났다고 개소리야. 네가 살던 촌구석으로 꺼져!"

물론, 예상했던 싸움도 벌어졌다.

인간과 수인, 수인과 드워프, 인간과 엘프. 싸움에는 종족을 가리지 않았다. 하루에도 수십 번 싸움이 발생해 치안대가 출동하기 일쑤였다.

"쿤 린델, 무급 축성 100시간과 교육 30시간에 처한다."

"시아델피, 무급 철광석 채굴 60시간에 처한다."

"코니아 라이언, 사회봉사 50시간과 벌금 74골드에 처한다."

잘잘못을 따지는 판관들은 종족차별로 인한 싸움에 특히 무거운 철퇴를 내리며 세마스티어의 정의를 바로잡아 갔다.

처벌은 보통 법에 의거하여 무급 노동, 싸운 상대 종족을 위한 봉사, 철저한 교육, 벌금 등 나름 온건한 방식으로 이루어졌다.

그러나 중죄에는 폭력적인 처벌이 따랐다. 사형이나 추방도 있었지만 지극히 무거운 죄를 저지른 경우에만 해당했고 보통 처벌은 태형으로 이루어졌다. 단련된 무인이 몽둥이로 맨 둔부를 사정없이 내려쳐 수치심에 엄청난 고통까지 주는 벌이었다.

옆에는 항상 의사가 대기하는데, 죽기 직전에 치료하고 돌려보냈다가 다시 불러내서 구형받은 횟수를 모두 채웠다.

"으아아악!"

납치 후 감금을 시도했던 첫 죄인은 본보기로 광장에서 처벌을 받았다. 그가 광장에서 찢어져라 울부짖다 기절한 이후부터는 범죄율이 가시적으로 줄었다.

하지만 법에 의해 강제로 억눌린 분노는 언제든 법을 무시하고 터질 수 있다. 아르하드는 분노를 해갈할 수 있는 방법의 일환으로 이아나가 예전에 수첩에 적어 놓았던 '파시오' 경기장을 지었다.

"파시오다! 내가 제일 먼저 싸울 거야."

"나랑 붙을 놈?"

수인들은 자신들의 문화가 인정받았다는 사실에 매우 기뻐했다. 여러 종족이 모인 탓에 호승심이 들끓었던 수인들은 전투의 성지, 파시오의 전통을 한층 더 발전시켰다. 순위 시스템을 만들어 이 도시에서 누가 제일 강한지를 가리기 시작한 것이다.

다른 종족들도 관심을 보이며 참가했다가 파시오의 매력에 빠져들었다.

"이 새끼, 파시오로 와라."

사람들은 감정이 상해 싸울 일이 있어도 파시오로 갔다. 세마스티어에서 합법적인 결투를 벌일 수 있는 유일한 곳이었기 때문이다.

"완성!"

엘리의 재능은 엉뚱한 곳에서 빛을 발하기 시작했다. 엘리는 마나 없이 물리 법칙으로만 이용이 가능한 유용한 물건들을 뚝딱뚝딱 만들어 댔다.

"너는 누구의 제자니?"

타릴은 마법과 과학에 천재적인 재능을 뽐내며 뛰어난 마도공학자의 자질을 보이는 어린 엘리에게 엄청난 관심을 보였다.

"하인리히 님의 제자예요."

"하인리히 씨의 제자가 왜 이런 걸 만들지? 너는 이런 걸 만들지 않아도 마나로 모든 것을 할 수 있을 텐데."

"그렇죠. 하지만, 세상에는 마나를 쓰지 못하는 사람들도 많잖아요? 그 사람들이 마나석 없이도 편히 쓸 수 있는 물건들을 만들고 싶어요."

타릴 카트너는 엘리의 말에 깊은 인상을 받은 듯했다.

어차피 도시 구성에 필요한 세부 계획서들까지 작성을 끝낸 후인 데다, 제작은 다른 이들에게 맡기면 그만이었기에 타릴 카트너는 엘리가 하는 일들에 합세했다. 엘리는 깐깐한 마법사도 제 편으로 만들 정도로 친화력이 높았다.

시아이외와 프리실라는 문화를 발전시키는 데 힘을 썼다. 시아이외는 도서, 음악, 공연 등 다양한 분야를, 프리실라는 의복과 장신구 분야를 맡았다. 그들이 뭔가를 제작하면 그것이 유행하며 도시 전체를 휩쓸었다. 유행은 자연스럽게 문화가 되었다.

다른 국가에 있던 프리실라의 가족도 동부로 이주했다. 그들은 프리실라처럼 성격이 밝았고 손재주도 좋았다. 프리실라가 어떻게 자랐기에 그런 독특한 성격을 가지고 있는 건지 가족만 봐도 알 수 있었다.

그리고 여름이 끝나 가고 가을의 청명한 바람이 불어올 무렵.

시아이외와 프리실라가 결혼식을 올렸다.

"결혼 축하합니다."

"고마워요, 이아나 양!"

신부 대기실. 직접 만든 새하얀 드레스를 차려입은 프리실라는 귀엽고 사랑스러웠다. 부케를 꼭 끌어안고 있는 프리실라는 무척 행복해 보였다.

"의외지 뭐예요."

프리실라가 옆에 앉아 있던 이아나를 바짝 끌어당기며 말했다.

"전 영주님이 이아나 양을 데리고 여기에 오자마자 결혼식부터 올릴 줄 알았어요. 우리 결혼은 두 사람이 결혼하고 나서 하려고 했었는데."

"이것저것 따져 보니 건국식 때 하는 게 좋을 것 같아서요."

"의미는 깊겠네요. 혹시 혼인 신고도 안 했어요?"

프리실라는 일찌감치 혼인 신고를 했었다. 누가 시아이외에게 눈독 들일까 봐 일찌감치 침 바르고 도장까지 찍어 놨다나. 그걸 이아나에게 말하지 않은 이유는 별것 아니었다. 아르하드와의 사랑 문제로 심란했던 이아나 앞에서 자랑하고 싶지 않았다나.

"안 했습니다."

"빨리 부인으로 안 만들고 싶나 몰라. 법적으로 묶어 두는 게 얼마나 마음이 안정되는데요."

"딱히 결혼하지 않더라도 제가 자기 거라고 확신하는 거겠죠."

"어머, 어머, 그렇죠! 하긴, 밤마다 이아나 양을 못살게 굴면서 자기 흔적을 잔뜩 남길 텐데 불안할 이유가 없지."

"……!"

"이아나 양을 당장에라도 자빠뜨리고 싶다는 것처럼 불타는 눈으로 쳐다보는 걸 제가 한두 번 본 게 아니에요. 뜨거운 밤을 보내면서도 그런 눈으로 보는 걸 보면 이아나 양이 밤마다 죽어나겠다 싶었다니까요. 하지만, 그래도 좋죠? 영주님, 얼굴만큼 몸도 죽일 텐데 얼마나 좋아, 응?"

프리실라가 음담패설을 지껄이며 옆구리를 쿡쿡 찌르자 이아

나가 얼굴을 확 붉혔다. 프리실라는 부끄러워서 그러나 싶어서
흐뭇해하다가 뭔가 이상한 느낌을 받았다.

"……설마 안 한 거 아니죠?"

이아나가 대답하지 않자 프리실라가 뜨악한 표정을 지었다.

"세상에! 이런 귀엽고 사랑스럽고 깜찍한 이아나 양을 두고
뭐 하는 남자래? 설마, 설마, 몸에 무슨."

이아나가 프리실라의 입을 틀어막았다.

"그런 거 아니에요."

"그럼 뭔데요!"

"저도 모릅니다."

"아으아! 모른다니 그건 또 뭔 소리야!"

프리실라가 흥분해서 벌떡 일어났다가 다시 주저앉았다.

"이아나 양, 이 연애고수 언니한테 다 말해 봐요. 대체 뭐가
문제야?"

"당신 결혼식에 이런 얘기는."

"제 결혼식은 뭘 해도 환상적이니까 말 좀 해 봐요. 결혼식
날에 신부가 속 터져서 뒤로 넘어가는 거 보고 싶어요? 해결해
줄 테니까, 제 조언으로 잘되면 나중에 집들이할 때 비싼 선물
이나 사 오고 얼른 말해 봐요."

"그냥 참는 것 같은데 이유는 모르겠습니다. 사정이 있는 것
같아서 물어보지 않았습니다."

"그래도 물어봐야죠."

그러게 말입니다. 봄의 민망함은 가셨는데 왜 안 물어보고 있
을까. 솔직히 말해 이 어정쩡한 상태에 익숙해진 것 같기도 했다.

"아니면 이아나 양, 아직 하기 싫은 거예요?"

"그건 아니······."

"됐어. 그럼 그냥 덮쳐요."

프리실라가 이아나의 말을 끊으며 냉정하게 말했다.

"일단 덮쳐서 옷 다 쥐어뜯고 나랑 하기 싫냐고 물어봐요. 핑계도 있어요. 오늘 제 결혼으로 자극받았다고 해요."

"그렇게까진······."

"아! 우리 직진만 하는 이아나 양이 왜 이렇게 꾸물거려! 알았어요. 그냥 동해서 덮친 거라고 해요. 그럼 상대도 마주 덮치지 않곤 못 배길걸요. 저도 제가 먼저 자빠뜨렸어요."

"그냥 제가 알아서 하겠습니다."

이아나는 길길이 날뛰는 프리실라를 진정시켰다. 침착해진 프리실라가 이아나의 손을 잡았다.

"물어라도 봐요. 왜 그러는지 모르니까 괜히 답답하기만 하잖아요. 우리 이아나 양이 왜 그러고 있어요?"

식이 시작될 때쯤 이아나는 대기실에서 나와 아르하드와 만났다. 식에 맞춰 단정한 정장을 입은 아르하드와 함께 앞쪽에 앉아 결혼식을 지켜보았다.

"와아아아!"

프리실라는 향긋한 향기가 날 것 같은 사랑스러운 얼굴로 사랑에 흠뻑 빠진 남자의 얼굴을 한 시아이외와 진하게 키스했다. 지독하게 사랑스러운 주인공들이었다. 사람들은 환호하며 거센 박수로 그들의 앞날을 축복했다.

"던질게요!"

프리실라가 부케를 던지기 전 눈이 마주친 것 같았다. 부케는 조준이라도 한 것처럼 정확하게 이아나를 향해 날아왔고 이아나는 얼떨결에 부케를 잡아챘다. 다시 돌아선 프리실라가 눈을 찡긋했다. 사람들은 부케를 잡은 사람이 이아나인 걸 확인하고 또다시 환호했다. 이아나는 어색해하다 저도 모르게 아르하드를 흘끗 보았다가 일렁이는 눈동자와 딱 마주쳤다. 언제나처럼 화르륵 불타는구나.

"이아나 양을 당장에라도 자빠뜨리고 싶다는 것처럼 불타는 눈으로 쳐다보는 걸 제가 한두 번 본 게 아니에요."

시간이 흐르며 묻어 놓았던 의문이 들추어졌다.
하지만 이아나는 아르하드에게 묻지 않았다.
방으로 돌아온 이아나는 부케를 말려서 프리실라에게 주기 위해 벽에 걸어 두고 평소와 같은 시간을 보냈다. 그다음 날도, 그다음 날도. 말린 부케를 선물로 주고 프리실라가 분통을 터뜨리고도 다음 날도. 또 다음 날도.
오늘 저녁도 평소처럼 나란히 앉아 술자리를 가졌다. 며칠 동안 접촉을 삼가던 아르하드가 못 참고 입을 맞춰 왔다는 걸 빼면 평소와 같았다.
"읍."
이아나가 눈을 깜빡이더니 갑자기 아르하드의 머리카락을 손가락으로 꽉 잡아채고 잡아먹듯이 키스하기 시작한 걸 빼면 정말 평소와 같았다.

머리카락이 잡아당겨지는 바람에 아르하드가 얼떨결에 입을 벌리자 그 안을 거칠게 비집고 들어간 혀가 속속들이 핥았다. 포도주에 젖은 입술은 달콤했다. 이아나는 혀뿌리에 고여 있던 마지막 한 방울까지 빨아 마실 정도로 포악하게 쓸고 다녔다.

그게 끝이 아니었다. 이아나는 몸을 조금 일으켜 아르하드의 어깨를 짚고 뒤로 꽉 밀었다. 아르하드를 억지로 밀어 눕힌 이아나가 그의 얼굴 옆에 손을 짚고 짐승 같은 키스를 이어 갔다.

멱살을 잡아 그의 옷깃을 뚜둑뚜둑 뜯어냈다. 깊은 쇄골과 단단하게 부푼 가슴이 서서히 드러났다. 아르하드의 목에 걸려 있던 펜던트 줄이 드러나며 이아나의 손가락에 걸렸다. 이아나가 옛날에 선물했던 달 모양의 펜던트였다.

그는 선물 받은 날부터 하루도 빼먹지 않고 이 펜던트를 하고 다닌다. 어떤 물건보다 소중하다는 듯 가슴에 품고 있다. 이아나는 목걸이가 목줄이고 저는 이 남자의 주인이라도 되는 것처럼 확 잡아당기며 그의 목을 뒤로 젖혔다.

아르하드의 시선이 단추가 다 뜯겨 나간 제 옷깃으로 흘끗 굴러 떨어졌다가 다시 올라와 눈을 감지 않고 저를 쳐다보고 있는 이아나를 향했다.

그 눈동자는 뜨겁지 않았다. 그저 고요했다.

이아나는 입술을 떼었다.

"왜 참습니까?"

진심으로 궁금하다는 듯 물었다.

"왜 저를 안지 않죠?"

묻고 나니 이보다 쉬운 질문이 없었다.

아르하드는 대답 없이 양손으로 이아나의 뺨을 감싸 쥐었다.

"이아나 라이즈."

귓가를 간지럽히는 음울한 저음에 이아나가 움찔했다.

"내 기사, 내 여자."

꺼져 내릴 듯이 낮고 탁한 그 목소리가 속삭여질 때면 이아나는 어딘가로 추락하는 듯했다.

"내 것."

뜨겁지 않다고 생각했던 눈동자는 열기조차 뛰쳐나오지 못할 정도로 무거운 욕망에 갇혀 있었다. 탁해진 이성이 동공마저 흐렸다. 이아나가 뭐라고 대답하기도 전에 아르하드가 이아나의 뺨을 당겨 천천히 입을 맞췄다.

축축하게 입안과 치아를 쓸어내리는 살덩이는 평소처럼 다급하지 않았다. 음미하듯이 입천장부터 혀 밑까지 느릿하게 미끄러져 내리며 생경한 흥분을 이끌어냈다.

뺨을 감싸 쥐었던 손들은 아래로 내려가 한 손은 목덜미를 한 손은 허리를 더듬었다.

"……!"

그러더니 갑자기 파드득 옭매었다. 입술을 집어삼키듯이 겹쳐서 맞붙이고, 몸을 으스러져라 부둥켜안으며 소파에서 상반신을 일으켰다.

몸이 거칠게 일으켜 세워진다 싶었다. 끌려가듯 뒷걸음질 쳤더니 어느새 무릎 뒤에 침대가 닿아 있었다. 균형을 잃은 몸이 그의 서늘한 향기가 물씬 나는 침대로 넘어지자 아르하드가 그 위를 강하게 짓누르며 키스해 왔다.

이아나는 눈을 감지 못했다. 정신없이 눈앞의 남자의 얼굴을 쳐다볼 수밖에 없었다.

너무 야했다. 잘생긴 얼굴이 대체 이때까지 어디다 숨기고 있었는지 고귀하면서도 통속적인 염기에 흠뻑 물들어 있었다. 욕망에 적셔진 서늘한 생김새의 얼굴은 모순적이면서도 사람을 홀리는 구석이 있었다. 이렇게 유혹적인 얼굴 아래에 무저갱보다도 깊은 사랑과 욕망이 존재함을 아니 그 흡인력은 가히 폭력적이었다.

"이아나."

이아나에게 키스하던 입술이 떨어져 나가 그녀의 이름을 혀끝에 담았다.

"이아나, 이아나……."

입술이 턱 끝을 꾹 누르고, 목선을 따라 밑으로, 밑으로 내려가며 수없이 아릿한 느낌을 남겼다. 뜨거운 호흡이 목을 간지럽혔다. 빨아들이고 깨무는 입술은 지독하게 유혹적이었다.

언제나 등 언저리나 목 뒤를 매만질 뿐이었던 커다란 손은 무릎 뒤를 받쳐 올린 것도 잠시, 아래로 쓸며 내려와 탄탄한 허벅지 위까지 더듬었다.

이아나는 튀어나오려는 야릇한 뭔가를 겨우 삼키며 아르하드의 머리를 감싸 안았다. 손이나 팔, 얼굴이 아닌, 평소에는 닿을 수가 없는 부분을 더듬는 손길이 무척 낯설었다. 누운 채로 다리가 얽혀 있는 것도, 아르하드의 정수리가 제 얼굴 밑에서 보이는 것도 생소했다.

그 생경한 감각은 생각했던 것보다 훨씬 더 야해서 머리카락

끝까지 곤두서는 것 같았다. 생사대전을 앞둔 게 아닌데도 긴장 감에 몸이 오싹오싹해서 숨이 가빠졌다.

"……!"

심장이 퍼뜩 뛰었다.

어느새 상의가 죄다 풀어 헤쳐져 드러나고 만 속옷 위, 왼쪽 가슴 위에 달뜬 입술이 닿아 있었기 때문이다.

심장이 터질 듯이 뛰어 댔다. 어찌나 쾅쾅 뛰어 대는지 심장 이 흉골까지 닿는 것 같았다. 그 박동은 고스란히 아르하드의 입술로 전해졌다.

쪽.

가슴 윗살을 빨아 핥는 습윤하고 진득한 소리가 천둥처럼 울 렸다. 이젠 심장이 멎어 버렸다. 극과 극을 오가고 있었다.

꽤 오랜 시간 가슴에 입술을 붙이고 있는가 싶었다. 아르하드 가 이아나의 허벅지를 쥔 손에 힘을 세게 주었다가 푸는가 싶더 니 몸을 일으켰다.

"부디, 날 자극하지 말아 줘."

모순적이게도, 그리 말하는 정염에 녹아내리는 얼굴은 절박할 정도로 애걸하고 있었다. 제발 널 가지게 해 달라고. 그래서 이 아나는 이 남자가 대체 뭔 소리를 하나 싶었다. 잔뜩 흐트러진 채로 불긋하게 물든 이아나를 핥듯이 내려다보던 눈동자가 이아 나의 목에 흐드러지게 남은 흔적에서 멈췄다.

"하……."

아르하드는 양손으로 제 얼굴을 감싸며 침대 위를 뒹굴었다. 이아나는 제게서 등을 돌리고 누워 버린 남자의 검은 뒤통수를 처다보았다.

"널 한번 안기 시작하면 끝이 없을 거다."

뭐 하냐고 묻기도 전에 아르하드가 힘없이 중얼거렸다.

"온종일 일에 집중 못하고 널 안고 싶다는 생각만 하겠지. 한번 안았던 네 몸을 떠올리면서 일이고 바하무트고 뭐고 다 집어치우고 싶어질 거야."

"그게 지금과 뭐가 다른가요. 매일 날 안고 싶어 하면서."

"달라. 지금은 찾아가서 벗기진 않으니까."

돌아누운 이아나가 팔꿈치를 세워 손바닥 위에 뺨을 얹었다.

"아직 제대로 보지도 못한 네 몸과 널 안을 때의 감각을 구체적으로 상상하지도 못하고."

나 참.

약 반년간 궁금했던 의문에 대한 답은 퍽 우스운 것이었다.

"한번 자기 시작하면 끝이 없을 거다. 아직은 안 돼. 할 일이 너무 많아. 하……. 건국이고 뭐고 다 때려치우고 널 산속으로 끌고 들어가서 은거하고 싶은 심정인데 그래선 안 되는 거지. 그래, 안 돼. 아니, 왜 안 되는 거지. 정말 안 되는 건가."

이렇게 심각한 아르하드는 처음이다. 이아나는 극단을 쉴 새 없이 오가는 그의 갈등을 재밌다는 듯 바라보았다.

"그래, 안 돼. 정말로 안 돼."

"……그럼."

다짐하듯 안 된다며 되뇌고 또 되뇌는 아르하드에게 이아나가 정말 궁금해서 물었다.

"저와 언제쯤 잘 생각이신가요?"

"그런 말 하지 마. 정말로 다 때려치울지도 모르니까."

묻지도 못하나.

한참을 어깨를 들썩이며 열기를 다스리던 아르하드가 등을 돌려 이아나를 마주 보았다. 세상에서 가장 사랑스러운 것을 보는 듯한 열띤 시선은 조금 간지러웠다.

"내가 인내하는 방법이 뭔지 가르쳐 줄까."

궁금하긴 하다. 옛날부터 생각했던 거지만 아르하드의 인내심은 정말 가공할 정도였다.

"요새를 세우듯이 겹겹이 벽을 세우는 거야. 특정 행위나 기한을 정해서 진도를 적당히 나누는 거지. 예컨대 내가 네 고백을 기다렸던 것처럼 '네가 내게 사랑한다고 말해 주면 그때부터 나도 사랑한다는 말을 참지 말아야지.'라거나. 지금처럼 '건국식 때까지만 참고 그 이후부턴 참지 말아야지.'라거나."

"왜 굳이 건국식까지죠?"

"나라를 세우는 데 집중해야 하니까."

"그럼 건국식 후에는요?"

"너무 안고 싶을 땐 안을 거다. 너무 심하게 고삐를 잡아당기면 답답해서 폭발해 버릴지도 모르니까. 그래도 바하무트와 싸워야 하니까 적당히 참을 거야. 너와 자고 싶어도 놈들이 강제로 내 고삐를 쥐겠지."

"그럼 바하무트를 이기고 나서는요?"

"알고 싶어?"

꽤 오랜만에 미친 눈동자를 보고 있자니 괜히 물었나 싶기도 하고 은근 기대가 되기도 했다.

"넌 살면서 처음으로 내게 살려 달라고 애원하게 될 거야."

"······바보 같아."

이아나가 얼굴을 붉히며 몸을 일으키려 했다.

아르하드가 이아나의 손을 붙잡아 당겨 품에 끌어안았다.

"이아나, 너도 나를 원하는 거지."

"방금 우리가 뭘 했죠?"

이아나가 이상한 소리를 다 듣는다는 듯 헛웃음을 짓자 아르하드가 그녀를 세게 끌어안으며 결핍된 것처럼 허기진, 그러나 세상을 다 가진 것처럼 배부른 미소를 지었다.

푸르렀던 잎들이 붉고 노란 빛깔들로 물드는 가을이 되었다.

여러 종족이 모여 살다 보니 문제가 없을 순 없지만 초기보단 문제 발생이 확연하게 줄었다. 종을 가리지 않는 강력하고 공정한 법이 갈등을 빠르게 해결했으며 종교가 뜻밖에도 큰 힘을 발휘한 탓이었다.

이종족은 하나도 빠짐없이 라오스를 믿었으며, 인간들도 대부분이 라오스를 믿고 그의 교리에 따랐다. 크게 지어 올린 라오스 신전에서 함께 라오스에게 기도하다 보니 서로에 대한 경계심은 자연스럽게 완화되었다.

무엇보다 내부의 문제는 외부의 문제로 해결한다고 했던가? 호시탐탐 맛있는 먹이를 노리는 몬스터들과, 전 세계를 향해 포효하는 바하무트 때문에 똘똘 뭉칠 수밖에 없었다.

군사훈련도 순조롭게 진행되었다.

모병제를 통해 여러 종족이 군대에 들어왔다. 엘프들은 궁술과 정령술에 매우 뛰어났고 드워프들은 몸이 단단하고 힘이 좋아서 방어술이나 도끼를 이용한 공격에 능했다. 수인들은 종족마다 특기가 달랐는데, 전투력은 수인들이 단연 으뜸이었다.

아르하드는 수인족 수장 압실롯, 엘프 여왕 뤼미에르, 드워프 워리어들의 대표 케니넬프의 의견을 받아서 군대를 편제하고 사령관들을 배정했다.

그리고 드워프들은 자신들이 인정한 선한 무인들에게 고유의 무기를 만들어 주기 시작했다. 첸넬프가 이아나에게 무기를 만들어 주고 교감하는 걸 보면서 부러움을 느꼈던 드워프들이 드디어 작업을 개시한 것이었다.

이렇듯 아르하드의 영토는 국가의 기틀을 착실히 다져 가고 있다. 그럼 외국은 어떨까?

로안느와 바하무트는 여전히 전쟁 중이었다. 바하무트가 잊을 만하면 침공하고 로안느가 철저하게 방어하는 형세였다.

이아나는 안젤리나가 종종 연락해서 이야기해 주는 로안느의 소식과 카니츠가 주기적으로 보내오는 바하무트의 소식을 받아 보고 있었다.

안젤리나는 왕국민 모두가 길어지는 전쟁 때문에 힘들어하지만 지지 않겠다는 마음가짐으로 전쟁에 임하고 있다고 했다.

또한, 슈나이더는 날이 갈수록 점점 더 강해지고 있다. 작년 바하무트의 선황을 죽이고 귀환했을 때, 슈나이더는 이미 눈부시게 강해져 있었다. 그런데 요즘 슈나이더와 함께 수련하는 안젤리나가 보기에 전보다 훨씬 대단해졌다고 했다. 특히 방어 마법에 한해서는 스승인 신가드라를 넘어섰다고 했다. 라오스의 용아병이자 가디언이라는 특수한 조건이 슈나이더의 재능을 더욱 키우고 있는 걸까.

그리고 바하무트. 카니츠의 말에 의하면, 바하무트는 로안느와의 전쟁에만 집중하고 있다.

아니, 사실 딱히 집중하고 있지 않다.

샤일린스는 정말 전 세계를 부술 작정으로 전쟁을 일으켰다. 하지만 테일런이 귀환한 후부터 황족은 전쟁에서의 승리보다는, 전쟁의 긴장감을 유지하면서 정찰병을 보내 각 국가의 흐름을 관찰하는 데 더 많은 관심을 보였다고 했다.

그리고 현재 황족은 '휴전'이라는 말이 나오지 않을 정도로만 침공하라고 명령을 내린 후 황족만의 공간에 틀어박혀 나오지 않는다고 했다. 카니츠를 포함한 기사들도 자기 훈련에 집중하라는 명령을 받은 터였다.

테일런 헬칸 바하무트, 놈의 속셈이 뭘까?

가을의 끝 무렵.

이아나는 기로하이 사막의 뜨거운 바람을 맞으며 서 있었다. 수인들로 북적였던 오아시스, 티타누스는 모래바람이 이따금 불어와 버려진 시설들을 어지럽힐 뿐이었다.

"가자!"

이아나는 압실롯의 인도를 따라 오아시스의 중심, 티타누스 산으로 천천히 다가갔다. 처음 봤을 때는 별다른 느낌을 받지 못했는데, 성물이 있음을 알기 때문일까? 지금은 심장이 뛴다.

산 주변에는 다섯 개의 바위탑이 있다. 멀리서는 작아 보였던 바위탑이 가까이 가자 압도적인 높이로 그들을 내려다보았다.

압실롯은 다섯 개의 탑이 그리는 원 안으로 들어섰다.

"배리어여. 내 허락 없이는 아무도 들어갈 수 없구면."

이아나는 조심스럽게 걸음을 옮겼다. 압실롯의 허락을 받았기에, 배리어는 이아나를 튕겨 내지 않고 자연스럽게 흡수했다.

산의 정상에 도착했다. 정상에서도 가장 높은 곳에는 제단이 있었고, 그 위에는 반짝거리며 빛을 발하는 거대한 나뭇잎 한 장이 놓여 있었다. 나뭇잎이 날아가지 못하도록 조치를 취해 놓은 듯했다.

"만져 봐."

압실롯이 팔짱을 긴 채 멀찍이서 이아나를 주시했다.

이아나는 조금 긴장하며 손을 들었다.

이아나의 손이 네 번째 심장의 봉인, 잎사귀에 닿았다.

우우우우웅!

언제나와 같다. 심장과 심장이 이어지고, 신력이 폭발적으로 밀려들어 온다. 기억과 감정이 추가되고 재배열된다. 감정이 이리저리 날뛰어 대며 심사를 어지럽힌다.

그리고 또다시 영계가 열렸다.

이아나는 눈을 부릅뜨고 집중했다. 로베르슈타인과의 자아와 한참 동안 밀고 당기기를 하다가, 홱 잡아당겼다.

이아나의 자아가 승리했다.

"후우우우."

이아나는 심호흡을 하며 주저앉았다.

쿵. 쿵. 쿵.

심장이 빠르게 뛰어 댔지만 괜찮다. 맨 처음 성물을 접했을 때와는 달리 심장은 둑 터진 강물처럼 밀려들어 온 신력을 어렵지 않게 수용했다. 두 번째로 성물을 접했을 때와도 다르게, 자아의 밀고 당기기에서 쉽게 승리했다. 그 두 경우와 비교하면 이아나는 지나치게 멀쩡했다. 그만큼 강해졌다는 이야기다.

"……."

이아나는 눈을 감은 채로 신성시대의 방대한 기억을 머릿속에 차곡차곡 쌓아 갔다. 심장을 완전히 회수하지 않는 한 로베르슈타인의 기억을 온전히 가질 수는 없다. 심장과 멀어지면 이 기억들은 서서히 사라질 것이다. 그래서 이아나는 뛰어난 암기력으로 대략적으로나마 외워서 제 것으로 만들었다.

이아나는 새롭게 얻은 기억과 감정을 되짚어 보았다. 없었던 기억이 추가되고, 뒤죽박죽이었던 기억이 정리되어 원래 순서를 되찾았지만…….

마지막쯤의 기억은 여전히 잘려 나간 듯 없었다.

여전히, 비어 있는 기억들이 존재했다.

……라오스에 대한 지식은 전혀 없었다.

이아나는 손으로 제단을 짚은 채 생각에 잠겼다.

'이쯤 되면 나올 만한데 안 나오는군.'

라오스가 본인을 찾기를 원하지 않는다고 했었나.

'혹시 라오스가 로베르슈타인의 기억에 손을 댄 게 아닐까.'

이아나가 로베르슈타인의 기억들 중, 라오스와 관련된 기억들을 얻지 못하도록 말이다.

어떻게 그게 가능한지 설명할 수는 없지만, 그것 말고는 라오스의 기억만 쏙 빼놓고 거의 모든 기억을 되찾은 지금의 상황을 설명할 수 없었다. 하지만 아직 단정하기는 이르다.

'꽃이 남아 있으니까.'

꽃에 라오스에 대한 기억이 남아 있을지도 모른다.

"끝난겨?"

"네."

압실롯이 다가와서 반짝거리는 나뭇잎을 손가락질했다.

"이거 가져가."

"가져가도 됩니까?"

"그럼. 이제 사막에 티타누스의 힘이 필요한 종족은 없구먼."

티타누스의 그늘이 반드시 필요한 이들은 떠나고 사막이 적합한 거주 환경인 수인들만 이주를 거부하고 남았으니 이아나에게 티타누스를 건네줘도 상관없었다.

이아나는 조심스럽게 페임드라의 잎사귀를 들어 올렸다.

성물의 첫 획득이다.

'순조로워.'

사키가 전하길, 진자이의 대신관이 필요할 때 지팡이를 빌려주겠다고 했다. 검은 신도의 일기장을 아무렇지도 않게 빌려줬던 로안느의 대신관도 며칠 동안은 덩굴을 빌려주겠다고 했다. 나뭇잎은 이제 제 손아귀에 들어왔다.

'문제는 진리의 탑인가?'

진리의 탑이 보유하고 있다는 꽃.

진리의 탑이 어떤 단체인지 알 수 없지만 도르시아니 같은 마법사들만 모여 있다는 걸 생각한다면…….

'뿌리를 뽑아서라도 줄 것 같군.'

이아나는 걱정을 접었다.

"축하해."

아르하드는 귀환한 이아나가 다짜고짜 커다란 나뭇잎을 보여주자 웃으면서 그리 말했다.

중요한 물건을 밖에 내놓기는 불안해서, 이아나는 아공간에 나뭇잎을 집어넣었다. 아르하드는 이아나를 먼저 소파에 앉히고 그 옆에 앉아 손을 잡았다.

"이제 로베르슈타인보다 제 자아가 조금 더 강한 것 같기도 합니다."

이아나는 나뭇잎을 회수하면서 느꼈다. 자신의 자아가 로베르슈타인의 자아보다 강해졌다는 것을. 로베르슈타인의 의식을 짓누르고 과거로 흘려보내는 게 어렵지 않았다.

"검술도요."

아르하드에게 위기감을 느끼고 더욱 열심히 하다 보니 적지 않은 성과를 얻었다. 로베르슈타인의 기억을 더듬어서 비교해 봤을 때, 적어도 검술 쪽은 그녀보다 뛰어났다. 신력 제어도나 신력의 양은 당연히 로베르슈타인보다 부족했지만 말이다.

"잘하고 있어."

아르하드는 뿌듯해하는 이아나가 너무 예뻤던 나머지, 저도 모르게 그녀의 뺨에 키스하고 말았다.

이아나는 마음이 간지러워졌다. 표정과 행동뿐만 아니라 눈빛, 체온, 어조 등등 모든 곳에서 자신을 예뻐하는 아르하드의 마음이 느껴졌기 때문이다. 이아나는 아무렇지도 않은 척 그의 어깨에 머리를 기댔다.

"순조롭네요."

이아나는 그리 말해 놓고 조금 망설이더니, 조심스레 말했다.

"너무 순조로워서 이상하지 않습니까?"

이아나는 종종 불안감을 느꼈다.

뭐든 어렵지 않게 이뤄지고 있었다.

악마의 파편 회수도, 로베르슈타인의 심장 수집도, 건국도.

모두 그들이 열심히 돌아다니고 이것저것 노력한 덕분이지만, 그런 걸 감안하더라도 너무 쉬웠다. 세상은 천칭과 같기에 뭐든 대가가 있는 법이다. 일이 이렇게 쉽게 풀린다는 건, 끔찍한 고난과 역경이 뒤에 존재한다는 게 아닐까?

아르하드는 이아나가 걱정하는 것을 가만히 듣고 있었다.

"네 걱정은 타당해."

아르하드가 이아나를 향해 팔을 벌렸다.

이아나는 흘끔 그 품을 보았다가 익숙하게 폭 안겨 들었다. 아르하드는 이아나를 강한 힘으로 품어 주었다.

"하지만 어려운 일이 닥쳐오더라도 준비를 잘 하고 있다가 이겨 내면 돼. 우리는 잘할 수 있어."

"그렇겠지요."

따뜻한 품에 강하게 안긴 채 차분한 목소리를 듣고 있으니, 불안감이 조금씩 흩어졌다.

"난 지금 일들이 잘 진행되고 있는 게, 우리가 노력한 덕분이라고 생각해. 그게 아니면 전생에 너무 고생한 대가든가."

그런 걸까?

이아나는 회귀 전의 삶을 떠올리고 납득할 뻔했지만 마음을 다잡았다. 그런 낙관적인 생각을 하며 경계심을 풀 수는 없었다. 아르하드도 이아나의 마음을 편안히 해 주려고 그리 말한 거였다. 오히려 그가 이아나보다 더 미래를 경계하고 있었다.

그리고 그들을 위협할 존재는 바하무트밖에 없었다.

"노력하고 있어요."

"네가 노력하고 있다는 건 이 성 모두가 알고 있지. 심장은 괜찮아?"

"물론 괜찮습니다."

아르하드가 이아나의 심장을 걱정해 주는 날이 왔다.

이아나는 주기적으로 권능을 수련하고 있는데, 수련을 하면 할수록 인간의 심장은 신의 것과는 달라 권능의 반작용에 익숙해지지 못한다는 걸 깨달아 가고 있었다.

신의 심장은 '혼돈'의 조각으로서, 육신과 어우러지기 위해 스스로를 변형한 형태가 정해져 있지 않은 물질이다. 사실은 몹시 유연하면서도 강도가 매우 강했다.

하지만 인간의 것은 살점일 뿐이다. 이아나는 권능을 쓸 때마다 심장이 찢어발겨지는 것 같은 고통을 느꼈다. 아무리 작은 권능이라도 그랬다. 그 고통은 익숙해지지 않았다. 익숙해지기는커녕 할 때마다 심장이 제발 멈추라고 소리를 질렀다.

한번은 피까지 토해서 아르하드가 그냥 그만두자고 소리친 적도 있었다. 하지만 이아나는 절대 그만둘 생각이 없었다. 심판의 권능은 비장의 무기였고 지인들을 구할 유일한 방법이었다.

노력한 결과 고통과는 별개로 권능을 발현하는 데 능숙해지긴 했다. 아르하드와 상의하여 고통의 정도와 회복되는 데 소요되는 시간에 따라 권능의 사용 주기도 정했다.

작은 권능의 경우에는 일주일에 한 번.

큰 권능의 경우에는 한 달에 한 번.

이제 곧, 악마의 파편 회수에 권능을 시험해 볼 것이다.

아르하드가 이아나의 손을 잡아 올려 손목에 엄지를 대었다. 웬만한 고통은 거뜬히 이겨 내는 건강한 심장이 쿵쿵 뛰는 게 손목의 동맥을 통해 전해졌다.

"네가 무리하지 않고 그저 편하고 즐겁게 지냈으면 좋겠는데 상황이 따라 주질 않으니 씁쓸하군. 정말 괜찮은 거 맞지?"

"정말 괜찮습니다. 전 당신처럼 약하지 않아요."

"알지만 늘 걱정돼. 심장은 다치면 고치기 어려운 부위니까."

아르하드는 매번 손목을 통해 이아나의 박동을 느끼곤 했다. 말단의 박동은 약하기 그지없을 텐데 건국 전까지는 진도를 나가지 않겠다는 우스운 이유로 겨우 손목만 붙잡는 아르하드가 애처로워 보이는 건 왜일까.

'불만스럽기도 하고.'

이아나가 잡힌 손을 빼내 역으로 그의 손을 붙잡았다.

"이아나?"

의문을 느낄 새도 없이 당혹감이 번졌다.

이아나가 바짝 당긴 손은 그녀의 목덜미에 닿아 있었다. 엄지를 제 경동맥에 꾹 눌러 붙이는 이아나의 손길에 아르하드가 멈칫했다.

"제가 건강하다는 게 좀 더 잘 느껴지십니까?"

"......"

"안 느껴지나요?"

이아나가 아르하드의 손을 차츰차츰 내려 제 왼쪽 가슴 위쪽에 바짝 눌렀다. 아르하드의 손은 어느새 뻣뻣해져 있었다.

"지금은 어떻습니까?"

심장 바로 위쪽에 손을 대고 있으니 아주 잘 전달되고 있으리라. 아르하드가 아주 뜨거운 것에 데기라도 한 듯 퍼뜩 손을 빼려는 걸 꽉 잡아 붙였다.

"걱정될 때면 제 심장 위에 손을 얹어 보세요. 소심하게 손목만 붙잡으니 계속 걱정하는 거잖습니까."

"유혹하지 마."

딱히 유혹하려 한 건 아닌데 아르하드의 얼굴이 어둑했다. 내 가슴에 그런 야한 키스까지 한 주제에. 겨우 가슴 위쪽에 손이 닿았을 뿐인데도 자극을 받은 듯 밀어내려는 아르하드를 보고 있자니 현재 그들이 처한 상황을 아주 잘 이해하고 있는데도 자꾸만 괴롭히고 싶은 마음이 든다.

외면했을 뿐 계속해서 차곡차곡 쌓여 가던 저열한 욕망들이 한꺼번에 맞물리며 이성의 뚜껑을 살포시 열었다.

"끝까지만 가지 않으면 되잖아요?"

"뭐?"

이아나는 붙잡은 그의 손을 더욱 아래로 내려 꽉 포개 쥐었다. 아르하드는 미쳐 버릴 것 같았다.

공기가 새파랗게 어는 겨울이 되었다. 나뭇가지들이 바삭거리는 헌 나뭇잎을 벗고 봄을 기다리며 잠이 드는 계절이었다.

이아나가 동부에 이주한 지 일 년이 되는 시점이었다.

이아나는 오늘도 어김없이 기사들의 훈련을 봐주고 있었다.

"그게 아니라, 이렇게 발을 반 발 정도 뻗어 보세요."

"아, 확실히 더 낫네요. 고마워요. 라이즈 경."

라이언이 자세를 고쳐 준 이아나에게 씩 웃어 주었다.

학술원에서 이아나, 아르하드와 친하게 지냈던 검술부장 라이언이 결국 동부에 정착했다.

그는 학술원을 졸업하고 용병 일을 하며 방랑하던 중이었다.

"저는 사실 혈육이 없습니다. 보육원에서 자랐거든요. 성공한 후에 돌아가서 키워 주신 분들께 은혜를 갚으려고 했는데, 제가 연락을 끊고 공부에 집중했던 사이에 보육원이 없어졌더군요. 그래서 앞으로는 뭘 할까 생각하다가, 여태 너무 부지런하게만 살았다 싶어 느슨한 마음가짐으로 여행하고 있었습니다. 돈이 떨어지면 용병 일을 하고요. 나쁘지 않더군요."

이때까지 뭘 하면서 지냈냐는 질문에, 라이언은 씩 웃으며 그리 말했다. 몬스터 웨이브가 발생한 후부터는 사람들을 구하러 다니느라 바빴다고 했다.

라이언은 선한 사람이었다. 그에게서는 헤레이스와 같은 유의 따스한 느낌이 났다. 헤레이스가 다정하고 부드럽다면, 라이언은 다정하면서도 강단 있었다. 아이들, 특히 엘리가 관심을 보이는 것을 보면 좋은 사람인 게 분명했다. 회귀 전에도 조용히 사람들을 구하고 다녔으리라.

이아나와 아르하드는 라이언에게 정착하기를 권했다. 라이언은 처음에는 마다했다. 하지만 세마스티어에 한 달 가까이 머무르며 다종족 도시의 독특한 매력에 매료되고 이아나의 검술에 불같은 향상심을 느낀 그는 결국 동부에 남기로 결정했다.

"이아나 님! 라이즈 경! 저도 봐주세요!"

"제 자세도 봐주세요, 이거 이렇게 하는 게 좋을까요, 아니면 이렇게 하는 게 좋을까요."

라이언의 주변에서 훈련하던 기사들이 모이를 바라는 새처럼 이아나를 향해 짹짹거렸다.

이아나의 검술학부 동문들이었다.

작년, 이아나의 행보는 로안느, 특히 검술학부 초미의 관심사였다. 그리고 검술학부생들 중에는 동부 출신도 적지 않았다. 그들은 가족들과 편지를 주고받다가, 동부 세마스티어에 붉은 머리카락의 여성 기사가 나타났는데 실력이 어마어마해서 몬스터를 휩쓸고 다닌다는 이야기를 전해 들었다.

이아나였다!

소문은 지인에게로, 또 지인에게로 알음알음 퍼져 나갔다. 소문을 들은 순간 학술원을 때려치운 이도 있었고, 귀족 가문의 기사가 되었다가 작위를 내려놓은 이도 있었다. 모두 로안느에서 이아나의 무력에 완전히 매료당한 이들이었다.

그들은 동부로 향했고, 이아나가 있는 세마스티어에 도착했다. 이아나를 찾아온 이들은 영주가 아르하드라는 것, 그리고 이아나가 그의 기사이자 성내 군대의 정점에 있음을 알았다. 아르하드가 얼굴만 반반한 놈이 아니라 아득할 정도로 엄청난 사람이며 이아나가 선택할 만한 남자임을 깨닫게 되는 순간이었다.

성에서 수시로 모병하고 있었기에, 그들은 얌전히 입대를 위한 시험에 응했다. 이아나가 마지막 파티에서 학연은 꿈도 꾸지 말라고 했고, 그들 역시 밑바닥부터 스스로의 힘으로 이아나가 있는 곳까지 이르고 싶다는 욕망을 가졌기 때문이다.

그렇게 병사부터 시작한 이들이 벌써 수십이고 지금은 대부분이 기사가 되었던가.

안 그래도 재능 있던 자들이 검술학부의 지독한 교과과정을 완벽하게 이수했을 뿐만 아니라 이아나의 초월적인 훈련까지 따라 했다. 전쟁으로 인해 무수히 많은 실전까지 겪었다. 기존의 기사들이 위기감을 느낄 정도로 실력이 뛰어날 수밖에 없었다.

기사가 된 전 검술학부생들은 세마스티어에서도 어미오리 따라다니는 새끼오리들처럼 이아나의 훈련을 따라 했다. 오로지 이아나만 보고 온 이들인 만큼 충성도도 하늘을 찔렀다.

"이아나 양."

그때, 도르시아니가 유령처럼 나타나 이아나의 옆에 찰싹 달라붙었다. 그녀가 유혹하듯 속삭였다.

"진리의 탑에는 언제 갈 거야? 모두 네가 오기를 손꼽아 기다리고 있어."

안 그래도 가려고 했다.

내년 봄에 건국하면 정신이 없을 터. 이아나의 계획은 올해 겨울 아르하드와 함께 진리의 탑에 가는 것이었는데, 도르시아니가 먼저 말을 해 왔다.

"가죠. 지금 바로."

"어머."

이아나의 결정에 도르시아니가 즐거운 미소를 지었다.

똑, 똑.

도르시아니는 이아나를 데리고 한 남자의 방으로 가서 문을 두드렸다.

"들어오……. 아."

도르시아니는 들어오라는 말이 들리자마자 문을 벌컥 열었다. 방 안에서 책을 읽고 있던 엔슈이라가 놀라 눈을 크게 떴다.

도르시아니가 문틀에 비스듬하게 몸을 기댔다.

"요즘 조용하기에 죽은 줄 알았는데 아직 안 죽었네?"

"저보다 쉰 살은 많은 노인한테 말하는 거 보게."

"당신한테는 흥미가 없어서."

"자네의 흥미와 예의가 무슨 상관인가?"

"난 흥미로운 대상한테만 예의를 지켜. 알잖아? 아니면 치매라도 왔어?"

엔슈이라가 책을 탁 덮었다.

도르시아니는 어려서부터 극단적이었다. 흥미로운 대상에게는 집착하고, 흥미가 떨어지는 대상에게는 지독하게 무관심하고 무례했다.

마법사들 대부분이 그런 성향이라는 점을 감안하더라도 도르시아니는 유달리 심했다. 폐쇄적인 진리의 탑에서 나고 자랐기 때문일까?

"하여간 어릴 때나 다 커서나 똑같군. 그래서 무슨 일로?"

"지금 진리의 탑으로 갈 거야. 이아나 양이랑 같이. 댁도 함께 갈 테야?"

엔슈이라의 눈썹이 꿈틀했다.

"내가 진리의 탑 소속이라는 걸 밝힌 거냐?"

"몇 사람한테만. 그런데 태도가 마음에 안 드네? 진리와 가까워질 다리를 놓아 줬는데 말이야. 갈 거야, 말 거야?"

엔슈이라는 대화를 가만히 듣고만 있는 이아나를 보았다.

이아나 라이즈.

예전에는 로안느의 로베르슈타인가에 속해 있었지만 동부로 와서 아르하드의 기사가 된 여인.

최근 도르시아니가 몰두하는 인간.

도르시아니는 어려서부터 마법, 그리고 진리라는 세상의 이치에만 골몰해 왔다. 그래서 도르시아니가 강하게 흥미를 가지는 대상들은 대부분 그것들과 관련되어 있었다.

도르시아니는 마법의 근원을 알고자 어린 나이부터 바하무트에 소속되어 그들을 위해 일했다. 악마의 파편이라는 기회가 찾아오자, 고민도 하지 않고 받아들였다.

그렇기에 엔슈이라가 동부에 눌러앉은 데는 도르시아니 탓도 있었다. 무서운 바하무트를 배신하고 이쪽에 붙은 이유, 그리고 시간만 났다 하면 이아나와 아르하드를 빤히 관찰하는 이유가 궁금했다.

이유는 뻔했다. 진리, 혹은 마법과 지독하게 관련되어 있기에.

아르하드는 그럴 만도 했다. 그는 거대한 악마의 파편을 가진 자였다. 예상컨대, 바하무트 황실이 혈안이 되어 찾고 있던 사생아기도 했다. 그러나 그 외에도 다른 비밀이 있는 게 분명했다. 그냥 별생각 없이 보면 잘생긴 인간이다 싶지만, 집중해서 들여다보면 빛을 삼킨 밤바다를 볼 때보다 두려운 느낌을 받기 때문이다.

하지만 이아나는 왜?

그 연유를 알 수 없었기에, 탐구욕이 불타오른 엔슈이라는 이아나를 탐구하고자 동부에 정착했다.

"진리의 탑에 함께 가자고?"

"그럼 당신한테 왜 왔겠어?"

"나한테 흥미가 없다며? 자네가 흥미 없는 대상까지 챙겨 줄 정도로 상냥했었나?"

"그래도 같은 길을 걷는 동료잖아? 다 같이 알면 좋지. 그리고 조금 챙겨 주면 당신이 동부에서 열심히 일하지 않겠어. 염치가 있다면 말이야."

진짜 이유는 후자로군.

그 도르시아니가 영지의 주인, 이아나에게 아부하고 있었다.

"싫으면 말고."

"가지."

엔슈이라가 냉큼 일어나며 푸른 로브를 둘렀다.

아르하드의 집무실로 향하는 복도, 엔슈이라는 빛이 쏟아져 들어오는 창밖을 보았다.

병사들과 마법사들이 겨울의 추위도 아랑곳 않고 열심히 훈련하고 있었다. 그 너머로는 아티팩트를 제작하고 있는 공학자들이, 식물을 심는 정원사들이, 건물을 짓는 건축가들이 보였다. 앞으로 평생 살아갈 나라의 토대를 다지기 때문인지, 모두에게서 강한 활기와 의지가 느껴졌다.

무리의 구성원들이 그저 인간일 뿐이라면 별 특이할 것도 없는 광경이었다. 하지만 인간과 이종족들이 한데 섞여 있기에 경이로웠다.

시초는 이아나였지만, 이제는 국가 자체가 더 흥미롭다.

진리는 곧 세상이다. 진리라는 광범위한 주제는 또다시 여러 분야로 쪼개진다. 그래서 진리를 갈망하는 자들은 각기의 방식으로 그를 탐구하고 있었다.

도르시아니의 경우에는 세상의 법칙을 기반으로 시간을 거슬러 태초를 연구한다. 그녀와 반대로, 엔슈이라는 세계의 흐름을 관조하면서 미래를 연구한다. 즉 도르시아니는 과거를, 엔슈이라는 미래를 통해 진리를 탐구하는 셈이다.

엔슈이라는 강력한 국가가 건국되어 가는 과정을 지켜보고, 거기에 손을 보태면서 뜻밖의 즐거움을 느꼈다. 훗날 역사서의 중요 페이지에 자리 잡을 시대에 제가 포함되어 있다는 것이 기분이 퍽 좋았다.

'보기 좋은데 오래갔으면 좋겠군.'

엔슈이라는 정착한 지 얼마 되지 않았을 무렵 심각하게 걱정했다. 지금이야 두 사람의 강한 카리스마와 인망으로 어찌어찌 된다지만 두 사람이 죽고 난 뒤에는 어찌 될까, 바로 멸망하지 않을까, 하고.

하지만 이아나와 아르하드가 국가를 위해 차분히, 차곡차곡 쌓아 올려 가는 것들을 보면서 엔슈이라는 혀를 내둘렀다. 그들은 쉽게 무너지지 않을 철옹성을 쌓고 있었다. 완성될 철옹성은 아주 튼튼하면서 유연성까지 갖추고 있었다.

이렇게까지 하는데도 망국의 길을 걷는다면 그건 운명이랄 수밖에 없다. 그리고 이 국가가 무너지는 것은 다종족이 한 국가에서 절대 섞여 살 수 없음을 증명하는 것이니 그 또한 가치가 있으리라.

아르하드의 집무실 앞에 도착해서 이아나가 문을 두드렸다. 들어오라는 차분한 목소리가 들렸다.

벌컥.

"이아나?"

엔슈이라는 이아나가 들어서자마자 아르하드의 무표정하던 얼굴이 확 밝아지는 것을 보았다.

'하인리히 씨가 걱정 말라더니 과연 그렇구나.'

엔슈이라는 악마가 완성된 이후의 세상을 오랜 시간 걱정해 왔다. 그런데 이아나만 있으면 별문제 없을 듯했다.

"지금은 수련하고 있을 시간 아닌가? 집무실엔 어쩐 일로? 도르시아니, 엔슈이라까지."

"안녕하십니까."

옆쪽 책상에서 리키젠이 꾸벅 인사했다. 리키젠은 참모진에서 일을 하는 것도 모자라 이제는 휴식 시간에도 아르하드를 찾아와 일을 배웠다. 정말, 어떻게 저럴 수 있나 싶을 정도로 광기에 찬 일중독이었다.

리키젠은 집무실에 방문한 얼굴들을 쓱 훑고 제가 낄 자리가 아니라 판단하여 나가려 했다. 하지만 아르하드가 저지해서 그냥 앉을 수밖에 없었다.

"아르하드. 진리의 탑으로 가요."

"진리의 탑? 지금?"

"도르시아니가 언제 갈 거냐고 묻기에 바로 가자고 했습니다. 어차피 겨울에 가려고 했잖아요? 많이 바쁘신가요?"

이아나가 아르하드의 책상 위에 산더미처럼 쌓인 서류들을 흘끔 보았다. 의미 없는 질문이었다. 저것이 참모진이 거르고 거른 양이라는 게 두려웠다.

아르하드는 참모진의 능력을 신뢰했고, 참모진은 기대를 배반하지 않고 그가 도장만 찍으면 될 만큼 긍정적인 사안들만 정리해서 올렸다.

하지만 국가의 중요한 일들을 최종 승인하는 서류들이었다. 단추를 잘 꿰어야 할 초창기에 문제가 생기면 곤란하기에 아르하드는 그 서류들을 꼼꼼하게 읽어 보며 도장을 찍고 있었다.

리키젠이 옆에서 말했다.

"제게 맡겨 주십시오. 며칠이든 다녀오셔도 됩니다."

"좋아. 맡기지."

아르하드는 회귀 전과 같이 리키젠을 신뢰했다. 이아나가 보기에도 그럴 만했다.

어렸을 때부터 아르하드의 일을 도와 온 리키젠이다. 그의 사고 구조나 일하는 방식은 아르하드를 닮아 있었다. 아르하드가 중대한 결정들을 전적으로 맡겨도 될 정도로.

아르하드가 일어나서 옷걸이에 걸려 있던 코트를 걸치는 사이, 이아나는 리키젠과 안부 인사를 나눴다.

"운동하면서 체력도 기르고 쉬기도 해. 그러다가 과로사하면 어떡해? 네가 죽으면 아주 곤란하다."

이아나가 면전에서 험악한 말로 그의 중요성을 피력하자, 리키젠이 씩 웃었다.

"제가 일할 때만 이아나 님이 찾아오셔서 그렇지, 저도 하루에 한 시간쯤은 운동합니다. 쉬기도 쉬고 식사도 꼬박꼬박 하고 잠도 잘 자요."

"의외네."

"체력이 좋아야 일을 하니까요."

"여가 시간을 갖긴 해?"

"저에게는 일이 곧 여가입니다. 이아나 님의 취미가 검술인 것처럼요."

납득이 가면서도 가지 않았다. 이것이 바로 취향 차인가? 이아나는 그의 취향을 존중하기로 했다.

"다녀오십시오."

리키젠의 배웅을 받으며 서류가 기둥처럼 쌓인 집무실에서 나왔다. 아르하드가 마법사들에게 질문했다.

"진리의 탑에는 어떻게 가지?"

"진리의 탑의 좌표는 시시때때로 바뀌어서 바로 갈 수는 없습니다. 히마라페 빙원의 중앙으로 텔레포트한 후 길을 찾을 예정입니다."

"그럼 지금 빙원으로 간다."

아르하드가 손가락을 튕기자 마나가 그들의 발밑으로 몰려들었다. 텔레포트 마법진이 우산이 펼쳐지듯 생겨났다.

히마라페 빙원.

4대 오지 중 북부 오지로, 얼음과 물밖에 없는 지형이었다.

물의 정령왕 이니스의 영향이 절대적인 지역으로, 불의 정령왕의 영역인 기로하이 사막과 인접한 지역은 바다가, 바람의 정령왕의 영역인 샤우부 대삼림과 인접한 지역은 빙원이 되었다.

바다는 데마숀해라고 불리며, 빙원은 히마라페 빙원이라고 불리는데 보통 둘이 묶여 히마라페 빙원이라고 불리곤 했다.

히마라페 빙원은 빙산, 빙하, 유빙, 크레바스 등의 얼음 지형으로 이루어져 있다. 지하자원이 풍부하지만 위험해서 개발은 불가능했다. 그리고 이곳에서 불어온 바람이 북부 대륙의 온도를 대폭 낮출 정도로 추운 곳이었다.

휘이이잉…….

바람이 불자 이아나가 부르르 떨었다.

'춥네.'

신체의 수준이 극한에 이르러 체온 조절이 어렵지 않은 데다 동부도 겨울이라서 껴입고 있는 상태인데도, 추웠다.

이아나는 회귀 전이나 회귀 후나 북부 대륙에 와 본 적이 거의 없었다. 남부에서만 살아온 그녀는 비교적 따뜻한 날씨에 땀 범벅이 된 채 수련하는 데 익숙했다. 그래서 더위에는 금방 적응하곤 했지만 추위에는 조금 난감해했다.

부르르.

이아나가 오한이 들어 또 한 번 떨자, 아르하드는 아공간에서 두꺼운 로브를 꺼내 입혀 주고 장갑을 끼워 주고 목도리까지 둘둘 둘러 주었다.

이아나는 아르하드가 챙겨 주는 걸 가만히 받고 있다가, 그가 검은 코트 하나만 걸치고 있는 걸 보고 물었다.

"당신은 춥지 않습니까?"

"난 추위에 익숙해서."

아르하드는 걸쳐 준 로브에 마법을 걸고, 이아나의 손에 손난로 아티팩트를 쥐여 주었다.

"이제 좀 나아?"

"네."

이아나는 아르하드의 희고 싸늘한 뺨을 물끄러미 보았다.

평소 아르하드와 제가 닮았다고 여기면서도, 어떨 때는 극과 극으로 다르다는 느낌을 받는다. 그 범주에는 성별, 외양 등이 있지만 더위와 추위도 막 추가되었다.

"잠시만 기다려 주십시오."

엔슈이라가 나침반처럼 생긴 아티팩트를 꺼내 들었다.

아티팩트의 중앙에는 한쪽에 붉은 도색이 된 자침이 빙글빙글 돌아가고 있었다. 극이 표시되어 있지는 않았다.

"탑의 위치를 찾는 아티팩트입니다. 따라오십시오."

엔슈이라와 도르시아니가 앞장서서 척척 걸어갔다.

"탑에 들르는 건 엄청 오랜만이네."

"그렇군. 자네는 오지 않는 동안 뭘 했나?"

"연구실에 틀어박혀서 연구만 했지. 당신은?"

"고리타분하긴. 나는 세상을 둘러보고 있었다."

"다 죽어 가는 늙은이 주제에 시간 낭비 하네. 그럴 시간에 진리만 죽어라 파는 게 더 유익할 텐데."

"한곳만 바라보고 주위를 둘러보지 못하는 자가 진리를 찾을 수 있을까? 세상이 곧 진리거늘."

"진리는 점에서부터 시작되지. 그 핵심만 찾으면 모든 진리를 얻을 수 있어. 당신은 겉핥기만 하는 중인 거고."

도르시아니와 엔슈이라가 마법사다운 토론을 하면서도 유치하게 아웅다웅했다. 이아나와 아르하드는 그들의 대화를 들으며 진리의 탑이 어떤 곳일지 예상할 수 있었다.

꽤 오랜 시간을 걷고, 뛰고, 워프한 후, 도르시아니와 엔슈이라가 멈춰 섰다.

"도착했어."

도착한 곳은 백색 일색인 허허벌판이었다.

우웅!

엔슈이라가 아티팩트를 높이 들어 올리며 신력을 주입했다. 아티팩트에서 창공의 색을 닮은 빛이 은은하게 뿜어져 나왔다.

쿠구구구궁.

지상이 진동하기 시작했다. 설원의 환상이 안개처럼 흩어지고 그 자리를 푸른 바다가 넘실거리며 채웠다. 그들이 발을 딛고 있는 곳은 두꺼운 빙판 위였고 바로 앞은 깊은 바다였다. 만약 그냥 발을 내디뎠다면 그대로 얼음 바다에 빠졌을 것이다.

휘이이이.

저 멀리 눈보라가 휘몰아쳤다. 뿌옇게 흐려진 원경에서 하늘을 관통한 듯한 푸른 탑이 서서히 모습을 드러냈다.

탑은 커다란 섬 위에 서 있었다. 탑이 뿌리를 박은 섬은 하얗기만 했던 빙원과는 매우 이질적인 모습으로 존재했다. 섬 위로 알록달록한 꽃들이 꽃밭처럼 잔뜩 피어나 있었다.

'저게 마지막 봉인.'

탑을 숨긴 '신술'은 길 가다 눈에 뵈는 잡초처럼 너무나 자연스럽고 익숙한 느낌을 주었다. 신술은 아마도 페임드라의 꽃을 핵으로 하는 저 꽃들이 뿜어내는 신력으로 시전됐을 것이다. 그렇다면 꽃은 분명 진리의 탑에 매우 중요한 요소일 텐데…….

이아나는 자신이 진리와 깊이 연관되었음을 자각하고 있다. 진리의 탑이 도르시아니처럼 진리에 다가서는 것을 무엇보다 귀한 가치로 여긴다면 꽃을 뿌리까지 뽑아서 줄 게 분명하다.

하지만 꽃을 주는 데는 이아나가 그들에게 진리에 대해 설명해야 한다는 전제가 깔려 있었다. 말하는 건 문제가 아니지만……. 이아나의 고민은 탑이 바하무트에 협력하고 있다는 사실에 닿았다.

파지지직.

"가자."

도르시아니가 번개의 늑대를 불러내 등에 올라타고, 엔슈이라는 플라이 마법으로 두둥실 떠올랐다.

"도르시아니. 묻고 싶은 게 있는데."

도약하려던 도르시아니의 늑대가 멈칫했다.

"응? 뭐? 태워 줄까?"

"아니, 그건 됐고. 늦었지만, 진리의 탑은 바하무트와 정확히 어떤 관계지? 숨기는 게 전혀 없는 관계인가?"

도르시아니가 머리를 살짝 기울였다.

"탑이 오래전부터 바하무트의 편에 붙어 있긴 하지. 바하무트가 탑에 금전과 연구 자료를 지원해 주고, 탑은 연구를 진행해서 결과를 공유하는 긴밀한 협력 관계야. 고대 바하무트 황제가 탑과 연을 맺은 이후, 바하무트의 황족들은 탑에 몇 번씩 방문하곤 했어. 테일런도 몇 번 왔었고."

"……."

"하지만 우리는 그들이 원하는 정보만 제공하지 모든 것을 공유하지는 않아. 우리는 지식을 독점하고 싶은 욕심쟁이들이고, 모든 지식을 공유하는 건 탑 내까지야. 바하무트는 악마의 연구와 그들이 원하는 특정 지식만 공유하는, 단순한 협력 관계일 뿐이라는 거지. 뭐, 바하무트가 원한다면 말해 주겠지만……."

결국 얘기할 수도 있다는 거 아닌가? 도르시아니가 냉큼 정곡을 찔렀다.

"탑이 너에 관해 바하무트에게 말할까 걱정하는 거지? 그럴 필요 없어. 이아나와 아르하드라는 사람들은 오늘 이곳에 오지 않았으니까."

오늘 그들이 이곳에 온 걸 아예 없던 일로 하겠다는 소리다.

"'누군가'가 '몰래' 침입해서 '뭔가'를 가져갔다 하더라도 우린 모르는 일이야. 우리는 정체도 모르는 강자에게 도둑맞아서 억울할 뿐이지. 저쪽에서 먼저 묻지 않으면 우리가 말하지 않는 게 당연하고."

도르시아니는 이아나가 진리의 탑에 피어 있는 '꽃'에 매우 관심이 많다는 걸 알고 있었다. 꽃을 가져가더라도 정체불명의 괴한이 훔쳐 간 것으로 하겠다는 얘기다.

"우리 그런 거 잘해. 이미 탑주와도 그렇게 하기로 얘기를 끝냈어. 그러니 편하게 얘기해. 탑은 그만큼 네게 흥미가 많아."

그 말을 끝내고 도르시아니는 훌쩍 바다를 건너갔다. 아르하드가 이아나의 손을 붙잡았다.

"우리도 가자."

"진리의 탑을 믿어도 될까요?"

"완전히 신뢰하는 건 안 되지. 한 번 배신한 놈은 두 번 배신할 수 있으니."

옳은 말이다. 그럼 어떻게 해야 하나? 아르하드가 걱정 말라는 듯 이아나의 손등을 두드렸다.

"그럼에도 믿어도 될 거야. 바하무트보다 우리 쪽이 더 흥미로운 건 사실이니, 도르시아니의 말대로 진리에 미친 저놈들은 우리를 배신 못 해. 그리고 도르시아니의 말만 들으면 무작정 잡아뗀다는 것 같지만 바하무트를 속일 방법을 마련해 뒀을 거다."

"그렇군요."

아르하드가 그리 말해 주자 이아나는 마음이 편해졌다.

"혹시나 해서 계약서도 가져왔어. 아니면 도르시아니처럼 머리에 마법을 걸어 둬도 되고. 최후의 방법으로는……."

아르하드는 말끝을 흐렸지만 이아나는 듣지 않아도 무슨 말인지 알 수 있었다.

"그건 좀."

"알았어."

이아나는 아르하드의 워프 마법으로 바다를 건너 섬 위에 발을 디뎠다. 줄곧 하얀 얼음만 밟다가 사각거리는 풀을 밟으니 느낌이 이상했다.

드르륵…….

탑의 문이 열리고 도르시아니와 엔슈이라가 탑 안으로 성큼성큼 걸어갔다.

"웬일로 두 사람이 탑을 찾아왔나 했더니, 반가운 손님들과 함께 왔군요."

탑의 위쪽에서 맑은 목소리가 들려왔다.

"탑주, 오랜만이네요."

"그래요. 도르시아니."

목소리의 주인은 물결처럼 굽이치는 남색 머리카락을 가진 앳된 여성이었다. 아이가 어른의 옷을 입은 것처럼 바닥에 질질 끌리는 로브가 인상 깊었다.

투명한 피부와 청명할 정도로 푸른 눈동자 탓에 탑주는 물방울처럼 보였다. 그녀는 계단에서 폴짝 뛰어내리더니 바닥에 발을 디뎠다. 발과 발이 맞닿은 곳에서 물방울이 튀는 것 같았다.

그녀는 이아나와 아르하드를 번갈아 보더니 방긋 웃었다.

"어서 오세요. 진리의 탑주 시라우사라고 합니다. 기다리고 있었습니다."

이아나는 시라우사를 가만히 관찰했다. 시라우사는 그녀가 무슨 생각을 하는지 안다는 듯 손을 내저었다.

"이종족입니다. 이래 봬도 몇백 살은 먹었답니다."

보자마자 이종족이라고 생각은 했다. 이제 볼 만큼 봐서 매우 익숙해진 수인족, 드워프족, 엘프족과는 다른 느낌이 나서 무슨 종족일지 잠시 가늠해 봤을 뿐이다.

오지에서 서부는 수인족, 남부는 드워프족, 동부는 엘프족이 주로 살되, 저 세 종족으로 구분되기 어려운 소수 종족들도 조용히 함께 살아가고 있다고 했다. 가장 잘 알려져 있는 소수 종족은 편의상 수인족에 한데 묶여 있는 조인족, 충인족 그리고 엘프들에게도 모습을 잘 드러내지 않는 동부의 요정족이 있다.

그리고 히마라페 빙원에 사는 이종족은 알려져 있지 않았다. 얼음과 바다의 땅인 만큼 물과 관련이 있지 않을까 어렴풋이 생각해 볼 뿐이다.

"여기서 이럴 것이 아니라 들어가서 이야기하시죠. 제 방으로 안내하겠습니다."

이아나와 아르하드는 시라우사와 두 마법사를 따라 천천히 걸었다. 탑을 휘둘러봤지만 인기척이 전혀 없다. 탑은 다섯 사람의 발소리만 차박차박 울릴 뿐 매우 조용했다.

"다른 사람들은……."

"다들 방에 틀어박혀서 연구하느라 누가 왔는지도 모를 겁니다. 한번 집중하면 옆에서 소리를 질러도 알아채지 못하는 이들이라서요. 여러분이 미리 언질을 주고 오셨다면 밖에서 기다리는 이들이 많았겠지만요."

달칵.

시라우사가 탑 일 층에 있는 평범한 방문을 열고 들어갔다. 보통 마탑의 주인은 꼭대기에 기거하는데 시라우사는 탑의 일 층에 머무른다는 게 특이했다.

시라우사의 방은 평범했다. 벽에는 두꺼운 책들이 잔뜩 꽂힌 책장이 있었고, 침대, 탁자, 소파가 인테리어라는 걸 모르는 사람이 대충 갖다 놓은 것처럼 덩그러니 놓여 있었다. 구석진 곳에 있는 책상 위에는 종이들이 지저분하게 쌓여 있었다. 종이에는 각종 수식과 마법진이 휘갈겨져 있었다.

말 그대로 마법사의 단출한 방이었다. 딱 하나를 빼고는.

시라우사의 방 정중앙에는 바닥이 깊게 뚫려 있었다. 우물처럼 파인 구멍에서는 바닷물이 찰랑거렸다.

"앉아 계세요."

일행이 소파에 앉아 두꺼운 옷들을 벗는 사이 시라우사가 따뜻한 차를 끓여 왔다.

"진리의 탑에 오신 것을 환영합니다. 이아나 님, 아르하드 님. 도르시아니에게 간략하게나마 이야기를 들었어요."

"무슨 이야기를 들으셨습니까?"

"아르하드 님이 바하무트 황족보다 상위에 있는 '무언가'라는 것. 그리고 이아나 님이 마법도, 신술도 아닌 심상찮은 이능을 가지셨다는 것. 무엇보다 '진리의 도서관'에 다녀오셨다는 것."

위프헤이머 사건 때 자신이 어떻게 바하무트 성으로 갔는지 설명해 주자, 도르시아니는 아카식 레코드를 알고 있는 것처럼 흥분했었다.

시라우사의 말을 듣자마자 엔슈이라가 눈을 휘둥그레 뜬다. 그도 그곳을 알고 있는 모양이다. 진리의 도서관이라고 부르는 걸 보니 아카식 레코드라는 정확한 이름은 모르는 듯하지만.

"진리의 탑은 그곳을 아나요?"

"정확히는 모르고 어렴풋이 존재하는구나, 라고 인식만 하는 곳입니다. 그곳은 세상의 모든 지식과 역사가 존재하는 도서관. 지식과 이성이 현자의 수준을 갖춘 데다, 영계를 볼 수 있는 극소수만이 다녀왔다고 증언한 장소지요."

그녀가 두 손을 모아 깍지를 꼈다.

"저는 수백 년을 살았음에도 언제나 지식에 목이 마릅니다. 그리고 두 분이 저의 지적 욕망을 넘치도록 충족시켜 주실 수 있을 거라는 예감이 듭니다. 두 분을 탑에 초대한 것도 그래서 입니다. 시간이 괜찮으시다면, 저와 진리에 대해 대화를 나눠 주시지 않겠습니까?"

"그 전에 한 가지 약속을 받았으면 하는데."

아르하드가 제안에는 대답하지 않고 역으로 질문했다.

"우리는 탑이 키우고 있을 페임드라의 '꽃'을 받길 원한다. 줄 수 없다면 일정 기간 대여해 주었으면 해."

"아아. 그렇지. 두 분이 이곳에 온 건 그것을 원해서였죠."

시라우사가 진하게 웃었다. 푸른 눈이 이지적으로 빛났다.

"물론 드리지요. 꽃이 필요한 이유를 제게 말씀해 주신다면요. 하지만 그 이유를 듣지 못한다면, 우리 탑의 상징이자 탑을 안

전하게 보호하는 꽃을, 아무리 탑주의 신분이라 하더라도 함부로 내드릴 수는 없는데 말입니다……"

"여기에 엄지에서 피를 내서 지장을 찍어라."

아르하드가 아공간을 열더니 시라우사에게 종이 한 장을 내밀었다. 이아나는 저것이 무엇인지 알았다. 슈나이더와 계약할 때 썼던 종이와 같은 종이였다. 역시 준비성이 철저했다.

"특별한 종이군요."

시라우사는 종이에 쓰인 글들을 읽더니 망설임 없이 엄지를 물어뜯었다. 종이를 테이블에 내려놓고 지장을 찍었다.

그사이, 이아나는 종이 위의 글을 읽었다.

이아나와 아르하드가 그들이 지닌 지식을 주는 대신, 시라우사는 꽃을 주거나 대여해 준다. 또한 이 계약의 내용과 얻은 지식, 그리고 이아나와 아르하드에 대한 정보를 누구에게도 언급할 수 없다는 내용이었다.

시라우사의 피가 묻은 종이에 은은한 빛이 어렸다가 서서히 사그라졌다.

"쉽게 찍는군. 죽음이 걸린 일인데."

"제가 어길 일이 없으니까요. 무엇보다, 당신들이 꽃을 가져감으로써 진리의 탑이 발족된 목적이 달성될 것이라는 예감이 들었습니다."

"예감만큼 근거 없는 믿음이 없건만."

아르하드가 계약서를 아공간에 집어넣으며 심드렁하게 말하자 시라우사가 입매를 말아 올렸다.

"저 정도 되는 현자라면 예감은 예지가 되는 법이지요. 제 '예감'은 제가 알고 있는 세상의 흐름, 역사, 지식들이 총망라되어 도출된 것이니까요."

"그런가. 그런데 만약 우리가 페임드라의 꽃을 가져간다면 진리의 탑에 피어 있는 꽃들은 모두 시들 거다. 빙하 위에 피어난 기적은 모두 페임드라의 꽃에서 비롯된 거니까."

"그렇겠지요."

"그리되면 진리의 탑의 모두가 꽃이 사라졌다는 걸 알 테고, 네가 우리에 대해 언급하지 않는 것과는 별개로 탑의 누군가에 의해 바하무트에 정보가 흘러들어 갈 수도 있다. 우리는 그걸 바라지 않는다. 이 점에 대해 생각해 둔 방안이 있나?"

"꽃들이 지지 않게 하면 되지요. 혹시라도 바하무트가 꽃을 내놓으라고 한다면 누가 가져갔다고 둘러댈 예정이고요."

"어떻게 꽃을 지지 않게 할 예정이지?"

"동부 하이 엘프들의 물뿌리개가 있으면 됩니다. 그리고 프릴리아누 님이 도와주실 겁니다. 그렇지요?"

시라우사가 누군가에게 질문했다. 적어도 이 방에 있는 이들에게 건넨 질문은 아니었다.

쿠구구구구.

그때 발을 딛고 있던 땅이 지진이 난 것처럼 진동하기 시작했다. 시라우사의 방 중앙에 있던 바닷물이 출렁거리며 요동쳤다.

물의 수위가 점점 높아지더니 물이 볼록한 모양으로 서서히 위로 솟아올랐다.

쏴아아아아……

한계점을 넘어 장력을 잃은 물이 폭발하듯 바닥으로 쏟아져 내렸다. 물결이 출렁거리며 방 전체를 덮치려 했고 물방울들은 사방으로 비산했다. 이아나는 피해야 하나 고민했지만, 다른 이들이 태연하기에 그냥 가만히 있었다.

콰아앙!

마법으로 처리되어 있었던 듯, 일행에게 닿기 전에 물이 투명한 벽에 부딪혔다. 물방울은 벽을 타고 흘러내렸고 거대한 물결은 암석에 가로막힌 양 다시 구멍으로 흘러들어 갔다.

방은 다시 원래 모습을 되찾았다. 진동은 멎었고, 물은 모두 다시 구멍으로 빨려 들어갔다. 구멍을 채운 바닷물은 처음처럼 고요했다.

파란 외양의 어떤 여자가, 구멍에서 상체만 내민 채 이아나와 아르하드를 빤히 쳐다보고 있다는 것만 빼면.

촤아악.

여자가 지면에 손을 짚고 바다에서 나왔다. 얼음처럼 투명한 피부와 물결처럼 굽이치는 긴 청발이 물을 연상케 했다. 탑주 시라우사와 비슷한 분위기를 풍기고 있었다. 그러나 귀엽고 아담한 시라우사와는 달리 여인은 장인이 혼신의 힘을 다해 깎은 조각상처럼 비현실적으로 아름다웠다. 함부로 말 걸기도 어려운 느낌이었다.

특이한 점은, 여자의 상체 아래로 인간의 다리 대신 물고기의 것과 같은 꼬리가 있다는 점이었는데, 여자가 지상으로 완전히 나오자 꼬리는 두 갈래로 나뉘더니 인간의 다리로 변했다.

“도르시아니, 오랜만이구나.”

“그러네요. 여전히 아름다우세요.”

그녀가 맑고 청명한 목소리로 인사하자, 도르시아니가 소파에서 일어나더니 아공간에서 로브 한 벌을 꺼냈다. 그리고 여인에게 걸어가서 로브를 입혀 주었다.

시라우사가 그녀를 소개했다.

"빙설의 드래곤 프릴리아누 님이십니다."

여자가 무슨 종족일지 가늠하고 있던 이아나가 흠칫 놀랐다.

프릴리아누, 오지의 마지막 드래곤이었다.

"평소에는 드래곤의 형태로 바다에 계시다가 지상으로 오실 일이 있으면 제 종족의 모습으로 변신하신답니다."

"당신의 종족이라면……."

"저는 어인魚人입니다. 평소에는 프릴리아누 님이 처음에 보여 주셨던 인어의 모습이나 어류의 형태로 바다에서 생활하고 있습니다. 지상에서는 인간의 모습으로 활동하지만, 허락된 시간은 매우 짧답니다."

수인족이 짐승과 인간이 반씩 섞인 종족이라면 어인족은 물에 사는 생물과 인간이 섞인 종족이었다.

"다른 바다에도 어인들이 사나요?"

"아니요. 이 세상에 존재하는 세 바다는 모두 떨어져 있지요. 다른 종족은 모르겠습니다만, 우리는 모두 히마라페 빙원과 데마슌해에서만 살아간답니다. 제일 살기 적합한 환경이거든요. 지금도 몇 명을 빼고는 모두 바닷속에서 지내고 있지요."

이 세상의 바다는 총 세 개로 쪼개져 대륙 극단에만 위치해 있다. 바다는 인간들에게 있어 미지의 장소였다. 호기심 많은 누군가는 바다의 끝을 보려고 끝없이 항해했지만 결국 도달하지 못하고 절망하여 돌아왔다고 했다. 누군가는 바다의 바닥에 도달해 보고자 했지만 어마어마한 수압에 짓눌렸고, 죽기 전에 돌아올 수밖에 없었다고 했다.

어인은 그런 바다에서 살고 있었다. 인간들에게 그 존재가 알려지지 않았을 만도 했다.

생각을 이어 가던 이아나가 새삼스레 깨달은 건, 인간이 바다의 끝에 도달하지 못한 게 드래곤들이 세상의 반을 경계로 세운 결계 때문이라는 점이다.

세상은 둥글었고, 롯소 산맥 중앙의 반대편에는 분명 '끝'이라고 할 수 있는 정점이 존재했다. 하지만 결계는 생명체의 방향 감각을 흩트려서 왔던 길을 다시 되돌아가게 했다. 그러니 끝이 없다고 믿을 수밖에.

만약 악마의 심장이 사라지고, 드래곤들이 결계를 거두면 세상은 어찌 변할까? 흙, 물, 불, 바람과 어둠밖에 없던 세상의 반대편은 또 어찌 될까?

만약 세상의 반대편도 살아갈 수 있는 장소가 된다면 전 세계에 지각 변동이 올 것이다.

"머지않은 날에 세계가 뒤집힐 거다."

"너희가 아는 세상이 뒤흔들리고 모든 법칙이 뒤바뀌는 시대가 온다."

밀라니코네의 경고는 이와 관련되어 있을지도 모른다.

"꽃이 수천 년간 이룩해 놓은 지질은 금방 변하지 않는다."

맑고 청명한 목소리가 방을 울렸다.

"기후가 문제지만, 신력만 있다면 얼마든지 살려 둘 수 있다. 시라우사가 말했듯 엘프들의 물뿌리개로 꽃을 키울 수 있다는 뜻이다."

프릴리아누가 로브를 둘러 입으며 젖은 머리를 정리했다.

"너희가 꽃을 가져간 동안에는 나의 신력도 보태서 꽃을 키우겠다. 바하무트는 이때까지 꽃을 가져가려 한 적이 없어 괜찮을 거라고 생각하지만, 혹시라도 찾아와서 내놓을 것을 요구하거나 꽃이 어디에 있는지 추궁한다면 내가 꽃을 가져간 것으로 해 두겠다. 그 정도면 바하무트를 속일 수 있겠지."

프릴리아누는 진리의 탑 아래의 바다에서 그들의 대화를 듣고 있었던 모양이었다. 드래곤답지 않게 명쾌한 답을 내주었다. 드래곤이 그렇게까지 해 준다니, 걱정을 싹 덜었다.

"왜 이렇게 도와주시죠?"

알 것 같았지만, 이아나는 물었다. 서늘한 느낌이 드는 빙설의 눈이 이아나를 향했다.

"세상의 균형을 유지하는 것이 내 사명이기 때문이다. 나의 사명을 위해서라도 너는 꽃을 가져가야만 해. 네가 무슨 일을 해야 할지는 이미 다른 드래곤들에게 들어 알고 있겠지."

알다마다.

로베르슈타인의 모든 것을 얻되, 로베르슈타인조차 뛰어넘어 그녀의 봉인을 풀고 검을 뽑아야 했다.

"프릴리아누 님이 이런 말씀을 하시는 건 처음 봐요. 확실히 범상치 않은 분이시군요."

시라우사가 뺨에 홍조를 띠었다.

"자, 그럼 다 해결됐군요. 이제 저와 이야기를 해 주실 수 있겠지요?"

시라우사는 전투적인 자세로 이아나를 바라보았다. 프릴리아누의 옆에 서 있던 도르시아니도, 계속 앉아 있던 엔슈이라도 뜨거운 관심을 보였다.

아르하드와 프릴리아누만 관조자처럼 무관심한 표정으로 있을 뿐이었다.

조금 부담스러워진 이아나가 입술을 떼었다.

"당신들은 진리에 왜 이렇게 집착하는 겁니까? 몰라도 살아갈 수는 있지 않습니까?"

"욕망은 모든 생물들이 살아가는 원동력이지요. 욕망하지 않는 자는 죽은 것이나 마찬가지입니다. 저희가 진리에 파고드는 것도 일종의 지적 욕망입니다. 우리가 태어난 방법, 우리가 숨을 쉬어야만 생을 이어 갈 수 있는 이유, 우리가 발을 딛고 살아가는 자연이 생성된 법칙 등등……. 우리는 이 세상이 너무나 궁금해서 견딜 수가 없답니다."

이아나는 납득했다. 일종의 성취욕이었다.

지적 욕망은 이아나에게도 있었다. 이아나는 처음으로 만난 어인, 시라우사가 궁금했다.

"어인은 인간에게 별로 적대적이지 않은 모양이군요."

"네. 다른 종족은 인간들에게 괴롭힘을 많이 당한 모양입니다만, 저희의 존재는 인간들에게 알려지지도 않았으니까요. 생활환경도 전혀 겹치지 않으니 유감을 가질 이유도 없습니다. 다만 바하무트에 한해서는 경계하고, 적대하고 있습니다. 그러나 적대감과는 별개로 그들에게 순종하지요. 바하무트는 적이라기보다는 공포의 대상이라서요."

"바하무트가 어인을 핍박했나요?"

바하무트 놈들, 정말로 대단하다 싶었다. 바다에 살아서 인간과 별다른 충돌도 없었던 어인들에게까지 공포의 대상이 되다니 말이다.

"핍박당했다기보다는, 잡아먹혔죠. 수도 없이."

"······잡아먹혀요?"

바하무트가 인간을 닮은 저 어인들을 잡아먹었다고?

거북함이 몰려왔다. 시라우사가 쓰게 웃었다.

"제가 태어나기도 전의 옛날이야기입니다. 이아나 양, 혹시 바하무트의 시조에 대해 아시는 바가 있나요?"

뜬금없는 질문이었다. 하지만 질문에 답하기 위해 기억 속을 더듬었다.

바하무트 제국은 마도시대 초창기에는 존재하지 않았습니다. 라오스 님이 세상에서 모습을 감추신 이후 왕국들이 패권 다툼을 하던 시절, 바하무트는 거센 물결을 가르는 난폭한 상어처럼 갑자기 솟아올랐지요. 그들 황족은 소수지만 그 힘은 그 시대 최강이라 불리던 로안느 왕실과 비견될 정도로, 아니 훨씬 더 강력했다고 알려져 있습니다. 그런데 바하무트 황실은 황족의 역사를 철저하게 은폐하기 때문에 우리는 알 길이 없습니다. 즉 그들의 힘이 어디서 유래했는지, 어떻게 해서 그들이 그리 강할 수 있는지 알 수 없다는 거죠.

이아나는 학술원 1학년 때 들었던 일럿 교수의 역사 수업을 떠올렸다. 더불어 바하무트에 관해 저술된 서적들의 내용도 떠올렸다.

"북부 대륙에서 살고 있던 강한 인간이라고만 알고 있습니다."

정보가 없었다. 어떤 책에도 그가 어디서 태어났고, 어떻게 자랐는지에 대한 얘기가 없었다. 북부 유랑 민족 출신이라는 얘기도 있고, 남부 왕국의 왕위 싸움에서 밀려난 왕자라는 얘기도 있었지만 소문에 불과했다.

이아나가 아르하드를 쳐다보자, 그가 고개를 저었다.

"나도 바하무트의 시조, '바하무트'가 이 땅에 나타나 세력을 형성할 때부터의 역사밖에 몰라. 그 이전은 불명이다."

새삼스레 기이함을 느끼고 있을 때, 시라우사가 답했다.

"태초에, 바하무트는 인간이 아니었답니다."

"인간이 아니라면 다른 종족이었단 말씀인가요?"

"아뇨. 이종족이라고 할 수도 없습니다. 바하무트의 태초는 바다에 살고 있던 미생물이었습니다. 플랑크톤처럼 작고 하찮은, 그러나 의식은 갖고 있던 미물이요."

생각지도 못한 말이라 이아나가 눈을 크게 떴다.

"먼 옛날의 이야기를 해 드리지요. 라오스 신과 검은 사도, 그러니까 칸데메이온 님께서 세상을 유랑하며 생명체를 창조하던 시절의 이야기입니다."

어인들은 바다에서 탄생했다. 그들은 바다에서 다른 바다 생명체들과 싸우며 삶의 보금자리를 마련하기 바빴기에 라오스와 칸데메이온이 어떤 생명체들을 만들었고, 바다 밖 세상이 어떻게 변해 갔는지는 진리의 탑에서 인간들을 만나기 전까지 알지 못했다.

다만, 그들에게는 인간들이 알지 못하는 특별한 역사가 있었다. 바다 먹이 사슬의 최하위 미생물 중에 '바하무트'가 있었다는 역사다.

"다른 미생물과 달리 강한 욕망을 가졌던 바하무트는 미생물들을 끊임없이 잡아먹으며 몸집을 키웠습니다. 그러다가 물고기들을 잡아먹고 정보를 얻어 작은 물고기로 진화했습니다. 수없이 많은 물고기들과 어인들을 먹으며 강한 어류로 진화를 거듭하다가, 당시 바다 최강의 마물이었던 리바이어던과 맞붙었습니다. 오랜 세월 동안의 수없는 전투 끝에 승리한 바하무트는 리바이어던을 잡아먹고 거대한 바다뱀이 되었습니다. 그리고도 수없이 많은 생물을 먹으며 정보를 얻고 진화를 반복한 그들은 이름만 들어도 두려워하는 초거대 바다 괴물 '바하무트'가 되었습니다."

"바다 최강의 생물이 된 바하무트는 나를 습격했다."

조용히 있던 프릴리아누가 말했다.

"놈은 나를 잡아먹으려 했지만 실패했지. 나를 먹고 싶었던 놈은 더욱 강해지고 싶어 했지만 바다에는 더 이상 놈이 강해질 수단이 없었다. 놈은 지상으로 눈을 돌렸고, 인간의 형태로 진화하여 바다를 떠났다. 그 후 '악마의 파편'을 모으기 시작했지."

"이것이 바하무트의 시작입니다. 바하무트는 인간이 되어 바다를 벗어나 육지로 향하기 전까지 저희 어인들에게 엄청난 공포의 대상이었답니다."

어인이 아니라면, 어디서도 들을 수 없을 놀라운 얘기였다.

"바하무트의 시조는 아주 오래 살았던 거군요?"

"그렇습니다. 하지만 그는 신이 아니었고, 영생을 살 수는 없었습니다. 그는 드래곤을 죽이지 못한 자신의 운명을 증오하며 후손을 남깁니다. 힘을 분산하지 않고자, 근친을 일삼는 바하무트 일족이 탄생한 겁니다."

시라우사가 생각만 해도 두렵다는 듯 부르르 떨었다.

"바하무트는 끊임없이 위만 바라봅니다. 최초의 바하무트는 자신의 약했던 시절을 수치스러워했기에 최초의 역사를 지웠고 바하부트의 후손들조차 그들의 역사를 알지 못합니다. 진리의 탑과 어인들의 전설 속에만 남아 있지요."

"바하무트의 최초에 대해 첨언하자면."

프릴리아누가 또다시 입을 열었다.

"라오스와 칸데메이온은 서로 대척점에 있는 존재들이다. 라오스가 생명이라면 칸데메이온은 죽음이다. 라오스가 이성이라면, 칸데메이온은 욕망이다. 세상에 많은 존재들이 탄생하기 시작할 때, 생명체들은 라오스와 칸데메이온을 양끝의 기준으로 두고 무작위한 형태로 탄생했지."

드래곤이 라오스와 칸데메이온의 얘기를 하는 건 처음 들어본다. 이아나는 귀를 기울였다.

"이 세상은 균형을 이루고 있다. 라오스는 고집을 부려서 이성적이고, 고상하고, 라오스의 영향과 관심을 가장 많이 받은 최상위 개체, '로안느'를 탄생시켰다. 그러자 칸데메이온은 균형을 맞추고자 본능적이고, 욕심 많고, 칸데메이온의 영향을 받되 누구의 관심도 받지 못하는 최하위 개체, '바하무트'를 탄생시켰다.

이게 바하무트의 진정한 최초이다. 균형을 추구하는 우리 드래곤이 바하무트를 죽일 수 없었던 이유이고."

바하무트의 이야기를 들으며 이아나는 불편함을 느꼈다.

무작위면 몰라도 누군가 강하게 태어났으니 누군가는 강제로 약하게 태어나야 한다니. 후자는 억하심정을 느끼고도 남았다. 설마 지금의 세상도 그런 방식으로 돌아가는 걸까?

그건 아니다.

이아나는 아카식 레코드에서 영혼들을 접하는 아주 잠깐의 시간 동안 그곳의 법칙을 어느 정도 깨달았으며 '천칭'의 힘을 빌려 권능을 수련하는 동안 더욱 잘 알게 되었다.

죽어서 아카식 레코드로 온 영혼들은 아예 소멸하는 경우도 있었고, 다시 세상에 태어나는 경우도 있었다. 그 전에 벌을 받는 듯 매우 고통스러워하는 영혼들도 있었다.

천칭은 영혼의 업보의 무게를 잰다. 그 업보는 아마도 현세에서 자신의 언행으로 말미암아 타인이 느꼈던 감정의 무게와 자신이 해치고 살렸던 생명의 무게다. 천칭은 선악을 구분하지 않는다. 그저 충돌하는 업보들의 무게를 재서 서로 상쇄하고 남는 것을 그대로 되돌려 줄 뿐이다.

예를 들어 죄 없는 사람들을 이유 없이 죽였던 살인마는 그가 죽였던 삶의 무게만큼 고통받은 다음 수많은 죽음을 선고받는다.

여기서 선고받는다는 건 벌레나 작은 짐승처럼 먹이 사슬의 최하위층으로 환생하여 매우 짧고 덧없는 삶을 살며 수없이 죽어야 함을 의미했다. 이 굴레를 버티지 못하는 영혼은 아예 소멸하고 말이다.

반면에 수많은 사람을 죽였으나 그보다 많은 사람을 살리고, 적들에게 증오를 받았으나 그보다 더한 존경과 사랑을 받은 마법사의 경우엔 천칭의 힘에 의해 많은 양의 신력을 부여받고 원하는 종으로 환생할 기회를 얻는 듯했다.

이런 특수한 경우들을 제외하곤 대부분은 무작위로 환생했다. 영혼의 의지가 그 과정에서 아주 조금 영향을 줄 뿐이었다. '로안느'와 '바하무트'는 유일한 예외일 터다.

시라우사가 프릴리아누를 홱 돌아보았다.

"처음 듣는 얘기네요."

"누구에게도 얘기한 적이 없으니까."

이아나가 물었다.

"'드래곤'인데 이런 얘기를 하셔도 됩니까?"

"네가 마지막 성물을 가지러 왔기에 할 수 있는 얘기다."

"그럼 라오스가 왜 고집을 부려 로안느를 탄생시켰는지도 들을 수 있을까요?"

바하무트의 탄생 비화를 듣고 있자니 궁금해졌다. 로안느가 라오스에게 무슨 특별한 의미라도 되는 걸까?

프릴리아누는 고개를 저었다.

"그건 알지 못해. 라오스와 칸데메이온만 안다."

결국 정확한 이야기는 라오스를 만나 봐야 안다는 얘기다.

그때, 프릴리아누가 이아나와 아르하드를 똑바로 바라보았다.

"바하무트의 숙원이 뭐라고 생각하나?"

"세계 정복 아닌가요?"

이때까지 바하무트는 그 목표만 바라보고 전쟁을 일으켰던 걸로 알고 있다. 하지만 프릴리아누는 고개를 저었다.

"그건 인간으로서 이룰 수 있는 최종적인 목표에 불과해. 대대로 내려온 숙원은 다른 것이다."

"그럼?"

"악마의 파편을 모아 악마를 완성하고, 악마의 힘을 통째로 잡아먹는 것."

이아나가 흠칫했다.

"그 후 오지 드래곤들을 모두 죽이고, 끝내는 정점에 존재하는 '라오스'와 '칸데메이온'까지 죽이고 최강에 등극하는 것이다. 그 이후에는……."

프릴리아누가 중얼거렸다.

"모르지. 세상까지 잡아먹고 싶어 할지도."

"대단하군요."

바하무트의 최초는 의외였고, 또 대단했다. 밑바닥부터 기어올라 마침내 신의 경지를 넘보는 자들이라니. 스스로의 역사를 부정해서는 안 된다고 생각하지만, 수치스러워하며 숨기려 할 만하다는 생각도 들었다.

"어떻게 보면 바하무트는 강해지고 싶다는 욕망 하나만으로 불공평한 태생을 이겨 내어 목표를 성취하고 있는 거나 마찬가지군요."

이아나가 그리 중얼거리자 시라우사도 고개를 끄덕였다.

"저도 그런 점에서는 바하무트가 대단하다고 생각합니다. 하지만 그와 별개로 정말 싫은 상대죠. 존재하는 것만으로도 생명의 위협을 느끼니 가능하면 이 세상에서 사라졌으면 좋겠고요."

이건 먹이 사슬의 약자라면 누구나 강자에게 가지는 생각일 것이다. 이 세상에서 살아가려면 강자가 약자를 잡아먹는 게 당연하지만, 약자 입장에서는 이게 무슨 부당한 일인가 싶고 끔찍하게 싫겠지.

하지만 그 약자조차도 그보다 약한 것을 잡아먹어야 살아갈 수 있다. 시라우사가 바하무트를 싫어하듯 그녀에게 먹히는 생선들도 시라우사가 이 세상에서 사라져 버렸으면 좋겠다고 생각하고 있을지도 모른다.

채식주의자라도 생명인 식물을 먹어야 한다. 모든 존재가 동등하다 여기는 세계의 관점에서 따지면 이 세상 누구에게도 강자를 원망할 자격이 없을 것이다.

그러니 인정할 건 인정해야 한다.

생명은 무엇이든 이기적이다.

자신의 것은 중요하고, 타인의 것은 덜 중요하다. 그저 살아가기 위해서 혹은 더 나은 삶을 위해서 타인을 해치고 희생시킨다.

그럼에도 함께 살아가야 한다.

이 세상은 혼자서는 살아갈 수 없으므로 공존하기 위해선 강자를 향한 원망을 참거나 약자가 보내는 원망을 감내해야 한다. 모두가 욕망과 이성을 저울질하며 적당히 선을 지켜야 한다.

'이 선을 지킨다는 게 어렵지.'

강자는 대부분 공존보다는 제 욕망을 중시하며 약자를 착취하고 싶기 마련이다. 바하무트가 강해지고 싶어서 타인의 삶을 무자비하게 파괴하고, 부패한 귀족이 영지민의 고혈을 짜내 제 배를 불리듯이.

하지만 강자는 알아야 한다. 욕망을 자제하지 않는 강자는 무찔러야 할 괴물이 되고, 원망이 임계점을 넘으면 혁명의 칼날에 목이 베일 수도 있다는 것을.

바하무트 황족이 공존의 대상이 아닌 죽여야 할 공적이 된 것도 그래서다. 최하위 피식자일 때면 모를까, 최상위 포식자가 된 후에도 공존할 줄 모르니까.

'바하무트 제국민들은 어떤 생각으로 살고 있으려나.'

그런 바하무트 황실에 충성하는 제국민들의 가치관이 새삼스럽게 궁금해졌다. 예전에 아르하드에게 듣기로 황족에게 불만을 가진 자들이 많다고 했지만 불만과 성향은 별개의 문제다. 억지로라도 오랜 시간 황족을 추앙하고 바하무트의 방식으로 통치를 받았으니 바하무트와 닮아 있을 가능성이 컸다.

'우리나라 사람들은 그러지 않았으면 좋겠어.'

새로운 국가의 방향을 다시 한번 고찰해 보게 되는 시점이다.

모두가 공평하게 잘 살면 최상이겠지만 그건 과거에도 미래에도 절대 불가능한 꽃밭 세계다. 개개인의 성격이, 능력이, 타고나는 것이 다른데 어떻게 그들이 한데 모여 있는 세상이 공평하겠는가. 야생뿐만이 아니라 문명화된 인간들의 사회에서도 먹이사슬은 반드시 존재하기 마련인데 어찌 그러겠나.

국가는 이 먹이 사슬을 유연하게 만들고자 노력해야 한다.

누구나 노력과 능력으로 위로 올라가는 게 가능한 나라. 그러려면 욕망하며 노력한다면 위로 오를 수 있는 기회가 법으로서 존재해야 했다. 동시에 과욕으로 그 위치에 있을 자격을 잃는다면 위에서 아래로 내려올 계단도 법으로 마련해야 했다.

즉, 먹이 사슬의 최상단에 법이 군림하는 것이다.

이런 식으로 국가를 운영하면 사람들은 잡아먹을 줄 안다면 잡아먹힐 수도 있다는 인식을 가질 수밖에 없을 것이다. 그러면 알아서 이기와 이타를 조절하며 잘 공존할 수 있지 않을까.

……이런 생각을 바탕으로 새 나라의 법은 군주인 아르하드보다도 위에 있다. 최상위 포식자인 아르하드가 그리 정했다. 그는 누구보다도 최하위 생물의 설움을 잘 알고 있는 사람이니까.

'회귀 전엔 아르하드도 바하무트와 다를 바 없이 세상을 전쟁의 시대로 몰아넣었는데.'

나 때문에 변했어.

이아나가 아르하드의 손을 가만가만 잡아 갔다. 아르하드는 그 손을 마주 잡아 주었다. 생각에 잠긴 듯싶더니 갑자기 울컥한 표정으로 손을 잡아 오는 이아나가 무슨 생각을 하는지 내심 궁금했다.

가만히 듣고 있던 도르시아니가 입을 손으로 가리고 웃었다.

"바하무트 이야기는 언제 들어도 재밌어."

"재밌어할 얘기가 아닙니다."

시라우사가 도르시아니에게 따끔하게 말하곤 이아나와 아르하드를 보았다.

"바하무트는 가장 비천한 자였지만, 지독한 야망으로 꼭대기에 올랐습니다. 그 수단은 물질적인 폭력일 때도 있었고, 거미줄 같은 지략일 때도 있었습니다. 그리고 테일런 헬칸 바하무트는 탑이 봐 온 바하무트 일족 중 가장 '바하무트'에 가까운 자입니다. 부디 바하무트를 조심하십시오."

시라우사는 진지하게 경고했다. 이미 인지하고 있는 바지만 이아나는 테일런에 대한 경계심을 한층 더 높였다.

"꽃은 어디에 있습니까?"

"탑의 지하에 있습니다."

이아나가 묻자 시라우사가 대답했다.

"바로 가져갈 생각이신가요?"

"네."

시라우사는 시무룩해했다.

"그건 상관없지만 꽃을 드리겠다고 약속도 했고, 바하무트에 대한 정보도 얻으셨으니 저도 얘기를 좀 듣고 싶은데요."

일리가 있었다.

진리의 탑은 진리에 대한 이야기가 듣고 싶어 이아나와 아르하드를 초대했다. 그런데 정보만 뜯어내고 그들의 비밀에 대해서는 전혀 얘기해 주지 않았다. 시라우사가 억울해할 만도 했다.

이아나가 엔슈이라를 흘끔 보았다.

"우리 국가에 소속될 도르시아니와, 계약을 한 탑주 시라우사 님은 그렇다 쳐도……."

이아나가 염려하는 바를 눈치챈 엔슈이라가 한숨을 삼켰다.

"도르시아니, 이걸 노리고 날 데려온 게로군."

진리에 가까워질 수 있는 방법이 눈앞에 있는데 절대 물러설 수 없었다.

"가능하다면 저도 이야기를 듣고 싶습니다."

결심한 엔슈이라가 공손한 어투로 말했다.

"그렇게 해 주신다면 저도 당신들이 세울 국가에 정착하여 죽는 그 순간까지 헌신하겠습니다. 저에게도 도르시아니와 같은 마법을 걸어 주십시오. 아니면 시라우사 님처럼 계약서를 쓰겠습니다."

"어머, 잘됐다."

도르시아니가 작위적으로 손뼉을 쳤다.

"엔슈이라는 정말 뛰어난 마법사야. 내가 인정해."

"인정하는 것치곤 늘 무례하지. 함정도 잘 파고 말이야."

"별말씀을."

엔슈이라가 도르시아니를 노려봤지만 도르시아니는 아랑곳하지 않았다.

이아나는 내심 놀랐다.

"왜 그렇게까지 하시죠?"

"저도 진리의 탑 소속이기 때문입니다."

그 한마디에 납득했다.

"거부할 이유가 없지."

아르하드가 손가락을 들어 엔슈이라의 이마를 꾹 눌렀다. 마나가 흘러들어 가며 엔슈이라의 머리를 감쌌다.

'정말 대단하군.'

엔슈이라가 자신의 머리에 걸리는 최상급 마법을 느끼며 내심 감탄하고 있을 때 시전을 끝낸 아르하드가 말했다.

"바하무트를 제거한 후에는 마법을 없애 주겠다. 그놈들만 죽으면 비밀 엄수는 딱히 필요 없으니까."

아르하드가 도로 자리에 앉자, 시라우사는 설레는 표정으로 이아나의 입만 쳐다보았다.

이아나가 말했다.

"진리의 도서관에 대해서 무엇을 알고 계십니까?"

"시간이 흐르기 시작한 순간부터의 모든 기록이 그곳에 존재하며, 탄생과 죽음이 공존하는 영혼의 요람이라는 정도입니다."

"그런 정보는 어찌 아셨나요?"

"말씀드렸듯, 위대한 고대의 현자들 중 영계를 볼 수 있는 극소수만 '영혼'의 상태로 그곳에 갈 수 있었답니다. 그래서 저는 영계를 보는 수련부터 하는 중입니다. 저는 그곳에 닿기만을 갈망합니다. 거기서는 원하는 지식과 역사를 뭐든 얻을 수 있을 테니까요."

인상 깊은 말이다. 이아나는 깊이 새겨 둔 후 말을 이었다.

"제가 알고 있는 것도 시라우사 님이 말씀하신 것과 크게 다르지 않습니다. 아주 잠깐 다녀온 것뿐이라서요."

"이아나 님은 어떻게 그곳에 접하실 수 있죠?"

이아나가 아르하드를 보았다.

아르하드가 고개를 끄덕였다. 신뢰할 수 있는 존재들이었다. 이아나와 아르하드에게 도움을 주면 줬지 해를 끼칠 이들이 아니었다. 그럼에도 어느 정도는 숨겨야겠지만 말이다.

"세상에는 '세계의 천칭'이 존재합니다."

"천칭이라면 저울을 말씀하시는 건가요?"

"네. 천칭의 힘이 세상의 균형을 맞추고 있죠. 삶이 존재하면 죽음이 있고, 원인이 있으면 결과가 있고, 빛이 있으면 어둠이 있고……. 그것이 천칭의 힘입니다."

"아주 인상 깊군요. 천칭이 실물로 존재하는 건가요?"

"실물은 잘 모르겠습니다만, 천칭의 힘이 존재하는 건 확실합니다. 진리의 도서관에도 강한 영향을 미치고 있죠."

"실물을 보지도 못했는데 그 존재를 어떻게 확신하십니까?"

"제가 그 힘을 조금이나마 빌릴 수 있기 때문입니다."

세 마법사가 알쏭달쏭한 표정을 지었다.

"도르시아니."

"응?"

"당신은 이미 경험해 봤어. 날 처음 만났을 때."

도르시아니의 눈이 반짝였다.

"으음. 아주 절대적인 느낌이었지."

"나는 당신을 제압하기를 원했고, 천칭은 내게서 그에 상응하는 대가를 가져가는 대신 내가 원하는 바를 이뤄 주려 했지."

이아나가 아르하드의 팔에 손을 얹었다.

"이 사람의 개입으로 실패했지만."

"그런 거였어?"

"그리고 당신은 작년 겨울, 마법을 쓰지도 않았는데 어떻게 바하무트의 황궁까지 이동할 수 있었느냐고 물었지. 그것도 천칭의 힘 때문이다. 나는 위프헤이머를 죽이고 싶어 했고, 놈은 두 번째 몸으로 바하무트의 황궁에 있었어. 인과를 무시하고 위프헤이머를 죽이는 것에 천칭은 너무 많은 대가를 요구했다."

수련해 본 결과 천칭은 누군가의 삶과 죽음, 영혼과 정신, 그리고 시간에 직접적으로 영향을 미치려 할 때 그 가치를 가장 크게 매겼다. 조금 떨어져 있는 물건을 가져오는 것 정도가 하위 가치였다.

"대신 놈을 죽일 수 있도록 당신들이 말하는 진리의 도서관을 통해서 그 먼 거리를 이동시켜 줬지. 진리의 도서관은 모든 공간과 이어져 있는 것처럼 보였어."

"그렇구나. 너무 신기해."

이아나는 흥미진진한 표정의 도르시아니를 물끄러미 바라보다, 결심한 바를 말했다.

"오늘, 진리를 경험할 기회를 주지."

"어떻게?"

도르시아니의 눈이 반짝였다. 늘 탁하기만 했던 눈동자가 생기로 넘실거리고 있었다.

"아르하드에게 악마의 파편을 양도해."

이아나가 진지하게 말했다.

"죽으란 얘기야?"

도르시아니는 불쾌해하기는커녕 재밌어했다.

"죽지 않고도 양도할 수 있어."

"연구한 결과, 악마의 파편을 남에게 양도하는 방법은 세 가지야. 혈족 이전, 심장 파괴, 잉태. 내가 죽지 않을 방법이라면, 저 남자와 몸을 섞어 낳은 자식을 통해 이전하는 방법뿐인데……."

이아나가 노려보자 도르시아니가 어깨를 으쓱였다.

"농담이야. 저 남자가 아니라 네가 상대였다면 그리해 줄 수도 있었을 텐데."

"농담 집어치워."

"진담인데."

저건 또 무슨 농담인지.

이아나가 또 뭐라고 하기 전에, 도르시아니가 선수를 쳤다.

"아까 말한 '천칭의 힘'을 사용한다는 거지?"

"맞아. 내가 원하고, 그에 상응하는 대가를 지불할 수 있다면 당신은 악마의 파편을 넘기고도 죽지 않아."

"위험도는?"

"첫 시도지만, 가능하다고 본다."

이아나가 심장에서 넘실거리는 신력을 느끼며 말했다.

"어쨌든 목숨을 걸어야겠구나? 좋아. 내가 뭘 하면 돼?"

도르시아니가 흔쾌히 승낙했다.

"파편을 잃는 건 상관없나?"

"애초에 난 이론을 연구하고 싶어서 파편을 받아들인 거야. 네가 내게 지식을 공유해 준다면 얼마든지 줘도 상관없어. 안 그래도 조만간 파편을 넘겨야겠다고 생각하고 있던 차였는데 잘됐지 뭐."

"파편을 자의로 넘기려 했다고?"

그건 자살이나 다름없었다. 도르시아니가 어깨를 으쓱였다.

"억지로 강탈당하는 것보다는 내가 먼저 가져가라고 하는 게 더 멋있잖아? 너희도 마음이 편할 테고."

이상한 여자.

"죽음이 두렵지 않은 건가."

"파편을 받아들일 때 이미 죽음을 각오했으니 두려워할 이유가 없지. 그리고 죽어서 사후 세계로 향하는 것도 나름대로 낭만적이라고 생각해."

"당신은 미쳤어."

"인정해. 그런데 이상하지?"

"뭐가."

"계속 살 수 있다는 게 조금은 기뻐."

"당연한 거 아닌가."

"오늘 돌아가면 유언장부터 불태워야겠네."

어쨌든 합의를 보았다.

도르시아니와 이아나를 두고, 다른 이들은 모두 뒤로 물러났다. 시라우사와 엔슈이라는 부러운 눈치였다.

프릴리아누는 처음부터 관조자의 자세였고, 아르하드는 걱정스러운 듯했다.

아르하드는 악마의 파편을 받아들이기 위해, 그리고 언제라도 이아나의 권능을 멈출 수 있도록 그녀의 근처에 섰다.

"시작한다."

이아나가 도르시아니의 팔을 움켜쥐었다.

손가락 너머로 도르시아니의 맥박이 느껴졌다.

"후우우……."

이아나는 이때까지 연습해 왔던 것처럼, 신력을 심장에 집중시켰다. 시간이 느려지고, 거대한 신력이 심장의 주변을 강하게 회전하기 시작했다.

심장이 무엇을 심판하길 원하느냐고 물었다.

이아나는 강하게 원했다.

'도르시아니가 소유한 악마의 파편을 꺼내되, 그녀가 죽지 않길 바란다.'

이아나의 소망을 들은 천칭이 움직였다.

키이이잉…….

심장의 정중앙이자 영혼의 중심점에서 심장의 거센 박동과 영혼의 울림이 조화롭게 섞여 들었다. 울림은 신체와 영혼 깊숙한 곳까지 뻗어 나갔다.

이 위대한 힘은 언제나 이아나를 아찔하게 만들었지만, 수련해 온 성과가 있었다. 이아나는 중심을 잃지 않고 꼿꼿이 섰다.

천칭이 소망의 무게를 재는 것을 마치고, 대가를 이아나에게 요구했다. 불가능을 가능으로 바꾸기 때문일까, 천칭은 도르시아니가 삶을 지속하는 대가로 막대한 양의 신력을 요구했다.

하지만 위프헤이머 때처럼 불가하다고는 하지 않았다. '지금 당장 도르시아니의 심장을 터뜨려 파편을 세상 밖으로 내놓는다'의 난도는 매우 낮으니, 도르시아니가 죽는다는 법칙 하나만 무시하면 되기 때문인 듯했다.

후우…….

호흡 소리가 천둥처럼 컸다.

후우, 후우…….

호흡이 박동과 같은 박자로 맞물려 들어갔다. 이아나가 보유한 모든 신력이 심장을 중심으로 휘몰아쳤다.

가져가!

이아나가 영혼으로 외쳤다.

쏴아아아…….

신력이 심장의 중심으로 일시에 빨려 들어갔다. 그리고 소멸했다. 이아나는 생명력이 왕창 빠져나가는 느낌에 기절할 것 같았지만, 강철 같은 정신력으로 버티며 눈을 부릅떴다.

영계가 열렸다.

도르시아니의 영혼은 탁한 군청색이었다. 그리고 그녀의 심장에는 이질감이 느껴지는 새까만 영혼, 악마의 파편이 머무르고 있었다. 파편 근처에 있는 그녀의 영혼은 물든 것처럼 거뭇했다.

키이이잉…….

천칭의 강제력이 발동했다.

무지막지한 세계의 힘이 검은 영혼을 심장에서 잡아 뜯었다. 도르시아니의 심장에서 생명력을 갉아먹던 작은 영혼은 화들짝 놀라 요동쳤다. 파편은 떨어지지 않고자 발버둥 치고 도르시아니의 심장을 우악스레 쥐었지만 놓을 수밖에 없었다.

스르르르르.

도르시아니가 아주 어렸을 때 진리를 갈망하며 받아들인 악마의 파편이 검은 연기처럼 흘러나왔다. 그것을 이아나의 옆에 있던 아르하드가 붙잡았다.

강제로 끌려 나온 게 억울한 듯 펄펄 뛰려던 파편은 진정한 주인을 접하고 얌전해졌다. 순종적인 개처럼, 도르시아니에게 미련 한 줌 남기지 않고 아르하드의 손안으로 빨려 들어갔다.

원래 있어야 할 자리로 돌아간 파편은 아르하드의 거대한 영혼과 융합되어 안정을 되찾았다.

"후!"

이아나가 호흡을 크게 내뱉자, 영계가 닫혔다.

이아나가 아르하드를 바라보자 그가 고개를 끄덕였다. 이아나의 표정이 환해졌다. 성공이었다. 긴장이 풀리자 다리에 힘이 빠졌다.

"윽."

하지만 도르시아니가 먼저 심장 부근의 옷자락을 움켜쥐고 신음을 흘리며 주저앉았다. 고통스러운 듯, 일그러진 얼굴이 몹시 창백했다. 이아나가 붙잡고 있는 도르시아니의 팔을 비롯하여 온몸에 혈관이 도드라져 있었다.

"심, 장이 너무 빠르, 게 뛰어."

오랜 시간 함께해 온 악마의 파편은 도르시아니의 일부나 마찬가지였다. 신력을 먹어 치우던 그것이 사라져 버리자 그녀의 신체 균형이 완전히 어긋나 버렸다. 대기 중의 마나는 너무나 무겁게 그녀를 짓눌렀다.

'설마 문제가 생긴 건가.'

이아나가 제 고통도 잊은 채 어찌해야 할지 고민하고 있을 때 프릴리아누가 다가왔다.

프릴리아누가 도르시아니의 어깨에 손을 짚은 채 상태를 살피곤 말했다.

"일시적인 쇼크 상태다. 시간이 흐르면 회복될 거야. 물의 정령이 도움이 될 거다."

이아나가 곧장 이니스를 불렀다.

[등장! 오오오오오!]

이니스는 나오자마자 펄쩍 뛰었다.

[이 그리운 기운! 히마라페 빙원이구나! 이아나, 네가 여긴 어쩐 일로……. 엉? 프릴리아누!]

이니스가 프릴리아누를 보고 그녀에게 다가갔다.

"오랜만이군."

이니스와 프릴리아누가 나쁘지 않은 분위기로 대화를 나눴다. 정령왕과 드래곤은 별로 친하지 않다고 들었는데 이 둘 사이는 괜찮은 모양이다.

"정령왕을 불러내다니……."

시라우사와 엔슈이라는 진심으로 놀랐다. 이아나가 권능을 쓸 때 진득해졌던 그들의 눈빛은 이제 환상적인 실험체를 볼 때처럼 반짝거렸다.

"이니스, 여기 좀 도와줘."

[응!]

이니스가 도르시아니의 주변을 빙글빙글 돌았다.

[혈액의 흐름이 너무 빠른걸. 균형이 깨졌어. 무슨 일이래?]

"정상으로 돌릴 수 있겠어?"

[물론이지!]

이니스는 고통스러워하는 와중에도 호기심으로 눈을 빛내는 도르시아니의 경동맥을 콕 찌르고 들어갔다.

"큽."

혈액에 녹아든 이니스가 도르시아니의 혈관을 돌아다니며 혈류의 속도를 늦추고 심장을 안정시켰다. 그러자 도르시아니의 호흡이 서서히 돌아왔다.

도르시아니가 가졌던 악마의 파편을 갈무리한 아르하드가 이아나의 어깨에 손을 얹었다.

"넌 괜찮아?"

"힘들긴 한데 양호합니다. 도르시아니가 문제죠."

모두가 지켜보고 있는 사이, 이니스가 도르시아니의 몸에서

퐁 하고 튀어나왔다.

[끝!]

도르시아니가 가뿐함을 느끼며 신기하다는 듯 제 몸을 더듬었다.

[이아나, 너도 피곤해 보이는데. 회복시켜 줄게.]

이니스가 따뜻한 물방울들로 변해서 이아나를 감쌌다. 이아나는 녹아내릴 것 같은 안락감을 느끼며 치유를 만끽했다.

이아나의 회복도 끝낸 이니스가 칭찬받고 싶다는 듯 얼굴 앞에서 얼쩡거렸다.

[어때? 어때?]

"많이 좋아졌어. 정말 고마워."

[히히!]

이니스가 지느러미를 파닥거렸다. 이아나가 물었다.

"이니스, 히마라페 빙원은 오랜만이지?"

[본체로는. 그래서 기분이 좋아. 들뜨기도 하고.]

"그럼 역소환될 때까지 놀다 올래?"

[좋아!]

신이 난 이니스가 방 중앙의 바다로 뛰어들었다. 물이 이니스를 환영한다는 듯 위로 한차례 치솟았다가 내려앉았다.

도르시아니는 제 심장 위에 손을 얹었다.

"정말로 사라졌어."

도르시아니가 그 자리에서 그대로 뒤로 누웠다. 팔과 다리를 쭉 뻗은 그녀가 눈을 감았다.

"파편이 빠져나가고 나니까 어마어마하게 힘이 빠지네. 아무것도 하기 싫어. 공기도 무거운 느낌이고."

"악마의 파편은 욕망을 부추기고, 욕망은 곧 의욕이니까 나른하겠지."

프릴리아누가 도르시아니의 중얼거림에 답했다.

"공기도 무겁게 느껴질 수밖에. 공기 중의 마나가 이전에는 너를 주인처럼 따르며 보좌했지만, 이제는 아니니까."

"그렇군요."

도르시아니가 가만히 손가락을 들어 보았다.

예전 같았으면 원하지 않아도 마나가 아양 떨듯 맴돌았을 텐데 지금은 관심 없다는 것처럼 유유히 지나갔다.

"마나가 내 것처럼 움직이지도 않고."

그녀가 피식 웃었다.

"유쾌하네."

"기분 나쁘진 않고?"

"조금 불편하긴 한데 곧 익숙해지겠지. 그리고 불편함보다는 상쾌함이 앞서. 마치 속박에서 풀려난 것 같아. 그보다."

도르시아니가 누운 채로 이아나를 올려다보았다.

"내 몸을 짓누르고 악마의 파편조차 옴짝달싹 못하게 만든 절대적인 강제력, 그것이 천칭의 힘이구나."

"그래."

"덕분에 나도 영계를 봤어."

"영계를요?"

시라우사가 깜짝 놀랐다. 이아나가 시라우사에게 말했다.

"근처에서 영적 현상이 발생할 때, 아주 낮은 확률로 영계를 볼 수 있다고 들었습니다. 도르시아니는 영혼이 빠져나간 당사자니까 볼 수도 있었겠죠."

"그렇군요."

"부럽군."

도르시아니가 모든 것을 가진 왕처럼 거만하게 턱을 드는 얄미운 모습에 시라우사와 엔슈이라는 말없이 그녀를 흘겼다.

이아나는 아르하드의 품에 기댔다.

"이니스가 회복을 시켜 줘도 지치는군요."

쌓여 있던 신력이 거의 다 고갈되었다. 만약 신력을 생산하지 못하는 일반인이었다면 이아나는 며칠 내로 죽었을 것이다.

아르하드는 축 처져 있는 이아나에게 속삭였다.

"다섯 번째 심장과 연결되면 거기에 축적되어 있던 신력을 얻을 수 있던가?"

"네."

"탑주."

아르하드가 시라우사를 불렀다. 여태 과묵하게 이야기를 듣고만 있던 그의 부름에, 깜짝 놀란 시라우사가 쳐다봤다.

"이제 꽃을 받았으면 하는데."

"알겠습니다."

시라우사는 궁금한 게 산더미 같았다. 하지만 이야기는 나중에 해도 되고, 그들이 보여 준 기적들도 있으니 원하는 것부터 내어 주기로 했다.

그들은 그길로 탑의 지하로 내려갔다. 한참을 걸어 도착한 최하층은 동굴과 이어져 있었다.

걷고 또 걸었다. 점점 물이 차올라서 종아리까지 닿을 무렵, 빛이 들어오는 제단이 보였다. 제단에는 꽃 한 송이가 놓여 있었다. 꽃의 온화한 기운은 빛의 길을 따라 지상으로 뻗어 나가고 있었다.

마지막 성물이었다.

"물이 허리까지 찰 겁니다. 제가 가져다 드릴까요?"

이아나는 고개를 저었다. 직접 거두고 싶었다.

첨벙, 첨벙.

물은 몹시 차가웠다. 골수까지 파고드는 냉기에 몸이 떨렸지만 성물에 대한 설렘이 추위를 잊게 했다.

이아나는 제단에 이르렀다.

손을 뻗어 아름다운 꽃을 쥐었다.

빙하마저 녹일 정도로 뜨거운 느낌의 신력이 왈칵 쏟아졌다. 로베르슈타인의 지식과, 기억과, 신념과, 감정이 노도처럼 밀려 들어 왔다. 이아나는 물 흐르듯이 받아들이고, 또한 물처럼 흘려 보내며 그에 사로잡히지 않았다.

새롭게 얻은 정보는 꽤 많았다. 로베르슈타인이 사라졌다가 돌아온 듯, 어디에 갔다 온 거냐고 다그치는 로이긴의 무서운 모습, 화내고 무기력해지기를 반복하다가 결국엔 체념하던 감정의 흐름, 그리고 로이긴이 낙원을 파괴하는 기억……

수많은 기억들이 시간의 흐름대로 정확하게 배열되었다.

이아나는 심호흡하며 기억의 세계를 차분히 더듬었다.

그리고 실망했다.

'역시나.'

라오스에 관한 기억이 있을 법한 부분만 뚝뚝 끊어져서 없었다. 라오스가 그녀에게 울며 가지 말라고 소리치는 '마지막 기억'만이 라오스에 관한 유일한 기억이었다. 비밀은 거의 다 풀렸는데 라오스에 대한 것만 오리무중이다.

'봉인을 완전히 풀어도 라오스에 대한 기억이 안 나온다면 로베르슈타인이 스스로 지웠거나, 라오스가 지웠거나 둘 중 하나겠지.'

봉인은 다섯 개로 조각난 파편을 하나로 모아 접착제로 이어 붙이듯 신력으로 연결하면 풀린다. 물론 이아나가 다섯 번째 심장에 익숙해지고, 로베르슈타인의 기억과 감정을 완전히 제 것처럼 만든 후에야 가능하다.

시간이 많이 소요되지는 않으리라. 그때까지는 라오스에 관한 판단을 보류해야겠다고 생각하며 이아나가 꽃에서 손을 떼었다.

그때, 바다가 요동치기 시작했다.

"시라우사!"

"시라우사!"

안쪽에서 고주파에 가까운 높은 목소리가 가득 올라왔다.

"이런."

시라우사가 이마를 짚자마자, 갖가지 모습을 한 어인 여섯이 수면 위로 머리를 불쑥 내밀었다. 이아나가 흠칫 놀라자 시라우사가 부연 설명 했다.

"건너편은 깊은 바다와 이어져 있습니다."

그녀가 동족들에게 다가갔다.

"갑자기 왜 올라온 거야?"

"이니스 님이 나타나셨어!"

"누가 부른 거야? 왜 부른 거야? 설마 바하무트가 나타났어?"

흥분한 어인들이 외쳤다. 그들은 프릴리아누를 발견하고는 고개를 꾸벅꾸벅 숙였다.

"드래곤께서 정령왕님을 부르신 건가? 갑자기 왜?"

"내가 아니라 여기 인간이 불렀지."

프릴리아누가 이아나를 가리키자 어인들이 그녀를 바라보았다. 그들의 눈빛이 따뜻해졌다.

"느낌이 좋은 인간이야."

"옆에 있는 인간은 무서워."

"하지만 든든한 느낌도 나. 이게 무슨 느낌이지?"

샤우부 대삼림에 방문한 후부터 아르하드를 향한 이종족의 반응이 조금 변했다. 여기 어인들뿐만이 아니라 동부에 있는 이종족들도 예전과는 다르게 두려워할지언정 꺼리지는 않았다. 이아나는 그 변화가 몹시 기꺼웠다.

시라우사는 동족들에게 이아나와 아르하드를 간단하게 소개해 주었다. 바닷속에서만 살아가는 어인들은 인간 세상에 대해서 잘 몰랐기에 긴 소개는 필요하지 않았다.

시라우사가 이아나의 기색을 살피더니 단호하게 말했다.

"이아나 님이 피곤해하셔. 다음에 또 뵐 기회가 있을 거야. 전부 돌아가."

"알았어. 우리도 놀라서 와 본 거야. 별일 아니라는 거지?"

"그런데 정령왕님을 어떻게 불러낸 거지? 특이한 인간이네."

"엄청 강해 보여. 바하무트와 싸워서 이길 수 있지 않을까?"

어인들이 기대감을 잔뜩 표출하며 이아나에게 손을 흔들었다. 이아나도 얼떨결에 손을 흔들었다.

"이만 가 볼게. 또 와!"

그들은 산뜻하게 웃고는 바닷속으로 첨벙 들어갔다.

어인들을 돌려보낸 후, 그들은 다시 지상으로 올라왔다.

마법사들의 질문 폭탄이 이어졌고, 이아나는 가능한 한 답을 하려 노력했다. 진리의 도서관이 아니라 '아카식 레코드'가 진짜 이름이라는 것, 신력에 관한 정보 등 많은 이야기를 해 주었다. 하지만 비장의 무기인 심판의 권능에 관한 답만큼은 거부했다.

이아나가 아는 선에서 정보 전달을 끝냈을 때, 마법사들은 지식이 충만해짐을 느끼며 배부른 표정을 지었다.

"하아. 너무 만족스럽습니다."

그리 말하면서도 시라우사는 입맛을 다셨다. 이아나가 어떻게 천칭의 힘을 빌려 올 수 있는지, 그 메커니즘이 무엇인지, 얼마나 많은 대가가 필요한 건지 등등 천칭의 힘에 관한 질문을 모두 회피했기 때문이다. 시라우사가 이아나의 눈치를 살피며 그녀의 손을 꼭 붙잡았다.

"이아나 님, 역시 천칭의 힘에 대해서 조금만 더 설명해 주실 수 없나요?"

"불가합니다. 현재 드릴 수 있는 정보는 '제가 천칭의 힘을 빌릴 수 있다'라는 사실뿐입니다."

이아나가 딱 잘라 거절했다.

"바하무트를 제거하기 전까지는 정보를 쉽게 풀 수 없습니다. 사실은 천칭에 관한 건 일절 말하고 싶지 않았는데……."

시라우사는 이아나가 거부감을 보이자 더 이상 선을 넘지 않기로 했다. 진리에 가장 가까운 이아나가 진리의 탑을 꺼리게 된다면 그보다 더한 낭패가 없다.

"알겠습니다."

'현재'는 불가능하다 했으니 나중에는 이야기해 줄 수도 있겠지. 시라우사는 눈을 반짝이며 이아나의 손을 쥔 손에 힘을 잔뜩 주었다.

"이아나 님, 저희 진리의 탑은 세간에는 알려지지 않은 지식과 역사들을 보유하고 있으며, 세상의 섭리에 관한 연구들을 진행하는 중입니다. 진리의 탑주인 저, 시라우사는 이아나 님께 공동 연구를 제안합니다."

"공동 연구요?"

시라우사가 고개를 끄덕였다.

"저는 앞으로 이아나 님께서 주신 아카식 레코드, 신력, 천칭에 대한 정보를 토대로 연구를 진행할 겁니다. 그 과정에서 새로운 정보를 이아나 님께 제공받고 싶습니다. 대신, 연구에 성과가 있을 때마다 그 결과를 공유하겠습니다."

시라우사가 지식을 향한 갈증으로 침을 꼴딱꼴딱 삼켰다.

"현재 탑이 보유한 지식들도 원하신다면 모두 공유해 드리겠습니다. 그리고 이아나 님의 국가에 연구 기관이 있다면, 탑과 자매결연을 하는 게 어떨까 하는데요. 탑과의 교류는 이아나 님의 국가에도 많은 도움이 될 거예요. 어떻습니까?"

"저야 좋습니다."

이아나야 나쁠 게 없었다. 아니, 좋았다. 진리의 탑은 세계에서 가장 오래된 우수한 연구소였다. 진리의 탑의 지식을 얻는다면 새로운 국가에 많은 도움이 될 것이다.

아니. 어쩌면…….

'진리의 탑을 그대로 흡수할 수 있을지도?'

드워프, 엘프, 수인이 국민이 되어 각자의 특기를 발휘하고, 사키 셀츠스의 의사 조직 샬리노와 타릴 카트너의 마도 공방이 동부로 이전하여 국가에 도움을 주듯, 어인들과 진리의 탑도…….

그렇게 된다면 더할 나위 없이 좋을 것이다. 하지만 진리의 탑은 바하무트와 결탁한 상태이므로 바하무트를 치우기 전까지는 동부로 이전할 수 없었다. 그리고 이아나는 지금도 처리할 일들이 너무 많아서 매일매일을 허덕거리고 있었다. 그래서 일을 더 벌이지 않기로 했다. 아직은.

"감사합니다!"

시라우사가 생글거리며 웃었다.

"이만하면 볼일은 다 본 것 같군."

아르하드가 시라우사의 손을 이아나의 손에서 떨어뜨렸다.

"탑의 소속원들이 이변을 느꼈는지 이쪽으로 오는 것 같다. 점점 시끄러워지고 있어."

이아나에게 폭 빠져 있던 시라우사는 정신을 차리고 귀를 기울였다. 말소리와 발소리가 만들어 내는 소음들이 멀리서 들려오고 있었다.

"우리는 기밀 유지를 위해 다른 사람과 만나지 않고 돌아가겠다. 정보는 이아나가 천칭의 힘을 빌릴 수 있다는 것만 빼고 모두 공유해도 상관없다."

"다른 사람들도 당신들을 많이 보고 싶어 했는데."

조금 더 있다 가라고 말을 붙여 보려던 시라우사는 결국 포기했다. 아르하드는 도르시아니와 엔슈이라를 쳐다보았다.

"너희도 지금 갈 건가?"

엔슈이라는 짐을 싸서 갈 테니 먼저 출발하라고 했다.

"나도 짐 챙겨서 엔슈이라와 함께 갈게. 프릴리아누 님과 이야기도 해야 하고."

이아나는 호기심으로 눈을 빛냈다.

"당신은 어떻게 드래곤의 가디언이 된 거지?"

"으음."

도르시아니는 오래전의 기억을 더듬었다가 잊고 있던 사실을 하나 깨달았다.

"드래곤의 가디언은 기적에 가까운 소원을 이루는 대신, 용아병들과 함께 땅을 지키는 일을 하지. 나는 그 원리를 알고 싶어서 가디언이 되었어. 하지만 프릴리아누 님은 알려 주지 않으셨고 난 '차라리 내 스스로 알아내고 말지!' 하고 소원 없이 가디언이 되었어. 프릴리아누 님이 나중에 소원을 빌어도 된다고 하셨는데 하마터면 잊을 뻔했네."

가만히 얘기를 듣고 있던 이아나의 눈이 이채를 발했다.

"그래서 성과는 있었나?"

"없어. 하지만 오늘, '천칭의 힘'을 직접 겪어 보니 알 것 같기도 한데……."

도르시아니가 프릴리아누를 흘끗거리자 묵묵히 서 있던 프릴리아누가 시린 빛의 입술을 떼었다.

"네가 천칭의 힘을 쓸 수 있게 되었기에 그에 관한 제한이 풀렸다. 듣고 싶나?"

이아나는 깜짝 놀라 황급히 고개를 끄덕였다.

전에 테라노우딘에게 가디언에 관해 물었을 때, 그는 한 대 때리고 싶을 정도로 답을 거부했다. '말할 수 없다'라는 말에 노이로제가 걸릴 정도였다.

"우리는 천칭의 힘으로 가디언의 소원을 이루어 준다. 그들이 일평생 균형에 헌신하는 대가를 천칭으로 무게를 재어, 그에 걸맞은 소원을 이뤄 주지."

짧은 설명에, 이아나는 그 원리를 납득했다.

그런데…….

"드래곤은 어떻게 천칭을 사용하죠?"

"여기서 더 말하는 건 라오스와 관련되어 있기 때문에 언급이 불가하다."

드래곤은 또다시 입을 다물었다. 하지만 이에 익숙해진 이아나는 정보를 한 가지 더 건졌다는 것에 만족했다.

"조심히 가세요."

아르하드가 텔레포트를 펼쳤다. 시야에서 손을 흔드는 마법사들과 프릴리아누가 사라지고 동부 근방의 숲이 나타났다. 같은 겨울인데도 히마라페 빙원의 추위와 차원이 다르게 따뜻했다. 몸이 녹아내렸다.

"으음."

이아나가 기지개를 켜며 추위에 굳은 몸을 풀었다.

싹이 움트는 나뭇가지들이 보였다. 감회가 새로웠다.

'벌써 일 년이 지났구나.'

로안느를 떠나온 지도.

이아나는 자신의 일 년을 돌아보았다.

숨 가쁘게 일하고 수련하다가 틈만 났다 하면 전 세계를 돌아다녔다. 봄에는 샤우부 대삼림, 여름에는 카란켈 바위산맥, 가을에는 기로하이 불사막, 겨울에는 히마라페 빙원까지.

일 년 사이 너무 많은 일을 해서 몸이 고단했지만 미래를 생각하면 이 정도 고생은 아무것도 아니었다. 오히려 하루하루를 충실하게 보냈다는 사실에 뿌듯하기까지 했다.

아르하드가 이아나의 어깨를 감싸고 그녀의 이마에 키스를 남겼다.

"축하해. 이제 로베르슈타인의 심장을 얻는 것도 코앞이구나."

이아나가 고개를 끄덕이며 손에 쥐고 있던 꽃 한 송이를 내려다보았다. 꽃은 페임드라의 나뭇잎처럼 알록달록하고 영롱한 빛으로 반짝거렸다.

이로써 마지막 봉인까지 접했다. 심장의 쪼개진 봉인들이 이아나의 심장을 중심으로 연결되었다. 하루빨리 마지막 심장에 익숙해져 봉인을 풀어야겠다.

'꽃을 쥐고 있으니 활기가 차오르는 느낌이야.'

사막을 생명으로 채웠던 잎사귀처럼, 꽃에서도 깨끗한 신력이 흘러나오고 있었다. 라오스의 신력이었다.

'라오스…….'

그 이름을 생각하자 왜인지 심장이 뛰었다.

해를 넘기고도 두 달이 지나 겨울의 끝이 되었다.

"와. 동부는 나무가 정말 많군요."

헤레이스가 주변을 두리번거리며 감탄했다. 동부의 숲은 나무들로 꽉꽉 들어차 있었다. 그런 데다 숲도 많았으니 가는 내내 나무밖에 보지 못한 것 같았다. 로안느의 수도에서만 살았던 그는 이렇게 숲이 많은 곳은 처음이었다.

"샤우부 대삼림의 영향을 받았단다."

하인리히가 헤레이스에게 자상하게 답했다. 뒤에 있던 라랏슈아가 투덜거렸다.

"텔레포트로 한 번에 가면 좋았을 텐데. 스승님은 연세 생각도 하지 않으시고."

"다른 마을도 둘러보고 싶었단다. 다들, 좋지 않았니?"

헤레이스는 열 오른 얼굴로 열심히 고개를 끄덕거렸다. 오는 동안 들렀던 마을들은 눈부시게 발전 중이었다. 사람들의 뜨거운 활기가 만들어 내는 광경들이 너무 멋져서 헤레이스는 몇 번이나 넋을 뺐다. 걸어오길 정말 잘했다 싶었다.

"지금은 계속 똑같은 풍경인걸요? 아, 다리도 아파. 스승님은 안 아프세요?"

"괜찮다. 숲길도 볼만하구나. 천천히 가자꾸나."

"가서 앓아누우실지도 몰라요."

라랏슈아가 새침하게 말했다. 옆에 있던 타로가 조심스럽게 말했다.

"업어 드릴까요?"

"됐어. 스승님이 걸으시는데."

헤레이스는 어쩐지 조금 긴장한 기색의 하인리히를 한 번 보고, 투덜거리는 한 쌍을 돌아본 후 미소 지었다.

헤레이스는 학술원을 무사히 조기 졸업했다.

"독립하겠습니다."

헤레이스는 졸업하자마자, 그의 졸업 기념 파티를 열어 준 벤덤가에서 선언했다.

이미 예전부터 독립, 독립, 노래를 불러 댄 탓에 모두가 헤레이스의 뜻을 알고 있었다. 뾰족한 성격을 누그러뜨린 츠레비스가 벤덤가의 모두에게 인정받으며 후계자의 위치를 공고히 했으니, 독립한다는 헤레이스를 붙잡을 평계도 없었다.

일 년 전 독립을 허락했던 토호크는 조용히 고개를 끄덕였다.

"네가 벤덤가의 후손임은 잊지 말아야 할 것이다."

"네."

"도련님……."

졸업 기념 파티는 작별 파티가 되었다. 고용인들은 아기일 적부터 봐 온 헤레이스가 떠난다고 하자 소맷자락으로 눈물을 훔쳤지만 감히 그를 붙잡지는 못했다.

라랏슈아도 학년을 꽉 채워서 졸업했지만, 타로는 도중에 관

두었다. 타로는 극단적인 육체파로 공부를 좋아하지 않았다. 그런데 학술원의 무술 수업은 그의 수준에 맞지 않았고, 공부는 취향이 아니라 꾸벅꾸벅 졸기 일쑤였다. 라랏슈아의 옆에서는 억지로 책을 읽었지만 말 그대로 억지로였다.

요 일 년은 온갖 전투에 참전해서 눈부신 활약으로 이름을 드높이긴 했지만 그뿐이었다. 어차피 로안느를 떠날 예정인 타로의 입장에서는 딱히 얻는 것도, 보람도 없는 일상이었다.

그런 와중에 친한 이들이 모두 떠난, 특히 라랏슈아가 없는 학술원에 남아 있을 이유가 없었다. 차라리 함께 떠나서 다른 할 일을 찾는 게 나았다. 무엇보다.

"여러 종족이 모두 모여 살 나라가 궁금해서 참을 수 없걸랑. 그리고 거기 가면 재밌는 일도 훨씬 많을 것 같고!"

헤레이스도 동감했다.

그는 이아나의 나라로 가기 위해서, 일 년 동안 정말 열심히 살았다. 이아나와 함께 있을 때보다 더 악착같이 수련했다. 전에 위프헤이머를 상대하면서 심하게 다쳤던 그는, 아이들을 지킬 수 없었다는 것에 무력감이 아닌 오기를 느꼈다.

'다음번엔 결코 무너지지 않을 거야.'

그런 결심이 성장에 불을 붙였고, 헤레이스는 놀라운 성과를 얻었다. 얼른 이아나에게 자랑하고 싶었다.

"다 왔구나."

헤레이스는 회상을 떨쳐 내고 앞을 보았다.

목적지인 세마스티어였다.

거대한 성벽과 성문이 보였다. 보기만 해도 기가 질리는, 튼튼하고 아름다운 성벽이었다.

헤레이스는 긴장했다.

'도착했어.'

정착할 곳에 대해서 사전에 공부하고 오고 싶었지만, 어찌 된 영문인지 '이종족이 모여든 심상찮은 도시'라는 이미 알고 있는 이야기만 들려올 뿐 영양가가 있는 정보를 모을 수 없었다.

에이지에게 연락해서 사정을 얘기하자 자기가 정보를 틀어막아서 진짜배기 정보는 얻기 어려울 거라는 소리나 했다. 그럼 자료를 좀 보내 달라고 했더니 직접 와서 경험하라는 장난스러운 목소리만 돌아왔다. 그래서 헤레이스는 순백의 상태로 세마스티어에 당도했다.

성문으로 다가갔다. 성문 앞에는 특이한 조합이 서 있었다.

"어라, 타로 아녀?"

한 명이 타로를 알아보았다. 타로도 화들짝 놀랐다.

"잉? 아재가 왜……. 게다가 왜 수인 모습으로……."

"아는 인간인가?"

"아."

물소의 모습을 한 수인이 옆의 땅딸막한 드워프에게 말했다.

"하프 호랑이 수인, 타로여. 압실롯 수장님의 아들이구먼."

"헉. 아주 강하겠군."

수인과 드워프가 함께 경비를 서고 있는 모습은 정말 희한했다. 타로가 어색해하며 물었다.

"이렇게 있어도 되는겨?"

"물론. 너두 이제 이런 광경을 당연시해야 할 것이여. 저기 위에는 엘프들이 있다?"

수인이 손가락으로 위를 가리키자 일행이 고개를 들었다. 성벽 위에서 가느다란 엘프들이 호기심 많은 눈으로 그들을 바라보고 있었다.

"자, 문을 연다."

끼이이익…….

문이 열렸다. 그리고 거기서 펼쳐진 광경에 일행은 눈을 크게 뜰 수밖에 없었다.

성내는 그야말로 장관이었다.

깨끗한 벽돌들을 빈틈없이 깔아 깔끔하게 구획한 길들, 높게 쌓여 올라가는 독특한 분위기의 건물들, 구석구석 허전한 공간을 채우는 섬세한 조각들과 그림들, 잎사귀를 피워 내는 새순들이 퐁퐁 솟은 나무들, 초봄이 되어 피어나기 시작한 꽃들…….

이 모든 것들이 어우러져 아름다운 대도시를 완성했다.

하지만 이뿐이었다면 그들이 입을 벌리며 멈춰 서지는 않았을 것이다. 정말 아름다운 도시였으나, 그들이 살다 온 로안느 최대의 도시 테오도르도 아름답기로는 으뜸이었기 때문이다.

이 도시에서 눈을 떼어 낼 수 없게 만드는 건 거리를 활보하고 있는 영지민들과 그들이 보이는 행동들이었다.

하인리히가 헛웃음을 지었다.

"살다 살다 여러 종족이 이렇게 사이좋게 교류하는 모습을 보게 될 줄은 몰랐구나."

인간과 이종족이 누가 많다 우위를 가릴 수 없을 정도로 우글거리며 섞여 있었다.

마도시대 초기 전쟁의 시대, 뺏고 뺏기던 시대에 욕심 많은 인간들은 적은 수의 이종족을 머릿수로 누르고 순박한 그들의 성정을 잔혹하게 이용했다. 이종족들은 인간에게 환멸을 느끼며 오지로 떠나갔고, 그대로 교류를 끊었다.

하지만 여기서는 그런 역사가 적용되지 않는 듯했다. 영지민들은 종족 가리지 않고 사이좋게 어울리고 있었다.

대장간에서 울려 퍼지는 망치 소리, 귀를 호강시켜 주는 아름다운 길거리 음악, 수련장에서 들리는 무기의 격돌음…….

뿜어져 나오는 충만한 활기, 즐거운 미소.

그 모든 것을 인간과 이종족이 함께 만들어 내고 있다는 점이 매우 인상 깊었다. 어색하고 이상해 보이기는커녕 자연스럽고 당연해 보였다. 조화로운 모습이 무척 보기 좋았다.

어쩌면 이게 세상 이치에 맞는 걸지도 모른다.

"짠!"

그들이 도시의 중심으로 향하며 정신없이 구경하고 있는데 반가운 사람이 앞에 불쑥 나타났다.

"어서 와!"

에이지였다.

"에이지!"

"에이지 형님!"

"일찍 왔네. 일 년 만이지? 잘 지냈냐?"

에이지, 헤레이스, 타로는 반갑게 인사를 나누었다. 헤레이스가 에이지의 안색을 살폈다.

"형님 얼굴에서 빛이 나네요."

"여전하지? 아, 이놈의 잘생김. 죽을 둥 살 둥 고생해도 빛이 바래질 않아요."

"인마, 저 자식한테 그런 말 해 주지 마. 잘난 척한단 말여."

에이지가 콧대를 높이자 타로는 투덜댔고 헤레이스는 웃었다.

"잘생긴 건 잘생긴 거고, 학술원에 다니실 때보다 훨씬 즐거워 보이세요."

헤레이스는 남 눈치를 많이 살피는 만큼 다른 사람의 기분을 잘 헤아리곤 했다. 에이지는 늘 장난스럽고 밝았지만 헤레이스는 가끔 그런 에이지가 이상할 정도로 과하다고 느꼈다. 선을 넘는다고 생각해서 말은 하지 않았지만, 그럴 때면 에이지는 몹시 우울하고 지쳐 보였다.

"그건 맞어. 살이 좀 쪘고, 희멀건 피부도 좀 탔고. 건강해 보이는구먼! 여기서 엄청 잘 먹고 잘 싸고 잘 잤나 본디?"

"그러냐? 아닌데. 혹사당하고 있는데 왜 살이 찌지. 아이고, 나 죽네!"

마음에도 없는 말을 하며 한탄한 에이지가 싱긋 웃었다.

"엄살은 이쯤 해 둘게. 맞아. 내 인생에서 그 어느 때보다 잘 살고 있어. 바쁘긴 엄청 바쁘지만 일할 맛이 나거든."

에이지는 동부로 온 이후부터 물이 올랐다. 그는 동부와 남부에서 블랙폭시만큼 커다란 정보 집단을 구축하고 북부에서도 세력을 크게 키우고 있었다. 정보계의 일인자가 되겠다며 투지를 불태운 결과였다.

헤레이스는 에이지가 진심으로 즐거워 보이자 덩달아 기분이 좋아졌다.

"가자."

일행은 에이지의 안내를 받으며 도시를 구경했다. 주로 에이지, 타로, 헤레이스가 대화를 나누고 라랏슈아와 하인리히는 조용히 도시를 관찰했다.

"놀랐어요. 이런 곳이 동부에 존재했다니."

"존재한 게 아니라, 존재하도록 만든 거지. 요 몇 년간."

헤레이스는 깜짝 놀랐다.

"그럼 이 도시가 겨우 수년 만에 만들어진 거란 말이에요?"

"응. 세마스티어는 몇 년 전만 해도 볼 거 없는 시골 촌구석이었거든? 그런데 몇 년 전, 우리 영주가 손을 대기 시작했지."

"영주라면, 아르하드 선배님 말씀하시는 거죠?"

"맞아."

에이지가 고개를 끄덕이곤 말을 이어 갔다.

"영주는 나쁜 것들을 죄다 갈아엎고 그 자리를 좋은 것들로 채워 넣었어. 영주가 다져 놓은 발전의 발판을 토대로 도시는 제대로 부흥하기 시작했지. 그리고 일 년 전 이종족들이 이주한 후부터는 하루가 다르게 도시의 모습이 바뀌어 이렇게 번화했어. 난 처음부터 함께했는데도 이렇게까지 발전할 줄은 몰랐다. 너희가 그걸 봤어야 했는데."

"그게 가능한 일인가요?"

헤레이스가 이해할 수 없다는 듯 물었다.

에이지가 손가락을 흔들었다.

"철두철미한 계획, 각 분야의 전문가들, 영지민들의 넘치는 의욕, 삼박자가 맞춰진 결과야. 그리고 영주의 능력을 의심하지는 마. 평범한 사람들은 이해할 수 없을 정도로 엄청난 수완가니까 그냥 그러려니 하고 받아들여."

"그렇군요."

이아나와 매일매일 대련하는 걸 볼 때부터 보통 사람은 아니라고 생각했었다. 이아나가 연인으로 둘 정도라면 정말 대단한 사람이겠거니 싶었다.

하지만 그가 이룩한 업적을 직접 마주하는 지금은, 경외심까지 치솟았다. 이아나 양, 저 오늘부터 연인분을 믿고 따를래요.

헤레이스가 눈을 반짝반짝 빛내며 감탄하자 뿌듯함을 느낀 에이지가 엣헴, 하고 큰소리를 내며 입가를 씰룩였다.

"엄청난 수완가라고 해두 상식 밖이구면. 인간을 싫어하는 수인들이 얼마나 많았는디……. 골 깊은 감정이 그렇게 금방 무뎌졌다는 게 참 이상허네."

타로가 반인반수의 모습으로 인간과 즐겁게 이야기를 나누는 수인들을 흘끗 쳐다보았다.

"맞아요. 일 년밖에 안 됐는데, 인간과 이종족이 이렇게 쉽게 어울릴 줄은 몰랐어요."

"으음. 감정의 골이 전부 메워진 것도 아니고, 문제가 없는 것도 아니야."

에이지가 턱을 쓰다듬었다.

"그럼에도 일이 생각 이상으로 순조롭게 진행되는 건, 보금자리의 마련과 바하무트 타도라는 공동 목표, 라오스교라는 공통 종교 때문이겠지. 법을 처음부터 제대로 만들어 놔서 불만이 나올 여지를 차단한 덕분도 있을 거고, 여기에 인간들은 영주를, 이종족들은 이아나 양을 신뢰하니까."

같은 목표와 종교, 강력한 법과 신뢰. 몇 년에 걸쳐 영지민들에게 심은 도덕심과, 일 년 동안 모두에게 전파한 정의. 그리고 앞으로 살아갈 땅을 발전시키겠다는 영지민들의 의지.

이 모든 게 시너지 효과를 발한 결과였다.

"명심해. 종족 구분은 있어도 이곳에 있는 모두가 이제는 '사람'이야."

함께 사는 이상 하나로 묶을 필요가 있었기에, 세마스티어에 사는 모두가 사람이라고 불렸다.

사람은 생각을 거듭하고, 언어로 소통하며, 도구를 만들어 쓰고, 사회를 이루어 사는 동물들의 총칭이었다. 수인도, 어인도, 엘프도, 드워프도 모두 사람의 일종이었다. 인간만이 사람이라는 단어를 독점할 순 없었다.

에이지가 손가락을 튕겼다.

"아, 그리고 알고 있겠지만 이아나 양의 풀 네임은 '이아나 라이즈'고 공식 석상에서는 영주의 기사로 활동해. 사석에서는 이아나 양이라고 부르더라도, 공석에서는 이아나 경 혹은 라이즈 경이라고 불러."

에이지가 이아나를 단순히 기사라고만 말하자 헤레이스가 고개를 갸웃했다.

"신분은 따로 없나요?"

"응. 영주, 그러니까 곧 왕이 될 아르하드 아래 모든 이들이 평등하다는 게 이 땅의 정의야."

세마스티어에서 높고 낮음은 태생적인 신분이 아니라 후천적인 직위로 나뉜다. 하지만 그 위치는 고정적이지 않으며 상급자와 하급자는 능력으로 얼마든지 바뀔 수 있다. 그리고 상급자든 하급자든 서로를 존중해야 한다.

헤레이스는 또다시 이해할 수 없다는 표정을 지었다.

"그게 가능한 일인가요? 세마스티어가 백작령이었다면, 영주님 휘하에 남작이나 자작도 있었을 텐데요. 반대는 없었나요?"

"아까 말했잖아. 영주가 나쁜 것들은 싹 다 갈아엎었다고. 자기 멋대로 하고 싶어서 불만 있는 놈들, 능력 없는 놈들은 일찌감치 숙청하거나 내쫓아서 휘하에 영주의 말이라면 껌뻑 죽는 능력자들밖에 없어."

정말 대단한 사람이구나. 헤레이스는 또 한 번 감탄했다.

중앙성은 도시에서도 조금 안쪽에 위치해 있었다.

성은 샤우부 대삼림에서 뻗어 나온 숲으로 감싸여 있었다. 옆으로는 깨끗한 물이 굽이치고 있었는데 히마라페 빙원의 바다로 흘러들어 가는 강이었다.

아름다우면서도 위압적인 성이었다.

백색에 가까운 회백색의 석재로 쌓아올린 높은 벽 위로는 짙은 적색과 흑색이 어우러진 절제적인 색채의 지붕들이 얹혔다.

그뿐이라면 색이 단조롭다 여길 수도 있을 텐데, 성에 그림자를 드리웠던 큰 구름이 지나가고 햇살이 지붕에 내려앉자 잘 보이지 않던 황금이 반짝거리기 시작했다. 그러자 지붕 위로 빛의 길이 그려지며 아주 아름다운 문양들이 나타났다.

혜레이스는 성을 보는 순간 낮과 밤이 만나는 순간을 떠올렸다. 태양이 뿜어내는 빛과 그 빛을 머금는 달, 그리고 여명과 황혼을.

자연스럽게 이아나와 아르하드가 생각났다. 색 조합이 딱 그들이었다.

"이 성은 원래 있던 성인데 대대적으로 보수해서 완전히 새 건물이나 다름없어. 정령들의 도움을 많이 받았지."

에이지의 부연 설명을 들으며, 혜레이스는 이아나와 아르하드를 닮은 저 성이 아르하드의 지휘 아래 완성되었음을 알았다.

'정말 엄청난 사랑이구나.'

혜레이스가 감탄하고 있을 때, 하인리히도 옆에서 다른 의미로 감탄했다.

"하나하나가 사슬처럼 얽혀 연결된 최상급 마법진들이군. 마나 전도율이 높은 황금으로 마법진을 새겼어. 값어치를 매길 수 없는 보물이야."

가까이 다가가서 벽을 보았다. 민무늬일 줄 알았던 벽은 자체만으로도 걸작인 조각이나 그림을 품고 있었다. 혜레이스가 넋을 놓고 구경하자 에이지가 히죽거렸다.

"대단하지? 내로라하는 예술가들이 제작한 거야."

성문으로 다가가자 문을 지키고 있던 병사들이 에이지를 알아보고 바로 문을 열어 주었다.

끼이익.

성문 바로 안쪽으로는 직선로가 뻗어 있었고 길의 양옆으로는 정원이 있었다.

"여긴 엘프들의 손길이 닿은 정원이고."

나무는 잘 관리되어 봄을 맞이할 준비를 하고 있었고 예술품 그 자체인 분수들에서는 물이 우아하게 뿜어져 나왔다. 고즈넉한 데다 편안한 마음이 드는 정원이었다.

정원에서 놀고 있던 두 아이와 고양이 한 마리가 일행을 발견하고 벌떡 일어났다.

"헤레이스 오빠랑 스승님이다! 라랏슈아 언니랑 호랑이 오빠도 있네!"

핀과 엘리, 닛시였다.

핀이 타로에게 안겨 들 때, 엘리는 헤레이스의 앞에 섰다.

"엘리, 잘 지냈어?"

"그럼요! 오빠도 잘 지냈어요? 으음, 잘 지낸 것 같네요. 오빠, 많이 강해진 것 같아요."

"응? 그런 게 느껴져?"

엘리가 입을 손으로 막고 즐거운 듯 미소 지었다.

"어렴풋이? 아무튼 정말 잘됐어요. 착한 사람은 행복해져야 해요."

엘리는 알쏭달쏭한 말을 하곤 닛시를 안아 들었다. 그리고 하인리히와 라랏슈아에게 달려가서 배꼽 인사를 했다.

"인사는 그쯤 해 둬. 가야 할 곳이 있으니까."

일행은 에이지의 인도에 따라 직선로를 걸었다. 이리저리 꺾인 길을 걷다 보니 우렁찬 기합 소리가 들려오기 시작했다.

"훈련장이야. 놀랄걸?"

어떤 의미에서 놀란다는 걸까?

훈련장에 도착했다. 성에 속한 병사로 보이는 사람들이 열심히 기합을 넣으며 훈련하고 있었다.

"헙!"

헤레이스는 깜짝 놀랐다. 옆에 있던 타로도 놀라 펄쩍 뛰었다.

"라이언 부장!"

"어, 헤레이스 군과 타로 군 아니야?"

라이언이 둘을 반갑게 맞이했다.

하지만 익숙한 얼굴은 라이언뿐만이 아니었다.

"오랜만이네!"

"야, 로안느는 지금 어떠냐?"

훈련장 곳곳에서 학술원의 검술학부에서 보았던 동료들이 수련하고 있었다. 하나같이 고학번들이었는데 그 숫자가 한둘이 아니었다.

"여긴 어떻게 오셨어요?"

"나야 로안느에서부터 라이즈 경을 따라왔고, 다른 사람들은 어떻게 다 알아서들 오더라. 나도 실력 좋은 사람들을 영입해 왔고. 여기 있는 사람들이 다가 아냐. 큰 훈련장이 세마스티어에 수십 개는 되는데, 거기 다 흩어져 있어."

"역시 이아나 양, 아니 라이즈 경!"

헤레이스가 눈을 반짝거렸다. 눈동자에서 지독한 선망이 넘실거려서 라이언은 너도 여전하구나, 하고 웃고 말았다.

"그런데 라이즈 경은요?"

에이지가 라이언에게 물었다.

"잠시 자리를……. 아, 저기 온다."

헤레이스는 고개를 홱 돌렸다.

멀리서 붉은 머리카락을 질끈 올려 묶은 이아나가 걸어오고 있었다.

그리웠던 붉은 눈동자와 마주쳤다.

이아나가 살짝 웃었다.

"왔구나."

못 본 지 일 년. 이아나는 더욱 어른스러워졌고, 더더욱 강해졌다. 태양을 삼킨 눈빛은 요요하고 형형했다. 그냥 걸어오고 있는데도 고결한 위압감이 흘러나오는 것 같았다.

하지만 혹독한 수련으로 너덜너덜해진 수련복과 이가 나간 수련용 검은 여전했다.

이아나가 다가오자, 당연하다는 듯 군기가 바짝 잡혔다.

"저 신경 쓰지 말고, 훈련 계속해요."

"네. 자자, 다들 한눈팔지 말고 하던 거 합시다!"

사람들은 기합을 내지르며 훈련을 다시 시작했다. 하지만 이아나가 천천히 걸어와서 헤레이스의 일행 앞에 설 때까지, 존경의 시선은 계속해서 흘끗흘끗 닿았다.

헤레이스는 자신의 오랜 우상을 모두가 우러러보자 괜히 뿌듯하고 가슴이 설렜다. 그리고 긴장되었다. 이아나가 너무 대단해져서 예전처럼 대하면 안 될 것 같았기 때문이다.

"뭐야, 검 상태가 왜 이래?"

에이지가 이아나의 검을 보며 경악했다.

"오늘 아침만 해도 새 거였잖아."

"과격한 검술을 수련하다 보니 이렇게 됐다."

"와, 아무리 수련용 검이라지만 드워프가 제작한 검인데 징하다. 얼마나 지독하게 쓴 거야? 이 지독한 인간아."

에이지와 대화하는 걸 들어 보니 예전과 똑같은 것 같기도⋯⋯.

"이제 성으로 가자."

일행은 훈련장을 벗어나 성으로 향했다.

"캬, 더 멋있어졌구먼. 뿜어져 나오는 기운이 남달러!"

"맞아. 끌어 안겨서 마구 애교 부리고 싶은 느낌? 든든하고 늠름해서 의지하고 싶어져."

"저, 저는 어떻습니까?"

"으음, 든든하긴 하지. ⋯⋯바보 같지만."

타로와 라랏슈아도 이아나를 별로 어렵지 않게 대하고 있었다. 이아나는 두 사람을 흥미롭게 쳐다보다가 제 옆에 걷고 있는 헤레이스를 보았다.

"헤레이스, 그동안 잘 지냈어?"

"네! 이아나 양. 아니, 라이즈 경."

헤레이스가 살짝 긴장해서 큰 소리로 답했다. 오랜만에 이아나와 나누는 대화였다. 이아나가 픽 웃었다.

"이렇게 친한 사람들끼리 있을 때는 원래 부르던 대로 불러도 괜찮아. 나도 그게 편해."

"앗, 알겠어요. 이아나 양!"

덕분에 헤레이스는 긴장이 완전히 풀렸다.

"로안느와 바하무트의 전쟁 때문에 걱정했는데 몸 멀쩡히 와서 다행이다."

"네. 정말이요. 몬스터 토벌에 참가할 때는 인외 생물과의 싸움이라 그나마 나았는데, 전쟁에 동원될 때는…… 사람들이 죽는 걸 너무 많이 봤어요. 전쟁은 정말 벌어져서는 안 될 재앙이라고 생각해요. 하지만 일어나지 않을 수는 없는 거겠죠."

헤레이스가 지난 일 년을 돌아보며 지친 미소를 지었다. 이아나는 헤레이스의 말에 동의했다.

"전쟁은 싸움의 일환이고, 싸움은 사람이 있는 곳에선 어떤 방식으로든 발생해. 평화가 좋지만 어렵지, 아무래도. 그러니 내 것을 지킬 힘을 길러야 하는 거고."

"네. 그러니까."

헤레이스가 주먹을 꼭 쥐어 보았다.

"저도 여기서 힘낼게요!"

그는 오래전부터 이아나의 미래를 종종 상상해 보았다.

세상에 이름을 휘날릴 최상급 용병이 되려나? 커다란 검술학관에서 제자들을 가르치는 위대한 선생이 되려나? 명예로운 기사들을 이끄는 기사단장이 되려나?

뭐가 되더라도 그 직종에서 일인자가 되겠지. 그리고 언제부턴가, 헤레이스는 독립해서 이아나의 휘하에서 일하는 꿈을 꾸게 되었다. 이제 그 꿈이 이뤄지는 것이다.

세마스티어는 이제 헤레이스가 살아갈 땅이기도 했다. 그는 이 땅에 뿌리를 내릴 것이다. 결혼을 하더라도 여기서, 아이를 낳더라도 여기서, 이름을 드날리더라도 여기서 할 것이다.

그가 지켜야 할 장소였다.

이아나가 웃었다.

"그래. 힘내 줘."

"네! 아, 그리고 말씀드릴 게 있는데요."

헤레이스는 제가 이룬 성취를 자랑하고 이아나에게 칭찬 듣고 싶다는 마음으로 오는 내내 심장이 벌렁거렸지만, 막상 이아나에게 말하려니 조금 부끄러웠다.

"저, 마나와 신력을 제어할 수 있게 되었어요."

"둘 다?"

이아나의 눈빛이 이채를 발했다.

약 삼 년 동안, 헤레이스는 이아나와 함께 지옥의 체력 단련과 검술 수련을 하면서 신체 능력과 독기, 인내심을 집중적으로 키웠다. 하지만 재작년 수확제 때, 그러니까 위프헤이머와 싸운 이후부터 상황이 조금 달라졌다.

위기에 처한 헤레이스가 위프헤이머의 마법을 파훼하고 방해하는 과정에서 무려 신력을 끌어내 쓸 수 있게 된 것이다.

다만, 헤레이스는 위프헤이머에게 호되게 당해 많이 다쳤었다. 정령들이 치료해 준 후에도 신력 제어의 후유증으로 한동안 앓아야 했다.

완치 후에는 마나와 신력 제어 수련을 시작했지만 헤레이스가 영 감을 잡지 못했고, 이아나는 너무 바빴던 데다, 수련 기간이 짧았다. 초창기 이아나가 옆에서 기초를 잡아 주고 이론을 가르쳐 주긴 했으나 헤레이스의 진전을 보지 못하고 떠날 수밖에 없었다.

"어떻게? 언제? 왜 말 안 했어?"

일 년간 간간이 소식을 주고받긴 했지만 자기 혼자 마나와 신력을 제어하는 데 성공했다는 소식은 없었는데……

헤레이스가 미소를 지었다.

"직접 만나서 말씀드리고 싶어 비밀로 했어요. 나중에 보여 드릴게요. 이아나 양의 말대로, 마나 제어가 가능해지자 마나 친화도가 높은 게 축복이 되더군요."

하지만 헤레이스가 생각했을 때, 진정한 축복은 높은 마나 친화도가 아니었다. 그것은 나중에 둘이 있을 때 말하기로 했다.

"……"

이아나는 묘한 눈빛으로 그를 바라보다 대답했다.

"정말 노력했구나. 대단해."

헤레이스는 이아나의 이상한 반응에 고개를 갸웃했지만 이어지는 칭찬에 표정이 밝아졌다.

"헤레이스, 이거 하나는 명심해. 마나 친화도가 아니더라도 네 재능과 노력은 대단하다."

"네!"

헤레이스는 이아나가 그런 말을 하는 이유를 알지 못했지만 그의 노력을 칭찬하고 인정해 주는 것 같아 그저 좋았다.

성에 들어섰다. 성내도 이아나답다는 생각이 들 정도로 깔끔하게 꾸며져 있었다. 하지만 단조로워 보이지는 않았다. 곳곳에 배치된 소품들과 꽃, 그리고 아름답게 세공된 조명들 덕분일까? 어지러운 화려함보다는 세련된 고결함이 느껴졌다.

덜컥.

"아르하드. 왔습니다."

이아나가 커다란 문을 열었다. 방 안에는 책상 앞에 앉은 아르하드와 서류를 품에 한 아름 안은 리키젠이 있었다.

"어서 와."

리키젠이 뒤를 돌아보았다가 반가운 낯빛으로 다가왔다.

"오셨군요."

리키젠과 타로, 헤레이스는 그동안 어떻게 지냈냐며 안부를 주고받았다. 리키젠은 여전했다. 약간의 피곤함과 즐거움이 공존하는 얼굴, 그리고 서류들을 소중하게 안고 있는 팔에서 일에 대한 집착이 느껴졌다. 공부 중독자에서 일 중독자로 진화했다고 해야 하나.

헤레이스는 이아나의 손을 잡고 다정하게 말하는 아르하드를 흘끗 보았다.

'저 사람이 왕이 되는구나.'

잘 어울렸다. 학술원에서, 아르하드가 얼굴만 반반하다고 욕먹을 때마다 헤레이스는 어색함을 느꼈다. 늘 아르하드가 멋지고 대단하다고 생각했기 때문이다. 그래서 아르하드가 왕이 된다는 소식을 들었을 때, 그제야 그가 제자리를 되찾았다고 생각했다.

그때, 아르하드가 헤레이스를 똑바로 쳐다보았다. 헤레이스는 깜짝 놀라 정자세를 하고 말았다.

"에이지, 리키젠. 타로와 라랏슈아에게 성안을 안내해 줘라."

"네."

리키젠이 먼저 나가고, 타로와 라랏슈아가 그 뒤를 따랐다. 마지막으로 에이지가 헤레이스의 어깨를 툭툭 두드린 후 문을 닫고 나갔다. 이제 방 안에는 아르하드와 이아나, 헤레이스와 하인리히밖에 없었다.

잠시 침묵이 맴돌았다.

하인리히가 침묵을 깨고 말했다.

"도르시아니의 파편을 회수했다고 했나."

파편?

헤레이스가 고개를 갸웃하고 있을 때 아르하드가 대답했다.

"그래. 어떻게 그럴 수 있었는지, 그 과정에 대한 설명은 도르시아니에게 들었겠지? 납득은 했나?"

아르하드는 도르시아니에게 하인리히에게 전후 사정을 설명하라는 명령을 내렸다. 도르시아니가 착실하게 임무를 수행했는지, 하인리히가 천천히 고개를 끄덕였다.

"그럼 예정대로 당신의 파편을 회수하겠다. 당신의 파편이 테일런을 제외한 마지막이다. 하지만 그 전에."

아르하드가 헤레이스를 가리켰다.

"당신의 손자에게 모든 걸 설명해."

하인리히의 표정이 어두워졌다.

헤레이스는 불안해졌다. 도시에 가까워질수록 하인리히의 낯빛이 시커메지는 건 눈치채고 있었다. 컨디션 문제라고 생각했는데 '파편'이라는 것 때문인 걸까.

"헤레이스가 안전한 건 확실한가?"

"공유자는 안전해. 당신이 죽는다면 함께 죽겠지만."

외할아버지가 죽어? 나도? 왜?

헤레이스의 심장이 철렁했다.

"오늘 밤에 진행하겠다. 도망치지 말고 헤레이스에게 제대로 설명해. 당신이 속죄할 수 있는 마지막 시간이 될 수도 있으니."

저벅저벅.

하인리히와 헤레이스는 복도를 걸었다.

"……."

헤레이스는 뒤에서 축 처진 하인리히의 등을 바라보았다. 그는 에이지의 어둠을 빠르게 눈치챘듯, 외조부의 긴 어둠 또한 알아차린 지 오래였다.

하지만 하인리히는 언제나 헤레이스에게 희망을 북돋워 줄 뿐 어둠은 숨기려 했다. 든든한 모습만 보여 주려는 외조부의 뜻을 존중해, 헤레이스는 모르는 척할 수밖에 없었다.

그런데 드디어 올 것이 왔구나 싶었다.

심장이 불안감으로 빠르게 뛰었다. 외조부의 삶을 움켜쥔 어둠. 그것은 과연 무엇일까? 왜인지 두려워졌다.

달칵.

성내 하인리히에게 배정된 방에 두 조손이 들어왔다. 하인리히가 방문을 닫았다.

"앉으려무나."

헤레이스는 잔뜩 긴장한 채 소파에 앉았다. 하인리히도 조용히 앉아 헤레이스의 얼굴을 바라보다가, 결심한 듯 입을 열었다.

"헤레이스, 할아비 이야기 잘 들어라."

하인리히의 이야기는 길었다.

창밖으로 노을이 지고, 달이 뜰 때까지 계속되었다.

이야기가 끝을 향할수록 헤레이스의 얼굴에 그늘이 졌다.

실재하는 악마와 바하무트.

악마의 파편과 가족의 죽음.

신력의 축복과 마나의 저주.

바하무트의 앞잡이와 카마트로스의 첩자.

하인리히가 받아들인 악마의 파편이라는 것 때문에 헤레이스의 외가는 어머니를 빼고 모두 죽었다. 심신이 약해진 어머니도 헤레이스를 낳고 죽었다.

헤레이스가 끔찍해했던 마나의 저주도 하인리히로부터 파편을 공유받기 때문에 발생했다. 이십여 년의 고통이 존경하는 외조부에게서 비롯되었다.

헤레이스에게 그저 좋은 외조부였던 하인리히는 바하무트의 마법사가 되어, 강제였지만 그들의 앞잡이로서 수많은 악행을 저지르기도 했었다. 카마트로스와 학술원의 학장으로 활동하며 많은 선행을 베풀었지만 그의 죄가 씻긴 건 아니었다.

그리고 하인리히는 바하무트를 배신하여 바하무트의 사생아 아르하드를 빼돌렸다. 현재 이아나의 연인인 아르하드는 고대 악마의 환생이며, 바하무트 황실과 대치하며 세상에 흩어진 파편을 수집하고 있다.

하인리히가 소유한 파편이 마지막 파편이며, 이제 아르하드에게 넘겨야 한다.

"……."

헤레이스는 이 모든 사실에 충격을 받았다.

이해하기 어렵고 믿기도 싫은 이야기였지만, 하인리히가 이런 종류의 거짓말을 할 리 없었다.

하인리히는 모든 설명을 끝냈다.

그는 안색이 하얗게 질린 헤레이스를 물끄러미 바라보았다.

"나만 없었다면, 너는 그저 축복받은 아이였을 거란다."

악마의 파편이 아니었다면, 깨끗한 신력을 다량으로 타고난 헤레이스는 눈부신 재능으로 탄탄대로를 걸었을 것이다.

"내가 너에게 저주를 내린 거나 마찬가지다."

하인리히가 부쩍 늙은 얼굴로 말했다.

"그런데 너는 결국 마나의 저주를 이겨 내고, 도리어 축복으로 만들었지……."

하인리히가 천천히 고개를 숙였다.

"악마의 파편을 아르하드 군에게 넘기면 네가 간신히 네 것으로 만들었던 마나 친화도와 제어력이 대부분 사라지게 될 거다."

저주였으나 최근엔 축복이 된 재능에 사형 선고가 내려졌다.

헤레이스는 순간 할 말을 잃었다.

낮에, 축복이라고 말했을 때의 이아나의 이상한 반응이 이것 때문이었을까…….

하지만 왜일까.

헤레이스의 기분은 이상할 정도로 괜찮았다.

"미안하다."

하인리히의 눈시울이 벌겋게 젖어 들었다.

"내 순간의 욕망이 네 인생을 기만했구나. 나를 평생 용서하지 말거라."

헤레이스는 연거푸 미안하다고 말하는 하인리히의 주름진 손을 붙잡았다.

"할아버지가 알고 그러셨던 건 아니겠지만, 무지했다고 무조건 용서받는 건 아니죠."

"그래."

"제게는 다른 가족들의 죽음에 대해서 할아버지를 용서할 권리가 없어요. 할아버지는 언젠가, 죄 없는 그분들을 죽음으로 몰아간 대가로 벌을 받으실지도 몰라요."

"그래. 그렇지."

"하지만 저는요, 제가 겪었던 고난과 기만에 대해선 할아버지를 용서해요. 할아버지가 제게 얼마나 헌신하셨는지 알기 때문이에요."

다정한 목소리가 용서를 말했다. 하인리히가 떨리는 얼굴을 들어 차분해 보이는 손자와 눈을 마주쳤다.

"할아버지는 마법에 대한 욕심으로 파편을 받아들이셨죠. 그럼에도 마법을 뒤로하고 과오를 해결하는 데 시간을 바치셨어요."

하인리히는 헤레이스의 약을 제조하고 파편을 안전하게 빼내는 연구를 하느라 인생을 뭉텅이로 소요했다.

마이마예는 아픈 손자만 아니었다면 하인리히가 위프헤이머를 제치고 마법의 일인자로 우뚝 섰을 거라고 얘기했다. 그럼에도 위프헤이머를 이겼으니, 그가 마법에만 매진했다면 얼마나 많은 성취를 이룰 수 있었을까?

하인리히는 속죄하기 위해 욕망을 저버렸다. 헤레이스는 그 점에 주목했다.

"아니다, 헤레이스. 나는, 네게 용서받을 가치조차 없는 사람이다. 내 헌신은 내가 저지른 잘못을 수습하는 것에 불과하단다. 내가 애초에 파편을 받아들이지 않았다면 너는 그저 앞만 보고 달릴 수 있었을 텐데."

하인리히가 피를 토하듯 말하자, 헤레이스가 잠시 생각하는 듯싶더니 그의 손을 따뜻하게 붙잡았다.

"그렇게 말씀하시니 할아버지의 헌신을 용서의 이유로 삼지 않겠어요. 그럼에도 저는 할아버지를 용서해요. 저 때문에요."

만약 마나의 저주라는 시련이 없었다면, 어릴 적부터 놀라운 재능을 뽐냈던 헤레이스는 노력이라는 것을 알지 못했을지도 모른다. 받들어 주는 사람들이 많았던 헤레이스는 주변을 보듬는 다정함을 갖지 못하고 안하무인으로 자랐을지도 모른다.

저주는 헤레이스의 삶의 일부였고, 저주가 있었기에 지금의 헤레이스가 있을 수 있었다.

하지만 무엇보다.

"저는 결국 불치병이라고 생각했던 마나의 저주를 이겨 냈어요. 그 승리가 제게 얼마나 큰 의미가 되었는지 몰라요."

무수히 많은 고난이 무릎 꿇렸지만 그는 포기하지 않고 일어나고 또 일어나서 결국 성공했다. 결국 해내고 말았다는 짜릿한 성취감과 자신감, 그리고 그의 영혼에 싹을 틔운 강한 의지는 무너지지 않는 기둥이 되어 살아가는 내내 영혼을 지탱할 것이다.

그것이 진정한 축복이었다.

"만약 제가 마나의 저주를 겪지 않았다면 이런 소중한 가치들을 얻지 못했겠죠. 그래서…… 할아버지를 용서해요."

결국 하인리히의 눈에 눈물이 고이고 말았다.

"그리고 마나의 저주, 아니 마나의 축복이 사라진다 해도 괜찮아요. 서럽거나 허무하지 않아요."

체념하는 데 익숙해서가 아니었다.

"원래 제 것이 아니었던 것이 사라질 뿐이니까요."

깨끗한 눈동자가 눈물을 쏟아 내는 하인리히를 직시했다.

"오히려 속이 시원해요. 이제 제 진짜 삶을 찾을 수 있을 것 같아서요. 할아버지, 정말로 괜찮아요. 전 기뻐요."

착한 손자. 너무나 착하고 상냥한 손자.

그래서 욕망 덩어리인 악마의 파편이 선사하는 힘을 제어할 수 없으리라 여겼다. 하지만 하인리히가 틀렸다. 착한 손자는 올곧고 강하기까지 했다.

하인리히가 떨리는 목소리로 물었다.

"내가, 밉지 않으냐?"

"전혀요. ……아."

헤레이스가 멋쩍게 웃었다.

"예전 같았으면 조금 미워했을지도 몰라요. 잘됐으니까 이렇게 여유롭게 말씀드릴 수 있는 거죠."

"많은 이들의 삶을 망친 내가 혐오스럽지 않으냐?"

"그럴 리가요. 그리고 결국 저처럼 잘된 사람들도 있잖아요."

하인리히 덕분에 위프헤이머의 패악을 막을 수 있었다. 많은 사람들이 목숨을 건졌다. 아르하드가 태어나 성장할 수 있었고, 이아나를 만나 사랑할 수 있었다. 그리고 사랑은 새로운 국가의 탄생으로 이어졌다.

"물론, 희생된 분들에겐 평생 속죄하셔야겠죠."

"그래. 그래야지."

하인리히가 고개를 푹 숙였다.

"고맙구나. 그렇게 말해 줘서."

"제가 생각한 걸 그대로 말씀드린 거예요. 제게 더는 미안해하지 마세요. 진심이에요."

"정말 고맙구나."

하인리히는 눈물로 침침해진 눈을 껌뻑거렸다. 그는 평생토록 켜켜이 묵혀 온 마음의 짐을 조금 덜었다.

하지만 헤레이스의 말은 거기서 끝나지 않았다.

"고마우시다면, 제 부탁을 한 가지만 들어주실 수 있으세요?"

"뭐든 들어주마. 무엇이냐?"

하인리히는 손주가 원하는 것이라면 뭐든 해 줄 수 있었다. 삿된 것을 요구할 리 없었기에 그리 말했던 것이건만…….

"악마의 파편을 제게 이전해 주세요."

하인리히가 앉아 있던 의자가 덜컥거렸다.

"그게 무슨 소리냐?"

"파편을 넘기는 과정에서, 소유자의 심장에 부담이 많이 간다고 했잖아요. 할아버지가 돌아가실 수도 있다면서요? 절대 싫어요. 부담은 제가 감당할 테니 제게 파편을 이전해 주세요."

"아니. 절대 그럴 수 없다."

하인리히가 얼굴을 굳히면서 잡힌 손을 빼내었다.

"그건 내가 감당해야 할 일이야. 죽더라도 그건 내 운명이란다. 헤레이스, 생각해 준 건 고맙지만……."

하인리히의 고집에 헤레이스가 입매에 꾸욱 힘을 주었다.

"제가, 할아버지가 절대 죽지 않길 바란다고 해도요?"

"……."

"할아버지는 늘 제게 얽매여 계셨어요. 저는 이제 할아버지가 당신의 삶을 사셨으면 좋겠어요. 그런데 만약 잘못되시면……. 그럴 수 없잖아요. 저를 위해서라도 제게 주세요."

헤레이스의 눈에도 하인리히와 마찬가지로 눈물이 고였다.

"만약 잘못되시기라도 하면, 전 매일매일 후회할 거예요. 방법이 있었는데도 그러지 못했다는 사실에 매일 자책할 거예요."

헤레이스가 다시 하인리히의 손을 붙잡아 당겼다.

"제 부탁, 들어주시기로 약속하셨잖아요."

"헤레이스."

이번에야말로, 하인리히는 두려움에 떠는 헤레이스를 똑바로 바라보았다.

"나는 그렇게 약하지 않단다. 이건 내가 시작한 일이고, 내가 끝낼 일이란다. 너라면, 네 잘못으로 힘든 일을 겪어야만 했던 아이에게 그런 부담까지 지울 수 있겠니?"

결코 타협하지 않았을 것이므로 헤레이스는 대답하지 못했다. 그럼에도 헤레이스는 걱정되었다. 오랜 버팀목이자 소중한 가족이었던 하인리히가 죽는다는 생각만 해도 아찔했다.

드르륵.

"너의 부탁을 들어주지 못해 미안하다."

하인리히가 자리에서 일어나더니 헤레이스를 안아 주며 의지가 서린 목소리로 약속했다.

"대신 약속하마. 절대 죽지 않고, 네 아이들이 결혼할 때 주례를 서고, 자식을 낳아서 그 아이가 웃는 모습을 볼 때까지 건강하게 살겠다고. 나를 믿어 주렴. 내 절대 너를 배신하지 않으마."

헤레이스는 결국 하인리히를 마주 끌어안고 노인의 옷자락을 눈물로 적실 수밖에 없었다.

그날 밤, 이아나와 아르하드는 눈이 벌건 하인리히와 헤레이스를 만났다.

이아나는 헤레이스를 물끄러미 바라보았다.

헤레이스에게 '마나의 저주'에 대한 이야기를 처음 들었을 때, 왜일까? 방법도, 이유도 모르는 주제에 자신이 해결할 수 있을 것 같다고 생각했다.

그래서 제 직감 하나만 믿고 헤레이스에게 말했다.

"헤레이스, 네게 목숨을 걸 용기가 있고, 포기하지 않을 끈기가 있다면, 또 네가 지닌 재능만 믿는다면⋯⋯. 너는 누구보다 강한 검사가 될 수 있을 거다."

생각해 보면 매우 무책임했다. 그때는 악마의 파편의 존재도, 파편을 꺼내려면 헤레이스가 죽어야 한다는 사실도 몰랐기 때문이다.

하지만 당시엔 정말 아쉬웠다. 검술에 대한 애정과 재능이 있음에도, 끈기와 오기가 넘실거리는데도, 축복과 같은 저주 때문에 앞으로 더 나아가지 못한다는 것이. 이아나를 그저 이아나로 봐 주는 상냥한 그가 죽음의 한계에 부딪혀 포기해야 한다는 것이. 그래서 직감을 믿고 무작정 도와주겠다고 마음먹었다.

이아나는 그 직감이 마나 제어의 극의를 본 초인으로서, 헤레이스가 신체 능력과 부족한 의지력을 키우는 등, 기초 능력을 향상시키면 저주를 축복으로 만들 수 있음을 본능적으로 느낀 거라고 생각했다.

하지만 어쩌면, 직감의 일부는 '심판의 권능'을 가진 자로서 그의 근본적인 문제를 해결해 줄 수 있다는 무의식중의 확신에서 비롯된 것일지도 모른다.

결국 이렇게 잘 풀리지 않았나.

헤레이스는 파편을 품고도 마나를 제 것처럼 다룰 수 있게 되었다. 기대도 하지 않았던 신력은 덤이었다. 이제 근본적인 문제만 해결하면 그는 훨훨 날아오를 수 있었다.

이아나가 헤레이스의 어깨에 손을 올렸다.

"악마의 파편이 네게 준 건 오롯한 너의 재능이 아니다. 언제든지 너를 벨 수 있는 양날의 검일 뿐이지."

"알고 있어요."

헤레이스는 무덤덤했다.

이아나는 헤레이스가 하인리히와 대화를 나누며 마음을 모두 정리했음을 깨달았다. 그는 상냥하면서도 강인한 사람이었다.

이아나가 헤레이스의 어깨를 단단히 쥐며 그와 시선을 마주했다. 흔들리지 않는 눈동자들이 서로를 직시했다.

"네 본연의 재능은 눈부시다. 마나의 저주로 고통스러운 와중에도 포기하지 않고 열심히 수련했지. 학술원 입학시험에서, 정신력 부문에서는 날 제치고 일 등을 했지. 내 훈련을 악착같이 따라왔지. 악명 높은 위프헤이머를 상대로 아이들을 지키기 위해 물러서지 않았지. 그런데 이제 극소수의 사람들만 제어할 수 있는 신력까지 사용할 수 있게 됐어. 넌 대단해. 진심이다."

이아나가 진심이라고 하면 진심이다. 그녀는 위로하고자 좋은 말로 거짓말할 사람이 아니었다.

헤레이스는 더욱 자신감을 얻었다.

"네!"

그는 이아나가 정말, 정말로 고마웠다.

그녀가 없었다면 제 미래는 어떻게 되었을까. 일단 학술원의 체력 시험에서부터 탈락했을지도 모른다. 그리고 포기했을 것이다. 그때는 정말 자포자기의 심정이었으므로.

하지만 신체적 한계를 이겨 내고 일 등을 거머쥔 그녀에게 자극받아 시험을 통과했다. 그것이 기적의 시작이었다.

"나중에 끝나고 마나 제어를 한번 해 보자."

"네."

아르하드가 하인리히에게 다가왔다.

"그럼 시작할까. 이아나."

아르하드가 그녀를 부르자, 이아나가 고개를 끄덕였다.

헤레이스가 잡고 있던 하인리히의 손에 꼭 힘을 주었다. 헐떡거리는 호흡에서 헤레이스의 두려움이 전해졌다.

"이아나 양……. 이런 부탁이 부담스러울 수도 있겠지만, 부디 할아버지가 무사하도록……. 제발……."

하인리히는 걱정 말라는 듯 손자의 손을 단단히 잡아 주었다.

이아나는 두 조손이 마주 잡은 손을 흘끗거렸다.

'권능으로 고통을 더는 것도 가능할까?'

도르시아니의 파편을 회수했을 때의 이아나와 지금의 그녀는 다르다. 그때 소모되었던 신력의 양을 고려할 때, 지금 이아나가 보유한 신력은 파편 회수의 권능을 발휘하고도 남았다. 가능할 지도 모른다.

이아나의 몸에서 붉은 신력이 스멀스멀 흘러나와 그녀를 감쌌다. 은은하게 빛나지만 묵직한 느낌을 주는 신력이 그녀를 중심으로 태풍의 눈처럼 회전하기 시작했다.

고오오오오…….

헤레이스의 표정이 멍해졌다.

신력의 존재를 알고, 그것을 제어할 수 있게 된 자로서 저게 얼마나 대단한 일인지 알았다. 헤레이스는 검을 감쌀 만큼의 신력을 겨우 제어할 수 있을 뿐이었다.

헤레이스는 이아나에게서 넘을 수 없는 벽을 보았다. 그러나 그것은 절망이 아닌 경외로 다가왔다. 이아나가 태양 같은 신력을 거머쥐고 제어하는 모습을, 헤레이스는 홀린 듯이 관찰했다.

이아나가 속으로 말했다.

'하인리히가 소유한 파편을 세상 밖으로 꺼낸다. 하인리히가 죽지 않기를 바라며, 그가 최대한 고통을 느끼지 않길 바란다.'

쿵! 쿵!

심장의 고동이 손톱 끝까지 저릿저릿하게 번져 나갔다. 끝이 보이지 않는 깊은 구덩이에 흙을 쏟아붓듯 신력이 심장으로 흘러들어 갔다.

붉은 눈동자가 이글거린 순간, 미지의 힘이 하인리히의 심장에 자리 잡은 파편을 강하게 움켜쥐었다. 동시에, 그의 심장을 부드럽게 감싸며 보호했다. 그리고 파편을 뜯어내기 시작했다.

'아.'

하인리히는 기묘한 고양감에 휩싸였다. 도르시아니가 설명한 바와 같이 파편 방출이 진행되고 있었다.

심장에 뿌리를 내렸던 파편이 투둑투둑 뜯겨 나가는 기분은 도르시아니의 말대로 매우 이상했다. 다만 도르시아니는 고통스러워서 정신을 차릴 수 없었다고 했는데 그는 아니었다. 정체를 알 수 없는 절대적인 힘은 만드라고라의 뿌리를 캐듯 파편을 조심스럽게 파내고 있었다.

그리고 파편이 완전히 분리된 순간, 하인리히는 제 몸과 같았던 마나에게서 이질감을 느끼기 시작했다.

일순 하인리히의 시야가 새까매지고, 영혼들만이 색을 가지기 시작했다. 생물의 본질을 보여 주는 세계, 영계가 열린 것이다.

'이것이 영혼의 세계…….'

그는 제일 먼저 헤레이스를 보았다. 정신적인 세계여서일까, 헤레이스와 맞잡고 있는 손에서 그를 걱정하는 마음이 절절하게 전해져 가슴이 뭉클했다.

헤레이스의 영혼은 따뜻하면서도 단단한 느낌을 가진 흙빛이었다. 손을 대면 뭉그러질 정도로 부드러우면서도 누군가를 발밑에서 강하게 지탱해 줄 듯한, 그런 느낌의 빛이었다.

'정말 잘 컸구나.'

하인리히는 손주에 대한 애틋함을 잔상처럼 심장에 남긴 후,

앞을 보았다. 그리고 홀려 버렸다.

태양처럼 맹렬한 빛을 환히 뿜어내는 영혼이 눈앞에 있었다. 그 곁에는 주변의 어둠보다도 지독하게 새까만, 그러나 은은하게 일렁거리는 황금빛을 품은 영혼이 있었다.

하인리히는 태양과 달을 보는 것처럼 막막해졌다. 높은 하늘을 올려다보는 것처럼 아득했다.

우우우우웅…….

하인리히는 자신의 심장에서 새까만 연기가 스르륵 빠져나가는 것을 지켜보았다. 태양의 곁에 있던 어둠이 그것을 집어삼켰다. 강제로 끌려 나와서 불만을 가진 파편이 잠시 반항하는가 싶더니 자기 자리를 찾아 들어가듯 어둠 속으로 녹아들었다.

"헉!"

하인리히는 멍하니 떠다니는 기분으로 그 광경을 바라보다가, 추락한 것처럼 갑작스레 원래의 세계로 돌아왔다. 놀란 하인리히가 헛숨을 들이켜자 헤레이스가 그의 손을 꼭 붙잡았다.

"성공했습니다. 괜찮으십니까?"

이아나가 힘 빠진 표정으로 물었다.

하인리히가 자신의 심장 근처를 더듬거리며 얼떨떨한 표정으로 고개를 끄덕였다. 그는 묘하게 처지는 기분과 함께, 캄캄한 감옥에서 해방된 듯한 자유를 동시에 느꼈다.

곁에서 채찍질하며 욕망을 부추기던 존재가 사라졌기에, 차분한 안정감이 영혼에 내려앉았다. 육신에 자신의 영혼만이 남아 온전히 스스로에게만 집중할 수 있게 되었다.

온전해진 하인리히가 느낀 첫 감정은…….

'피곤하군.'

피곤함이었다. 하인리히는 이 자리에 누워서 그대로 자고 싶어졌다. 하지만 손자를 챙기는 게 먼저였다.

"헤레이스. 너는 괜찮으냐?"

"네……."

헤레이스는 너무 괜찮아서 탈이었다. 그의 기분은 잔뜩 고양되어 있었다.

'마나가 나에게 관심이 없어.'

주변에서 늘 흘끗거리던 마나가 이제는 다른 평범한 사람을 대하듯 스르르 지나치고 있었다. 마치 광장 한복판에서 주목받는 인기인이었다가, 아무것도 아닌 사람이 되어 버린 듯했다.

호시탐탐 생명을 노리는 듯했던 마나의 시선은 결코 호의적이지 않았다. 언제나 그 시선이 부담스러웠던 헤레이스였기에 해방감이 남달랐다.

'기분 좋아.'

이 상태에서 마나를 제어해 보고 싶었다. 헤레이스가 잔뜩 상기된 채로 도전욕을 불태울 때, 고요히 스스로의 영혼을 더듬어 보던 아르하드가 눈을 떴다.

"고생했어."

그는 힘들어 보이는 이아나를 꼭 안아 주었다.

"이아나, 가서 좀 쉬어."

"아뇨……. 아직 할 일이 있어서요. 헤레이스."

이아나가 부르자 헤레이스가 퍼뜩 정신을 차렸다.

"따라 나와. 네가 마나와 신력을 제어하는 걸 한번 보자."

"아……."

헤레이스는 이아나의 안색을 살폈다. 이아나는 아무리 지옥 같은 훈련을 해도 피곤함을 잘 드러내지 않았다. 그런 이아나의 표정에서 지침이 살짝 묻어났다. 아주 피곤하다는 뜻이었다.

"힘드시잖아요. 영주님 말씀대로 일단 쉬시는 게 좋겠어요."

"네 상태를 확인하는 게 더 중요해."

헤레이스는 저를 중히 여겨 주는 이아나의 마음을 느끼고 가슴이 뭉클해졌다.

"가자. 아르하드, 나중에 뵙겠습니다."

"쉬엄쉬엄해."

아르하드가 불만스럽다는 듯 이아나의 이마에 입술을 눌렀다. 아쉬움이 뚝뚝 묻어나는 태도로 그녀를 놓아주는 것도 잠시, 이 내 그 감정을 감추고 사무적인 태도로 하인리히를 마주했다.

"당신은 나와 이야기 좀 하지. 당신의 삶을 독차지했던 의무를 해결했으니, 앞으로 뭘 하고 싶은지에 대해서 일단 간단히라도 들어 보고 싶다. 아니면, 쉬면서 생각할 시간이 필요한가?"

아르하드는 더는 하인리히에게 말을 높이지 않았다. 하지만 그를 평생 보살펴 온 은인인 만큼 예의를 지켜 주었다. 하인리히도 자연스럽게 그것을 받아들였다.

"아니. 자네가 파편을 꺼내고도 살 수 있다는 소식을 전한 두 달 전부터 줄곧 고민해 왔으니 따로 시간을 줄 필요 없어. 바로 대화를 나눠 보지."

달칵.

이아나와 헤레이스는 방을 나왔다.

헤레이스는 이아나를 뒤따라가며 주먹을 쥐었다가 펴기를 반복했다. 신력이 온몸을 빠르게 휘감아 돌고 있었다. 넘치는 힘을 어찌해야 할지 알 수 없었다. 생전 처음으로 맛보는 기묘한 고양감이 어색하면서도 기분 좋았다.

어느새 새벽이었다.

성을 완전히 빠져나오자 태양이 뜨기 시작했다. 헤레이스는 빛으로 물들어 가는 하늘을 올려다보았다.

날씨가 너무 좋다.

봄이 다가오고 있었다. 포근한 햇살이 지상을 덥히고 따뜻한 바람이 불어오는 태동의 계절이.

춥고 시린 겨울이 지나간 지 얼마 되지 않았기에 온도와 색채의 차이가 더욱 극명하게 느껴졌다.

헤레이스는 봄의 향기를 맡으며 성으로 오는 길에 정신없이 둘러보았던 도시를 다시 제대로 눈여겨보았다. 처음 봤을 때도 아름다웠던 도시는 깨어나기 시작하는 지금 더욱 아름다워 보였다. 묵은 어제를 보내고 새로운 오늘을 맞이하는 모습들 하나하나가 귀중했다.

세상이 달라 보인다. 시간대가 달라서라거나, 단순히 도시가 아름답기 때문에 느끼는 감상은 아니었다. 오늘, 그가 새로 태어났기 때문일 것이다. 이 소중한 느낌들은 헤레이스의 심장에 아로새겨졌다.

성곽을 벗어난 그들은 숲에 들어섰다. 헤레이스는 이아나를 따라 비탈길을 올라갔다. 푸른 숲은 청량했고 스치는 바람은 시원했다.

휘이이이.

바람이 옅은 황톳빛의 머리카락과 빛나는 붉은 머리카락을 어지럽히고 지나갔다. 혜레이스는 이아나의 너울지는 붉은 머리카락을 보며 이제는 아마득하게 느껴지는 사 년 전을 떠올렸다.

학술원의 세 번째 시험에서, 자신을 믿고 저주에 도전해 보겠냐는 제안을 하고 떠나가던 이아나의 뒷모습이 지금의 뒷모습과 겹쳐진다. 쫓아가서 붙잡고 싶고, 뒤따르고 싶은 믿음직스러운 모습은 예나 지금이나 똑같았다.

혜레이스는 성장했고, 이제는 전부 포기하고 그저 울고만 싶은 나약한 소년이 아니다. 누군가를 지켜 줄 수 있을 정도로 강해졌다. 하지만 이아나의 앞에서는 한없이 작아진다. 계속해서 따르고 싶은 마음뿐이다.

"서운하진 않아?"

"네?"

멍하니 이아나의 머리카락을 바라보다 정신을 차린 혜레이스가 뜨끔해서 큰 소리를 냈다가 얼굴을 붉혔다.

"아, 못 들었어요. 뭐라고 하셨어요?"

"파편이 사라져서, 마나가 네게 들러붙지 않는 게 서운하지 않으냐고."

"아뇨, 전혀요. 너무 좋아요. 진심이에요."

이아나의 개인 수련장으로 가는 길에, 혜레이스는 하인리히에게 했던 말을 이아나에게도 그대로 말했다. 마나의 저주를 극복한 것 자체가 그에게는 축복이었노라고. 저주를 벗어나 스스로를 되찾은 것이 너무나 좋다고. 이아나에게 감사할 뿐이라고.

"이아나 양, 정말 고마워요."

이아나는 역시 약속을 지키는 사람이었다.

그녀는 사 년 전에 약속했듯, 결국 찾아내고 만 것이다. 그의 저주를 해결할 방법을……

이아나는 뒤를 힐끔 돌아보았다가 강아지의 것처럼 신뢰로 반짝반짝 빛나는 눈동자를 보고 픽 웃었다.

수련장에 도착했다.

수련 기구의 배치나, 남아 있는 검의 흔적들에서 이아나의 느낌이 물씬 났다.

"자, 일단 마나부터 제어해 봐."

"네!"

헤레이스가 손을 들어 손끝에 집중했다.

확실히, 마나의 움직임이 이전과는 달랐다. 예전에는 이리 와, 라고 하면 훈련 잘된 개처럼 우르르 몰려왔는데 지금은 흘끗흘끗 쳐다만 보는 정도다.

'내 말을 따라!'

하지만 마나의 저주도 이겨 낸 헤레이스였다. 그의 의지에서 비롯된 강제력은 엄청났다. 마나는 부리나케 달려와 그의 의지에 따라 주었다.

헤레이스의 심장에는 선한 느낌의 신력이 풍부하게 잠재되어 있었기에, 파편이 아니더라도 마나 친화도가 매우 높았다.

이아나는 헤레이스가 마나를 자유롭게 제어하는 것을 꼼꼼하게 지켜보다가 고개를 끄덕였다.

"축하해. 정말로 이겨 냈구나."

헤레이스의 표정이 확 밝아졌다. 이아나의 인정을 받자 몸이 하늘로 붕 뜨는 것 같았다.

"그럼 이제 진짜를 한번 볼까."

이아나가 주변에 있던 통에서 진검 한 자루를 꺼내 헤레이스에게 건네고 자신도 한 자루 쥐었다. 어느 정도 거리를 벌린 후, 이아나가 고개를 까딱였다.

"마나를 색으로 물들여 봐."

"네."

헤레이스가 신중하게 심호흡을 하는가 싶었다. 마나가 회오리바람처럼 그의 검 주변을 감쌌다.

그리고 따뜻한 흙의 색으로 물들기 시작했다.

놀라운 성취였다. 저 나이에 누가 마나를 색으로 물들일 수 있겠는가? 겔로니언 차이판도 겨우 이룬 성취였다. 헤레이스의 재능이 그만큼 뛰어나다는 얘기였다.

이아나가 검을 바로 쥐었다.

"그럼 이제 '신력'을 제어하면서 덤벼 봐."

헤레이스의 표정이 더욱 진지해졌다. 그의 손끝에서 선명한 색의 신력이 올라와 마나를 밀어내고 검에 자리 잡았다. 마나는 먹음직스러운 신력을 보고 광분해서 날뛰려 했지만, 헤레이스의 의지에 반할 수는 없었다. 결국 입맛을 다시며 신력 검기에 위력을 더할 뿐이었다.

심호흡하는가 싶던 헤레이스가 이아나에게 달려들었다. 이아나도 붉은 신력을 검에 덧씌워서 응수했다.

챙!

검의 첫 부딪침에서 이아나는 성장한 헤레이스의 힘을 느꼈다. 이어지는 연격과 다양한 공격 궤도에 뛰어난 기술을, 변칙적이고 허를 찔러 오는 공격에서 노련함과 경험을 느꼈다. 진지하게 검을 맞부딪쳐 오는 헤레이스의 태도에서는 정제된 마음가짐을 느꼈다.

이제 어엿한 검사가 된 헤레이스가 그녀와 검을 겨루고 있었다. 이아나는 즐거운 기분으로 헤레이스의 성취를 맛보았다. 이아나가 싸움에서 재미를 느낄 정도였다.

챙! 챙!

헤레이스는 해방감에 날뛰어 댔다. 그의 날개를 묶어 지상에 매어 두고 있던 쇠사슬이 끊어졌다. 훨훨 날아올라서 뭐든 할 수 있을 것 같은 기분이었다. 이아나는 그의 해방감을 오랜 시간 모두 받아 주었다.

"허억, 허억."

헤레이스가 나가떨어지고 나서야 대련이 끝났다. 헤레이스가 벌러덩 드러누웠다. 정말 열심히 했는데 역시 이아나의 발끝에도 못 미친다. 이아나가 천천히 다가와서 그를 내려다보았다.

"나를 믿고 포기하지 않아 줘서 고맙다."

헤레이스는 이아나를 올려다보았다.

태양 같은 사람이었다.

"이아나 양 덕분인걸요. 이아나 양이 제게, 손을 뻗어 주지 않았다면 전……."

헤레이스의 눈에 눈물이 고였다.

"……저는 이아나 양을 평생 믿고 따를 거예요."

맹목적인 신뢰가 혜레이스의 영혼을 사로잡았다. 마치 마법에 걸린 것 같았다. 광신도의 기분이 이렇지 않을까? 이아나가 사지로 내보낸다 해도 기꺼이 갈 것이다. 그게 옳은 선택일 테니까. 그녀의 말이라면 뭐든 믿고 따를 것이다.

"그래."

이아나는 아르하드와는 다른 종류의 단단한 신뢰가 기꺼웠다. 깨지지 않는 신뢰는 굳건한 지지대가 되어 이아나라는 사람을 지탱할 것이다. 홀로 우뚝 설 때와는 다른 안정감을 느끼게 해 줄 것이다.

혜레이스가 눈물을 닦아 내며 몸을 일으켰다.

"저는 당신을 곁에서 도울 수 있는 동료 기사가 되고 싶어요."

그가 선명한 눈동자로 그녀를 바라보았다.

"저는 이제 일평생 이아나 양의 나라에서 살아갈 거예요. 당신이 지배하고 제가 새로 태어난 이 나라를, 평생 사랑하고 충성하고 지키고 싶어요. 제 보금자리를 지키기 위해 혼신의 힘을 다할 거예요."

혜레이스의 선하고 강인한 의지가 이아나를 향했다.

"이런 제가, 당신에게 도움이 될 날이 반드시 올 거예요."

이아나가 웃었다.

"그래. 잘 부탁한다."

이아나가 손을 내밀자, 혜레이스가 그 손을 맞잡았다.

학술원에서 함께 보냈던 시간들이 새록새록 떠올랐다.

정말 마지막이라는 생각으로 참가했던 학술원 입학시험. 자존감이 완전히 바닥난 상태로 이아나를 만났고, 그 후 그의 삶은 완전히 바뀌었다. 그녀는 죽어 가던 그의 영혼을 살렸다.

'당신은 제게 검사의 생명을 주셨어요.'

이아나는 그에게 있어 신이나 다름없었다.

'이 생명은 당신의 나라에 바치겠어요.'

헤레이스는 무언가를 지킬 때 강해진다. 그리고 그는 이아나가 소중하게 여기는 것들을 지켜 주고 싶었다.

평생토록 이 나라를 수호하며 은혜를 갚을 것이다. 그리고 이아나가 그의 도움을 필요로 할 때 바로 그녀를 도울 수 있도록 강한 모습으로 자리를 지킬 것이다. 그녀가 제 도움을 원할 날이 올지는 모르겠으나, 그래도 언젠가는 반드시.

아르하드가 하인리히의 파편을 거둠으로써 악마, 로이긴의 영혼은 아르하드와 테일런이 나눠 가진 꼴이 되었다. 그리고 테일런과 아르하드는 혈연으로 이어져 파편을 공유하므로 악마는 하나로 모인 것이나 다름없었다.

이아나도 불완전한 다섯 봉인을 그녀의 심장을 중심으로 이었다. 매개체를 얻은 봉인들은 시너지 효과를 발해 폭발적으로 신력을 만들어 냈다.

그 신력들이 모조리 이아나의 심장으로 사납게 쏟아져 내렸다. 이아나가 쉽게 적응하지 못할 정도였다. 봉인을 풀지 않았음에도 이 정도인데 풀리면 얼마나 거대한 신력이 몰아닥쳐 올지, 이아나는 상상하기도 힘들었다.

이제, 이아나가 로베르슈타인을 완전히 넘어서면 성물을 하나로 모아 봉인을 풀면 된다. 악마의 심장에서 검을 뽑아 심장을 파괴하고 바하무트를 죽여 악마의 파편을 회수하면 끝이다.

삶을 어지럽히던 신성시대의 유물은 사라지고 모든 위기가 해결되어 완전한 평화의 시대가 찾아오리라.

다만, 마음에 걸리는 것은······.

"머지않은 날에 세계가 뒤집힐 거다."

"너희가 아는 세상이 뒤흔들리고 모든 법칙이 뒤바뀌는 시대가 온다."

"그때를 대비해 확실하게 어떤 길을 걸을지 정해 두는 게 좋을 거야. 그러지 않으면 혼란 속에서 길을 잃게 될 테니."

밀라니코네의 경고가 무슨 뜻인지 정확히 알 수 없다는 거다.

이아나는 그것이 악마와 관련 있는 것이리라 추측했다. 그리고 현 마도시대에 통용되는 보편적인 법칙이란 마나가 아니겠는가?

그래서 이아나는 아르하드에게 물었다.

"악마의 심장을 제거한 후에, 마나는 어떻게 되는 거죠?"

이아나의 질문에 아르하드는 달라질 게 없다고 답했다. 다만 영혼을 완성한 다음엔 전 세계에 퍼져 있는 마나의 통제력을 조절할 수 있다고 했다. 즉, 아르하드가 타인의 마나 사용을 금지하면 누구도 마나를 쓸 수 없으므로 그 혼자서 세상을 쥐락펴락할 수 있는 것이다.

그것은 세상의 격변이라 일컬을 수 있을 정도로 큰 문제였다.

하지만 아르하드는 그러지 않을 거라고 했다. 그리고 죽기 전에는 마나 통제권을 완전히 포기할 것이라고 말했다.

"그렇게 되면 마나는 세상에 남아서 지금처럼 무한한 동력이 되겠지. 마도시대에서 마나를 '소모'할 수 있는 자는 없으니."

아르하드의 말만 들으면 문제가 없어 보였지만 이아나는 여전히 마음이 불편했다. 그래서 이것저것 대비해야겠다고 마음먹었다. 위기가 닥쳐오면 오로지 준비된 자만이 살아남는 법이었다.

이아나는 엘리와 타릴, 그리고 몇몇 드워프들이 요즘 신나게 만들어 내고 있는 물건들에 깊은 관심을 보였다. 마도가 아닌 과학에 기반을 둔 기술과 물품들. 다른 사람들은 괴짜들의 일탈이라 여기고 있었지만, 이아나는 다른 누구도 아닌 '라오스와 관련 있는' 수수께끼의 엘리가 일탈의 시초였다는 점에 주목했다.

수상하다. 이아나는 제 직감을 믿었고, 과학 연구를 장려하고 지원한다는 공문을 전역에 뿌렸다.

사람들은 이아나가 왜 별 볼일 없는 학문에 시간과 돈을 버리나 의구심을 가졌다. 과학은 할 일 없는 괴짜들만 손을 대는 학문이었다. 마나만 있으면 어떤 기적이든 일으킬 수 있으니, 한정된 자연법칙만을 이용하는 과학은 마도시대에서 관심 밖의 영역이었다.

하지만 이아나가 하고자 하는 일이니 의미가 있을 것이다. 그리 믿은 사람들은 과학 연구에 관심을 보이기 시작했다. 그리고 이아나에게 잘 보이고자 불붙은 것처럼 연구를 시작했다.

'혹시라도, 정말 혹시라도 마나를 제어할 수 없는 날이 온다면 지금의 선택이 도움이 되겠지.'

그런 날이 오지 않더라도 나쁠 게 없었다. 마도 공학의 메인 기술은 극한에 이르렀기에 연구를 거듭해 봤자 100에서 101로 갈 뿐이다. 하지만 과학의 경우엔 10에서 50으로 빠르게 발전할 수 있었다. 마나를 제어하지 못하는 사람들을 위한 물건을 제작하고 비주류 학문을 지원한다는 데 의의를 두면 되었다.

또.

이아나는 신력에도 주목했다. 이아나의 신력 제어도와 이해도는 이제 최상급에 이르렀다. 그 상태로 라오스의 신력이 생성되어 흘러나오는 성물들, 페임드라의 가지와 잎사귀를 곁에 두면서 이아나는 깨달은 바가 하나 있었다.

세상 어디선가 자연을 유지하는 라오스의 신력이 생성되고 있다.

그것을 눈치챈 것은 성물에서 뻗어 나온 라오스의 신력이 지상으로 퍼져 나가는 걸 관찰하고 있을 때였다. 라오스의 신력은 너무 희미하고 자연스러운 안개 같아서, 집중적으로 관찰하면 신력 수련에 도움이 되었다. 그래서 틈만 나면 생성되는 신력의 양과 흐름을 측정했는데…….

어느 순간 깨달았다. 흘러간 신력 주변에 또 다른 신력이 엉겨들어 그 양이 불어난다는 것을. 또 다른 신력의 정체는 자연에 존재하던 신력이었다. 태양의 빛처럼 존재하는 게 너무나 당연해서, 역설적으로 누구도 눈치채지 못했던 힘이었다.

한번 그 존재를 알아챈 후로, 고도로 집중하면 주변에서 아주 천천히 흐르고 있는 자연의 신력이 느껴졌다. 자연의 신력은 세상을 순환했다. 땅으로, 식물로, 동물로, 하늘로, 다시 땅으로 흘렸다. 이 과정이 너무나 자연스러워서 그동안 알지 못했다.

자연의 신력에 대한 깨달음은 그 신력이 어디에서 오는가에 대한 호기심으로 번졌다. 그리고 이 세상에 태어난 생물이 심장에 지니는 신력이 어디에서 오는지도 궁금해졌다.

"신력은 기본적으로 투명한 기운이다. 영혼의 통제를 받거나 영혼에 완전히 귀속되어야 색으로 물들지. 그런데 갓 태어난 생물은 자의식이 거의 없어. 이건 영혼이 약하다는 말과 같다. 어쨌든 생물이긴 하니 심장에 신력이 존재는 하지만, 신력은 영혼의 영향을 받지 못해 마나처럼 투명해. 이 신력은 아직 이 생물의 것이라고 할 수 없다."

"생명의 근원이에요. 모든 생물은 태어날 때 라오스 신의 신성력을 심장에 품어요. 순수한 백색 기운은 시간이 흐를수록 생물의 독자적인 색을 덧입고, 생물이 살아가기 위한 생명으로써 소모되죠. 지금 친구의 심장에도 존재해요."

아르하드와 사키에게 들었던 신력의 색에 관한 설명이었다. 투명함과 백색, 갓 태어난 생물이 지닌 신력의 색은 무엇일까?

"백색."

아르하드는 쉽게 답을 주었다.

"색이 너무 엷어서 보통은 투명하게 보이니 그렇게 말한 건데 정확히 말하자면 백색이 맞아. 사키의 백색 신력은 사제로서 정제하고 정제해서 뚜렷해진 거고."

"신력은 기본적으로 투명하잖습니까? 조금 하얀 건 라오스의 영향이겠죠?"

"그렇겠지. 왜 그런지는 라오스만 알겠지만."

이아나는 정령들과 함께 페임드라를 찾아갔다. 꾸벅꾸벅 졸고 있던 페임드라가 그들을 반갑게 맞이하자, 영계가 열렸다.

이아나가 물었다.

[너희는 자연에 신력이 흐르고 있다는 걸 알았어?]

[응. 자연이 유지되는 건 그 미약한 신력 때문이야.]

[어디서 나오는 거야?]

[저기 저 태양!]

정령들과 페임드라가 입을 모아 외쳤다.

[거대한 신력이 뭉쳐 만들어진 태양에서 신력이 뿜어져 나와. 신성시대의 태양은 종말에 사라져서, 우리가 라오스의 신력으로 다시 만들었어. 라오스가 뭘 어떻게 했는지는 몰라도 앞으로 끊임없이 신력을 뿜어낼 거래.]

이아나는 새롭게 얻은 지식을 갈무리한 후 물었다.

[혹시 생물이 태어날 때, 신력이 어떻게 심장에 깃드는지 알아? 너희가 라오스를 도와서 창조했다며?]

[생물의 육신을 만들어 내는 걸 우리가 도운 건 맞는데, 심장에 대해선 우리도 잘 모르겠어. 영혼이 탄생함과 동시에 신력이 동시에 갑자기 뿅 하고 생겨나더라? 그건 자연의 신력이 아니야.]

이아나는 생각에 잠겼다.

로베르슈타인의 기억에 의하면, 신성시대의 신들은 아이를 가지길 죽도록 싫어했다. 아이는 모체가 생성하는 신력을 반으로 뚝 나눠 받으며 배 속에서 일정 기간을 지낸 후에야 태어날 수 있었기 때문이다.

'신성시대 때와 지금은 생물이 태어나는 방식이 다른가?'

[응. 인간은 신력을 생산하지 못하니 신력이 한정되어 있는데, 만약 신성시대 때처럼 자손을 잉태하면서 모체의 신력이 나눠진다면 대를 거듭할수록 계속해서 신력이 줄어들어 수명이 아주 짧아졌겠지? 모체가 임신 과정에서 신력을 아예 소모하지 않는 건 아니지만, 그래도 신성시대와는 완전히 달라.]

'어떻게 신과 인간의 태어나는 방식이 달라질 수 있었을까?'

[아마 라오스의 창조 권능과 관련 있을 거야. 아까 신력이 영혼 탄생과 동시에 나타난다고 한 것도.]

창조의 권능이라. 창조란 없는 것을 새롭게 빚어내는 것이다. 태어나는 방식이나 신력이 흐르는 법칙조차 새롭게 만들어 낼 수 있는 걸까. 심판의 권능보다도 더 대단한 권능이다. 아마 권능을 발현할 때마다 어마어마한 대가를 치르리라.

그러다 문득, 이아나는 영혼의 요람, 아카식 레코드를 떠올렸다. 이아나가 아카식 레코드에 들어갔을 때, 아르하드는 그녀의 존재 자체가 사라졌다고 했었다. 아카식 레코드에서 시간의 흐름 속으로 빨려 들어가 그곳에서 빠져나왔을 때는 갑자기 전조 없이 바하무트 황성에 나타났다고 했었고.

이아나는 거기서 짐작했다.

영혼이 아카식 레코드에서 빠져나와 세상에 탄생하기 직전, 어떤 법칙에 의해 신력을 얻는 게 분명하다고.

천칭의 힘은 아니었다.

천칭은 업보의 무게를 재서 대가를 치르게 할 뿐, 정말 특이한 선인과 악인의 경우를 제외하면 탄생 자체에는 아예 관여하지 않았다. 신력 부여는 천칭이 아닌 다른 힘에 의해 발생했다.

그것은 아마도 라오스가 권능으로 창조한 세상의 법칙.

그렇다면, 법칙으로 자신의 신력을 새로 태어나는 생명들에게 부여하는 걸까?

'라오스는 대체 신력을 얼마나 생산할 수 있는 거지?'

만약 이 세상에 존재하는 모든 신력이 라오스의 것이라면, 그 한 명이 이 세상 전체를 떠받치고 있는 것이나 마찬가지였다.

수수께끼의 라오스.

어서 만나 보고 싶었다.

신력과 마나에 대한 이해도가 높아질수록, 드래곤이 말한 시대의 변화가 마나나 신력과 관련 있을 것이라는 확신이 강해졌다. 마나뿐만이 아니라 신력에 관해서도 대비해 두는 게 좋을 것 같았다. 그래서 최근 이아나는 신력을 색다른 방식으로 소모하기 시작했다.

이아나는, 아마도 라오스를 제외하면 이 세상에서 유일하게 신력을 생산할 수 있는 사람일 것이다. 그녀의 신력은 아무리 써도 고갈되지 않았다. 하지만 신력은 이아나가 감당할 수 있는 만큼만 생산되고 멈춘다. 이아나가 하루에 수련해서 늘릴 수 있는 양에는 한계가 있었다.

그것이 아까웠던 이아나는 신력을 제어할 수 있는 측근들에게 제 신력을 펑펑 나눠 주기 시작했다. 인간이든 이종족이든 가리지 않고, 말 그대로 '펑펑'이다. 신력은 누구에게든 많으면 많을수록 좋은 법이다.

인간이 감격하는 건 당연했다. 태어날 때부터 신력을 많이 보유하는 이종족도 소모하면 다시 생산할 수는 없기 때문에 이아나가 주는 신력을 감사히 받아 자신의 힘으로 만들었다. 그 신력에 담긴 뜨거움과 강인함에 감복한 것은 덤이다.

이아나는 특히 헤레이스에게 신력을 정말 퍼붓듯이 쏟았다.

"그, 그만."

헤레이스가 몸이 터질 듯한 기분을 느끼며 애원했다. 이아나가 신력의 유입을 끊자, 헤레이스는 털썩 쓰러져서 미친 듯이 숨을 골랐다.

"후!"

이아나는 개운함을 느꼈다. 마지막 봉인과 이어진 이후로 신력이 너무 많아서 피곤할 정도였는데, 이렇게 소모하니 좋았다. 물론 헤레이스에게도 좋은 일이었다.

"잘 갈무리해."

"네……. 네……."

헤레이스가 대답도 제대로 못 한 채 호흡을 정리했다. 익숙한 모습이었기에 이아나는 지하 수련실을 나가서 아르하드의 방으로 갔다.

책상 앞에 앉아 있던 아르하드의 시선이 기분 좋아 보이는 이아나를 향했다. 못마땅한 시선을 알지 못한 채, 이아나는 그대로 소파에 누워 버렸다.

아르하드의 방에 있는 소파는 이아나의 차지였다. 아르하드의 곁에 있는 게 곧 휴식인지라, 이아나는 제 방의 침대보다는 아르하드의 소파에서 쉬는 것을 더 즐겼다. 아르하드가 접대용으로 갖다 놨던 소파 대신 이아나 전용으로 최고급 소파를 하나 더 들여놨을 정도였다.

"헤레이스한테 갔다 왔지? 기분 좋아 보이네."

"네. 개운해서요."

이아나가 눈을 감고 중얼거렸다, 그러다 인기척을 느끼고 눈을 천천히 떴다. 아르하드가 그녀의 머리 옆에 손을 짚고 불쌍한 개처럼 내려다보고 있었다.

"요새 나한테 너무 소홀한 거 아닌가."

소홀은 무슨. 헤레이스나 다른 사람에게 신력을 퍼다 주고 있는 건 맞지만 아르하드에게 주는 신력의 양과는 비교도 되지 않았다. 그와 보내는 시간의 양과도, 감정의 양과도.

이아나는 아르하드의 목을 끌어당기며 키스했다. 이아나가 매달리자, 아르하드의 몸이 점점 낮아져 그녀의 몸과 밀착했다.

입술을 사탕 빨듯이 지분거리자 아르하드의 입술이 서서히 벌려졌다. 반기듯이 벌어진 틈을 제 입술로 꽉 틀어막으며 혀를 굴렸더니 끌어안고 있는 몸이 서서히 달구어진다. 아르하드가 결국 이아나의 얼굴을 부여잡고 제 입안을 유린하는 살덩이를 휘감으며 짓눌러 왔다.

맹독이 침투한 듯 몸이 무거워지고 열이 났다. 키스는 점점 더 은밀해지고 농밀해졌다. 탐닉이라는 단어가 어울리는 키스였다. 농밀한 키스는 끈적끈적할 정도로 진득했고, 델 것 같다는 착각을 할 정도로 뜨거웠다.

이아나는 애정을 주고받으며 제 마음을 물씬 머금은 신력을 달라붙은 입술 너머로 넘치도록 밀어 넣었다. 호흡을 주고받을수록 아르하드의 얼굴에서 갈증이 묻어나고 눈동자는 어둠에 잠식당하는 것처럼 짙어졌다.

"하아."

옷깃을 흐트러트리는, 피부를 매만지는, 살결을 움켜쥐는 손짓이 지나치게 선정적이었다. 이아나의 얼굴이 발그스름하게 달아올랐다. 지난 가을 밤과 이아나가 아르하드의 손에 직접 제 심장을 쥐여 준 이후 아르하드는 완전히 참지는 않았다. 초기에는 조금 헛돌던 손길이 이제는 이아나의 몸을 너무나 잘 안다는 듯 느릿하게 어루만졌다. 아르하드가 이아나의 셔츠 깃을 꽉 붙잡았을 때였다.

입술을 떼어 낸 이아나가 새침하게 말했다.

"제가 이러는 사람은 당신밖에 없어요. 전혀 소홀하지 않습니다."

"……."

"안 그런가요?"

이아나가 아르하드의 미끈한 뺨을 쓰다듬자, 아르하드는 이아나를 뚫어질 듯이 쳐다보았다. 욕망이 이성을 넘어뜨리기 직전이었다. 금방이라도 옷깃을 잡아 뜯을 듯한 힘이 그의 상태를 말해 주었다.

하지만 아르하드는 이를 악물고 몸을 일으키더니 등을 돌렸다.

"맞아."

이아나는 몸을 일으켜서 손바닥에 턱을 괸 채 그의 뒷모습을 물끄러미 바라보았다.

'이렇게까지 했는데도 끝까지 참는구나.'

아르하드의 인내심에 존경심을 느낄 정도다.

"……."

이아나는 그의 새까만 머리카락과 미끈한 목선과 넓은 어깨와 탄탄한 근육을 차례로 훑었다. 난생처음으로 겪어 본 욕망과 호기심, 기대감은 점점 커져만 갔다.

갑자기 돌아본 아르하드와 눈이 마주쳤다. 이아나는 저를 훑어 내리는 눈길을 피하지 않았다. 색정적인 불만을 느끼는 자신을 당당하게 드러냈다.

아르하드의 눈동자가 흔들렸다. 하지만 그 흔들림에는, 왜일까. 허기진 만족감이 엿보였다.

이아나가 미간을 좁혔다.

한번 시작하면 하루 종일 그 생각만 할까 봐 참는다더니……. 사실 아르하드가 정말로 원한 건 자신의 이런 모습이 아닐까? 그렇게 생각하니 얄미워서 악마처럼 괴롭히고 싶어졌다.

콱 깨물어 버릴까 보다.

이아나가 위험한 생각을 하고 있을 때, 아르하드가 억지로 열을 식히기 위해 창문을 열었다. 상쾌한 바람이 살랑거리며 불어왔다. 봄이 완연하니 바람마저 깨끗하고 따뜻한 느낌이 들었다.

"슬슬 나라 이름을 확정해야 하지 않겠어?"

국가의 이름.

이름은 정말 중요하다. 정체성을 가장 쉽게 드러내면서도 가장 단호하게 못 박는 방법이었다. 사람들이 이아나의 이름을 들으면 그녀를 떠올리는 것처럼 말이다.

"그래야죠. 마음에 드는 게 있으십니까?"

이아나와 아르하드 그리고 참모들은 몇 가지 후보를 두고 오랜 시간 고민해 왔다.

나라의 이름은 지역, 민족 등 다양한 부분에서 따올 수 있다. 초대 국왕의 이름을 그대로 가져올 수도 있고, 아니면 아예 새로운 뜻으로 지을 수도 있다.

일단 로안느나 바하무트처럼 초대 왕의 이름을 국가의 이름으로 만들 생각은 없었다. 이아나와 아르하드가 없는 먼 훗날에도 집단을 하나로 묶을 수 있는 포괄적인 이름이 좋았다.

지역 이름을 따서 세마스티어라고 하기엔 거대한 영토의 다른 지역들이 소외되는 것 같았다. 민족의 이름을 딸 수도 없었다. 현재 온갖 종족이 세마스티어에서 살아가고 있었기 때문이다.

그리하여 여러 후보를 내놓았고 다들 머리를 맞댄 채 고민한 결과, 선택지는 하나로 좁혀졌다. 국가의 정체성, 이미지, 제도, 가치관, 이념, 정의, 국민의 분위기 등을 모두 고려했을 때 그만한 이름이 없었다.

"역시 그걸로?"

"그거밖에 없네요."

아르하드가 묻자 이아나는 곧장 알아듣고 동의했다.

이아나는 천천히 아르하드에게 다가가 함께 창밖을 내다보았다. 도시는 성장을 거듭하며 눈부시게 발전했다. 세마스티어와 함께 한 국가에 소속될 다른 도시들도 번영의 영광을 맞이했다.

수없이 많은 문제가 발생하고 이를 해결하는 과정에서 국가는 점점 뚜렷하게 모습을 드러냈다.

건국의 바람이 불어왔다.

모두가 바라던 날이 다가오고 있었다.

"……."

이아나는 성문 앞을 서성거리고 있었다. 불안해 보이는 것이 늘 침착한 그녀답지 않았다.

세마스티어에는 새로운 보금자리를 찾아오는 사람들이 많다. 하지만 세마스티어의 보안은 철저했다. 1주일 전까지 신청서를 양식대로 작성하여 체류 신청을 해야 하고, 성문 앞에서는 철저한 검문을 거친 후에야 안으로 들여보내 주었다.

그런데 기사들은 검문에 집중하지 못하고 이아나를 신경 쓰고 있었다. 자연스럽게 다른 사람들의 관심도 그녀에게 쏠렸다. 하지만 이아나는 현재 그런 시선을 눈치채지 못할 정도로 길 너머에만 집중하고 있었다.

그러다 인내심이 바닥난 듯 성문을 성큼성큼 나섰다. 들어오려는 사람은 많지만 나가려는 사람은 거의 없기에, 이아나는 강을 거슬러 오르는 연어처럼 보였다.

그때, 이아나의 눈에 로브를 뒤집어쓰고 오는 두 사람이 보였다. 이아나는 눈을 부릅뜨고 그들의 앞으로 날듯이 달려갔다. 로브로 감추고 있어도 알아볼 수 있었다.

그들도 이아나를 알아보고 움찔했다.

"이스피, 카니츠."

이아나가 그들의 로브 자락을 꽉 붙잡았다. 그러자 두 사람 중 체구가 작은 사람이 이아나를 와락 끌어안았다.

"이아나 아가씨!"

감격한 듯 외치는 목소리가 친숙했다. 만나지 못한 사이 품은 비좁아졌으나 온기는 여전했다.

"이스피……."

이아나는 엉엉 울 기색인 이스피를 감정이 요동쳐서 북받치는 표정으로 바라보다 마주 끌어안았다.

"아가씨, 정말, 정말 보고 싶었어요."

"나도……."

이제 덩치 차 때문에 이스피가 저를 품기는커녕 제가 품어 줘야 할 판이지만, 이아나는 아주 어린 아이가 어머니에게 안겨 있는 듯한 포근함과 안정감을 느꼈다.

"아가씨, 정말 오랜만입니다."

"카니츠."

이스피의 품에서 살짝 벗어난 이아나가 카니츠를 보았다.

"다행히 건강해 보이시는군요."

카니츠가 옅게 웃었다. 바하무트 성에서 만났을 때나 아티팩트로 연락을 주고받을 때와 달리 긴장을 확연하게 푼 느낌이었다. 이아나가 조심스럽게 물었다.

"여기까지 오는 데 별문제 없었지?"

"네. 6개월의 장기 휴가를 신청했습니다. 이스피와 아이의 건강이 나빠서 꽤 고생한 터라 요양하고 싶다는 말이 유효했습니다. 이때까지 휴직한 적이 한 번도 없어서, 꽤 쉽게 진행됐습니다. 혹시라도 바하무트 기사로서의 제가 아가씨에게 필요하다면 바로 복직할 테니 바로 말씀해 주십시오."

카니츠는 첩자로서 정말 잘 활동하고 있었다.

바하무트의 수도 타칼론은 제국민들도 함부로 들어가지 못하는 곳이었다. 바하무트에서도 실력이든 세력이든, 강한 자들만 모인 별천지였다.

에이지는 블랙폭시의 정보계 수장일 때조차 타칼론의 정보원을 확보하지 못했었다. 제도는 조금만 얕보여도 뒤통수치는 인간들 천지였다. 로이긴족 출신인 그가 의심스러운 행동을 했다가는 즉시 처형당할 수도 있었기에, 정보를 원한다면 본인이 직접 제도에서 정보를 수집해야 했었다. 경계가 삼엄한 황궁은 말할 것도 없었다. 이제는 그럴 수도 없으니 카니츠의 내부 정보는 매우 쏠쏠했다.

"고마워. 정말 많은 도움이 되고 있다."

"기뻐요."

이아나는 카니츠와 이스피가 자랑스럽고 애틋했다. 동시에 위험 요소가 잔뜩 도사리는 바하무트에 돌려보내지 않고 이대로 성에 두고 싶다는 충동을 느꼈다. 능력 있는 사람들을 제 친인이라고 싸고도는 성격은 아니었지만 그들은 정말 특별했다. 유년 시절을 따뜻하게 지켜 준 카니츠와 이스피는 이아나에게 있어 부모고, 형제고, 가족이고, 친구였다.

"여기에 바하무트의 첩자가 있을지도 모릅니다."

당연히 있겠지. 아무리 가려 받아도 유입 인구 중에 첩자는 분명 있을 터였다. 특히 남부에서 이를 갈며 도망친 블랙폭시의 보스, 페인이 눈에 불을 켜고 실책을 만회하고자 할 테니.

카니츠가 로브를 고쳐 쓰며 말했다.

"그래서 정체를 감추고자 합니다."

"응, 응. 맞아요."

"일단 들어가자."

이아나는 이스피와 카니츠를 잡아끌려다 멈칫했다.

"……아이는?"

"아직 눈치채지 못하셨습니까?"

카니츠가 웃었다. 그때, 카니츠의 가슴 쪽에서 꿈틀거리는 움직임이 느껴졌다. 이아나의 시선이 그곳으로 쏠렸다.

이스피가 카니츠의 로브를 살짝 들추었다.

"아……."

이아나는 순간 숨을 멈추고 말았다.

로브 안쪽에는 얕게 색색거리는 작은 아기가 있었다. 아기는 로브 자락이 거슬리는 듯 꼼지락거리다가 저를 뚫어져라 쳐다보는 이에게로 고개를 돌렸다. 아기의 순수한 눈동자와 마주친 순간, 이아나는 흠칫하고 말았다.

어떻게, 이렇게 작을 수가 있을까.

이아나는 아기를 이렇게 가까이서 보는 건 처음이었다. 멀리서 스쳐 지나가듯 본 적이야 많지만 이렇게 친인의 아기를 가까이서 보는 건 회귀 전에나 후에나 정말로 처음이었다.

손을 댔다간 뭉그러질 것 같은 보드라운 살결과 제 손바닥보다 작은 얼굴. 그 연약함에 심장이 쿵 하고 내려앉았다. 세상에서 가장 작고 약한 존재는, 세상에서 손꼽히는 강자인 이아나의 숨조차 죽게 만들었다.

이스피가 카니츠에게 아기를 받아 안았다.

"에블린이라고 해요."

이스피가 에블린의 이마에 쪽 하고 키스했다.

에블린은 곱슬곱슬한 갈색 머리카락과 우유처럼 뽀얀 피부를 가진, 천사 같은 아이였다.

이곳으로 오는 길이 아기에겐 많이 힘들었을 텐데 울지도 않고 또랑또랑한 눈망울을 조용히 굴리고 있는 것이 얌전한 성격인 듯했다.

"안아 보시겠어요?"

이스피가 에블린을 이아나에게 내밀었다.

이아나는 덜컥 겁이 났다. 한 걸음 물러나며 고개를 저었다.

"아냐……."

이스피는 이아나의 유모답게 그녀의 감정을 빨리 알아차렸다.

"어머, 아가씨. 혹시 겁먹으신 거예요?"

겁먹은 게 맞다. 혹시라도 힘을 잘못 줘서 아이가 다치기라도 하면 이아나는 스스로를 절대 용서할 수 없을 터였다.

"괜찮아요. 아기는 약하지만, 단순한 포옹에 다칠 만큼은 아니랍니다."

이스피가 발그레한 얼굴로 한 발자국 더 다가왔다.

"아가씨께서 안아 주셨으면 좋겠어요."

이스피의 재촉에, 이아나는 주춤주춤 에블린에게 손을 대려다 멈칫했다. 손이 너무 거칠어 아이에게 상처를 낼까 걱정되었다.

"괜찮다니까요!"

이스피가 품에서 장갑을 꺼내려던 이아나를 저지했다.

"하지만……."

"이것 보세요."

이스피가 에블린의 뺨을 손가락으로 꾸욱 눌렀다. 이아나가 놀라서 이스피를 말리려는데 에블린은 까르르 웃을 뿐이었다.

이에 이아나는 용기를 내서 손을 뻗었다. 에블린의 손에 이아나의 손가락이 닿았다.

꼬옥.

에블린이 이아나의 검지를 꼭 쥐었다. 검지 하나도 다 쥐지 못할 만큼 손이 작았다.

왜일까. 가슴이 욱신거렸다.

결국 안지는 못하고 성으로 귀환했다.

에블린을 안은 이스피는 준비해 뒀던 방으로 안내해 쉬게 하고, 이아나는 카니츠와 단둘이 만났다.

"어머니는 잘 보내 드렸고······."

"네."

건강이 좋지 않았던 카니츠의 모친은 이아나가 학술원으로 떠나고 반년 후, 세상을 떠났다. 이아나가 모친의 건강을 챙겨 줬기에 예정보다 길게 산 것이었다.

만약 그때 정령을 부릴 수 있었다면 얼마나 좋았을까. 그랬더라도 어찌할 수는 없었을까.

"에블린의 건강은 이제 괜찮나?"

"음······. 나쁘지는 않습니다만 좋은 것도 아닙니다."

이아나의 심장이 덜컥했다.

"왜?"

카니츠의 표정이 어두워졌다.

"말씀드렸던 대로 심장이 별로 좋지 않아서요."

"심장이······."

"아이가 무사히 태어나 준 것만으로도 감사하게 생각합니다. 하지만 괴롭기도 합니다. 제가 복용한 약 때문인 것 같아서요."

이아나의 심장이 욱신거렸다.

그럴지도 모른다. 라이프는 정상적인 신력이 아니며, 영혼을 검게 물들이는 악의 집적체다. 순수한 생명을 잉태하는 과정에 영향을 미쳤을 수도 있다.

'내 잘못이야.'

카니츠와 이스피의 마음을 너무나 가벼이 여겼던 그녀의 죄였다. 소중하게 여겼기에 그들을 버리겠다 마음먹었다. 아니, 사실은 혼자가 익숙해서, 소중한 사람들과 함께 가는 스스로를 상상할 수 없었기에 놓아 버린 것일지도 모른다.

그런데 이스피와 카니츠는 결국 바하무트로 갔다.

이아나에게 도움이 되고 싶다는 마음 하나로. 겨우, 훗날 바하무트로 향하겠다는 그 말, 딱 그 말 한마디를 믿고.

이아나는 속에서 들끓는 감정을 겨우 짓누르고 중얼거렸다.

"치료는 어떻게 해 왔지?"

"음······."

카니츠가 망설이자, 이아나가 사실대로 말하라고 닦달했다. 카니츠는 사실을 말하고 싶지 않았지만 이아나를 이길 수 없기에 결국 입을 열었다.

"사실 에블린은 거의 죽다 살아났습니다. 미숙아인 데다 심장 자체도 약해서 처음에는 아티팩트로 숨만 붙여 놓았습니다. 강도 높은 치료를 강행할 수 없어서 아이가 생을 이어 가기만을 기도했지요. 이스피가 많이 힘들어했습니다."

이아나의 낯이 하얗게 질렸다.

듣기만 해도 숨이 턱턱 막혔다. 바하무트에 적응하는 것도 힘들었을 텐데, 에블린을 잃을까 봐 얼마나 두렵고 괴로웠을까. 이스피는 스무 살 때 남편을 잃은 충격으로 첫 아이를 유산했었다. 만약 두 번째 아이인 에블린마저 그리 덧없이 보냈다면.

이아나의 손이 떨리자 카니츠가 그녀의 손을 붙잡았다.

"지금은 괜찮습니다. 다른 아기들에 비해 자주 앓고 성장이 많이 느리지만……. 아직 아기니까 지켜봐야겠지요. 어려서 아팠던 아이가 더 건강하게, 쑥쑥 자라는 경우가 있지 않습니까?"

맞는 말이다. 그리고 이아나가 지금부터 천칭과 정령, 신력 등 온갖 방법을 강구해서 에블린의 생명을 보조하면 아이는 누구보다 튼튼해질 수 있을지도 모른다.

"이스피는 어때."

"에블린이 회복되면서 이스피도 많이 괜찮아졌습니다. 아가씨, 걱정하지 마십시오. 이스피는 저와 함께 혹독한 바하무트에 억척스럽게 적응한 사람입니다. 그녀는 북부에서 저의 뿌리가 되어 주었을 정도로 강인합니다."

"그러게 왜 바하무트로 가서 안 해도 될 고생을……!"

울컥한 이아나가 저도 모르게 소리치려다 입술을 꽉 깨물었다. 소리 지를 입장이 아니었다. 이아나는 이스피와 한번 일대일로 진지하게 이야기해 봐야겠다고 생각하며 겨우 진정했다.

그녀는 이제 눈앞의 카니츠에게 집중했다.

"너는 어때."

이아나는 제 손을 잡고 있는 카니츠의 손 위로 다른 손을 포 갰다. 마음 같아선 영계에서 그의 영혼을 보고 싶었지만 영계는 원한다고 해서 열리는 게 아니었다.

"저는 괜찮습니다."

"아니, 말만으로는 안 돼. 직접 확인해야겠어. 카니츠. 신력을 다룰 수 있나?"

"예."

"그럼 꺼내 봐."

카니츠는 검지 끝으로 신력 한 방울을 퐁 하고 뽑어냈다. 손 가락 위로 드러난 신력의 색을 살피던 이아나가 고개를 끄덕였 다. 로베르슈타인 영지에서 헤어지기 전의 카니츠는 마나에 색 을 담는 경지였다. 그때 줄기차게 보았던 색보다는 조금 거뭇해 졌으나 심각한 정도는 아니었다.

"라이프 장기 복용 결과는 크게 세 가지로 나뉜다더군요. 몹 시 난폭해지거나, 지독하게 무정해지거나, 변하지 않거나."

카니츠가 고해하듯 고개를 수그렸다.

"아가씨, 저는 분명 변했습니다."

이아나의 심장이 덜컥했다.

"저는 이제 적이라면 누구든지 죽일 수 있습니다. 스쳐 지나 간 곳에 살아 있는 것을 남겨 두지 않는다는 바하무트 상위 기 사단의 일원이 괜히 된 게 아니지요."

연락할 때 무조건 괜찮다, 아무 문제없다, 상황이 여유로워지 면 자세히 말해 주겠다고 하더니 카니츠는 결국 어느 정도는 라이프의 영향을 받고 만 것일까. 물씬하게 풍겨 오는 피 냄새에 이아나가 할 말을 찾지 못하고 주먹을 움켜쥐었다.

"하지만 아가씨, 그건 라이프 때문이 아닙니다. 잔인해지지 않으면 제 것을 지킬 수 없는 바하무트에서 살아가기 위해 제가 직접 선택한 겁니다."

카니츠의 말은 끝나지 않았다.

"그런데 그렇게 살면서도 제 가치관만큼은 변하지 않았습니다. 저는 항상 제 가치관과 맞지 않는 바하무트의 정의에 괴로워했고, 명령을 따를 때마다 죄책감에 시달렸습니다."

카니츠가 단단하게 말했다.

"저는 양심을 버리라는 속삭임과 싸우면서도 제 가치관을 버리지 않았습니다. 라이프를 마실 때도 마음을 어지럽히는 악한 감정들이 쏟아져 들어와 제 가치관을 온통 뒤흔들었으나 저는 이겨 냈습니다."

어떻게 이겨 냈냐면.

"아가씨와 함께하며 체득한 가치관이 지표가 되었고, 바래지 않는 충성심이 나아갈 힘이 되었으며, 이스피와 나눈 귀중한 사랑이 버팀목이 되어 주었기 때문입니다."

열여섯 살이 되던 해, 마지막으로 보았던 우직한 눈동자가 전혀 변하지 않은 채로 이아나를 직시했다.

"제 가치관은 변하지 않았습니다. 그저 제가, 제 것을 지키기 위해서라면 제 가치관을 짓밟고 뭐든 할 수 있는 사람으로 변했을 뿐입니다. 저는 제 가족과 아가씨를 지킵니다. 예전에도 지금도 그게 전부입니다."

옳다고 믿는 가치들을 오염시키려는 라이프와의 사투는, 되레 예전보다 훨씬 견고한 신념과 맹신적인 충성을 만들었다. 오로지 그것만이 옳다, 라고 생각하며 위기를 이겨 냈기에.

그 신념과 충성 때문에 죄책감에 시달리기 일쑤였지만, 덕분에 바하무트의 광기에 휘말리지 않고 살아남을 수 있었다.

"라이프가 저를 괴롭힌 건 사실이지만 결국 완전히 제 힘이 되었습니다."

카니츠가 한숨 쉬듯 웃었다.

"아가씨 딕분에 제 자신을 지키며 살아남았습니다. 더는 걱정하지 않으셔도 됩니다."

카니츠가 천천히 고개를 숙여 이아나의 손등에 충성의 키스를 했다. 이아나가 주먹을 꽉 쥐었다. 카니츠는 회귀 전부터 한길만 보는 우직함과 배신할 줄 모르는 순수함을 갖추고 있었다. 그런데 지금은 그때보다 훨씬 더했다.

"내가 계획대로 바하무트에 가서 바하무트 황족보다도 더 악독하게 굴었으면 어쩌려고."

"그러셨을 것 같진 않지만, 만약 그러셨더라도 아가씨는 무조건 옳으니 제가 제 가치관을 고쳤겠지요."

자괴감을 참지 못하고 빈정거리자 미친 대답이 돌아왔다.

"양심을 버리고 아가씨의 앞잡이가 되었을 겁니다. 그러려고 바하무트에 간 겁니다."

이 미친 녀석.

"지금도 명령만 하시면 바로 고칠 수 있을 것 같습니다."

멀쩡한 줄 알았더니 아니었다. 라이프의 악의를 이겨 냈다더니, 카니츠가 조금 안 좋은 쪽으로 미쳐 버린 것 같았다. 어디 한 군데가 어긋난 맹목이 넘실거렸다. 맹신이 선을 넘어 광신이 되어 있었다.

"절대 그러지 마. 네 자신을 지켜."

이아나가 카니츠의 손을 움켜쥐었다.

"그러겠습니다."

"나보다는 이스피와 에블린을 우선시해."

"제게는 모두 똑같이 소중합니다."

"시키는 대로 해!"

"……."

"그리고 내 덕분에 널 지켰다는 말, 앞으로 하지 마."

나는 아무것도 한 게 없어. 너를 평화로운 낙원에서 그 잔인한 지옥으로 밀어 넣었을 뿐이다!

카니츠가 그건 아니라는 듯 고개를 절레절레 저었다.

"아뇨. 평화에 안주하는 자는 난국에 대처하지 못하는 법입니다. 바하무트로 간 덕에 저는 어떤 난국에서도 살아남을 수 있을 만큼 단련되었습니다. 아가씨가 바하무트를 상대할 때 쓸 수 있는 무기들을 마련했습니다. 저는 이것으로 만족합니다."

"……."

"곧 난국이 찾아옵니다. 바하무트는 생각하시는 것보다 훨씬 더 악독하고 본능적인 집단입니다. 주의하십시오."

이아나는 더 할 말이 많았지만, 꾹 참았다. 속이 부글부글 끓었지만 카니츠의 고집은 회귀 전부터 알아줬기에 계속 따겼다간 끝이 없을 듯하여 말을 돌렸다.

"황제가 무얼 하고 있는지는 아직 모르지?"

"아가씨께서 성을 떠난 이후부터 황제는 바깥출입을 거의 하지 않고 있습니다. 수련을 하고 있지 않을까 합니다만 다른 일을 하고 있을지도 모르지요."

바하무트. 고대의 미물에서 시작해 마침내 드래곤까지 집어삼키고 정상에 서고자 하는 욕망의 화신. 바하무트와 악마에 가장 가깝다는 테일런. 놈은 뭘 하고 있을까.

고민해 봤자 답은 나오지 않는다. 이아나가 자리를 박차고 일어났다.

"에블린과 이스피에게 가자."

일단 에블린의 상태가 어떤지 봐야겠다.

"이아나 아가씨! 아니, 라이즈 경!"

쉬고 있던 이스피가 이아나를 반갑게 맞이했다.

이아나는 살짝 마른 듯한 이스피의 얼굴을 살폈다. 마음고생이 심했기 때문일까. 하지만 밝은 성격은 로베르슈타인 영지에 있을 때와 똑같았다.

이아나는 고개를 돌려 요람에서 꼼지락거리는 에블린을 물끄러미 내려다보았다.

"귀여운 여자아이구나."

"귀엽지요! 제 아이니까요!"

이아나는 이스피가 콧대를 세우자 피식 웃었다. 이제 사십이 넘는 사람이 이렇게 귀여웠다.

"내가 아이의 상태를 보겠다. 정령을 좀 부르마."

이스피와 카니츠는 조심스레 고개를 끄덕였다.

이아나는 못 본 사이 정말 많이 변했다. 검술이야 그녀가 이름을 드날리는 것이 당연했다. 하지만 정령을 부르다니, 정말 놀랍고 또 놀라웠다.

[이아나!]

이니스가 허공에서 나타나 이아나에게 비비적댔다.

"이니스. 아이의 건강 상태를 좀 봐 줘. 특히 심장 쪽."

이아나가 아는 한, 이니스는 최고의 의사나 마찬가지였다.

[조그마한 아기네!]

이니스는 촐싹거림을 멈추고 에블린에게 조심스럽게 다가가 주둥이로 손을 콕 찔렀다. 이아나 때처럼 아예 혈액 속으로 녹아들어 가지는 않고 제 몸의 일부를 에블린의 피와 동화시켰다.

[음!]

에블린에게서 입을 뗀 이니스가 추욱 처졌다.

[심장의 박동이 많이 약하구나. 이건 영혼과 심장의 복합적인 문제인 것 같은데……. 우리가 손대기 어려워.]

"……."

이아나는 이니스를 돌려보낸 후, 권능을 사용했다.

심장을 정상적으로 만드는 건 몇 가지 조건만 충족하면 가능하다는 답을 얻었다. 하지만 현재는 불가능했다.

천칭조차 손을 대기 어려운 세 가지 요소가 있다.

시간과, 시간을 이끌어 가는 영혼과, 영혼의 근간인 심장이다.

즉 시간을 조작하거나, 영혼의 '성격이나 성향'을 강제로 고치거나, 심장의 수명을 고치는 건 불가능에 가깝다는 뜻이다.

악마의 파편을 도르시아니와 하인리히에게서 떼어 내는 건 이 세 요소에 해당하지 않았었다. 파편을 떼어 낼 때 발생하는 죽음은 심장이 문제가 아니라 파편이 너무 강력해서였다. 강력한 게 문제였지, 누군가의 심장에 기생식물처럼 들러붙은 별개의 영혼을 분리할 뿐인 행위는 법칙에 심하게 어긋나지 않았다.

하지만 '심장' 자체에 손대는 것은 법칙을 뒤흔드는 것이다. 무시무시한 대가를 필요로 했다.

즉, 대가만 지불하면 고칠 수는 있다는 말이다.

그러니 심장을 고치려면 이아나의 힘뿐만이 아니라 다른 힘이 하나 더 필요했다. 심장이 귀속된 영혼의 주인, 에블린이 살고자 하는 엄청난 의지와 강렬한 자아를 가져야 했다. 아직 아기인 순진무구한 에블린이 그럴 수 있을 리가 없었다.

'너를 살리고 싶구나.'

이아나가 에블린의 작은 손을 움켜쥐었다. 이아나의 깨끗한 신력이 가는 실처럼 에블린의 혈관을 타고 심장을 감쌌다. 에블린의 뺨이 홍조로 물들었다.

"어머, 기분 좋아 보이네."

이스피가 에블린을 안아 들자 카니츠가 에블린에게 작게 장난쳤다. 에블린은 까르르 웃었다. 이아나는 세 사람을 멀거니 바라보았다.

"어쩌다 결혼까지 했지?"

저택을 떠나기 전만 해도 그런 낌새가 전혀 없었는데. 영지에서 고립되었던 세 사람이다 보니 서로 끈끈한 동료애가 있을 뿐이었다. 아니면 사랑을 알지 못했기에 눈치채지 못했던 걸까?

"아가씨가 학술원으로 떠나시고 난 후 이스피가, 제가 정말 괜찮다고 했는데도 어머니를 많이 보살펴 줬습니다. 그때 저는 이스피가 정말 따뜻한 사람이라는 걸 깨달았습니다."

"저도 카니츠가 참 멋있는 사람이라는 걸 알았어요. 로베르슈타인 가문에서 천덕꾸러기 신세였던 저희였잖아요. 아가씨와 함께 지낼 때부터 완전히 신뢰할 수 있는 사람이 서로뿐이라 호감은 많았고……. 그 상태에서 남자로 인식하기 시작했더니 제 감정은 사랑으로 빠르게 치달았답니다."

"그런데."

이때까지 부글부글 끓는 감정을 눌러 참고 있던 이아나가 마침내 폭발했다.

"왜 바하무트로 갔어. 그렇게 좋았으면, 너희를 버린 나 같은 건 잊고 둘이서 잘 살지!"

카니츠와 이스피는 서로를 마주 보았다가 이아나를 똑바로 보았다.

"아가씨가 없는 저희의 사랑은 상상할 수가 없습니다. 아가씨는 저희의 주인이자 가족이니까요."

이아나는 숨이 막혔다.

"만약 바하무트로 가지 않았다면 이 깊은 사랑이 성립하지 않았을지도 몰라요. 같이 고생하다 보니 감정이 끝도 없이 깊어졌으니까요."

이아나의 몸이 부르르 떨렸다.

"……이상한 소리 하지 마. 그리고 너희 바보야? 고작 어린 여자애 하나가 흘리듯이 했던 말을 어떻게 믿고 바하무트로 가."

"아가씨는 절대 헛된 말을 하지 않으시니, 바하무트로 떠나실 거라는 건 저희에게 기정사실이었어요."

"그래서 바하무트로 갔습니다. 아가씨가 저희더러 제 갈 길을 찾으라 하셨을 때, 따라오지 말라고 하셨지 기다리지 말라고는 하지 않으셨으니까요. 먼저 가서 기반을 마련해 두고 언젠가 오실 아가씨를 맞이할 생각이었습니다."

예전에 카니츠는 이런 말도 했었다.

"바하무트는 로안느의 오랜 적대국입니다. 그리고 배고픈 이들이 굶주림에 아우성치다 얼어붙은 땅에 몸을 누이며 죽어 가는 곳이라고 들었습니다. 게다가 그곳에는 피에 미친 전쟁귀들만 모여 있으며 그들의 황제는 악마라 불릴 정도로 무서운 자라고 들었습니다. 그런 이들이 가득한 나라에 어찌……."

그 정도로 바하무트를 두려워했었다. 이스피는 말할 것도 없었다.

"두려웠을 텐데."

"바하무트보다 아가씨가 저희를 버린다는 것이 더 두려웠어요. 위험한 곳으로 홀로 가신다니 걱정돼서 견딜 수 없었어요."

이아나가 눈을 손으로 감쌌다.

"대체……."

이아나의 눈에 눈물이 고였다. 북받쳐 오른 감정은 눈물이 되었다. 이때까지 짓눌려 왔던 감정이, 밖으로 나갈 방법만 찾다가 눈물로 맺혀 버렸다.

"내가 뭐라고, 그렇게까지 해."

이스피가 그것도 모르냐는 듯 눈썹을 올렸다.

"아가씨는 제 딸이잖아요. 딸이 막무가내로 위험한 곳으로 간다는데 어떻게 가만히 있어요."

숨이 턱 막혔다.

이스피…… 회귀 전엔 유일하게 제 편을 들었던 유모. 회귀 후엔 애정을 아낌없이 선사하여 사람과의 따스한 유대감을 느끼게 해 준 소중한 가족!

카니츠가 이아나의 앞에서 한쪽 무릎을 꿇었다. 그는 언제나처럼 우직한 표정으로 고개를 숙였다.

"아가씨는 제 영원한 주인이십니다. 기사 맹세를 한 그날부터, 저는 아가씨를 따르는 종이었습니다. 앞으로도 아가씨가 무슨 길을 걷든 그 뒤를 따르겠습니다. 누구보다 드높은 곳에 서실 때까지 영광을 함께하고 싶습니다."

이아나는 입을 손으로 막았다.

숨이 가빠지고 눈물이 주르륵 흘렀다.

카니츠…… 카니츠는 늘 그랬다. 회귀 전에도, 회귀 후에도 늘 곁에 있어 주며 그녀의 뒤를 지켰던 그녀만의 호위 기사!

대체 내가 너희에게 무엇인데 너희는 회귀 전에도, 회귀 후에도 나에게 애정을 선사하고 충성을 맹세하는가.

내가 너희에게 해 준 건 조그마한 것들뿐인데. 대체 그것들이 뭐라고 나에게 이리 잘해 주느냔 말이다.

미안함, 죄책감, 고마움…… 먹먹함에 속에서 신음이 들끓었다.

"제가 이스피, 에블린, 아가씨, 모두를 지킬 겁니다."

"……카니츠. 내가 옛날에 말했지. 네가 지켜야 할 사람은 내가 아니라 네 어머니, 그리고 미래에 너의 아내가 될 여인이라고. 그리고 이제는 네 자식까지 있어."

이아나는 결심했다.

"하지만, 그럼에도 나를 지키고 싶다니 어쩔 수 없지."

그녀가 눈물을 닦아 내며 강인한 눈동자로 그들을 보았다.

"내가 너희를 지킬 거다. 너희와."

이아나가 이스피에게 안긴 에블린의 손을 붙잡았다.

"이 아이를 지킬 것이다."

그리 맹세했다.

눈물은 멎었지만, 이아나는 감정의 잔물결에 젖은 채 에블린을 바라보았다.

소중한 이스피와 카니츠의 소중한 아이.

이 아이를 지키고 싶다.

"까아!"

에블린은 이아나의 손이 좋은 듯 붙잡고 방글방글 웃었다. 이아나는 가슴이 먹먹해졌다. 아기의 순수한 웃음은 이아나에게 무척이나 애틋한 감정으로 남았다. 처음으로 접해 본 아기의 조그마한 손은 이아나에게 잔잔한 파동을 남겼다.

아이들은 너무나 약해서 조금만 힘을 줘도 다치므로 보호해야 한다. 그러기 위해선 어른들이, 사회가 강해야만 한다. 이아나는 이 나라가 에블린처럼 조그맣고 약한 아이들도 안심하고 자랄 수 있는 장소가 되길 바랐다.

나와 내 나라가 너를 지킬게.

이아나가 조용히 맹세했다.

이스피의 눈에 눈물이 그렁그렁 맺혔다.

"아가씨가 이리 우시는 모습은 아기 때 말곤 처음 봐요."

이아나는 또다시 눈에 눈물이 고여 있음을 느끼고 황급히 닦아 냈다.

"확실히 그렇구나."

이아나는 살면서 눈물을 흘려 본 적이 거의 없었다.

특히 로베르슈타인 저택에서는, 아기 때 뭣도 모르고 운 것 말고는 회귀에 분노해서 운 게 한 번, 르보니를 죽일 때 눈물 한 방울 흘리고 만 게 다였다. 이 두 눈물은 이스피와 카니츠가 보지 못했던 것이었다.

"사실 걱정했어요. 아가씨가 저희를 귀찮다고 하실까 봐."

"그럴 리가 없잖아."

이아나가 정색하자 이스피가 눈물을 닦으며 살포시 웃었다.

"왜일까요? 아가씨가 울어 주시니 기뻐요."

"맞습니다."

카니츠도 옆에서 맞장구쳤다. 그들이 놀라면서도 기쁨을 감추지 못하자 이아나가 미간을 좁혔다.

"악취미야."

"후후."

이스피가 에블린의 뺨에 키스했다.

"에블린. 우리 이아나 아가씨, 예쁘지?"

이아나에게서 눈을 떼지 못하고 있던 에블린은 우유 냄새를 풍기는 미소로 답했다.

"예쁘대요."

"알아듣지도 못했을 텐데 무슨 대답이야."

"아기는 본능적으로 예쁜 사람을 좋아한다잖아요."

"꺄!"

에블린이 이아나를 향해 팔을 뻗으려 했다. 이아나가 움찔하자 이스피가 아쉬움을 표했다.

"아가씨가 안아 주시면 참 좋을 텐데."

"……."

이아나는 머뭇거리다 손을 들었다. 아까 전, 이스피가 에블린의 통통한 뺨을 푹 찌르던 모습이 무척 인상 깊었다.

꾸욱.

엄지로 에블린의 뺨을 조심스레 찔러 보았다. 말랑말랑하고 보드라웠다. 따뜻하고 연약했다. 에블린은 뺨이 눌린 채로 방글 방글 웃었다.

'귀엽다.'

이아나의 뺨이 살짝 붉게 물들었다. 에블린은 귀여운 걸 좋아하는 이아나의 취향을 저격했다. 냉랭한 심장에 불화살을 날린 격이었다.

"이리로."

결심한 이아나가 팔을 벌렸다. 이스피가 화색이 도는 얼굴로 이아나의 품에 에블린을 냉큼 안겨 주었다. 엉거주춤한 자세에 에블린이 불편한 듯 꼼지락거렸다. 이아나의 안색이 어두워졌다.

"아가씨, 이렇게요."

신이 난 이스피가 어찌할 바를 몰라 하는 이아나의 자세를 바로잡아 주었다. 그제야 에블린은 단단하고 안정감 있는 이아나의 품에 편히 안겼다.

이아나는 조그맣고 따뜻한 에블린을 물끄러미 바라보며 안은 손에 조금씩 힘을 가했다.

아기는 두려워했던 것만큼 약하지 않았다. 고양이나 강아지 같은 동물 정도일까?

하지만 날카로운 이빨도, 날렵함도 없는 아이는 보살핌이 절대적으로 필요했다. 이아나는 어른이 없으면 살아남지 못할 무력함이 애틋하면서도 사랑스러웠다. 이것이 보호 본능인 걸까…….

똑똑.

방문을 두드리는 소리가 들렸다. 노크 소리만 들어도 상대방이 누구인지 알 수 있었다. 이아나는 들어오라고 하기 전에 이스피와 카니츠에게 주의를 주었다.

"내가 모시는 사람이야."

긴장한 이스피와 카니츠의 자세가 꼿꼿해졌다. 그들의 주인인 이아나가 모시는 사람이었다. 게다가 검과 결혼할 기세였던 이아나가 사랑하는 남자였다. 얼마나 대단하기에 그 이아나를 채 갈 수 있었던 걸까? 궁금해하면서도 긴장할 수밖에 없었다.

"편히 있어도 돼. 들어오세요."

이아나의 허락이 떨어지자 문이 열렸다.

"네 호위 기사와 유모가 왔어……."

아르하드가 성큼 안으로 들어서다 말고 멈춰 섰다. 놀란 시선이 에블린을 소중하게 안고 있는 이아나에게 내리꽂혔다.

"아."

묘한 시선에 이아나는 왜 그러나 싶다가 제 품에 에블린이 있음을 깨달았다.

"이 두 사람의 아이, 에블린입니다."

"……그래."

아르하드는 조금 늦게 대답하고 다시 다가왔다. 이아나가 이마에 짧게 키스를 남기곤 이스피에게 에블린을 안겨 주었다. 이아나는 팔을 쓰다듬었다. 에블린은 떠나갔지만 팔에 남은 말랑한 감촉 때문에 어쩐지 간지러웠다.

"울었어?"

아르하드가 이아나의 붉은 눈가를 눈치채고 표정을 굳혔다.

"음, 조금요."

"왜?"

"반가워서……."

"네게 정말 소중한 사람들인 모양이구나."

이아나가 부끄러워하면서도 고개를 끄덕였다.

"네, 정식으로 소개해 드리겠습니다."

아르하드가 젖은 눈가를 다정히 쓸어 주곤 정면을 보았다.

"이쪽이 제 유모 이스피, 이쪽이 호위 기사 카니츠입니다. 이스피, 카니츠. 이 사람이 내 주군이자 연인, 아르하드다."

마침내 이스피, 카니츠와 아르하드의 첫 만남이 성사되었다. 이아나는 머쓱했다. 로베르슈타인 백작 부부에게 아르하드를 잠깐 소개해 줬을 때와는 달리 설레기도 했다.

"제 성에 온 걸 환영합니다."

아르하드가 이스피를 보았다가, 그녀가 저를 뜯어보는 눈치이자 옅게 미소를 지어 주곤 시선을 카니츠에게 꽂았다.

"……."

카니츠는 관찰하는 시선을 한 몸에 받으며 마찬가지로 차분하게 아르하드를 살폈다. 그는 사 년 전쯤, 헤어지기 전에 이아나가 했던 이야기를 가슴에 새기고 있었다.

"나는 바하무트 제국으로 향한다."
"국가는 상관없어. 그곳에 내가 받들고 싶은 자가 있을 뿐."

그 말 한마디만 믿고 바하무트로 떠났고, 그곳에서 이아나가 주군으로 모실 만한 사람을 찾아보았다. 하지만 영 눈에 차는 자가 없었다.

물론 바하무트 황족은 몹시 대단하고 무서웠지만 이아나가 그들을 위해 모든 걸 버리고 바하무트로 올 것 같진 않았다. 이아나와는 상성이 맞지 않아 보였기 때문이다.

그런데 뜬금없이 아르하드가 나타났다.

바하무트 황제의 숨겨진 사생아라는 남자가.

카니츠는 이아나를 절대적으로 믿고 따름에도 의문을 감출 수 없었다.

이아나는 저 남자를 정확히 언제 알게 된 걸까?

이아나가 해 준 이야기에 따르면 열여섯 살, 학술원에 다닐 때 아르하드를 정식으로 만났지만 그 전부터 바하무트의 사생아인 그를 알고 있었다고 했다.

어떻게 말입니까? 침묵이 돌아왔다. 왜 그를 따르고 싶으셨던 겁니까? 말을 돌렸다. 이아나는 카니츠의 의문을 해결해 주지 않고 슬그머니 넘어갔었다.

'본인이 없는 자리에서 할 얘기가 아니라서 그랬던 걸까.'

그럼 지금은 물어봐도 괜찮겠지.

"아가씨, 이분이 말씀하셨던⋯⋯."

호기심을 숨기지 못한 카니츠가 입을 여는 순간, 그가 무슨 말을 할지 눈치챈 이아나가 그의 입을 번개처럼 틀어막았다.

"나중에 얘기하자."

제가 입에 담을 사안이 아님을 깨달은 카니츠가 입을 다물자 이아나가 손을 떼었다.

"뭐야?"

아르하드가 의아해하자 이아나가 아무것도 아니라는 듯 손을 내저었다.

'카니츠와 이스피를 재회할 줄 몰랐기에 내뱉었던 말이 이렇게 돌아올 줄이야.'

상황이 꼬였다. 꼬여도 한참이나 꼬인 상황을 풀려면 모든 걸 다 말해야만 한다. 회귀까지.

하지만 이아나는 이미 회귀를 고백할 날을 정했다.

로베르슈타인을 뛰어넘어서, 악마의 심장에서 검을 뽑아 파괴한 직후. 그녀가 오롯이 이아나로 존재하고 그가 오롯이 아르하드로 존재할 때 고백할 것이다. 모든 것을 설명해 줄 것이다.

그 전까지는 조용히.

카니츠와 이스피는 눈치 없는 사람이 아니었다. 대놓고 입을 막았으니 이아나가 먼저 말을 꺼내지 않는 한, 두 번 다시 언급하지 않을 것이다.

"만나서 반갑습니다."

아르하드가 이스피와 카니츠에게 인사했다.

"초면부터 이런 말을 해서 미안하지만 걸려 있는 마법이 있진 않은지 확인하겠습니다."

"당연합니다."

카니츠와 이스피가 수락하자, 아르하드가 차례대로 그들의 팔을 붙잡고 마나의 흐름을 살폈다. 하지만 마법이나 신술의 흔적은 느껴지지 않았다.

아르하드가 카니츠에게서 손을 뗴었다.

"의심해서 미안합니다."

"아닙니다. 당연한 일입니다."

아르하드가 고개를 끄덕였다.

"앞으로 편하게 지내 주십시오. 어려운 일이 있다면 뭐든 말하시면 됩니다."

"그……. 말씀을 낮춰 주십시오. 영주님은 아가씨의 주인이시니 저희에게도 주인이십니다."

"맞아요. 게다가 아가씨의 남편이 되실 분인데."

이스피가 당연하게 내뱉은 남편이라는 단어에, 아르하드가 입꼬리를 말아 올렸다.

"이아나와는 가족보다 각별했던 분들이라고 들었습니다. 당신들은 제게도 특별한 분들입니다."

"하지만."

그들이 어찌할 바를 몰라 하자 아르하드가 이아나를 돌아보았다. 아르하드가 그들에게 잘해 주어 내심 기뻐하던 이아나가 미소 지었다.

"당신은 이 땅의 왕입니다. 저의 가족이지만, 이들을 존중해 주시는 것만으로도 충분해요. 편하게 대해 주십시오. 그래도 되겠지?"

"물론입니다."

"그래? 그렇게 말한다면야."

아르하드가 고개를 끄덕였다.

"카니츠."

"예."

아르하드는 카니츠를 꿰뚫어 보듯 쳐다보았고 카니츠는 피하지 않았다.

그는 회귀 전, 이아나를 묵묵히 뒤에서 받쳐 주었던 부관 카니츠를 기억하고 있었다. 그의 우직함과 충성심은 주목할 만했다. 이번엔 바하무트 상위 기사단 소속이니 쓸모도 아주 많았다.

"당신은 정말 유능한 인재다. 많은 일을 맡기려 하는데, 가능하겠지?"

"인정해 주시니 기쁩니다. 열심히 하겠습니다."

아르하드는 다음으로 흐뭇한 표정의 이스피를 보았다.

"이스피."

"네!"

이스피가 깜짝 놀라 대답했다. 이스피는 처음 보았을 때부터 점수를 매기듯 아르하드를 뜯어보고 있었다. 아르하드는 일찌감치 그것을 눈치챘고 말이다.

"내가 이아나의 남편감으로 적합한가?"

"네? 무, 물론이에요."

이스피가 세차게 고개를 끄덕였다. 적합하고말고. 돈 많지, 권력의 정점이지, 성격도 좋아 보이지, 잘생겼지, 몸도 좋지. 세계 최고의 남편감이었다.

"다행이군."

아르하드가 아주 만족스러운 듯 미소 지었다. 이아나가 놀랄 정도였다. 그는 이아나를 상대할 때가 아니면 저런 미소를 거의 짓지 않았다.

"당신은 앞으로 이아나를 곁에서 보살펴 줬으면 한다. 이아나가 아무리 혼자서 잘한다고 하지만, 차후 내 아내이자 왕비가 될 텐데 뒤를 받쳐 줄 사람이 필요해."

"아내……. 왕비……."

이스피가 몽롱한 표정으로 중얼거리다가 퍼뜩 정신을 차리고 고개를 끄덕였다.

"성심을 다해 아가씨를 모시겠습니다."

"그래."

아르하드가 이아나에게 눈짓했다.

"피곤할 테니 오늘은 쉬고 다음에 이야기하지. 이아나, 잠깐 나 좀 봐."

이아나가 아르하드를 따라 문을 나서려 하는데 이스피가 이아나의 손을 꽉 붙잡고 속닥거렸다.

"역시 우리 아가씨. 백작이니 왕자니 다른 쓸모없는 남자들은 다 집어치워요. 어떻게 저렇게 잘생기고 몸 좋고 다정하고 능력

좋은 남자를! 어떤 남자를 갖다 대도 부족하지만 저 정도면 합
격입니다."

"……."

"무엇보다 아가씨한테 꽉 잡혀 사는 게 느껴져요. 그분의 눈
에서 아가씨를 향한 사랑이 흘러넘쳐서 제가 다 두근거리지 뭐
예요. 하긴, 우리 아가씬 사랑받고도 남지. 암."

"……그만해."

"아직 안 끝났는데! 아가씨, 나중에 얘기해요."

쾅!

이아나가 문을 세게 닫았다.

밖에서 모두 들은 아르하드가 기분 좋게 말했다.

"유모가 보는 눈이 있군. 맞아. 넌 사랑받고도 남을 여자야."

"……그만 가요."

놀리는 것처럼 느껴져도 전부 다 진심이다. 민망해진 이아나
가 아르하드의 등을 떠밀었다.

"궁금한 게 있는데."

"뭐죠?"

"저 두 사람, 대체 왜 바하무트에 가 있었던 거지?"

이아나가 흠칫했다.

"저 정도 열정을 보면 학술원에 따라오고도 남았을 것 같은데.
네가 내쳤다기에 낙심해서 바하무트로 떠난 줄 알았더니, 다른
이유가 있는 모양이다."

"……그러게 말입니다."

이아나는 얼버무렸다.

"뭐, 인간의 변덕이란 알 수 없는 거지."

아르하드는 대수롭지 않게 넘겼다. 애초에 많은 것이 변했다. 그를 미치도록 싫어했던 이아나가 그의 사람이 된 현재, 이아나의 부하들이 바하무트 소속이 되었다고 해도 별로 이상하지는 않았다. 미래란 예측할 수 없는 법이었다.

"그래도 네 기사가 황궁 기사단에 들어갔고, 그럼에도 너에 대한 충성심을 유지하고 있는 건 아주 대단한 일이야."

"왜요?"

"바하무트는 황궁 기사를 선발할 때 실력도 꼼꼼히 보지만 아주 까다로운 심문을 거친다. 웬만하면 여기서 다 떨어져. 그리고 황궁 기사로 만든 후에는 강한 세뇌 의식을 하지. 평범한 사람은 절대 못 버텨."

"……."

이아나는 카니츠가 그런 곳에서 제정신을 유지할 수 있었던 이유가 이아나 자신 때문이었다는 사실에 또 한 번 먹먹함을 느꼈다.

"카니츠가 굳이 황궁 기사가 된 이유가 뭘까요? 그냥 평범하게 살아도 됐을 텐데."

"황궁 기사가 되는 건 바하무트에서 최고의 영예다. 그리고 신분이 확실해져. 많은 시련을 이겨 내고 황궁 기사가 된 그들을 누구도 의심하지 않는다. 내 생각엔 그것 때문일 거야."

카니츠는 이아나가 바하무트 사람이 될 것이라고 철석같이 믿었기에 그런 과정을 버틸 수 있었을 터였다. 그리고 훗날 이아나에게 도움이 되기 위해 고급 인맥을 다졌을 것이다……

"이미 황궁 기사가 된 자가 다시 옛 주인을 찾아오다니 정말 신기하군. 사실 카니츠가 테일런의 첩자가 아닐까 속으로 계속 의심하고 있었어."

이아나는 뜨끔했다.

아르하드는 카니츠가 왜 바하무트로 갔고, 왜 다시 그녀에게 왔는지 알지 못한다. 그래서 저런 의심을 하는 것이다.

"네 인덕이겠지. 아무튼 카니츠가 네게 다시 와 준 건 좋은 일이다. 바하무트 귀족들조차 알 수 없는 바하무트 황궁 내부 정보를 얻어 낼 수 있으니."

이아나가 꺼리는 표정을 지었다.

"많이 위험하겠죠."

"당연히."

"카니츠가 바하무트로 돌아가지 않는다면 어떻게 될까요?"

이아나는 카니츠를 믿고 첩자로 활용하겠다고 이미 마음먹었 었다. 결심한 마음이 이제 와서 흔들리는 이유는 너무나 어린 에블린을 봤기 때문이다.

"황궁 기사는 휴직 중에도 자신이 어디에 있으며, 무엇을 하고 있는지에 대한 보고서를 주기적으로 제출해야 한다. 그리고 만약 장기 휴가가 끝나고도 복귀하지 않는다면 군 탈주와 명령 불복을 이유로 척살령이 떨어져. 변명은 절대 통하지 않지. 바하무트는 그런 것 하나는 확실하다."

"……."

"바하무트는 배신자 척살을 최우선으로 둔다. 만약 복귀하지 않은 채 바하무트와의 싸움이 길어진다면, 카니츠는 숨어 다녀야 할 거다. 많이 피곤해지겠지.”

아르하드의 방에 도착했다.

이아나가 소파에 털썩 앉았다.

“저는 그 두 사람을 위험한 곳에 보내고 싶지 않습니다.”

“이해해.”

아르하드는 소파에 우두커니 앉아 있는 이아나의 뒤에 섰다. 소파의 등받이에 팔을 대고 몸을 기울여, 고민하는 그녀의 얼굴을 들여다보았다.

“카니츠와 이스피에게는 아기도 있어요.”

“그래.”

“하지만 자기 사람을 무작정 안으로 끼고도는 건 옳지 않죠. 저조차도 당신이 그저 잡아 두는 걸 싫어하는데.”

“나로서는 슬픈 일이야.”

“여러 가지 상황을 봤을 때 카니츠가 바하무트에 복귀하는 것이 가장 좋고.”

“맞아.”

“카니츠의 능력이 현재 가장 빛을 발하는 곳도 바하무트겠죠.”

“그것도 맞고.”

“두 사람은 제게 도움이 되고 싶어 하고요.”

“당연히 그렇겠지.”

“으…….”

이아나가 얼굴을 감싸고 유례없이 심하게 괴로워했다.

“천천히 생각해 봐. 무슨 선택지를 선택하든 죄책감 같은 건 절대 가지지 말고.”

아르하드가 이아나의 머리에 입을 맞췄다.

"우리가 하루라도 빨리 바하무트 황족을 제거하자. 네 사람들을 위해서라도."

"네."

지금도 열심히 하고 있지만 훈련에 더욱 박차를 가해야겠다. 카니츠도 오랜만에 훈련시켜야겠다. 이아나가 그를 바하무트로 보내든 여기에 잡아 두든, 카니츠는 이스피와 에블린, 그리고 스스로를 지킬 힘을 가져야만 했다.

"지금은 두 사람과의 만남과 곧 있을 행사들에만 집중하는 게 어때? 그 두 사람이 굳이 애써서 여기에 온 건, 건국식과…… 결혼식 때문이잖아?"

은근한 목소리가 귓가를 간지럽혔다.

"나도 결혼식, 기대돼."

이아나가 반사적으로 그를 쳐다본 순간, 뜨거운 입술이 그녀의 입술 위로 진하게 내려앉았다. 이마가 톡 닿자 흐트러진 검은 머리카락과 붉은 머리카락이 섞여 들었다.

"……"

이아나가 익숙하게 눈을 감았다. 그녀가 아르하드의 뺨을 감싸자 음미하듯 나른한 키스가 이어졌다. 정신을 차렸을 때는 어느새 눕혀진 채 풀어 헤쳐진 셔츠 사이로 드러난 쇄골이 깨물리고 있었다.

하지만 언제나처럼 아르하드는 멈춰 버릴 것이다. 또다시 괜히 자극만 당한 채로 방치될 것이다.

이아나는 매번 아쉽고 모자란 기분을 강하게 느꼈다. 그리고 후자의 기분은 날이 갈수록 강해져 요즘 들어서는 결국 울컥해 버린다.

이아나가 그의 머리카락을 잡아당겼다. 깊게 파인 쇄골의 그 윽함과 탄력 있는 피부, 세상에서 가장 유혹적인 체향에 몰닉하 고 있던 그의 눈은 몽롱했다. 하지만 이아나의 불만스러운 표정 과 흐트러진 모습을 내려다보더니 눈동자에 서서히 빛이 돌아온 다.

"하……."

왜인지 후회하는 듯했다. 배부른 듯 배고픈 듯, 모순적인 얼굴 로 이마를 톡 하고 대었다.

"이제 내 인내심도 한계에 달해서 이런 키스나 스킨십은 참으 려고 했는데……. 실수했어."

그 말에, 여태 위태위태하게 유지되어 왔던 이아나의 인내심 이 뚝 끊겨 버렸다.

이아나는 아르하드의 옷깃을 잡아당기며 밀착했다. 열기가 파 르르 감도는 눈동자가 집어삼킬 듯 아르하드의 눈앞으로 다가왔 다. 아르하드의 목울대가 위아래로 움직였다. 안 그래도 마르던 목이, 아예 바짝 말라 버렸다.

"며칠 안 남았으니까 그냥 할래요?"

결국 인내심이 바닥난 이아나가 말로 내뱉어 버렸다.

"당신도 날 바라고, 나도 당신을 바라는데."

투두둑.

이아나가 셔츠의 깃을 잡아당기자 단추가 투두둑 풀렸다. 이 아나의 입술이 펜던트의 목줄 사이를 파고들었다. 붉은 입술이 목덜미를 깨물어 자국을 남기고, 손가락은 옷 사이를 파고들어 탄탄한 가슴을 유혹하듯 쓰다듬었다. 손가락이 닿은 피부 바로 밑의 심장에서 엄청난 박동이 느껴졌다.

아르하드가 이아나의 손을 꽉 움켜쥐었다.

"안…… 돼."

숫제 애원하는 듯한 어조였다. 이아나가 그의 목덜미에서 얼굴을 들었다. 아르하드의 얼굴이 완연히 붉었다. 달뜬 뺨과 욕망으로 흔들리는 눈, 들썩거리는 가슴…… 욕망에 차 흥분한 모습이 역력하자 이아나도 조금은 만족했다.

어째 몹쓸 짓을 하는 것 같아 이아나가 아르하드에게서 떨어져 나오며 불퉁한 표정을 지었다.

"이럴 거면 키스는 왜 했습니까? 바보."

"바보 맞아. 이번에는 정말 실수다. 참으려고 했는데…… 참을 수 없었어."

아르하드가 변명하듯 말했다.

"조금 긴장했어. 로베르슈타인 백작가와는 달리, 그 두 사람은 네가 가슴으로 받아들인 가족이잖아. 네 소중한 사람들이니까 잘 보여야겠다고 생각했어. 잘해 주고 싶었고."

그래서 존댓말을 한 걸까.

"그런데 좋은 점수를 받은 것 같다고 생각하니까 긴장이 풀려서, 너한테 키스하고 싶어서 참을 수 없었어."

여유로워 보이더니 사실 이런 생각을 하고 있었던 거다.

이아나가 고개를 흔들며 자리에서 일어났다. 여기에 있다간 이상해질 것 같다. 아르하드의 옷을 확 다 뜯어 버릴 것 같았다.

자신이 이렇게 선정적이고 욕망 덩어리인 여자였나.

이아나가 문으로 걸어가자 아르하드가 따라왔다.

"……갈게요."

"미안."

이아나는 아르하드가 얄밉기도 하고, 귀엽기도 했다.

왜인지 복수하고 싶어졌다. 괴롭히고 싶었다.

문득, 꽤 오래전의 일이 생각났다.

"잠깐 앞 좀 봐요."

아르하드는 이아나의 말을 잘 들었다. 그래서 등을 돌려 앞을 보자, 이아나가 느릿하게 아르하드의 등 뒤로 다가갔다.

그리고 아르하드가 방심한 틈을 타 귀를 확 깨물어 버렸다.

"무슨……!"

아르하드가 퍼뜩 놀라서 돌아보자 이아나도 놀랐다. 얼마나 세게 깨물었는지 잇자국이 난 곳에 피가 살짝 새어 나와 있었다.

하지만 왜일까?

저로 인해 피가 맺힌 귀가 애처로워 보임에도 눈을 뗄 수 없었다. 이아나는 달래듯 그의 귀에 키스하며 핏방울을 훔쳐 냈다.

"아, 죄송합니다. 저도 모르게."

몸을 관통하는 듯한 야릇함으로 아르하드가 얼굴을 붉히자 이아나가 뻔뻔하게 속삭였다.

"그래도 좋죠?"

이아나는 아르하드가 뭐라고 하기도 전에 웃어 보이곤 획 나가 버렸다. 아르하드는 그녀를 따라가지 못했다.

다음 날, 이아나는 이스피의 방에 있었다. 카니츠는 아르하드와 대화를 하러 갔다. 에블린을 위해 준비해 놓은 요람이 흔들거렸다. 에블린은 위에서 빙글빙글 돌아가는 장난감을 보며 팔과 다리를 붕붕거렸다.

이아나와 이스피는 소파에 앉아 대화를 나누고 있었다.

"에블린은 참 작구나."

"아기니까 당연하지요."

"언제 크지?"

"많이 작죠? 미숙아로 태어난 데다 매번 골골 앓아서 한 살이 넘었는데 아직 걷지도 못해요. 그래도 곧 쑥쑥 클 거예요."

"이렇게 작은 아기는 처음 봐."

"아가씨는 아기를 볼 기회도 없었고……. 또 아이한테는 되도록이면 가까이 가지 않으려고 하셨으니까요."

"그랬나."

그런 거 같긴 했다. 아이들은 너무 약해서 자칫하면 다치게 할지도 모른다고 평소 생각해 왔고, 또 아이들 앞에서 약해지는 스스로를 꺼렸으니까.

"아가씨의 결혼식이 끝나고, 조금만 쉬다가 바하무트로 돌아갈 거예요."

그때, 이스피가 폭탄 발언을 했다.

"뭐?"

이아나가 깜짝 놀라자 이스피가 웃었다.

"카니츠가 필요하시잖아요?"

"……나는."

이아나가 부글거리는 목소리로 말했다.

"너희 두 사람이 여기서 그저 행복했으면 좋겠어. 보내고 싶지 않아."

"카니츠가 기뻐하지 않을 거예요. 저도 마찬가지고요."

"왜?"

"아가씨가, 카니츠에게 연락하실 때마다 그러셨잖아요. 바하무트에 정보통이 없었는데 네 존재가 참 도움이 된다고. 카니츠는 그 말에 너무 기뻐서 하루 종일 들떠 있었어요. 우리는 바하무트에서 했던 고생이 헛되지 않았다며 서로를 얼싸안았죠."

이아나는 제 입에 주먹질을 하고 싶은 기분이었다. 카니츠와 이스피처럼 충성스러운 사람들에게 그런 말을 하면 안 되는 거였는데 칭찬을 한다는 게 그만.

"일이 다 끝나면 아가씨의 곁에 돌아올게요. 그래도 되죠?"

"……."

"아가씨!"

"알았어."

그래. 카니츠와 이스피를 믿고 맡기자.

일이 이렇게 된 거 어쩌겠는가.

그들의 도움을 받아 바하무트나 빨리 죽여야지.

이아나가 한숨을 쉬며 요 며칠 흐트러졌던 마음을 가다듬는데 이스피가 이아나의 머리카락을 만지작거렸다.

"아가씨, 늘 머리카락을 자르고 싶어 하셨잖아요. 어떻게 기르셨어요?"

현재 이아나의 머리는 허리의 살짝 위까지 내려와 있었다. 케이거스 드미트리 때 분노를 참지 못하고 자학하듯 머리카락을 쳐 냈었는데, 그새 많이 자랐다.

머리를 기른 이유는 별거 없었다.

케이거스 사건으로부터 얼마 되지 않아 프리실라가 이아나의 머리카락을 소중히 보관하고 있는 걸 발견했다. 소름 끼쳐서 당장 버리라고 했더니 프리실라는 버리면서 진심으로 슬퍼했고 나중에는 짧은 머리도 예쁘다며 난리를 쳤지만 한동안은 긴 머리를 그리워했었다.

무엇보다 이스피가 생각나서 자를 수가 없었다. 긴 머리카락을 고집했던 이스피에게 세뇌라도 당한 건지, 아니면 추억 때문인 건지, 자르고 싶다 생각하면서도 매번 자르지 못했다.

"네 생각이 나서 못 잘랐어."

그래서 그냥 길러 주었다. 머리카락 따위 아무래도 상관없었다. 전투 시에는 묶으면 그만이었다. 이스피는 감동한 표정을 짓더니 고개를 핵핵 저었다.

"저는 그때 레이디는 머리를 길러야만 한다고 생각했어요. 로안느는 성별에 맞춰 대부분의 역할이 분리되어 있고, 미의 기준도 정해져 있는 편이니까요. 그런데 북부는 아니었어요. 생존을 앞두고 남자고 여자고 구분이 없었고 사람들은 적당한 선에서 취향대로 하고 다녔어요. 설령 독특한 차림 때문에 시비가 걸리더라도 맞서 싸워 상대방의 입을 다물게 했죠. 그런데 신기한건, 그 뒤로 한동안은 그런 독특한 차림이 유행하곤 했다는 거예요. 그 사람을 동경한 다수의 사람들이 멋지다며 비슷하게 하고 다니니 처음엔 이상하다며 욕했던 사람들도 저게 참 괜찮은 차림새구나, 라고 생각하게 되었죠."

이스피가 이아나의 머리카락을 꼭 감싸 쥐었다.

"전 제 편견을 깨달았어요. 지역, 사회, 시대에 따라 문화도 미의식도 너무나 쉽게 달라지기 마련인데, 미의 기준이 다 무슨 소용일까요? 사람은 그냥 자기가 원하는 걸 하면 되는 거예요. 그래서 반성했어요. 아가씨에게 매번 '레이디'답지 않다고 잔소리만 해서……."

이스피의 손에서 이아나의 머리카락이 사락거리며 흘러내렸다.

"아가씨는 지겨워하셨는데. 싫으셨죠?"

"아니. 귀찮긴 했지만……. 만약 정말 싫었다면 내 멋대로 잘랐을 거다. 아무래도 상관없으니 머리카락을 기른 거야. 네가 좋아하기도 했고. 그래도 짧은 쪽이 편하긴 하지."

"아가씨가 원하는 대로 해요. 우리 아가씬 무슨 머릴 해도 어울릴 테니까."

이아나가 제 머리카락을 만지작거렸다.

"그럼 한번 잘라 볼까."

건국 준비는 착착 진행되어 이제 마무리 단계였다.

건국 날짜도 정해졌다.

4월 6일, 아르하드의 생일이었다.

그날, 이아나와의 결혼식도 겸한다. 아르하드의 날이라고 해도 과언이 아니었다.

이아나는 건국 마무리 단계라고 해서 쉬지 않았다. 오히려 마지막으로 확인한다고 더 바빴다.

프리실라가 예전부터 제작해 왔던 예복도 잠깐잠깐 입어 보았다. 프리실라는 아르하드와 이아나의 예복을 제작하는 데 심혈을 기울였고, 최근 완성된 예복은 그녀의 걸작이라고 할 만했다.

정장과 드레스가 한 세트인 예복은 그들을 상징하는 검은색, 붉은색, 황금색에 흰색이 더해진 조합으로 제작되었다. 디자인은 제복과 닮아 있었다. 연약하고 순수한 느낌보다는 강인하고 격식 있는 느낌이라 이아나는 무척 마음에 들어 했다.

그리고 오늘, 건국식 하루 전.

이아나는 거울 앞에 앉아 있었다.

이아나는 자신의 긴 머리카락을 별 감흥 없이 바라보았다.

그녀의 머리카락은 아주 선명하고 강렬한 붉은색이었다. 그렇다고 해서 아예 단색처럼 보이지는 않는 것이, 태양의 빛을 받으면 주홍빛이나 노란빛을 띠기도 했다. 그래서 태양 아래에 있을 때 이아나의 머리카락은 마치 넘실거리는 불꽃같았다.

그리고 이아나가 워낙 건강하다 보니 머리카락도 무척 탐스럽고 풍성했다. 길을 다니다 보면 사람들의 시선을 확 끌 정도로 예뻤다. 머리카락을 만지는 직업군들은 이아나의 머리카락을 매우 탐내곤 했었다.

싹둑.

그 머리카락이 프리실라의 가위에 잘려 나갔다.

"으흐흐흑."

프리실라는 몹시 괴로운 표정을 지으며 가슴팍을 쥐어뜯었다. 손에 늘어져 있는 묵직한 붉은 머리카락이 푸른 눈망울에 맺혔다. 동공이 애처롭게 흔들렸다.

"이아나 양은 장발도 예쁘고 단발도 예쁘지만, 너무 아깝네요. 으아아악, 아까워."

"이미 잘랐잖아요."

"그건 그렇지만."

프리실라가 매끈한 이아나의 머리카락을 조심스럽게 쓰다듬었다. 이스피도 옆에서 떨리는 한숨을 내뱉었다.

"아가씨가 원하는 대로 하라고 말씀드렸지만 그래도 아쉽네요. 잘려 나가는 순간 섬뜩함을 느꼈어요."

"이번에도 불태우겠다니 진짜 너무해요. 차라리 저 주지."

"세상에. 예전에도 태웠나요?"

"네. 아주 단호하게, 거리낌 없이, 이 아름다운 머리카락에 불을 확 질러 버렸어요! 잔인해!"

프리실라가 구시렁대며 잘려 나간 이아나의 머리카락을 하나로 묶고 있을 때 이아나가 카고마인을 불러냈다.

[예쁘다! 내가 아주 잘 태워 줄게!]

캥, 즐겁게 외친 카고마인이 이아나의 머리카락을 야금야금 태우기 시작하자 프리실라가 가위를 들었다.

"자, 이제 정리하자고요!"

길이는 정했으니 다듬을 차례였다.

싹둑, 싹둑.

짧은 머리카락 조각이 툭툭 떨어져 내렸다. 카고마인이 폴짝 폴짝 뛰며 그것들까지 모조리 먹어치우는 사이 머리카락은 단정하게 정돈되어 어깨의 조금 위쪽까지 올라왔다. 프리실라가 이아나의 어깨에 손을 짚고 제 작품을 감상했다.

"어때요?"

이아나가 고개를 살살 흔들어 보았다. 아주 편했다. 빗어 내려봤지만 머리카락이 엉키지 않았다. 씻을 때도 간편할 것 같았다.

"좋군요. 머리가 가볍습니다."

"그럴 만도 해요. 이아나 양은 머리카락 숱도 많았고 길이도 길었으니까요."

이아나는 거울 속의 제 모습을 관찰했다. 생각했던 것보다 훨씬 깔끔하고 단정해 보였다. 머리카락이 살짝 굴곡져서 그런지 촌스러워 보이지도 않았다.

이아나는 기분이 좋아졌다. 이래서 기분 전환 할 때 머리를 자르나 싶었다.

프리실라가 의기양양하게 허리에 손을 얹었다.

"역시 단발도 너무 예뻐요! 내 솜씨가 더해져서 그런가!"

"맞아요. 프리실라 양, 솜씨가 너무 좋아요. 프리실라 양처럼 대단한 아가씨가 우리 아가씨와 함께해 줘서 전 정말 행복해요."

이스피가 감격한 듯 두 손을 꼭 모았다.

이스피와 프리실라는 죽이 잘 맞았다. 워낙에 이아나를 좋아하는 데다 외양을 가꾸는 걸 즐기니 맞지 않을 수가 없었다.

"에헴."

콧대를 세운 프리실라가 아르하드를 홱 돌아보았다.

"어때요, 영주님. 예쁘죠?"

옆에서 조용히 구경하고 있던 아르하드가 너무 당연한 걸 들은 것처럼 단호한 표정으로 고개를 끄덕였다.

"아주."

"그래요. 이아나 양은 아주 예쁘고, 귀엽고, 멋지고, 아름다운 사람이라고요. 이런 사람이 반려라니, 행복하신 줄 아세요!"

"알고 있어."

프리실라는 아르하드를 어려워했지만, 이아나의 얘기를 할 때는 몹시 당당하고 자신만만했다. 아르하드가 이아나의 이야기를 할 때만큼은 부드러워진다는 걸 알고 있었기 때문이다.

"자, 이렇게 예쁜 이아나 양이랑 데이트라도 한번 찐하게 하고 오세요! 오늘 안 돌아오면 더 좋고!"

프리실라가 이아나의 몸을 감쌌던 천을 거두며 외쳤다. 이스피는 역시 프리실라가 뭘 좀 안다며 박수를 보냈다.

이아나는 아르하드의 손을 잡고 거리를 거닐었다.

"영주님과 라이즈 경이다."

"안녕하세요!"

"내일, 정말 기대하고 있어요."

이아나와 아르하드를 알아본 사람들은 앞다투어 그들에게 인사했지만, 귀찮게 달라붙지는 않았다. 이아나와 아르하드는 시내를 둘러본다는 이유로 자주 외출했고, 그들이 편하게 돌아다니는 모습은 희귀한 장면이 아니었다.

하지만 오늘은 이아나의 파격적인 변신 때문에 시선이 갈 수밖에 없었다.

"라이즈 경의 머리카락, 어디 간 거야? 내 눈이 어떻게 됐나?"

"멋진 머리카락이 확 사라졌어."

"자르셨나 봐."

사람들은 처음에 충격을 감추지 못했지만 서서히 받아들였다. 받아들이다 못해 이아나의 변화에 설렘을 느꼈다. 이아나는 단발도 지독하게 잘 어울렸다. 사실 이아나의 성정을 생각하면 단발이 더 맞는 것 같기도 했다.

"머리를 자른 게 이렇게 주목을 많이 받을 일입니까."

이아나가 짧은 머리카락을 잡아당기며 중얼거렸다.

"네 머리카락의 존재감이 엄청나긴 했지. 갑자기 사라졌으니 놀랄 수밖에."

"그 점을 감안해도 심하게 소란스럽군요. 이상한가요?"

"아냐. 충격적으로 예뻐서 그래."

아르하드의 말은 반쯤 흘려들어야 한다. 콩깍지가 씐 그의 눈에 뭐가 안 예쁘겠는가?

이아나는 조용히, 아름다운 세마스티어의 시내를 둘러보았다.

"정말 시간이 빨리 흐르는군요."

시간은 강물처럼 흐른다. 목표로 한 바다가 막막하고 멀어 보일지라도 시간은 멈추지 않고 흐르기 마련이다. 찰랑찰랑 흔들리는 물결에 집중하고 있노라면 어느 샌가 바다에 닿아 있다.

이아나가 막 정착했을 때만 해도 어수선하고 정신없었는데 지금은 정돈된 느낌이 물씬 풍겼다. 모두가 부지런히 노력한 덕분이었다.

"여기 맥주 한 잔 더!"

"작작 마셔요. 저번처럼 인사불성이 되면 버릴 겁니다."

"안 그럴 거 알아. 넌 상냥하니까!"

인간과 드워프의 대화였다.

여기는 인간과 엘프, 저기는 수인과 드워프 등 사람들은 종족에 관계없이 어울려 살아가고 있었다.

"처음엔 문제가 정말 많았죠."

"시간이 약이라는 말이 괜히 있는 게 아니지."

옳다. 시간은 무엇보다 강력한 힘이었다.

고생했던 기억은 시간의 힘에 묻혀 사라지고 즐거운 광경만을 앞두고 있었다.

쏴아아아…….

이아나와 아르하드는 샤우부 대삼림의 초입으로 들어섰다. 봄바람에 흔들리는 연둣빛 잎사귀들이 노래하며 그들을 반겼다.

타다다닥!

몬스터들이 황급히 도망가는 소리가 들렸다. 샤우부 대삼림에는 여전히 많은 몬스터들이 서식하고 있었다. 하지만 아르하드가 동부에 자리 잡고 숲을 제 영역으로 선포하자 하위 몬스터는 물론이요, 고위 몬스터들까지 겁을 먹었다.

아르하드는 자기들끼리 싸우는 몬스터들을 가만히 내버려 두었다. 놈들의 탄생 과정을 고려하면, 그들 또한 증오에 의한 피해자였다. 피해를 주지 않는다면 무작정 죽일 필요는 없었다.

"나중에 바하무트와 싸울 때 동원해야지."

사실 이게 주된 목적이었지만 말이다.

쏴아아아…….

페임드라가 있는 곳에 도착했다.

페임드라는 어서 오라는 듯 가지를 살랑살랑 흔들었다.

영계가 열렸다.

[어서 와.]

이제, 페임드라와 만날 때는 영계가 무조건 열린다. 아직 영계에 접하지 못하는 아르하드는 대화를 듣지 못했지만 답답해하지는 않았다. 이아나가 나중에 모두 말해 주었기 때문이다.

[내일이 건국식이야.]

[역사적인 날이구나.]

[나와 아르하드의 결혼식이기도 하고.]

[좋다…….]

페임드라가 흐뭇해하는 게 느껴졌다.

[너희의 행복을 빌어. 꼭 행복해질 거야.]

되새기듯 말하는 페임드라의 태도에서, 이아나는 그가 로베르슈타인과 로이긴을 떠올리고 있음을 알 수 있었다.

이아나는 잡고 있던 아르하드의 손에 힘을 꽉 주었다.

[하고 싶은 말이 있어.]

[응? 뭔데?]

오늘, 페임드라에게 전하고자 결심한 마음이 있다.

[나는 로베르슈타인과 달라.]

[그래.]

[난 로베르슈타인처럼 혼자서 모든 걸 책임지지 않을 거야. 위기가 닥쳐오더라도 모두와 함께 이겨 나갈 거다.]

[그래. 그게 라오스가 바랐던 일일 거야.]

[너는 로베르슈타인과 로이긴의 약속의 증표였지. 그 약속은 결국 지켜지지 못했고.]

[그랬지.]

[그거 말인데, 나랑 다시 약속해.]

[응?]

페임드라가 의아해하자 이아나가 맹세했다.

"난 아르하드를 반드시 지킬 거야. 내게 속한 사람들도 최선을 다해 지킬 거야. 약속해."

그녀의 맹세는 영계에도, 물질계에도 퍼져 나갔다.

"네가 내 약속의 증표가 되어 줘. 난, 너를 말라붙게 내버려 두지도 않을 거야."

[…….]

"함께 살아가자."

페임드라가 순간 말문이 막힌 듯 침묵하다가, 기쁘게 외쳤다.

[좋아! 이번에도 증표가 되어 줄게. 나는 약속의 증표로서 네 삶을 지켜볼 거야.]

페임드라가 흔쾌히 수락하자 이아나가 미소 지었다. 그녀가 아르하드를 돌아보았다. 맹세를 듣고 기뻐하는 아르하드의 영혼은 금빛으로 환히 빛나고 있었다.

이아나는 그의 손을 붙잡아 당겼다.

그의 금빛 영혼에 키스했다.

맞닿은 사랑에서부터, 세상이 색으로 물들어 갔다.

드디어, 모두가 기다리고 기다리던 날이 도래했다.

건국일. 동부 대륙을 영토로 하는 대국이 탄생하는 날이었다.

이 주 전, 세계 각국의 지도자들은 한 번도 들어 보지 못한 국가의 이름을 내세운 공문을 전달받았다. 새로운 국가가 동부에 탄생할 것이라는 선언이 깔끔하고 힘 있는 필체로 쓰여 있었다. 그것을 본 지배자들은 모두 똑같은 생각을 했다.

'올 것이 왔구나!'

동부에 어마어마한 신국가가 들어설 것이라는 소문은 이미 전 세계에 파다했다.

소문은 상인들로부터 시작되었다.

한 단체의 재무를 책임지는 관리들이나 상인들은 약 이 년 전부터 물자와 자금의 기묘한 흐름을 느꼈다. 알게 모르게 은밀히 흘러갈 때는 몰랐지만, 약 이 년 전부터 노골적으로 집중되다 보니 알 수 있었다.

그들이 대단하다고 여겨 왔던 전 세계의 굵직한 유통망들 중 절반 이상이 동부 한 권력자의 것이며, 엄청난 돈과 물자가 동부로 쏟아져 들어가고 있었음을.

'동부에 뭔가가 있구나!'

주시하고 있던 차에, 약 일 년 전부터 동부의 변화를 목격했다. 마도시대 초기 이후 오지로 모습을 감춰 버렸던 이종족들이 모여들어 인간과 함께 살아가기 시작했다. 튼튼하고 아름다운 건물들이 하늘을 향해 지어져 올라갔다.

대륙의 대마법사들이 약속이라도 한 것처럼 몰려들었고, 호기심을 이기지 못한 일반 마법사들도 뒤따라 왔다.

대륙에서 난다 긴다 하는 강한 무인들도 동부로 입성했다. 로안느에서 한동안 이름을 떨쳤던 엄청난 검사가 그곳에 있다는 소문이 돌았기 때문이었다.

이아나 라이즈.

이제 갓 스물이 된 어린 여성을 이긴 자가 전무하다는 소문이 무인들의 호승심을 자극했고, 그들을 동부로 불러들였다.

그들은 이아나에게 도전했다. 하지만 그녀는 압도적인 승리로 도전을 모조리 격파했다. 패배자들은 몇 번이고 다시 도전했지만 그때마다 무릎 꿇을 수밖에 없었다.

승리가 거듭될수록 이아나의 무력은 전설처럼 포장되어 전 세계로 퍼져 나갔다. 그녀를 꺾고자 하는 무인들이 수도 없이 몰려들었다. 그러나 누구도 이기지 못했다.

그러면서 무인들은 자연스레 세마스티어에서 살아가게 되었다. 이아나에게 도전하기 위해서든, 그녀에게 감화되어 부하가 되기 위해서든.

알음알음 소문을 들은 일반인들도 호기심으로, 혹은 희망을 찾아 동부로 향했다. 그리고 그들은 동부에서 안정된 치안과 눈부신 발전을 보았다. 어둠 속의 불꽃과 같았다.

동부에 닿은 이들은 밝은 불빛에 홀려 그곳에 소속되기를 간절히 원했지만 그곳이 외부인을 제 사람으로 받아들여 주기까지의 과정은 매우 까다로웠다. 신원이 확실해야 했고, 아주 어려운 시험과 면접을 통과해야 했고, 법을 달달 외워야 하는 데다 절대적으로 준수하겠다고 맹세해야만 했다. 하지만 꿋꿋이 시련을 통과하여 세마스티어의 주민이 된 사람들은 무척 만족스러운 삶을 살고 있었다.

사람은 사람을 부른다.

사람들은 유명해도 손님 없는 식당에는 들어가기 꺼림칙해하지만, 잘 알려지지 않았더라도 손님이 꽉꽉 들어차다 못해 줄을 서고 있는 식당에는 호기심에라도 기웃거리기 마련이다.

동부의 소문은 점점 커져만 가서 동부, 특히 세마스티어에 방문하고자 하는 이들은 기하급수적으로 늘어났다. 올해 들어서는 특히나 더.

이제 세마스티어의 영주가 신국가를 꿈꾸고 있다는 것을 모르는 사람이 없었다.

모두가 신국가를 경계하고 궁금해했다.

역사상 수많은 국가들이 새로운 국기를 들고 일어나고 무너지기를 반복해 왔다. 하지만 바하무트와 로안느라는 양대 국가의 등쌀에 떠밀려, 시작은 창대했을지라도 모두가 중소 국가의 신세를 면치 못했다.

게다가 최근에는 몬스터 웨이브와 바하무트의 침공으로 인해 아주 많은 국가들이 멸망의 길을 걸었다. 동시에 기초가 다져지지 않은 소국들이 다수 탄생했다. 그러나 기존에 존재하던 국가들에 비하면 죄다 어쭙잖았다. 그런 국가들은 또다시 무너져 내리기 일쑤였다.

그러나 이 나라는 달라도 너무 다르다. 정탐하러 간 첩자가 엄청난 속도로 발전해 가는 도시에 기가 죽어 돌아오거나, 건국을 방해할 목적으로 문제를 일으키려다가 일찌감치 적발되어 아예 돌아오지 못한 적이 한두 번이 아니었다.

그러던 차에 각국에 건국에 관한 공문이 도착한 것이다.

초대장은 아니었다. 건국식은 자기들만의 축제이니 오든 말든 관계없지만 알려는 둔다는 건방진 내용이 격식에 맞춰 쓰여 있었다.

하지만 각국에서는 건국일에 맞춰 사절단을 서둘러 보냈다. 개중에는 몸소 행차하는 왕족들도 있었다. 그들은 모두 신국가의 수도가 될 세마스티어의 번성한 모습에 입을 떡 벌렸다.

"어서 오십시오."

초대하지는 않았으나 박대하지는 않았다. 과하게 접대하지도 않았다. 그저 예의에 어긋나지 않게 손님들을 환대했다.

사절단은 이 나라의 국왕이 될 정체불명의 아르하드와, 왕비이자 위대한 기사가 될 이아나를 만나서 이야기를 나누고 싶었지만 그럴 수 없었다. 처음 만난 날 인사 한번 한 것이 다였다. 그들은 할 말이 있다면 정식으로 약속을 잡아서 하라는 말을 남기고, 휑하니 떠나 버렸다.

"……."

사절단들은 오묘한 기분을 느꼈다. 이런 대우는 처음이었다. 하지만 지금 무시하느냐며 난리 치지는 않았다. 한둘쯤은 소란을 일으킬 만한데도 얌전했다.

물론 이유가 있었다.

"바쁜 건 둘째 치고, 그들이 당신들의 눈치를 볼 필요는 없는 것 같은데. 내가 당신들의 눈치를 보지 않는 것처럼 말이야."

세마스티어에 직접 행차한 로안느의 국왕, '슈나이더 오스틴 로안느'가, 그에게 아부하고자 이아나와 아르하드를 나쁘게 말한 사신 한 명에게 시큰둥하게 그리 말했기 때문이다.

사절단은 슈나이더의 태도에서 초강국의 출현을 직감했다.

그리하여 건국일 당일의 오전.

"정말 대단해. 그렇죠? 릭실리야 언니, 레리트 언니?"

안젤리나는 릭실리야와 레리트의 옆에 딱 달라붙어서 흥분한 채 조잘거리고 있었다. 레리트는 왕성의 내부를 둘러보다가 살짝 뾰로통한 표정으로 중얼거렸다.

"뭐……. 인정하기 싫지만, 그래요. 도시의 모습도 그렇고, 왕성 내부의 인테리어도 그렇고."

레리트가 때마침 복도를 지나가던 이종족들을 흘끔 보았다.

"이종족들을 끌어모은 것도 그렇고. 대체 어떻게 저들을 한데 모은 걸까요?"

"뭔지는 몰라도, 모두 이아나 양의 힘이겠죠. 그녀는 아주 대단한 사람이니까!"

가만히 안젤리나의 수다를 듣고 있던 릭실리야가 입을 열었다.

"난 국왕을 아주 높게 평가해. 낙후되어 있던 동부를 이렇게 발전시킨 건 분명 그의 힘이야."

릭실리야가 부채로 얼굴을 가렸다.

"한때 그를 무시했던 스스로가 부끄럽구나."

옛날에 안젤리나가 아르하드를 좋아한다는 소문이 났었다. 그래서 안젤리나를 꾸짖을 때, 그를 겉으로 드러난 신분만으로 판단하고 모욕적인 생각을 했었다. 릭실리야의 얼굴이 뜨거워졌다.

"후후."

안젤리나는 그런 릭실리야의 생각을 읽고 빙긋 웃었다.

그들은 어느 방문 앞에 섰다.

끼이이익…….

문을 열고 들어섰다.

그곳에는 간만에 치장을 받고 있는 이아나가 있었다.

"안녕하세요."

이아나가 거울로 그들을 확인하고 인사를 건네었다.

"와아……."

안젤리나는 이아나에게 다가서며 감탄을 흘렸다.

"이아나 양, 정말, 정말 멋지고 아름다워요."

"그런가요. 감사합니다."

이아나는 이제 익숙하기만 한 안젤리나의 칭찬을 아무렇지도 않게 넘겼다. 하지만 그렇게 가볍게 칭찬을 주고받을 만큼의 아름다움이 아니었다. 레리트와 릭실리야는 뒤에서 감탄하다 못해 굳은 채로 이아나를 뚫어져라 쳐다보고 있었다.

"후후후."

이아나를 치장해 주고 있던 프리실라가 그들의 낌새를 눈치채고 콧대를 높였다.

이아나가 입은 흑색 드레스는 검은 밤 위에 수놓아진 황금빛 은하수를 옷으로 빚어 놓은 것 같았다. 하지만 곧 사그라질 것처럼 아련한 빛의 이미지보다는, 모든 빛을 한데 응집시킨 듯한 강렬한 느낌의 드레스였다.

제복에 가까운 디자인의 드레스에서는 강인한 검사의 느낌도 났다. 코트까지 있으니 더욱 그런 느낌이 강했다. 드레스는 적당히 풍성하여 움직이기도 편해 보였다.

"멋지군요."

"정말 잘 어울려요."

두 여자의 칭찬에는 진심이 한가득 들어 있었다. 칭찬대로, 드레스는 이아나에게 너무나 잘 어울렸다. 오롯이 이아나만을 위해 제작한 드레스니 그럴 수밖에 없다. 다른 사람이 입으면 절대 저 느낌을 살릴 수 없었다.

두 사람의 칭찬에, 이아나는 고맙다는 말로 응수했다.

"건국 축하해요. 결혼도."

안젤리나가 웃으며 축하하자 이아나는 고개를 끄덕였다.

"이아……. 아니, 아니 전하아아! 아름다우시옵니다!"

그들이 나가고 얼마 지나지 않아, 치장을 마친 프리실라가 황홀해서 어쩔 줄 몰라 하며 몸을 배배 꼬았다. 옆에서 처음부터 끝까지 지켜보고 있던 이스피는 눈앞의 이아나를 보며 손수건으로 눈물을 찍어 냈다.

"프리실라 양 솜씨는 날이 갈수록 대단해지네요. 아가씨, 정말 이 세상 누구보다 아름다우십니다."

"오호호호호호. 우리 전하는 원래 예쁘시지만 제 손길이 닿으니 확실히 더 예쁘시네요."

프리실라가 콧대를 잔뜩 높이며 웃었다.

"전하 소리 그만해요."

"왜요. 맞잖아요."

똑똑.

"에이지입니다! 그 외 들러리들도 있어요!"

"들러리라뇨……."

경쾌한 노크 소리와 쾌활한 목소리가 우렁차게 들려오고, 그 뒤로 볼멘소리들이 이어졌다.

"들어와."

"네에!"

벌컥!

에이지가 싱글벙글한 표정으로 문을 벌컥 열어젖히자, 이아나의 친구들이 쏟아져 들어왔다. 그들이 이아나를 보고 눈을 크게 떴다. 에이지가 엄지를 치켜들었다.

"오오, 이아나 양! 오늘 끝내주는데?"

"에이지 형님, 오늘부로 왕비 전하가 되실 분께 그 무슨 무례한 언……. 윽!"

에이지가 잔소리를 시작하려던 리키젠의 어깨에 팔을 걸쳤다.

"짜샤, 난 이아나 양의 친구라고. 이아나 양은 이아나 양이고, 끝내주는 건 끝내주는 거야. 아니면 이아나 전하라고 불러 드릴까요, 전하?"

"그만해."

"저것 봐! 밖에서만 굽실거리면 되잖아? 여기서는 뭐 어때?"

"하아……."

"축하해요, 이아나 양! 오늘 세상에서 제일 예뻐요."

"너무 멋지네. 정말, 진심으로 납치해 버리고 싶어."

"남편이 복이 많구먼."

리키젠의 한숨을 뒤로하고, 헤레이스와 라랏슈아, 타로가 한마디씩 보탰다.

이아나와 인연이 있는 사람들이 차례차례 찾아왔다.

"축하혀!"

"축하드립니다. 역시 제가 사람을 보는 눈이 있죠?"

"축하해요, 누나."

"축하합니다."

압실롯과 핀을 안아 든 무르시, 뤼미에르와 첸델프, 시라우사와 대마법사들…….

"축하한다."

"축하해."

로베르슈타인 가문의 사람들도 찾아왔다. 체르노가 겸연쩍은 듯 축하한다는 말만 남기고 방을 나갔고, 사라체는 몇 번이고 행복하길 바란다고 말한 후에 체르노를 따라갔다.

"이아나, 축하해."

"감사합니다. 먼 길 오시느라 고생하셨겠습니다."

하르첸은 두 사람을 따라가지 않고 잠시 방에 머무르다가, 자그마한 노크 소리에 문을 열었다.

"축하해요, 언니!"

"냐아."

엘리와 닛시였다. 엘리는 방글방글 웃고 있었고, 닛시는 고양이인 주제에 눈물을 눈에 한가득 머금고 있었다.

"고양이가 눈물을 흘리면 아픈 거라고 하던데…….'

"닛시는 특별한 고양이잖아요. 너무 기뻐서 우는 거예요."

"니야아아앙!"

넛시가 그렇다는 듯 크게 울었다.

"언니의 행복을 기원하는 선물!"

엘리는 이아나에게 노란 꽃 한 송이를 건네었다.

노란빛의 아도니스였다. 그 빛이 유난히 시렸다.

"오늘의 탄생화예요. 꽃말이 영원한 행복이래요."

엘리는 꽃을 꼭 쥐었다.

"저는요. 이 꽃말대로 언니가 많이, 많이, 영원히 행복해졌으면 좋겠어요."

"……고마워."

이아나는 엘리의 진심 어린 축복과 함께 꽃을 받았다. 문득 어렸을 때 하르첸에게 붉은 아도니스를 받았던 기억이 떠올라 그를 흘끔 보았다. 하르첸은 다정하게 웃고 있었다.

그리고 시간이 흘러 마지막 손님이 도착했다.

"이아나."

아르하드였다.

이아나와 한 쌍임을 강조라도 하듯, 그들이 입은 옷은 닮은 구석이 있었다.

그가 손을 내밀었다. 그의 눈동자가 감출 수 없는 사랑으로 일렁거렸다.

"가자."

이아나는 망설이지 않고 그의 손을 붙잡았다.

이아나와 아르하드는 문을 나서자마자 끝없이 깔려 있는 레드 카펫을 밟았다. 레드 카펫의 양옆에 서 있던 사람들이 미소 지으며 바라보다, 이아나와 아르하드가 지나가자 뒤를 따랐다.

카펫은 이어지고 이어져서 성 밖으로 향했다.

쿠르르릉…….

무거운 문이 열렸다. 성안에서보다 더욱 많은 사람들이 환한 표정으로 그들을 지켜보고 있었다.

이아나와 아르하드가 카펫을 밟고 걸어 나왔다. 그들의 걸음 걸이는 몹시 묵직하고 당당하여, 높은 신뢰감을 주었다. 두 사람은 시선을 받으며 거대한 성벽의 위로 향했다.

성벽으로 올라서자 사람의 바다가 지평선까지 펼쳐졌다. 바다는 이아나와 아르하드를 바라보고 있었다. 모두의 심장이 거칠게 뛰었다. 수많은 박동은 하나로 이어져, 파도처럼 두 사람에게로 밀려들었다.

이아나는 하늘을 보았다.

날씨는 구름 한 점 없이 맑았다.

약속된 시간이다.

이아나가 아르하드를 보자 그가 확성 마법을 시전했다.

이아나는 앞으로 나섰다.

"여러분."

올곧은 눈동자가 모두를 향했다.

"우리는 모두 가슴속에 검을 한 자루씩 품고 있습니다."

이아나가 허리춤에 차고 있던 검을 검집째로 땅에 내리꽂았다. 검 손잡이 위에 손을 얹었다.

"그 검으로 앞을 가로막는 장애물을 무찌르기도 하고, 쓰러지고 싶을 때 그 검을 버팀목으로 쓰기도 하며 계속해서 앞으로 나아갑니다. 검의 다른 이름은 '신념'입니다. 저는 우리를 신념을 틀어쥐고 삶을 살아가는 한 사람의 '검사'라고 칭하겠습니다."

이아나는 숨을 한번 고르곤 계속해서 말을 이어 갔다.

"우리가 살아가는 세상은 약육강식의 세계입니다. 강자는 약자를 잡아먹고, 약자는 그보다 더한 약자를 잡아먹습니다. 원초적인 허기에 국한되는 게 아니라 관계, 금전, 권력, 범죄, 더 나아가 국가 간의 힘겨루기까지…… 섭리는 어디에나 존재합니다."

사람들의 표정이 불편해졌다. 모두가 잘 알고 있는 것이었다. 이종족들이 대륙에서 밀려나 오지에서 살아가야만 했던 이유가 무엇인가? 바하무트와 몬스터에 의해 고통받고 있는 이유는? 삶 속에서 상처받고, 저항하지 못하고, 짓눌리는 이유는?

"욕망과 약육강식의 섭리만이 존재하는 세상은, 야만 그 자체일 뿐입니다."

언젠가부터 머릿속을 떠나가지 않던 의문이었다. 이 부조리한 섭리의 세계에서 화합하기 위해선 어찌해야 하는가? 의문은 하나둘 모여들어 실마리를 찾아내고 답을 만들었다.

"그래서 이 세상에는 '기사도'가 필요합니다."

그녀를 올려다보는 군중 앞에서 이아나가 흔들리지 않는 목소리로 단단한 의지를 담아 외쳤다.

"함부로 싸우지 말 것, 그러나 불합리하고 부정한 일에는 끝까지 투쟁할 것! 본인의 명예와 삶을 중시하되, 타인의 것 또한 존중할 것! 상대가 누구든 죄지은 자에게 강해지고, 죄 없는 자에게 약해질 것! 욕망의 섭리에 끌려가는 게 아니라 욕망의 고삐를 쥐고 자신의 신념을 휘두르며 삶을 살아갈 것!"

숨을 고른 이아나가 검 손잡이에 힘을 주었다.

"그것이 기사도이며, 이 나라의 정의입니다."

햇살 속에서 검이 뽑혀 나왔다. 검이 뽑히는 날 선 소리는 모두의 심장을 베어 낼 것만 같았다. 온몸을 뒤덮은 오싹함에 심장이 빠르게 뛰었다.

그때, 곳곳에서 파문이 일었다.

"어, 저 검은……."

누군가는 이아나가 들고 있는 그 검을 어디선가 보았다고 생각했다. 세련되면서도 아름다운 검. 어떤 사람은 옛날부터 품에 넣고 다니던 수호신 같은 검의 그림을 떠올렸다.

'아!'

깨달음은 물에 탄 잉크처럼 빠르게 번져 나갔다.

검은 바람! 전 세계를 휩쓸었던 정체불명의 구원자가, 저 위에 서서 이그나이츠라는 국가의 기조를 말하고 있는 이아나였다. 저 사람이, 국왕과 함께 이 나라를 이끌어 갈 사람이었다.

파동이 모두를 휩쓸고 있을 때 이아나는 계속 말을 이어 갔다.

"여러분. 이제는, 한 사람의 기사가 되십시오."

황혼(twilight)이 이 땅에 내려앉으면 밤(night)의 어둠이 세상을 곧 뒤덮지만 언젠가는 반드시 빛(light)과 기쁨(delight)이 세상을 밝힐 것을 믿으며 멈추지 말고 나아갑시다.

꼿꼿한(upright) 통찰(insight)과 엄격한(tight) 힘(might)으로.

올곧은(straight) 정의(right)를 위해 불꽃처럼(ignite) 싸워 나갑시다(fight).

여기에, 기사들(knights)이 있습니다(exist).

"이곳은 기사들이 살아가는 땅입니다."

한 마디, 한 마디에 그녀의 신념이 녹아들어 가 타올랐다.

그녀를 바라보는 사람들의 눈에 열망이 깃들기 시작했다.

아르하드가 입을 열었다.

"이그나이츠(Ex-knights)의 건국을 선포한다."

아르하드의 담담하면서도 차분한 목소리가 확성 마법에 의해 전역에 울려 퍼졌다.

국가 '이그나이츠'의 시작이었다.

성에 동시다발적으로 깃발이 내걸렸다. 심장을 형상화한 문양에 검 세 자루가 꽂힌 문장이 그려진 깃발이었다.

아르하드가 앞으로 나섰다.

"나는 가장 높은 곳에서 이 땅을 다스릴 것이다. 또한, 가장 낮은 곳에서 이 땅을 떠받칠 것이다."

아르하드의 말은 흔들리지 않는 단단함을 품었다.

"나는 누구보다 철저한 '정의'로서 존재할 것이다."

"이 땅을 살아가는 우리는 당신을 지키고 지탱할 것입니다."

이아나가 아르하드의 앞에 무릎을 꿇었다.

"너희는 나의 기사다."

"당신은 우리의 왕입니다."

아르하드가 손을 내밀자, 이아나는 그 손을 움켜쥐었다.

"우리는 당신을, 정의를, 이 땅을 지킵니다."

이아나가 그의 손등에 입술을 맞추었다.

와아아아아!

응축되어 있던 열망이 결국에는 폭발하여 환호성으로 터져 나왔다. 뜨거운 감정들이 땅 전체를 울렸다. 폭죽이 터지고, 꽃이 뿌려지고, 빛이 쏟아졌다.

"나의 왕, 아르하드……."

이아나가 아르하드를 올려다보며 웃었다.

"당신은 저에게 정의라고 했지만, 당신이야말로 저의 지지대이자 정의입니다. 저에게 그랬던 것처럼 가장 높은 곳이자 가장 낮은 곳에서, 모두의 버팀목이 되어 주십시오."

한 곡의 노래처럼 아름다운 말이 이어졌다.

아르하드는 자신의 검을 뽑아 이아나의 어깨에 올렸다.

"이아나 라이즈, 너를 내 기사로 임명한다."

"이 생이 다할 때까지 당신을 받듭니다."

와아아아아!

이로써, 이아나는 모두의 앞에서 아르하드의 정식 기사가 되었다. 아르하드의 얼굴이 환희로 물들었다. 그가 오래전부터 간절하게 바라 왔던 소망이 이루어지는 순간이었다.

"일어나."

이아나가 입가에 미소를 머금은 채 일어났다.

그러자 아르하드가 이아나의 앞에 천천히 한쪽 무릎을 꿇었다. 돌발 상황에 이아나는 눈을 깜빡였다. 계획에 없던 일이었다.

"이아나, 사랑해."

그가 가슴에 품었던 모든 사랑을 담아 말했다.

누구보다 높은 자리에 서게 된 그가 누구보다 낮은 곳에 있는 것처럼 애원했다.

"내 반려가 되어 주겠어?"

이아나는 그를 내려다보며 그의 뺨을 천천히 쓰다듬다가, 환하게 웃었다.

"좋아요."

그리고 그의 뺨을 잡아당겨 뜨거운 사랑을 담아 키스했다.

사방에서 즐거운 비명이 터져 나왔고 환호성이 더욱 커졌다.

이아나가 입술을 떼어 내며 눈을 떴다.

아르하드와 눈을 똑바로 마주하며 말했다.

"당신을 사랑합니다. 그리고 사랑할 겁니다. 이 생이 다할 때까지. 영원히."

❧❦❧

건국식과 결혼식이 끝난 후에는 축제가 벌어졌다.

모두가 기뻐했다. 그들에게도 조국이 생긴 것이다. 기나긴 준비 과정을 거쳐 세워진 국가는 모두에게 뜻깊었다.

"이그나이츠를 위하여."

"위하여!"

성 밖에서도, 안에서도 사람들은 노래를 부르고 춤을 추었다.

그리고 이아나에 관해 이야기꽃을 피웠다.

"이야, 라이즈 경이 검은 바람이었을 줄이야. 이 나라가 더욱 안전하게 느껴지는걸."

"대체 그 나이에 어떻게……."

"야, 라이즈 경에 대한 얘기를 할 때는 나이 같은 거 생각하지 마. 생각하면 할수록 이해할 수 없으니까.”

모두가 이아나의 연설을 들으며 황홀한 미래를 꿈꿨다.

신념이라는 검을 품고 기사도를 지키며 자신의 삶을 살아가는 나라. 이런 나라에서는 살면서 불의를 참아 넘기지 않아도 될 것이다. 상대가 강하더라도 괜찮다. 옆에서 그보다 더 강한 이들이 달려들어 도와줄 테고 그보다 더 강한 법이 응징할 테니 말이다.

어떤 사람은 술에 취한 채 친구에게 말했다.

“라이즈 경의 연설을 듣고 있자니 어쩐지 검 한 자루를 가지고 싶어지더라. 쓰지는 않더라도 상징적으로 말이야.”

“너도? 나도.”

“하지만 쓰지 않으면, 검한테 미안하니까…….. 작은 펜던트처럼 만들어야겠어. 내 이름을 새겨야지. 돈 모아서 내가 원하는 모양으로 드워프한테 주문할 거야.”

누군가가 큰 목소리로 떠들어 대는 말에 주변 사람들의 귀가 솔깃해졌다. 이그나이츠를 휩쓸 유행이자 문화의 시작이었다.

“축하합니다!”

이아나와 아르하드는 성안에서 모두에게 축하받고 있었다.

“고맙습니다.”

모두의 표정이 밝았다. 아르하드가 잔잔히 미소 지으며 와인으로 목을 축였다. 멀리서 슈나이더와 레리트가 다가왔다.

“축하한다.”

“고맙군.”

"이런 국가를 계획하고 있어 나에게 오만하게 굴 수 있었던 거로군."

"감상은?"

"짜증 날 정도로 멋지다. 거짓말은 못 하겠어."

슈나이더가 인정하며 한숨을 내쉬었다.

"배도 아파. 곳곳에 로안느에서 내가 눈여겨보았던 인재들이 득실거려. 거기에 이종족까지……."

인재 욕심이 많은 슈나이더는 정말로 배가 아팠다.

"게다가 라이즈 경이 검은 바람이었다니. 놀라우면서도 당연하게 느껴져. 이거, 다시 탐나기 시작하는데. 어때, 라이즈 경. 이그나이츠의 국왕을 버리고 로안느로 다시 오는 건? 최고의 대우를 해 주지."

"절대로 사양하죠."

"농담이었는데 너무 딱 잘라 거절하는걸."

"훗."

아르하드가 승리감에 도취되어 이아나를 당겨 안았다. 이아나가 뭐 하냐는 듯 바라보자 사랑을 듬뿍 담은 미소를 돌려주었다.

그들을 흘끗 쳐다본 슈나이더는 흔들리지 않고 단단한 팔로 레리트를 안았다. 레리트는 배부른 미소를 지었다.

슈나이더가 와인잔을 내밀었다.

"로안느와 이그나이츠의 우호 관계가 오래도록 이어지기를."

아르하드의 와인잔이 맑은 소리를 내며 맞부딪쳤다.

이그나이츠와 로안느는 우방으로서 활발히 교류하기로 약속했다. 이아나와 아르하드는 로안느에 악감정이 딱히 없었다.

"솔직히 든든해. 바하무트를 상대하면 상대할수록 놈들의 저력이 만만찮게 느껴지거든."

아르하드가 움찔했다. 그의 시선이 슈나이더의 뒤편을 향하고, 이아나의 시선도 그를 따라갔다.

"그대들과 함께한다면, 이 시대에 바하무트를 없앨 수 있을 것 같아."

슈나이더는 돌아보지 않았지만 뺨이 긴장으로 굳어 갔다.

그는 긴장감에 저항하며 전투적으로 말을 이었다.

"오, 우리를 없앨 계획을 세우고 있는 건가."

오만하고 여유로운 목소리가 슈나이더의 말을 받았다. 익숙하면서도 기분 나쁜 느낌이 검은 독사처럼 스멀스멀 기어온다. 슈나이더가 천천히 뒤를 돌아보았다.

그곳에는 검정 일색의 복장을 한 남녀 한 쌍이 서 있었다.

"이그나이츠의 건국을 진심으로 축하한다."

"부디 오래오래 번영하기를? 후후."

그들은 자신들을 증오하는 적에게 둘러싸여 있으면서도 여유롭고 오만하기만 했다.

테일런과 이사벨라.

바하무트의 지배자들이었다.

빙원의 칼바람이 회장을 휩쓴 것만 같았다. 화기애애했던 분위기가 급격하게 얼어붙었다.

새까만 옷차림과 비현실적으로 아름다운 외모, 오만한 태도와 당당한 말투, 숨 막힐 정도로 위압적인 분위기와 강력한 기운으로 모두가 그들의 정체를 알 수 있었다. 말로만 듣던 바하무트 황족이었다.

그들은 그저 검기만 한 정장을 입고 있었다. 이아나와 아르하드의 예복이 낮과 밤의 경계선이라면, 바하무트의 정장은 끝이 보이지 않는 무저갱이었다.

"건배할까?"

테일런이 옆의 테이블에 놓여 있던 와인잔을 들어 올렸다.

"이그나이츠의 미래를 위하여. 건배."

조금의 긴장감도 없이 그리 말한 테일런이 붉은 와인을 입가에 가져갔다.

"……."

바하무트 황족이 인기척을 감추고 있을 때, 그들의 존재감은 공기보다 가벼웠다. 하지만 대놓고 모습을 드러낸 지금은 엄청난 압박감으로 회장을 짓눌렀다.

테일런은 거북해하는 눈초리들을 즐기며 말했다.

"다들 왜 그러지? 우리는 새로운 강대국의 건국과 국혼을 축하하러 왔을 뿐인데."

"올지도 모른다고 생각했지만 정말로 올 줄이야."

회장에 홀로 울릴 것만 같던 테일런의 말을 침착한 목소리가 받았다.

"내 영역으로 쥐새끼처럼 기어들어 온 건 일찌감치 알고 있었다."

고요한 호수처럼 전혀 동요하지 않되 얼음처럼 차가운 목소리는, 감옥의 열쇠가 되었다. 목을 조르던 손을 패대기라도 친 것 같았다. 회장 곳곳에서 거친 숨이 터져 나왔다.

"하지만 성안에까지 들어와?"

아르하드는 건국식의 절차를 마치는 순간, 성 주변에서 이변을 어렴풋하게 느꼈다. 감추려고 해도 감출 수 없는 영혼의 공명에 바하무트 황족이 출현했음을 눈치챘다.

오늘은 아르하드가 모든 것을 가지는 날이었다.

그 점을 인지하고 있던 아르하드는 건국식 전부터 바하무트의 출현을 경계하고 있었다. 그래서 성의 방어 마법진과 신술 아티팩트를 모두 발동하고 이아나의 권능과 강력한 마법을 준비해 놓았다. 건국식이어도 바하무트를 경계할 것을 국민들에게 강조하며 전쟁 준비까지 끝마쳤다.

그런데 정말로 올 줄이야.

아르하드는 즉시 이아나에게 바하무트 황족의 출현을 알렸다. 그 후로 그들은 평상시처럼 행동하며 바하무트의 위치를 추적하고 힘의 흐름을 경계하고 있었다.

그리고 황족은 얌전히 밖에 있다가, 조용히 그리고 갑작스레 성안으로 들이닥쳤다.

아르하드와 테일런의 시선이 맞부딪쳤다.

이번 생에서의 첫 만남이었다.

쫘드드드득.

아르하드와 테일런의 기세가 부딪친 중앙에서 공간이 기묘한 소리를 내며 뒤틀리고 일그러졌다. 구겨지고 찢어졌다. 찢어진 공간 너머로는 음산한 공백이 자리 잡은 채 모든 것을 집어삼키려 했다. 상식을 초월하는 공간 장악력과 마나 지배력들이 맞붙으며 발생한 일시적 현상이었다.

찢어진 공간은 주변의 다른 공간을 잡아당겨 틈을 기우려 했다. 사람들은 다리에 힘이 풀려 넘어질 것만 같았다. 저 아무것도 없는 공백으로 빨려 들어갈 것만 같았다. 저곳을 뭔가로 채워야만 할 것 같은 이상한 압박감에 메스꺼움을 느꼈다.

꽈아아아앙!

공백은 힘의 균형을 흐트러뜨렸다. 즉시 마나 폭발이 발생하여 굉음과 폭풍을 만들어 냈다. 순리를 거스르는 현상에 세상이 화가 난 듯했다.

"으아악!"

칼날처럼 찢어져 날아오는 마나 파편들에 사람들이 비명을 질렀지만 예상했던 초토화는 발생하지 않았다. 아르하드가 배리어를 시전함과 동시에 이아나가 신력으로 그것을 강화해서 충격파를 그대로 받아 냈기 때문이다.

공간은 눈 깜빡할 사이에 원상태로 돌아가 무슨 일이 있었냐는 듯 잠잠했다.

테일런이 피식 웃었다.

"너무하는군. 축하는 진심인데."

"내가 막지 않았다면 여기 있는 모두가 죽었을지도 모를 공격을 한 네 축하가, 진심으로 느껴질까."

"그야 막을 거라고 생각했으니까. 막지 못해 그냥 죄다 죽어 버렸어도 상관없었고."

테일런이 와인잔을 흔들었다. 와인이 찰랑거리는 모양새가 몹시 경박했다. 말 또한 가볍게 내뱉어졌다. 그러나 그의 말이 내포한 의미는 피 냄새가 짙어 질식할 듯했다.

"안심해라. 오늘은 정말 아무것도 할 생각이 없다. 그저 오랜 균형을 뒤트는 신국가의 등장을 감상하러 왔을 뿐이다."

탁!

테일런이 와인잔을 테이블 위에 내려놓았다.

"두 번 말하지 않는다. 축하는 진심이다. 올지도 모른다고 생각했지만 정말로 올 줄은 몰랐다고? 이사벨라."

이사벨라가 아공간에서 종이 한 장을 꺼내 들어 흔들었다. 이그나이츠가 전 국가에 동일하게 전달한 건국 공문이었다.

이사벨라가 샐쭉하게 입꼬리를 휘었다.

"우리 역시 이 종이를 우리에게도 보낼지 모른다고 생각했지만, 건방지게 정말 보낼 줄은 몰랐지. 도전장처럼 느껴지는 이 종이에, 우리도 축하로 답을 해 줘야 하지 않겠어? 그래서 당당하게 왔다."

꿀릴 게 없었으니 당연히 바하무트에도 보냈다. 일종의 도발이었다. 긴 준비 기간을 거쳐 바하무트와 싸워 볼 만하다고 판단했으니 뺨을 치듯, 선전 포고처럼 공문을 보낸 것이다.

그러나.

"초대장은 아니었는데."

"너희가 우리를 초대하든 말든 상관없다."

자기들이 오겠다는데 누가 앞길을 막을 테냐는 태도였다. 옆에서 상황을 지켜보고 있던 이아나가 앞으로 나섰다.

"당당한 것치곤 죄지은 놈들처럼 기적을 숨겼군."

"우리야 기적을 숨기지 않으면 편했겠지. 하지만 덤비는 놈들을 다 죽여서 환희가 넘실거리는 분위기를 망치고 싶지 않았다."

살벌한 긴장감이 회장을 덮으려 할 때 무뚝뚝한 목소리가 긴장감을 으깼다.

"그래? 축하 고맙고, 끝났다면 꺼져."

이아나가 전혀 밀리지 않고 바하무트의 황제와 어깨를 견주는 모습에 사람들은 두려움을 몰아내고 눈에 힘을 주었다. 테일런이 눈을 휘어 가느다랗게 웃었다.

"역시 재밌는 여자야. 하여튼 다시 한번 번영을 기원한다. 참 멋진 나라야. 아쉽게도 내일부터는 전쟁터가 될 테고, 내 시대에서 멸망하겠지만."

테일런이 전쟁을 선포했다.

건국식 날, 악담의 수준이 남달랐다.

하지만 이아나는 악담으로 받아들이지 않았다.

"멸망하는 건 어느 쪽일까."

이아나가 미소 지었다. 전쟁은 이미 각오한 바였다.

"그리고 누구 마음대로 내일부터지? 오늘부터다. 역사에 길이 남을 전설의 희생양이 되어 주겠다니 고맙기도 하지."

이아나가 곁에서 머물고 있던 부하들에게 손짓했다.

"사람들 데리고 나가."

그들은 명령대로 바하무트 황족을 경계하며 사람들의 퇴장을 도왔다. 사람들이 썰물처럼 빠져나갔지만 테일런과 이사벨라는 그들에게 눈길 한번 보내지 않았다.

"흐응……."

이사벨라는 처음부터 이아나를 빤히 쳐다보고 있었다. 숨겨지지도 않고, 숨길 생각도 없는 탐욕이 이아나를 고양이의 꼬리처

럼 감아 올렸다. 테일런의 시선도 그녀를 향했다. 이사벨라보다
는 점잖았지만, 비정상적인 관심인 건 마찬가지였다.

이때까지 매끈하기만 하던 아르하드의 표정에 처음으로 금이
갔다. 악마에게서 비롯된 로베르슈타인을 향한, 또 자신에게서
비롯된 이아나를 향한 집착과 사랑, 그리고 증오. 그것이 바하무
트 황족에게 영향을 미치고 있을 터였다.

당장 저놈들을 죽이고 싶다는 충동으로 손이 움찔거렸다.

"오랜만이군. 그날 성에서 본 이후로 처음이야."

그 와중에, 테일런이 이아나에게 정식으로 인사를 건네었다.
이사벨라도 제 목에 남은 흉을 더듬으며 느릿하게 말했다.

"나는 목 잘릴 뻔한 이후로 처음이고."

스륵.

검고 요염한 드레스의 끝자락이 바닥을 쓸었다. 이아나의 앞
에 다가온 이사벨라가 이아나를 향해 손을 가져갔다. 아르하드
가 이아나를 잡아당기려 했지만, 이아나가 손을 들어 그의 손길
을 저지했다.

이아나의 표정은 냉정했고, 아르하드의 표정은 살벌했다. 하지
만 그에 아랑곳하지 않은 이사벨라가 유혹하듯 이아나의 뺨을
쓸었다.

"아주 많이 보고 싶었단다."

끈적하고 검은 기운이 영역 표시를 하듯 이아나를 문질러 댔
다. 태양을 더럽히는 어둠에, 아르하드의 표정이 끔찍한 살의로
물들었다. 바다와 같던 인내심은 순식간에 말라붙어 밑바닥을
보였다.

아르하드가 폭주하기 전에, 이아나의 붉은 신력이 제 몸을 휘감은 뱀 같은 기운을 모조리 녹였다. 그리고 이사벨라의 손을 붙잡았다.

"오늘 입은 옷, 당신들에게 정말 잘 어울리는군."

"음?"

"수의인가?"

빛살처럼 뽑혀 나온 이아나의 검이 이사벨라의 몸을 쑤셨다. 추적을 불허하는 움직임이었다.

하지만 이사벨라의 몸은 잔상만 남기고 이미 테일런에게 가 있었다. 이아나가 붙잡고 있던 그녀의 손은 이사벨라의 몸에서 떨어져 나와 피를 뚝뚝 흘리다, 얼마 지나지 않아 안개처럼 흩어졌다.

그 손은 예전에 이사벨라가 이아나에게 잃은 후, 새롭게 마나로 빚어낸 손이었던 것이다. 이사벨라는 다시 손을 연성하며 날카롭게 웃었다.

"벌써 두 번이나 나를 죽이려 했어. 축하하러 온 손님한테 정말 너무하네!"

"축하는 고맙다고 했다. 그런데도 돌아가지 않는 이유는 선물이 있기 때문이겠지. 선물은 당신들의 목숨으로 주면 정말 감사하겠어."

왕성을 무너뜨리는 한이 있더라도 바하무트 황족을 죽일 수 있다면 수지가 맞다 못해 넘친다. 이아나의 몸에서 불길처럼 붉은 신력이 치솟았다.

"하……."

이사벨라의 흰 뺨이 빛에 물든 것처럼 상기되었다. 농밀한 탐욕에 젖은 숨결이 색정적으로 흘렀다. 적나라한 붉은 기운에, 테일런도 그녀 못지않게 영향을 받은 듯했다. 얼굴에 어두운 그늘이 졌다.

"말 한번 재밌게 하는군."

"진심이다."

"진심? 좋다. 선물을 받고 싶다면 직접 가져가 봐라. 너희가 과연 우리를 죽일 수 있을까?"

"붙어 보면 알겠지."

"글쎄. 난 우리가 비슷하다고 생각하는데……."

테일런의 몸에서 새까맣고 불길한 힘이 일렁거리기 시작했다. 이아나가 검을 고쳐 잡았다.

아까 아르하드와 테일런이 맞붙었을 때 느꼈다. 확실히 테일런은 예전보다 훨씬 더 강해졌다. 기습을 예상했을 수도 있지만, 그것을 피한 이사벨라 또한 마찬가지다.

이아나는 테일런과 이사벨라의 힘을 가늠해 보고 싶었지만 싸우지 않고는 불가능했다. 그저, 이아나와 아르하드가 성장했듯 그들도 마찬가지일 것이라 짐작했다. 그들은 밑바닥에서 시작해 세계의 정상에 오를 정도의 잠재력을 갖춘 괴물들이니.

"비슷하다면 주변이 초토화될 뿐이지. 모두가 환희에 들떠서 흥청망청하는 오늘, 정말 그러기를 바라나? 감수하겠다면야 응해 주지. 공격할 테면 공격해 봐. 대신 오늘 우리를 놓치는 건 물론 이그나이츠의 인구가 반으로 줄어드는 것까지 각오해야 할 거다. 우리도 아무 준비 없이 여기 온 게 아니고, 내게는 너희가 전혀 예상하지 못했을 비장의 한 수도 있거든. 내가 이때까지 무럭무럭 성장하는 너희를 내버려 둔 이유가 있지 않겠나? 그래, 한번 붙어 볼까? 마침 여기 내 적들이 모두 모였군."

슈나이더와 레리트, 그리고 안젤리나를 제외하고 다른 사람들은 회장을 모두 빠져나간 상태였다.

파티에 남은 사람들은 삼국의 지배자들뿐이었다. 레리트는 스스로가 로안느의 왕비임을 되새기며 공포스러운 이곳에 남았고, 안젤리나는 레리트를 보호하기 위해 비장한 표정으로 곁에 섰다.

"너희가 과연 우리를 막을 수 있을까?"

그들을 쭉 돌아본 테일런이 의미심장하게 웃었다.

"며칠 후부턴 제발 멈춰 달라 사정해도 너희들이 가진 것들을 하나하나 부숴 줄 테니, 오늘은 아무것도 하지 않겠다는 내 호의를 저버리지 말도록. 재미없게 금방 무너지지 않도록 철저하게 준비해서 전쟁터로 나오란 말이다."

간사한 혀 놀림은 몹시 유려했고, 비정상적인 여유로움은 불안감을 조장했다. 테일런이 의미심장한 말로 혼란을 부추겼지만 이아나는 흔들리지 않았다. 꼿꼿이 서서 관조할 수 있었기에, 이상함을 느끼고 있었다.

왜일까.

시간을 줄 테니 완벽한 태세로 전쟁에 임하라는 저 오만한 말들은 테일런의 성격과 일치하는데도 수상쩍었다. 다른 꿍꿍이를 숨기고자 일부러 혀에 기름칠을 한 것처럼 나불거리는 것 같달까. 이렇게까지 도발했는데도 정말로 싸울 생각이 없어 보이는 것도 이상했다. 투지가 전혀 느껴지지 않았다.

"이만 돌아가 주지."

느낌을 곱씹기도 전에 테일런이 선언했다.

"오늘은 정말로 싸울 생각이 없다. 축하 겸, 너희를 다시 한 번 보고 싶었을 뿐이다. 특히 너."

진득한 시선이 이아나에게 들러붙었다.

"너를 끔찍하게 바라는 우리의 욕망을 재확인하고 싶었다. 그리고 결심했지. 이 나라를 멸망시키고, 국왕을 죽이고, 너를 취하기로."

콰아아아앙!

테일런의 얼굴 쪽에서 폭발이 일어났다.

"……."

이아나를 자신의 옆으로 잡아당기는 아르하드는 지독하게 무표정했다. 이아나는 오싹함을 느꼈다. 화가 나다 못해 감정적으로 마비되었을 때의 얼굴이었다.

온 세상의 마나가 울부짖기 시작했다. 아르하드가 밟고 있는 바닥을 중심으로 암흑이 번져 나가고, 별이 폭발한 것처럼 황금의 빛이 휘몰아쳤다. 아르하드의 손에는 이미 검이 쥐여 있었다. 바로 사생결단을 낼 기세였다.

"이곳에서 결판을 낼 생각은 없는데 너무 긁었나."

뒤로 세게 젖혀졌던 테일런의 얼굴이 천천히 되돌아왔다. 여유롭기만 했던 그의 눈 또한 살벌하게 번들거리고 있었다.

"하지만 내 말은 진심이다. 그 정도는 되어야 설욕할 수 있겠지. 안 그래?"

테일런이 터진 입술을 느른하게 핥으며 웃었다.

"불안하겠지. 모든 것을 가졌으니. 그러니 모든 것을 빼앗기기 전에 나를 죽이는 게 좋을 거다."

콰지지직!

어마어마한 힘에 의해 테일런과 이사벨라가 있는 공간이 찌그러졌다. 공포가 느껴질 정도로 어마어마한 마나의 집약체가 그들의 몸을 구겼다.

'과연 악마라는 건가. 대단하긴 하군. 시간이 조금 더 지나면 내가 위험해질지도……'

아르하드와 한동안 힘겨루기를 하며 그의 힘을 가늠하던 테일런의 표정이 순간 음산해졌다.

'모조리 가져 주마.'

테일런이 입매를 비틀었다.

"정말로 가 보지. 다음에 만날 날을 기대하고 있겠다."

그들의 발아래에서 검은 신력이 솟구쳤다. 텔레포트였다.

지익……

그때, 세상에 붉은 직선이 그어졌다. 직선이 통과한 검은 신력이 쩍 갈라지며, 그 틈으로 피가 흠뻑 흐르는 테일런의 얼굴이 반쯤 드러났다. 검은 눈동자가 검기를 날려 자신의 신력에 틈을 만든 이아나를 직시했다. 번들거리는 눈동자의 표면에 이아나의 서늘한 얼굴이 맺혔다.

"내 남자를 긁은 대가는 치르고 가야지. 안 그런가?"

하하하하하!

테일런이 광소를 터뜨렸다.

날카로운 웃음소리와 함께 바하무트 황족들이 사라졌다.

그들은 그렇게 성을 떠났다.

만남은 강렬했고, 이별은 싱거웠다.

바하무트 황족이 떠난 파티장은 황량했다. 사람들은 대피했고, 로안느 왕가 또한 이만 가 보겠다며 작별 인사를 하고 떠났다.

"……가자."

아르하드도 파티장을 나섰다. 이아나는 조용히 그를 뒤따랐다.

확인 결과 인명 피해는 전무했다. 바하무트 황족은 정말로 얌전히 있다가 떠난 것이다.

그렇다고 해서 방심할 수는 없었다. 아르하드는 기사들과 관료들을 불러 이것저것 명령을 내렸다.

"국민들에게 지금 있는 자리에서 대기하라고 전해라."

명령들은 물 흐르듯이 자연스럽게, 혹은 감정이 잘려 나간 것처럼 철저하게 이성적으로 이어졌다.

저벅, 저벅.

발걸음 소리가 조용한 복도를 울렸다. 이아나는 아르하드를 묵묵히 뒤따르며 그의 뒷모습을 바라보았다.

창밖의 하늘에서는 땅거미가 지고 있었다.

석양이 아르하드를 비추었다. 그의 그림자가 일렁거렸다.

"아르하드."

줄곧 가만히 지켜만 보고 있던 이아나가 아르하드를 불렀다. 아르하드가 멈칫하더니 멈춰 서서 그녀를 돌아보았다.

"괜찮습니까?"

"괜찮아."

괜찮지 않았다.

아르하드는 현재, 얼핏 매우 냉정하고 침착해 보였고, 감정적으로 흔들리지 않은 듯 무표정한 얼굴을 고수하고 있었다. 부하들에게는 그런 흔들리지 않는 듯한 모습이 안정감을 주었다.

하지만 이아나가 보기엔 진탕이 되었다. 그는 너무 화가 나서 감정을 주체하지 못하고 있었다. 결국 못 견디고 아예 외면하고 있었다. 고통을 참고자 모든 감각을 마비시킨 것처럼.

테일런은 건국 축하와 이아나를 보는 것이 이곳에 온 목적이라고 했지만, 아르하드의 신경을 긁어 흔드는 것도 목적 중 하나였을 것이다. 정말이지 대성공이었다.

'놈은 아르하드가 나를 극도로 아낀다는 점을 누구보다 확실하게 인지하고 있어. 그래서 나를 취하니 어쩌니 하며 아르하드를 긁어 댄 거겠지. 나를 취하고 싶은 마음이 진심인 것과는 별개로 말이야.'

완전한 진심도 아닐 것이다. 악마의 파편에는 로베르슈타인을 향한 로이긴의 애증이 녹아들어 있다. 그것 때문에 바하무트 황족은 이아나에게 반응하고 그녀를 욕망하는 것이다. 만약 파편이 없었다면 존재하지 않았을, 가벼운 집착이었다.

이아나는 집착의 근원에게 항상 사랑받고 있었다. 그래서 이사벨라와 테일런이 제게 집착해도 전혀 동요하지 않았다.

하지만 아르하드는 동요했다.

그래서 테일런을 보내 주었다. 아르하드가 정상이 아닌 상태에서는 테일런을 이길 수 없다 판단했기 때문이다.

아르하드가 이아나의 턱을 잡아 올렸다.

"걱정할 필요 없어. 나는 멀쩡해. 지금 네가 내 옆에 있잖아?"

그리 말하는 그의 눈빛은 멀쩡하지 않았다. 눈동자에서 제정신이 아닌 듯한 빛이 흐르고 있었다.

"나는 무엇 하나 빼앗길 생각이 없어. 무슨 수를 써서라도 지킬 거다. 이 나라도, 너도……."

아르하드는 이성적이다가도 이아나와 관련되기만 하면 지극히 감정적으로 변했다. 겉으로는 멀쩡해 보여도 그 심연으로는 이아나에 대한 사랑을 주체하지 못하는 사람이었다.

최근에는 이아나가 사고를 치지 않았고 그에게 끊임없이 사랑을 속삭여 주었기 때문에 무척 안정되어 있었다.

일시적으로 그렇게 보일 뿐이었다.

아르하드는 기본적으로 매우 불안정한 사람이었다. 이아나가 세뇌에 가깝게 사랑한다고 속삭인 덕분에 이제 이아나가 자의로 떠날 거라고는 생각하지 않아도 타의로 그럴 수도 있다는 가능성을 배제하지 못하는 모양이었다.

"불안한가요?"

"……바하무트를 죽이고 싶을 뿐이다."

아르하드는 그리 대답했지만, 불안감을 부정하지는 않았다. 애써 괜찮은 척하는 것이 이아나의 눈에는 모두 보였다. 주변에서 들끓는 마나만 봐도 알 수 있었다. 불안감이 모조리 살의로 승화되었기에 그 속내가 잘 보이지 않을 뿐이다.

아르하드가 애써 웃었다.

"가자. 놈들이 전쟁을 선포했으니 우리도 대응해야지."

사람들에게 전쟁이 시작되었음을 선포하러 가야 했다.

아르하드가 이아나의 턱을 놓아주고 다시 등을 돌렸다.

"……."

이아나는 그녀를 빼앗길까 봐 분노하고 두려워하는 아르하드가 애잔했다. 그가 진정한 평온을 얻는 날은 언제일까? 바하무트가 사라지면 안정될 수 있을까? 하지만 바하무트를 제거하더라도 적은 생각지 못한 곳에서 나타날 수 있다. 아르하드는 그럴 때마다 불안해할까.

그의 그림자가 또다시 이지러졌다.

그것을 지켜보는 이아나의 기분도 불안정해졌다.

'나, 정말 비뚤어진 것 같아.'

그가 자신 때문에 불안해하는 모습이 무척 사랑스러웠다. 언제나 그랬다. 그가 제게 집착해서 미쳐 갈 때마다 속으로는 은근히 만족했다. 어딘가 비틀려 버린 감성은, 결핍을 채워 주는 그의 불안감을 반기고 있었다.

이아나는 그런 스스로가 비정상이라는 점을 인지하고 있었다. 상대가 타인에게 질투하는 모습에 즐거워한 것은, 외면당할까 봐 두려워하는 모습에 안심한 것은, 잃을까 봐 불안해하는 모습을 사랑스러워한 것은, 비뚤어진 내면에서 비롯된 이기적인 충족감이었다.

입장을 바꾸어 생각하면 지옥 같기만 했다. 만약 누군가가 아르하드를 제게서 빼앗아 가려 한다면 이아나는 그 상대를 망가뜨려 버릴지도 모른다. 생각만 해도 화가 나서 미쳐 버릴 것 같았다. 지금의 아르하드도 그럴 것이다.

현재 이아나가 느끼고 있는 감정은 아르하드가 불안해해야만 성립하는 일방적인 쾌감이었다. 그 역도 얼마든지 성립할 수 있는, 불안정하기만 한 사랑이었다. 이런 사랑으로는 영원히 만족하지 못하고 불안해하며 심연을 헤맬 것이다.

이아나는 그것을 바라지 않았다.

그것은 진정한 사랑이 아니었다.

이아나는 아르하드와 함께 행복하기를 바랐다. 진정으로 사랑한다면, 사랑하는 사람이 행복하기를 바라는 게 정상이었다.

지옥의 반대편은 천국이다.

이아나는 이제 불안정함은 싫었다. 서로밖에 모르는, 서로를 무조건적으로 신뢰하고 서로의 존재에 행복해하기만 하는 사랑에 흠뻑 빠져 보고 싶었다. 불안으로 범벅이 된 나락이 아닌, 절대적인 신뢰로 빛나는 천국에 닿고 싶었다.

그러려면 지금 자신이, 아르하드에게 어찌해야 하는가?

'아르하드는 나밖에 몰라.'

이아나는 그녀밖에 모르는 아르하드의 길잡이였다. 그는 이아나가 어찌하느냐에 따라 한없이 다정해질 수도 있었고 한없이 냉정해질 수도 있었다. 한없이 안정될 수도 있었고 한없이 불안정해질 수도 있었다.

'나는 아르하드의 기사다.'

그를 지켜야 했다.

'그리고 아르하드는 내 남자야.'

또한 자신의 남자니 그의 행복을 책임져야 했다.

이아나는 아르하드를 따라 걷기 시작했다.

그의 뒤편에 바짝 붙은 이아나가 아르하드에게 속삭였다.

"아르하드."

아르하드가 돌아보려던 찰나, 이아나가 아르하드를 복도의 벽으로 밀어붙였다.

쿵!

등이 세게 닿으며 미미한 통증을 자아냈지만 아르하드는 통증을 느낄 새가 없었다. 이아나가 그의 재킷을 붙잡고 뜨겁게 키스해 왔기 때문이다. 코가 맞물리고, 입술이 공간 하나 없이 밀착했다. 맞붙은 입술 너머에서 뜨겁고 야릇한 애정이 왈칵왈칵 쏟아져 들어왔다.

처음에는 가만히 있던 아르하드가 이아나의 허리를 꽉 끌어안았다. 그녀의 목을 붙잡고, 이아나가 넘기는 애정의 수 배, 수십 배보다 더 많은 사랑과 열기를 쏟아 냈다.

숨이 막히도록 전해져 오는 그 사랑을 이아나는 달게 받아먹었다. 호흡은 뱀이 똬리를 틀듯 꼬여 들었고, 입술은 나비가 꿀을 빨듯 서로를 깨물었다. 정말 벅차다 싶을 즈음, 이아나가 가쁘게 숨을 뱉으며 고개를 내렸다.

"이아나……."

그녀의 이름을 부르는 목소리는 낮고 지나치게 색정적이었다. 이아나는 그를 올려다보며 얼굴을 붉혔다. 아, 역시 아르하드의 이 얼굴이 미치도록 좋다. 감정과 욕망에 매몰되어 버린 이 야한 얼굴이.

이아나는 동요한 아르하드에게 저급한 쾌감을 느끼는 자신의 취향을 부정하지 못했다.

하지만 무슨 일이 있어도 빼앗기지 않는다는 신뢰와 여유만 있다면야 이러한 건 즐길 수 있는 수준이지 않겠는가?

이아나는 정신을 다잡으며 똑바로 말했다.

"저는, 어디에도 안 갑니다."

"너는 그럴 거라고 믿어."

"설령 바하무트 황족이 탐한다 해도 그들은 저를 결코 데려갈 수도, 가질 수도 없을 겁니다."

"……."

"저는 당신을 선택했습니다. 제가 허락한 사람은 당신뿐이에요. 저를 가질 자격이 있는 사람도 당신뿐입니다."

이아나의 그 말이, 아르하드가 외면하고 있던 감정들을 잡아 끌어냈다. 그의 얼굴이 강한 불안감으로 물들었다.

"너는 그렇다 쳐도 그놈들이 무슨 짓을 할지……."

아르하드가 무슨 말을 하기 전에, 이아나가 립스틱 범벅이 된 아르하드의 입술에 제 손가락을 가져다 댔다.

"아까 무슨 수를 써서라도 이 나라와 저를 지킬 거라고 말씀하셨죠. 그대로 돌려 드리겠습니다. 제가 무슨 일이 있어도 저 자신과, 이 나라와, 당신을 지키겠습니다. 불안해하지 마십시오. 저는 당신 곁에서 죽는 한이 있어도 놈들에게 가지 않습니다."

"……."

"제가, 제 입으로 뱉은 말을 지키지 않은 적이 있었던가요?"

아르하드가 천천히 고개를 저었다.

"저를 믿어요. 우리는 어떤 시련도 이겨 나갈 수 있습니다. 반드시 승리해요."

이아나가 자신만만하게 약속했다. 흔들림 없는 그녀의 말은 아주 믿음직스러웠다.

"그래."

황족에 대한 불안감과 분노가 순식간에 증발해 버렸다. 할 수 있다는 자신감과 믿음이 그 자리를 차지하며 아르하드를 진정시켰다. 이아나의 말 한마디에 훈련 잘 받은 개처럼 온순해진 스스로가 어이없었던 아르하드가 바람 빠진 것처럼 웃었다.

"불안해할 필요가 없지. 우리는 이길 테니까. 날 긁었다고 놈의 얼굴을 반쯤 쪼개 놓은 네가 있는데 뭘 불안해한 걸까."

바하무트 황족이 나타났다는 소식이 일찌감치 퍼져 성이고 시내고 온통 경계 상태였다. 성의 가장 높은 곳에 도착한 아르하드가, 자신을 올려다보는 사람들을 향해 말했다.

"바하무트 제국과의 전쟁을 선포한다."

아르하드의 목소리가 아티팩트를 통해 국가 전역으로 퍼져 나갔다.

"오늘부로 전시 태세로 돌입한다."

불안감 한 점 없는 명확한 문장들이 얇은 얼음 위에 선 양 잔뜩 긴장하고 있던 사람들의 발밑을 떠받쳤다.

"우리는 승리한다. 내가 선두에서 너희를 이끌겠다."

사람들은 불타올랐다.

"그래, 싸우자! 싸워 보자고!"

"그놈들에게 당한 게 얼마인데."

"이번에도 당하지는 않는다!"

자신들의 집과 일상을 지키겠다는 의지가 넘실거렸다. 바하무트와의 전쟁은 이미 각오하고 있던 바였다. 이미 전투 준비를 마친 군대는 다시 한번 무기를 벼렸다.

최악의 공포, 바하무트와의 전쟁을 앞두고도 두렵지 않았다. 그동안 많은 준비를 했지 않은가? 그들의 무시무시한 왕이 대장기를 들지 않았는가?

게다가 파티장에 있던 기사들로부터 소식은 이미 전해 들었다. 이아나 라이즈 경이 바하무트 황제와 기싸움을 하면서도 밀리기는커녕 물어뜯을 정도였다고.

우리는 그들을 따르기만 하면 승리한다.

의심할 필요가 없었다.

전쟁 선포를 마친 아르하드가 뒤돌아섰다. 뒤에서 이아나가 싱긋 웃고 있었다.

"잘했습니다."

아르하드는 사랑스러움을 이기지 못하고 이아나를 끌어안았다.

심장이 거칠게 뛰었다.

들끓는 불안감은 사라졌지만 감정은 가라앉지 않았다. 그녀의 당당한 말은 신뢰감을 주었지만 시각적으로는 아니었다.

키스 때문에 잔뜩 번진 립스틱을 대충 닦아 냈지만, 그 흔적이 여전히 남아 있었다. 뜨겁게 부푼 입술은 지나치게 선정적이었다. 들뜬 뺨과 젖은 눈망울은 심장을 쥐어짤 정도로 사랑스러웠다.

이아나를 향한 애정과 욕망이, 바하무트 때문에 불안할 때보다 더욱 그를 조급하게 만들었다. 그의 머리부터 발끝까지 채워져 있던 자물쇠들이 요란하게 덜컹거렸다. 그의 욕망을 가두고 있던 인내심의 조각들이었다.

습관적으로 이아나를 품에서 떼어 놓으며 참으려던 아르하드가 멈칫했다.

이제 참을 필요가 있나?

이아나도 저도 모르게 습관적으로 떨어져 나가려 했다. 하지만 아르하드가 갑작스레 부둥켜안는 바람에 그럴 수 없었다. 그가 어리둥절해하는 이아나의 허리를 감싼 채 가까이서 속삭였다.

"우리, 결혼했지."

그 말뜻을 바로 깨달은 이아나의 뺨이 파르르 달아올랐다. 이아나가 입술을 달싹이다가 고개를 끄덕였다. 아르하드가 이아나를 홱 안아 들었다.

이아나가 아르하드의 목을 끌어안은 채 중얼거렸다.

"제가 오늘은 안 되겠다고 말하면 어쩌실 건가요?"

"절대로 안 돼."

절대라고 해 놓고 내가 정색하면서 싫다고 하면 울상이 되어 내려놓을 거면서.

이아나는 픽 웃으며 그의 목덜미에 뺨을 묻었다.

여태 아르하드 때문에 심통이 난 적이 몇 번인가?

아르하드에게 악마처럼 심술을 부리고 싶은 마음도 있었다. 하지만 그를 갈망했던 시간들을 외면하고 새침한 척 내숭 떨 만큼 이아나는 철면피가 아니었다. 무엇보다 이아나는 지나치게 솔직해서 욕망을 숨기지 못했다.

방은 지척이었다.

아르하드가 이아나를 침대 위에 내려놓았다. 갈증을 감추지 않으며 이아나의 이마에, 코에, 입술에, 목덜미에 미친 것처럼 키스했다. 이아나의 몸 위에 입을 맞출 때마다 그의 안에서 자물쇠들이 하나둘 떨어져 내렸다.

그리하여 인내를 옷처럼 두르고 있던 애정은 완전히 벌거숭이가 되었다. 더 이상 숨기지 않아도 된다. 더는 참지 않아도 된다. 그 순간의 해방감은, 환희 그 자체였다.

"사랑해, 이아나."

그는 제 안의 모든 사랑을 담아 이아나에게 속삭였다. 이아나는 이미 수백, 수천 번을 들었던 말이지만 들을 때마다 심장이 간지러웠다.

"……저도요."

수줍은 듯 작게 대답한 이아나는 아르하드의 팔을 잡아당겨 그를 끌어안았다. 제 몸을 더듬으며 드레스를 벗겨 내려가는 아르하드의 손길을 느끼며, 그의 몸을 붙잡은 손에 힘을 주었다.

털썩.

아르하드는 갑작스러운 시야의 반전에 눈을 감았다 떴다. 이아나가 어느새 그의 위에 올라타 있었다.

이아나가 잔뜩 흐트러진 드레스를 스스로 벗었다. 탄탄하게 단련된 날렵한 몸이 유혹하듯 천천히 드러나자 아르하드의 환희에 열망이 덧입혀졌다.

"당신에게 그저 받고만 있기는 싫어서요."

드레스를 바닥에 내려놓은 이아나가 야릇한 눈동자로 그를 내려다보았다. 아르하드의 가슴 위에 손을 얹고 그의 단추를 뜯어내듯 셔츠를 벗겨 냈다. 그의 단단한 몸과 밀착했다.

이아나는 아르하드에게 키스했다. 들썩거리는 가슴 위에 손을 얹고 심장을 더듬으며 속삭였다.

"저는 당신을 죽는 그 순간까지 사랑할 겁니다."

아르하드의 손이 이아나의 손 위를 덥석 덮어 힘을 주었다. 접착제로 붙인 것처럼 떼어 내지 못하도록, 제 생명을 이아나에게 쥐여 주었다.

"그런 저를 사랑해 주십시오."

이아나는 그에게, 그의 입술에 조용히 속살거렸다.

"저만을 사랑해 주세요. 영원히 저를 사랑해 주십시오……."

정신없이 되뇌었다. 정신없이 키스했다. 정신없이 더듬었다. 빗물에 목마른 꽃처럼, 메말랐던 이아나는 사랑이라는 물을 그에게 애처롭게 요구했다.

"제가 두려워할 틈도 없이, 언제나 저를 사랑해 주세요. 나를, 사랑해 줘요."

당신의 사랑이 없다면 나는 말라 죽어 버릴 거야. 내 발밑은 꺼져 버릴 테지. 그러면 나는 저 아래, 아래로.

당신은 내게 사랑해 달라고 말했지만, 나야말로 당신이 지금보다 더, 더 사랑해 주길 바라.

그러니 사랑해 줘.

지금 이 순간 심장을 쥐어뜯겨 죽어도 좋다는 것처럼, 아르하드는 황홀한 표정을 지었다.

이아나의 손가락 끝에 닿은 아르하드의 심장이 미친 듯이 뛰어 댔다. 뜨거운 피가 요동치며 흘렀다. 심장이 터질 것 같다는 생각이 들 정도로 박동이 폭발하는 순간, 다시 몸이 뒤집혔다.

"당연히……."

가쁘게 숨을 몰아쉬는 아르하드의 눈에 이아나가 담겼다. 붉음을 집어삼킨 금안은 새카만 욕정으로 타들어 갔다.

"네가 제발 그만하라고 할 때까지……. 아니 그만하라고 해도 계속 사랑할 거야. 죽어도, 다시 태어나도, 널 사랑할 거다."

이아나의 요구에 아르하드는 당연하게도 긍정으로 답했다. 이아나는 상기된 얼굴로 미간을 좁혔다. 자신의 바람에 그가 부정적으로 응한 적은 한 번도 없었음에도, 너무나 좋아서 심장이 아프도록 죄여 왔다.

통증은 쾌감 그 자체였다.

이어진 통증도, 마찬가지였다.

정신적인 쾌감은 곧장 육체적인 쾌감으로 이어졌다. 젖은 살결이 서로를 핥으며 정염을 주고받고, 욕정에 물든 손들이 서로의 모든 것에 자국을 남겼다.

얽혀드는 팔다리는 서로를 구속하는 사슬이 되었고, 밀착한 몸은 끈끈하게 들러붙어 서로를 붙잡는 거미줄이 되었다.

말로 채 뱉을 틈이 없는 사랑은 열기에 실려 서로의 심장에 닿았고, 뒤섞이는 타액은 섞여 드는 마음과 같았다.

이아나는 아찔한 숨을 내뱉었다. 온기와 온기가 맞닿고, 상대의 영혼과 심장을 통째로 훔쳐 내는 듯한 이 사랑이, 이아나는 너무나 좋았다. 무척이나 마음에 들었다.

이아나는 땀에 젖은 팔로 아르하드를 꽉 끌어안았다.

이아나는, 아르하드를 사랑하고 있다.

"……."

아르하드가 너무 좋아서 눈물이 날 것 같았다.

이 사랑을 알게 해 준 회귀에 미치도록 감사했다.

참을 수 없었다.

"사랑해요."

솔직하게 사랑을 고백했다.

"사랑해."

그리고 답은 언제나처럼, 더한 사랑으로 돌아왔다.

예상했던 답이라, 이아나는 웃고 말았다.

그녀를 바라보고 있던 아르하드가 더 깊은 사랑에 빠져 버릴 만큼 사랑스러운 미소였다.

— 이그나이츠 편 終

32. 탐색전 편

32. 탐색전 편

이그나이츠가 정식 국가가 된 지 사흘이 지났다.

바하무트는 건국식 다음 날부터 이그나이츠와 바하무트를 가르는 국경에 군대를 배치하기 시작했다. 미리 준비라도 한 듯 빠른 움직임이었다.

대비하고 있던 이그나이츠도 그에 못지않게 빠르게 움직였다. 바하무트와의 전쟁은 건국 전부터 준비하고 있던 바였다.

"제1회 국정 회의를 시작하겠습니다."

아르하드는 가장 상석에, 이아나는 그 옆자리에 앉았다. 그리고 그들의 앞으로 회의석이 부채꼴처럼 펼쳐졌다. 그곳에는 각양각색의 관료들이 자리 잡고 앉아 있었다.

"우리 이그나이츠가 달성해야 할 최우선 목표다."

대기하고 있던 리키젠이 끈 하나를 잡아당기자 둘둘 말려 있던 천이 떨어져 내렸다. 천에는 '바하무트 궤멸'이라는 글자가 커다랗게 쓰여 있었다. 회장 전체에 열기가 확 지펴졌다. 이곳에는 바하무트에 원한이 있는 자들이 많았다.

"다들 알겠지만, 나는 바하무트 일족에서 떨어져 나왔다."

여기 있는 사람들은 모두 아르하드의 비밀을 알고 있었다.

"나는 그들을 없애고 유일해질 것이며, 바하무트라는 이름을 세상에서 지울 것이다."

하지만 그들의 훌륭한 군주가 바하무트와 완전히 별개의 사람이라는 점도 확실하게 인지하고 있었다.

"현재로선 나와 라이즈 경만이 바하무트 황족에 대적할 수 있다. 즉, 내 시대에 끝내지 않으면 세상은 바하무트의 손아귀에 떨어진다."

아르하드가 선언했다.

"그러니 우리의 시대에 바하무트 제국에 종지부를 찍고 그들이 없는 새 시대를 연다."

오랜 세월 대륙을 호령해 온 바하무트 제국의 멸망. 모두가 바라기만 했을 뿐 실현은 꿈도 꾸지 못했던 위대한 목표였다.

강대국인 로안느조차 바하무트를 막는 데 급급했었다. 그런 제국의 멸망을 논한다니, 믿을 수 없게도 현실이었다. 거대한 천에 그려진 '바하무트 궤멸'이라는 짧은 문구가 착석한 사람들의 심장에 불을 질렀다.

목표가 정해졌으니, 이제는 세부적인 사항들을 정할 차례였다.

"전쟁이 마음대로 되지는 않겠으나, 지금 말하는 원칙들은 이그나이츠의 법에 의거하여 반드시 지켜야 한다. 리키젠."

"네."

아르하드의 옆에 서 있던 리키젠이 나섰다. 그는 종이 한 장을 펼쳐 들더니 선명하고 차분한 목소리로 글을 읽어 내려갔다.

첫째, 저항자들에게는 자비를 두지 않되, 투항자들에게는 삶을 이어 갈 기회를 한 번 부여할 것.

둘째, 정복한 땅에는 전쟁이 끝날 때까지 이그나이츠의 법과 문화를 행할 것.

셋째, 가능하다면 바하무트 황족의 죽음을 최우선시할 것.

넷째, 민간인의 겁탈과 약탈은 절대 금지.

…….

항목은 많았지만 가장 눈에 띄는 것들은 맨 앞의 세 개였다.

그때, 한 사람이 손을 들었다. 코뿔소 수인 의원, 엘더 리노였다. 아르하드가 그를 지목하며 발언을 허락했다.

"첫 번째 항목에 대한 질문입니다. 적이 겉으로만 항복하는 척하다가 앙심을 품고 역공하면 어찌합니까? 그리고 추악한 바하무트 제국은 아예 뿌리까지 뽑아 없애는 게 옳지 않습니까? 자비 없이 싹을 잘라 후환을 없애는 것이……."

"무엇이든 뿌리를 완전히 제거하기는 어렵다. 잔뿌리는 악착같이 대지에 남아 또 다른 무언가로 자라나지. 그 잔인한 바하무트조차 모두를 죽이지는 못했다. 그리고 살아남은 우리는 현재 바하무트를 겨누는 검이 되었다. 안 그런가?"

회장이 조용해졌다.

"'눈에는 눈, 이에는 이', '선공에는 철저한 응징을'이 우리의 원칙이지만 피는 피를 부르고 복수는 복수를 부른다는 것 또한 늘 명심해야 한다."

"……."

"그리고 바하무트 제국민들 중에는 어쩔 수 없이 바하무트를 따르고 있는 수동적인 자들이 많다. 항복한다면 중죄를 짓지 않은 이상 갱생할 기회 한 번은 줘야겠지. 물론 합당한 대가를 치러야 할 것이며, 이후 두 번째 기회는 결단코 없겠지만."

아르하드가 단호하게 말했다.

"단 한 번의 기회를 위해서 우리는 누구보다 철저해져야 한다. 누군가 악의를 가지고 우리의 뒤를 치더라도 타격이 없도록 늘 주변을 경계해야 한다. 어려운 일이지만 반드시 그리해야 한다."

대부분이 수긍하였다.

또 다른 사람이 손을 들었다.

"두 번째 항목에서 '전쟁이 끝날 때까지'라는 조건은 왜 붙는지요?"

그는 멜리언 기르곤. 현재 이그나이츠의 재상이었다. 형형한 눈의 중년 남자는 오랜 시간 영주 대리로 세마스티어를 관리해 온 고위 관리이자 아르하드의 심복이자 아르하드가 인정하는 몇 안 되는 뛰어난 인재였다. 그래서 건국 후에도 중임을 맡았다.

"말 그대로다. '전쟁이 끝날 때까지'만 임시 점령하여 그 지역에 이그나이츠의 법과 문화를 전파한다. 하지만 전쟁이 끝나면 그 땅은 완전히 해방하는 것을 원칙으로 한다."

회장 전체에 파장이 일었다. 바하무트 땅을 아예 정복하기를 꿈꾸고 있던 사람들 입장에서는 찬물을 맞은 격이었다. 열기가 쏙 하니 가라앉았다.

멜리언이 침착하게 되물었다.

"바하무트의 땅을 우리의 땅으로, 제국민을 우리 왕국민으로 만드는 게 아니라 해방하는 이유를 여쭈어도 되겠습니까?"

"우리는 현재의 영토만으로 충분하다. 아직 개발되지 않은 곳이 더 많은 상태에서 무절제하게 먹어 치우면 체할 뿐이다. 또한 강제적인 흡수는 반발을 일으킨다. 화합하지 못하기에 모두에게 불행을 야기하지. 그렇지 않은가?"

맞다. 현재 이그나이츠의 영토는 매우 넓었다. 바하무트의 광활한 땅까지 합쳐지면 감당할 수 없을 것이다.

또한 이그나이츠 내에서 여러 종족이 완전히 화합하려면 좀 더 많은 시간이 필요하다는 평가가 있었다. 여기에 적이었던 제국민들까지 더해지면 문제들이 아주 많이 발생할 터.

이성을 흐리는 열기에 취해 있다가 찬물을 맞은 사람들이 얼굴을 붉혔다. 바하무트의 것을 빼앗는다는 말과 전쟁이라는 말이 주는 광기에 저도 모르게 피가 들끓고 말았다.

"우리는 황족을 척살하고, 바하무트 제국을 멸한다. 하지만 땅은 바하무트의 이름만 지우고 방치할 것이다. 한 단어로, '무법지대'지. 이후 그곳에 살아갈 사람들이 새로운 바하무트를 세우든 다른 나라를 세우든 간섭하지 않을 문제다. 우리는 그저 그들을 타국민들과 완전히 똑같이 대하면 그만이다."

"똑같이 대한다는 것은?"

"제국민이 우리의 법을 따르기로 맹세하고 모든 시험을 통과한다면 자국민으로 받아들여 줄 것이다. 자발적으로 그들의 땅을 바친다면 자국의 땅으로 받아들여 줄 것이다. 아까 말했듯 우리는 우리 땅만으로도 충분하지만, 그렇다고 해서 평화롭게, 문제없이 영토를 넓힐 수 있는 수단을 마다할 이유는 없지."

강제로 빼앗진 않겠으나, 자발적인 편입은 막지 않겠다는 뜻이다.

"누구든 자신이 살아가던 삶의 터전을 망치면 적을 증오하기 마련이다. 그리고 증오는 어둠 속의 비수가 되어 평화를 위협한다. 우리는 증오를 최소화해야 한다."

"그렇습니다."

"그 방법 중 하나가 뛰어난 국가에 속해 터전을 복구하고 싶은 열망을 갖게 만드는 것이다. 나는 우리 이그나이츠의 법과 문화가 아주 뛰어나다고 생각한다. 임시로 점령하는 동안 이그나이츠의 것을 전파하는 것은 그래서다. 선택은 그들의 문제고."

"이해했습니다."

누군가 또 손을 들었다. 군의 총사령관, 카일 녹턴이었다.

"세 번째 항목, 바하무트 황족의 죽음을 최우선시한다고 하셨습니다. 만약 황족이 죽으면 전쟁은 어찌 됩니까?"

"바하무트는 철저하게 황족 중심으로 돌아가는 나라다. 황족이 없어지면 와해되거나, 저들끼리 싸우다가 무너지게 되어 있어."

아르하드가 손으로 의자의 팔걸이를 두드렸다.

"황족을 제거할 시, 제국의 귀족들에게 막대한 배상금을 받아내고 '바하무트 제국'이라는 이름을 완전히 지운 후 종전한다."

납득한 사람도 있고, 납득하지 못한 사람도 있어 분위기가 묘해졌다. 아르하드는 그 분위기를 이해하고 말했다.

"우리는 전쟁 기간을 최소화해야 함을 늘 염두에 둬야 한다."

전쟁은 권력자만 배를 불리고 야망을 채우는 싸움이었다. 평범한 사람은 삶을 잃어 불행하기만 할 뿐인 상실의 싸움이었다.

"그리고 이 항목은 만약의 경우를 대비해서 말해 두는 것뿐이다. 황족 단독 제거는 어렵기 때문에 전쟁은 길어질 거다."

그 외에도 질문이나 의견이 쏟아졌다. 의견이 합당하다 싶으면 표결에 의해 세부적으로 수정해 나갔다. 이그나이츠는 국왕의 권력이 막강했지만 기본적으로는 다수결 원칙에 따랐다.

회의를 끝내기 전, 아르하드가 말했다.

"우리 이그나이츠가 처음부터 과한 자비심을 가지고 바하무트와의 전쟁에 임한다고 생각하는 사람이 있을 수도 있다."

몇몇 의원들이 고개를 끄덕였다.

확실히, 내용 중에 바하무트 제국민들의 삶을 생각하는 자비로운 항목들이 많았다. 제국은 이때까지 행해 온 악행도 악행이지만, 앞으로의 전쟁에서도 이그나이츠에 자비를 베풀지 않을 텐데 우리는 왜 그들을 선의로 대해야 하느냐는 의문을 가진 사람들이 꽤 있었다.

"명심해라. 우리는 야망이 아닌 평화를 위해 전쟁을 하는 거다. 우리의 자비는 새로운 시대를 열기 위해서다. 이그나이츠의 초대를 살아가는 사람들로서, 악의 고리를 끊으려면 선의를 가슴속에 품고 악착같이 싸울 수밖에 없다. 하지만 자비는 언제나 단 한 번뿐이다. 우리 이그나이츠의 이념을 항상 상기해라."

이그나이츠는 기본적으로 공격 대신 방어를 추구한다.

공격당한다면 철저한 방어를, 그러나 무자비한 역습을!

죄에는 합당한 벌을!

"자비를 베풀었음에도 악의를 드러낸다면 즉시 응징한다."

"……."

"원칙은 지켜지기에 빛나는 법. 모두가 이 원칙들을 반드시 지키기를 바란다. 이해했나? 이견 있는 자는 손을 들어라."

이견은 없었다. 여기 있는 모두가 이그나이츠의 이념에 감화된 지 오래였다. 법에 의거해도 그들의 말은 옳았고, 감정적으로도 납득할 수 있었다.

탕! 탕! 탕!

다른 의견이 없자 옆쪽에서 리키젠이 탁자를 의사봉으로 세 번 내려쳤다.

전체 회의가 파한 후에는 작전 회의가 있었다.

"바하무트는 대대로 백성들을 미끼처럼 써 왔습니다. 파리 목숨보다 더 하찮게 여겼지요. 바하무트 제국민들은 공포에 짓눌려 있을 뿐입니다. 첩자를 침투시켜서 바하무트의 유력자들과 제국민들을 이용해 내란을 유도하는 게 어떻습니까? 겸사겸사 이그나이츠에 대한 좋은 소문도 내고요."

"아니."

아르하드는 테일런을 너무나 잘 알았다. 그리고 테일런이 아르하드를 읽듯, 아르하드도 테일런이 어찌 나올지를 읽었다.

"테일런 헬칸 바하무트는 국민을 생각하는 연기를 할 가능성이 높다. 회유당할 만한 귀족들은 미리 숙청할 테고."

아르하드는 회귀 전을 떠올렸다.

아르하드는 바하무트의 귀족들과 백성들을 자신의 편으로 만들었다. 테일런은 그것에 전혀 신경 쓰지 않았다가 제대로 뒤통수를 맞았다. 이번에는 아르하드의 영혼 때문에 회귀 전의 일부를 기억하고 있을 테니 조금 다른 행동 양상을 보일 수도 있다.

"소문을 내는 건 좋다. 하지만 아주 조심해야겠지."

회귀 전에는 북부에 페인이 없었다. 아르하드가 로안느를 떠나기 전에 일찌감치 제거했었기 때문이다. 하지만 그는 현재 북부에서 블랙폭시를 이어 가고 있었다. 이그나이츠에 악감정이 매우 깊을 테니 놈을 경계해야 한다.

"내전 유도는 조금 더 생각해 보고, 지금은 전면전에 집중한다. 동맹 관계인 로안느와 힘을 합쳐 바하무트를 협공한다."

로안느가 오랜 적대국인 바하무트를 멸망시킬 기회를 놓칠 리가 없었다. 슈나이더는 제 시대에 바하무트를 끝내길 절실히 바라고 있었고, 이는 이그나이츠의 뜻과 맞았다.

힘든 싸움이 되리라.

하지만 이겨 내야만 했다.

길었던 회의가 파했다.

이그나이츠의 국가 권력은 기본적으로 삼권 분립이다. 정책 집행, 즉 행정을 담당하는 왕실 이하의 부서들과, 입법을 맡은 의회, 그리고 사법을 담당하는 법원이다.

왕실의 영향력은 아주 크다. 평소에는 삼권 분립으로 통치하다가 아주 중요한 문제들에 한해서는 왕실이 의회를 하위로 두고 이권 분립으로 국가를 운영했다.

의회는 양원제로, 상원과 하원으로 나뉘었다. 상원은 이그나이츠의 뛰어난 관리들 중에서 원하는 이들을 대상으로 내부에서 일정 수를 선출했고, 하원은 지역의 인구에 비례해 종족별로 수를 맞춰 선출했다.

이그나이츠에 신분은 없다. '개인'과 '가문'이 있을 뿐이다.

원래 귀족이었던 자들은 평등을 근본으로 하는 새로운 국가 체제에 맞춰 가문을 명문으로 키우겠다는 야심으로 불타올랐고, 평민이었던 자들은 개인적인 출세 혹은 가문의 개문을 꿈꿨다. 가문은 일정 조건과 자격을 갖추면 만들 수 있었다.

불공평하고 고착화되었던 신분 체계가 사라지고, 능력에 따라 위와 아래를 오갈 수 있는 계단이 생긴 것이다.

"이아나 이그나이츠 라이즈 경!"

이아나가 뒤를 돌아보자 리키젠이 빙글빙글 웃고 있었다.

"왜 풀 네임으로 불러."

"풀 네임 어감이 좋아서요."

이아나 이그나이츠 라이즈.

이아나는 이제 영원히 불릴 이름이었다.

이그나이츠에는 평등을 기치로 하는 독특한 작명법이 제정되었다. 스스로의 정체성을 확고히 하고자, 결혼하면 배우자의 성을 따르는 게 아니라 미들 네임으로 두는 법이었다. 성별에 관계없이 말이다.

이아나는 현재 일인 가문, 라이즈의 성을 갖고 있었다. 그래서 국왕인 아르하드의 성, 이그나이츠를 미들 네임에 넣었다. 그리고 국왕이라 할지라도 이 법은 항상 성립하기에 아르하드의 이름은 아르하드 라이즈 이그나이츠였다.

이로써 부부의 관계도 평등해졌다. 아르하드를 중심으로 보면 이아나는 '왕비'였다. 하지만 그건 국왕인 아르하드의 아내라는 것을 알리는 하나의 호칭일 뿐이었다. 이아나를 중심으로 보면 그녀는 라이즈 가문의 가주였다. 결혼을 해도 그녀의 가문은 유지되고, 아르하드는 가주인 그녀의 남편이었다.

왕과 왕비, 가주와 가주의 남편.

어떤 부부가 결혼 신고를 한다면, 한쪽이 일방적으로 소속되는 게 아니라 서로에게 소속되는 관계로 기록되어 서류 처리 될 것이다. 최고 권력자인 아르하드가 그렇게 하겠다니 누구도 반대하지 못했다.

그리고 이아나는 특수 기사단인 '라이즈 기사단'의 단장이었다. 이아나는 아르하드의 왕비로서 전하라고도 불렸지만, 그보다는 그녀의 직업을 존중하여 '라이즈 경'이라고 많이 불렸다. 이렇게 호칭도 상대가 원하는 방식으로 불러 주면 되었다.

이아나가 웃었다.

"너도 마찬가지다. 리키젠 로스타리."

이아나의 지인들은 대부분 왕실, 그러니까 행정 부서로 들어왔다. 그리고 성이 없었던 리키젠은 또다시 '리키젠 로스타리'가 되었다. 이아나가 뜻을 묻자, 리키젠은 로스타리가 길과 빛을 하나로 엮은 성이라고 했다. 어울리는 성이었다.

리키젠은 아르하드의 보좌관이자 재무부 소속이었다.

아무리 리키젠이 천재고 무엇이든 빨리 배운다지만, 세마스티어에서 오랜 기간 일해 온 관리들의 연륜을 곧장 따라잡는 건 무리다. 몇 년은 밑에서 일할 필요가 있었다. 태어날 때부터 매우 특별했던 아르하드나 이아나는 예외였고.

그래서 리키젠은 아르하드의 보좌진 중 한 명이 되었다. 아르하드의 업무량이 매우 많았기에, 그를 돕기만 해도 일을 빠르게 배울 수 있었다.

하지만 리키젠은 그에 만족하지 않고 재무부의 일까지 겸했다. 리키젠의 생활은 일의 연속이었다. 쉬엄쉬엄하라고 해도 일이 재밌어서 하는 거니 내버려 두라고 칼같이 내쳐 모두가 지독하다며 혀를 내둘렀다.

이제 리키젠이 세마스티어에 온 지도 일 년이 다 되었다. 이쯤 되니 모두가 리키젠의 독한 성격과 일에 대한 사랑을 인정하게 되었다.

게다가 리키젠은 기본적으로는 원칙에 따라 일을 처리하였지만 잘못되었다고 판단하는 부분에 대해서는 누구보다 앞장서서 고치고자 했다.

리키젠은 모든 면에서 매우 높은 평가를 받고 있었다. 그래서 모두가 리키젠이 미래의 재상이 될 것이라 믿어 의심치 않았다.

'그러니 회귀 전에도 젊은 나이에 다른 경쟁자들을 모두 제치고 바하무트의 재상이 되었던 거겠지.'

이아나는 빙글빙글 웃고 있는 리키젠을 보며 속으로 대단한 놈, 하고 인정했다.

"그런데 나를 왜 불렀지?"

"아. 전쟁 직전이기도 하고, 오랜만에 얘기를 좀 하고 싶어서요. 지금 시간이⋯⋯."

리키젠이 손목의 시계를 한번 보고 되물었다.

"개인 수련장에 가시는 길이죠?"

"맞아."

이아나는 항상 똑같은 생활을 반복하고 있었기에 그녀의 스케줄을 아는 것은 어렵지 않았다. 리키젠이 손목을 내리며 말했다.

"저도 참고 서적들을 가지러 도서관에 가려 합니다. 가는 길이 겹치니 걸으면서 얘기하시죠. 별 얘기도 아닌데 이아나 님의 시간을 따로 뺏고 싶지는 않네요."

"네 시간을 빼앗기기 싫은 건 아니고?"

"무슨 그런 서운한 소리를 하시죠? 이아나 님이 필요하다 하시면 제 모든 시간을 바칠 겁니다."

"입에 발린 소리 하긴."

"아닌데요. 물론 그러지 않으실 걸 알고 있으니까 점수 따기 용이라고 해도 할 말이 없긴 합니다."

이아나는 리키젠과 실없는 대화를 나누며 복도를 걸었다. 새삼스럽게 학술원에서 그와 처음으로 함께 복도를 걸었을 때가 떠올랐다. 그때의 두 사람이 지금처럼 친해질 줄 누가 알았겠나.

"사실, 전쟁에 대해서 걱정이 많습니다."

리키젠은 별 얘기 아니라며 가볍게 이야기를 꺼냈지만 분위기는 진지했다. 잡담이라기보다는 면담이었다.

"아르하드 님과 이아나 님도 있고, 준비도 많이 했지만 바하무트와 전면전을 벌인다니 심장이 떨립니다."

리키젠은 늘 똑같았다. 감정적으로 행동하는 일이 거의 없었고, 표정은 사무적이기만 했다. 아까 회의에서도, 모두가 전쟁이라는 단어가 주는 긴장감에 얼굴이 굳어 있을 때 저 혼자 대수롭게 여기지 않는 것처럼 보였다.

하지만 지금은 아니었다. 리키젠은 불안해하고 있었다.

리키젠이 속내를 어느 정도 드러내는 사람은 이아나뿐이다. 아르하드의 앞에서는 늘 유능하게 보이고 싶었기에 담담함을 가장했지만 이아나에게는 의지하는 경향이 있었다.

"무엇보다 제가 요직에 있으면서 전쟁에 임하는 건 처음이잖아요. 실수하지 않을까 걱정됩니다. 잘할 수 있겠죠?"

리키젠은 이번 대 바하무트 전쟁에서 전술 참모이자 민생을 관리하는 역할이었다.

"뭐든 전부 잘됐으면 좋겠습니다."

리키젠이 한숨을 쉬자 이아나가 옆에서 핀잔을 주었다.

"잘남과 자신감의 대명사인 리키젠 로스타리가 이렇게 겁먹고 있을 줄이야."

"겁먹은 건 아니거든요. 걱정할 뿐이죠. 아무리 간이 커도 저 역시 인간입니다."

"로안느에서도 바하무트와의 전쟁은 많이 겪었잖아. 학술원에서도 획기적인 전술이나 계략을 많이 고안해 냈다고 들었는데."

"이렇게 말씀드리면 한없이 이기적으로 들릴지 모르지만요."

리키젠이 콧잔등을 찌푸렸다.

"가족을 잃었을 때부터 로안느는 제 나라가 아니었습니다. 실험적인 전술을 마음껏 고안해 내도 상관없었죠. 하지만 이그나이츠는 제가 평생을 살아갈 터전입니다. 부담감이 남다릅니다. 또한."

리키젠이 목에 걸고 있던 신분증을 흔들었다.

"학술원에서는 많은 학생들 중 한 명에 불과했어요. 제가 고안한 전술은 의견 하나에 지나지 않았죠. 하지만 여기서는 책임자 중 한 사람입니다. 다들 제 의견을 귀 기울여 듣습니다. 무엇 하나 허투루 할 수 없습니다."

리키젠이 속이 쓰린 듯 위를 쓰다듬는 걸 보니 속으로 삭이고 있던 스트레스가 이만저만이 아니었던 모양이다. 이아나는 이제라도 이렇게 말해 줘서 다행이라고 생각했다.

중요한 인재인 리키젠이 갑자기 병이 나서 골골 앓아누워 버리면 정말 큰일이다. 육체의 병이라면 이아나가 정령들의 힘을 빌려 치료해 줄 수 있겠지만 마음의 병은 고칠 수 없었다.

이아나가 리키젠의 등을 툭툭 두드렸다.

"너는 이때까지 잘해 왔어. 지금까지처럼, 똑같이 일하면 돼. 그리고 더 잘하면 당연히 좋겠지만 못해도, 실수해도 괜찮아."

"하지만……."

"너에게 무거운 책임이 지워진 건 맞아. 하지만 넌 혼자가 아니다. 네가 실수하거나 이상한 짓을 해도 그걸 만회해 줄 사람들이 있으니 자신감을 가지고 일해. 넌 자신만만한 게 어울리니까. 그리고 그렇게 따지면 난 이미 부담감에 질식사했어야 하지 않을까."

리키젠은 등을 토닥여 주는 이아나의 멀쩡한 표정을 이상하다는 듯 바라보았다.

"그러고 보니 정말 신기합니다. 이아나 님은 부담스럽지 않으십니까?"

"부담이야 늘 있어."

"부담이 있는데도 이러신 거군요……. 저도 아무렇지 않은 척하는 데는 일가견이 있는데요. 이아나 님한테는 졌습니다."

"아무렇지도 않은 척이라기보다는 자신감을 가지고 마음을 다잡는 거다. 나는 뭐든 할 수 있다고, 승리할 거라고 믿는 거지."

"맞다. 이아나 님은 늘 이러셨죠."

리키젠은 개운해진 얼굴로 미소 지었다.

"갑자기 안심되네요. 이야기를 나누길 잘했습니다."

그가 풀어져서 웃다 말고 미소를 싹 지우며 말했다.

"저도 그렇게 심각하게 걱정한 건 아닙니다."

"알겠다."

이아나는 리키젠의 서투른 변명에 넘어가 주었다. 답답해 죽을 것 같았으면서도 제 불안한 속내를 까발리고 싶지 않았던 그의 마음을 이해했기 때문이다. 이아나에게 이렇게 지나가듯 이야기한 까닭도 그래서일 것이다.

"뭐야, 뭔데. 무슨 재밌는 얘기 중?"

경쾌한 목소리가 뒤에서 불쑥 튀어나왔다.

이아나는 미리 기척으로 알고 있었지만 리키젠은 화들짝 놀랐다. 에이지가 리키젠의 어깨에 팔을 걸치며 그의 얼굴을 살폈다.

"아이고, 울었냐? 표정이 왜 죽상이야?"

"죽상은 무슨 죽상입니까?"

리키젠이 표정 관리가 덜 된 얼굴로 괜히 신경질을 내곤 다급히 몸을 돌렸다.

"도서관에 다 왔군요. 저는 이만 가 보겠습니다."

도망치듯 리키젠이 떠나 버리자 에이지가 머리 뒤로 깍지를 끼며 말했다.

"아닌 척하긴. 쟤, 걱정돼서 죽겠다고 하지?"

이아나는 대답하지 않았지만 에이지는 저 혼자 답을 내리고 혀를 찼다.

"요즘 얼굴이 좀 안 좋아 보이더니 역시나."

"아직 어리잖아."

"응? 이아나 양도 어리거든?"

"난 달라."

"네에, 리키젠이랑 나이는 같지만 이아나 양은 안 어립니다."

에이지가 놀리듯이 말하곤 허리에 손을 올렸다.

"하여튼 오늘 이아나 양이랑 얘기했으니까 괜찮겠지. 걱정했는데 다행이다."

"계속 지켜보고 있었나 보지?"

"명색이 차기 정보기관 수장인데 차기 재상감의 상태는 파악하고 있어야 하지 않겠어? 친한 녀석이기도 하고."

에이지는 표면적으로 드러난 정보기관에서는 일반 조직원이었지만, 뒷일을 하는 비밀 정보기관에서는 수장을 맡고 있었다. 얼굴을 드러내지 않는 데다, 대부분의 조직원들을 그가 블랙폭시의 보스일 때부터 모아 온 심복들로 꾸렸기 때문에 불만은 일절 없었다.

그리고 대외적인 정보기관에서 역시 능력이 워낙 출중한 덕에 에이지도 리키젠처럼 차기 수장감으로 대우받고 있었다.

"그럼 다른 사람들도 지켜보고 있었겠군."

"물론이지. 나는 이아나 양의 눈이니까!"

에이지가 당당하게 말해 놓고 축 처졌다.

"본인은 내가 수집한 정보들에 별 관심이 없는 것 같지만."

"관심은 있는데 다들 알아서 잘할 거라고 믿으니까 간섭하지 않는 거다. 가끔 직접 가서 보기도 하잖아."

"이아나 양이 찾아왔을 때만 일하는 척하는 걸 수도 있다고. 나를 시도 때도 없이 불러서 이놈 저놈이 일 잘하고 있는지 물어보란 말이야."

이아나는 설마 하며 입을 뗐다.

"······어떤데?"

가짜로 흑흑거리던 에이지가 확 살아났다.

"이아나 양의 믿음을 저버리지 않고, 다들 일 열심히 잘하고 있답니다!"

재무부 수장은 동부 상계를 거머쥐고 있던 서클시타 상단의 상단주이자, 카마트로스의 골드, 나일 사벨릭스가 맡았다. 그는 서클시타 상단을 믿음직스러운 부상단주에게 물려주고 물러났다. 그럼에도 나일의 지분은 엄청나서 나일이 주인이고 부상단주는 평범한 경영인이나 마찬가지였다.

문화부의 수장은 시아이외 프리더스가 되었다. 회귀 전에, 개명했는지 죽었는지는 몰라도 로안느에서 공식적으로 죽은 것으로 처리되어 국상을 치렀던 시아이외는 이번 생에서는 당당하게 왕가의 이름을 떼고 이그나이츠에 정착했다.

시아이외가 정한 가문의 이름은 프리더스였다. 그 후, 그는 로안느에 있던 프리더스 서점을 그대로 이그나이츠로 옮겨 왔다.

"시아이외 왕자가 반 프리더스였다니!"

가십에 민감한 로안느의 문화계는 시아이외가 반 프리더스였음을 알고 충격을 감추지 못했다. 힘없는 왕자에 불과했던 그가 문화계의 제왕이었다니, 그를 좋아했던 로안느의 귀족들은 시아이외와 인연을 맺어 놓지 않은 실수를 땅을 치며 후회했다.

그러든 말든 시아이외는 이제 연인인 프리실라와 함께 이그나이츠의 문화를 주도해 나갈 것이다.

이아나는 군대의 총사령관이자 국방부의 수장이었다.

이아나의 업무는 평시에는 개인 수련에 집중하되 주기적으로 특수 교관으로서 고급 인력을 훈련시키는 것, 전시에는 개별적으로 활동하다가 고난이도 임무 발생 시 특수기사단인 라이즈 기사단을 이끌고 처리하는 것이었다.

그럼에도 군대의 총사령관과 국방부의 수장 역할까지 겸임하는 까닭은 모든 종족을 고르게 이끌 수 있는 사람이 현재로선 이아나밖에 없었기 때문이다.

군대는 종족 군단과 종을 구분하지 않는 통합 군단으로 나뉜다. 종족 군단의 사령관으로는 수인 군단의 압실롯 타이거, 엘프 군단의 뤼미에르, 드워프 군단의 케니델프, 인간 군단의 라이언이 있었다. 통합 군단의 사령관은 카일 녹턴이었고 이 모든 군단을 총괄하는 총사령관이 바로 이아나였다.

하지만 이아나는 혼자 뛰어다니는 게 국가적으로 이득이기 때문에 대부분의 업무는 다섯 사령관이 알아서 처리하고, 다섯 군단이 모두 모여 수행해야 할 중요한 일이 있을 때만 이아나가 지휘권을 쥐기로 했다.

실전보다는 사무 업무 중심인 국방부에서도 이아나는 중요 훈련과 전술에만 신경 쓰고 대부분의 업무는 다른 사람들이 처리하도록 했다. 큰 문제가 발생해야 이아나가 나섰다.

이 외에 이아나가 특별히 하는 일이 있다면 맞춤 병기를 만드는 첸델프를 챙기는 일이다. 인간을 두려워했던 첸델프였으나 선한 사람들과 계속 부대끼며 살다 보니 많이 괜찮아졌다. 그는 이아나에게 약속했듯 그녀의 사람들을 위한 무기를 만들며 살아가고 있었다.

군사 훈련은 아주 다양한 방식으로 진행되었는데, 그중에서도 개별 훈련은 분야별로 지어진 훈련소에서 받을 수 있었다. 훈련소 소장은 각 분야에서 최고의 사람들이 맡았다. 체술은 조인족 수장이었던 마히루스 호크, 창술은 카마트로스의 러스트 등등…….

러스트는 아니나 다를까 '타이탄'이었다.

"저번에 한번 마주쳤었지요. 잘 부탁합니다."

예전에 이아나와 타이탄은 테오도르에서 몰루가를 토벌할 때 마주친 적이 있었다. 이아나가 타이탄을 알아보았듯, 타이탄도 이아나를 어렴풋이 알아보았지만 서로 모른 척했던 것이다.

이아나는 그에게 왜 용종을 연구하느냐고 물었었다. 타이탄은 자세히 대답하진 않았지만, '용'을 사냥하는 것이 자신의 목표라고 했다. 놀란 이아나가 그 용이 드래곤이냐고 묻자, 타이탄은 엹게 웃을 뿐 대답하지 않았다.

타이탄은 통합군 소속의 지휘관이기도 했다. 그는 오랜 부하들이라는 덩치 큰 사람들을 일 년 전에 세마스티어로 데려왔고, 현재는 그들로 구성된 부대를 만들어 이끌었다.

그 외 각 부서들도 고위직은 모두 아르하드의 측근들로 채워져 있었지만 다들 어마어마하게 일을 잘해서 볼멘소리 하나 나오지 않고 있단다.

퍽!

"으악!"

이아나가 에이지의 등을 때리자 에이지가 비명을 질렀다. 이아나가 마음먹고 때리자 그 고통은 이루 말할 수 없었다.

"그러니까 다들 일 잘하고 있다는 소리잖아. 괜히 사람 의심하게 하고 있어."

"나도 일하는 보람 좀 느껴 보고 싶었어. 크으으, 아파라."

"다른 문제는 없고?"

"문제야 늘 있지만 다 잘 처리되고 있어."

썩은 가지들을 모두 쳐 내고 튼튼한 토양에 옮겨 심어 정성스레 키워 내는 젊은 국가답게 활기가 넘쳐났다. 젊은 만큼 문제도 많았지만 법원이 강력하고 철두철미한 법으로 잘 해결했다.

"그러니까 이아나 양은 바하무트 황족 목을 따는 데만 집중하도록! 이상 보고 끝!"

에이지가 엄지를 들며 멀어졌다.

이아나는 리키젠과 에이지가 떠난 자리에서 한동안 가만히 서 있다가, 수련장으로 떠났다.

에이지의 말대로 적소에 배치한 인재들은 각자의 위치에서 능률적으로 일했다. 이아나가 크게 신경 쓰지 않아도 이그나이츠는 알아서 잘 운영되고 있었다. 이때까지 건국을 위해 열심히 준비해 온 것이 빛을 발하고 있었다.

사람들은 왕비가 된 이아나에게 다른 부담을 안기지 않았다. 이아나는 이그나이츠의 상징이나 마찬가지였기에 모두 그녀가 계속 검의 길을 걸어 궁극의 경지에 이르기를 간절히 바랐다. 바하무트라는 위험한 적이 있는 시국이니 기사라는 본래의 의무에 충실하기만을 요구했다.

챙.

수련장에 도착한 이아나가 허리춤에서 라이즈를 뽑아 들었다.

이아나는 이제 라이즈를 숨기지 않았다. 숨길 이유가 더는 없었다. 라이즈는 이제 이아나와 동시에 이그나이츠를 상징하는 검이 되었다. 그리하여 언제나 이아나와 함께했다.

이아나는 라이즈의 손잡이를 두 손으로 움켜쥐고 위에서 아래로 아주 천천히 그었다.

한 번, 두 번, 세 번.

실력이 천상에 닿은 검사가 휘두르기 때문일까, 정적을 옷처럼 두른 라이즈는 그 느린 속도에도 묵직한 위압감을 담았다.

"후……."

이아나는 공기와 하나가 된 것처럼 느릿하게 심호흡했다. 마음을 가다듬고 평정심을 몸 전체에 퍼뜨리는 과정이었다.

쿠구구구······.

이아나의 몸에서 붉은 신력이 엄청난 밀도로 뿜어져 나왔다. 태양보다 눈부신 힘이 그녀를 중심으로 천천히 회전했다.

검술에는 끝이 없다. 하지만 순수한 육체 단련만으로 도달할 수 있는 경지에는 한계가 있다. 초인의 경지부터는 기운과 정신에 주력해야 상승을 꾀할 수 있었다.

예전에는 마나 제어와 승부욕이 이아나가 선택했던 상승의 돌파구였다. 하지만 마나는 아르하드의 힘이었고, 이아나를 사랑하여 그녀의 명령에 따라 주었으나 그뿐이었다. 결국에는 이아나의 힘이 아니었기에 한계가 뚜렷했다. 승리밖에 몰랐던 불안정한 마음은, 당시에는 성장의 원동력이라고 생각했으나 사실 성장을 가로막는 벽이었다.

이제 이아나에게는 다른 돌파구들이 생겼다.

마나보다 상위 단계인 신력.

예전보다 훨씬 안정적인 승부욕.

심장, 권능, 영혼 등 스스로에 대한 높은 이해도······.

이 모든 것들이 융합되어, 아득한 궁극까지 이어지는 길을 보여 주었다. 어렴풋한 궁극에는 이아나 자신과 검밖에 남지 않았다. '이아나'와 '검'이 진정으로 하나가 되는 것이다.

궁극에 닿으면 세상이 발아래에 놓이고 의지가 곧 검이 될 것이다. 대상이 무엇이든 '벤다'고 생각하면 의지가 검이 되어 그대로 벨 것이다. 이는 권능 이상의 기적이었다.

하지만 궁극은 아직 요원하기만 하다.

'수련하자.'

이아나가 움직였다.

검이 몸이고 몸이 영혼인 듯 춤추는 것처럼 검술을 펼쳤다. 붉은 신력과 자연의 신력, 그리고 마나가 자연스럽게 검무에 어우러졌다. 바람은 이아나를 향해 불어왔고 빛도 이아나에게 쏟아졌다. 온 세상이 이아나에게 휩쓸리고 있었다.

궁극에 이르기 위해서, 이아나는 육체와 검술, 영혼과 마음, 심장과 신력 이 모든 것을 조화롭게, 복합적으로 단련하고 있다. 그 영향력이 주변에 발휘되고 있는 것이다.

무아지경으로 수련하던 이아나의 머릿속으로 송곳처럼 뾰족한 의지가 한순간 파고들었다.

'강해져야 한다.'

지금보다 더. 더. 더!

로베르슈타인의 심장을 얻고, 그녀의 검을 뽑고, 악마의 심장을 파괴하고, 바하무트 황족을 제거한다는 목표들은 한 가지 방법으로 달성할 수 있다.

오로지 '강함!'

강해지기 위해선 로베르슈타인의 심장을 가져야 한다. 완전하지 않은 상태로 어찌 더 강해지겠는가?

'그런데⋯⋯.'

검의 궤적이 흐트러졌다. 고요했던 마음이 초조함이라는 바람을 맞고 출렁거렸다.

봉인을 깨기 위해서는 다섯 개로 쪼개진 봉인의 균형을 완벽하게 맞춰야 하며, 거기서 생산되는 신력을 모두 감당할 수 있어야 하고, 로베르슈타인의 자아를 완전히 넘어서야 한다.

이아나는 꽤 오랜 시간 동안 조건을 맞추기 위해 노력했고 봉인의 균형을 맞추고 신력을 감당하는 건 성공했다.

그런데 뜻밖에도 로베르슈타인의 자아를 이길 수가 없었다.

가장 쉬운 것이라 여겼는데 심장 봉인이 모두 연결되어 강해진 로베르슈타인의 자아는 철벽과 같았다. 며칠 전에 봉인 해제를 시도했던 이아나는 그 강력함에 실패하고 말았다.

로베르슈타인이 무의식적으로 심장을 봉인했던 건, 분명 라오스의 봉인이 풀린 후 자신의 심장이 깨지는 걸 막기 위해서였다. 종말 때 이미 생을 포기했던 그녀가 이제 와서 죽지 않기 위해 봉인을 걸었다는 것이 참으로 모순적이었지만 기나긴 시간이 흘러 살고 싶어졌나 보지, 라고 가볍게 넘어갔었다.

하지만 그 삶의 의지를 너무 얕봤나 보다.

로베르슈타인의 무의식은 호락호락하지 않았다. 정신력으로 강제해 보기도 하고 받아들여 과거로 흘려보내기도 하며 밀고 당기기를 했지만 소용이 없었다.

로베르슈타인은 봉인이 풀려 심장이 이아나에게 흡수되면 제 의식이 사라지고 제 모든 것이 과거의 흔적으로 남을 뿐이라는 걸 알고 있는 것이다. 같은 영혼이니 이아나가 알고 있는 건 로베르슈타인도 알고 있는 게 되겠지.

'항복해. 넌 질 수밖에 없어.'

이아나는 전생일 뿐인 로베르슈타인의 자아를 언젠가는 완전히 정복할 수 있다. 의식이 있는 산 자와 의식이 없는 죽은 자의 승부는 결과가 이미 정해져 있었다.

하지만 이아나에게는 시간이 없었다.

'내가 대체 뭘, 더, 어떻게 해야 하지?'

전쟁은 시작되었는데 시간은 지체되고 있었다.

'네 봉인을 풀고 위험 요소인 악마의 심장을 하루빨리 없애야 해. 그래야 바하무트 황족을 죽이는 게 쉬워져.'

테일런 헬칸 바하무트의 의미심장한 미소가 머릿속을 사로잡았다. 꿍꿍이를 알 수 없는 오만한 태도 때문에 궤적이 계속해서 흔들렸다.

'그 위험한 놈을 어서…….'

이아나는 건국식 파티에서 아르하드와 테일런이 대치하고 있을 때 조용히 천칭에게 요구했었다. 권능으로 테일런의 파편을 빼내 달라고.

천칭의 답은 불가.

어째서인가? 도르시아니와 하인리히는 가능했지 않은가?

천칭은 이아나의 머릿속에 주입하듯 그 이유를 전했다. 그들의 경우, 파편을 양도하겠다는 자율적인 의지가 있었으며, 그들의 자아는 파편과 철저하게 분리되어 존재했다. 무엇보다 그들은 이아나보다 자아가 약했다.

하지만 테일런은 아니었다. 그의 마음속에는 파편을 양도하기는커녕 빼앗겠다는 욕심이 그득했고 그의 자아는 악마와 거의 동화되어 있었다. 그리고 테일런의 자아는 이아나와 동등하거나 그 이상이었다.

로베르슈타인의 지식에 의하면 권능은 그녀의 자아 이상으로 강한 자아에게는 통하지 않았다. 심판의 권능도 마찬가지였다.

테일런의 자아가 그만큼 강하다는 건 납득이 간다. 이아나는 최고신 로베르슈타인의 전생을 이어받았지만 회귀 전을 합해 봐야 오십 년이 조금 넘는 세월을 살았다. 하지만 저쪽은 마도시대가 열린 이래 수천 년간 집념만으로 강해진 바하무트의 후손이다. 근친을 일삼으며 악마의 파편을 모아 온 지독한 피를 가장 진하게 이어받았다. 바하무트의 집념체인 테일런 바하무트가 이아나보다 약할 리 없었다.

테일런에게 심판의 권능을 통해 직접적인 타격을 주는 건 불가능하다. 그래서 이아나는 간접적인 방법을 강구 중이었다.

그러나 이 또한 어렵다.

천칭은 중립을 추구했으며, 중립을 맞추는 요소들은 매우 복잡하고 유기적이었다.

균형에 얽매인 드래곤이 바하무트를 죽이지 못했듯, 천칭은 간접적으로도 테일런에게 절대력을 행사하는 것을 대부분 거부했다. 균형을 깨기 위해서는 천칭에 의지하지 않고 스스로 행동할 수밖에 없었다. 이아나가 직접 테일런을 죽이고 아르하드가 직접 악마의 파편을 빼앗는 것만큼은 천칭도 막지 못했다.

'그러기 위해서는 내가 강해져서 테일런을 죽여야 하는데.'

리키젠에게 말했듯 이아나에게도 부담은 늘 있었다. 그 부담을 해낼 수 있다는 확신으로 덮어 뒀을 뿐이다. 그녀는 이그나이츠 국민들의 지지대이므로 부담을 다른 사람에게 드러낼 수는 없다. 그렇기에 흔들린다면, 아무도 없을 때뿐이다.

"대련할까."

뒤에서 들려온 목소리에 어지러워지던 궤적이 뚝 끊어졌다.

이아나가 검을 아래로 내리며 뒤를 돌아보았다. 아르하드가 나무에 기대선 채 그녀를 바라보고 있었다.

언제부터 관찰하고 있었을까?

아르하드의 존재를 알아채지 못했다.

그만큼 불안감에 잡아먹히고 있었다는 소리다.

"좋습니다."

아르하드와 이아나는 바빴지만, 그럼에도 대련은 하루에 한 번씩 꼭 하고 있었다. 수련을 함께 할 때도 있었다. 서로에게 도움을 줄 수 있는 사람들은 서로뿐이었다.

이아나와 아르하드는 카란켈 바위 산맥으로 자리를 옮겼다.

대련 장소는 늘 바뀌었지만 오지가 주된 장소였다. 생명이 없는 황무지라 그들이 있는 힘껏 실력을 발휘해도 되었고, 파괴되더라도 정령왕들이 손쉽게 복구해 줄 수 있었기 때문이다. 동부 샤우부 대삼림의 경우에는 이그나이츠의 영토에 편입된 데다가 나무들이 가득해서 피했고.

챙! 채챙!

콰과광!

검과 검이 맞부딪친 곳에서 섬광이 튀고, 신력과 마나의 충돌이 파동이 되어 세상으로 터져 나갔다.

화려하면서도 간결하고, 가벼우면서도 묵직하고, 빠르면서도 느리고, 허수인 듯하면서도 진짜인 듯하고.

검술이 업인 사람들이 봤으면 개안하고 깨달음을 얻었을 엄청난 난도의 기술들이 이아나와 아르하드의 충돌에서 발휘되었다.

우우우웅!

이아나의 사방에서 거대한 마법진들이 펼쳐졌다.

콰광! 쾅!

위쪽에서 하늘이 무너져 내릴 것처럼 번개가 쏟아지고, 옆에서 화산이 분화한 것처럼 화염이 터져 나오고, 밑에서 땅이 뾰족뾰족하게 치솟고, 움직임이 느려지고, 속이 메스꺼워지고, 환상이 보이고……. 하지만 이아나는 마법들을 부수고 피하며 아르하드와 대련을 이어 갔다.

몇 달 전까지 그들은 시간, 그리고 마나와 신력의 양을 정해 두고 승부를 보았다. 기운의 양으로 승부하는 건 꼴불견이었다. 무엇보다 이아나는 의외로 뒤끝이 있었다. 회귀 전의 아르하드가 그녀에게 맞춰 주었다는 사실에 아직까지도 깊은 앙심을 품고 있었다. 아르하드에게 오로지 기술만으로 이기고 싶었다.

그렇게 했더니, 이아나는 아르하드에게 빈틈을 내주지 않다 못해 몰아붙이는 경우가 많았다. 길을 찾은 이아나는 눈부시게 강해졌고, 그 속도는 아르하드보다 빨랐다.

"이러다가 정말로 내가 지겠는데."

아르하드의 농담 같으면서도 농담 같지 않은 말에, 이아나는 이렇게 답했다.

"마나로 검기만 만들지 말고 마법도 쓰세요. 당신의 힘은 검술뿐만이 아니잖아요."

이아나는 방황하고 있을 무렵 압실롯이 해 줬던 조언을 기억하고 있었다.

"스스로에게 실망하면서 괜히 스트레스받을 시간에 '이놈, 두고 보자! 나가 지금은 이렇게 고개를 숙이지만 나중에는 그 높은 콧대를 부러뜨릴 테다!'라는 마음으로 노력혀. 몸을 숙인 채로 처자를 괴롭게 만드는 놈을 넘어설 정도로 강해져. 강해져서 놈이 진심으로 처자를 상대하게 만들어. 그때쯤이면 놈을 진심으로 만든 스스로에게 실망은 허지 않겠지. 거기서 더, 더 노력해서 완벽한 승리를 거둬. 처자를 무시했던 그 인간을 완전히 씹어 먹어 버려."

이아나는 결국 아르하드가 검술로 진심을 다하게 만들었지만 잘 생각해 보면 완전한 진심이 아니었다. 아르하드는 '마법'이라는 능력을 가지고 있음에도 이아나와 승부할 때는 사용하지 않았기 때문이다. 아르하드에게 완벽한 승리를 거두기 위해서는 그가 마법도 써야 했다.

"그러지."

아르하드는 마법을 쓰라는 이아나의 요구를 거절하지 않았다. 아르하드가 검술에 마법까지 사용하기 시작하자, 이아나는 한동안 그에게 밀려 간신히 무승부를 기록했다. 하지만 악착같이 노력한 끝에 다시 대등해졌다.

오늘, 처음에는 이아나가 또다시 밀렸다. 마음이 흔들렸기 때문이다. 그러나 승부가 길어질수록 모든 걸 잊고 아르하드와의 승부에만 집중하면서 이아나는 서서히 원래 상태로 돌아왔다.

콰아아앙!

아르하드의 마지막 공격에 이아나의 몸이 뒤쪽으로 세차게 밀려났다. 간신히 방어했지만 위험했다. 승부는 또다시 무승부가 되고, 아르하드가 이아나에게 빠르게 다가왔다.

"괜찮아?"

"네."

"기분은 좀 풀렸고?"

아르하드는 건국식 이후 이아나의 초조한 마음을 이미 알고 있었던 것이다.

"네."

확실히 기분 전환이 되었다. 이아나는 목젖까지 차오른 숨을 거칠게 뱉으며 땀방울을 닦아 냈다.

"너는 잘하고 있어. 초조해하지 마."

이아나는 고개를 끄덕였다.

이아나가 흔들림을 보일 수 있는 대상이 딱 한 명 있긴 했다. 아르하드. 아르하드는 이아나의 토양이었다. 그녀는 그라는 토양에서 자라난 나무였다. 모두가 의지할 수 있도록 결코 흔들리지 않는 나무였으나, 설령 흔들리더라도 뿌리를 지탱해 주는 아르하드가 있기에 멀쩡할 수 있었다.

이아나는 토우를 불러냈다.

[또 엄청난 전투를 벌였구나.]

토우는 불려 나오자마자 흙먼지가 잔뜩 피어오른 광경에 감탄했다. 그는 파괴된 카란켈 바위 산맥을 어렵지 않게 복구했다.

"늘 고마워."

[천만에. 이렇게 자주 불러서 힘을 쓰게 해 주니 우리야말로 고맙다. 네 성장에 도움을 줄 수 있어서 기쁘고.]

이아나가 손을 내밀었다. 토우는 자연스럽게 그 손 위로 올라왔고 이아나는 그를 어깨 위에 얹었다.

아르하드가 이아나의 손을 감싸 쥐었다. 발밑에 아름다운 마법진이 그려졌다. 마법진에서 뿜어지는 빛에 눈을 한번 깜빡했더니 수련장으로 돌아와 있었다.

토우가 바닥으로 뛰어내렸다.

[그럼 난 시내를 구경하러 가 보겠다.]

"그래."

최근 정령들의 취미는 세상, 특히 이그나이츠를 둘러보는 것이었다. 이종족만이 정령들을 불러낼 수 있기에, 정령들도 이종족들처럼 수천 년간 오지에만 갇혀 살았다. 이종족들이 세상으로 나오자, 정령들도 덩달아 세상을 구경할 수 있었다.

그래도 정령왕들은 본체로 직접 세상을 보는 게 제일 좋았다. 몇 년 전부터 이아나가 가끔 불러냈기 때문에 대륙을 함께 구경할 수 있었지만 그건 아주 잠시였다.

정령왕들의 마음을 알게 된 이아나는 파괴된 오지를 복구한 후부터는 자유를 주었다. 덕분에 정령왕들은 다채로운 세상을 자유롭게 경험할 수 있었다.

토우가 땅으로 녹아내려 사라지고, 수련장에는 이아나와 아르하드만 남았다.

"오늘은 같이 수련할까."

"좋습니다."

이아나와 아르하드는 함께 수련해도 상대방의 수련을 방해하지 않고 스스로에게만 집중했다. 하지만 같은 장소에 함께 있기만 해도 기분이 좋고 더 열심히 해야겠다는 의지가 샘솟으니 수련의 효율이 커졌다.

해가 저물 때까지 수련에 집중한 두 사람은 함께 성으로 돌아왔다. 언제나 그래 왔듯 고용인들을 모두 물린 채로 둘이서 편하게 저녁 식사를 즐겼다.

이아나와 아르하드는 방을 따로 썼지만 결혼 이후에는 침실을 하나만 사용했다. 그래서 깨끗하게 씻은 후 침실에서 만났다. 이제 밤에는 늘 함께 있었다. 테이블에 마주 앉아 술을 마시며 하루 일과에 관한 대화를 나누는 시간이 그들에게는 휴식이었다.

이아나가 와인잔을 테이블에 놓고 진지하게 말을 꺼냈다.

"마음에 걸립니다."

"뭐가?"

이아나가 아르하드를 똑바로 바라보았다.

"테일런 헬칸 바하무트는 이그나이츠의 건국이 인내심의 끝인 것처럼 말했습니다. 하지만 저는 놈이 여전히 다른 뭔가를 기다리고 있다는 생각이 듭니다."

이아나는 테일런이 건국식에 찾아와 나불거렸을 때 위화감을 느꼈다. 진실을 숨기고자 의미심장한 미소로 위장한 것 같다는 거짓의 느낌. 착각인가 싶어 혼자 느낌을 곱씹어 왔지만, 아무리 생각해도 꺼림칙함이 떠나가질 않았다.

아르하드도 이아나의 의견에 수긍했다.

"놈이 지나칠 정도로 '전쟁에서 너희를 정면에서 부수는 것이 내 목적'이라는 걸 과시하긴 했지."

"그렇죠?"

"만약 여기서 더 숨기는 목적이 있다고 하면, 세 가지를 생각 해 볼 수 있다. 단순하게 내가 아직 정상에 오르지 못했다고 여 겨 더 강해지길 기다리고 있거나, 우리의 눈을 속이고 악마의 심장을 얻기 위해 판데모니엄의 균열로 들어갈 방법을 찾고 있 거나, 내가 '악마의 본체'라는 걸 알고 악마의 심장을 가지러 가 길 기다리고 있거나."

"악마의 심장……."

이아나는 세 번째에 집중했다.

첫 번째와 두 번째는 걱정할 필요가 없었지만 세 번째는 심각 한 문제였다.

"테일런은 악마의 심장이 검에 관통당해 판데모니엄에 갇힌 신세라는 것을 알고 있을까요?"

아르하드가 생각에 잠겼다.

'내 기억을 얻은 건 확실한데 단순히 판데모니엄의 균열에 접 함으로써 얻었는지, 들어가서 얻었는지는 알 수 없어.'

결론을 내린 아르하드가 고개를 끄덕였다.

"균열에 한 번 들어가 본 적이 있다면 알 수도 있겠지."

"안다고 가정한다면, 검을 뽑으면 심장을 공유하거나 소유할 수 있다는 것도 알고 있을까요?"

"아마도. 놈이 모르더라도, 안다고 가정하는 게 좋겠지. 하지 만 검을 뽑는 방법은 모를 거야."

아르하드가 확신에 차 말하자 이아나는 고개를 갸웃했다.

"어떻게 확신하시죠?"

"로베르슈타인의 검에 심장이 찔리는 기억은, 심장과 함께 판데모니엄에 떨어져 내렸던 내 영혼과 남부 카란켈의 파편에만 있었어. 검의 주인인 로베르슈타인과 관련된 기억은 다 나한테 있으니 그 검이 로베르슈타인의 것이고, 그 검을 너만이 뽑을 수 있다는 사실은 신이 돕지 않는 한 결단코 알 수 없어."

"……정말로 모르는 걸까요?"

아르하드가 단호하게 말했지만 이아나는 의심을 죽이지 못했다. 아르하드의 미간도 미미하게 좁아졌다.

"……단정할 수는 없겠지. 난 절대 그럴 수 없다고 생각하지만 방심은 금물이니 알 수도 있다고 가정하자."

"만약 알고 있다면, 우리가 검을 뽑으러 판데모니엄으로 가길 기다리는 중일 수도 있겠군요. 제가 검을 뽑으면 당신이 옆에서 바로 악마의 심장을 가져갈 거라고는 생각하지 않는 걸까요?"

"판데모니엄에 숨어 있다가 기습해서 강탈하려 할지도."

"판데모니엄이 그렇게 자유롭게 드나들 수 있는 곳이던가요?"

"지금은 '상식적으로는 불가능한 일이라도 테일런이라면 할 수도 있다'는 가정하에 모든 경우를 고려해 보는 거니까 그럴 수도 있다고 치자. 아니면 심장을 획득해서 나온 나를 죽이고 심장을 빼앗으려는 심보든지."

"그게 가능하다고 생각하는 걸까요? 당신이 악마의 심장을 가진다면 승산이 훨씬 희박해질 텐데."

"놈이 말한 '비장의 한수'가 뭐냐에 따라서 다르지 않을까."

잠깐 생각을 정리해 본 이아나가 콧잔등을 쓸었다.

"우리가 가진 이점은, 놈도 우리에 관한 정보가 없다는 거겠군요. 우리가 검을 언제 뽑을지도 모르고, 우리가 악마의 심장을 획득하는 게 아닌 파괴하려 한다는 것도 모르고."

"그래."

아르하드는 악마의 심장이 파괴당한 걸 알고 분노하는 테일런의 모습을 상상하며 비틀린 웃음을 지었다. 수천 년의 세월이 물거품이 된 걸 알면 기분이 어떨까?

"악마의 심장을 정말 빨리 없애야겠습니다. 우리가 악마의 심장을 없애려 한다는 걸 알면 테일런이 무슨 수를 쓸지……."

"흠……."

아르하드가 한숨을 쉬었다.

"테일런에 관한 정보가 너무 부족해. 정확히 예측할 수 있는 게 거의 없다. 애초에 이 모든 가설이 '그럴 수도 있다'는 막연한 가능성만 생각하고 전개한 거니 우리가 놈을 너무 과대평가한 걸 수도 있어."

"동의합니다."

"하지만 나도 오늘 우리가 세운 가정이 제일 유력하다고 생각해. 테일런의 목적이 악마의 심장이라고 생각하면서 행동하자."

"네."

"그리고 테일런이 노리는 것이 무엇이라 해도 모든 경우의 수를 차단할 방법이 하나 있긴 해."

"뭐죠?"

"놈보다 강해지는 것."

"그렇죠. 앞으로는 더욱 열심히 수련하겠습니다."

이아나의 표정이 딱딱해지자 아르하드가 이아나의 뺨을 콕 찔렀다. 불시의 공격에 그녀의 표정이 사르르 풀렸다. 그녀의 눈이 뭐냐는 듯 의문을 품었다.

"가장 간단하지만, 현재로선 제일 불확실한 방법이지. 테일런이 얼마나 강할 줄 알고? 내가 건국식에서 이성을 좀 잃긴 했어도 테일런을 정말 죽일 생각으로 압박했는데 놈은 결국 빠져나갔어. 너도 느꼈잖아. 놈은 현재 우리와 비등하거나 그 이상이다. 격차는 크지는 않은 것 같지만."

아르하드는 테일런과의 힘겨루기에서 그 점을 확실하게 인지했다. 이아나도 마찬가지였다.

"놈이 우리와 바로 사생결단을 낼 생각은 없어 보이니까, 싸우면서 계속 실력을 재 보자. 그놈이 방심한 틈에 죽일 수 있으면 가장 좋고."

"알겠습니다. 노력할게요."

조금 시무룩해졌던 이아나가 다시 마음을 다잡으며 결연한 표정을 했다. 그러자 아르하드가 귀엽다는 듯 미소 지었다.

"그래. 그런데 숙제는 어떻게 되어 가고 있어?"

숙제.

아르하드가 이아나의 팔을 회복시킨 방법이 무엇인가, 라는 주제였다. 하지만 이아나는 영 감을 잡지 못하고 있었다.

"회복 계열의 신술이 아닐까 하고 생각하고 있습니다만."

"아니다."

아르하드가 한숨 쉬듯 웃었다.

"영 맞히질 못하는군. 하긴 바로 맞힐 수 있을 리가 없지."

이아나가 발끈해서 아르하드를 노려보았다.

"무시하시는 건가요?"

"그게 아니라, 상식적으로 이해하기 어려운 일이라서 그래. 하지만 무작정 기다리고 있기는 어렵군."

아르하드가 잠시 생각하는가 싶더니 제안했다.

"기한을 두자. 악마의 심장을 파괴할 때까지로."

"왜 굳이 그때인가요?"

"그 전에 테일런을 죽일 수 있다면 좋겠지만, 그 후로도 싸움이 계속된다면 더 숨길 수 없을 것 같기도 하고……. 그때가 우리 인생의 또 다른 분기점이니까."

"분기점인 게 요점인 듯하군요."

대체 뭘까. 아, 팔을 회복시킬 때 깨어 있었다면 좋았을 것을.

아르하드가 고민하는 이아나의 뺨을 쓰다듬었다. 그 손길에는 사랑이 잔뜩 고여 있었다.

"부디 맞혀 주길 바라. 다른 힌트도 줄까?"

"됐습니다. 제가 맞히겠습니다."

이아나가 파르르 타올랐다. 아르하드는 그런 이아나를 귀엽다는 듯 바라보다가 테이블에 손을 짚고 일어났다. 그리고 이아나의 얼굴을 잡아 올려 키스했다.

"……."

승부욕으로 불타올랐던 이아나는 유혹적이고 호소하는 듯한 키스에 다른 의미로 타올라 버렸다. 목과 쇄골을 더듬던 손길이 옷깃을 천천히 잡아 내리자 생각은 모조리 지워지고 눈앞의 아르하드가 영혼을 독차지해 버렸다.

최근 이아나의 아침은 늦어졌다. 일찍 일어나서 규칙적인 생활을 하던 이아나의 일상에 변화가 생겼다. 아르하드와 함께 보내는 밤 때문이다.

이아나의 회복력은 매우 뛰어났다. 첫날밤의 고통조차 즐거웠던 이아나는 그다음부터 이어지는 생소하면서도 지독한 쾌락에 흠뻑 빠져 버렸다.

색정적인 사랑을 미치도록 만족스럽게 만끽하고 나서야 이아나는 왜 연인들이 이것에 안달하는지를 알 것 같았다.

첫날, 정신없이 사랑을 나눈 다음 아르하드는 알아서 자제하겠다고 선언했다. 하루 종일, 몇날 며칠을 함께해도 모자라지만 지금은 그럴 수가 없다며 바하무트에 대한 살의를 되새겼다. 하지만 하루의 짧은 밤만큼은 그들만의 시간이었다. 시간이 한정되어 있기에 누구보다 뜨겁게, 간절하게 사랑했다. 이아나는 티는 내지 않았지만 요즘 은근히 밤을 기다렸다.

이아나의 손가락이 아르하드의 옷을 파고들어 탄탄한 근육을 매만졌다. 모든 게 다 끝나 평화가 찾아온 다음에는 어떨지…….
이아나는 걱정이 되면서도 한편으로 기대되었다.

그로부터 며칠 후였다.

"침공이다!"

이그나이츠와 바하무트의 국경에서 전열을 가다듬고 있던 바하무트 군대가 선공을 가했다.

쿠르르르릉…….

바하무트 군대가 준비한 첫 공격은 메테오 마법이었다.

이그나이츠에서는 바하무트가 메테오 마법을 준비하고 있다는 것을 이미 인지했었다. 며칠 내내 마나의 흐름이 심상치 않았고 하늘이 자글자글 끓어 댔었다. 이그나이츠의 마법사들은 마나의 배치 형태를 보고 어렵지 않게 메테오라고 결론 내렸다.

메테오 마법이 시작되기 전에 파훼하면 제일 좋겠지만, 이는 어려웠다.

바하무트에 위프헤이머 포테스타스는 죽고 없었다. 그렇지만 대마법사의 반열에 이름을 올리지는 못했으나 실력은 대마법사급인 마법사들이 벌 떼처럼 모여 있었다. 무소불위의 권력을 쥐었던 위프헤이머가 같은 호칭으로 묶이기 싫어했기에 대마법사의 이름을 포기한 마법사들이었다.

그들이 힘을 모아 메테오를 펼쳤다. 이그나이츠의 마법사들도 바하무트의 마법사들 못지않아 마법 완성을 열심히 방해했으나 마법의 원천인 마법사들이 살아 있는 이상 완벽하게 파훼할 수는 없었다. 마법사들은 바하무트 대군의 중심에서 보호받고 있었기에 죽일 수도 없었다.

물론 이아나와 아르하드가 나선다면 마법을 부수고 적군까지 쓸어버리고도 남겠지만 그들은 이번에 지켜만 보기로 했다. 저쪽에 바하무트 황족이 없으니 이그나이츠 군대가 이 상황을 잘 해결할 수 있을 거라고 믿었기 때문이다. 덧붙여, 이그나이츠 군대에는 전투 경험이 필요했다.

그리하여 시작은 퀸과 킹을 제외한 체스말들의 싸움이었다.

마법사들은 메테오에 대한 다른 대책을 준비해 왔다.

"시작하자!"

메테오는 전쟁의 시작을 알리는 포화다.

포화에는 포화로 대응한다.

이그나이츠의 마법사들 중에는 메테오 마법만을 죽어라 수련해 온 마이마예가 있었다.

"내 앞에서 메테오를 논하다니!"

마이마예는 메테오 공격뿐만 아니라 메테오를 막는 방법도 연구해 왔다.

마도시대 초기, 위대한 대마법사 자카라 발젠타의 메테오 마법은 로안느가 세상을 호령하도록 해 주었다. 메테오는 우주 공간의 무거운 운석이나 인위적으로 형성된 돌덩어리를 지상에 내리꽂는 마법이다. 한번 목적지를 정한 메테오는 웬만한 장애물들은 모조리 부수며 떨어져 내리고, 충격파는 재앙보다 더하다.

불에 타는 운석들이 적진에 쏟아져 내리면, 어찌어찌 막아 낸다 하더라도 그 충격파는 지상에 엄청난 충격을 주었다. 그러니 한번 발동된 메테오 마법을 막으려면 충격파가 크지 않은 범위에서 요격하는 게 최선이었다.

요격하더라도 부서진 파편들이 지상에 떨어지기에 완전한 방어는 어려웠다.

하지만 마이마예는 이그나이츠에서 완벽한 방어 마법을 구현해 냈다. 이그나이츠에서는 그에게 풍부한 연구 재료들과 고급 자료들을 공급했다. 정령, 신술과 같은 새로운 이능들이 존재했고, 마이마예 못지않게 뛰어난 동료들이 그의 연구를 도왔다. 덕분에 그가 생각해 온 것 이상의 결과를 내놓을 수 있었다.

이그나이츠의 역사를 수호할 대규모 자동 방어 시스템. 모든 종류의 마법을 그에 가장 적합한 방식으로 요격하는 방어 마법과 복구 신술의 융합진이었다.

융합진은 이그나이츠 내에 설치된 거대 마법진들을 방해하지 않으며 영토 전체에 새겨져 있었다. 하지만 고정된 게 아니라 정령들의 힘으로 얼마든지 축소하고 확장할 수 있었다.

광활하고 복잡한 융합진은 고대에서부터 이어져 온 마법사들의 지식들, 거기에 마법의 창시자인 악마의 지식과 자연의 힘까지 녹아내려 궁극이 되었다.

우우우웅…….

메테오 마법을 감지한 융합진은 이그나이츠 곳곳에서 자연의 마나를 빨아들였다.

"된다!"

이그나이츠성 내에서, 하니델프가 주먹을 불끈 쥐었다.

원래 새겨진 마법진이 발동하려면 마나석이 상시 배치되어 있거나 인위적으로 마나를 공급해야 한다. 하지만 융합진은 그럴 필요가 없다. 마이마예와 하니델프가 오랜 시간 연구해 온 기술을 적용했기 때문이다.

그들은 마나석이 없어도 상시 마법을 발동할 수 있는 최상급 기술을 오랜 시간 연구해 왔다. 그것이 성과를 내고 있던 차에 이그나이츠로 왔고, 아르하드의 지식을 얻었으며, 마도 공학의 대마법사 타릴 카트너의 도움을 받았다.

덕분에 이그나이츠의 주요 마법진들과 게이트 같은 기반 시설들은 별다른 노력 없이도 거대한 마법을 발동할 수 있는 혁명을 이뤘다. 융합진도 마찬가지였다.

콰르르르르르……

작열하는 운석들이 우주를 벗어나 하늘에서 검붉은 점처럼 보이기 시작했다. 불타는 운석 수십 개가 성벽을 향해 떨어져 내리는 게 멀리 떨어진 세마스티어에서도 보였다.

부글부글.

메테오의 궤적 앞에서 물거품이 일었다.

물, 땅, 바람 성질의 마법으로 몽글몽글 뭉친 방울들은 곧 하늘을 덮을 만큼 거대한 그물이 되었다. 그물은 아주 미끈하면서도 질겼다.

메테오들이 그물들과 충돌했다.

충격파는 발생하지 않았다.

콰드드드드득……

그물들의 탄성이 메테오가 싣고 있던 힘과 줄다리기를 하며 어마어마한 충격파를 흡수했다.

"지금!"

그물의 탄성이 메테오의 힘보다 우세해졌을 때 이그나이츠 측의 마법사들이 마법을 발동했다.

휘리리릭!

그물들이 빙그르르 돌아 지상을 향했다. 그 바로 아래는 바하무트 군대의 정중앙이었다. 운석들이 바하무트 군대 위에 직선을 그리며 쏟아져 내렸다.

"크……"

제 오랜 연구의 결과물을 감상하며 감동하던 마이마예의 수염이 떨렸다.

"이런!"

메테오 발동 후 다른 공격 마법들을 준비하고 있던 바하무트 측 마법사들이 황급히 합동 배리어를 펼쳤다.

콰아아아앙! 콰앙! 콰아앙! 콰앙!

배리어와 충돌한 운석들이 엄청난 충격파를 만들어 내며 부서졌다. 하지만 그들이 소환해 낸 메테오는 한두 개가 아니었다.

콰아아아아아앙!

연속되는 충격파는 배리어에 금을 만들어 냈고, 결국에는 배리어를 부숴 버렸다.

"으악!"

"아아악!"

바하무트 측 마법사들은 재빨리 새로운 배리어를 겹겹이 만들어 냈지만 결국에는 피해자가 속출했다. 먼저 부서졌던 메테오의 파편들도 떨어져 내리며 작고 많은 상처를 만들어 냈다. 그 모습을 보며 희열을 감추지 못하던 마이마예가 손을 들었다.

"네놈들만 메테오를 쓸 수 있는 줄 아느냐! 네놈들도 한번 맛 좀 봐라! 특히 기르초프 이놈!"

마이마예가 눈동자에 적개심을 불태웠다.

"아직 네놈이 손쓸 때는 아니라 이거냐? 그럼 손을 쓰게 해 주마. 안 그래도 네놈 머리 위에 운석을 날릴 날만 기다렸다."

마이마예는 오랜 시간 불에만, 특히 메테오에 오랜 시간을 할애해 온 화염의 대마법사였다. 그는 자카라 발젠타의 메테오 마법을 개량하여 자신만의 마법을 만들어 낸 지 오래였다.

그 마법이 오늘 펼쳐졌다.

화르르르르르……

하늘이 심하게 밝아졌다. 눈을 뜨고 있지 못할 정도였다.

쿠르르르릉!

하늘에서 천둥소리가 나며 어마어마한 온도의 화염구들이 수도 없이 떨어져 내리기 시작했다. 메테오의 운석이 우주를 떠돌던 먼지라면 마이마예의 마법은 태양의 파편이었다.

불의 조각이 지상으로 떨어지면 세상은 불바다가 된다. 마이마예는 이 마법을 펼치고 싶어도 펼칠 수 없었지만 오늘은 허가를 받았다.

화르르르르르르.

추락하는 빛들은 눈이 멀어 버릴 만큼 밝았다. 바하무트 병사들은 예상외의 공격에 순간적으로 공포에 질렸고, 마법사들은 그 마법을 막아 낼 방법을 알지 못해 주춤거렸다.

쩌저저저적.

그때, 바하무트의 군대 위로 거대한 물과 얼음의 거대 회오리 수백 개가 떠올랐다. 강력한 바람의 힘이 더해진 회오리들은 채찍처럼 날아가 불의 공에 부딪쳤다.

콰과과과과광!

불과 물이 충돌하며 엄청난 양의 수증기와 가스를 만들어 냈다. 부글부글 끓는 공기에 그대로 숨이 막힌 바하무트 병사 몇몇이 쓰러졌지만 마이마예의 마법은 막혔다. 바하무트 병사들이 환호했다.

"기르초프 님이시다!"

멀리서 얼음보다 차가운 인상의 중년이 창백한 얼굴로 마이마예를 노려보았다.

기르초프 메라케르스.

위프헤이머의 직계 제자 중 하나다.

그는 어려서부터 마이마예와 상극으로 물을 연구해 온 마법사였다. 그의 마법 실력은 모두가 인정하는 바였으나 대마법사의 반열에는 이름을 올리지 않았다. 위프헤이머의 가르침을 더 받기 위해서였다. 케이거스 드미트리가 명예욕 때문에 대마법사 중 한 명이 되었다가 더 이상 위프헤이머에게 마법을 배우지 못하는 걸 보고 포기한 것이다.

"이노옴. 기르초프!"

"……."

마이마예가 길길이 날뛰었지만 기르초프는 서늘한 표정으로 그를 외면했다. 위프헤이머와 하인리히가 오랜 적수였듯 불같은 마이마예와 얼음장 같은 기르초프 역시 오랜 라이벌이었다.

옛날에는 같은 스승에게 수학하며 사이가 좋았던 적도 있었다. 기르초프가 스승을 죽이고 위프헤이머에게로 떠난 후부터는 원수가 되었지만.

"위프헤이머의 발을 핥으며 살더니 실력이 많이 죽었구나. 발가락 맛이 그리 좋진 않더냐? 아니, 이제 핥을 발가락이 없어서 실력이 후퇴한 건가?"

마이마예가 확성 마법으로 그를 조롱했지만 기르초프는 무시했다. 그리고 지팡이를 들더니 바닥을 내려쩍었다.

양측 마법사들의 원거리전이 시작되었다.

화려한 마법들이 오갔다.

콰과과광! 콰광! 콰과광!

융합진이 과부하로 막아 내지 못한 마법 대부분은 이그나이츠의 마법사들이 막아 냈다. 그중 빈틈을 노린 일부는 성벽에 충돌했지만 성벽에는 별 피해가 없었다.

아르하드는 새 국가를 세우겠다고 다짐한 이후 전력으로 튼튼한 성벽을 쌓아 올리고 온갖 방어 마법진들을 새겨 넣었다. 그 방어 마법진들이 바하무트의 마법들을 어렵지 않게 막아 냈고, 설령 깨지더라도 융합진의 복구 신술이 망가진 성을 곧장 복구하여 아무 일도 없었던 것처럼 멀쩡했다.

이그나이츠의 공격 마법사 부대는 방어를 맡은 마법사들과 방어 시스템을 신뢰하며 적측에 마법을 퍼부었다.

"어스퀘이크!"

지상을 뒤흔드는 진동이 바하무트 병사들의 균형을 빼앗고, 찢어지는 땅이 그들을 날름 먹어 삼켰다.

"파이어 블라스트!"

거대한 화염이 바다의 해류처럼 길게 뻗어 나가 용의 꼬리처럼 바하무트 적진을 휩쓸었다.

"슬립! 디스거스트! 일루전!"

각종 상태 마법들이 군병들의 상태를 최악으로 만들었다.

마법의 이름을 외치는 까닭은 난전 중에도 집중력을 유지할 수 있는 지지대가 되기 때문이다. 그래서 마법사들은 마법의 이름을 찢어져라 외쳐 댔고 그들이 읊조리는 이름들로 성벽은 온통 소란스러웠다.

"실피, 저놈들의 코를 틀어막아!"

"아네스, 두 눈을 불태워 버려!"

여기에 정령술사들이 정령까지 불러내 공격했다.

마법사단의 힘은 비등했으나 성벽에, 정령술까지 갖춘 이그나 이츠가 원거리전에서 훨씬 우세했다.

"출진!"

그때 바하무트 군대 한쪽에서 전쟁의 모든 소음을 고꾸라뜨릴 정도로 거대한 고함소리가 쩌렁하고 터져 나왔다.

쿠구구구!

바하무트 병사들이 길을 만들고 검은 갑주의 기사들이 튀어나 왔다. 성인 남성의 키보다 반은 더 큰 거대한 체구들의 기사들 은 흉포한 용종 몬스터들을 타고 있었다.

그들은 검은 기운이 일렁거리는 핼버드로 정령들을 베었고, 정령들은 괴로워하며 역소환되었다. 살아남은 정령들도 어둡고 지저분한 기운을 잔뜩 흩뿌리는 그들에게서 기겁하며 물러났다.

머리부터 발끝까지 새까만 투구와 갑주로 감싼 그들은 바하무 트의 황궁 제2 기사단, 자이겔런트였다.

쿠과과과과광!

그들의 뒤를 상급 기사단들이 따랐고, 그 뒤에서 수많은 병사 들이 흉흉한 무기를 들고 달렸다. 중간중간 눈이 시뻘건 몬스터 들도 수없이 섞여 있었다. 선두의 자이겔런트 기사단이 성과 가 까워질 때, 이그나이츠의 성문도 열렸다.

반인반수화한 압실롯이 선두에 있었다.

"가자!"

첫 전쟁의 선봉장 선출 승부에서 이긴 압실롯이 그를 따르는 수인들을 이끌고 뛰쳐나왔다.

"카아아아아!"

자이겔런트 기사들과 비등할 정도로 커다란 수인들이 포효하며 뛰어 나왔다. 중갑을 찬 코뿔소 수인들과 코끼리 수인들이 거대한 방패를 들고 선두에서 돌진하고, 육식계 수인들이 그 뒤를 따랐다.

반인반수화하여 손과 발의 중간형태가 된 짐승의 손에서는 날붙이보다 날카로운 손톱이 튀어나왔다. 벌린 입에서는 입술 밑으로도 내려오는 송곳니가 시퍼렇게 빛났다. 살의와 닮은 투지가 짐승들에게서 뿜어져 나왔다.

후우우우우우우웅!

최선두에 있던 자이겔런트의 단장이 거대한 핼버드에 검은 기운을 담아 휘두르자 압실롯은 그것을 피하며 용의 머리를 붙잡았다.

우두두둑. 압실롯이 두꺼운 손으로 비틀어 꺾었다. 그러자 자이겔런트 단장이 용의 몸에서 뛰어오르며 압실롯에게 핼버드를 내리찍었다. 압실롯도 건틀릿을 찬 주먹을 날렸다.

쿠과아아아앙.

둘의 충돌은 엄청난 충격파를 만들어 냈다.

꽈앙, 꽈앙, 꽈앙.

자이겔런트 기사들과 이그나이츠의 수인방패병들이 충돌하며 만들어 내는 파동이 그 뒤를 이었다.

종을 꽝꽝 울리는 듯한 아찔한 굉음들이 폭탄이 연달아 터지는 것처럼 퍼져 나가고 있을 때, 짐승들의 발은 바람의 길 위에 있었다. 그들의 신형이 상하좌우 가리지 않고 뱀처럼 휘어지는 궤도로 자이겔런트 기사단들의 안쪽으로 틈을 파고들었다.

"출진!"

성문에서 또 다른 군대가 쏟아져 나왔다. 다종족 군병들로 이루어진 통합군이었다.

오늘은 이그나이츠의 역사에 기록될 첫 전쟁. 성벽에서 버티며 바하무트군을 지독하게 괴롭힐 수 있었음에도 군대는 전면전을 택했다. 바하무트 놈들에게 쓴맛을 보여 주고 싶었다.

"가자!"

사령관 카일 녹턴이 검푸른 검기가 치솟는 거대한 검을 홍홍 돌리며 애마의 고삐를 당겼다. 푸른 땀이 온몸에 송골송골 맺힌 말이 비명을 지르듯 울며 발을 굴렀다. 한 덩어리로 섞인 신형이 앞으로 쏘아졌다. 그 뒤를 수십 개의 신형들이 따르고, 성의 옆쪽에 위치한 다른 문에서도 수백 개의 신형이 뛰어나왔다.

개량을 마치고 강도 높은 훈련까지 받은 이그나이츠의 특수 군마들이었다. 놈들은 보통 말과는 비교도 되지 않는 속도로 달렸다. 놈들이 지나간 곳에는 하얀 숨결만이 남아 있었다.

자이겔런트와 수인부대의 충돌지점에서 그들은 세 갈래로 찢어졌다. 수인들을 돕는 지원군과 옆구리를 찌르는 공격부대로 나눠진 것이다.

"얏호!"

옆구리에 닿아 바하무트의 기사들과 맞닥뜨린 선두의 베니타 팔콘이 눈에서 광기를 줄줄 뿜어내며 검을 휘두르자 기습당한 기사가 황급히 검을 들어 막았다.

빠지지지직!

"끄아악!"

고압의 전류 검기가 놈을 감전시키자 베니타는 사뿐히 검을 그어 놈을 말에서 떨어뜨리고 군마와 함께 신난 망아지처럼 이리저리 마구 날뛰었다.

파직! 파직! 파직!

검기에 맞은 기사들은 순식간에 전투불능이 되었다.

"같이 좀 갑시다!"

베니타가 너무 빨리 달려 조금 늦게 도착한 부대도 바하무트 군과 거세게 충돌했다.

끼기기기기.

성벽 위에서는 엘프들이 제 키만 한 활 위에 화살을 몇 발씩 올려 당기고 있었다. 머나먼 곳까지 내다보는 엘프들의 시력이 적의 위치를 정확히 포착하고, 섬세한 손끝이 자연의 힘이 실린 화살의 촉을 노리는 적에게 겨누었다.

피용! 피용!

바람을 가르며 날아간 화살들은 정확하게 적의 육신을 꿰뚫어 놓았다. 성벽에서는 화살비가 쏟아져 내리고 있었다.

병장기와 마법이 부딪치며 시끄럽고 끔찍한 소음들이 하늘을 울리기 시작했을 때, 압실롯은 전장의 중심에서 자이겔런트의 단장과 이미 수백 번 충돌하고 있었다.

"퉤."

압실롯이 침을 뱉으며 놈을 노려보았다.

가까이서 본 자이겔런트의 단장은 매우 거대한 몸을 가지고 있었다. 압실롯 못지않았다. 아니, 그보다 더 컸다. 단장뿐만이 아니라 자이겔런트의 모든 기사들이 그러했다.

"압실롯 타이거. 수인족 수장."

감정 없는 목소리가 그륵거리며 압실롯을 불렀다.

"한 번쯤 붙어 보고 싶었지."

콰아아아아…….

그의 온몸에서 검은 신력이 하늘을 찌를 듯 타올랐다. 압실롯이 눈살을 찌푸릴 정도로 악독하고 새카맸다. 압실롯은 그 신력이 어디서 온 건지 바로 알 수 있었다.

라이프.

다른 생물의 신력을 수도 없이 빨아먹은 자의 신력이었다.

"그려? 한번 붙어 봤으니 만족혔지? 죽어라!"

기분이 더러워진 압실롯이 주먹을 휘둘렀고, 단장의 핼버드가 세상을 쪼갤 기세로 떨어졌다.

콰과과과광! 콰광! 콰과광!

수도 없이 충돌했다. 단장과 충돌하면 할수록 압실롯은 점점 더 기분이 더러워졌다.

압실롯도 수인으로서 본능적으로 깨끗한 존재를 좋아하고 타락한 존재는 싫어했다.

자이겔런트의 단장은 매우 강했다. 본래 압실롯은 강한 존재와 싸우는 걸 즐겼다. 하지만 놈과는 싸우면 싸울수록 기분만 더러워졌다.

"크르르르르르."

압실롯이 발톱에 어마어마한 신력을 담아 자이겔런트의 단장을 향해 달려들었다.

두 선봉장들이 싸우고 있을 때, 자이겔런트의 다른 기사들은 어느새 달려 나온 타이탄의 부대가 수인 방패병들과 위치를 바꿔서 싸우고 있었다.

꽝! 꽝!

신기하게도 그의 부대는 자이겔런트와 몇 번이고 붙어 본 것처럼 익숙하게 싸웠다. 자이겔런트의 부단장이 핼버드를 붕붕 휘두르다 타이탄을 공격했다. 타이탄도 핼버드를 가져다 댔다.

콰아아아아아앙!

교차한 핼버드 너머, 부단장이 타이탄을 건조한 눈으로 바라보았다.

"익숙한 냄새가 난다."

타이탄은 대답하지 않고 붉은 신력을 피워 올렸다. 부단장도 그 말만 하고 별 질문 없이 타이탄을 공격하기 시작했다.

두 사람 중 누구도 승기를 쉬이 쥐지 못했다. 하지만 전체적인 전투에서는 이그나이츠 쪽이 점점 승세하고 있었다.

"후퇴!"

멀리서 바하무트 측이 후퇴 신호를 보냈다. 바하무트는 승리에 미련을 갖지 않고 썰물처럼 빠져나가기 시작했다.

이그나이츠는 그들을 잡지 않았다. 하지만 첫 승부의 결과는 명백했다. 당당하게 나섰던 바하무트 군대는 엄청난 피해를 입고 결국 전열을 가다듬으며 뒤로 물러났다. 바하무트와의 첫 번째 전투는 이그나이츠의 승리였다.

"이겼다!"

"와아아아아아!"

바하무트를 상대로 거둔 첫 승리에 모두가 환희했다. 하지만 빛의 뒤에는 어둠도 있었다. 바하무트의 강병과 싸웠는데 아예 피해가 없을 수는 없었다.

첫 승리와 동시에 첫 사망자들이 있었다.

웃다가, 울다가, 또 웃다가, 또 울다가.

"……."

이아나는 성의 꼭대기 층에서 전장을 내려다보고 있었다. 처음부터 끝까지 경계심을 늦추지 않고 지켜보기만 했다. 몇 번이고 끼어들고 싶은 충동을 느꼈지만 주먹을 꽉 쥐고 참았다.

"잘 참았어."

아르하드는 하얗게 힘이 들어간 이아나의 주먹을 펴 주었다.

이아나가 입술을 떼었다.

"진정으로 이그나이츠를 위한다면 우리가 나서지 않는 게 여전히 옳다고 생각하지만, 사람들이 죽는 걸 보고 있으니 마음이 흔들리네요."

혼잣말에 가까운 중얼거림은 의구심을 품고 있었다.

"우리에게는 전쟁을 한 번에 밀어붙이고 저들의 죽음을 막을 힘이 있었습니다. 무의미한 죽음을 막기 위해서 나섰어야 하는 게 아닐까요?"

"전쟁은 죽음을 전제로 하지. 전쟁이 작든 크든 죽음이 전무할 수는 없어. 그렇기에 죽음을 막는다는 목표를 가진다면 넌 이후 모든 전쟁에 관여해야 할 거야. 하지만 그럴 수는 없지."

"……."

"체스에서도 퀸은 아주 강력한 말이다. 하지만 퀸이, 아군의 피해 없이 적의 모든 말을 거꾸러뜨리는 건 불가능하다. 체스판은 넓고 퀸은 하나니까."

힘이 비슷한 적과의 전쟁은 체스와 비슷하다. 아군의 차례가 있으면 적의 차례도 있다.

"퀸이 강하다고 해서 퀸만 움직인다면 적에게 역공의 기회를 제공하는 꼴이다."

퀸을 움직인다면 적을 학살할 수는 있겠지만, 동시에 수없이 많은 계략의 표적이자 합공의 대상이 된다.

적은 어느새 유리한 고지들을 모조리 선점하고 퀸과 아군을 옴짝달싹할 수 없게 만든다. 아군의 목숨을 손에 틀어쥐고 퀸을 물러나게 한다. 퀸에게만 의지하고 움직이지 못한 아군은 하나둘 제거당하고 만다.

"또, 퀸이 나타나면 적측에서도 퀸이 나설 가능성이 높지."

고래들이 싸움을 벌이면 주변만 죽어 나간다.

"그렇기에 퀸에게만 의지할 게 아니라 다른 말들까지 성장시켜야 합니다. 폰은, 판의 끝에 닿으면 퀸만큼 강력한 말이 되어 아군에 엄청난 도움을 주지만, 멈춰 버리면 그냥 평범한 폰일 뿐이니까요."

이아나가 고개를 돌려 아르하드를 올려다보았다.

"강력한 소수에 의해 좌우되는 국가는 좋은 나라가 아니지요."

"잘 알고 있군."

이아나는 종종 아르하드에게 질문하고 답을 들으며 마음을 정리하곤 했다. 지금도 마찬가지다.

"전쟁의 목표는 체스 게임과 같다."

아군의 피해를 최소화하고, 최대한 빠른 시간 내에 적군의 왕을 체크메이트 하는 것.

"우리의 역할은 이그나이츠를 성장시키고, 황족을 잡아 전쟁을 최대한 빨리 끝내는 거다. 우리는 실력을 끌어올려 바하무트 황족을 잡는 데 집중한다."

이아나가 고개를 끄덕였다.

"하지만 그보다 앞서 해야 할 일은, 사람들을 격려하고 위로하는 거야."

"네, 가요."

마음을 다잡은 이아나가 아르하드의 손을 잡아끌어 사람들에게 다가갔다. 승리에 도취되어 있던 사람들은 이아나와 아르하드가 다가오자 길을 비켜 주었다. 그들은 전장의 흥분이 가시지 않은 얼굴로 지배자들을 바라보았다.

이아나와 아르하드는 존재 자체만으로도 안정감을 주었다. 전장의 공포였던 바하무트 황족이 나타난다면 저들이 막아 줄 거라는 믿음 덕분이었다.

결국엔 이겼다. 대 바하무트 전쟁에서 승리에 크게 한 발자국 다가선 듯했다.

아르하드와 이아나는 성벽에 서서 전열을 가다듬은 그들의 군대를 내려다보았다.

"우리는 승리했다."

아르하드가 선언했다.

"이겼다!"

몇몇 병사들은 첫 전쟁에서 공포의 바하무트 군대를 이겼다는 사실을 실감하지 못하고 있던 차였다. 어안이 벙벙하던 그들은 아르하드가 선언하고 나서야 승리를 벅차도록 만끽했다.

"전투원들은 여태 갈고닦아 온 실력으로 최선을 다해 전투에 임했다. 비전투원들은 뒤에서 전투에 필요한 모든 것을 준비하며 보조했다. 제군들 모두가 잘해 준 덕분에 이그나이츠는 첫 전투를 승리로 장식할 수 있었다. 오늘을 기념하여, 이번 전투 한정으로 전 국민에게 동일한 공적치와 훈장을 수여할 것이다."

와아아아아!

환호성이 터져 나왔다.

이그나이츠는 공적치라는 제도를 새로 도입했다. 공적치는 국가 기여도를 수치화한 것으로, 정도는 다르지만 눈에 띄는 업적을 세워도 부여되고 일을 꾸준히, 부지런하게 해도 부여된다.

하고 싶은 일이 있다면, 공적치를 소모하여 국가에서 금전, 물품, 인력 등 각종 지원을 받을 수 있다. 누적 공적치가 일정 수준에 이르면 의원으로 입후보할 수 있는 자격도 얻을 수 있다.

그리고 공적치는 숫자로 쌓임과 동시에 개인의 역사에 기록된다. 오늘은 '바하무트와의 첫 전투에서 승전에 공을 세움'이라는 업적이 생겨날 것이다.

굳이 포상이 아니더라도 공적치는 이그나이츠에서 명예의 상징이었다. 그래서 모두가 높은 공적치를 쌓고 싶어 했다.

훈장은 공로가 뚜렷한 사람을 국가가 표창하기 위하여 수여하는 증표다. 이그나이츠는 다양한 종류와 등급으로 훈장들을 제작했는데, 각양각색의 멋들어진 훈장은 인정 욕구와 수집 욕구를 불러일으켰다.

오늘은 모두에게 보국 훈장이 주어질 것이다.

"하지만, 전쟁은 이제 시작되었을 뿐이다!"

아르하드가 단호하게 말하자 들뜬 분위기가 차차 가라앉았다.

"승리는 방심을 불러일으키고, 방심은 뼈아픈 패배를 야기한다. 초심을 잊지 마라. 승리할 것이라 믿되, 경계를 늦추지 마라. 알겠나?"

"예!"

전사자들이 남기고 간 육체는 최대한 수습하여 라오스 신교 사제들의 도움을 받아 위령제를 지냈다. 가는 길이 쓸쓸하고 고독하지 않도록 정령들이 꽃비를 내리자, 시신 위로 꽃들이 산더미처럼 쌓였다.

위령제는 이아나가 지휘했다.

우리는 그대들의 고귀한 명예를 이그나이츠의 역사 속에서 영원히 빛나게 할 것입니다. 우리는 그대들이 이그나이츠에 헌신했듯, 그대들이 남기고 간 소중한 이들을 보살필 것입니다.

"우리는 그대들이 생을 마친 이 땅에 승리를 바칠 것입니다."

위령제를 지낸 후, 가족들에게 시신을 인도했다. 무기와 소지품도 잘 챙겨서 보냈다. 유족들에게는 적지 않은 위로금과 복지 혜택이 주어졌다. 나라를 지키다가 죽은 이다. 그가 죽고 남겨질 이들을 챙겨 주지 않는다면, 누가 나라에 헌신하고자 할까?

유족들은 친인의 죽음에 오열하며 괴로워했지만 결국에는 죽음을 받아들였다.

"이그나이츠에 번영을!"

먼 훗날 다시 만나 회포를 풀 때, 너희의 죽음이 헛되지 않았
노라고 말할 수 있도록 번영을 다짐하면서 말이다.

첫 번째, 두 번째, 세 번째, 네 번째…….

성벽을 경계로 전투가 거듭되었다.

이그나이츠는 연전연승으로 바하무트 군대의 숫자를 착실하게
줄였다.

성벽은 두꺼웠고, 융합진은 든든했다.

이그나이츠의 군대는 유례없이 강력했지만, 처음엔 분명 어수
선하고 어설픈 구석이 있었다. 하지만 거듭되는 전투에서 군대
는 단단한 공처럼 하나가 되어 갔고 승리는 수월해졌다.

"이런 상황에서도 바하무트 황족은 나타나지 않는단 말이지.
고급 병력을 증원하지도 않고."

마치 이그나이츠를 더욱 강하게 만들어 주려는 것처럼, 혹은
간을 보며 탐색하는 것처럼 말이다.

열 번째 소규모 접전까지 무사히 치렀을 때, 이그나이츠의 군
사 회의에서는 진지한 사안이 논의되었다.

"이제 성에서 방어만 할 것이 아니라 진격해서 바하무트의 땅
을 칠 때가 되었다고 생각합니다."

"방어와 공격은 다른 문제다. 우리가 바하무트 군대를 상대로
연전연승을 거둔 건 성벽과 융합진의 도움이 컸다는 걸 명심해

라. 그럼에도 진격할 준비가 되었다고 보는가?"

아르하드가 질문을 던지자 탁자 앞에 앉아 있던 지휘관들이 그렇다고 대답하며 의견을 내기 시작했다.

"융합진은 정령의 힘으로 확장할 수 있으니, 진군하면서 융합진도 함께 확장하면 어떻습니까? 아군 보호에 용이할 겁니다."

"융합진에도 약점이 있음을 잊지 마십시오."

마법사들 중 누군가가 우려를 표했다.

"융합진도 진의 일종. 핵이 하나라도 파괴되면 진은 기능이 현저히 떨어집니다. 진군 중에는 전투가 부지기수로 발생하는데 그러다 잘못해서 손상된다면 어떡합니까."

"맞습니다. 그리고 우리 군대는 지금 융합진을 너무 믿고 있습니다. 예전부터 생각해 왔던 문제입니다."

"좋은 의견이군. 진군 시에는 융합진을 확장하지 않는 것을 전제로 하고 전략을 짠다. 융합진은 완전히 안정화된 땅으로만 확장한다."

아르하드가 결론을 내리자 다음 의견이 튀어나왔다.

"바하무트로 진군하려면 성 밖에 진지를 치고 있는 바하무트 군대를 모조리 처리해야만 합니다."

"그렇지."

"저는 먼저 바하무트 군의 분위기를 흐린 다음 정면 돌파하면 어떨까 합니다. 황족은 바하무트 측의 피해가 막심한데도 손 놓고 보고만 있습니다. 황족이 이곳에 오지 않는 이유는 저곳의 군대를 미끼로 써서 우리 측 전력을 파악하기 위해서가 아니겠습니까."

"그래서?"

"바하무트군 측은 분명 사기가 크게 꺾여 있을 겁니다. 그러니 바하무트 군대 내에 첩자를 투입해 그들이 '미끼'라는 소문을 퍼뜨려 분위기를 최악으로 만든 후에……."

하지만 그의 말이 끝나기도 전에 아르하드가 말을 잘랐다.

"사기가 꺾인 게 아니다. 이 정도로는 바하무트군을 위축시킬 수 없어."

이상한 말이었다. 전쟁은 사기 싸움이라고 해도 과언이 아니다. 현 상황만 보면 바하무트 군대는 사기가 꺾이고도 남았다.

그리고 지금은 한여름. 푹푹 찌는 폭염이 지상에 아지랑이를 만들어 내고 있었다. 이런 환경에서 바하무트는 대충 쳐 둔 진지를 본거지 삼아 지내고 있었다. 심지어 물의 정령이 물의 흐름도 끊었다. 놈들이 버틸 수가 없는 상황이었다.

"어째서입니까?"

"바하무트군은 바하무트를 유일 제국으로 있게 한 강력한 황실을 절대적으로 믿고 그들에게 복종한다. 세뇌 작업도 거쳤기 때문에 절대 바하무트에 대한 충성을 버리지 못한다."

바하무트 황족이 죽으라고 해도 기꺼이 죽을 놈들이었다. 바하무트 황족에 대한 나쁜 소문이 돌면, 소문을 들은 바하무트 병사들이 자진해서 소문의 원천을 찾아 죽일 것이다.

아르하드가 테이블을 두드렸다.

"피해를 최소화하여 저기 바하무트 군대 벽을 뚫을 확실한 계획을 가져와라. 그때까지 진군은 불허한다."

회의가 파하고, 방에는 이아나, 아르하드, 에이지만 남았다.

"회의에서 말하지는 않았지만, 공략은 제국 내부와 동시에 해야 한다."

"내부요."

군은 완전히 바하무트의 영향력 아래 놓여 있다. 하지만 내부의 귀족들은 다르다. 그들 중에는 광활한 영토를 관리하며 헛꿈을 꾸는 놈들도 있고, 바하무트가 폐허로 만든 옛 국토를 관리하고 있는 망국의 왕족도 있다. 놈들을 꼬드겨서 바하무트를 배신하게 만드는 것이다.

"에이지. 자료 조사는 끝났겠지?"

"끝내긴 했는데……."

에이지가 바닥이 꺼져라 한숨을 내쉬었다.

"그런데 왜 그런 태도야. 가져와."

"답이 없어서 골이 좀 아파요."

잠시 자리를 비웠던 에이지가 두꺼운 종이 뭉치를 들고 나타나 테이블에 털썩 놓았다. 아르하드는 에이지가 건넨 서류들 제일 위쪽에 있던 귀족 리스트를 훑어보다가 미간을 찌푸렸다.

"바하무트는 최근 대숙청을 벌였습니다. 죽은 귀족들도 많거니와 감옥에 갇혀 있거나 사형을 기다리는 자들도 부지기수예요. 우리에게 우호적일 만한 귀족들도 많이 제거당했습니다. 리스트에서, 죽은 놈들의 이름에는 줄을 그어 놨습니다."

이아나도 아르하드에게 서류를 건네받아 읽어 보았다. 그 위에 쓰여 있는 이름들을 살폈다. 익숙한 이름들이 꽤 있었다.

이아나는 놀랐다.

'이놈들이 지금 다?'

회귀 전, 이아나는 아르하드와 치고받고 싸우면서 바하무트 귀족들의 이름도 필수적으로 외워야 했다. 그래서 아르하드 치세 후의 귀족 이름은 거의 다 알고 있었다. 그런데 줄이 그인 이름들에는 그때의 귀족들이 적지 않았다.

　리스트에 있는 귀족들은 야심이 아주 크거나, 바하무트의 체제에 불만이 있거나, 옛 왕국의 왕족이었거나, 혹은 영지민에게 큰 지지를 받고 있었다.

　야망을 가지니 더 큰 권력을 꿈꾸고, 체제가 마음에 들지 않으니 변화를 원하고, 옛 왕국을 그리워하니 독립을 꿈꾸고, 영지민을 위하니 영지민의 더 나은 삶을 바란다.

　이들은 바하무트의 '불순분자'들이었다.

　"바하무트 제국 귀족들 입장에선 뜬금없는 날벼락이었죠. 황족은 불순분자들이 대놓고 건방지게 굴거나 반란을 일으켜도 내버려 뒀으니까."

　바하무트 황족의 무력은 초월적으로 강했고, 황권은 터무니없이 강력했다. 황족은 귀족들에게 권력을 부여하는 대신 절대적인 복종을 요구했다. 하지만 바하무트는 거대한 제국이고, 다양한 사람들이 모여 살다 보니 불순분자들은 얼마든지 있었다. 넓은 땅덩어리가 하나의 뜻으로 통합될 수는 없었다.

　황족은 그들이 일을 치기 전까지는 방치하곤 했다. 너무 많아서 죄다 골라낼 수도 없는 데다, 불만을 참지 못한 건방진 이들을 죽이는 게 더 재밌기 때문이다.

　그렇기에 귀족들 입장에서는 테일런의 돌변이 엄청난 충격으로 다가왔다.

"바하무트 귀족들은 살려만 주십시오, 하고 바짝 기고 있다고 합니다. 트집 하나라도 잡혔다간 가진 것을 죄다 몰수당하고 죽음 혹은 감옥행이니 수상한 짓은 일절 하지 않으려 하죠. 배신을 유도하기는 쉽지 않을 겁니다."

"숙청당한 귀족들의 자리는 골수 황실파 귀족들이 메웠겠고."

"그렇죠. 지금 상황에서는 누구든 황실 만세를 울부짖어야 할 판입니다."

"……."

아르하드는 테이블의 서류를 몇 장 더 들추어 보았다.

서류마다 이 귀족은 어떤 귀족이고, 어떻게 영지를 운영하며, 인맥은 어찌 되는지에 대해서 쓰여 있었다. 그리고 제일 밑에 빨간 글씨로 사망, 이라고 쓰여 있는 서류들이 많았다.

"확실히 귀족 쪽 돌파구는 많이 막혔군. 유능한 놈들은 미리 포섭해서 우리나라로 빼온 게 그나마 다행인가."

"그렇죠. 안 그랬으면 죽었을 테니까. 아무튼, 원래는 귀족들을 회유할 계획이었는데, 이제 어찌해야 합니까?"

"공포는 일시적으로 영혼을 짓누를 뿐이다. 물꼬만 터 주면 억눌렸던 감정과 생각들은 알아서 복구돼."

"물꼬라는 건……."

"절대적인 바하무트 황족을 무너뜨릴 수 있는 위협적인 존재의 등장. 바하무트 제국은 황족의 존재로 성립하는 거니까."

"전하와 라이즈 경이요?"

"그래. 하지만 우리는 아직 바하무트 황족을 압도할 수 없고, 적대국의 사람들이니 귀족들을 흔들기는 좀 부족해."

고민을 이어 가던 아르하드가 에이지에게 물었다.

"바하무트 제국에는 귀족만 있는 게 아니지. 평민들 쪽을 공략하는 건 어때?"

"그쪽도 어려워요. 바하무트 국민이 황실을 신봉하는 정도가 역대 최고라고 합니다. 테일런이 국고를 개방해서 신분 상승의 기회를 열었거든요."

바하무트는 약탈과 조공으로 자원을 보충하는 국가인 만큼, 권력의 척도 중 가장 중요시되는 것이 무력이다. 즉, 바하무트에서 신분 상승을 꾀하려면 무력으로 강해지는 것이, 정확히는 군인이 되는 것이 답이었다.

그러나 바하무트의 군인은 아무나 될 수 없다. 군사 훈련소가 정기적으로 시행하는 어려운 시험을 통과해야 했고, 합격하고도 다달이 돈을 내면서 기간 내에 훈련을 마쳐야 말단 병사가 될 수 있었다.

그런데 테일런은 이번에 이례적인 행동을 벌였다. 약자들에게도 강해질 기회를 주겠다며, 시험 없이 훈련의 기회를 제공하고 모든 비용을 국가에서 지원하겠다고 선언했다. 병사 수를 대폭 늘리겠다고도 말했다. 열등감을 가지고 있던 하층민들이 훈련소에 달려들었고, 테일런의 지지도는 급격히 상승했다.

"제국민들은 테일런이 병사수를 늘리는 이유가 세계 정복을 향한 마지막 전쟁 때문이라고 생각합니다. 바하무트 제국의 오랜 숙원이었으니 다들 흥분 상태라고 합니다."

"정보 조작을 해서 그런 여론을 뒤집어야지. 하지만 블랙폭시 때문에 어렵나."

"네. 민간 쪽 정보계는 블랙폭시가 꽉 잡고 있습니다. 바하무트에서 이그나이츠는 이미 철천지원수 수준입니다. 좋은 땅을 차지한 이기적인 개돼지들이 괜히 반항해서 자신들을 고통스럽게까지 한다 이겁니다."

"흠."

"관심을 가질 만한 부분은, 바하무트 제국민들이 황실을 추앙하면서도 극도의 공포에 질려 있다는 겁니다."

에이지가 서류뭉치의 페이지를 넘겼다.

"숙청당한 귀족들의 영지는 세상에서 아예 지워진다는군요. 바하무트 군대가 건물이고 생물이고 싹 다 밀어 버린답니다. 군대가 멀쩡한 영지에도 불시에 들이닥쳐 불순분자 색출을 하는지라, 제국민들은 지금 대화도 제대로 나누지 못한답니다."

"정보 조작이 더 어려워졌겠군."

"네. 소문을 내려 해도, 바하무트에 관한 나쁜 말, 혹은 이그나이츠에 대한 좋은 말만 하면 잡혀 들어가서 벌써 첩보원 몇의 연락이 끊겼습니다. 새 첩보원 투입도 예전보다 훨씬 어려워졌습니다. 외지인처럼 보이는 사람이 이것저것 캐묻고 다닌다 수상하다고 신고부터 한다더군요. 그래서 기존 첩보원들만으로 아주 조금씩 정보를 수집하고 있는 실정이에요. 이 정보들도 간신히 얻어서 카니츠 경의 의견과 통합한 거고요."

"테일런이 전쟁에 모습을 드러내지 않는다 싶더니 내부를 단속하고 있었군."

아르하드가 테이블을 톡, 톡 두드렸다.

"새로운 루트를 뚫어야겠는데."

"아예 외부에만 집중하는 건 어떻습니까? 밖에서 밀어 버리는 겁니다."

"무식한 전쟁은 우리 쪽 희생만 키울 뿐이다."

"폐하와 라이즈 경이 나서면 되잖습니까? 제가 보기엔 황족은 두 분과 맞붙기 싫어하는 것 같던데요. 두 분이 나서도 황족이 나올 가능성은 적다고 봅니다."

"확신할 수는 없지. 그리고 우리가 나서면 순식간에 전투가 끝나. 그런 전쟁을 몇 번 겪다 보면 우리에게 의존하게 될 테니 장기적으로 좋지 않지. 또, 난 이번 전쟁을 단순한 전쟁이 아니라 이그나이츠 국민들 간에 끈끈한 유대감을 형성할 계기라고 보고 있다. 큰 피해가 예상되지 않는 이상 우리는 나서지 않아."

그 뒤로도 아르하드와 에이지의 고민이 이어졌다.

"……"

이아나는 두 사람의 대화를 들으면서도 리스트의 이름들을 묘하게 거슬리는 기분으로 흘끔거리고 있었다. 하지만 대화가 점차 심각해지자 상념을 지웠다. 또 미래가 변했겠거니 싶었다.

그리고 대화의 내용에 속이 또 답답해졌다.

자신이 지금보다 더 강해져서 바하무트 황족을 죽이기만 하면 모든 문제가 해결된다. 하지만 초월자의 경지에서 한 단계 상승하는 것은 밑바닥일 때와 궤를 달리하는 노력과 재능, 그리고 깨달음을 필요로 한다. 발전 속도는 느리고, 깨달음은 막혔으며, 그 와중에 로베르슈타인은 말을 듣지 않는다.

이아나는 최근 들어 일반적인 수련만으로는 상승할 수 없음을 깨달았다. 뭔가가 부족했다. 다른 것이 필요했다. 뚫릴 듯 말 듯한 막을 뚫을 수 있는 뭔가가. 그것이 뭔지는 모르겠으나 현재 이그나이츠의 개인 수련장에서는 이룰 수 없는 게 분명했다.

이아나가 결심했다.

"제가 바하무트 제국으로 가겠습니다."

"뭐?"

"갑자기 뭔 소리야?"

아르하드와 에이지가 무슨 농담을 하는 건가 싶어 경악했지만 이아나는 침착하고 진지한 얼굴로 답했다.

"'이그나이츠'로서 일을 도모하기 어렵다면, '바하무트 제국민'이자 '바하무트 황족을 위협할 능력이 있는' 제삼의 인물이 분란을 유도하면 됩니다. 제가 검은 바람으로 활동할 때처럼, 바하무트 제국으로 가서 세력을 규합해 선동하겠습니다."

바하무트 제국민들 중에 전쟁을 싫어하는 이들도 많았다. 황족을 신으로 받들지만, 바하무트 체제에 숨 막혀 하는 이들도 적지 않았다. 음지에서 활동하는 반제국 단체들도 있었다.

"카니츠와 함께 가서 일을 꾸미겠습니다."

불온한 움직임을 보였다 하면 바하무트 황궁 기사단이 가서 정리하기 때문에 카니츠가 아는 것이 많았다. 가장 밑바닥에서부터 제국의 고위 계급인 황궁 기사가 되었기에 형성해 둔 인맥도 많았다.

곧 돌아가겠다는 카니츠와 이스피를 무력하게 떠나보내기도 싫었던 차였다.

"가능하다면 황궁 기사단의 전력도 족족 줄여 놓겠습니다."

이아나가 왼손 약지의 반지를 두 사람에게 보였다.

"이그나이츠에 무슨 일이 있다 싶으면 곧장 오겠습니다. 혹시라도 잘못됐다 싶으면 도망칠게요. 괜찮지요?"

이아나는 바하무트로 가기로 굳건히 결심했다. 아무리 생각해 봐도 이것밖에 답이 없었다.

"……."

아르하드와 에이지가 생각하기에도 꽤 괜찮은 방법이었다. 그리고 죽지 않고 그 임무를 잘 해낼 수 있는 사람은 이아나밖에 없었다. 이아나를 물끄러미 바라보던 아르하드가 말했다.

"외양은 어쩔 거지? 바하무트에서는 로브를 쓴 자를 경계해."

바하무트의 국민들은 낯선 외지인 느낌을 풍긴다면 일단 경계부터 하고 본다. 가면으로 얼굴을 숨기거나 로브 모자를 푹 쓰고 다니면 의심의 표적이 되는 건 당연하다.

"이걸 봐 주세요."

이아나가 아공간에서 무언가를 주섬주섬 꺼냈다. 인간의 얼굴 피부를 껍데기째로 분리해 낸 듯한, 괴이한 모양의 물건이었다.

"인간의 피부와 비슷한 몬스터 가죽으로 가공했다는데……."

이아나가 그것을 얼굴에 덮어썼다. 주물럭거려 위치를 맞춘 후 톡톡 두드렸다. 그러자 껍데기는 이아나의 피부에 착 달라붙으며 진짜 피부처럼 움직이기 시작했다.

겉으로 보기에 완전히 다른 사람이었다. 평범한 외모로 변한 이아나를 아르하드와 에이지가 이상한 눈으로 바라보았다.

"감쪽같죠. 제 기운을 숨기고, 카마트로스의 반지로 머리카락과 눈동자 색깔까지 바꾸면 아무도 모를 겁니다."

"그러네……. 신기하다."

"어디서 났지?"

"유용할 것 같아서 첸델프에게 제작 요청을 했었는데 최근에 완성했습니다. 이 얼굴 말고도 여러 얼굴을 만들어 줬어요."

"나도 주라. 엄청 유용할 것 같아."

에이지가 반가워하는 와중에 이아나가 가면을 떼어 내며 한 번 더 강조했다.

"이 물건이 아니더라도 정령들의 힘으로 다른 얼굴을 뒤집어 쓸 수 있다는 걸 확인했습니다. 들킬 가능성은 현저히 낮아요."

"……."

"어차피 제가 여기 있어 봤자 도움이 되지 않습니다. 바하무트 황족이 전장에 나타날 경우, 신호를 주시면 바로 날아오겠습니다. 아…… 당신이 위험할까요? 바하무트 황족이 혼자 남은 당신을 습격한다든지."

아르하드는 걱정하는 이아나를 묵묵히 바라보다가 테이블 위의 종이를 꼼꼼하게 한 번 더 읽어 내려갔다.

"그런 걱정 안 해도 돼. 그놈들은 내 영역에 바로 들어올 수 없으니까 습격도 못 해. 혹시라도 습격해 오면 네가 있는 곳으로 텔레포트하면 되고."

아르하드의 반응이 꽤 긍정적이다.

"에이지. 이아나에게 관련 정보를 모두 넘겨줘."

"알겠습니다."

아르하드의 허가가 떨어지자 이아나의 표정이 폈다. 그의 신뢰가 똑똑히 느껴졌다.

"이아나 양. 북부 블랙폭시에 관한 정보도 줄게. 그놈들 아주 작은 죄를 지은 영지민들도 모조리 잡아들여서 또 라이프를 만들고 있는 것 같더라. 이걸 이용해도 좋을 거야."

시디얀에 있던 라이프 공장은 모조리 파괴당했지만 북부에서는 여전히 라이프 제조가 자행되고 있었다.

"자국민들에게도 그런 짓을 한다고?"

"응. 황족은 자국민에 대한 애정이 전혀 없어."

에이지가 자리를 털고 일어났다.

"그럼 정해진 거네. 이거, 우리만 알고 있는 극비인가?"

"그렇지."

"알았어. 그럼 난 빨리 정보를 정리하러 갈게."

에이지가 밖으로 나가고, 이아나가 아르하드의 눈치를 살폈다.

"생각보다 쉽게 허락해 주셨군요."

"너와 네 능력을 믿으니까. 너 같은 사람을 이런 상황에서 안으로 싸고돌 수는 없지."

이아나는 구름 위로 붕 뜨는 듯한 기분을 느꼈다. 그가 이런 말을 해 줄 때마다 기분이 너무 좋았다.

"하지만 명심해."

아르하드가 이아나의 손을 붙잡고 손등에 키스하며, 그녀와 눈을 마주쳐 왔다.

"그럴 리 없겠지만, 네가 혹시라도 잘못되면 나도 다 터뜨리고 죽을 거다. 다치지도 말고, 연락도 바로 받아. 그러지 않으면 내 이성이 사라져서 무슨 짓을 저지를지 모르니까."

진심이 느껴지는 말에 이아나가 웃었다.

“······그러니까 같이 가자.”

이아나는 카니츠와 이스피의 방으로 찾아가 계획을 알렸다. 그들은 이야기를 듣자마자 깜짝 놀라며 우려를 표했다.

“어려울 겁니다. 일단 사람들이 아가씨의 말을 잘 들으려 하지 않을 거예요.”

바하무트는 텃세가 아주 강해서 그 지역에 아예 정착할 기세로 적응에 임하지 않으면 활동하기가 매우 어려웠다. 물건 하나 사고파는 것조차 힘들었다. 암흑가도 마찬가지였다.

“어차피 바로 지명수배자 신세가 될 테니 상관없어.”

정보는 카니츠와 요원들이 전해 줄 테니 군이 제국민들과 대화할 필요가 없다. 그리고 대화가 필요한 사람들은 먼저 찾아와서 말을 걸게 만들 테니 군이 노력하지 않아도 되었다.

“알겠습니다. 제가 모시겠습니다.”

그는 걱정을 뒤로하고 이아나의 뜻에 순종하기로 했다.

그는 이아나의 부관이다. 이아나가 원한다면 그 뒤를 조용히 따르며 등을 지키는 것이 그의 일이었다. 또, 자신이 이아나에게 도움이 될 수 있다는 사실이 기뻤다.

“이스피, 너는 이그나이츠에 남아 줬으면 좋겠다.”

“네?”

이스피가 무슨 소리냐는 듯 눈을 크게 떴다.

“바하무트로 돌아가면, 카니츠는 나를 도와 위험한 일들을 할 거다. 너희가 바하무트에서 살고자 노력할 때와는 상황이 달라.

물론 되도록이면 나 혼자 움직이면서 카니츠에게는 정보와 인맥 쪽만 도움받을 거지만, 일이 잘못돼서 카니츠의 정체가 발각되면 너와 에블린이 위험해질 수도 있어. 카니츠와 나는 어떻게든 몸을 빼낼 수 있지만 너와 에블린은 달라."

차마 짐이 될 거라고 말할 수는 없어 그리 말했지만 이스피는 알아들었다. 이아나가 한숨을 삼키고 계속 말을 이었다.

"그리고 에블린은 많이 건강해졌으니, 이제는 안정된 공간과 집중적인 보살핌이 필요해."

이아나가 침대에서 평화롭게 잠들어 있는 에블린을 흘끗 훔쳐보았다. 에블린은 정령들의 집중적인 치료를 받고 몹시 건강해졌다. 무리하지 않는다면 멀쩡하게 살아갈 수 있을 정도였다. 이제는 따뜻한 사랑으로 세상에 대해서 하나하나 가르쳐 줄 시기였다. 그런데 바하무트로 가면 에블린에게만 집중할 수 없다.

"너는 여기서 에블린을 키우며 우리를 기다려 줬으면 좋겠다."

이스피는 서운한 감정을 감추지 않았다.

"당신도 그렇게 생각해요?"

이스피가 카니츠를 돌아보며 묻자, 그는 진지한 표정으로 고개를 끄덕였다.

"당신을 위험하게 만들기 싫습니다. 여기에 있어 주십시오."

"아뇨."

이스피가 고개를 거세게 저었다.

"저는 당신의 아내예요. 만약 당신 혼자 바하무트로 귀환한다면 의심받겠죠. 우리는 사이가 좋기로 유명한 부부였으니까."

맞는 말인지 카니츠가 심각한 표정을 지었다.

"그리고 바하무트에서, 저만이 할 수 있는 일들이 있어요. 여자들만의 연결 고리가 있다고요. 카니츠, 바하무트에서 친하게 지내는 부인들 있어요?"

카니츠가 당황하더니 한 명도 없다고 대답했다.

"그렇죠. 당신은 저밖에 모르는 데다, 묵묵히 일만 하지 사교적이지는 않은 사람이니까."

이스피가 콧방귀를 뀌곤 이아나에게 단호하게 말했다.

"저도 아가씨에게 도움이 될 수 있어요. 함께 가고 싶어요."

"이스피, 네가 지금 최우선으로 여겨야 하고, 가장 잘할 수 있는 일은 에블린을 건강하게 잘 키우는 거다. 여기에 있어."

"저는 아이가 많은 것을 보고, 듣고, 경험하며 자라야 한다고 생각해요. 그런데 에블린과 저는 대부분의 시간을 방 안에만 있어야 해요. 전시라 분위기도 흉흉하고, 혹시라도 저를 아는 바하무트의 첩자에게 알려질 수도 있으니까요."

"……."

"또 저는 바하무트로 떠난 카니츠와 아가씨를 하루 종일 걱정만 하고 있을 거예요. 그런데 바하무트와의 전쟁이 언제 끝날지도 알 수 없어요. 이런 상황에서 제가 에블린을 잘 키울 수 있을까요? 아뇨. 불가능할 거예요. 차라리 함께 가는 게 나아요."

할 말이 없어진 이아나가 입을 다물었다.

"저는 하루빨리 전쟁이 끝났으면 좋겠어요. 그 시기를 앞당기기 위해 제 힘도 보태고 싶어요. 그리고 전 에블린의 엄마지만, 아가씨의 사람인 '이스피'기도 해요. 저는 아가씨와 함께 일하고 싶어요. 그게 절 위한 일이랍니다."

이아나는 이스피를 가만히 바라보았다. 그녀의 강한 의지가 전해져 마음을 움직였다.

"알았다. 그게 너의 뜻이라면."

예전 같았으면 강압적으로 명령했겠지만 사람의 의지는 무작정 짓누른다고 해서 꺾이지 않는다. 강제해 봤자 반발할 뿐이다.

무엇보다, 이아나는 이스피의 의사를 존중해 주고 싶었다. 그녀에게 도움이 되고 싶다는 카니츠와 이스피에게 이아나는 깊은 애정을 품고 있었다. 기특하고 사랑스러웠다.

걱정되지만, 믿는다. 이아나를 바하무트로 보내기로 결심한 아르하드의 마음이 지금 이아나의 마음과 같으리라.

"열심히 할게요!"

사랑하는 사람이 믿고 일을 맡겨 준다는 사실이 얼마나 행복하게 다가오는지를 누구보다 잘 아니, 이아나는 이스피의 환한 미소도 이해했다.

"무슨 일이 있어도 너희 가족은 내가 지켜 주마."

뜻을 존중하되, 지킬 것이다. 반드시 이그나이츠에서 행복한 여생을 보내게 할 것이다.

"이스피, 비상용으로 텔레포트 스크롤과 내 기운을 담은 스토리지를 가져가."

이그나이츠의 마도공학은 눈부신 발전을 이루었다.

'스크롤'은 마나가 함유된 종이, 마나지에 마법진을 새긴 제품으로 찢기만 하면 마법이 발동한다. 하지만 텔레포트는 아주 많은 양의 마나가 필요한 최상급 마법. 마나지의 마나만으로는 텔레포트 시전이 불가했다.

이 문제를 이그나이츠의 새로운 발명품, '스토리지'가 해결했다. 스토리지는 이그나이츠를 수호하는 융합진과 같은 기술을 쓴 특수한 수정으로, 공기 중에 떠돌아다니는 마나를 잡아당겨 저장할 수 있었다. 저장량에 한계가 있고 마모되면 교체해야 하는 비싼 소모품이지만, 마나석에 비하면 매우 경제적이었다.

스토리지에는 신력도 저장할 수 있었다. 최강의 신력인 이아나의 신력도 가능하다는 뜻이다. 스크롤은 마법사가 직접 시전할 때보다 강도가 약해서 파훼당하기 쉽다는 게 흠이었는데, 이아나의 신력으로 텔레포트를 펼치면 누구에게도 방해받지 않을 것이다.

신력의 강대한 느낌이 감지당할 수 있다는 게 문제였지만, 이는 아르하드가 해결했다. '봉인' 기술을 응용해 제작한 목걸이틀에 스토리지를 끼워 넣으면 신력의 느낌을 지울 수 있었다.

이아나는 주기적으로 신력을 저장한 스토리지들을 만들었다. 그리고 그 스토리지들로 지인들에게 도움이 될 방법들을 연구해 왔다. 목걸이와 스크롤의 조합이 그 방법 중 하나였다.

"두 사람, 잘 부탁한다."

이아나가 이스피와 카니츠의 손을 꼭 붙잡았다.

"네. 최선을 다해 아가씨를 돕겠습니다."

그들도 비장한 표정으로 굳게 다짐하며 이아나의 손을 맞잡았다. 이아나는 작게 웃고는 아공간에서 종이 한 장을 꺼냈다.

"카니츠, 이 목록에 있는 반제국 단체 중 아는 곳이 있나?"

카니츠는 종이를 받아 들고 눈으로 훑어 내렸다.

"몇 곳 있습니다. 아주 잘 아는 곳도 하나 있군요. '마론'. 간부를 소개해 드릴 수도 있습니다."

마론은 반제국 단체 중에서 규모는 작지만, 꽤 과격하게 활동하는 조직이었다. 하지만 카마트로스처럼 비밀 유지가 철저해서 알려진 정보가 거의 없었다.

"어떻게?"

"제가 바하무트에 정착할 때, 제 신분을 지워 깨끗하게 바하무트 국민으로 만들어 주신 분이 마론의 간부입니다."

"그가 너를 왜 도와준 거냐?"

"학술원 재학 시절 만났던 친한 선배입니다. 비교적 최근에 바하무트에 편입된, 북부의 망국 '에토닌'의 귀족 가문 출신이죠."

"학술원, 말이지."

"네. 바하무트에 학술원 동문들이 꽤 있습니다."

학술원에서는 신분을 정확히 확인하지 않기 때문에 바하무트 출신도 드문드문 있었다.

바하무트 출신이 아니지만 바하무트로 간 학술원 졸업생들도 있었다. 바하무트는 자타공인 세계 최강의 국가고, 카니츠가 황궁 고위 기사가 되었듯 힘만 있다면 신분 상승이 쉬운 편이니 큰 꿈을 품고 이주한 것이다.

"마론…… 일단 알겠다. 두 사람, 사흘 내로 떠날 준비를 마치도록."

"네!"

이아나는 아무 생각 없이 에이지의 사무실 문을 열었다.

"그러니까, 당신은 왜……."

에이지는 도르시아니와 테이블에 마주 앉아 대화를 나누고 있었다. 표정이 심각한 걸 보니 무거운 주제인 모양이었다.

이아나는 제 등장으로 대화를 멈춘 두 사람에게 말했다.

"자리 피해 줄까?"

"아니. 전하에 관한 얘기를 하던 중이었으니까 들어와. 에이지한테 얘기 들었어. 바하무트로 간다며?"

"맞아."

"카니츠랑 이스피는 당연히 갈 거고. 그럼 나도 따라갈래."

뜬금없는 결론이었다.

"당신은 왜?"

"용사 한 명, 검사 한 명, 보조 한 명이 있으니 마법사도 한 명 있어야지."

"무슨 헛소리야. 진짜 목적을 말해."

"전하를 따라다니면서 같이 일해 보고 싶어. 그게 여기 있는 것보다 더 재밌을 것 같아."

"그냥 날 연구하고 싶은 거겠지."

"들켰네. 어쨌든 나 엄청 유용할걸? 데려가 줘."

이아나는 고민했지만 아주 잠깐이었다. 마법사가 필요하긴 할 것 같았다. 그리고 도르시아니는 바하무트 제국에 대해 아주 잘 아는 사람이었다.

아무리 마법 연구에만 몰두했어도 거의 모든 시간을 바하무트에서 살아온 바하무트인이었다.

무엇보다 도르시아니는 이아나가 어떤 짓을 해도 함께할 수 있을 정도로 비도덕적이고 강심장인 사람이었다. 도둑질이나 강도짓도 아무렇지 않게 할.

악마의 파편을 소유하고 있을 때였다면 바하무트 황족에게 발각될 수도 있으니 불가했을 것이다.

하지만 지금 도르시아니는 실력만 아주 좋은 평범한 마법사였다.

"좋아."

"하아아아."

에이지가 옆에서 머리를 부여잡으며 한숨을 내쉬었다.

"이아나 양, 돌시는 바하무트에서 아주 유명한 마법사야. 돌시를 추종해서 마법의 기운만으로도 그녀라는 걸 알아채는 사람들이 부지기수라고. 조심해야 해."

"내가 바보니? 당연히 기운을 감출 거야."

"큰 마법을 쓸 때는 그게 안 되잖아요. 이아나 양, 주의해."

"알겠다."

"그리고 돌시, 절대 제멋대로 행동하지 마요. 이아나 양 말 잘 들으셔야 합니다."

"응. 난 전하 말은 잘 들으니까 걱정 마. 전하한테 미움받기 싫거든."

도르시아니가 생긋 웃었다.

이아나는 에이지, 아르하드와 머리를 맞대고 계획을 짜면서 분주하게 사흘을 보냈다.

출발 전날 밤엔 친한 지인에게 수련하느라 한동안 자신을 보지 못할 것이라 전하고 다녔다. 상승의 실마리를 찾기 위한 여정이기도 하니 거짓말은 아니었다.

그리고 오늘, 이아나는 성의 지하 방 문 앞에서 아르하드와 마주 보고 있었다. 이아나는 바하무트 내부 공략을 위해 떠나고, 아르하드는 이곳에 남아 전장을 지휘한다.

이별이었다.

"갈 시간이네요."

"……."

팔짱을 낀 그의 손가락이 팔을 툭툭 두드려 댔다. 기분이 어떤지 짐작할 만했다. 보내기로 결심했음에도 보내기 싫은 것이다. 지난밤에 이아나가 아주 뜨겁게 안아 주었음에도 말이다.

이아나는 몸 구석구석에 남은 흔적들을 떠올리고 살짝 더워졌다. 아직 여름이었지만 긴팔을 입을 수밖에 없었다.

"최대한 빨리 오도록 노력하겠습니다."

이아나가 아르하드에게 손을 내밀었다.

"악수는 싫어."

아르하드는 한숨을 쉬더니 그녀의 손을 붙잡아 당겨 품에 꼭 끌어안았다.

"몸 조심히 잘 다녀와."

"네."

작년부터 늘 함께 있었는데 한동안은 보지 못하게 생겼다. 하지만 더 기나긴 시간을 함께하기 위한, 어쩔 수 없는 이별이다.

이아나는 아쉬운 기분으로 품에서 천천히 벗어났다. 마지막으로 그녀는 발꿈치를 들어 올려 그의 입술에 살짝 키스했다.

"잘 지내고 계세요. 무슨 일 있으면 연락하시고요."

아르하드가 그녀의 손등에 키스하며 그러겠노라 중얼거렸다.

덜컥.

지하 방의 문을 열었다. 텔레포트 준비를 끝낸 도르시아니와 배웅 나온 에이지가 이아나를 기다리고 있었다.

카니츠와 이스피는 이그나이츠의 남서부로 먼저 떠났다.

카니츠는 타국을 드나들 일이 있으면 반드시 보고를 올려야 했다. 그들은 따뜻한 남부에서 휴양하겠다는 핑계로 바하무트 남동부 국경에서 출국한 다음부터는 별다른 출입국 기록을 남기지 않았다. 그러니 그쪽에서 입국해야 했다.

그래서 그들은 이그나이츠 남단의 소국에서 바하무트로 당당하게 입국하고, 이아나와 지명 수배자인 도르시아니는 텔레포트로 이동해서 특정 장소에서 만나기로 약속했다.

이아나가 아공간에서 가면을 꺼내며 도르시아니에게 말했다.

"가면 써."

"응."

도르시아니도 준비해 온 가면을 꺼내서 덮어썼다.

도르시아니는 거울을 꺼내 자신의 얼굴을 보았다. 얼굴이 화상 흉터로 가득 뒤덮인 여자 한 명이 거울 안에 있었다.

"재밌어. 감쪽같아. 마법을 쓰면 감추는 데 한계가 있는데……."

뭐가 그리 마음에 드는지는 알 수 없으나, 그녀가 제 얼굴에 심취하여 말했다.

"난 이제 루이즈야."

왜 가면 따위에 이름이 붙어 있는가 하면, 철저한 임무 수행을 위해 실제 존재하는 사람의 얼굴을 본떠 제작했기 때문이다.

루이즈는 화상 때문에 타인에게 기피당하다가 쓸쓸하게 죽어간 바하무트인이었다. 현재 바하무트에 머무르고 있는 정보원들 중 하나가 첩보용으로 쓸 만한 얼굴을 탐색하다가 다리 밑에서 죽어 있던 루이즈와 일기장을 발견했다고 했다.

"전하의 이름은 타라 스리온이고."

이아나의 얼굴은 타라 스리온이라는 바하무트의 귀족 출신 용병이었다.

타라는 콧잔등에 주근깨가 있는 사나운 용모의 여성이었다. 그녀는 이그나이츠의 수용소 지하에 포로로 붙잡혀 있다는 특징이 있다. 이그나이츠는 막대한 배상금을 받고 바하무트 용병들을 주기적으로 풀어 주곤 했으니 타라가 풀려나는 것도 이상하지 않다. 물론 진짜 타라는 계속 지하에 갇혀 있을 테지만.

타라와 루이즈의 신분 패는 이제 이아나와 도르시아니의 손에 있었다.

"그럼 가 볼까."

도르시아니가 허름한 나무 지팡이를 들어 올려 바닥을 쿵 찍었다. 발밑으로 마법진이 그려지며 환하게 빛났다.

"건투를 빌어. 이 전쟁, 빨리 끝내자."

에이지가 주먹을 꽉 쥐어 보였다. 고개를 끄덕인 이아나가 이번엔 아르하드를 바라보았다. 그가 손을 들었다. 이아나는 싱긋 웃으며 빛에 휩싸였다.

이아나가 눈을 떴을 때는 풍경이 완전히 바뀌어 있었다.

새카맣게 불탄 건물들이 즐비한 공간은 무척 조용하고 음산했다. 찌르르 우는 풀벌레 한 마리 없어 더욱 적막하고 을씨년스러웠다.

사람은 한 명도 없었다. 텔레포트한 지점이 몇 개월 전 바하무트 기사단에 의해 몰살당한 마을이었기 때문이다.

도르시아니가 나침반을 꺼내 방향과 좌표를 살폈다.

"약속 장소까지 걸어서 약 두 시간 정도 걸려."

"둘러보면서 천천히 걸어가면 약속 시간에 딱 맞겠군."

"난 체력이 약한데. 말을 탔으면 좋겠어."

"가다가 말이 보이면 그렇게 해. 없으면 이번 기회에 체력을 키우고."

몬스터라면 모를까, 평범한 짐승인 말이 길 가다 보일 리가 없다. 게다가 일부러 폐허를 골랐으니 말을 끌고 가는 사람이 있을 가능성도 적었다.

"타라 님이 업어 줘. 루이즈는 아주 약한 여성이야."

"그건 과거잖아. 무시무시한 마법사로 재탄생했으니까 걸어."

도르시아니의 불만을 일축한 이아나가 천천히 걷기 시작했다.

바하무트의 기후는 확실히 이그나이츠보다 서늘했고 햇볕도 덜했다. 여름인데도 이런데 겨울엔 얼마나 추울까? 왜 바하무트인들의 피부가 희게 질려 있는지 이해할 수 있었다.

"타라 님과 이렇게 단둘이서 오붓하게 시간을 보낼 수 있다니 행복해. 이 기회에 많이 얘기하자."

"내가 당신에게 해 줄 만한 얘기는 이미 다 했는데."

"사소한 이야기라도 괜찮아. 이 세상 모든 것이 진리에 닿아 있는 실마리이고, 당신은 그중에서도 진리에 가장 근접해 있어. 당신과 이야기를 나누다 보면 우연찮게 더 큰 깨달음을 얻을 수 있을 거야."

마법사의 사고방식은 정말 독특하다. 사소한 것에 집요한 구석이 있어서 오랜 시간 함께 있기에는 조금 피곤했다. 물론 그런 마법사들 덕분에 세상이 여기까지 발전한 것이겠지만.

"당신이 바하무트로 가는 건 오로지 분란 때문이야? 아니면 다른 이유도 있는 걸까?"

도르시아니는 곧장 중요한 질문을 해 왔다. 그녀가 질문하지 않았다면 이아나가 먼저 언급하지 않았을 주제였다. 이아나는 사소한 대화가 진리로 이어진다는 도르시아니의 말을 이해했다.

"있어. 다른 이유."

이아나는 솔직하게 대답했다.

"그게 뭔데?"

"난 바하무트 제국과 전쟁을 치르면서도 제국에 한 번도 가 본 적이 없다."

회귀 전에도 마찬가지였다.

"그 점을 반성했어. 그래서 이번 기회에 가 보려는 거야."

"바하무트 제국민을 제외하면 가 본 사람이 드물걸. 바하무트는 출입국 절차가 아주 엄격하니까 못 가 본 게 정상이야."

"평범한 사람은 그래도 되지만, 난 그러면 안 돼."

"왜? 직접 가지는 않아도 우리 유능한 정보 담당을 통해서 많은 것을 알 수 있잖아?"

"말로 듣고 종이로 보는 거로는 한계가 있어. 적을 잘 알고 있어야 전쟁에서도 이기는 법이다."

"그렇군. 이해했어. 하지만 그게 끝이야?"

도르시아니는 이아나의 심리를 끝까지 파고들려 했다. 이아나는 말해서 나쁠 건 없을 듯해 대답해 주기로 했다.

"내 성장이 정체되어 있다."

"정체?"

"그래. 벽에 가로막힌 것처럼 지금의 경지를 뚫고 나갈 수가 없어. 이건 나 혼자 골방에 틀어박혀 고민해서는 해결할 수 없는 문제 같아서 답을 내부가 아닌 외부에서 찾기로 했다. 바하무트로 온 것도 그래서야."

"옳은 선택이야. 세상은 유기적이고, 한 부분만 보고서는 답을 얻을 수 없는 문제들이 너무 많아. 사람 몸도 그래. 어딘가 아프면, 그 부위만이 아니라 몸 전체를 봐야 정확한 진단을 내릴 수 있거든. 하나만 죽어라 파다가도 막히면 주변을 한 번씩 둘러봐야 하는 이유지."

도르시아니가 이아나의 어깨에 손을 얹으며 말했다.

"질문에 대한 답을 얻지 못하는 이유는 딱 두 가지야. 아예 없거나, 존재하는데 알지 못하거나. 타라 님의 경우엔 전자는 아닌 것 같고……. 후자의 경우라면 답을 얻고자 절박해져 봐."

"지금도 충분히 절박해."

"과연 그럴까? '절박함'은 쉽게 느낄 수 있는 게 아니야. 예를 들어, 타라 님은 제발 살려 달라고 누군가의 발가락을 빨고 핥아 본 적 있어? 아니면 뭔가를 갖지 못한다면 차라리 죽는 게

낮다는 감정을 느껴 본 적 있어?"

있었나?

"없지?"

없다. 살면서 생을 애걸한 적도 없지만 죽고 싶다고 생각한 적도 없었다. 어렸을 적 애정을 갈구할 때조차도 죽고 싶다는 생각은 해 본 적이 없었다.

자신의 능력을 믿고 갈망했을 뿐이다. 왜 되지 않느냐며 분노했을 뿐이다. 절박해하기도 전에 스스로의 능력이 원하던 것을 쟁취하거나, 아예 포기하거나, 주변에서 이루어 주었다.

도르시아니의 말은 극단적이었지만 일리가 있었다. 하지만 어떻게 해야 절박해질 수 있는 걸까?

대화하다 보니 시간 가는 줄 모르고 걸었다. 하지만 풍경은 똑같기만 해서 지긋지긋했다.

바하무트는 황량하고 서늘하다.

놈들의 땅은 사념으로 흠뻑 젖어 있다. 영계에 몇 번이고 접해 영적인 부분에 예민해졌기 때문인지, 사악하고 불쾌한, 원통하고 비참한 느낌들이 촉감처럼 전해져 왔다. 아마도 이 땅에 살아가던 사람들의 원한이겠지⋯⋯. 카고마인을 불러낸다면 진저리 치며 이 땅 전체를 불태우고 싶어 할 것이다.

이아나는 지금 지나가고 있는 땅의 정보를 떠올렸다. 쿠라나트 자작의 자작령. 평범한 귀족이었지만 숙청된 대귀족에 선을 잘못 댔다가 함께 제거당했다.

그런데 대귀족이 억울하게 죽었다고 수군대는 귀족들이 꽤 있다고 했다. 반란을 도모할 사람은 절대 아니었다는 것이다. 욕심

내지 않고 주어진 땅만 잘 다스리고자 했던 귀족인데 제거되었다. 죽은 귀족들 중에는 그런 이가 적지 않았다.

이 때문에 귀족들 사이에서도 황실에 대한 공포가 넘실거린다고 했나. 멀쩡히 잘 살던 타국을 파괴하던 황실의 강함이 본인들에게도 똑같이 향할 수 있음을 깨달았으니 공포를 느끼는 게 당연했다.

'공포는 다른 말로 불신이지.'

이아나의 입장에서는 더할 나위 없이 좋은 기회였다.

"다 왔어."

저 멀리 카니츠와 이스피가 보였다. 혹시라도 들킬까 봐 걱정했는데, 무사히 와 있었다. 이아나는 한숨 돌렸다. 둘은 이아나가 인사를 하자마자 화들짝 놀랐다.

"오기 전에 얼굴을 봤는데도 놀랍습니다. 드워프의 기술은 정말 뛰어나군요."

"쉿."

여기서 이그나이츠에 관한 이야기는 금물이다. 카니츠가 고개를 끄덕였다.

"목적지는 '마론'입니까?"

"아뇨. 일단은 바하무트의 마을들을 좀 둘러보려고 합니다."

"아가씨에게 존대를 들으려니 영."

카니츠가 어설프게 입꼬리를 떨었다.

어쩔 수 없다. 그녀는 현재 남작의 셋째 딸인 타라. 황궁 제3기사단 '페르제누스'의 임명 귀족인 '카니츠 울터'에게 함부로 반말을 지껄일 수는 없는 노릇이다.

"익숙해지십시오."

"알겠습니다. 타라 씨, 가까운 마을로 모시죠."

이아나는 고개를 끄덕이곤 카니츠를 뒤따랐다.

걸은 지 얼마 되지 않아 이아나는 그 자리에서 바람처럼 사라졌다가, 번개처럼 뒤쪽으로 떨어졌다.

걷기 시작하자마자 뒤쪽에서 존재감이 아주 흐릿한 뭔가가 뒤따라오는 것을 눈치챘다. 그것이 등에 멘 가방을 낚아채 우악스레 들어 올린 이아나가 눈을 부릅떴다.

"너!"

"앗, 역시 언니 눈은 속일 수가 없네요. 닛시도 엄청 사뿐사뿐 걸었는데."

"냐……."

이아나의 손에는 가방을 멘 엘리가, 엘리의 발에는 품에서 떨어진 닛시가 대롱대롱 매달려 있었다.

"꺅!"

엘리의 가방을 놓은 이아나가 거칠게 호주머니를 뒤져 워프 스크롤을 꺼냈다.

"돌아가."

"워프 스크롤이라니!"

엘리가 고개를 세차게 저었다.

"안 돼요, 가다가 제 몸이 찢어지면 어떡해요."

"개량했으니 안 찢어져."

워프는 텔레포트와 게이트의 중간 개념이다.

두세 사람만 통과해도 마법이 사라지므로, 한 공간에 있는 다

수를 한 번에 이동시키는 텔레포트나 오랜 시간 이용 가능한 게이트보다는 쉽고 간편했다.

물론 위험한 공간 마법이니 안정성을 생각한다면 앞의 두 마법만큼 신경 써야 했다. 하지만 이아나는 워프 스크롤을 블랙폭시나 그룬데왈스 같은 극악무도한 범죄자들을 이동시킬 때만 썼기 때문에 그다지 신경 쓰지 않았었다.

이그나이츠에서 마법이 발전하면서 워프 마법도 개량되었기에 이제는 더더욱 신경 쓸 필요가 없었다. 그래도 엘리의 말을 들으니 찜찜하긴 했다.

"루이즈, 보조해."

"네, 네."

도르시아니가 있으니 그 찜찜함은 금세 증발해 버렸다.

찌이이익.

이아나가 스크롤을 반쯤 찢자 눈앞의 공간에 마법진이 그려지기 시작했다.

"잠깐!"

엘리가 기겁하며 이아나의 허리에 매달렸다.

"잠깐만요! 정말 돌려보내지 마세요!"

"냐!"

닛시도 진정하라는 듯 이아나의 다리에 머리를 비볐다. 이아나는 스크롤을 내렸다. 아이의 철없음에 화가 났지만, 일단 사태부터 파악해야겠다 싶었다.

"너, 어떻게 여기까지 온 거야."

"아주머니랑 아저씨를 따라서……."

엘리가 카니츠와 이스피의 눈치를 보았다. 이스피의 눈이 솔방울만큼 커졌다.

"며칠 내내 우릴 따라왔다고? 식사는? 잠은?"

"식사는 챙겨 온 간식을 먹거나 식당에서 해결했고, 잠도 지붕만 있으면 적당히 잘 잤어요."

"세상에."

그 오랜 시간 동안 어린아이 한 명과 고양이 한 마리가 몰래 따라왔다니.

이스피와 카니츠가 지나친 곳 중에는 험한 길도 적지 않았다. 워낙 세상이 흉흉하다 보니 무기를 쥔 강도들도 몇 번 만났다. 엘리와 닛시의 고난을 상상한 이스피의 눈가가 촉촉해졌다.

반면 카니츠는 아이의 미행을 전혀 깨닫지 못했다는 실책에 몹시 당황하여 낯빛이 새파래졌다.

"미행당하는 걸 전혀 알지 못했습니다."

이그나이츠의 수도 세마스티어를 떠나 남서부로 오고, 바하무트의 국경을 넘어, 이곳에 이르러 이아나가 엘리를 잡아낼 때까지 정말 아무것도 느끼지 못했다. 카니츠는 귀신에 홀린 듯했다.

카니츠의 표정이 딱딱해졌다.

"제 감각에 문제가 생긴 것 같습니다. 목적지의 여관에 도착하자마자 제 상태를 살펴보겠습니다. 이대로라면 타라 씨에게 짐만 될 겁니다."

"아뇨. 당신의 잘못이 아닙니다. 이 애들이 특이한 거죠."

이아나도 출발하려고 몸을 움직인 후에야 엘리와 닛시의 존재를 알아챘다. 사방을 경계하고 있지 않았다면 이아나 역시 그들의 기적을 놓쳤을지 모른다.

"울터 경을 따라온 거면 바하무트의 삼엄한 국경도 통과한 겁니다. 엘리, 어떻게 국경을 통과했니."

"그냥 들어가도 모르던데요."

이건 뭐 투명 인간급이다.

"현재 국경 수비는 황궁 제4 기사단인 시리니나이 소속 기사들이 돌아가면서 맡습니다. 그들의 실력이 만만찮은데……. 그냥 통과했다니 정말 대단하군요."

카니츠는 그제야 안심했다.

"엘리, 이 아이, 타라 씨와 같은 부류입니까?"

카니츠는 엘리의 재능을 의심하지 않았다. 이아나의 비상식적인 재능을 가장 가까이에서 봐 온 그였기에, 그런 아이가 또 있구나 싶어 그저 순수하게 감탄했다.

"재능도 재능인데, 비밀이 많지."

그리 중얼거린 이아나가 딴청을 피우는 엘리의 손목을 잡았다.

"엘리, 왜 미행까지 해 가며 따라왔지?"

'어떻게'는 알았으니 이제 '왜'를 들을 차례다.

"저도 바하무트를 구경하고 싶어서요."

"우리가 바하무트로 가는 건 어떻게 알고?"

철없는 소리는 둘째 치고 이게 궁금했다. 이아나의 바하무트 행은 아르하드와 에이지, 그리고 여기 있는 사람들만 알았다. 다른 사람들에게는 수련 때문에 한동안 보지 못할 것이라고 작별을 고했다. 그 사람들에는 엘리도 포함되었다.

"그건……. 우연히 저 두 분이 이야기하시는 걸 들었어요."

카니츠와 이스피가 깜짝 놀랐다.

"우린 네가 있을 때 얘기한 적이 없는데?"

성에 있을 때, 이아나는 카니츠와 이스피에게 핀과 엘리를 소개해 줬었다. 이아나는 선량한 아이들이 에블린과 친구가 되어 줬으면 했다.

엘리와 핀은 어린 에블린을 친동생처럼 보살폈다. 에블린의 양손을 붙잡고 걸음마를 가르쳐 주는 사랑스러운 모습을 목격할 때마다 얼마나 흐뭇했는지 모른다.

카니츠와 이스피도 에블린을 아껴 주는 그들에게 친자식 대하듯 잘해 주었다. 편하게 대화를 나누고 가끔은 식사까지 함께하는 사이로 발전했다. 하지만 친근하다고 해서 아이들을 앞에 두고 기밀까지 이야기하지는 않았다.

분명 이번 임무에 관한 내용들은 둘만 있는 장소에서 아주 조심스럽게 이야기했다. 심지어 에블린도 곁에 두지 않았다. 그렇기에 엘리가 대체 언제, 어디서 들었는지 짐작도 가지 않았다.

그들이 혼란스러워하자 이아나가 단호하게 결론을 내렸다.

"몰래 들었겠지."

"몰래가 아니라 지나가다가 우연히!"

"죄송합니다. 기밀을 누출한 것이나 다름없군요."

카니츠가 참담함에 얼굴을 붉히며 사죄했다. 이스피도 황당함을 감추지 못했다.

"돌아가."

이아나가 스크롤을 확 찢었다. 앞에 전신 거울만 한 타원형 공간이 일그러져 일렁거리기 시작했다.

엘리가 이아나의 허리를 꼬옥 끌어안았다.

"언니이, 저도 바하무트에 가 보고 싶어요."

"놀러 가는 게 아니야. 이렇게 어리광 피우면 곤란해."

이아나가 정색하자 엘리가 냉큼 떨어져 나가더니 주먹을 꽉 쥐고 흔들었다.

"언니, 저 분명 도움이 될 거예요. 저, 사람들 호감 사는 데는 자신 있거든요. 웬만하면 전부 다 무장 해제라고요!"

엘리는 자신의 친화력을 기세등등하게 강조하며 앞에서 얼쩡거리던 넛시를 들어 올렸다.

"넛시는 귀엽고 깜찍한 외모로 승부하고요!"

"냥!"

넛시의 하얀 솜뭉치 같은 발이 허공에서 달랑거렸다. 이아나가 하얗고 말랑한 그것을 보며 한숨을 쉬었다.

"내가 여기서 뭘 하려고 하는지는 알아?"

"네! 내란을 일으키려고……."

엘리는 곧장 핵심을 찔러 왔다.

"입조심해."

이아나가 경고하자 엘리가 제 입을 콱 틀어막았다.

영특한 엘리는 내란을 일으킨다는 게 어떤 행위고, 얼마나 위험한지도 정확히 알고 있는 모양이었다.

"너, 정말로 바하무트에 가 보고 싶어서 따라왔어?"

"네! 옛날부터 대제국 바하무트에 관심이 많았어요."

엘리가 이아나에게 바짝 붙어 속닥거렸다.

"그리고 바하무트는 미래에 우리 땅이 될 거잖아요? 전 커서 이그나이츠의 관리가 될 테니, 바하무트 사람들과 그들이 살아가는 땅에 대해 미리 알아 두고 싶어요. 직접요."

엘리는 촉망받는 인재였다. 미래에 이그나이츠에서 중책을 맡을 것임은 틀림없었다. 엘리 본인도 늘 이그나이츠에서 중요한 일을 하고 싶다고 말해 왔다. 이유는 나름 그럴싸했다.

하지만 이아나는 '라오스'와 관련 있는 엘리와 닛시가 떼를 쓰면서까지 따라오려는 이유가 따로 있을 것 같다는 생각이 들었다. 그래서 정말 데려가야 하나, 고민하기 시작할 때였다.

"받아 주지 그래?"

도르시아니가 데려가는 쪽에 무게를 더했다.

"바하무트인들이 아무리 정이 없다지만 아이에게 조금 약하긴 하니 나름 도움이 될걸. 특히 신기한 느낌을 풍기는 이 소녀는."

말로는 도움이 될 거라며 설득하고 있지만, 사실은 본인의 호기심 때문이리라. 늘 반쯤 죽어 있는 푸른 눈동자가 빛으로 반짝거리니 눈치채지 않을 수가 없었다.

"귀여워라."

슥슥.

도르시아니가 보기 드문 미소를 지으며 엘리의 부드러운 갈색 머리를 쓰다듬었다. 아이가 귀여워서라기보다는 희귀한 실험 재료를 사랑스러워하는 것에 가까웠다. 엘리는 그것을 아는지 모르는지 순진한 표정으로 도르시아니에게 마주 웃어 주었다.

"함께 가려면 얼굴을 가려야 해. 엘리도 꽤나 유명한 아이니까. 하지만 아이용 가죽 마스크는 없어."

"그럴 줄 알고 첸델프 아저씨한테 부탁해서 받아 왔죠!"

엘리가 신이 나서 메고 있던 가방에서 이아나가 지금 쓴 가면 보다 작은 것을 꺼내 들었다. 아주 철저한 준비였다.

인간들에게 인기 만점인 엘리는 이종족들에게도 사랑받았다. 당연히 첸델프의 마음도 훔쳐 가 버렸다.

엘리가 가면을 확 덮어쓰고 제 뺨을 주물럭거렸다.

"저는 착해 보이는 제 평범한 외모가 사람들에게 호감을 준다는 걸 알아요. 그래서 저랑 비슷한 느낌인데 생김새만 약간 바꿨어요."

확실히 완성된 얼굴은 엘리와 다르면서도 미묘하게 비슷했다.

"그 얼굴의 이름은?"

"실존 인물을 본뜬 게 아니라 만들어 낸 얼굴이라서 없어요. 없어도 상관없지 않을까요? 바하무트에는 전쟁고아들이 많다고 들었어요. 너무 많아서 사람들이 이름을 제대로 기억해 주지도 않는대요."

이아나가 카니츠를 바라보자 그가 고개를 끄덕였다.

"사실입니다. 바하무트는 타국과 시도 때도 없이 전쟁을 벌이지요. 늘 승리하지만 사상자가 많은 편이라 홀로 남겨지는 아이들이 적지 않습니다."

"국가 차원에서 그런 아이들을 보살피지 않습니까?"

"바하무트는 자력생존이 원칙이고, 원칙은 나이를 가리지 않습니다. 그래서 아이들도 보통 자기들끼리 뭉쳐 일을 구하러 다닙니다. 그러다가 이름을 바꿔서 죽은 것처럼 위장하고, 제도권에서 아예 벗어나는 아이들이 많습니다."

바하무트에는 서류상으로 존재하지 않는 사람들이 꽤 있었다.

제국민으로 등록되어 있으면 막대한 세금을 내야 하기 때문에 선택한 길이었다. 편의 시설을 전혀 누리지 못하고 음지에서만 살아가야 하지만 그런 삶이 더 낫다고 생각하는 사람들도 있다고 카니츠는 덧붙였다.

"그런 사람들은 갑자기 사라져도 모르겠군요."

"예. 주변 사람은 그 사람이 사라진 걸 알겠지만 실종 신고도 할 수 없습니다."

블랙폭시의 페인은 죄인들뿐만 아니라 그런 이들까지 데려다가 라이프를 만드는 게 분명했다.

"이야기를 듣고 있으니 바하무트 제국민들이 국가에 절대적으로 충성한다는 사실이 신기하게 느껴집니다. 공포 때문일까요."

"공포가 큰 이유긴 할 겁니다. 하지만 그보다 더 큰 이유가 있습니다."

"뭐죠?"

"바로 '국가관'입니다."

바하무트는 철저하게 약육강식 체제를 따르고 있다. 강하면 살아남고 약하면 죽는다. 강자가 약자를 짓밟고 약자는 강자에게 짓밟히는 것이 지극히 당연하다. 이것이 바하무트의 정의이자 국가 이념이었다.

"바하무트 제국민들은 불만스럽더라도 곧 체념합니다. 불만을 가져도 약하니까 할 수 있는 게 없다고 생각하기 때문입니다."

이아나는 카니츠의 말을 들으며 계획을 상기했다.

처음에는 체념한 사람들의 불만을 표면으로 끌어올리기가 쉽지 않을 것이다. 하지만 누군가가 앞장서서 열심히 설쳐 대고,

그가 매우 강해 보이면 다른 사람들도 결국 눈치를 보다가 따라 일어날 것이다. 그게 인간의 습성이었다.

"언니이!"

엘리가 이아나의 허리에 매달렸다.

"저 정말 같이 가고 싶어요. 네?"

이아나는 결국 결정을 내렸다.

"그래. 말 잘 들어야 한다."

"신난다!"

엘리가 활짝 웃었다.

"네 이름은 뭐로 할까."

"저요? 음…….. 그냥 리엘이라고 불러 주세요."

엘리는 의외로 시시한 이름을 지었다. 자기 이름을 거꾸로 한 게 전부였다. 보통, 아이는 자기를 새롭게 표현할 뭔가를 정한다고 하면 열심히 고민하다가 거창한 결과물을 내놓지 않던가?

하지만 엘리는 그런 것에 낭만이 전혀 없어 보였다. 사소한 것에 연연하지 않는 노인처럼 말이다.

그때, 그들의 곁으로 하얀 나비가 팔랑거리며 지나갔다. 이아나는 무심결에 나비가 날아가는 길을 시선으로 따라갔다.

하얀 나비는 엘리가 꽃이라도 되는 것처럼 주변을 뱅글뱅글 돌았다. 그러다가 꿀을 발견한 듯 엘리의 손가락 위에 앉았다.

엘리는 나비의 날개에 코를 가져다 댔다가 손을 떨쳐 나비를 하늘로 날려 보냈다.

"닛시, 너는 팔랑거리는 게 비슷하니까 나비라고 하자."

엘리는 닛시의 새 이름도 대충 지어 주었다. 닛시는 별 불만이 없는 듯 길게 냐, 하고 울었다.

이아나는 일련의 과정에 묘한 기분이 들었다.

공기 중에 흐르는 자연의 신력은 망가진 땅을 복구하는 원천이다. 폐허에도 시간이 흐르면 싹이 돋아나고 죽음의 기운에 잠시 자리를 피했던 곤충들도 풀숲으로 모여든다.

오면서 단 한 번도 본 적 없었던 나비.

풍경에 자연스럽게 녹아드는 엘리.

엘리보다는 닛시가 좀 더 라오스와 밀접하게 관련 있을 거라고 생각했다. 그런데 방금 전의 광경으로 생각이 조금 바뀌었다.

'관련이라……'

이아나는 예전에 엘리와 나누었던 대화를 떠올렸다.

"너 혹시, '라오스 신'을 만난 적 있니?"

"아뇨."

"아니면 성물에서 신의 힘을 받은 적 있니?"

"그런 적 없어요."

"그럼 라오스 신과 전혀 관련 없어?"

"아마도?"

아마도.

이아나는 닛시를 옆구리에 끼는 엘리를 가만히 지켜보았다. 그러다 엘리의 순수한 눈망울이 저를 향하자 고개를 돌렸다.

"가자."

이아나는 본격적으로 일을 꾸미기 전에 주요 대도시들과 중소 도시들을 둘러보며 분위기를 살피기로 했다.

약속 장소에서 그리 멀지 않은 곳에 작은 마을이 있었다. 카니츠는 일행을 그곳으로 안내했다.

마을이 보이기 시작했다.

굵은 나무들을 엮은 방벽에 둘러싸인 마을이었다. 방벽의 윗부분은 하늘을 찌를 듯 날카롭게 깎여 있었다. 방벽 안으로 들어가는 입구에는 눈을 부라리며 경계를 서는 경비병들이 보였다. 작은 마을인데도 방벽이 과하게 두껍고 경계가 삼엄했다.

"바하무트에도 몬스터가 많습니까?"

이아나가 묻자 카니츠가 이아나의 시선이 닿는 곳을 확인하고는 고개를 끄덕였다.

"많긴 합니다. 하지만 방벽은 몬스터가 아니라 사람을 막기 위한 것입니다."

"사람이라."

"바하무트에서는 마을 간 전쟁이 빈번하게 발생하니까요."

패배한 마을은 보통 승리한 마을에 흡수된다. 마을의 지배자는 그렇게 해서 힘을 키워 나갔다. 일정 넓이의 땅을 다스리게 되면 수도에서 귀족 작위를 받거나 지금보다 더 높은 지위로 오를 수 있었다.

"땅이 아닌 약탈을 목적으로 침략하는 경우도 많고요."

이아나는 바하무트의 역사와 주요 정책을 떠올리며 수긍했다.

먼 옛날, 곡식과 과일이 주렁주렁 나는 남부와 달리 북부는 춥고 척박하여 식량 자원이 부족했다.

물은 풍부하지만 햇빛이 잘 들지 않고 땅에 영양이 없으니 농사를 지을 수 없었다. 광활한 바다와 접해 있었지만 위험한 먼 바다까지 나가지 않으면 물고기를 잡기 어려웠다.

가축을 길러 겨우 생계를 유지했지만, 왜인지 번식을 잘 하지 못하는 탓에 북부 주민들은 늘 굶주려야만 했다.

북부의 유일한 장점은 광물 자원이 풍부하다는 거였다. 북부 주민들은 이 광물들로 강력한 무기를 만들고 뛰어난 전투 기술을 창안하여 서로의 것을 빼앗고 남부 국가의 식량을 약탈하며 이 황폐한 땅에서 생존해 왔다. 해서 남부에서는 미술이나 조각술 등 각양각색의 예술적인 문화들이, 북부에서는 축성술이나 대장장이술 등 전투적인 문화들이 발전했다.

그런 전투적인 북부인들을 통합하여 세운 나라가 바로 바하무트였다.

바하무트는 내부의 경쟁을 외부의 전쟁으로 돌렸다. 그 결과 외국에서 빼앗아 온 막대한 식량은 공적 순으로 각 마을에 차등하여 배급했다.

여기서 공적 순이란 첫째, 각 대대별로 전쟁에서 세운 공적의 양을 점수로 매겨 소속 병사들에게 부여하고 둘째, 군대 전체에서 같은 마을 출신인 병사들의 점수를 합산한 다음 셋째, 이 점수로 마을의 순위를 매긴 것이다.

즉, 강한 병사들을 많이 배출할수록 마을 전체가 배부르게 살 수 있었다. 이에 바하무트는 마을 단위로 똘똘 뭉치면서도 내부에서는 강자 우대 약자 천시의 경조가 매우 심했다. 약자는 강자에 빌붙어 빌어먹는 기생생물 취급받는다고 해야 하나.

하여튼 공적 순으로 약탈한 전리품을 차등 배급하니 식량을 많이 얻은 마을이 있다면 적게 얻은 마을도 있었다. 그리고 식량을 충분히 얻지 못한 마을들은 다른 마을을 공격했다.

이미 몸에 익은 약탈의 관습은 사라지지 않았고, 바하무트는 북부인들의 습성을 그대로 수용했다. 그런 행위들을 통제하기는 커녕 용인하여 너무 무질서하지 않도록 규칙만 정했다.

"바하무트에서는 관련 세금만 제대로 낸다면 무통보 전쟁-다른 마을을 약탈하는 것도 적법한 생계수단으로 인정합니다. 기습해서 식량을 빼앗거나 노예를 얻어 오는 게 흔한 일이죠. 그래서 작은 마을이더라도 저런 방비가 일상적입니다."

"바하무트가 제재하지는 않습니까?"

"제국의 법은 전쟁을 막기는커녕 권장하죠. 무조건 강자 생존입니다."

카니츠는 누가 전쟁으로 큰 세력을 일구더라도 바하무트 황실이 크게 관심을 가지지 않는다고 말했다. 세력이 커지면 세금을 높일 뿐 통치에는 크게 관여하지 않고 방치했다.

누가 헛꿈을 품고 반란을 일으킨다 해도 제압할 자신이 있기 때문에, 그리고 그런 이들을 짓뭉개는 걸 즐기기 때문이었다.

"그런데 이번에는 황실이 먼저 나서서 귀족들을 숙청했으니, 아마 어떤 마을이든 분위기가 경직되어 있을 겁니다."

마을이 점점 가까워졌다. 이아나 일행을 발견한 경비병들이 창을 그들 쪽으로 겨누며 외쳤다.

"멈추십시오!"

그들은 이이나 일행을 의심스럽게 바라보았다.

"신분을 밝히십시오."

인근 영지가 반란죄로 몰려 완전히 망한 탓에, 이 근방 모든 마을이 요주의 지역으로 찍혔다. 외지인들의 발길도 드물어졌다.

그런 와중에 마을 입구에 나타난 건장한 남자와 그 일행은 극도의 경계심을 불러일으켰다.

카니츠가 품에서 패를 꺼내 들었다.

"황궁 제3 기사단 페르제누스의 카니츠 울터다."

"헉!"

경비병들의 얼굴이 새파래졌다가 이내 하애졌다.

"어서 오십시오!"

경비병들이 빳빳하게 굳은 몸으로 경례했다. 계급이 가장 높은 자가 조심스럽게 말을 붙여 왔다.

"기사님, 여기는 어쩐 일로 오셨습니까?"

"나는 현재 휴가 중으로, 친지들과 여행하고 있다. 잠시 쉬면서 마을을 둘러보기만 하고 떠날 것이다. 내 신분은 마을에 알리지 마라."

"기사님, 저희 영지는 아무 문제도 없습니다. 정말입니다."

경비병이 겁먹은 목소리로 말했다.

"한 번 더 말한다. 시찰이 아니라 휴식이 목적이다. 조용히 있다가 갈 테니 두 번 말하게 하지 마라."

"예, 예……."

경비병들은 불안한 표정으로 카니츠 뒤쪽에 서 있는 일행을 살폈다. 소녀와 아기, 그리고 동물 한 마리를 보고 안심했는지 하얗게 질렸던 안색이 조금 돌아왔다.

"촌장님에게는 알려도 되겠습니까?"

"그러도록."

끼이이익.

굳게 닫혀 있던 문이 열리고, 이아나 일행은 안으로 들어섰다. 그 즉시 마을 주민들의 관심을 한 몸에 받았다.

"문이 열렸어."

"누구야?"

주민들은 그들을 경계하며 흘끔거렸지만 검문을 별문제 없이 통과했기 때문에 강한 적개심을 내비치지는 않았다.

"루이즈, 이스피와 엘리를 데리고 여관에 가서 쉬고 있어. 문제 일으키지는 말고."

"알았어."

"저는 나비 데리고 언니 따라갈래요."

엘리는 체력이 남아도는지 발랄한 표정으로 그리 외쳤다.

"그렇게 해."

도르시아니와 이스피를 보내고, 이아나와 카니츠는 마을을 천천히 둘러보았다. 엘리도 호기심 가득한 표정으로 이리저리 쳐다보았다. 어느 정도 구경한 후, 엘리가 평가를 내렸다.

"재미없는 마을이네요."

엘리의 말대로였다. 아이의 언어로 표현하면 재미없고, 객관적으로 표현하자면 매우 섬뜩한 마을이었다.

곳곳에서 풍기는 음식 냄새와 굴뚝에서 연기가 퐁퐁 솟는 풍경만 생각하면 평범한 마을이라고도 할 수 있을 것이다.

하지만 그 외에는 평범하지 않았다.

여기저기서 '바하무트 만세!', '필승!', '세계 제패!', '이그나이츠 척살!', '로안느 필멸!' 등등의 문장이 거칠게 휘갈겨진 깃발들이 바람에 펄럭거렸다. 개중에는 바하무트 제국을 상징하는 날개 달린 뱀들이 그려진 거대한 깃발들도 있었다.

스걱! 스걱!

길거리에 아무렇게나 앉은 사람들이 숫돌에 섬뜩한 빛으로 반들거리는 무기들을 갈고 있었다.

"이야아아아아!"

사람들은 남녀노소 할 것 없이 우렁찬 기합을 뱉으며 훈련인지 놀이인지 모를 싸움을 벌이고 있었다.

그림을 그린다거나, 정원을 가꾼다거나, 과일을 판다거나, 일상적인 일을 하는 사람들은 보이지 않았다.

이아나가 카니츠에게 조용히 물었다.

"평범한 마을은 아니겠지요?"

"바하무트에서는 평범한 마을입니다."

처음으로 접한 바하무트 마을은 이아나의 상상 이상이었다.

"저기! 울터…… 씨!"

뒤쪽에서 누군가가 숨넘어가듯 카니츠를 불렀다.

뒤를 돌아보니 중년 남성이 숨 가쁘게 달려오고 있었다.

멈춰 서서 기다려 줬더니 더욱 빠르게 뛰어온 남성이 숨도 고르지 않고 허리를 꾸벅꾸벅 숙여 댔다.

"저희 마을에 오신 것을 환영합니다. 저는 촌장입니다. 울터

씨, 신분을 밝히지 않기 위해 무례한 호칭으로 부르는 것을 용서해 주십시오."

"신경 쓰지 않는다."

카니츠가 무뚝뚝하게 말하자, 촌장이 그의 눈치를 보더니 갑자기 열변을 토하기 시작했다.

"울터 씨, 저희 마을은 테일런 헬칸 바하무트 폐하께 절대적인 충성을 바치고 있습니다. 폐하께서 부르신다면 언제든 달려가기 위해 열심히 훈련 중입니다."

"폐하께서는 징집령을 내리지 않는다."

"무, 물론이지요! 제 말은, 혹시라도 화살받이가 필요해서 부르신다면 맨몸으로 달려간다는 얘기였습니다. 바하무트 제국 만세! 황제 폐하 만세!"

촌장은 충성심과 애국심을 열렬하게 표현했다. 눈이 팽팽 도는 걸 보니 긴장해서 자기가 지금 무슨 말을 하고 있는지도 모르는 것 같았다. 황궁 기사가 감찰 나왔다고 생각하는 것이 눈에 빤히 보였다.

"그만……."

카니츠가 뭐라고 하려는데 이아나가 그를 붙잡아 저지한 후 촌장에게 물었다.

"촌장님, 이그나이츠에 대해 어떻게 생각합니까?"

"아이고, 천하에 둘도 없는 개자식들이죠."

이아나의 질문이 시험이라고 생각한 촌장이 욕을 쏟아 내기 시작했다.

"거기 국왕이 고귀한 바하무트 황실의 피를 훔쳐 간 여자의

자식이라면서요? 어미의 잘못을 용서해 달라 빌며 자결해도 모
자랄 판에 가암히 새 나라를 세워서 바하무트에 칼을 겨누다니,
이런 쳐 죽일! 게다가 주제도 모르고 우리나라에 이를 바득바득
가는 놈들만 모았다지요? 그놈들은 바하무트 국민이라면 일단
죽이고 본다고 했습니다. 우리가 당하지 않으려면 그놈들을 먼
저 죽여야 합니다!"

그 후로도 촌장은 이그나이츠에 대해 욕을 해 댔다. 카니츠가
저도 모르게 이아나의 눈치를 살필 정도였다.

"뭐, 거기에 검은 바람인가 라이즈인가 뭐시깽이인가 하는 아
주 강한 여자가 있다고 하는데 말입니다. 우리 폐하께서 나서시
면 한 줌도 되지 않는 계집이 건방지게…….

이아나는 촌장의 욕을 들으면서 천천히 고개를 끄덕였다. 별
동요 없는 척했지만 속으로는 분노가 스멀스멀 치밀었다. 요원
들이 수집해 온 정보를 통해 바하무트에 어떤 소문이 퍼지고 있
는지는 알고 있었지만 실제로 들으니 기분이 매우 나빴다.

"아무튼 개놈들입니다……. 헉헉."

"그렇군요. 알겠습니다."

촌장이 숨을 거칠게 내쉬며 눈치를 보자 이아나가 끝을 맺어
주었다. 위기를 넘겼다고 생각한 촌장의 얼굴에 환한 미소가 떠
올랐다.

"그런데, 정말로 저희 마을에는 어쩐 일로…….

"입구에서 말했듯이, 나는 친지들과 함께 여행 중이다."

카니츠가 얼른 나섰다.

"이 마을에는 잠시 휴식하기 위해 들렀을 뿐이다. 그리고."

카니츠가 손을 내밀자 촌장이 얼른 자기 손을 내밀었다.

짤랑.

촌장의 손바닥 위로 금화 몇 닢이 떨어져 내렸다.

"마차를 수배해 와라. 마부는 필요 없다."

"예, 예. 그런데 기사님께서 말을 모실 생각입니까? 저희 마을에 말을 잘 모는 노예들이 있습니다. 그놈들을 데려다가……."

카니츠가 말없이 그를 쳐다보자, 무언의 압박감을 느낀 촌장이 기겁했다.

"아닙니다. 그러겠습니다. 좋은 말들과 최고급 마차를 마을 입구에 대기시켜 놓을 테니 편히 쉬다 가십시오."

촌장은 카니츠에게 직각으로 몸을 굽혀 인사하고는 흘끔거리며 떠나갔다.

이아나는 카니츠를 새삼스럽다는 듯 바라보았다.

"왜 그렇게 보십니까."

카니츠가 민망한 표정으로 거칠한 턱을 긁적거렸다.

"바하무트에서는 황궁 기사의 권위가 남다른 모양이군요."

"제국민들이 황실 다음으로 두려워하는 이들이 황궁 기사들입니다. 귀족보다 더 무서워하죠. 황족의 명을 받들어 멀쩡한 영지도 순식간에 폐허로 만들어 버리니까요. 처음에 보셨던 거대한 폐허도 황궁 기사단 중 하나의 작품일 겁니다. 그래서 경비병들과 촌장도 저를 괴물처럼 바라봤던 거겠죠."

이아나는 그제야 카니츠를 바라보던 겁에 질린 눈동자들을 제대로 이해할 수 있었다.

"실망하셨습니까?"

카니츠가 머쓱해하며 물었다.

"뭘요?"

"저도 황궁 기사단에 들어가 그런 짓을 적잖게 했습니다. 아무래도 이그나이츠의 정의와는 어긋나지 않습니까."

강자의 명에 따라 약자를 무작정 짓밟아 버린 행위는 이그나이츠의 지향점과 다르긴 했다.

하지만 그것이 바하무트의 정의였고, 그 당시 카니츠가 저질렀던 일들은 바하무트 내에서는 당연한 일이었다. 이그나이츠의 사람이 되려 하니 부끄러운 과거가 되는 것이다.

"양심의 가책과는 별개로 그런 파괴적인 행위가 익숙해진 지 오래였는데 건국식을 본 후부터는 걱정이 돼서 가끔 잠을 설치곤 합니다. 저는 아가씨를 실망시켜 드리기 싫습니다. 저는 앞으로 어떻게 해야 하겠습니까."

이아나는 심장이 쥐가 난 것처럼 저려 왔다. 카니츠는 이아나의 말 한마디만 믿고 바하무트로 와서 그런 일들을 했다. 이아나는 무거운 책임감을 느끼고 있었다.

"반성하고 변하려고 노력하는 수밖에요. 당신도, 나도."

"아가씨는 왜입니까?"

"일단 당신을 이곳에 오게 만든 건 저고."

"왜 그런 생각을? 아가씨를 탓할 의도는 아니었습니다!"

카니츠가 화들짝 놀라 손을 내젓자 이아나는 작게 웃었다가 고개를 저었다.

"당신 때문만이 아니라, 저도 예전엔 강자가 약자를 짓밟는 것은 당연하다고 생각했으니까요."

이아나는 회귀 전을 떠올렸다. 누구와도 어울리지 못했기에 그저 강함만을 추구했고, 약함을 경멸했던 과거를.

약하면 당할 수밖에 없다고 생각했다. 그게 싫다면 끊임없이 노력해서 강해져야 한다고 여겼다. 방해가 된다면 가족이든 친구든, 누구든 모조리 치워야 했다.

출신 같은 선천적인 부분을 핑계로 대는 건 변명이라고, 인생은 혼자 사는 것이니 뒤처진다면 이유를 막론하고 무조건 자기 책임이라고 생각했다. 과거, 이아나의 가치관은 바하무트와 더 비슷했다.

"저는 변했을 뿐입니다."

하지만 아르하드와 친구들을 만나면서 변했다.

이아나는 이제 예전처럼 살고 싶지 않았다.

"살면서 누구나 한 번쯤은 잘못을 저지르고 후회하죠. 그럼에도 시간은 되돌릴 수 없으니 항상 스스로를 되돌아보고 잘못을 깨달으면 고쳐 나가며 이 삶을 살아갈 수밖에 없습니다. 그게 살아가는 방식입니다."

"그럼요."

엘리가 옆에서 맞장구쳤다.

이아나는 깡충깡충 뛰어 대는 엘리를 힐끗 보았다. 기분이 좋아 보였다.

이아나는 계속해서 말을 이었다.

"어찌 보면 이기적이죠. 그런다고 해서 희생당한 사람들이 돌아오지도 않고, 잘못한 게 완전히 없어지는 것도 아닌데 나만 더 나은 사람이 되겠다는 거니까요. 하지만 죄에 짓눌려 아무것도 하지 않는다면 그냥 죄인밖에 되지 않습니다. 그러니 늘 참회하고 변화를 행동으로 옮기며 잘못을 최대한 씻어 내는 수밖에."

"……."

"그리고 죽어서는 살면서 씻어 내지 못한 죄의 대가를 받아야겠지요."

이아나는 아카식 레코드를 떠올렸다.

거대한 진리는 죽어서 태초로 돌아온 영혼에게 삶의 대가를 치르게 한다. 누군가를 기쁘게 했다면 기쁨이, 누군가를 슬프게 했다면 슬픔이 되돌아온다. 천칭은 그렇게 해서 균형을 맞춘다.

"어쩐지 종교가 생각나는군요."

이아나의 말을 조용히 경청하고 있던 카니츠가 살짝 웃었다.

"아가씨가 라오스 신을 아주 싫어했었던 기억이 납니다."

이아나는 저도 모르게 엘리와 닛시의 눈치를 보았다.

왜일까.

아까 전까지만 해도 기분 좋아 보이던 엘리는 시무룩했다.

"지루한 설교는 됐고, 이제 저기로 가 봅시다."

이아나가 아이들이 시끄럽게 소리 지르며 목검으로 전쟁놀이를 하고 있는 곳을 가리켰다. 아까부터 거슬렸던 차였다. 가까이 접근하자 웅얼거리던 소음들이 깨끗해졌다.

"이그나이츠, 이 버러지 같은 놈들! 감히 대바하무트 제국에 반기를 드느냐!"

"바하무트, 네놈들의 시체를 뼈째로 씹어 먹어 과거의 치욕을 갚겠다!"

"약한 놈들이 말만 많구나. 나, 황궁 제1 기사단 파칼라투아의 제니 알레나그로우스턴드가 네놈들의 목을 모조리 따서 그 핏물을 마시고 목은 폐하께 바치겠다!"

아이들의 전쟁놀이라기엔 살벌한 말들이 난무했다.

본인들이 지은 듯, 멋진 단어를 잔뜩 이어 붙이기만 한 긴 성을 당당하게 외치고 있는 걸 보면 아주 어린 아이들이다. 아이들이 저런 말들을 아무렇지도 않게 내뱉는다는 건 날 때부터 그런 소리들을 아주 많이 들었다는 얘기다.

"항복! 항복하겠습니다. 살려만 주십쇼!"

이그나이츠 역을 맡았던 아이들이 무릎을 꿇었다가 강아지가 배를 뒤집듯 누워 땅을 데굴데굴 굴렀다.

"닥쳐라. 패배자에게는 죽음뿐이다!"

"으윽."

전쟁놀이는 이그나이츠의 비굴한 패배를 그리며 끝났다.

돌아다니면서 다른 전쟁놀이들도 구경했지만, 다 똑같았다. 바하무트 제국민들은 승리를 자신하고 있었다.

이아나 일행은 한 무리의 아이들에게 다가갔다.

막 전쟁놀이를 끝내고 쉬던 아이들이 낯선 이들을 발견하고 경계하기 시작했다.

"누구세요?"

카니츠가 나섰다.

"우리는 제도 타칼론에서 온 여행자들이란다."

"타칼론이요? 우와아아!"

아이들의 눈이 휘둥그레졌다. 바하무트 제국의 거대한 수도 타칼론은 어른들도 쉽게 갈 수 없는 곳이었다. 특히 자신들의 작은 마을에서 벗어나 본 적이 없는 아이들에게는 책으로만 접한 꿈의 도시였다.

"얘기 좀 해 주세요!"

아이들의 경계심을 푸는 데는 대성공이었다. 아이들의 눈망울에 호기심이 방울방울 고였다.

"타칼론은……."

카니츠는 아이들이 흥미로워할 만한 부분만 간략하게 이야기해 주었다. 어둡고 음습한 부분은 감추고, 반짝반짝하고 웅장한 부분만 드러내니 아이들은 카니츠의 얘기에 금세 빠져들었다.

"그런데 아저씨는 뭐 하는 사람이에요?"

"나는 떠돌이 검사란다."

"제도에서 여기까지 팔다리 멀쩡히 오신 거 보면 엄청 강한가 봐요!"

아이들의 우두머리 격인 덩치 큰 아이가 흥분해서 소리쳤다.

"혹시 아저씨는 황궁 기사님을 봤어요?"

"많이 봤지."

본인이 황궁 기사였다.

"그럼 황궁 기사님이랑 붙어 봤어요?"

"그래."

"얼마나 강해요?"

"아주 많이."

"우와아아아!"

카니츠는 원체 말주변이 부족한 데다 강함을 뭐라 설명하기도 어려워서 간단하게 말했지만, 아이들은 그 간략한 표현이 더욱 크게 와 닿은 모양이었다.

우두머리 아이가 크게 외쳤다.

"저는 황궁 기사가 될 거예요. 다른 애들은 굶어 죽기 싫어서 병사가 되려는 거지만, 저는 병사에서 만족하지 않아요!"

굶어 죽기 싫어서…….

카니츠의 뒤에 조용히 서 있던 이아나가 불쑥 물었다.

"애들아. 싸움보다는 다른 일을 하는 직업을 갖고 싶지 않니?"

"다른 거요? 뭐요? 대장장이 일이요?"

이아나는 잠시 고민하다가 말했다.

"음악이나, 미술이나……."

"에이, 그런 건 돈 많은 권력자들만 부릴 수 있는 사치죠. 아니면 정말 천재라서 강자에게 보호받을 수 있는 사람이거나."

"……."

"아시다시피, 세상은 무조건 힘이에요. 힘만 세면 출세해서 나중에 뭐든 할 수 있어요."

바하무트 경제의 원천은 무력이었다. 상단도 무력을 갖춰야 존재할 수 있었다. 약하면 가진 것을 모조리 빼앗길 뿐이다.

"싸우기 싫어하고 다른 일을 좋아하는 아이들도 있을 텐데?"

아이가 이아나를 이상하다는 듯 바라보았다.

"돈이 많으신가요? 아니면 가족 중에 강한 분이 계세요?"

그 말에는 부러움과 함께 세상 물정 모르는 철딱서니를 대하는 듯한 한심함이 담겨 있었다.

"그렇지 않은 이상, 좋아하는 일을 하면서 먹고살 수는 없어요. 일단 강해져야 한다고요. 싸움을 싫어하는 약골들은 어떻게 되냐면요."

펙!

"악!"

갑자기 뒤통수를 세게 얻어맞은 아이가 눈물을 찔끔 흘리며 머리를 감쌌다.

"왜, 왜 때려."

"그냥."

맞은 아이가 아무 말도 하지 못하고 고개를 푹 숙이자, 우두머리 아이가 눈을 부라렸다.

"불만이야?"

"아, 아니."

"그럼 웃어."

웃으란 말에 아이가 억지로 입꼬리를 끌어 올려 히히 웃었다.

우두머리 아이는 콧방귀를 뀌곤 어깨를 으쓱였다.

"봐요. 쟤처럼 맞아도 아무 말도 못 한다고요. 돈과 식량을 빼앗겨도 아무 말 못 해요."

이아나가 눈썹을 찡그리는데, 아이가 팔짱을 끼며 말했다.

"아까 우리 전쟁놀이 구경하고 계셨죠? 그거, 역할도 늘 정해져 있어요. 다들 하고 싶어 하는 바하무트 역할은 강한 애들이, 하기 싫어하는 이그나이츠나 로안느 역할은 약한 애들이 해요."

"그냥 번갈아서 하면 되잖아. 조금씩 양보하면 모두가 즐거울 수 있는데."

"왜 그래야 하는데요? 강자가 다 가지는 건 당연한 거예요."

아이가 이해할 수 없다는 듯 되물었다. 다른 아이들도 동의하는지 고개를 끄덕였다. 심지어는 약한 아이들까지.

'이게 문화적 차이인가.'

이아나는 더 말하는 것을 포기했다. 이미 사고방식이 되고 만 사상은 누가 윽박지른다고 해서 고칠 수 있는 게 아니다.

"이상한 분이시네. 아무튼 뭔가를 하고 싶다면 일단 강해야 한다고요. 약하면 평범한 하층민으로 살아야겠죠. 강자의 변덕에 언제라도 죽을 수 있고, 차가운 바람이 몰아닥치면 식량이 없어 쫄쫄 굶어야 하는."

새삼스레 예전에 그룬데왈스 기사단의 단장 포르미도를 취조했을 때가 떠올랐다.

놈은 제 인생에 대해 모든 것을 털어놓고 죽었다. 차가운 대지에서 굶주리다 황궁 기사가 된 후 팔자가 폈다고 했던가. 바하무트에 직접 와 보고 나서야 그의 인생을 이해할 수 있었다.

"황제 폐하께서 최근에 훈련하라고 식량을 푸셨어요. 전 이 기회에 열심히 수련해서 꼭 황궁 기사단에 들고 말 거예요."

아이들과 대화를 마친 후, 이번에는 마을 내의 훈련장으로 향했다. 한 노인이 성인들을 가르치고 있었다.

이아나 일행을 발견한 그가 천천히 다가왔다.

"못 보던 얼굴인데, 누구요?"

"제도에서 온 여행자입니다. 근방을 돌아다니다가 잠시 쉬려고 이 마을에 들어왔습니다."

노인이 혀를 끌끌 찼다.

"이 시국에 빨빨거리며 돌아다니다니 간도 크군. 나는 제도에서 온 기사요. 제도의 중급 기사단 소속이지. 지금은 폐하의 명을 받들어 고향으로 돌아와 마을 사람들을 가르치고 있소."

노인은 자부심을 드러내며 엣헴, 하고 헛기침했다.

"혹시 오다가 이 부근에 세워진 군사 훈련장을 보셨소? 그 훈련장에 우리 마을 사람들을 최대한 많이 입대시키는 게 내 목표요. 변방 사람들이 신분 상승 할 수 있는 절호의 기회지."

카니츠가 이아나에게 눈짓하자 그녀가 말했다.

"전쟁을 싫어하는 사람들도 분명 있을 터입니다. 황실에 불만을 가지는 사람들은 없습니까?"

"어허! 지금 무슨 망발을!"

그가 기겁하며 꽥 소리를 질렀다. 분노까지 표했다.

"당신들, 강 건너 마을 놈들이지? 우리 마을을 없애려고 술수를 부리는 게야. 말 한마디 실수하면 제도에 신고하려는 거겠지! 녹음 아티팩트를 가지고 있나?"

스릉!

노기사가 검을 뽑아 들었다.

"이놈들을 내 당장!"

그의 망상이 깊어지자 카니츠가 패를 들이댔다. 노기사는 카니츠의 기사 증명 패를 보자마자 매우 얌전해졌다.

"페르제누스의 기사님이셨군요. 감찰 중이신 모양입니다. 저희 마을은 문제가 전혀 없어요."

그때부터, 노기사는 카니츠에게 치근덕거리기 시작했다.

"울터 경, 제가 눈여겨보고 있는 사람들이 몇 있는데 한번 봐주시지 않겠습니까? 보시고 괜찮으시다면 훈련장에 추천을……"

"말했지만 여행 중입니다."

카니츠가 딱 자르며 물러나라는 눈치를 주었다.

"예, 그럼 편히 쉬다 가십시오. 혹시라도 궁금한 게 있으시면 언제든 저를 찾아 주시고요."

그리 둔한 사람은 아니었는지 노기사는 아쉬운 듯, 겁먹은 듯 다시 가 버렸다. 마을 사람들은 훈련하면서도 노기사의 비굴한 모습을 호기심 가득한 눈으로 힐끔거렸다.

"뭘 보는 거냐!"

노기사는 역정을 내더니 실력 좋은 몇몇 사람을 불러냈다.

"최대한 실력을 뽐내! 정말 있는 힘껏!"

그들은 카니츠가 보통 사람이 아니라는 것을 알아챘다.

"흐아아압!"

기합 소리를 부자연스러울 정도로 크게 내며 목검을 홍홍 휘둘렀다. 마나도 비효율적인 방법이지만 매우 화려하게 제어했다. 공작새가 꽁지깃을 흔들듯, 아직까지 이쪽을 주시하는 카니츠에게 잘 보이고 싶은 눈치였다.

"갑시다."

카니츠는 이아나의 한마디에 야속하게도 훌쩍 떠나 버렸다.

이아나는 노기사의 말에 껌뻑 죽던 사람들을 떠올리며 카니츠에게 물었다.

"저 노기사는 얼마나 높은 신분입니까?"

"아가씨께서도 아시다시피, 바하무트 제국 기사단은 크게 네 부류로 나뉩니다. 황궁 직속 기사단, 제도 기사단, 지방 기사단, 그리고 귀족들이 보유한 사유 기사단입니다."

황궁 직속은 황실의 명만 받고, 제도 소속은 바하무트 제도,

타칼론 고위 관리들의 명을 받으며 제도와 인근을 방위한다. 물론 황실의 윤허를 받은 명령이다.

제도 밖 지방에는 지방 기사단과 사유 기사단이 있는데, 지방 기사단은 중앙의 통제에 따르며 지방을 감시하고, 사유 기사단은 지방을 다스리는 귀족에 속해 그들에게 충성을 바친다.

서열은 황궁 직속 기사들이 제일 높고 제도 기사단이 그 아래, 다음으로 지방 기사단과 사유 기사단은 비슷했다.

"제도의 중급 기사는 이런 변방 마을의 촌장보다 신분이 높습니다. 같은 규모의 영지를 소유한 '귀족'이라면 비등하겠고요."

이아나 일행은 그 후로도 계속 마을을 둘러보았다.

결론만 말하자면, 마을에는 웃음소리가 없었다. 잠깐 나더라도 금방 그쳤다. 우렁찬 기합 소리와 무기를 벼리는 쇳소리만 나서 돌아다니면 돌아다닐수록 지치는 기분이었다.

모두가 싸우고 싶은 건 아닐 텐데도 모두가 싸움을 위해서 훈련하고 있다. 개인이 추구하는 가치관과 선호하는 취향들을 모조리 말살당한 채로.

"광신도들처럼 황실을 추종하고 있군요. 그게 공포에서 비롯된 것인지 진심인진 알 수 없습니다만."

카니츠가 말했다.

이아나는 주변에 눈길을 주었다. 눈을 돌릴 때마다 바하무트 국기가 보였다. 새것처럼 빳빳했다. 걸린 지 얼마 되지 않은 데다 관리도 열심히 하고 있다는 얘기다.

"폐허가 된 인근 마을 신세만큼은 피하고 싶은 모양입니다. 흔한 일이지요."

여기서 볼 건 다 봤다.

이아나는 마을을 떠나기로 결정을 내렸다. 이스피와 도르시아니가 머무르고 있는 여관으로 향하며 카니츠가 물었다.

"다음에는 어디로 가시겠습니까?"

"여기와는 다른 분위기의 마을로 가 보고 싶습니다."

"다른 분위기라. 지도를 보면서 결정하시죠."

콰아아아아앙!

그때 여관 쪽에서 커다란 폭발음이 터져 나왔다.

"으아아!"

비명 소리까지 들려온다. 이아나와 카니츠는 눈을 마주쳤다. 이아나는 엘리를 옆구리에 끼고 그쪽으로 달려갔다.

"끄으으으."

여관 입구에서 남자 몇 명이 나뒹굴고 있었다. 그들은 금세 벌떡 일어나더니 검을 뽑았다.

"마녀다! 죽여야 해!"

그들은 여관 안으로 들어가자마자 다시 거센 바람을 맞고 뒹굴며 나왔다.

이아나는 빠르게 여관 안으로 들어갔다. 도르시아니가 테이블에 앉은 채 낡은 지팡이로 입구 쪽을 가리키고 있었다. 얌전히 있으라고 했는데도 난리를 피우는 이유가 있을 터. 이아나는 엘리를 내려놓으며 물었다.

"왜 이래?"

"저 남자들이 나한테 시비 걸었어. 식사하러 내려왔는데 나보고 흉측하니 꺼지라고 하지 뭐야. 무시하고 수프를 시켜서 떠먹고 있었는데, 다가와서는 맛있는 수프에 개미들을 쏟아부었어. 개미는 영양 덩어리니까 못 먹을 것도 없다 싶어서 그냥 계속 먹었거든. 그런데 자기들이 기겁해서는 마녀라면서 내 옷을 잡고 끌어내려 하더라고. 그래서 생각해 봤는데…….”

이아나는 끔찍한 몰골의 수프 그릇을 내려다보았다.

“나는 약하고 흉하고 가난해서 모두에게 늘 경멸만 당했어. 너무 싫고 슬프고 미웠지만 약해서 아무것도 할 수 없었어. 하지만 이제는 뛰어난 마법사야.”

도르시아니는 무심하게 말했다.

“이제 날 모욕하면 누구든 다 죽일 거야. 하지만 내가 유일하게 좋아하는 타라 님이 얌전히 있으라고 했으니까 자비를 베풀어 쫓아내기만 했어. 그래도 계속 덤비네. 그냥 죽여도 될까?”

도르시아니가 이아나의 귓가에 속삭였다.

“이게 내 루이즈 해석이거든. 어때? ……아야.”

이아나가 도르시아니의 머리에 꿀밤을 놓았다.

“몰입하지 마.”

이아나는 사태를 정리하고 있는 카니츠를 바라보았다. 남자들은 강해 보이는 카니츠 앞에서는 어쩔 줄을 몰라 했다.

“상황이 재밌잖아. 진짜 루이즈가 일기장에 너무 좋다고 써놔서 따로 찾아봤던 소설들이 생각나.”

“소설? 뭔데?”

“하나는 ‘최하층 빈민인데 대마법사가 되어 버렸다’.”

“그게 무슨 소설이야?”

“제목 그대로야. 처음에 세상을 호령하던 대마법사가 원수한테 죽어. 죽기 싫었던 마법사는 타인의 몸을 빼앗는 마법을 시전했고, 그 영혼은 다 죽어 가던 최하층 빈민의 몸에 깃들었어. 그런데 마법이 잘못돼서 오히려 대마법사가 빈민의 영혼에 흡수되었고, 대마법사의 힘은 빈민의 것이 돼. 그때부터 빈민은 자기를 무시하는 사람들을 다 죽이고 다녀. 대마법사의 복수도 해 주지. 바하무트에서 엄청 인기 많았던 소설이래."

"노력 없이 얻은 타인의 힘으로……. 그런 게 인기가 많다고?"

도르시아니는 어깨를 으쓱했다.

"사람들은 공짜를 좋아해. 게다가 현실이 너무 팍팍하니까 그런 거로 대리 만족이라도 하는 거야. 다른 건 '대마법사가 평민으로 살아가는 백 가지 방법!', 이거야."

"그건 또 뭐야?"

"앞의 소설이랑 초반은 비슷한데, 이 소설에서는 대마법사가 불쌍한 평민의 몸을 차지하고 기억을 모두 흡수해. 그런데 대마법사의 성격이 엄청 무심하고 잔인하거든. 다른 사람들이 보기엔 평민의 성격이 갑자기 돌변한 것처럼 보여. 그래서 평민을 무시하던 주변 사람들이 쩔쩔매기 시작하고, 마법사가 감추고 있던 힘을 하나둘 드러낼 때마다 경의를 표하지."

"맥락은 비슷하군."

"난 꽤 흥미롭게 읽었어. 진짜 루이즈가 자기 몸에 대마법사가 깃들어서 어떻게든 세상을 부숴 버렸으면 좋겠다고 일기장에 하루에 한 번씩 써 놨었거든. 딱 지금 상황 아냐? '천재 미녀 대마법사 도르시아니, 가엾은 루이즈가 되어 세상을 불태우다.' 어때?"

이아나는 잠시 고민하다가 물었다.

"그런 소설들이 바하무트에서 인기 많아?"

"엄청 많지. 바하무트처럼 경직된 사회면 더더욱. 바하무트라도 그런 망상까지 제재하지는 않아."

"써먹을 만하군. 일단 지금은 얌전히 있어."

"알았어."

이아나는 다시 카니츠 쪽을 바라보았다. 외부인이 소동을 일으켰다는 신고를 받고 촌장과 노기사가 달려와 있었다.

그들은 남자들을 체포한 후, 카니츠에게 굽실거렸다. 도르시아니의 수프에 개미를 뿌렸던 남자들은 겁먹은 채 카니츠에게 용서를 빌었다. 바하무트가 어떤 나라인지 알 수 있는 대목이었다.

여관방에서 에블린과 함께 자고 있던 이스피를 깨워 마을을 나왔다. 촌장이 준비해 준 마차는 아주 훌륭했다.

마을 밖에서 잠시 마차를 세운 카니츠가 옆에 앉은 이아나에게 지도를 보여 주었다.

"지금은 이곳입니다."

카니츠가 가리킨 곳은 제도 타칼론에서 남동부 방향으로 한참이나 떨어진 변방이었다. 지도에는 커다란 적색 점, 중간 크기의 청색 점, 조그마한 녹색 점이 가득 찍혀 있었다.

"적색 점은 백작 이상의 대귀족이 다스리는 대영지, 청색 점은 그 밑의 귀족이 다스리는 영지, 녹색 점은 촌장이 있는 마을들입니다. 이 외에 표시되지 않은 소규모 마을들과 유랑하는 유목민의 마을도 있습니다."

지도에는 커다란 적색 점이 드문드문 있고, 중간 크기의 청색 점들은 그보다는 더 많았다. 조그마한 녹색 점들은 빨갛고 파란 점들 주변에 가득 몰려 있거나 변방에 조금씩 있었다.

"일단 외곽에 위치한 다른 성향의 마을들을 둘러보다가 대영지로 갑시다."

"알겠습니다. 아, 그리고 이미 정보를 읽고 오셔서 아시겠지만, 정도는 다르더라도 성향은 크게 세 가지로 나뉩니다. 친바하무트, 중립, 반바하무트. 지금은 친바하무트 성향이 특출하게 강할 겁니다. 원래 그런 성향이었던 영지는 더더욱이요."

카니츠가 손가락으로 청색 점을 가리켰다.

"근처에 있는 중소 규모의 친바하무트 영지로 모시겠습니다. 앞서 들른 마을과는 비교가 되지 않을 겁니다."

"폐하 만세!"

"바하무트 만세!"

도착한 영지에서는 바하무트의 국가와 그들을 찬양하는 노래가 온종일 흘러나왔다. 귀를 기울여 보면 애국심이 철철 넘쳐나는 대화들이 들려왔다.

사람들은 바하무트 국기를 망토처럼 두르고 다니거나 배지로 만들어 옷에 달고 다녔다. 영지에는 신전도 있었다. 라오스 신전이 아니었다. 바하무트 황족을 신으로 모시며 기도하는 장소였다. 진심이 한가득 담기다 못해 넘쳐서 광기로 느껴질 정도였다.

중앙 광장에는 바하무트의 새로운 황제 테일런과 똑 닮은 거대한 동상이 세워져 있었다. 그 앞에서 누가 연설 중이었다.

"테일런 헬칸 바하무트 폐하께서 세계 제패를 선포하셨습니다. 저희가 폐하의 무기가 되어야 합니다. 돼지들을 도륙하고 그 땅을 폐하께 바칩시다!"

"오오!"

사람들이 주먹을 불끈 쥔 손을 하늘로 들며 환호했다. 카니츠가 이아나의 귀에 대고 속삭였다.

"바하무트 주민들 중에는 '긍정적인 기분'으로 완전히 굴복하고 바하무트 황실을 추종하는 이들도 많습니다. 세계에서 가장 강한 유일 제국에서 살아가고 있다는 자부심 때문입니다."

오랜 시간들은 바하무트 제국민들이 황족을 신봉하게 만들었다. 예로부터 북부 주민들은 남부의 땅을 차지하려 시시때때로 침략했지만 로안느를 비롯한 강국들이 남부에 몰려 있어 고배를 마시고 물러나기 일쑤였다. 야만인 취급은 당연했다.

그 힘의 격차를 뒤집어 현재까지 이 대륙을 주름잡고 있는 나라가 바하무트다. 거의 모든 국가를 마음만 먹으면 불태울 수 있었다. 그것을 가능케 한 바하무트 황실을 신으로 모시는 것이 이상하지는 않았다.

"이 영지는 꽤 부유해 보이는군요."

"예. 어디나 그렇겠지만, 살아가는 데 어려움이 없는 이들이 지배층에 불만을 가지지 않는 법이지요."

이 마을에서는 더 볼 것이 없었다. 또 다른 마을로 떠났다.

"바하무트 만세!"

세 번째로 찾아간 영지는 몇 개월 전만 해도 반바하무트 영지였지만, 지금은 친바하무트 쪽으로 가까워진 듯했다.

그 후로도 다양한 마을들을 방문했다.

대부분의 마을이 황실에 긍정적이었다. 반제국 성향의 단체들이 다수 숙청당했으니 친바하무트 쪽이 상대적으로 많아질 수밖에 없었다. 불만을 품으면서도 공포 때문에 좋아서 따르는 척하는 마을들도 많고 말이다.

"아……. 페르제누스 기사님이시군요."

하지만 대놓고는 아니더라도 반발심을 은근히 드러내는 마을도 꽤 있었다. 카니츠를 적대하지는 않지만 기분 나쁜 눈초리로 쳐다보는 모습들이 눈에 띄었다.

"가진 걸 모두 내놔라!"

마을을 옮겨 다니면서 허름한 옷을 입은 도적들도 적지 않게 마주쳤다. 그들은 처음에는 기선 제압을 하고자 매우 사나운 기세로 무기를 휘둘러 댔다.

하지만 카니츠가 기사단 패를 내밀면 하나같이 꽁무니를 빼거나 제발 용서해 달라고 울며 빌었다. 그만큼 황궁 직속 기사가 무서운 존재라는 뜻이다.

"못사는 사람들이 많군요."

"대부분이 그렇습니다. 병사가 되지 않으면 식량을 얻을 수 있는 방법이 유목과 약탈뿐이라서."

광활한 영토, 세계에서 가장 강한 국가.

단어만 보면 번화한 도시들이 번쩍거릴 것 같지만 빈부 격차는 어디에나 존재한다. 번화한 도시보다는 낙후된 마을들과, 거처 없이 떠돌아다니는 가난한 유목민들이 더 많았다.

"그런데 아직도 바하무트의 외곽인 겁니까?"

카니츠가 지도와 나침반을 한번 본 후 말했다.

"네. 바하무트의 땅이 워낙 넓어서······."

정말 넓다. 며칠 내내 돌아다녔는데도 아직 외곽이었다. 북부 대륙을 통째로 차지하고 있으니 그럴 만도 했다.

"이제 마론으로 갑시다."

바하무트의 마을들을 돌아보며 분위기를 파악한 후, 이아나는 마침내 반제국 단체 마론이 있는 영지를 도착지로 잡았다.

마론이 위치한 영지의 이름은 케노스 백작령이다. 케노스 백작이 혹독한 방침으로 다스리는 바하무트 동부의 영지로, 주변의 소규모 영지들도 백작에게 통치받고 있다. 케노스는 풍부한 산림 자원 덕분에 세력이 강성한 편이었다.

'케노스 백작이라.'

케노스 백작령은 망국 에토닌 왕국의 수도가 위치했던 땅이다. 유서 깊은 왕국이었던 에토닌은 바하무트에 막대한 조공을 바치며 역사를 존속해 왔는데, 당시 에토닌의 공작이었던 야심 많은 선대 케노스가 일을 쳤다. 그는 야욕에 눈이 멀어 에토닌의 왕족을 모두 죽이고 바하무트에 왕국을 팔아먹었다.

케노스 공작은 바하무트에 지금보다 더한 조공을 바치겠으며, 전장에서는 늘 앞장서겠노라고 맹세했다. 뱀 머리에서 용 꼬리가 되고, 그 꼬리에서 몸통으로 점점 올라가기 위한 선택이었다.

바하무트 제국은 마음만 먹으면 케노스 공작의 제안이 아니더라도 에토닌을 가질 수 있었다. 이미 북부의 왕국들은 바하무트의 속국이나 다름없었다. 로안느만 아니었다면 남부 왕국들도 바하무트의 손아귀에 있었을 것이다.

그럼에도 여태 타국들을 바하무트의 땅으로 만들지 않았던 까닭은 관리가 귀찮았기 때문이다. 바하무트는 땅을 알아서 잘 관리할 '그 나라 출신의 고위 관리자'를 정한 다음에야 그 나라를 정복했다. 보통은 강력한 배신자가 항복해서 관리자가 되고 바하무트의 귀족이 되었다.

그리하여 에토닌의 케노스 공작, 아니 바하무트의 케노스 백작은 바하무트의 힘을 빌려 왕국의 모든 것을 집어삼키고 반발하여 무기를 든 독립군들을 잔인하게 제거했다. 영지민이 된 왕국민들을 착취하여 제 금고에 재화를 쌓았다. 그렇게 바하무트에 막대한 세금을 바치는 대신 영지에서는 왕처럼 행세했다.

그러기를 수십 년.

독립군이 도끼에 찍혀 넘어가는 나무처럼 제거당하는 모습을 지켜본 영지민들이 몸을 사리기 시작했다. 에토닌의 귀족이었던 이들은 대세가 완전히 기울었음을 깨닫고 케노스 백작에게 빌붙거나, 작위를 버리고 평민으로 살아가거나, 모습을 감추었다.

그러나 수면 밑에서는 케노스 백작에 대한 불만이 들끓고 있다. 이아나는 케노스 영지에 대한 정보를 정리하면서 물었다.

"마론이 모습을 감춘 에토닌 귀족들의 모임이라고 했죠?"

이아나가 옆에 앉아 있는 카니츠에게 물었다.

"워, 워."

카니츠는 백작령 앞에서 입성을 원하는 사람들이 만든 긴 줄 뒤쪽으로 다가가며 말고삐를 강하게 잡았다. 말들을 멈춰 세워 줄을 선 그가 대답했다.

"그런 걸로 알고 있습니다. 하지만 외부에서 활동하는 첩보원들도 다수 있을 거고 에토닌과 관계없는 '반바하무트' 성향의 사람도 소속되어 있을 겁니다."

철저하게 정체를 숨긴 채 활동하는 과격 단체, 마론. 그들이 하는 일은 크게 세 가지다. 바하무트 동부 정보 수집, 친바하무트 귀족 암살, 게릴라전으로 친바하무트 영지 몰살.

"에토닌 사람들은 몸이 몹시 날랜 편입니다. 엘프만큼은 아니지만 인간 중에서는 최상위에 속한다고 생각합니다. 그런 일들을 수행하기에 매우 적합하죠."

좋다. 바하무트에서 하려는 일이 그와 비슷하니 잘하면 도움을 받을 수 있을 터이다.

나중에 이그나이츠로서도 협력할 수 있다. 바하무트를 무너뜨린 후 에토닌의 땅에 손대지 않을 것이며, 나라를 재건하는 데 도움을 주겠다고 하면 분명 손을 잡을 것이다.

"마론의 목적은 역시 에토닌의 재건이겠지요?"

"선배와 진지한 얘기를 나눠 보지는 못했지만 아마 그럴 겁니다. 제가 바하무트에 입국해서 정착하는 건 그냥 도와주셨습니다만, 황궁 기사가 된 후 재회했을 때는 나중에 케노스 백작을 죽일 때 도와줄 수 있으면 도와 달라고 부탁하셨거든요."

이아나는 카니츠의 옆모습을 가만히 바라보았다.

이아나가 나이 든 만큼, 카니츠도 나이를 먹었다.

떨어져 있던 시간, 그녀는 학술원에서 좋은 쪽으로 성장했지만, 카니츠는 바하무트에서 생고생을 했다.

줄이 점점 줄어들었다.

마차가 다가가자 성문을 지키고 있던 기사들이 지루한 표정으로 마차에 다가왔다.

"신분증을 보여…… 아, 울터 경!"

하지만 그들은 카니츠를 알아보았다. 케노스 영지가 배출한 걸출한 인재, 카니츠 울터를 모르면 영지 기사가 아니다.

"제도에 계셔야 할 분이 여기는 어쩐 일이십니까?"

그들의 눈이 금세 반짝반짝해졌다. 카니츠를 존경하다 못해 사랑하는 듯한 눈빛이다.

"아내와 함께 휴가 중이다. 들어가도 되겠나?"

"물론입니다! 루트 도리안 자작님이 맨발로 뛰어나오실 겁니다. 어서 들어가십시오."

기사들은 마차 안을 들여다보지도 않고 그들을 통과시켰다.

이아나는 기사들을 한번 돌아보고, 카니츠를 다시 바라보았다.

"바하무트를 알고 나니 더 궁금해지는군요."

"무엇이 말입니까?"

"울터 경은 대체 어떻게 이 바하무트에 적응했고, 황궁 기사가 되었죠?"

바하무트의 문화를 제대로 알지 못했을 때는 그저 강해서 황궁 기사가 될 수 있었구나 하고 단순히 생각했다.

그리고 이아나가 캐물었을 때, 카니츠와 이스피는 자신들이 어떻게 지냈는지에 대해 자세히 말하지 않으려 했다. 그 주제를 피하는 이유가 자신을 걱정시키기 싫어서임을 알고 있었기에 이아나는 넘어갔다.

그런데 실제로 바하무트를 접해 보니 생각이 달라졌다.

바하무트는 강하기만 해서는 위로 치고 올라갈 수 없었다. 강자 위에는 또 다른 강자가 있기 때문이다.

약한 것을 잡아먹고 위로 올라가더라도 그를 견제하는 강자들이 또다시 존재한다. 약자는 강자를 숭배하지만, 강자는 제 자리를 빼앗을지도 모르는 강력한 약자를 경계한다. 그렇기에 일찌감치 제 편으로 만들거나 제거하려 한다.

그들의 견제까지 모조리 물리쳐야만 더 위로 오를 수 있다. 이 굴레는 강함의 끝이 바하무트 황궁에 이르기까지 계속된다.

지방에서 중앙으로 갈수록 이 싸움은 점점 더 사납고 치밀해진다. 그리고 강력한 힘에 암계까지 더해야 바하무트의 정점인 황궁에 입성할 수 있다.

카니츠는 어떻게 그 모든 시련들을 이겨 내고 바하무트의 세 번째 서열인 페르제누스까지 갔을까. 얘기를 들어 보니 카니츠의 선배가 황궁 기사가 될 때까지 도와주지는 않은 듯했다.

"제대로 말해 주십시오."

카니츠는 단호한 낯의 이아나를 바라보곤 고개를 끄덕였다.

"여기까지 오신 아가씨에게 더 숨겨 무엇하겠습니까. 저는 괜찮았습니다만 이스피가 고생 많이 했습니다. 하지만 하나만 약속해 주십시오. 자책하시거나, 저와 이스피에게 사과하시지 않겠다고요."

그 말에서 그들이 겪어야 했던 고난과 역경을 얼핏 느낄 수 있었다. 이아나는 그러겠노라고 약속했다.

"바하무트로 오기 전에, 아가씨가 이별할 때 주셨던 돈을 금으로 바꿨습니다. 그리고 학술원 재학 시절 친하게 지냈던 '루트' 선배에게 값비싼 비용을 치르고 편지를 보냈습니다."

카니츠는 2년만 다니고 그만뒀지만, 루트는 계속 학술원에 다니며 카니츠를 챙겨 줬었다. 루트는 평민인 척했지만, 카니츠는 그의 행색과 태도를 보며 타국의 귀족이라고 짐작하고 있었다.

그리고 루트는 졸업하고 카니츠에게 작별 인사를 하고자 찾아와서 자신이 망국 에토닌 출신이며, 바하무트인임을 고백했다.

"쓰레기 같은 나라지만 혹시라도 바하무트에 올 일이 있으면 날 찾아와라. 그럴 일은 없겠지만."

그 말을 떠올린 우직한 카니츠는 루트에게 바하무트에 귀화하고 싶다는 진심 어린 편지를 보냈다.

마지막 작별 이후로 긴 세월이 흘렀건만 루트도 카니츠를 기억하고 있었다. 루트는 바하무트의 자작 가문, '도리안'의 먼 방계 친척에게 보내는 듯한 말투로 답장을 보냈다.

'케노스'에 오고 싶다고? 촌놈이 번쩍번쩍한 도시에 한번 와 보더니 물이 잘못 들었네. 여긴 네가 있는 이름 모를 시골과는 달라. 어설픈 마음가짐으로 오면 죽는다. 웬만하면 오지 마라. 일단 오고 싶다니까 길 잃을까 봐 지도는 보낸다. 난 너 정착하는 것만 도와주고 다른 건 절대 안 도와줄 거야. 망하든 말든 자업자득인 거라고! 그런데 멍청아, 저번에 왔을 때 신분증 두고 갔더라. 바보냐?

지도와 위조 신분증까지 들어 있었다. 내용도 누가 편지를 갈취해서 뜯어보더라도 이상하지 않은 내용이었다.

그 후, 카니츠와 이스피는 타국을 경유해서 바하무트로 떠났다. 도적과 몬스터와 맞닥뜨리면 물리치면서 겨우 바하무트의 케노스에 도착했다.

"진짜 왔냐?"

루트는 이해할 수 없다는 표정으로 신분을 증명해 주고 집을 얻어 주었다. 하지만 그뿐이었다.

"네가 진심으로 바하무트에 귀화하고 싶어 하는 것 같아서 도와줬다만 난 진짜 모른다. 넌 순박해도 멍청하지는 않으니까 알아서 잘할 거라고 믿어. 나도 내 거 챙기느라 바쁘다. 바하무트의 누구를 모시고 싶어 하는지도 알려 주지 않는 녀석한테 신경 쓸 틈 없다고."

그렇게 말해 놓고도 루트는 계속 카니츠를 챙겨 주었다. 하지만 고만고만한 귀족 루트 도리안의 방계 친척, 게다가 평민 신분에 가까운 외지인 카니츠를 반기는 이는 없었다.

그때부터 카니츠의 고생기가 시작되었다. 촌뜨기라며 따돌려지고, 무시당하고, 얻어맞고. 듣는 이아나가 다 화가 나서 주먹이 떨렸다.

카니츠는 별다른 저항을 하지 않았다. 그저 우직하게 일하고, 열심히 수련하고, 모욕당해도 넘기고, 그렇게 노력하기만 했다.

정말 너무 힘들었지만 몇 개월 후, 카니츠의 우직함과 강함은 빛을 발했다. 카니츠가 끊임없이 노력하자 그를 보는 눈이 달라졌고, 친하게 지내는 사람들도 생겼다. 강제로 참가한 몬스터 토벌전에서 공을 세운 후 주변의 군사 훈련소에 합격하자 평가가 아예 달라졌다.

카니츠는 군사 훈련을 받은 후 우수한 성적을 거두어 제도 타칼론의 병사로 배정되었다.

그때부터 케노스에 있을 때보다 더한 고생기가 시작되었다.

실력이 있으니 출세는 빨랐다. 하지만 인간관계는 흔들렸다.

"죽을 고비를 여러 번 넘겼죠. 제가 계속해서 출세하니까, 상급자들한테 시도 때도 없이 린치를 당했거든요."

"......"

"하지만 제가 그 공격들을 모두 막아 낼 수 있을 정도로 강했기 때문에, 그리고 상급자가 되고도 보복하지 않고 묵묵히 일만 했기에 호감을 샀고, 결국 페르제누스의 기사가 되었습니다. 라이프를 복용하기 시작한 이후부터는 점점 더 강해져서 아까 보셨다시피, 케노스 영지가 배출한 인재가 되었습니다. 그런데."

카니츠가 무거운 표정으로 머뭇거리다 말했다.

"실은 이스피가 유산을 한 번 했었습니다."

극심한 스트레스 때문이었다. 이스피는 텃세에 노출되어 카니츠 못지않게 따돌림을 당했는데, 카니츠만큼 체력적으로 강하지 못했다. 이스피는 티 내지 않고 밝게 지냈지만 피로감은 배 속의 아기에게 돌아왔다.

아니, 어쩌면 라이프 때문일지도 몰랐다.

그때 카니츠는 처음으로 후회했다. 그는 눈물을 흘리면서 그냥 떠날까, 라고 이스피에게 물었었다. 하지만 이스피가 거부했다. 아가씨가 여기 오실 거니까 저도 여기 있어야 해요, 라면서.

결국 첫 아이를 아프게 떠나보내고도 타칼론에 남아 적응하려더욱 노력했다.

이스피의 노력은 헛되지 않았다. 로안느에서 좋은 것들만 보고 지낸 안목이 남달랐고, 이아나를 돌보기 위해 머리카락과 피부 관리법 등을 열심히 공부했던 이스피는 제도 타칼론의 귀부인들 사이에서 인기인이 되고 말았다. 또한 바하무트에서 찾아보기 힘든 선량하고 활기 넘치는 성품으로 다른 사람들과도 많이 친해졌다.

바하무트에는 노예 제도가 법적으로 존재했는데, 노예제에 익숙하지 않았던 카니츠와 이스피는 천대받는 그들에게도 평범한 사람 대하듯 대했다. 그리하여 노예들도 카니츠와 이스피에게 호감을 가졌다.

노예부터 귀족까지, 그들의 인맥은 남달랐다.

그리고 에블린을 가졌다.

얘기를 끝낸 카니츠가 이아나를 보았다.

"......"

이아나는 콧잔등을 붙잡고 눈을 꾹 감고 있었다.

"앞서 말씀드렸듯 미안해하지 말아 주십시오. 모두 저희의 선택이었습니다. 저희가 그리 노력했기에 지금 아가씨를 도와 드릴 수 있습니다. 그것으로 저희의 노력은 빛을 발했습니다."

"미안해하는 게 아냐."

이아나가 손을 내리며 창백한 낯으로 웃었다.

"고마워하는 거지. 고마워, 정말. 나중에 이스피한테도 말해야겠어. 아, 존대를 해야지. 고마워요. 울터 경."

감정적으로 흔들려 현재 상황을 잊고 말았다.

"천만에요. 그나저나 아가씨에게 이걸 말했다는 걸 들키면 이스피에게 일주일은 잔소리를 들을 텐데. 무섭군요."

카니츠는 농담으로 이아나의 동요를 못 본 척 넘어갔다.

"도착했습니다."

마차가 도착한 곳은 거대한 저택이었다.

"울터 경!"

대문을 지키고 있던 기사들은 카니츠를 곧장 알아보았다. 카니츠가 마차에서 뛰어내려 기사들과 악수했다.

"잘들 지내셨습니까?"

"물론입니다. 울터 경도 안색이 좋으신 걸 보니 일이 잘 풀리고 계시나 봅니다. 마차는 왜 직접 몰고 오셨습니까? 그리고 옆에 계신 분은……."

"제가 아끼는 이들이 마차에 타고 있으니 직접 몰고 싶었습니다. 옆에 탄 사람은 제게 아주 중요한 손님입니다."

"호오."

카니츠의 손님이라는 단순한 말 한마디에, 경계심 많던 기사들의 눈초리에 호의가 듬뿍 담겼다.

"아주 강한 용병이시죠."

"허어. 울터 경이 인정하셨을 정도면 평범한 분이 아니시겠군요. 용병님, 어서 오십시오."

기사들이 이아나를 호기심 넘치는 눈으로 바라보았다. 얼마나 강할지 가늠해 보는 눈치다.

"마차 안에는 제 부인과 딸, 마법사 지인 한 분, 작은 여자 아이, 그리고 고양이 한 마리가 타고 있습니다."

"구성원을 보니 울터 경이 마차를 직접 모실 만하군요. 아, 이럴 게 아니라 어서 들어가시죠."

경비병들은 저택의 주인에게 의사도 묻지 않고 카니츠를 들여보냈다. 그만큼 신뢰가 쌓여 있다는 뜻이다.

카니츠는 저택 바로 앞에서 마차를 익숙하게 멈춰 세웠다. 이미 소식을 듣고 저택 밖으로 나와 있던 집사가 허리를 직각으로 굽혀 인사했다.

"어서 오십시오."

"집사님, 오랜만입니다."

"거의 반년 만인가요? 남부 휴가는 잘 다녀오셨습니까? 상황이 상황인지라 주인님께서 걱정이 많으셨습니다만, 울터 경이 무사히 돌아오셨으니 몹시 기뻐하실 겁니다. 지금 외출하셨는데 울터 경이 오셨다고 연락을 넣었으니 곧 돌아오실 겁니다."

집사가 이번에는 이아나를 쳐다보았다.

"울터 경의 손님은 우리 자작가에도 귀빈입니다. 환영합니다."

"반갑습니다."

"어서 들어가시죠. 방은 모두 치워 뒀으니 편히 쉬고 계시면 됩니다. 마차는 제게 맡기시고요."

카니츠와 이아나는 마차에서 한 명, 한 명 내려 준 다음, 일행과 함께 저택으로 들어갔다. 짐을 풀고 있는데 아래쪽에서 쿠당탕 하는 소리가 들렸다.

"카니츠!"

이아나는 문을 열고 방을 나갔다. 난간에서 아래층을 보니, 루트 도리안으로 추정되는 남자가 카니츠를 부둥켜안고 있었다.

다들 응접실에 모여 앉았다.

"집사, 우리 집에서 가장 귀한 차를 내오도록 해. 식사도 가장 호화롭게 준비하고. 이렇게 기쁜 날에는 비싼 걸 먹어 줘야지."

루트가 싱글벙글 웃으며 명하자 집사가 고개를 한 번 숙이고는 문밖으로 나갔다.

"자, 이제 이야기를 제대로 좀 해 볼까."

이아나는 손뼉을 짝짝 치는 루트를 슬쩍 훑었다.

루트는 날렵한 중년 남성이었다. 주변의 마나가 정제된 채로 가라앉아 있는 걸 보면 마나 제어력이 우수하다. 골격과 근육이 헛된 것 없이 촘촘히 짜여 있으니, 육체 또한 훌륭하다. 몸의 균형과 습관들을 봤을 때 쾌검을 쓰는 실력자일 것이다.

"휴가를 끝내고 복귀하려는 거냐? 난 사실 네가 이대로 영영 잠적할지도 모른다고 생각했다."

"제가 그럴 리 있겠습니까. 그런다면 제 신분을 증명해 준 도리안 가문이 멸문당할 텐데요."

"당연히 생각은 했지만 그러지 않을 거라고 믿었지. 네가 그런 배은망덕한 놈은 아니니까."

시간 날 때마다 카니츠에게 배신을 강요했던 이아나는 무안해졌다. 카니츠와 루트는 함께 자란 친형제처럼 서로에게 익숙해 보였다. 서로를 존중하고 아끼는 것이 확실하게 보였다.

이아나는 카니츠가 노력해서 쌓아 올린 인간관계를 무시했던 스스로를 속으로 반성했다.

루트는 이스피에게도 공손하게 인사했다.

"부인, 여행은 즐겁게 다녀오셨습니까?"

"네. 정말 꿈같은 나날들이었답니다."

"저런. 그런데도 제 발로 이 지옥에 돌아오시다니…….. 우리 에블린을 위해서라도 이 나라가 천국이 되어야 할 텐데요. 그나저나 에블린이 못 본 새 많이 건강해졌군요. 휴가를 다녀온 보람이 있으시겠습니다."

"정말 다행이죠. 한번 안아 보시겠어요?"

이스피가 일어나더니 루트에게 다가가 에블린을 안겨 주었다. 루트가 귀여워 죽겠다는 듯 미소 지었다.

"에블린, 이렇게 튼튼해져서 삼촌은 너무 기쁘다. 무럭무럭 자라서 대장부가 되거라!"

"꺄아!"

에블린이 주먹을 쥐고 흔들었다. 루트는 에블린을 다시 이스피에게 안겨 준 후, 낯선 이방인들을 바라보았다.

"이분들은 누구시냐?"

카니츠가 바로 대답하지 못하고 머뭇거렸다. 좋은 선배이자 형이고, 어려울 때마다 도와준 은인에게 거짓말하는 것이 힘들었기 때문이다.

이를 눈치챈 이아나가 대신 저와 다른 이들을 소개했다.

"저는 타라 스리온. 스리온 남작가의 셋째 딸입니다. 이쪽은 마법사 루이즈, 제 친구이자 평민입니다. 저희는 용병입니다."

"어머, 로망스 제과점 과자네. 이거 한정판이라 꽤 비싼데."

도르시아니는 집사가 가져온 과자에만 흥미를 보였다. 평민 주제에 귀족 앞에서 엄청난 무례를 저지르고 있었다. 하지만 루트는 개의치 않았다.

"여기는 리엘과 나비, 리엘은 제가 거둬 키우고 있는 전쟁고 아입니다. 저희와 울터 경과는 타국을 여행하다가 만났고, 우연히 동행하다가 마음이 잘 맞아 아주 친해졌습니다."

이아나는 여기서 말을 끝맺지 않고 한마디 덧붙였다.

"그렇게 알아 두십시오."

"으음? 이상한 소개군요. 설마 진짜 신분이 아닙니까?"

"그런 셈이죠."

"타라 씨?"

카니츠가 놀라서 이아나를 보았다. 정체를 완전히 감추기로 미리 정한 터였다. 이아나는 괜찮다는 듯 손을 들어 보였다.

루트는 황당해서 허, 하고 헛숨을 뱉었다.

"숨기려면 아예 숨기실 것이지, 왜 말씀하십니까?"

"자작님이 울터 경의 소중한 사람이기 때문입니다. 추후 관계가 어긋날 가능성도 막고 싶고, 울터 경이 거짓말했다는 죄책감을 느끼게 하기도 싫습니다."

"……."

루트는 눈을 가늘게 뜨고 이아나를 탐색하다가 카니츠를 바라보았다.

"후배님, 믿어도 되는 사람이냐?"

"네. 타라 씨는 제가 정말로 아끼는 사람입니다."

"알겠다. 말씀대로 그렇게 알아 두죠. 환영합니다. 타라 씨."

카니츠 부부를 대할 때는 가벼워 보였던 루트가 장난기를 싹 지우고 저택의 주인으로서 이아나를 마주했다.

"저는 루트 도리안. 케노스 영지의 기사이자 정보 수집을 맡고 있는 자작입니다. 이 영지에는 어쩐 일로 오셨습니까?"

"당신과 상의하고 싶은 것이 있습니다."

"저와요? 케노스 영지의 업무라면 성에 가셔야 합니다."

"개인적인 일입니다. 부인, 리엘과 나비를 데리고 나가서 쉬고 계시겠습니까?"

"그럴게요."

이스피는 별 대꾸 없이 아이들을 데리고 나갔다.

"부하들을 모두 물려 주십시오. 천장의 호위들도 포함해서."

루트가 눈썹을 꿈틀거렸다.

놀랐다. 카니츠가 기사들에게 타라를 뛰어난 용병이라 칭찬했다고 들었다. 그래서 실력이 보통이 아닐 거라고 예상은 했으나, 천장의 호위들을 눈치채다니? 중상위 황궁 기사급의 무인들이 완전히 기척을 감추고 있었는데…….

루트가 인상을 찌푸렸다.

"호위들을 물려 놓고 암살하려는 건 아니겠지요?"

"저를 데려온 건 울터 경입니다. 울터 경을 믿으신다면 저도 믿어 주십시오. 울터 경의 은인인 당신에게 절대 손대지 않을 것이라고 약속합니다."

루트는 머리를 긁적였다. 은인이라는 단어를 쓰는 걸 보니 카니츠와 제 관계를 알고 있는 듯했다. 게다가 우직한 카니츠가 제게 거짓말하려고 했을 정도다. 무슨 관계인지는 몰라도 카니츠에게 정말 중요한 사람일 터.

이 여자, 뭐지?

"좋습니다. 집사, 그리고 위에, 물러가."

명령을 받은 이들은 머뭇거렸지만, 결국 물러났다.

"호위들까지 치워 버리다니, 얼마나 중요한 상의인지 가슴이 떨리는군요. 이제 말씀해 보시지요."

"저는 케노스 백작령의 창고를 털고 백작을 암살할 겁니다."

"네. 창고를 털고, 암살……. 뭣?"

밥 한 끼 먹을 거라고 말하듯 너무 평온한 말투였다. 처음엔 무슨 뜻인지 인지하지 못했던 루트가 뜻을 깨닫고 너무 놀라서 벌떡 일어났다.

"지금 케노스 백작가의 봉신인 내게 무슨 말을 하는 겁니까! 카니츠의 친인이라도 참아 주는 데 한계가 있습니다! 지금 당장 성으로 가서 고발할 겁니다!"

루트가 불같이 화를 냈다.

"선배."

버럭버럭 화내던 루트는 카니츠가 말리자 어떻게 된 상황인지 짐작했다. 그의 눈에서 번갯불이 튀었다.

"이 망할 자식. 너, 말했구나? 어디까지 말했냐?"

"마론과 에토닌……."

"다 말했잖아! 야, 정말 실망했다! 아무리 네게 중요한 사람이라고 해도, 내 비밀을 어떻게 남에게 말할 수 있어? 이게 뭐 소꿉장난인 줄 알아!"

"울터 경을 책망하지 마십시오."

루트가 홱 노려보자 이아나가 또박또박 말했다.

"울터 경은 저의 봉신이고, 제 명을 거역할 수 없었을 뿐입니다."

"봉신?"

카니츠와 주종 관계로 엮일 존재는 황실밖에 없었다.

"무슨……."

헛소리냐는 외침이 목구멍까지 차올랐을 때였다. 답을 얻을 수 없어 묻어 두었던 오랜 호기심이 기억의 저편에서 퍼뜩 튀어나왔다. 오래전에, 카니츠가 편지를 보냈을 때 분명…….

루트가 믿을 수 없다는 듯 이아나를 보았다.

"몇 년 전, 카니츠는 모시고 싶은 사람이 있어 바하무트로 이주한다고 했었지요. 제가 아무리 캐물어 봐도 카니츠는 입을 다물었습니다. 설마 그게 당신입니까?"

"맞습니다."

"카니츠, 맞아?"

"예, 선배."

"뭐야. 공작? 후작? 아니면 제삼의 인물? 학술원 재학 시절 로안느에 있던 바하무트인인가?"

루트는 중얼거리며 우두커니 서 있다가 의자에 털썩 앉았다.

"아무리 그래도 내 비밀을 남에게 말했다는 사실을 납득할 수 없어. 아니, 대체 말하게 된 경위가 뭔데? 타라 씨, 당신이 마론에 대해 말하라고 윽박지르기라도 했습니까?"

이아나는 차분하게 말했다.

"울터 경에게 손을 잡을 만한 반바하무트 단체를 추천해 달라고 했습니다. 울터 경이 제게 군이 마론을 소개해 준 건, 친한 당신에게도 도움이 되고 싶었기 때문일 겁니다. 그렇지 않습니까, 울터 경?"

"예."

카니츠가 진지한 표정으로 루트를 마주했다.

"선배, 저를 믿어 주십시오. 타라 양은 정말로 대단한 분입니다. 마론에 엄청난 도움을 주실 겁니다. 저도 앞으로는 선배를 도울 거고요."

그거 하나는 마음에 들었던 루트가 괜히 신경질을 냈다.

"내 목적이 뭔지는 알고 하는 소리냐?"

"복수와 에토닌의 재건 아닙니까?"

"이 자식아, 알고도 도움이니 뭐니 그런 말을 해? 다짜고짜 정체를 숨기고 나타나서 케노스 백작의 창고를 털고 암살하겠다는 미친 여자의 말을 내가 믿을 수 있겠냐?"

루트가 한숨을 내쉬었다.

"그래도 믿는다. 카니츠 네가 어떤 놈인지 아니까."

루트는 장인이 사위 뜯어보듯 이아나를 못마땅하게 흘겼다.

카니츠가 바하무트로 이주한 이유를 알고 있었지만, 그래도 어떻게든 꼬드겨서 제 밑으로 데려오려 했다. 하지만 본인이 나타났으니 완전히 물거품이 되었다.

사태가 정리된 후, 루트는 마음을 다잡고 이아나의 맞은편에 앉아 그녀를 진지하게 바라보았다.

"정체를 숨기는 자와는 절대 접선하지 않지만 이번만은 예외로 두겠습니다. 그런데 케노스 백작을 암살하겠다는 거, 진심입니까? 가능하더라도 안 됩니다. 시기도 문제지만, 케노스 백작은 우리가 죽입니다."

"지금 당장 백작을 죽이겠다는 것도, 꼭 제가 죽이겠다는 것도 아닙니다. 당신의 관심을 끌려고 한 말이지."

관심을 제대로 끌긴 했다. 루트가 입꼬리를 씰룩거렸다.

"그럼 됐습니다. 그래서 지금은 뭘 하시겠다는 겁니까?"

"바하무트에 내란의 싹을 틔울 겁니다."

"내란이요?"

갈수록 가관이다.

"이 나라가 어떤 나라고, 지금 어떤 짓을 하고 있는지 모르십니까? 혹시 외국인이신가?"

"어떤 상황에 처해 있는지는 인지하고 있습니다. 백작령에 오기 전에 많은 것을 공부했고, 마을들도 둘러봤으니까요."

"그런데도 그런 소리를 해요? 황제가 칼을 뽑았습니다. 조금만 낌새가 보여도 척살령이 떨어집니다. 지금은 좀 소강상태지만 그래도 몸을 사려야 해요. 황제의 뜻대로 이그나이츠, 로안느와의 전쟁에 집중해야 할 시기라고요."

"생각보다 간이 작으시군. 과격 단체라기에 기대했는데."

루트가 인상을 찌푸렸다.

"이게 현실입니다. 나뿐만이 아니라 바하무트 모두의 생각일 겁니다. 내란? 바하무트 황실 괴물들을 대놓고 거역하는 건 미친 짓입니다. 특히 지금 시기에는 뭘 어떻게 해도 사람들을 움직일 수 없을 거예요."

"싹을 틔우겠다고 했지, 나무가 될 때까지 열심히 키우겠다고
는 하지 않았습니다."

루트가 아리송한 표정으로 짓자 이아나가 말을 덧붙였다.

"바하무트 제국민들은 얼어붙은 땅에 갇힌 씨앗들입니다. 그
위를 짓누르는 공포라는 돌덩이를 치우고 그들이 지상으로 나올
수 있도록 도울 겁니다."

"조금 더 직관적으로 설명해 주시죠."

"바하무트의 '정의'와는 다른 '정의'를 사람들에게 경험시켜 주
겠다고요."

약육강식의 섭리가 고스란히 실체화된 국가가 바로 바하무트
이다.

이그나이츠도 섭리를 아예 부정할 수는 없음을 인정하고 받아
들였다는 점에서는 바하무트와 같았다. 하지만 이그나이츠가 고
삐를 쥐고 훈련된 말 위에 올라탔다면 바하무트는 야생마에게
더 날뛰라며 채찍질한다고 할까.

이그나이츠는 법과 제도로 약자들에게 상승의 기회를 부여하
지만, 바하무트는 약하든 말든, 상승을 오로지 본인의 능력에만
맡긴다. 그들의 법은 능력이 있다면 위에 있는 놈을 잡아먹으라
며 부추기고 없다면 바짝 기라고 한다.

제 힘만으로 모두를 잡아먹고 밑바닥에서 꼭대기에 오른 괴물
의 나라다웠다.

바하무트의 정의에서, 약자는 불행하다.

따라서 한 사람을 제외한 모두가 불행하다.

바하무트의 황제 아래 모두가 약자이기 때문이다.

약자로서 살아가는 시간이 길어지면 패배 의식에 잠식되고, 결국 체념한다. 성장할 의지를 잃고 얼어붙어 버린다. 그런데 장애물을 치우고 다른 세상을 보여 주면 어떨까?

잠잠한 씨앗도 있겠지만 싹을 틔우는 씨앗들도 있을 것이다.

바로 분란의 싹이다.

이아나가 바하무트에서 할 일은 거기까지였다.

'내 사람들도 아니고.'

그 상태에서 이아나가 바하무트를 떠나면, 싹은 다시 거대한 돌덩이에 짓눌릴 것이다. 그러나 한번 자라난 싹은 이그나이츠가 바하무트를 무너뜨리고자 할 때, 이때다 싶어 돌덩이를 밀어 내려 들 것이다.

루트가 호기심 어린 표정으로 물었다.

"당신이 말하는 다른 정의가 무엇입니까?"

"앞으로의 행동으로 보여 주겠습니다."

"뭐, 알겠습니다. 그런데 뭘 어떻게 해서 내란의 토대를 마련하시려는 겁니까? 대충이라도 알려 주십시오."

"루이즈가 앞장설 겁니다."

"응? 나?"

그릇에 담긴 과자들에 몰두하고 있던 도르시아니는, 뜬금없는 호출에 드디어 과자가 아닌 대화에 귀를 기울였다.

"여기 루이즈는 아주 강한 마법사입니다. 홀대받았던 과거 때문에 약자를 괴롭히는 강자를 증오하고 약자에게 연민을 품죠."

이아나는 케노스로 오면서 계획을 전면 수정했다. 원래는 그저 강한 인물인 '타라 스리온'이 이그나이츠에 붙잡혔다가 풀려

나는 과정에서 깨달음을 얻고 바하무트에 변화의 바람을 일으킨다는 설정이었는데, 여러 가지를 따져 봤을 때 '루이즈'를 전면에 내세우고 보조하는 편이 좋을 것 같았다.

이아나는 도르시아니가 이야기해 준 소설 내용에 영감을 받았다. 바하무트 국민들에게 그런 소설들이 인기 있다면 소설의 줄거리처럼 행동하는 편이 화제가 되기도, 마음을 흔들어 놓기도 쉬울 것이다.

"간략하게 말하자면, 나쁜 평가를 받고 있는 우두머리들을 암살하거나 반쯤 죽여서 광장에 매달아 둘 겁니다. 창고를 털어서 바하무트 최하층 주민들을 구제할 거고요. 도적들도 좀 치워 주고……. 이게 다가 아니지만 계획의 토대는 대강 이렇습니다."

루트가 별 관심을 두지 않았던 도르시아니를 슬쩍 훑었다. 화상이 뒤덮은 얼굴이 몹시 안쓰러웠다.

심각한 대화가 오가는데도 과자에만 집중하기에, 화상을 입을 때 머리도 조금 다친 줄 알고 내심 측은하게 여겼었다. 그런데 그냥 제멋대로인 마법사였나 보다.

"타라 님, 내가 말했던 소설처럼 하려는 거지?"

도르시아니는 바로 이아나의 의도를 알아챘다.

"그래."

"재밌겠네. 열심히 할게."

두 여자가 주고받는 대화에 영문을 모르는 카니츠와 루트만 어리둥절할 뿐이었다.

카니츠는 이아나가 알아서 잘하겠거니 믿었기에 침묵했지만 이아나를 잘 알지 못하는 루트는 그녀가 일을 너무 쉽게 생각하는 듯하여 경고했다.

"결론은 '선행'을 베풀어 바하무트인들이 생각을 고쳐먹게 만드시겠다? 타라 씨, 어설프게 해선 바하무트인들은 절대 변하지 않을 겁니다. 다들 겁쟁이거든요."

루트는 회의적이었다.

"그리고 바하무트에서 그런 짓을 하는 사람들이 종종 있긴 합니다. 결국엔 죄다 잡혀서 광장에 목이 내걸리지만요. 피바람이 부는 요즘엔 아예 씨가 말랐고 말입니다."

"……."

"당신도 분명 그런 신세가 될 겁니다. 하지 마십시오."

"저는 당신에게 허가를 받으러 온 게 아닙니다. 동등한 입장에서 제안하러 온 거죠."

루트가 멈칫했다.

"걱정해 주시는 건 감사하지만 선을 넘었습니다. 패배주의에 젖은 말만 하는 것도, 빈정거리는 것도 그만두세요."

이아나가 차갑게 선을 긋자 할 말이 없었던 루트는 끙 하고 앓았다. 자신의 말투가 곱지 않았던 건 사실이기 때문이다.

"정말로 걱정돼서 하는 말입니다. 황궁 기사단이 나서면 어쩌시려는 겁니까."

"제가 해결합니다. 전 안 죽을 거고, 당신이 제시한 문제는 제가 알아서 처리할 테니 당신은 저를 도울지 말지 결정만 하면 됩니다."

루트의 표정이 묘해졌다.

그는 눈앞의 여자가 카니츠의 주인임을 상기했다.

"설마 당신, 카니츠보다 강합니까?"

"선배, 저는 이분에 비하면 아무것도 아닙니다. 타라 님은 제게 제대로 된 검술을 가르쳐 주신 스승이십니다."

"……."

루트가 입을 떡 벌렸다.

누구냐?

대체 누구란 말이냐?

"제1 기사단 파칼라투아는 충성과 무력 외에는 모든 것을 버린 괴물만 들어갈 수 있고, 제2 기사단 자이겔런트는 아예 들어가는 게 불가해서 제3 기사단 페르제누스가 바하무트에서 출세할 수 있는 정점이라고 할 수 있습니다. 카니츠와의 친분 덕택에 케노스 백작이 저를 남작에서 자작으로 승작시켜 줬으니 말 다 했죠."

잠시 넋을 뺐던 루트가 흥분해서 침을 튀겨 대기 시작했다.

"당신의 실력이 파칼라투아와 비슷하다고 보면 됩니까?"

"제가 더 강합니다."

루트는 호기심으로 미칠 지경이었다. 호기심이 어서 추측하라고 뇌에 철썩철썩 채찍질했다. 다행히 루트의 머리는 비상한 편이었다. 그는 주머니에 가득 든 밀알을 와르르 쏟아붓듯 카니츠와 관련된 정보들을 모조리 끄집어냈다.

여자, 검사, 엄청난 실력자, 바하무트의 멸망을 바라는 자, 카니츠의 주인이자 스승, 카니츠의 고향, 로안느, 로베르슈타인.

루트는 결국 떠올려 내고 말았다.

로베르슈타인.

이아나 이그나이츠 라이즈!

카니츠는 바하무트에 온 이후로 로베르슈타인 가문에 대해서
입도 뻥긋한 적 없었고, 루트는 그가 섬길 주인이 바하무트인이
라고 생각해서 그쪽은 아예 신경 쓰지 않았다.

그런데 생각해 보니, 카니츠는 너무나 우직해서 한번 섬긴 주
인을 떠날 리가 없었다.

"거듭 말하지만 당신이 걱정할 필요는 없습니다."

루트가 퍼뜩 정신을 차렸다. 침을 꿀떡 삼켰다.

"어, 어떻게 안 합니까? 손을 잡는 순간 엮입니다."

아닌 척하는데 목소리가 살짝 떨렸다.

"당신에게는 위험 부담이 없게 할 테니까요."

루트는 이아나의 침착하면서도 단호한 말을 들으면서, 그녀의
정적인 얼굴을 뜯어보았다.

설마, 진짜, 그 사람이라면……. 그럴 만도…….

'에라, 모르겠다.'

위험 부담이 없다고 하니, 루트는 망하든 말든 이아나의 뜻대
로 해 주기로 결심했다.

"당신은 제게 어떤 도움을 원하는 겁니까? 그 대가로 제게 뭘
해 줄 수 있고요?"

"바라는 건 동부 바하무트의 정보, 줄 수 있는 건 바하무트의
몰락."

단순명료하면서도 엄청난 대답이었다.

루트는 그저 고개를 끄덕였다.

"예에, 예. 뭐, 꿈은 크면 클수록 좋으니까요. 저도 그렇게만
되면 소원이 없겠습니다."

이아나는 갑작스레 긴장한 루트가 자신의 정체를 짐작했음을 눈치챘다.

'이제야 알아채는군.'

금방 알 줄 알았는데 오래 걸렸다.

이아나는 카니츠가 친형처럼 따르는 루트를 믿기로 했다. 그래서 불쑥불쑥 실마리를 던졌다. 적극적인 협조를 얻으려면 그가 제 정체를 알고 있는 편이 나았다.

"악질적인 귀족들의 상세 정보만 제공해 주면 됩니다. 바하무트에서는 정보력에 한계가 있어서."

하지만 이아나는 시치미를 떼었다. 바하무트에서는 아예 타라의 껍질을 쓰고 있는 게 나았다. 루트가 그녀를 '이아나'와 '타라'로 번갈아 대우하다가 실수하면 곤란했다.

"예. 그럼 저를 아주 잘 찾아오셨습니다. 바하무트의 동부 정보는 마론이 꽉 잡고 있으니까요."

이그나이츠 최고의 무장을 갑작스레 맞닥뜨려 긴장한 것도 잠시, 루트는 서서히 적응했다. 어찌할 바를 몰라 굳었던 얼굴은 결연한 의지로 더욱 딱딱해졌다.

"마론은 귀하와의 협력을 환영합니다. 이왕 손을 잡은 것, 신뢰의 증표로 카니츠에게도 말하지 않은 저의 비밀을 알려 드리겠습니다."

딱히 들을 필요는 없지만, 루트가 굳이 약점을 노출하며 긴밀히 엮이고 싶어 하는데 거절할 이유도 없다. 이아나가 고개를 끄덕이자 루트가 심호흡을 하며 말했다.

"저는 마론의 수장이며, 에토닌 왕국의 마지막 왕족입니다."

마론의 행동 방향을, 다른 조직원들과의 회의를 통하지 않고 이 자리에서 바로 정하는 것을 봐서 최대 결정권자라고 짐작하고는 있었으나 왕족인 건 좀 뜻밖이었다.

"바하무트는 정복한 왕국의 왕가를 몰살하지 않나요."

"제 어머니는 국왕과 외조모와의 하룻밤 불장난으로 태어났습니다. 가문에서 쉬쉬했기에 어머니가 왕족의 피를 이었다는 걸 가문 사람 외에는 누구도 알지 못했죠. 어머니는 저를 낳고 돌아가셨기에 이제 남은 왕족은 저뿐입니다."

그는 능력을 키운 다음, 준비가 끝났다 싶었을 때 비밀 결사 마론에 제 존재를 알렸다. 세력을 규합하는 방법으로 왕가의 피는 아주 좋은 수단이기에 마론은 그를 수장으로 올렸다.

이 사실을 밝힌 이유는 이그나이츠와도 긴밀히 협력하고 싶기 때문일 것이다.

루트가 미소 지었다.

"지금 바로 작업을 시작하겠습니다. 며칠 내로 자료를 드리죠. 한시가 바쁘니 이만 만남을 파했으면 합니다."

"그러죠."

이아나의 의도대로, 루트는 아주 적극적인 태도를 보였다. 그런데 곧장 방을 뛰쳐나갈 기세이던 루트가 갑자기 머뭇거렸다.

"바하무트의 몰락을 원한다고 했었지요. 그러면 몰락 후 그 땅도 원하시는 겁니까?"

"땅에는 관심 없습니다."

이아나는 루트가 염려하는 바를 인지하고 즉답했다.

"에토닌이 소화할 수만 있다면 바하무트 땅을 죄다 가져가도 상관없습니다. 하지만 넘치는 건 모자란 것만 못하니 적당히 해야겠죠."

"아뇨, 아닙니다. 저는 옛 땅만 찾으면 됩니다."

안심한 루트가 빙긋 웃었다.

며칠 후, 이아나와 도르시아니는 카니츠와 이스피를 마주하고 섰다.

"여기서 잠깐 이별입니다."

이아나와 도르시아니가 대륙을 돌아다니는 동안, 카니츠와 이스피는 제도 타칼론으로 돌아가 분위기를 살피면서 정보를 얻기로 했다.

"잘 부탁합니다."

이아나가 두 손을 내밀었다.

"맡겨만 주십시오."

"열심히 할게요."

카니츠와 이스피가 이아나의 손을 꼭 잡았다. 이아나는 그들의 손을 애틋한 기분으로 한참이나 붙잡고 있었다. 손을 놓은 후에는 옆에서 닛시를 꼬옥 끌어안은 채 눈을 반짝반짝 빛내고 있는 엘리를 내려다보았다.

"엘리, 너는 카니츠와 이스피를 따라가. 내가 데리러 갈 때까지는 이들과 함께 제도에서 지내."

"싫어요! 언니랑 같이 갈래요. 만약 억지로 떨어뜨려 놓고 가시면 도망쳐서 몰래 언니를 따라다닐 거예요. 카니츠 아저씨는 저를 잡을 수 없을걸요."

엘리의 말이 사실이라서 겸연쩍어진 카니츠가 이아나의 눈치를 보았다. 이아나는 엘리를 그저 물끄러미 바라볼 뿐이었다.

"언니가 여기서 뭘 하실지는 알고 있어요."

엘리가 당당하게 말했다.

"또 엿들었니?"

"어쩌다 보니……."

천장에서 숨죽이고 있던 루트의 호위들은 쉽게 알아차렸건만, 엘리의 작은 기척은 잡아내지 못했다. 이번에는 미동도 없이 듣고만 있어 눈치채지 못했던 모양이다.

"저, 언니의 계획에 도움이 될걸요?"

엘리가 가방을 벗더니 검은 비단 주머니를 꺼냈다. 제 작은 손바닥 위에 주머니를 털자 검은 깨 같은 것이 후드득 떨어졌다.

"북부에서도 자랄 수 있는 곡물과 채소 씨앗이에요. 린제이 마법사님과 엘프들이 샤우부 대삼림에서 발견한 식물들을 개량하신 거예요. 제가 기르는 방법도 배워 왔는데, 돌아다니면서 이걸 나누어 주고 기르는 법을 알려 주면 어떨까요?"

"좋은 식물이구나."

이런 식물을 일찌감치 개발할 수 있었다면 얼마나 좋았을까. 하지만 대지의 대마법사인 린제이가, 엘프들의 땅인 샤우부 대삼림에 방문해서 얻은 씨앗에, 오랜 기간 축적된 식물 연구 자료까지 이용하고 나서야 겨우 개량해 낼 수 있었다. 변화의 씨앗은 현재에 등장할 수밖에 없었다.

"처음부터 북부에서 자라는 곡물들이 있었다면 좋았을 텐데."

라오스도, 정령들도, 페이드라도 전지전능하진 않다는 걸 알고 있다. 하지만 북부에서 자라는 식물쯤은 쉽게 창조할 수 있지 않았을까? 왜 남부는 풍요롭게 하고, 북부는 허기지게 했을까?

"타라 님, 내가 프릴리아누 님한테 듣기론."

도르시아니가 이아나의 귀에 속닥거렸다.

"북부는 차가운 기후도 기후지만, 악마와 바하무트의 영향력이 중첩돼서 식물이 잘 자랄 수 없는 땅이 된 거래. 라오스 신은 이런 땅을 원치 않았는데 어쩔 수 없었대."

납득할 만한 이유다.

확실히, 엘리가 가져온 씨앗과 모종들은 북부에 크든 작든, 어떤 특별한 변화를 야기할 만했다.

"양은 얼마나 되지?"

"이 가방, 공간 아티팩트예요. 가방이 꽉 찰 정도로 어어어엄청 많이 담아 왔답니다."

"어쩌다 그렇게 많이 가져왔니?"

"바하무트로 가신다는 걸 듣고 몽땅 가져왔죠. 바하무트 사람들에게 나눠 주면 좋을 것 같아서요! 곡물이랑 채소 씨앗 말고 그냥 식물 씨앗들도 많이도 가져왔어요. 언니는 모르셨겠지만 이미 조금씩 뿌리고 다녔어요."

이아나는 엘리가 히죽히죽 웃는 것을 유심히 바라보다 고개를 설레설레 저었다. 이 애의 기묘하면서도 시기적절한 행동들을 이해하려 할수록 머리만 아팠다.

"사실은 언니, 제가 언니를 따라다니고 싶은 진짜 이유는요."

엘리가 닛시를 홱 들어 올렸다.

"나비가 북부 대륙을 질주하고 싶다고 해서예요!"

"냐?"

무슨 소리냐는 듯 닛시가 뚱한 울음소리를 냈다.

"최근에 돌아다니면서 닛시의 기분이 많이 나빴어요. 닛시가 북부에는 나쁜 기운이 너무 많대요."

"흠."

짐작 가는 바가 있었던 이아나가 손으로 턱을 짚었다.

남부와 동부를 순회하면서 이아나도 느끼긴 했다. 바하무트 땅 전체에 음산한 사기邪氣가 어른거리고 있었다.

수집한 정보에 의하면 수십 년 전부터 북부의 땅은 죽어 가고 있다. 그리고 최근 들어서는 원래 나던 식물마저도 싹이 잘 돋지 않았다. 그래서 남부 대륙을 향한 제국민들의 갈망이 더더욱 심해졌다고 했다.

이아나는 땅의 죽음이, 도르시아니가 말한 바하무트와 악마의 영향력뿐만이 아니라 수없이 많은, 억울한 죽음들 때문이리라 추측했다. 시디얀에서 보았던 죽음의 사막처럼 말이다.

"그런데 나비가 발자국을 남기면, 그 땅이 얼마간은 원래대로 되돌아간대요."

이아나가 멈칫했다.

"그런 것도 가능하니? 이능이야?"

"그건 모르겠어요."

닛시가 고개를 절레절레 저었다.

"나비는 특별한 고양이니까 가능한가 봐요. 그렇지, 나비야?"

"냥……."

닛시가 심드렁하게 울었다. 닛시와 함께 지낸 시간이 꽤 오래 되었기 때문일까, 울음소리로 감정을 어느 정도 읽을 수 있었다.

그러든지 말든지.

엘리의 말과는 달리 별로 하고 싶지 않은 듯했다. 이제 보니 엘리는 자꾸 닛시를 내세우고 자신은 뒤로 빠지면서, 제가 하고 싶은 걸 하고 있었다.

이아나는 둘을 번갈아 보다가 한숨을 쉬었다.

"놀러 가는 거 아니야."

"저도 알고 있어요."

"잔인한 장면을 볼 수도 있어."

"이미 수도 없이 죽음을 봐 왔는걸요."

아이답지 않게 초연한 말. 이아나가 이질감을 느끼고 엘리를 쳐다보았다. 엘리는 대수롭지 않게 말을 이었다.

"언니의 활약을 곁에서 지켜보고 싶어요."

하긴, 이런 혼란의 시대에 그저 감싸 안기만 하는 것도 옳진 않다. 특히 엘리처럼 훗날 중역을 맡을 특별한 인재는 좋은 일 이든 나쁜 일이든 다양한 경험을 할 필요가 있었다.

물론 이건 핑계다. 아이들은 보호받아야 하니 평범한 아이였 다면 인재고 뭐고 반드시 돌려보냈을 것이다.

하지만 엘리는 라오스와 관련된 특별한 아이였다. 수상쩍은 비밀을 감추고 있는.

엘리가 이렇게까지 따라붙으려는 이유가 있을 터였다. 그렇다 면 데리고 다니면서 엘리의 비밀이 뭔지 탐구해 보는 것도 나쁘지 않은 선택이다.

"좋아. 따라와. 대신 내 옆에서 떨어지면 안 된다."

"네! 신난다!"

엘리가 두 손을 번쩍 들었다.

이아나가 엘리의 머리를 헝클어뜨리곤 카니츠와 이스피에게 작별을 고했다.

"울터 경, 이스피 부인. 그럼 나중에 봅시다."

"네, 건투를 빕니다."

"힘내요, 아가씨!"

이아나가 그들에게서 등을 돌렸다. 도르시아니가 휘파람을 불며 그 옆을 차지하고, 그 뒤를 작은 여자아이와 고양이 한 마리가 깡충거리며 뒤따랐다.

　

　

　

－탐색전 편 終

－11권에 계속